國家古籍整理出版專項經費資助項目
教育部人文社會科學研究項目「宋代杜詩注本研究」
（批准號：10YJA751052）
廣東省哲學社會科學規劃項目「宋代杜詩注本研究」
（批准號：GD10CZW10）

新刊校定集注杜詩

一

〔唐〕杜甫 著
〔宋〕郭知達 輯注
聶巧平 點校

上海古籍出版社

圖書在版編目(CIP)數據

新刊校定集注杜詩 /(唐) 杜甫著;(宋) 郭知達輯注;聶巧平點校. —上海:上海古籍出版社,2022. 12
(中國古典文學叢書)
ISBN 978-7-5732-0523-0

Ⅰ. ①新… Ⅱ. ①杜… ②郭… ③聶… Ⅲ. ①杜詩—注釋 Ⅳ. ①I222. 742

中國版本圖書館 CIP 數據核字(2022)第 211787 號

中國古典文學叢書

新刊校定集注杜詩

(全四册)

[唐] 杜甫 著

[宋] 郭知達 輯注 聶巧平 點校

上海古籍出版社出版發行

(上海市閔行區號景路 159 弄 1-5 號 A 座 5F 郵政編碼 201101)

(1) 網址:www. guji. com. cn

(2) E-mail:guji1@guji. com. cn

(3) 易文網網址:www. ewen. co

常熟人民印刷有限公司印刷

開本 850×1168 1/32 印張 61. 125 插頁 22 字數 950,000

2022 年 12 月第 1 版 2022 年 12 月第 1 次印刷

印數:1—1,000

ISBN 978-7-5732-0523-0

I·3685 精裝定價:328. 00 元

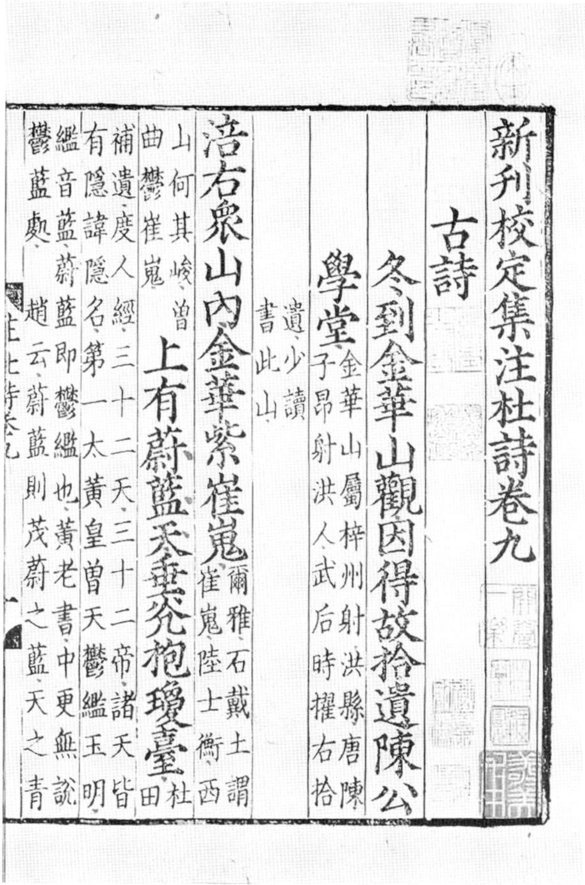

新刊校定集注杜詩卷九

古詩

冬到金華山觀因得故拾遺陳公學堂金華山屬梓州射洪縣唐陳子昂射洪人武后時擢右拾遺少讀書此山

涪右衆山內金華紫崔嵬爾雅石戴土謂崔嵬陸士衡西山何其峻曾曲鬱崔嵬上有蔚藍天垂光抱瓊臺杜田補遺度人經三十二天三十二帝諸天皆有隱諱隱名第一太黃皇曾天鬱鑑玉明鑑音藍蔚藍即鬱鑑也黃老書中更無說鬱藍勲趙云蔚藍則茂蔚之藍天之青

臺北故宮博物院藏南宋郭知達編纂、曾噩覆刻本書影

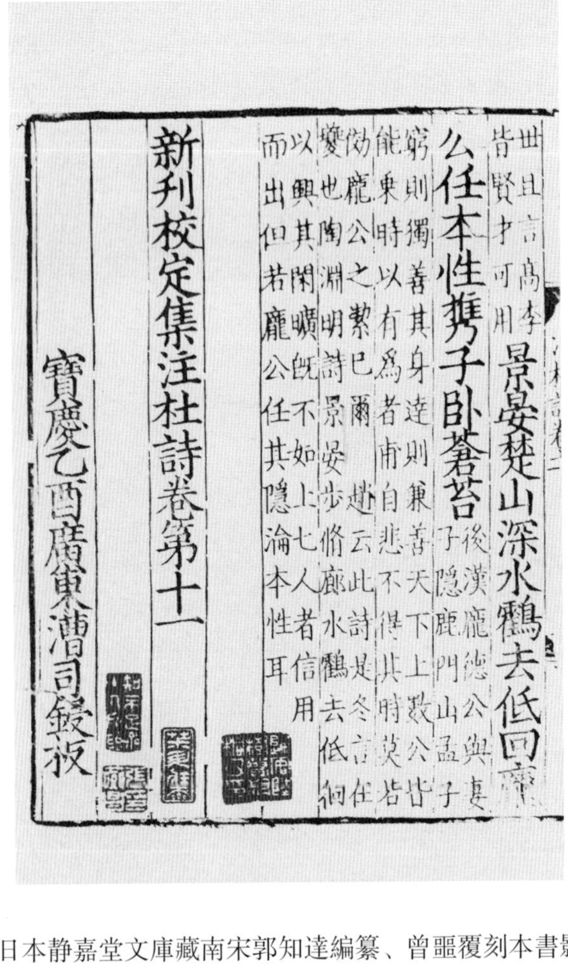
世且言高李皆賢才可用景晏楚山深水鶴去低回龐
公任本性擕子臥蒼苔後漢龐德公與妻子隱鹿門山孟子
窮則獨善其身達則兼善天下上數公皆
能秉時以有爲者甫自悲不得其時莫若
倣龐公之絜已爾遯云此詩是冬言在
變也陶淵明詩景晏步脩廊水鶴去低徊
以興其閑曠既不如上七人者信用
而出但若龐公任其隱淪本性耳
新刊校定集注杜詩卷第十一
寶慶乙酉廣東漕司鋟板

日本静嘉堂文庫藏南宋郭知達編纂、曾噩覆刻本書影

九家集注杜詩卷一

唐 杜甫 撰　宋 郭知達 編注

古詩

奉贈韋左丞丈二十二韻 注鮑文虎云韋濟韋嗣立子天寶中授尚書左丞史有傳附嗣立後

紈袴不餓死 前漢班氏敘傳曰王鳳薦班伯宜勸學召見宴昵殿上方鄉學鄭寬中張禹朝夕入
說尚書論語於金華殿中詔伯受焉數年金華之業絕
出與王許子弟爲羣在於綺襦紈袴之間非其好也晉
灼曰白綺之襦氷紈之袴也師古曰紈素也綺今之細
綾也並貴戚子弟之服朱買臣妻曰如公等終餓死於
溝中耳 趙云梁任昉奏彈劉整云以前代外戚仕因
紈袴晉束晳云丹墀步紈袴之童東野遺白顛之叟莊

九家集注杜詩 卷一 一

遼寧省圖書館藏原盛京皇宫恭藏清内府刻本書影

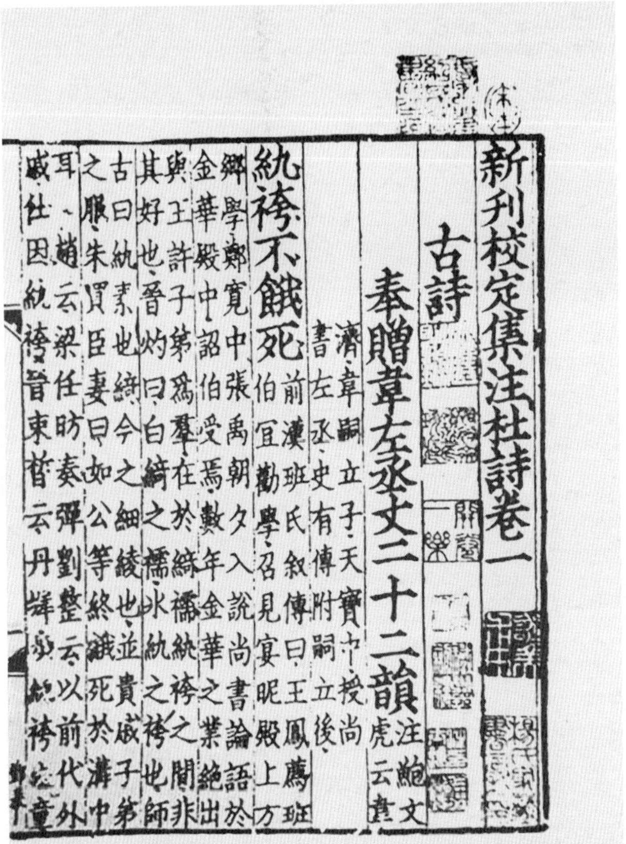
新刊校定集注杜詩卷一

古詩

奉贈韋左丞丈二十二韻 注鮑文虎云韋濟韋嗣立子天寶中授尚書左丞史有傳附嗣立後

紈袴不餓死 前漢班氏敘傳曰王鳳薦班伯宜勸學召見宴昵殿上方鄉學鄭寬中張禹朝夕入說尚書論語於金華殿中詔伯受焉數年金華之業絕出與王許子弟爲羣在於綺襦紈袴之間非其好也晉灼曰白綺之襦冰紈之袴也師古曰紈素也綺今之細綾也並貴戚子弟之服朱買臣妻曰如公等終餓死於溝中耳趙云梁任昉奏彈劉整云以前代外戚仕因紈袴曾東晳云丹墀步紈袴之童

中華書局影印南宋郭知達編纂、曾噩覆刻本書影

點校整理新刊校定集注杜詩序

今存宋代的七種杜詩集注本，均出現在南宋。若從集注本之「注」是否刊有僞注來區分，則七種集注本可分劃成「正注」本與「僞注」本兩大類型。「正注」本僅郭知達編纂、曾噩重刻之新刊校定集注杜詩（全集三十六卷）一種；餘下闕名門類增廣十注杜工部詩（殘本）、闕名門類增廣集注杜工部詩（殘本）、托名王十朋王狀元集百家注編年杜陵詩史（全集三十二卷）、闕名分門集注杜工部詩（全集二十五卷）、蔡夢弼杜工部草堂詩箋（全集五十卷），以及黄希、黄鶴黄氏補千家注紀年杜工部詩史（全集三十六卷）六種均包含大量僞注。其中草堂詩箋以及黄氏父子「補注」杜詩的底本千家注，在元、明及清初不斷被改編、翻刻，流傳廣泛，影響巨大，而正注本新刊校定集注杜詩在元、明兩代則幾近湮没無聞，直至清中葉天禄琳瑯書目及四庫全書編收此書，才漸爲學者所知。

郭知達生平，史籍僅留下一條記録，即淳熙間曾知富順監，其地今在四川自貢，以井鹽聞名，郭因掌握財源，得以出資組織人員編刻杜工部詩集注。他在自序中確立一條原則，即「如假托名氏、撰造事實，皆删削不載」，保證了全書的「集注」質量。「獨削僞注」之外，較之宋代其他集注本，新刊杜詩彙校衆本，辨析精細；其「集注」别裁有法，所輯録之舊注（郭序稱王原叔，即北宋最初編杜甫集的王洙，字原叔，注非其作，然其注在宋代諸家注中淵源最早）、薛蒼舒、杜田、鮑彪、師尹、趙次公六家注，引文完整，文氣連貫，詳實可信。郭書淳熙間蜀中初刻本世無保存，世傳皆源出寶慶間曾噩於南海漕臺重刻本。曾氏重刻序稱蜀本「紙惡字缺」，遂「摹蜀本」而刊，並對初刻進行了全面校定，故將郭書易名作新刊校定集注杜詩。清乾隆時天禄琳瑯書目與四庫全書收録此書，再次易名作九家集注杜詩，故後之學者習慣稱之曰九家注。曾噩刊本僅存兩種：清季陸心源舊藏殘本六卷，今藏日本静嘉堂文庫；瞿鏞鐵琴銅劍樓舊藏三十一卷，鈔配五卷，商務印書館早年曾借攝，原書以爲失傳，後來方知歸山陰沈仲濤。沈氏晚年悉數捐贈臺北故宫博物院。一九八五年，秦孝儀先生主持影印並發行宋本新刊校定集注杜詩。巧平博士能獲得這一宋槧佳刻的影印本，并據以點校整理成此新刊校定集注杜詩，其整理方法與認真態度皆可圈可點。此書得由上海古籍出版社刊布，也是當代杜詩研究與杜詩喜愛者的幸運！

聶巧平之整理本新刊校定集注杜詩，就我閲讀所及，可分別言之。

第一，該書所用底本臺北故宫博物院影宋本，不僅是善本，而且是海内孤本，也是後世流傳所有郭編、曾刊諸本之祖本，價值珍希。該書整理時，通校遼寧省圖書館的瀋陽故宫舊藏清内府刻本。這一通校本，雖不免偶有小誤，然而其參校者飽學經史，熟悉舊典，廣泛吸收了宋人的校勘成果，在很大程度上提升了祖本的學術質量。巧平博士整理該書時，亦參校了文淵閣、文津閣、文瀾閣三種四庫全書本、静嘉堂殘宋本、中華書局影宋本以及杜詩引得排印本。如此莊重地通校、參校後出各本，很有必要。宋刊同一本的前後印本會有挖補改動，且因刊刻成於工匠之手，魯魚豕亥之誤必不可免。更可貴的是，巧平博士的校勘并不滿足於此，她還酌情參照了宋代其他杜集，如二王本、十家注、百家注、分門集注、草堂詩箋、黄氏補注，因以上各本與郭書之間有千絲萬縷的同源因革關係；她也參考了清代以來各家注杜解杜之論著，因其對郭書時有校訂與商榷；她還參校了唐宋各大類書與歷代詩文總集，以此追溯諸家注杜之文本依據與可能差訛。與此同時，她也吸收利用了已有的出土文獻以及當代學者的杜詩學成果。聶巧平博士的這一整理本，可望成爲繼清刻本之後，具有「集成性」校定成果的郭編、曾刊本杜集。

第二，該整理本的校勘記徵信詳實，其中所彙校的大量異文，爲杜詩的文本細讀與闡釋提供了最原始的基礎性文本文獻。其四萬多字的長篇前言，對自南宋以來迄今所有關於郭編曾刊本杜集的學術問題進行了探討、辨析和回應，可作爲一篇濃縮版的新刊校定集注杜詩研究著作來讀。前言所討論的問題涉獵廣泛，如曾刊本卷二十五、二十六殘闕，後人用他本補足，而補足本乃後人依目録就蔡夢弼草堂詩箋及高崇蘭本，取詩及注補刻。卷二十六之登高，載有僞王注，堆砌典故注釋，篇幅單窘，此爲元、明及清初學者所常見之宋注；而卷三十之詩與注，爲郭氏原編，無僞注，其注信實典雅，在元、明及清初卻罕見其傳。巧平博士以卷二十六與卷三十前後復收的這首登高詩及其集注爲例，詳盡分析，其目的是讓學者直觀地辨認和比較新刊杜詩的宋注與元明清廣爲流傳的宋注爲何不同，從版本比較的視角思考，爲何後人對宋注總體上評價不高的客觀原因。前言對趙次公的證誤成就、師尹注學術價值的重點分析，相當精到。前言謂郭書的主體爲六家注，即舊注、薛蒼舒、杜田、鮑彪、師尹、趙次公。巧平博士認爲他們的注杜，是「對李善文選注傳統的繼承與發揚」，詳引例證，很有説服力。郭序所云王原叔注，即在各種杜注中大量出現的「洙曰」，前言有仔細辨析，認爲既非出自王洙本人，也非南宋人僞造，而是前述諸家注中提到的舊注，出現最早，淵源有自，不能因其托名王洙而忽視。對於何爲僞注，如何判定僞注，僞注中是否仍存有有價值的解讀，巧平博士的解釋周密而圓通。對郭書所存六家外注杜者的見解，也有揭示，讀者自可閱讀。更難能可貴的是，巧平博士廣收各類古籍善本與海外學者之杜著。她曾付出巨大努力複製善本，比讀各種集注文本之間的同異，洞悉宋代的各種杜詩集注本之特點及其源流變化。如蔡夢弼草堂詩箋各本之間的差異，以及草堂本的支流及其在杜詩學史上的負面影響，我即因她告知而得理解；十家注之殘存的孤本，也因她的複製而方得見。對於何爲杜詩正注，何爲杜詩僞注，巧平博士着眼於版本比較、版本流傳與影響的角度展開論述，新穎獨到，且辨析仔細，視野開闊。

第三，此書點校整理，爲今後的古籍整理提供了良好的範例。該書精選善本，廣參校本，精心撰寫校記，爲讀者提供了一個科學規範、信實可靠的宋人集注讀本。巧平博士秉持實事求是的學術態度，甘於坐冷板凳，甘於寂寞地堅守在學術陣地。就我所知，因善本難求，此書先後歷經了兩次完整的整理過程，前後長達十年。第一次整理用中華書局的影宋本，書稿已全部交到出版社，意外地獲得臺北故宫博物院之善本新刊校定集注杜詩，乃決意更換底本，一切從頭開始。這份對學術的敬畏之心，這種嚴謹的治學態度，在當前比較浮躁的學術环境之下，尤其珍貴，值得提倡。

聶巧平是湖北竟陵人，一九九五年跟隨王水照先生攻讀博士學位時，與我認識。王先生指導她以宋代杜詩學作爲研究選題，我也曾對此有所興趣，與她有過多次深入的交談。二〇一六年秋末，我到廣州中山大學參加紀念岑仲勉先生會議，任教暨南大學文學院的聶巧平與趙曉濤二位水照先生門生共邀我夜遊珠江。在新落成的廣州圖書館附近，一邊觀賞廣州的地标小蠻腰電視塔的亮燈美景，一邊談起各自近期的研究所得。巧平博士説已經花費多年精力，用北京中華書局的影宋本做底本整理研究南宋郭知達編本杜集。時隔五年之後，我接到她的來電，告知更换了底本，對郭編新刊校定集注杜詩重新整理了一遍。她和我分享了她如何經過漫長等待而複印到臺北故宫博物院的鐵琴銅劍樓舊藏的經歷。説到宋代的杜詩注，巧平博士如數家珍。認識巧平博士近三十年，我瞭解她研究宋代杜詩學的熱情，以及現在所達到的學術深度與水準。當她提出讓我寫序時，我欣然應允。

四十多年前，當我剛開始學術研究時，從前輩處得到的一般印像是，宋人注杜，篳路藍縷，且因商業目的，問題很多，總體水平和保存文獻都不及同時代人所作韓、柳集的校訂與集解。當時通行的杜集注本主要是清人注本，以上海古籍出版社之前身中華書局上海編輯所整理出版的錢注杜詩和杜詩鏡銓、中華書局出版的讀杜心解和杜詩詳注最爲習見。至於宋人注本，則以四部叢刊影印之分門集注杜工部詩、杜詩引得所附九家集注杜詩、古逸叢書覆刻日本藏杜工部草堂詩箋四十卷附補遺十卷本，均未經標點整理。近二十年來，經過學者與圖書館、出版社的共同努力，情況發生很大變化。蕭滌非、張忠綱等彙校整理的杜甫全集校注，是杜甫詩歌研究的里程碑著作，二〇一四年由人民文學出版社出版。謝思煒杜甫集校注，二〇一四年由上海古籍出版社出版。趙次公的杜詩注殘本經林繼中教授的拼合精校，成杜詩趙次公先後解輯校，一九九四年由上海古籍出版社出版。去年末，上海古籍出版社又出版曾祥波教授整理的新定杜工部草堂詩箋斠證。今喜見聶巧平博士點校整理的新刊校定集注杜詩出版，它是宋代杜詩集注本中的唯一「正注」本，爲杜詩學史寫下隆重一筆。趙次公單注本、蔡夢弼會箋本、郭知達集注本三書一起，皆在上海古籍出版社出版，構成南宋杜詩學的重要書系，爲深化宋代杜詩學研究提供了重要的基礎文獻，裨益學林。

賀聶巧平博士積年累月，志業有成！也賀上海古籍出版社迭出好書，弘揚斯文！

陳尚君

二〇二三年十一月二十日於復旦大學光華樓

前言

杜甫及其詩歌的創作成就在中國古典詩史上的歷史地位，錢鍾書先生論之曰「居首席」，在舊詩傳統裏坐着第一把交椅，並曰「中唐以後，衆望所歸的最大詩人一直是杜甫」（中國詩與中國畫）。錢先生對杜甫的論評呼應了中唐以來「集大成」「詩聖」「詩史」之説。經歷了一千多年歲月的變遷、歷史的沉淀，舊體詩以杜甫爲正宗、爲代表，已成不易之論。

國人酷愛杜詩，始自大宋天水一朝。宋代爲杜詩作注者當時號稱「千家」。杜集宋注本存世者尚有八種：一曰趙次公新定杜工部古詩近體詩先後並解（明鈔本殘帙）、二曰闕名門類增廣十注杜工部詩（殘存六卷，以下簡稱十家注）、三曰闕名門類增廣集注杜工部詩（殘存一卷，以下簡稱門類增廣集注）、四曰郭知達編纂、曾噩覆刻新刊校定集注杜詩（三十六卷）、五曰托名王十朋王狀元集百家注編年杜陵詩史（三十二卷，以下簡稱百家注）、六曰闕名分門集注杜工部詩（二十五卷，以下簡稱分門集注）、七曰蔡夢弼杜工部草堂詩箋（五十卷宋刻殘本兩種，以下分別簡稱蔡甲本、蔡乙本，參本書凡例）、八曰黃希、黃鶴黃氏補千家注紀年杜工部詩史（三十六卷，以下簡稱黃氏補注）。從版本價值、校勘質量、集注成就以及在杜詩學史上的地位等諸多方面而論，新刊校定集注杜詩可謂宋代杜詩集注之冠冕。

一、郭知達編纂、曾噩重刊之杜集的題名、概貌及「九家」注辨析

南宋郭知達任劍南東道富順監時，主持編纂杜工部詩集注三十六卷。該書卷首有自序，題於孝宗淳熙八年（一一八一）。其序稱「因輯善本」、「屬二三士友，各隨是非而去取之」。可見這一皇皇巨著是集體勞動的結晶。

郭知達生平事迹不見於史傳。南宋王象之輿地紀勝卷一六七潼川府路富順監「官吏」條對郭氏生平有簡略記載：

郭知達，字充之，成都人。（富順）監舊以鹽移贍遂寧生徒，歲爲緡計八十萬，省。公以公養不豐，請於漕臺，俾歸之監學，自是歲獲二十三萬五千。

川南富順自古以來鹽業發達。至宋代，富順的井鹽業較之前代更盛，其井鹽課利成爲當地財政與軍費的重要來源，行政級别也由縣級提升爲州級「鹽監」。輿地紀勝富順縣風俗形勝記載了當時富順地區的産鹽景況：

地多鹹鹺，故饒沃衍潤，過於他郡。……掘地及泉，鹹源遂湧，熬波出素，邦賦彌崇。

人以是聚，國以是富。

由於富順監的鹽税充足，漕司每年從當地調撥「八十萬」去周濟遂寧生徒。這一政策的實施導致富順的教育經費「公養不豐」。郭知達知監富順時，請於漕臺歸還這筆「移贍」費以作爲富順「監學」的專項經費。由此可見，郭知達不僅敢於建言，而且善於理財。發展富順當地的文化教育需要經費，況且「輯善本」、召集「二三士友」編纂、校訂、鋟版刊行杜工部詩集注這樣的大部頭著作，也需要經費支持。頗疑杜工部詩集注的編纂和刊行與郭知達知富順監有關，惜無文獻佐證。總之，蜀地發達的商業經濟爲文化教育的發展創造了有利條件，也爲這一集注本的編纂與刊行提供了經濟基礎。郭知達杜工部詩集注自序曰：

杜少陵詩，世號詩史。自箋注雜出，是非異同，多所牴牾。至有好事者，掇其章句，穿鑿附會，設爲事實，托名東坡，刊鏤以行。欺世售僞，有識之士，所爲深歎！因輯善本，得王文公、宋景文、豫章先生、王（源）〔原〕叔、薛夢符、杜時可、鮑文虎、師民瞻、趙彦材凡九家。屬二三士友，各隨是非而去取之。如假托名氏，撰造事實，皆删削不載。精其讎校，正其訛舛。大書鋟版，置之郡齋，以公其傳。庶幾便於觀覽，絶去疑誤。若少陵出處大節，史有本傳，及互見諸家之叙，兹不復云。

淳熙八年八月，成都郭知達謹序。

郭序稱「大書鋟版」、「以公其傳」。這一「鋟版」的郭編本通稱爲初刻蜀本。不過，這一初刻終究還是流播不廣，當時讀者已不易得。四十四年後，即理宗寶慶元年（一二二五），曾噩官於廣東南海漕臺時，痛惜所得之郭編蜀本「紙惡字缺」，於是召集士友對郭本「正其脱誤」，並「兹摹蜀本，刊於南海漕臺」（曾噩重刊序）。曾噩覆刊郭編本於廣東五羊漕司時，書名易作新刊校定集注杜詩。

曾噩（一一六七—一二二六），字子肅，福州閩縣人，紹熙四年（一一九三）進士。初尉上高，後知潮州，官終大理寺正，事迹詳見陳宓復齋集卷二十二大理正廣東運判曾君墓誌銘。後人著録此書，或稱五羊漕司本、廣東漕臺本。南宋陳振孫直齋書録解題卷十九最早著録此書，稱「杜工部詩集注三十六卷，蜀人郭知達所集九家注」；又稱「福清曾噩子肅刻板五羊漕司，最爲善本」。直齋書録解題據郭知達原刻杜工部詩集注著録此書的題名，並曰曾噩刻板五羊漕司本「最爲善本」，則陳振孫或曾並見郭知達初刻之蜀本與曾噩重刻之五羊漕司本。郭知達初刻蜀本久佚不傳，今世傳本均出自曾噩覆刻本。

曾噩覆刻本未見元明刊本。清天禄琳琅與四庫所藏之杜集均有乾隆皇帝御製題郭知達集九家注杜詩七言排律一首。乾隆於此五羊本如獲至寶，嘆之曰「希珍際遇殊驚晚，尤物闇章固有時」，譽之曰「正注」。清代凡經乾隆寓目且留下題識之書，多爲宋刻佳槧，其受珍視之程度與一般藏書自不可等同。天禄琳琅書目著録此書題曰九家注杜詩，並曰其書原爲「明秀水項篤壽、平湖陸啓浤收藏」。四庫全書著録此書題曰九家集注杜詩。

郭知達所編之杜工部詩集注，曾噩覆刻時首次易名作新刊校定集注杜詩；入清以後，第二次易名作九家注杜詩，或九家集注杜詩。歷代藏書家著録此書，有沿襲郭知達原刻稱杜工部詩集注者，如南宋陳振孫直齋書録解題；有據曾噩覆刻稱新刊校定集注杜詩（以下簡稱新刊杜詩）者，如清錢曾讀書敏求記、黄丕烈百宋一廛書録、瞿鏞鐵琴銅劍樓藏書目録、陸心源皕宋樓藏書志；亦有稱九家集注杜詩者，如清于敏中天禄琳琅書目、汪士鍾藝芸書舍宋元本書目、陸心源儀顧堂續跋、葉德輝郋園讀書志，以及洪業杜詩引得等等。

所謂「九家」之稱，源自郭知達自序：「因輯善本，得王文公、宋景文、豫章先生、王原叔、薛夢符、杜時可、鮑文虎、師民瞻、趙彦材凡九家。」直齋書録解題沿用郭序，稱「蜀人郭知達所集九家注」。四庫全書總目卷一四九九家集注杜詩提要亦有「九家」之説，曰：「宋人喜言杜詩，而注杜詩者無善本。此書集王洙、宋祁、王安石、黄庭堅、薛夢符、杜田、鮑彪、師尹、趙彦材之注，頗爲簡要。」然遍檢郭知達編本杜集，其集注之家數實爲「六家」，而非「九家」。洪業杜詩引得序亦云「九家」者實得其六矣。洪業曰：

然試校全書，所引則趙云最多，杜薛次之，鮑師又次之。凡詩句下小注，不冠某云者，大略皆他本所謂王洙注者也，其曰舊注者亦然。九家者得其六矣。豫章先生者，黄庭堅，字魯直號山谷也。今書中不見引有黄云，其偶稱「魯直云」「黄魯直云」者殆源出詩話雜著之屬，輾轉稗販而來。豈有山谷注杜詩在手，任從採擷哉！至於宋祁王安石二家，本無注杜之作，今書中雖偶有所徵引，輒見杜趙注文之中而已。然則知達並無注杜九家爲其藍本也。此外注文時或冠有「增添」「新添」等字樣，且亦有標「集注」二字者。

六家即薛蒼舒夢符、杜田時可、師尹民瞻、鮑彪文虎、趙次公彦材五家，以及詩句下不冠某云者，薛杜趙三家通常稱之曰「舊注」，在百家注及其後出之僞注本中，被冠名「洙曰」，即托名王洙注者。若郭知達自序所稱另外三家王文公安石、宋景文祁、豫章先生黄庭堅，並無注杜之作，郭知達編本偶有徵引，輒見於舊注，薛杜趙轉引自詩話雜著等。

僅有「六家」，爲什麼郭知達在自序中宣稱「九家」呢？在南宋中後期僞注盛行的杜詩學環境下，郭知達編纂集注本以「刊削僞注」爲目標。當時各類僞注本冠有「洙曰」托名王洙注者、「蘇曰」托名蘇軾注者、「十朋曰」托名狀元王十朋注者，在商業圖書市場上流布廣、影響大。郭知達刊本若想「以廣其傳」，也不妨在一定程度上效仿坊刻本「拉大旗作虎皮」的商業運作手段，借宋祁、王安石及江西詩派的鼻祖黄庭堅壯大聲勢，以招徠更多讀者。在十家注、百家注、分門集注等純爲商業利益而刊行的坊刻僞注本大行其道的文化環境下，郭知達以「九家」爲幌子以廣傳播杜詩「正注」本，蓋出於策略性的考慮。對此，後世研究者亦可抱理解之同情罷。總之，郭知達自序所標榜之「九家」爲不實之説，其集注家數實爲「六家」。至於郭知達爲何在自序中廣而告之曰「九家」，實則與郭知達之書的集注内容關係不大，但與怎樣把注本推向圖書市場，爲其找到生存空間等關係重大。這似乎是屬於傳播學領域的另一話題了。

新刊杜詩全集三十六卷，卷首有郭知達自序，曾噩重刊序。全書分體編纂，再依次以杜詩創作的時代先後編排。前十六卷爲古體詩，後二十卷爲近體詩。關於郭本的編纂，洪業杜詩引得序曰：「郭知達知蘇注之當去，而所假手之二三士友，殆僅就十家注而改編爾。故『坡云』之辭尚有刊落未盡者。嗚呼！此猶葛龔之未去也。」又曰：「然業未見原書，不能詳考。」此説不確。其一，筆者曾將十家注殘存六卷與新刊杜詩、百家注、分門集注進行對校，從杜詩的異文以及「集注」的編輯等諸方面看，基本可確定百家注乃就十家注而改編，分門集注之「集注」與百家注同，而新刊杜詩則屬於不同的版本系統，非就十家注而改編。其二，新刊杜詩的「坡云」非僞蘇注，均爲「師云」、「趙云」所轉引或編纂者摘自詩話筆記中的東坡論杜之語。

關於新刊杜詩二十五、二十六兩卷贋品，杜詩引得序認爲此殆曾板殘闕，後人乃依目録就蔡夢弼草堂詩箋及高崇蘭本，取詩並注補刻。洪業曰：「雖二卷中之詩，仍是杜詩，其如不出於郭本何？此總是遺憾，不敢不舉以告讀者也。」周采泉杜集書録内編卷二曰：「其中即有二卷贋刻，只要讀者去僞存真，即太樸不完，仍不失爲瓌寶也。」雖然曾板殘闕卷二十五、二十六兩卷，不過，一首前後重複收録的杜詩給讀者絶佳的機會窺一斑而見全豹，了解曾板原刻的基本面貌。卷二十六登高復見於卷三十九日五首其五。如上洪業先生所云，卷二十六所載是贋品，非郭知達原編，而復見於卷三十所載爲郭知達原編。爲便於比較分析，現摘録如下：

登高

風急天高猿嘯哀，王洙曰：宋玉云：天高而氣清。潘安仁：勁風凄急。渚清沙白鳥飛迴。無邊落木蕭蕭下，洙曰：江賦：尋之無邊。楚詞：洞庭波兮木葉下。又：風颯颯兮木蕭蕭。不盡長江衮衮來。萬里悲秋常作客，洙曰：宋玉悲秋。百年多病獨登臺。洙曰：相如多病，卧於茂陵。艱難苦恨繁霜鬢，潦倒新亭濁酒杯。洙曰：嵇康曰酒一盃。潦倒麄味。（卷二十六）

九日五首其五

趙云：舊本題下注云「闕一首」，非也。其一在成都詩中，今還補之。

風急天高猿嘯哀，渚清沙白鳥飛迴。無邊落木蕭蕭下，不盡長江衮衮來。萬里悲秋常作客，百年多病獨登臺。艱難苦恨繁霜鬢，潦倒新停濁酒杯。趙云：潘安仁云：勁風凄急。宋玉云：天高而氣清。四字兩出，合使方工。楚詞有「風颯颯兮木蕭蕭」。其「下」字使楚辭「洞庭波兮木葉下」。潦倒字、濁酒杯字，並出嵇康，蓋云潦倒麤疏，又曰濁酒一杯也。若潦倒義，則北史崔贍傳云：自天保以後，重吏事，謂容止醞藉者爲潦倒，贍終不改焉。如此則潦倒亦非不佳之語，故公又曰：多材依舊能潦倒。（卷三十）

元明兩代，新刊杜詩未見傳本，而蔡夢弼草堂詩箋、黄氏父子黄氏補注則廣泛流傳。元、明以及清初學者通常所能見的宋注大略如上卷二十六登高所示，載有僞王注，堆砌典故注釋，熟典也注，毫無針對性，且篇幅單窘；而卷三十郭氏原編本無僞注，所引趙注信實典雅，其注有重點，亦有辨析。同一首登高詩，同是宋人注，卻見兩種注釋風格，其注釋質量有着天壤之别。有趣的是，因編輯失誤而造成的這首在新刊杜詩中重複出現的杜詩，無意中讓讀者有機會了解已佚的二十五、二十六兩卷之郭知達原編概貌，據此比較新刊杜詩的宋注與元明清廣爲流傳的宋注爲何不同，從版本比較的視角思考爲何後人對宋注總體上評價不高的客觀原因。

二、新刊杜詩「獨削僞注」的學術價值與杜詩學史意義

郭知達編纂該書的目的之一就是去僞注。自序曰：「自箋注雜出，是非異同，多所牴牾。至有好事者，掇其章句，穿鑿附會，設爲事實，托名東坡，刊鏤以行。欺世售僞，有識之士，所爲

深歎！」又曰：「屬二三士友，各隨是非而去取之。如假托名氏、撰造事實，皆删削不載。」陳振孫直齋書録解題著録此書時，尤其看重郭氏刊削僞注的價值與意義，其曰：

杜工部詩集注三十六卷，蜀人郭知達所集九家注。世有稱東坡杜詩故事者，隨事造文，一一牽合，而皆不言其所自出。且其辭氣首末若出一口，蓋妄人依托以欺亂流俗者。書坊輒勦入集注中，殊敗人意。此本獨削去之。福清曾噩子肅刻板五羊漕司，最爲善本。

在僞注盛行的南宋中後期，陳振孫稱讚郭編本對僞注「獨削去之」。可見，刊削僞注在當時是一件大事，不可等閑視之。

錢箋略例曰：「杜詩昔號千家注，雖不可盡見，亦略具于諸本中。大抵蕪穢舛陋，如出一轍。」錢謙益從「宋人之注杜詩」與「宋人之解杜詩」兩方面對宋注展開猛烈抨擊。對宋代注家之錯繆，錢箋略舉八種弊端，曰僞托古人、僞造故事、傅會前史、僞撰人名、改竄古書、顛倒事實、强釋文義、錯亂地理，冀以資隅反。錢氏的批評切中了僞注的要害，適用於充斥僞注的十家注、百家注、千家注、分門集注、草堂詩箋等，然郭知達編本刊削了僞注，與其他宋注本絶非同類，不可一概論之。

那麽，宋代的僞注源自哪裏？如何識辨僞注？從版本學角度而論，新刊杜詩「獨削僞注」爲什麽會引起時人的關注與推崇？以下從四個方面逐一論之，以期釐清這一杜詩學的重大問題。

（一）「僞注」與「正注」

僞注與「正注」乃相對而言，有「正注」才有「僞注」。何謂「正注」？乾隆御製題九家注杜詩曰：「九家正注宜存耳，餘氏支辭概去之。」乾隆以郭知達所編九家注爲「正注」，餘下的坊刻本、私刻本之注爲「支辭」，應一概根除。這裏所謂「正注」之「正」，非「正統」之謂也，乃真實規範、無徵不信之意。新刊杜詩中的「六家」注，屬於此類正注。較之「僞注」，「正注」往往具備以下特點：一是注家實有其人，二是注本有文獻著録，三是其注釋内容有文獻依據。新刊杜詩是識辨僞注的試金石。若輔之以早期坊刻十家注殘本相佐證，可清楚地識辨僞注，並追溯僞注的來源。

以下從新刊杜詩與十家注、百家注的版本比較來看僞注本的一般特點：（例一「從版本比較看僞注本的一般特點」）

春日無人境，虛空不住天。蓋取佛書不住相，謂天運無常以成四時。師云：庚信賦：心遊不住之天。趙云：孫綽天台賦序：踐無人之境。杜牧之傳：若涉無人之地。鶯花隨世界，樓閣寄一作倚。山巔。趙云：言當春時，處處有鶯花。世界字，又取佛書中語也。爾雅、釋名：山頂曰巔。遲暮身何得，登臨意惘然。言身老而未有所得也。誰能解金印，蕭洒共安禪。一云三車將五馬，若箇合安禪。趙云：此二句蓋諷四刺史。誰能解所佩之金印而相與安禪聖？按，陶潛解綬去職；又，温遜嘗爲邑宰，解印綬而去。（陪李梓州王閬州蘇遂州李果州四使君登惠義寺，新刊杜詩卷二十四）

春日無人境，虛空不住天。杜云：取佛書不住相意，謂天運無常以成四時。鶯花隨世界，樓閣倚山巔。倚，一作寄。爾雅、釋名：山頂曰冢，亦曰巔。遲暮身何得，言衰老而未有所得也。登臨意惆然。誰能解金印，趙云：所以諷四使君也。瀟灑共安禪。一云三軍將五馬，若箇合安禪。蘇曰：王得至少室山寺，愛其瀟灑，顧弟侍語曰：「好解金印，共此安禪，庶免榮華之事。」弟笑而不答。（同上，十家注卷八）

春日無人境，虛空不住天。修可曰：取佛書不住相意，謂天運無常以成四時。覺範曰：不住者，言無著也。鶯花隨世界，樓閣倚山巔。洙曰：倚，一作寄。爾雅、釋名：山頂曰冢，亦曰巔。遲暮身何得，洙曰：言衰老而未有所得也。登臨意惆然。誰能解金印，趙曰：所以諷四使君也。瀟灑共安禪。洙曰：一云三軍將五馬，若箇合安禪。蘇曰：王得至少室山寺，愛其瀟灑，顧弟侍語曰：「好解金印，共此安禪，庶免榮華之事。」弟笑而不答。（同上，百家注卷十七、分門集注卷八）

對照此詩的四種注本，可注意以下幾點：其一，題下注，新刊杜詩有趙云「師民瞻本作章梓州」云云，被十家注、百家注、分門集注刊落。其二，新刊杜詩「趙云」計三條，十家注、百家注等注本刊落了兩條，僅保留的一條「趙云」也被刪削大半。其三，新刊杜詩一條「師云」注被刊落。其四，新刊杜詩兩條不署名之舊注，其中一條其在十家注是「杜云」，而在百家注則成了「修可曰」。其五，僞蘇注，即托名蘇軾的「蘇曰」，該注首次出現在十家注，百家注、分門集注又沿襲了十家注中的僞蘇注。其六，僞王注，即托名王洙的「洙曰」，該注首次出現在百家注，略晚於百家注的分門集注在「集注」上與百家注同。其七，從「集注」的編輯來看，百家注、分門集注依據十家注而改編，新刊杜詩則與之明顯不同。

以上百家注與十家注相較，僅增加了「覺範曰」所注數字，卻號稱「百家」，此乃坊賈虛誇習氣。新刊杜詩徵引詳實，文字典雅，文氣連貫；坊刻本則相當粗製濫造。可見，錢箋略例毫無區別地將所有杜詩宋注一棍子打倒，有失公允。在南宋僞注泛濫的時代，郭知達所編新刊杜詩「獨削僞注」，開闢了宋代杜詩學正確的發展方向，對清初錢箋刊削僞注起了先導作用。

（二）「注僞」之僞注：僞蘇注與僞師古注

僞注的種類與形式多樣，不能籠統而談。從僞注之「注」來區分，大致可分爲「注僞」之僞注與「人僞注不僞」之僞注兩類。前者以僞蘇注與僞師古注爲代表。如：（例二「僞蘇注」）

使君騎紫馬坡云：謝靈運出守永嘉，人曰騎紫馬者乃太守也。蓋當日靈運、宗文東同治郡，猶今之守倅並行也。永嘉今有紫馬詞尚傳，乃播謝之德也。（山寺，十家注卷八，又見百家注卷九、分門集注卷八。「坡云」，百家注、分門集注作「蘇曰」）

僞蘇注最早出現在今存的海内孤本十家注中。此條僞蘇注據杜詩「使君騎紫馬」句，緣文生義，杜撰謝靈運守永嘉騎紫馬的故事，杜撰人名宗文東同謝靈運同治郡以及謝靈運紫馬詞在永嘉流傳的掌故，頭頭是道，假的説得像真的一樣，極易欺亂流俗。檢新刊杜詩卷九「使君騎紫馬」句，無此「蘇曰」僞注。又如：（例三「僞蘇注」）

昏黑應須到上頭蘇曰：常（宗）〔琮〕侍煬帝遊寶山，帝曰：「幾時到上方？」琮曰：「昏暗應須到上頭。」左右失笑。帝曰：「淳古君子也。」（涪城縣香積寺官閣，十家注卷八，又見百家注卷十七、分門集注卷八。「坡云」，百家注、分門集注作「蘇曰」）

此僞蘇注作僞方式與上例同轍。檢新刊杜詩卷二十四「使君騎紫馬」無此僞蘇注。新刊杜詩卷十八奉寄河南韋尹丈人詩趙次公云「又近傳東坡杜詩事實一編」、「然東坡事實乃輕薄子所撰」云云，談及僞蘇注在當時的影響。趙次公認爲僞蘇注乃「輕薄子」所撰，游談無根。胡仔苕溪漁隱叢話後集卷八亦云：「若近世所刊老杜事實，及李歜所注詩史，皆行於世。其語鑿空，無可考據，吾所不取焉。」可見當時士大夫對僞蘇注嗤之以鼻。

僞師古注晚於僞蘇注。僞師古注最早出現在南宋孝宗朝刊行的百家注中。百家注的編輯當在紹興二十七年(一一五七)王十朋狀元及第後。稍後刊行的分門集注在編次上與百家注不同,集注上則相同,刊有大量僞蘇注與僞師古注:(例四「僞師古注」)

尸鄉餘土室,難説一作誰話。呪雞翁。後漢地理志:偃師有尸鄉。列仙傳:呪雞翁居尸鄉下,養雞百餘,各有名字,呼名則種别而至。趙云:舊本又云「一作誰話鬭雞翁」。公題下注云故盧在偃師云云。以義詳之,「難説」字當以「誰話」爲正;「鬭雞翁」無義,當以「呪雞翁」爲正。蓋言誰人話及呪雞翁乎?惟我韋丈人而已。或云,「難説」謂難説得到也。衆人難得説到,而韋丈人獨念之,亦有義,然講解費力。(奉寄河南韋尹丈人,新刊杜詩卷十八)

尸鄉餘土室,難説洙曰:一作誰話。祝雞翁。洙曰:後漢地理志:偃師有尸鄉。列仙傳:祝雞翁居尸鄉山下,養雞百餘,各有名字,呼名則種别而至。鄭曰:列仙傳:祝雞公,洛陽人。師曰:甫以孔融自比。客來傳説韋尹詣甫,動静如何。甫尚隱居,蹤迹無定。不若韋列鼎而食,猶善詩章,故云繼國風。疏放,甫自謂也。甫既不仕,惟以濁酒適懷,丹砂自養,任短褐漂泊,雪蒲白頭。牢落,無所成就之義。乾坤雖大,若無所容身。道術空,言無道術也。薊子比韋尹,慚見知於韋。真怯笑揚雄,甫以貧蹇爲時訕笑,有若雄爲當世所嘲也。盤錯，言事繁劇。韋善決斷，人畏其政若神明。吼雞翁，甫以自比。（同上，百家注卷三十一、分門集注卷十九）

「吼雞翁」舊本作「鬬雞翁」，從新刊杜詩所引趙注「『鬬雞翁』無義，當以『吼雞翁』爲正」云云，知郭氏編纂時吸收了趙注的考辨成果後定作「吼雞翁」。坊本百家注與分門集注則棄用此條趙注，代之以冗長的僞師古注。師古杜撰韋尹曾訪杜甫以窺探其生活近況的故事，無文獻出處，牽强附會。又，此詩題下原有杜甫自注：「甫故廬在偃師，承韋公頻有訪問，故有下句。」二王本杜集與新刊杜詩均有此條「公自注」，而百家注、分門集注則將「公自注」冠名曰「洙曰」，變成了托名「王洙」的僞王注。

又：（例五「僞師古注」）

尚書勳業超千古，雄鎮荆州繼吾祖。趙云：尚書鎮荆州，言李之芳也。繼吾祖，則公自言杜預也。預在晉爲鎮南大將軍，都督荆州諸軍事。（惜别行送向卿進奉端午御衣之上都，新刊杜詩卷十五）

尚書勳業超千古，雄鎮荆州繼吾祖。趙曰：尚書鎮荆州，言李之芳也。繼吾祖，則公自言杜預也。預在晉爲鎮南大將軍，都督荆州諸軍事。師曰：尚書指向卿之父珣，鎮荆南。昔向秀繼杜預節鎮於此，故云繼吾祖。（同上，百家注卷二十九、分門集注卷二十五）

錢謙益略例痛斥僞師古注云：「向秀在朝，本不任職，而曰繼杜預鎮荆。此類如盲人瞽説，不知何所自來。而注家尤傳之。」這一荒唐的盲人瞽説出自僞師古注。此詩趙次公已清楚地注明尚書指李之芳，而百家注、分門集注在已引趙注的前提下，卻仍引「師曰」注「尚書指向卿之父珣」，自相矛盾。無奈錢氏斥之曰「蜀人師古注尤可恨」！

僞師古注與僞蘇注同爲「注僞」之僞注，在杜撰人名、掌故等作僞手段上類似，不過二者亦有不同。僞蘇注偶爾剽竊舊注以及杜田、趙次公諸家注，然絕大部分注仍出自「僞蘇」；僞師古注則往往東挪西借，盜用舊注及杜、趙等家之注；此外，喜用淺語串講全篇，頗有説書家習氣。

（三）「人僞注不僞」之僞注：僞王洙注、僞修可注、僞定功注

此類「注」真實有來源，但冠名爲僞造或假托。其中以假托「王洙」之「洙曰」注以及全部取資杜田之「修可曰」、「定功曰」爲典型代表，少量的「黄曰」、「輔曰」、「十朋曰」注也屬於這一類型。

如：（例六「僞修可注」）

吾孫騎曹不記馬杜田補遺：世説：王子猷爲桓沖騎曹參軍。桓問曰：卿何署？

曰：不知何署？時見牽馬來，似是馬曹。又：所管有幾馬？曰：何由知其數？又問：馬死多少？曰：未知生，焉知死。（寄從孫崇簡，新刊杜詩卷十三）

吾孫騎曹不記馬杜云：世説：王子（獻）〔猷〕爲桓沖騎曹參軍。桓問曰：卿何署？答曰：不知何署？時牽馬來，似是馬曹。又：所管幾何？曰：何由知數？又問：馬死多少？曰：未知生，焉知死。（同上，十家注卷九、增廣集注卷九）

吾孫騎曹不記馬修可曰：世説：王子（獻）〔猷〕爲桓沖騎曹參軍。桓問曰：卿何署？答曰：不知何署？時牽馬來，似是馬曹。又：所管幾何？曰：何由知數？又問：馬死多少？曰：未知生，焉知死。（同上，分門集注卷九）

以上，新刊杜詩之「杜田補遺」注，在十家注、增廣集注是「杜云」注，在百家注、分門集注中成爲「修可曰」注。

又如：（例七「僞定功注」）

鍊金歐冶子，噴玉大宛兒。杜補遺云：穆天子東遊黄澤，宿于西洛。謡曰：黄之澤，其馬歕玉，皇人壽穀。又賈復顧兒謂弟曰：此吾宗大宛兒也，一日千里亦可。歕與噴同。（同豆盧峰貽主客李員外賢子棐知字韻，新刊杜詩卷三十六）

鍊金歐冶子，噴玉大宛兒。杜云：穆天子東遊黄澤，使宮樂謡曰：黄之澤，其馬

噴玉，皇人壽穀。又賈復顧兒謂弟曰：此吾宗大宛兒也，一日千里亦可。歕與噴同。（同上，十家注卷八）

練金歐冶子，噴玉大宛兒。定功曰：穆天子東遊黄澤，使宫樂謡曰：黄之澤，其馬歕玉，皇人壽穀。又賈復顧兒謂弟曰：此吾宗大宛兒也，一日千里亦可。歕與噴同。（同上，分門集注卷八，亦見百家注卷三十二）

這一組與上一組例類似，只是新刊杜詩之「杜補遺云」、十家注和增廣集注之「杜云」，在百家注、分門集注被冠上「定功曰」。坊刻本爲了作僞，通常在著録集注姓氏時製造混淆，如薛蒼舒一人作兩人著録曰「薛氏蒼舒續注子美詩」、「薛氏夢符廣注子美詩」；杜田一人著録成三人，曰「城南杜氏修可續注子美詩」、「杜氏名田字時可著補遺」、「杜氏定功」，實則杜修可、杜定功二人之注全部出自杜田，坊本僞造人名杜修可、杜定功來切分杜田一人之注。可參筆者拙作杜田考論（杜甫研究學刊一九九八年第四期）。

（四）如何辯證地看待「僞注」

僞注的産生是有社會文化背景的。南宋末王炎午曰：「且今觀詩者，多因注以廣記問。若太簡則不諧俗，不諧俗則難爲售，此必然之勢。」（回耘廬劉堯咨，吾汶藳卷一）尤可留意「不諧俗」與「難爲售」之間的關係問題。時人對杜詩注本的總體期待是不能注得太簡，要諧俗才有銷路。以上僞蘇注與僞師古注通俗易懂，實在「諧俗」，能吸引見書不廣但追慕文采風流的一般士子，廣開銷路。現存的宋注本如十家注、百家注、分門集注、千家注均爲坊刻本，蔡夢弼草堂詩箋亦刊有大量僞注，其中千家注與草堂詩箋在元明以及清初廣爲流傳，不難發現僞注之「諧俗」與圖書市場的導向及其注本流傳之間的内在邏輯。

杜詩的僞注影響惡劣，遮蔽了宋注的真實價值。然而僞注傳播面極廣，影響深遠，部分僞注甚至得到普遍接受與認同。

如：（例八「源自僞注的成語：名韁利鎖」）

方期拾瑤草蘇曰：東方朔與友人書曰：不可使塵網名韁拘鎖。怡然長嘯，脱去十洲三島，相期拾瑤草，吞日月光華，共輕舉爾。（贈李白，百家注卷一）

方期拾瑤草杜補遺：江文通別賦：惜瑤草之徒芳。李善注高唐賦序云：我帝之季女，名曰瑤姬，未行而亡，封于巫山之臺。精神爲草實曰靈芝。又李注「瑤草正翕赩」曰：瑤草，玉芝也。山海經曰：姑瑤之山，帝女死焉，名曰女尸，化爲瑤草，其葉胥成，其華黄，其實如兔絲，服之者媚於人。（同上，新刊杜詩卷一）

上條百家注所引僞蘇注用真人真事雜糅杜撰奇人軼事，像説書一樣娓娓道來，富有感染力。

對照新刊杜詩所引杜田補遺，引經據典，充滿學究氣，略顯枯燥。從傳播學的角度來看，坊本百家注「諧俗」，可吸引廣泛大衆，具有傳播優勢。此條僞蘇注通過僞造「東方朔與友人書」，堂而皇之登上了大雅之堂。如全上古三代秦漢三國六朝文全漢文卷二十五居然輯録東方朔與友人書，全文共四十一字，與上百家注所引一字不爽。出自僞蘇注的「名韁利鎖」作爲成語收録在臺灣教育研究院編纂的成語典中。字典在「名韁利鎖」出處所附的參考資料中，引用了上述東方朔與友人書，並附説明曰：「因出處不明，故置於參考資料。後來『名韁利鎖』這個成語用來比喻人因名利的羈絆而不得自由。」由此可見僞注的傳播力與影響力。綜觀所有僞注，此條僞蘇注大概是作僞最成功的個案了，既被收入一代文學總集，又被納入基礎教育的成語典，代代相習。「名韁利鎖」這一成語，人們早已耳熟能詳，已不太關心其來源的真假了。

現存最早的僞注本十家注大概成書於宋室南渡前後。後之注本如草堂詩箋、黄氏補注以及劉辰翁評點本等均刊載僞注，在元明清三代不斷被翻刻，影響極爲深遠。自南宋歷經元明清，僞注的傳播歷史迄今已有九百年左右，僞注已進入各類文獻典籍。杜詩僞注可以辨析、批評，但很難被消滅殆盡。

宋代杜詩僞注作爲一種客觀的存在，從一定意義上説，它已經超出了杜詩學的範疇，進入大衆傳播學視野，成爲了解宋代社會生活史的一面鏡子。探討宋代杜詩僞注中僞造的各類掌故及其傳播，不失一個有趣的話題。話説回來，在南宋僞注盛行的文化環境下，新刊杜詩「獨削僞注」，在杜詩學史上具有超越時代的意義。宋注本新刊杜詩與清注本錢注杜詩前後相距五百多年，二者痛削僞注，異代同功，均可譬之曰「鑿開鴻蒙，手洗日月」。

三、新刊杜詩的「集注」成就及其對宋代杜詩注的貢獻

宋人對本朝杜詩注的看法如何呢？首先，宋人認爲杜詩需要注。在宋人看來，杜甫「讀書破萬卷」，往往一字綮切，必有來處，需要通過注釋來解決閱讀障礙。其次，宋人對本朝人注杜甚不滿意，如東坡詩話曰「讀書不廣」而注杜，鮮不見笑；陸游更加激憤地説：「近世注杜詩者數十家，無一字一義可取」（跋柳書蘇夫人墓誌）。再次，宋代士大夫精英對杜詩注的關注與期待，激發了學者的注杜熱情；崇杜尚杜的社會文化風尚催生着巨大的需求市場。因而宋代杜詩注本在編纂上不斷地推陳出新，出現「千家注杜」盛況，也導致了注本良莠不齊。郭編本杜集廣集衆注，詳引趙注，別裁得體，其「集注」的學術價值在當時已得到公認與推崇，是杜詩宋注最高成就的代表。

（一）郭知達編本杜集的兩大優勢與曾噩重刻郭編本的內在關聯

南宋中後期坊刻僞注本充斥着商業圖書市場。郭知達編本獨削僞注、詳引趙注，這兩大優勢與其注本被重刊因而得以保存下來有着直接關係。

趙次公注杜詩最早見於晁公武郡齋讀書志著録。袁州本四上「趙次公注杜詩五十九卷」條稱：

> 本朝自原叔以後，學者喜杜詩，世有爲之注者數家，率皆鄙淺可笑，有原甫名（衢州本作「有托原叔名者」），其實非也。呂微仲在成都時，嘗譜其年月；近時有蔡興宗者，再用年月編次之。而次公者，又以古、律詩雜次第之，且爲之注。兩人頗以意改定其誤字，人不善之。（衢州本「字」下有「云」字，無「人不善之」四字。）

袁州本郡齋讀書志稱蔡興宗、趙次公「兩人頗以意改定其誤字，人不善之」，而衢州本郡齋讀書志只稱「兩人頗以意改定其誤字」，無「人不善之」，頗值得注意。狀元汪應辰對蔡興宗以意改字甚爲憤慨，書少陵詩集正異曰：

> 知正異者，特其書之一節耳，不可以孤行也。此書詮次先後，考索同異，亦已勤矣。世傳杜詩，往往不同，前輩多兼存之；今皆定從某字，其自任蓋不輕矣。詩以氣格高妙、意義

精遠爲主。屬對之間，小有不諧，不足以累正氣。……此直以己意所見，徑行竄定，甚矣其自任不輕也！（文定集卷十）

汪應辰尤其不滿蔡興宗正異以己意定從某字，而不存異文。王洙於寶元二年（一〇三九）編定杜工部集時並載異文，且保留了杜甫自編集時的「自注」，後人稱之「公自注」。嘉祐四年（一〇五九）王琪刊行王洙編本時保留了王洙所録異文。王琪杜工部集後記曰「義有兼通者，亦存而不敢削」。趙次公對待異文的態度與蔡興宗不同，保存異文，深入辨析，合理取捨。新刊杜詩中趙次公注不少地方引用蔡本的異文。如卷二悲陳陶「群胡歸來血洗箭」趙云：「蔡伯世卻取一作云『雪洗箭』，非是。」卷十六岳麓山道林二寺行「物色分留與老夫」趙云：「舊本作『分留與老夫』，『與』一作『待』，當以『待』爲正。蔡伯世云『作與字意乃淺近』，是。」卷二十一登樓「錦江春色來天地」趙云：「一作『錦江春水流天地』，此惑於登新津樓，見成都江之來也，便不如『錦江春色來天地』之含蓄，而蔡伯世取之，非矣。」卷十六聶耒陽以僕阻水書致酒肉療飢荒江「前期翰林後」趙云：「舊本『前期翰林後』，蔡伯世云『别本作前朝』，其説是。豈聶之父祖，嘗爲翰林之職乎？」此爲杜甫的晚年詩篇。「前期」蔡興宗所據别本作「前朝」，或聶耒陽之父祖嘗爲翰林，與杜甫之父祖有舊，由此似可解釋耒陽聶令在杜甫生命垂危之際具舟致酒肉迎歸的緣由。「前朝」與「前期」僅一字之别，卻對了解杜甫晚年的生活狀況大有關係。上述例文可見，蔡興宗校定杜詩的異文並非全無功勞，可惜他徑改而不存異文，因此受到非議。關於趙次公的杜詩證誤情況，試舉兩例：（例九「辨異文『兩脚』與『雨脚』」）

> 出門復入門，兩脚但如舊。（九日寄岑參，二王本杜集卷一）
>
> 出門復入門，兩陳作雨。脚但一作仍。如一作但仍。舊。（同上，錢箋卷一）
>
> 出門復入門，雨一作兩。脚但如一作仍。舊。趙云：雨脚，一作兩脚。蓋雨脚，選詩雨足之義，而語是方言。公詩又云「雨脚如麻未斷絶」，亦此也。若人兩脚則無義。既出門而往矣，又却入門，何哉？以雨脚如舊也。（同上，新刊杜詩卷一）

從杜集版本上看，二王本定作「兩脚」，可見「雨脚」誤作「兩脚」，源自祖本；錢箋之底本是南宋初吴若本，亦作「兩脚」，異文「陳作雨」。新刊杜詩則刊定作「雨脚」，存異文「一作兩」，且引趙次公的異文考訂。此詩，分門集注卷三、草堂詩箋卷五（蔡甲本）、黄氏補注卷一直接吸收利用趙氏的考訂成果，均刊作「雨脚」，然既不出異文，也將趙次公的考辨文獻刊落。若没有新刊杜詩，類似這樣極有學術價值的杜詩校勘文獻就會湮没。此條宋注校勘成果，清注本杜詩詳注卷三也加以利用了。

又如：（例十「辨異文『萬里橋南』與『萬里橋西』」）

> 萬里橋西宅，百花潭北莊。浣花草堂在萬里橋西，地有百花潭。趙云：舊本作

橋南，非是。公詩：萬里橋西一草堂，百花潭北即滄浪。（懷錦水居止二首其二，卷二十七）

詩題懷錦水居止，則「萬里橋西宅」之「宅」指杜甫的宅居成都浣花草堂。「萬里橋西」，「西」，二王本卷十四作「南」。十家注卷七、百家注卷二十一、分門集注卷七以及錢箋卷十四均同二王本作「南」，唯新刊杜詩定作「西」。這一異文的產生蓋緣於下句有「北莊」，故有學者誤改杜詩上句「西宅」爲「南宅」，以對「北莊」。趙次公發現了這一問題，以杜證杜，引狂夫「萬里橋西一草堂，百花潭北（通行本作「水」）即滄浪」，訂正作「萬里橋西宅」。杜詩詳注卷十四也利用了這一宋注考訂成果。

杜詩多異文，宋人對本朝人改「詩聖」杜甫的詩異常敏感。例如卷一首篇奉贈韋左丞丈二十二韻「白鷗没浩蕩」趙云：「世間本多作『波』字，東坡定作『没』字，言鷗滅没於煙波間，而浩蕩遠去，尤有義理。而宋敏求謂鷗不解『没』，作『波』字，便覺一篇神氣索然也。」事實上，祖本二王本卷一作「波」。據趙次公注，則「没」字原爲蘇東坡所改，宋敏求不同意，復改回作「波」。不過，新刊杜詩刊作「没」，也存異文「波」。可見，郡齋讀書志袁州本與衢州本對趙次公證誤的不同評價，並非僅關涉趙次公的證誤成果本身，而是如何正確對待和處理異文的問題。從新刊杜詩中的趙注來看，趙次公在彙集異文、辨析異文、保存異文等方面的貢獻是杜詩宋注最有寶貴價值的部分。若十家注、百家注、分門集注、草堂詩箋等刊落趙次公的異文辨析文獻，其「集注」、「會箋」價值與新刊杜詩相比，不可等同。金元好問杜詩學引稱「蜀人趙次公作證誤，所得頗多」，這一評價是客觀公允的。

在此順便談及有關趙次公名字的著録情況。周采泉杜集書録卷一趙次公集注杜詩五十卷題解曰：「宋趙彦材校定。彦材，字次公，蜀人。各家轉引，皆稱次公，或尊稱趙傁。按『彦』字爲趙宗室行輩，過去作名次公，字彦材，非。」此説不確。郭知達自序曰「得王文公、宋景文、豫章先生、王原叔、薛夢符、杜時可、鮑文虎、師民瞻、趙彦材凡九家」，郭序對後六人均以字非以名相稱，據此則「趙次公字彦材」爲是。分門集注集注姓氏著録趙次公兩次：「西蜀趙氏次公字彦材，著正誤」、「趙氏彦材」。坊刻本作僞時將一人分别當作兩人或三人著録，往往類此。

元好問杜詩學引論及杜詩僞注時稱：「托名於東坡者爲最妄。非托名者之過，傳之者過也。」元好問稱僞注固然可恨，然刊行僞注、傳播僞注更可恨。南宋晚期，仕宦於嶺表的曾噩不滿當時行世的數十種杜詩注本，選取郭知達編刻本在廣東五羊漕臺進行覆刻。曾噩重刊序曰：

「讀書破萬卷，下筆如有神。」此杜少陵作詩之根柢也。觀杜詩者，誠不可無注。然注杜詩者數十家，乃有牽合附會，頗失詩意，甚至竊借蘇坡名字以行，勇於欺誕，夸博求異，挾僞亂真，此杜詩之罪人也。惟蜀士趙次公爲少陵忠臣。今蜀本引趙注最詳，好事者願得之，亦未易致；既得之，所恨紙惡字缺，臨卷太息，不滿人意。兹摹蜀本，刊於南海漕臺。會士友以正其脱誤，見者必當刮目增明矣。

曾噩明確表示「觀杜詩者，誠不可無注」，關鍵問題是怎樣去「注」。他稱僞注「勇於欺誑，夸博求異，挾僞亂真」，斥之爲「杜詩之罪人」，而盛讚蜀士趙次公爲「少陵忠臣」。一正一反，態度鮮明。當時流傳的杜詩注本衆多，曾噩選定郭編本並投入精力與巨資在廣東五羊漕臺精校重刊，隱惡揚善，弘揚「少陵忠臣」之注。曾噩對待杜詩僞注的立場和態度與元好問不謀而合。郭編本原刻在南宋晚期已不易得，後來失傳；今所存郭編本均出自曾噩的五羊漕臺重刻本。若無曾噩覆刻以廣其傳，郭編本的命運可想而知。從某種意義上説，編纂者郭知達對杜詩注的取捨態度及其「獨削僞注」、「詳引趙注」的别裁之功扭轉了其注本的歷史命運。

（二）新刊杜詩中的「六家」注對李善文選注傳統的繼承與發揚

「舉先以明後」、「引後以明前」，是李善注文選的總例，也是中國古代集部箋注的傳統。文選卷一班固兩都賦序「或曰：賦者，古詩之流也」注：

毛詩序曰：詩有六義焉，二曰賦。故賦爲古詩之流也。諸引文證，皆舉先以明後，以示作者必有所祖述也。他皆類此。

又，「臣竊見海内清平，朝廷無事」注：

蔡邕獨斷，或曰：朝廷亦皆依違尊者，都舉朝廷以言之。諸釋義或引後以明前，示臣之任不敢專。他皆類此。

杜甫重視文選。新刊杜詩所引舊注、薛夢符、杜田、師民瞻、趙次公以及鮑彪「六家」注，繼承了李善文選注的傳統。「遞相祖述復先誰」趙云：

唐乾封郊祀詔曰：其後遞相祖述，禮儀紛雜。而在文章言之，則沈休文作謝靈運傳論曰：異軌同奔，遞相師祖。李善注文選亦曰：諸引文證，皆舉先以明後，以示作者必有所祖述也。然則祖述者，文人烏能輒已邪？故雖孔子亦曰祖述堯舜，豈專自己出哉！（卷二十二戲爲六絶其六）

又，卷三十一宗武生日「熟精文選理」趙云：

公詩嘗曰「續兒誦文選」，則「熟精文選理」者，所以責望於宗武也。公詩使字多出文選，蓋亦前作之菁英，爲不可遺也。公又曰「遞相祖述復先誰」，則公之詩法豈不以有據而後用邪？

趙次公闡述杜甫的詩法「以有據而後用」，與李善文選注「舉先以明後」的注釋法則相貫通。「舉先以明後」的注釋方式被宋代諸家普遍地運用到注杜中。如：（例十一「釋語典『矛戟』」）

他日辱銀鈎，森踈見矛戟。薛夢符云：北史：李義深有當世才，而用心險峭。時人語曰：矛戟森森李義深。師云：李隅詩：筆落字有力，矛戟空縱横。杜田補遺：世説：裴令見鍾士季如觀武庫，但見矛戟。詳觀是詩，所謂矛戟，非心之險峭，蓋言書之快利，森森如矛戟。趙云：言裴施州之藏書好學，能書也。劉向傳云：博極群書。銀鈎，索靖叙草書云：婉若銀鈎，飄若驚鸞。矛戟字，薛非是。書苑：歐陽詢尤工行書，出於大令，森然如武庫之矛戟。大令，王獻之。（鄭典設自施州歸，卷十三）

此條集注包括薛夢符、師民瞻、杜田、趙次公四家注，比較有代表性。集注的重點是語典「矛戟」及其詩旨問題。薛夢符注引北史李義深事注「矛戟」，指用心險峭，曲解了杜甫的詩意，典源也引錯了。師民瞻、杜田、趙次公三家糾正薛夢符誤注。師民瞻引李隅詩、杜田引世説、趙次公引書苑，三人引典釋「矛戟」均從「用心險峭」轉到形容「書法快利」，言書之快利，如森森矛戟。此句杜詩談論裴施州的書法，趙次公徵引書苑最貼切。新刊杜詩最後引趙次公注解釋詩旨曰：「言裴施州之藏書好學，能書也。」再看清代杜詩詳注卷二此條注：

他日辱銀鈎，森踈見矛戟。薛道衡詩：布字改銀鈎。書苑：歐陽詢真行之書，出於大令，森然如武庫矛戟。裴向曾寄書於公，故有「龍蛇動篋蟠銀鈎」之句，此云銀鈎、矛戟，正引證其善書耳。

對照仇兆鰲杜詩詳注與宋注，可見至少在典故的探源上，仇注所引並没有超出宋注的範圍。宋人對杜詩的用典窮搜博採，且不斷地辨誤修正，不斷地完善每一條注釋，爲後世的杜詩注本掃清了注釋障礙，也爲拓展杜詩學的新領域奠定了基礎。

作爲彙集衆家注的集注本，新刊杜詩之「集注」基本能從整體上反映出每一條注釋是如何經過諸家之手而一步步完善發展的全過程。如：（例十二「辨異文『中宫』、『宫中』與『中官』」）

自平中宫一作官。吕太一吕太一，代宗時爲廣南市舶使。東坡詩話：自平宫中吕太一，世莫曉其義，妄者以唐有自平宫。偶讀玄宗實録，有中官吕太一叛於廣南，詩蓋云「自平中官吕太一」，故下文有「南海收珠」之句。見書不廣，輕改文字，鮮不爲笑。杜正謬云：以「自平」爲宫名，非。蓋中官吕太一爲市舶使，逐張休作亂，以兵平之，故云「自平中官吕太一」。宫中乃中官，傳印者誤。按舊史代宗紀，廣德元年十二月甲辰，宦官市舶使吕太一逐廣南節度使張休，縱兵大掠廣州。「中官」誤爲「宫中」明矣。趙云：杜田因東坡而爲之説，而事乃代宗時爲異也。今按資治通鑑亦載如此。詩話豈誤以代爲玄乎？中官字，范曄宦者論：於是中官始盛。（自平，卷十一）

據新刊杜詩之集注，此句應定作「自平中官吕太一」。祖本二王本卷六將「中官」誤作「中宮」，此一誤；舊注引東坡詩話言妄者誤以爲唐有「自平宮」，將「中宮」妄改作「宮中」，此二誤；杜田正謬引舊史代宗紀糾正舊注所引玄宗實録之誤，補充修訂舊注；趙次公認可杜田注，並引資治通鑑作旁證，另補注語典「中官」。此條集注旁徵博引，清楚地呈現了舊注、杜田、趙次公三家對「中官」的考辨過程。新刊杜詩中，類似這樣令人信服的大量杜詩校勘成果都經歷了衆人之手，精細考辨而得來。宋人於杜詩，實有功焉。

新刊杜詩中的「六家」注，在對杜詩典故的探源上，繼承與發揚了李善注「舉先以明後」的傳統。「六家」中以舊注出現最早，稍後是薛蒼舒。薛蒼舒補注杜工部集（見苕溪漁隱叢話後集卷八）針對舊注作補充糾正。薛之後是杜田。杜田注杜詩補遺正繆集（同上）對舊注、薛注進行了大量刊誤與補正。舊注、薛夢符、杜田三家總體上側重於杜詩的典故注釋。杜田擅長典章制度之沿革，通曉釋典，熟悉名物，且多引罕見之古書。師民瞻的異文校訂、注解詩旨是其所長。趙次公的杜詩注晚於舊注、薛杜師四家，吸收和利用了以上四家的注釋成果，故其注本呈現出總結式、集成式的特點。鮑彪注以編年爲主，偶涉考證。較之舊注、薛杜師趙五家注，新刊杜詩引鮑注最少。新刊杜詩的集注廣採衆家注，往往折衷於趙次公注。「六家」中，鮑彪與師民瞻兩家除偶引舊注外，未見引他人之注。師民瞻注僅被趙次公稱引，鮑彪注則未見他家稱引。「六家」注之間的注杜關係流程示意圖如下：

（三）從新刊杜詩看趙次公的杜詩注與詩學思想之價值

新刊杜詩所集「六家」注中，趙次公的注釋成就可謂卓爾不群，獨標一格。趙氏創造性地發展了文選注的傳統，注詩而有詩學。趙次公不僅注杜詩的典故事料，而且通過典故的注釋有針對性地探討杜詩的句法、意境、情思、語言風格以及作品的影響等等。這是趙次公對杜詩注的最大貢獻之一，也是他超越前代注家之處。趙次公杜詩注的詩學思想主要表現在杜詩的句法之學、「引後以明前」探討詩歌創作的「沿」與「創」及其鑒賞的法門，以及杜詩中的現實主義與人文精神的闡釋等三個方面。

其一，趙次公的句法之學。趙序曰：

> 留功十年，注此詩。稍盡其詩，乃知非特兩字如此耳，往往一字綮切，必有來處，皆從萬卷書中來。……若論其所謂來處，則句中有字、有語、有勢、有事，凡四種。兩字而下爲字，三字而上爲語，擬似依倚爲勢……又有用事之祖、有用事之孫。（林希逸竹溪鬳齋十一稿續集卷三十）

此爲趙次公句法之學的總綱。趙氏另有句法義例、紀年編次，蓋爲注釋凡例，與自序相結合，反映了趙次公注釋理論的完整性與系統性。句法義例與紀年編次雖已佚，不過新刊杜詩卷十三觀公孫大娘弟子舞劍器行引有紀年編次，卷十五惜别行送向卿進奉端午御衣「麒麟圖畫鴻雁行」、送重表姪王砅評事使南海「左牽紫遊韁」引有句法義例，由此可略知其概貌。一曰詩有詩法，句有句法；二曰典故有祖有孫，注典需知本始；三曰詩人相互依傍，典故和意象也會不斷地被沿用與創新；四曰注解詩歌需了解作品創作的背景，不可穿鑿。

新刊杜詩中的趙注重視分析杜詩的句法，如卷十八陪鄭廣文遊何將軍山林十首其五「綠垂風折笋，紅綻雨肥梅」趙云：「上句義言風折笋垂綠，下言雨肥梅綻紅。句法以倒言爲老健。」卷二十二早起「一丘藏曲折，緩步有躋攀」趙云：「一丘對緩步，此不拘以數對數，詩之老成者也。」何謂「老成」，趙次公亦有闡釋。卷二十二戲爲六絶其一「庾信文章老更成」趙云：「老成者，以年則老，以德則成也。文章而老更成，則練歷之多，爲無敵矣。故公詩又曰『波瀾獨老成』也。」又如，卷一首篇奉贈韋左丞丈二十二韻「讀書破萬卷」趙云：「中著一『破』字，則字著力而新奇矣。」

其二，關於「引後以明前」，趙氏多從創作上的借鑒與仿用、化用的角度進行闡釋，與其句法之學相輔相成。如：（例十三「『貢公喜』語典使用上的前後依傍」）

徒懷貢公喜趙云：貢公喜字，杜田於首篇止引劉孝標絶交論云：王陽登則貢公喜，罕生逝而國子悲。爲補舊注之遺。此豈獨出於劉孝標邪！陸機鞠歌行云：王陽登，貢公歡，罕生既没國子歎。孰謂前人不相依傍歟？此亦注文選所不到矣。（承沈八丈東美除膳部員外阻雨未遂馳賀奉寄此詩，卷十八）

趙注通過轉引杜田注來表達注釋觀點，其一，杜田注「貢公喜」引梁劉孝標，而没有引年代更早的晉陸機，此不知本始；其二，對於前後作者如何互相借鑒與化用，李善的文選注鮮有留意，而趙次公認爲這點非常重要，故曰「此亦注文選所不到矣」。

作者相互借用和依傍，指從前人佳句中受到啓發，在自己的創作中加以運用。善於運用前人的創作成果，可謂之脱胎换骨，點鐵成金。否則，只是運古襲古。如卷二十七旅夜書懷「星垂平野闊，月湧大江流」趙云：「東方璆嘗與盧照鄰分韻有云，洶湧大江流，公换一『月』字，點鐵成金矣。」又，卷三十六小寒食舟中作「春水船如天上坐，老年花似霧中看」趙云：「有士夫傳黄魯直云：前人詩有水面船如天上坐，杜公改一春字，而精神炯然，可謂點鐵成金。魯直之言如此。但學者未見前人何人詩也。次公獨見沈佺期釣竿篇亦曰：人如天上坐，魚似鏡中懸。豈正是此句而傳者不審邪？」然在創作上脱胎换骨地借鑒，點鐵成金地推陳出新，並非易事，雖杜甫也非盡善盡美，如卷二十七漫成「江月去人只數尺」趙云：「嘗聞士大夫云東坡先生有言，杜子美

『江月去人只數尺』，不若孟浩然『江清月近人』之不費力。此公論，不可廢也。」此可見趙次公的詩學批評有尺度有標準，非爲尊者諱。

趙次公曾注蘇東坡詩。他引證宋人在創作上對杜詩的依傍時，所引東坡最多，而非黄庭堅、陳師道等江西詩派的宗主，這點似乎出乎一般學者的預料。蘇東坡在創作上對杜詩的接受偏好也非沉鬱頓挫的憂國憂民之篇，而是杜甫展現自己生活化一面的戲謔幽默之作，或風格上的閑遠淡雅之作。如卷二十三江畔獨步尋花七絶句之六「黄四娘家花滿蹊」趙云：「東坡云：此詩見子美清狂野逸之態，故僕喜書之。昔者齊魯有大臣，史失其名，黄四娘獨何人哉！乃托於詩以不朽，可使覽者一笑。」從「僕喜書之」可見東坡在創作上對杜詩的接受傾向。杜詩「片雲頭上黑，應是雨催詩」經東坡仿用，成爲經久不衰的名句：（例十四「仿用、化用杜句『應是雨催詩』」）

片雲頭上黑，應是雨催詩。趙云：此蓋以爲戲也。雨甚，當速歸。而詩不了，則黑雲將欲爲雨以催之矣。東坡嘗使「纖纖入麥黄花亂，颯颯催詩白雨來」。（陪諸貴公子丈八溝攜妓納涼晚際遇雨二首其一，新刊杜詩卷十八）

片雲頭上黑，應是雨催詩。胡夏客曰：公子作詩，催之亦未必速就，「應是雨催詩」，調笑中卻有含蓄。趙曰：東坡詩「颯颯催詩白雨來」，句本於杜。（同上，杜詩詳注卷三）

在南宋作品裏，往往見到從這句杜詩脱胎的詩詞。如高翥山行即事二首其二「谿雲自爲催詩黑，忙殺條桑窈窕娘」（全宋詩第五十五册）；辛棄疾鷓鴣天鵝湖歸病起作「詩未成時雨早催」、永遇樂檢校停雲新種杉松戲作「又何事，催詩雨急，片雲斗暗」（稼軒詞編年箋注乙集卷二、丙集卷四）；周晉點絳唇訪牟存叟南漪釣隱「未成新句，一硯梨花雨」（絶妙好詞卷三）。「片雲頭上黑，應是雨催詩」被後人乃至當代詩人不斷仿用、化用，與蘇軾「颯颯催詩白雨來」仿用杜詩而產生的名句效應及趙次公揭示此句有詩趣的闡釋不無關係。上述清注本杜詩詳注之注亦不出宋注新刊杜詩所引趙次公注的範圍。以下清代學者對此句的點評亦可見名句的仿用而産生的影響：

片雲頭上黑，應是雨催詩。方回：以雨催詩，自老杜作古。前六句亦人之所不及。紀曉嵐：六句人尚可及。馮舒：落句偶然如此，便供江西一生摹仿，墮入鬼趣。查慎行：此種非少陵擅長處，然結語後人已作故事用。何義門：攜妓遇雨，正煞風景事，乃云應是催詩，興會轉勝。（同上，瀛奎律髓彙評卷十一）

其三，趙注對杜詩中的詩史精神、杜甫的高尚人格亦飽蘸筆墨，熱情謳歌。杜詩直筆而書的詩史精神，如卷一天育驃騎歌「遂令大奴守天育」趙云：「大奴之稱，公直犯毛仲之所諱而言，蓋亦欲因詩而著爲史矣，亦猶言李輔國，而曰『關中小兒壞紀綱』，謂其以閹奴爲閑廐小兒故也。」杜甫憂國愛民的忠義之心，如卷八送韋諷上閬州録事參軍「誅求何多門，賢者貴爲德」趙云：「此篇公憂國愛民之意切矣」、「此公之所遠慮也」。又如，卷二麗人行「慎莫近前丞相嗔」趙云：「譏其糅雜昵狎之事，而終之以直指丞相之薰灼，則公之不畏强禦可見矣！」卷十三赤霄行「丈夫垂名動萬年，記憶細故非高賢」師民瞻云：「公不以細故芥蔕於胸次，則與必報睚眦之怨者異矣。」趙次公亦云：「此句見公胸懷廓落無宿憾矣，乃顔淵犯而不校者乎？」趙注及其他宋人注杜善於從多方面發掘、闡釋杜甫的人性光輝。杜甫的詩聖地位在宋代確立，宋代的杜詩注起了推波助瀾的作用。

（四）從「集注」的學術價值看新刊杜詩在杜詩宋注本中的歷史地位

曾噩重刊序稱「今蜀本引趙注最詳」。那麽，郭知達在輯録趙次公注時做了怎樣的編輯工作呢？趙次公的注本現存丁、戊、己三帙，始宴戎州楊使君東樓至聶耒陽以僕阻水書致酒肉療飢荒江止，計二十六卷。對照新刊杜詩所輯録的趙注與趙本原編殘帙部分的詩注，郭編本在輯録趙注時所進行的編輯工作情况可大致歸納如下：其一，郭知達在編輯趙注時，忠實原注；其二，由於趙注本有集成性，郭知達對趙氏所引用的舊注、薛、杜、師四家注進行了適當的還原，即直接取材於諸家的原注本而非趙氏的轉引；其三，郭知達精減了趙注，其所删減部分主要是趙次公冗長的考證及前後重複的注文；其四，郭編本對趙注並非盲目照收，而是有所保留，並偶作補充、糾駁與證誤。如卷一送高三十五書記「高生跨鞍馬，有似幽并兒」，關於「鞍馬」典，舊注引南朝鮑照詩「鞍馬光照地」，趙次公以爲此非典之祖，應引更早的曹魏吳質的答東阿王書才是。郭知達曰：「今考西漢匈奴傳『文帝親御鞍馬』，則趙所引又在後矣。」又如，卷二十一王十五司馬弟出郭相訪兼遺營茅堂貲「肯來尋一老」，關於語典「一老」，杜田補遺引漢初應曜隱淮陽山中的故事，趙次公認爲杜田所引雖不錯，然「無祖」，其祖出左傳。郭編本纂「新添」注曰「一老」祖出詩經十月之交，並詰問道：「趙豈不見乎？」若將趙注原編與新刊杜詩中輯録的趙注進行比較閱讀，可更清楚地認識郭知達對待「集注」的嚴謹態度與別裁之功。

如：（例十五『仰干塞大明』一句中『看』、『天』兩處異文證誤）

仰干一作看。塞大明（木皮嶺，二王本杜集卷三）

仰干一作看。塞天趙作大。明趙云：仰干、俯入，指山而言也。若作仰看，則看字在人言之，又句法凡弱矣。塞大明，言其高而蔽塞日之明也。（同上，新刊杜詩卷六）

仰干洙曰：一作看。塞大明（同上，分門集注卷十一）

仰干塞大明（同上，杜詩詳注卷九）

「仰干塞大明」，祖本二王本的異文「干」一作「看」。二王本之後又產生了新異文，即「大」又誤作

「天」。趙次公認爲「看」字主體上指人，不合詩意，且句法弱；又曰「天明」無意，應作「大明」。此句，趙注定作「仰干塞大明」。郭知達纂集時，既保留異文，又輯録了趙次公的異文辨析文獻，供學者參考。而宋代坊本分門集注刊落趙次公的考訂文獻，僅存異文。清注杜詩詳注也利用了這一考辨成果。

趙次公的杜詩注考辨詳實，趙次公的杜詩解也精彩紛呈。在杜詩宋注本中，只有新刊杜詩相對完善地保存了趙注富有學術價值的注釋文獻。如：（例十六「『四更山吐月』之解」）

四更山吐月，殘夜水明樓。趙云：此篇首兩句古今絶唱。東坡先生深曉吐字之義，故取下句爲五韻，以賦五詩，自一更至五更，皆曰山吐月。又有句云明月翳復吐。月言吐字，出賁昶省中夜聞擣衣詩云：閶闔下重關，丹墀吐明月。蓋吐露其光之謂。殘夜水明樓，言夜將盡矣，登樓看月，其明照於水，而水光照樓。句法如此，不亦奇乎？（月，新刊杜詩卷三十二）

四更山吐月，趙次公曰：在夔州群山之中，故謂之山吐月。字出賁昶省中聞擣衣詩「丹墀吐明月」，蓋吐露其光之謂。殘夜水明樓。趙次公曰：言夜將盡矣，登樓看月，其明照於水，而水光照樓。沈括曰：詩第二字側入，謂之正格，如此句謂之偏格。唐名輩詩多用正格，杜詩用偏格者十無二三。余葵曰：王直方詩話云子美此二句才力富健。

（同上，分門集注卷一）

新刊杜詩在詩題下輯有趙次公的題解，探討此詩的創作時間與情境，被分門集注刊削。趙次公注引蘇軾對「四更山吐月」的藝術分析及其創作上的接受，也被分門集注刊落。「句法如此，不亦奇乎」，是趙次公對月詩注解的總結，也被分門集注刪掉。坊刻本廣引僞蘇注，卻刊去此類蘇軾現身説法討論杜詩藝術的文獻。以上趙次公對月詩注解的精華部分幾乎被分門集注刊削殆盡。分門集注僅存趙注「吐」字的語典，另增「沈括曰」、「余葵曰」云云，乃老生常談，此爲新刊杜詩所無。類似「四更山吐月，殘夜水明樓」這樣的名篇佳作，需要新刊杜詩中的趙次公典贍詳實之注、生動傳神之解，方足以匹配名篇。

又如：（例十七「『出夷陵』與『謁夷陵』之辨」）

遠山朝白帝，深水謁一作出。夷陵。（寄劉峽州伯華使君，二王本杜集卷十五）

遠山一作天。朝白帝，深水謁一作出。夷陵。（同上，錢箋卷十五）

遠山朝白帝，見上白帝城詩注。深水謁一作出。夷陵。峽州有夷陵縣。趙云：上句説夔州，蓋公之所在也。下句説峽州，劉使君之所在也。謁，或作出，非。蓋水至夷陵而愈深，所以謂之謁，用對朝字爲工爾。（同上，新刊杜詩卷二十九）

遠山朝白帝，洙曰：見上白帝城詩注。趙曰：説夔州，蓋公之所在。深水謁夷

陵。洙曰：謁一作出，峽州有夷陵縣。趙曰：說峽州，蓋言劉使君之所在也。（同上，分門集注卷十八，百家注卷二十二）

遠山朝白帝，公孫述自號白帝，有廟在峽州。深水謁王洙曰：謁一作出。夷陵。王洙曰：峽州有夷陵縣。夷陵乃峽州縣名。此言劉之峽州守也。（同上，蔡甲本卷三十一）

遠山朝白帝，洙曰：見白帝城詩注。深水謁夷陵。洙曰：峽州有夷陵縣。（同上，黄氏補注卷二十九）

以上六種杜集版本比較，非常有助於讀者辨析各種注本之「集注」以及對趙次公注的取捨情況。「深水謁夷陵」，「謁」一作「出」，異文源自二王本，錢箋之吴若本同二王本。新刊杜詩詳輯趙次公的考訂過程。趙取「謁」字、非「出」字，着眼於「遠山朝白帝，深水謁夷陵」二句的詩意及所描寫的地理環境，並且結合了詩歌的對仗藝術。蓋峽水流至下游夷陵愈來愈深，「謁」字較「出」字更貼切，且對「朝」字爲工。如此不只在校文字異同，也賦予詩句更高的審美意境與藝術表現力。百家注、分門集注、草堂詩箋、黄氏補注四種宋代杜詩集注本僅録異文「謁一作出」，刊削了趙氏對杜詩用字的考訂和詩藝闡釋的文獻，爲注而注，忽略了趙次公的考辨與注釋價值。因此，僅就「詳引趙注」而言，新刊杜詩與宋代其他注本相較，優劣自見。

此句，趙次公定作「謁」的一字之功，被後世廣泛接受。杜詩詳注卷十九「深水謁夷陵」作「謁」，並引趙注曰「謁對朝字爲工」。又，杜詩詳注卷十七哭王彭州掄引胡應麟曰：「杜警句，衆所膾炙外，排律中如『遠山朝白帝，深水謁夷陵』，『蛟龍纏倚劍，鸞鳳夾吹簫』，用字皆極工而不覺。此類甚衆，學者當細求之。」杜詩「遠山朝白帝，深水謁夷陵」作爲用字工而不覺的警句，後世學者不斷進行闡釋。如果追溯一下最原始的宋注文獻，可知趙次公精湛的考辨闡釋與杜詩警句的形成及其被接受有着密切關係。

關於趙次公對杜詩學的貢獻，劉克莊陳教授杜詩補注曰：「杜氏左傳、李氏文選、顏氏班史、趙氏杜詩，幾於無可恨矣。」通覽新刊杜詩中的趙次公注，可謂實至名歸。郭知達處於「千家注杜」的鼎盛時代，各種注本應運而生，良莠不齊。郭編之新刊杜詩慎抉擇，詳辨析，善取捨，無愧杜詩宋注本之冠冕。

四、新刊杜詩的文獻價值與版本價值

新刊杜詩保存了現已散佚的最詳實可靠的杜詩宋注文獻，包括杜詩異文、異文辨析及其注釋文獻。宋人注杜多引杜甫生活時代之前的典籍，其中包括數量衆多的唐以前古書。從這方面而論，新刊杜詩也是文獻輯佚的一大寶藏。

（一）僅見於新刊杜詩的異文、異文辨析及其文獻價值

相當多的杜詩異文，不見於杜詩祖本二王本以及其他宋注本諸如百家注、分門集注、草堂詩箋、黃氏補注，而僅見於新刊杜詩。從異文的產生及不同注本對異文的取捨，可爲杜詩闡釋學研究提供新的視角。略舉數例：

卷十屏迹「獨酌甘泉歌」，「獨」二王本卷五、諸種宋注本及錢箋卷十二均作「猶」；卷十一行官張望補稻畦「關山雲邊看」，「雲」二王本卷六、諸種宋注本及錢箋卷六均作「雪」；卷十六風雨看舟前落花，詩題「風」二王本卷二、諸種宋注本及錢箋卷八均作「寒」，杜詩詳注卷二十三作「寒」，異文郭作「風」；卷二十一和裴迪登新津寺寄王侍郎「登樓憶侍郎」，「樓」二王本卷十一、諸種宋注本及錢箋卷十一均作「臨」；同卷後遊「野闊煙光薄」，「闊」二王本卷十一、諸種宋注本及錢箋卷十一均作「潤」；同卷建都十二韻「漏網荷殊恩」，「荷」二王本卷十一、諸種宋注本及錢箋卷十一均作「辱」；又，卷十三西閣曝日「毛髮且自私」，「且自私」二王本卷七、百家注卷二十三、分門集注卷五、黃氏補注卷十三，以及杜詩詳注卷十八均作「具自和」，而蔡甲本卷三十二作「且自和」，又不同於諸本。比較杜詩異文在不同注本中的存在情況，可從不同側面豐富對杜詩

的理解與闡釋。

新刊杜詩所引趙次公注本的異文文獻，亦不見於宋代其他杜詩集注本。如卷二樂遊園歌「閶闔晴開映蕩蕩」，「映」趙作「詄」；卷四洗兵馬「捷書日報清晝同」，「日」趙作「夕」；卷十姜楚公畫角鷹歌「亦未搏空上九天」，「亦未」趙作「未必」，等等。

新刊杜詩彙校衆本，不僅保存了詳盡的杜詩異文文獻，而且保存了宋人如何辨析異文、取捨異文的考辨文獻。一些杜詩異文的産生，異文的考訂及其辨析細節，源自新刊杜詩，被後世杜詩注本廣泛接受，影響頗大。如卷三十復愁十二首其十二「閭閻聽小子，談話覓封侯」趙云：「此篇公蓋憤生事邀功，濫冒榮寵者矣。苟能盡命致死，則可以一戰而滅之，惟其延歲月以用兵，反以爲胡虜之盛。蓋其意在於己身之富貴，所以雖閭閻小子，亦説取封侯耳。師民瞻本『談話』作『談笑』，亦通。」雖然趙云「談話」作「談笑」亦通，事實上他更傾向於取作「談笑」。如卷十三錦樹行「莫愁父母少黄金，天下風塵兒亦得」趙云：「此四句亦『閭閻聽小子，談笑覓封侯』之意。」此條注趙次公徑取「談笑」而非「談話」。「談話」作「談笑」源自師民瞻，趙次公認可並引述。檢祖本二王本卷十五、百家注卷二十八、分門集注卷二十五均作「談話」。後出之注本草堂詩箋卷三十九（蔡甲本）吸收師、趙二人的校勘成果作「談笑覓封侯」。清代張溍讀書堂杜集卷十七、仇兆鰲杜詩詳注卷二十亦據宋注本刊作「談笑覓封侯」。

新刊杜詩所引他人的文學作品，亦可作爲校勘參考。如卷二橋陵詩三十韻因呈縣内諸官「石門霜露白，玉殿莓苔青」，杜補遺引唐鄭顥詩「奔波逃畏景」、「丹墀虚仗馬」二句，其中「逃」、「丹墀」，全唐詩卷五六三鄭顥續夢中十韻并序分别作「陶」、「御爐」。又卷八枯柟「楩柟枯崢嶸」趙云：「王荆公『崢嶸終日對枯楠』，用此。」「終日對」，王荆文公詩箋注卷三十九送江寧彭給事赴闕尾句作「空此詠」。凡此，對集部著作的點校整理有一定的參考價值。

（二）保存散佚的宋注文獻

在草堂詩箋、黄氏補注二書刊行之前，新刊杜詩中的「六家」注構成了現存所有宋注本的基礎性「集注」文獻。「六家」注杜的單行本均已散佚。新刊杜詩相對完善地保存了「六家」的注釋文獻，是學者研究宋注以及進行輯佚的最佳注本。如趙次公注本已散佚，現存兩種殘本。今人林繼中以北京大學圖書館所藏明鈔本殘帙爲底本，主要據新刊杜詩進行輯補以復原趙注本原貌，其書題曰杜詩趙次公先後解輯校。若從新刊杜詩中輯佚其餘五家注，亦會輯得數量可觀的文獻。下面以師民瞻注爲例來探討新刊杜詩在保存杜詩宋注方面的文獻價值。

師尹（？—一一五二），字民瞻，彭山人，官終夔州通判，事迹詳見魏了翁朝奉大夫通判夔州累贈正奉大夫師君墓誌銘。新刊杜詩「師云」是師民瞻之注，百家注、分門集注、草堂詩箋、黄氏補注「師曰」是僞師古注。周采泉杜集書録卷十一王狀元集百家注編年杜陵詩史題解曰：「此本爲早期集注本，似可確定。注家中或稱名，或稱字，體例混淆。唯於師古稱師先生，此書或與師古有關，恐成於師古門人之手，亦未可知。」此説極有見地。分門集注集注姓氏將師民瞻著録於師古之後，稱：「西蜀師氏名古著詳説二十八卷，師氏尹民瞻。」僅云師古有詳説，而師民瞻注本則闕如。蓋因「師云」與「師曰」易致混淆，故集注姓氏刻意刊去師民瞻注本信息。檢百家注、分門集注等坊本，新刊杜詩所能見之師民瞻注幾乎被刊削殆盡，僅保留的少量師民瞻注也被偷梁换杜冠以「彦輔曰」等他人名。如新刊杜詩卷二飲中八僊歌「知章騎馬似乘船」引師民瞻注「浙人不善騎馬而喜乘舟」所云，就被百家注、分門集注刊落。新刊杜詩所引之「六家」除鮑文虎外，其餘五家都遭到坊刻本不同程度的毒害，其中以師民瞻受害最深。因此，僅就研究師民瞻注而言，新刊杜詩是宋代唯一可靠的注本文獻。爲何除新刊杜詩外，宋代其他集注本罕引師民瞻注呢？若從以下例文細究之，可確定坊本編纂者刻意泯滅「師云」注，蓋爲突顯「師曰」即僞師古注：（例十八「晨雨『師云』注被坊本刊落」）

麝香山一半，師云：麝香山，屬夔州奉節縣界。亭午未全分。天台賦：羲和亭午。趙云：雨色不久柴荆之中，暫起見之而已。此其爲微雨也。按夔州圖經：麝香山，州東南一百二十五里，山出麝香，故以名之。公於入宅詩曰：水生魚復浦，雲暖麝香山。

今則雨氣昏之，其一半明而一半未分也。梁元帝纂要曰：日在午，曰亭午也。（新刊杜詩卷三十二）

麝香山一半，鄭卬曰：寰宇記云麝香山在縣南一百二十里。亭午未全分。王洙曰：天台賦：義和亭午。趙曰：雨氣昏之，其一半明而一半未分也。（同上，百家注卷二十八，分門集注卷一。「一百二十」、「趙曰」，分門集注作「一百一十里」、「趙次公曰」。）

新刊杜詩此條「師云」被分門集注刊落；「趙云」以杜證杜的注文，是此條趙注的精華部分，亦被刊落。若將百家注、分門集注與新刊杜詩對照閱讀，就可知坊本有針對性地刊削師民瞻注，動機明顯。試再舉兩例：（例十九「師民瞻本的校定成果『滹沱』被坊本刊落」）

東逾遼水北滹沱趙云：舊本作呼沱。師民瞻本作滹沱，是。（承聞河北諸道節度入朝歡喜口號十二首其九，新刊杜詩卷二十八）

東逾遼水北滹沲趙曰：舊本作呼沲，非，善本作滹沲，是。（同上，分門集注卷十五）

新刊杜詩趙次公所云「師民瞻本」四字，對應分門集注爲「善本」二字，作僞者刻意刊落師民瞻注的意圖昭然若揭。況且，在引師民瞻注時爲了隱蔽其名而曰「善本」。

又如：（例二十「『月繼』、『月窟』、『月窶』之辨」）

近有風流作，聊從月繼一作窶。徵。趙云：風流作，言其詩之風流，用對月繼，則月月相繼而徵索之。月繼字，師民瞻本作月窟。杜田補遺作月窾，引顔延年宋郊祀歌：月窾來賓，日際奉土。注：窾，窟也。一作峽，未知孰是。（寄劉峽州伯華使君，新刊杜詩卷二十九）

近有風流作，聊從月繼徵。趙曰：自此下言劉使君之詩也。言其詩之風流，用對月繼，則日月相繼而徵之。舊作月窾，窾，窟也；作月窾，則於徵求劉使君之詩全無説矣。（同上，百家注卷二十二、分門集注卷十八）

同引趙次公注，三種版本相校，坊本刊削了趙氏所引師民瞻注和杜田注的校勘文獻。尤可注意的是，新刊杜詩明確交待師民瞻本作「月窟」，坊本則泛指曰「作『月窾』」云云，有意迴避注家師民瞻其人。

趙次公重視師民瞻本的編次、校勘及注解，不少有價值的師民瞻注是經過趙次公的轉引而保存下來的。如卷二十二絶句漫興九首其一「趙云」：「師民瞻本作第九首。」此詩其九「趙云」：「師民瞻本作第一首。」此爲師本的編次信息。如卷二十三水檻遣興二首趙云：「舊本作遣心，師民瞻作遣興，是。蓋遣心，不可謂之新語，謂之生可也。」此爲師本詩題的異文信息。

新刊杜詩亦保存了其他相關的宋代杜詩注釋文獻。如卷六劍門、卷八椶拂子及卷十五北風、客從、白馬五詩引及東溪先生的解杜詩十六篇，其書以北風爲第二篇、客從爲第三篇。該書已佚，從新刊杜詩趙注的引述中尚可知其書之體例與概貌。東溪解杜主觀臆想，事實無憑，趙次公在劍門注中斥之曰「是何等語乎」！

（三）史料價值

通過新刊杜詩的注釋文獻，亦可發掘剔取有價值的史料。如卷七杜甫贈蜀僧閭丘師兄詩稱頌了大賢閭丘均與閭丘師兄祖孫二人的出衆才華。關於初唐閭丘均，史傳記載簡略，舊唐書卷一九九附於陳子昂傳後，曰：「子昂卒後，益州成都人閭丘均，亦以文章著稱。景龍中，爲安樂公主所薦，起家拜太常博士。而公主被誅，均坐貶爲循州司倉。卒，有集十卷。」此詩「斯文散都邑，高價越璵璠」舊注曰：「均以文名，當時四方碑碣，多出其手。」又，「碑碣舊製存」杜補遺曰：「東蜀牛頭山下，有閭丘均撰瑞聖寺磨崖碑，嚴政書。寺今改爲天寧羅漢禪院。」杜田以親身見聞爲此詩作注，可信度高。以上舊注、杜田注關於閭丘祖孫二人的文獻，可補史闕。

新刊杜詩中有關宋之問之弟宋之悌以及賈至的文獻也可補史之闕。卷十八過宋員外之問舊莊「更識將軍樹」，趙云：「公題下自注云云，則以馮異比員外之弟也。考之唐史，之問有二弟，曰之悌者，史載其以驍勇聞。又曰：長八尺，開元中歷劍南節度使。既坐事流竄，復爲擊蠻總管。但止附之問傳尾，而無正傳，不載其爲金吾將軍，今因公自注見之。之悌既爲金吾將軍，則公題莊舍指其大樹，宜矣。」又，卷十九送賈閣老出汝州題下趙云：「此送賈至也。前篇有嚴賈二閣老兩院補闕，公自注云：嚴武、賈至也。至爲汝州，唐史不載。」結合杜甫自注與詩題，參照趙次公的梳理分析，讀者對宋之悌、賈至的生平會有更多認識和了解。

新刊杜詩中的注釋也豐富了古代文學批評史料。如卷十八春日憶李白「清新庾開府，俊逸鮑參軍」趙云：「庾、鮑，所以比白。庾信在周爲開府，鮑照在宋爲參軍。二人本傳及其文集序，與夫諸人議論，如鍾嶸詩品，初無清新、俊逸之目，則自杜公品之也。今讀其詩信然。」

（四）所引古書的文獻價值與輯佚價值

唐以前之著作文獻，絶大多數已亡佚。新刊杜詩引用了相當數量的宋以前古書，有開創體例的異物志，有粵東輿地之書廣志、南越志、嶺表録異、番禺雜記，有記載唐五代時期南海海外貿易的市舶録，也有西南輿地之書南中八志，還有記載西域各國物産風俗的于闐國行程記。這些古書具有地理學、航海學、歷史學、民族學等珍貴的史料價值。從粵東輿地之文獻典籍所勾勒的圖景看，在以中原文化爲主導的五代十國之前，嶺南物産與航海均已達到相當高的水平，可豐富我們對歷代文人騷客筆下「蠻荒之地」更深刻的理解與再認識。

① 東漢楊孚異物志

隋書經籍志、鄭樵通志藝文略著録「異物志一卷，後漢議郎楊孚撰」。楊孚，字孝元，東漢南海人。異物志是中國第一部記述嶺南物産與土著民風的著作，開創了後代各類「異物志」的體例，是史部地理類影響極爲深遠的古書，久佚。其零散的文獻見於北堂書鈔、藝文類聚等類書。今人吴永章輯録異物志輯佚校注。新刊杜詩卷二飲中八僊歌「飲如長鯨吸百川」趙云、卷七杜鵑行題解趙云、卷十三王兵馬使二角鷹「杉雞竹兔不自惜」師云、卷十七贈特進汝陽王二十二韻「簷動玉壺冰」趙云、卷二十三溪鶒題解舊注、卷三十一陪柏中丞觀宴將士二首其一「醉客霑鸚鵡」趙云均引異物志，計七條，可作參考。

②西晉郭義恭廣志

四庫全書總目卷七十嶺表録異曰：「粤東輿地之書，如郭義恭廣志、沈懷遠南越志，皆已不傳。諸家所援據者，以恂是編爲最古。」四庫館臣所稱久佚不傳之二書，見引於新刊杜詩。新刊杜詩六引郭義恭廣志：卷二自京赴奉先縣詠懷五百字「煖客貂鼠裘」舊注、卷八枯椶「凋喪先蒲柳」趙云、卷十又觀打魚「大魚傷損皆垂頭」舊注、卷十八重過何氏五首其四「苔臥緑沈槍」舊注、卷十八送蔡希魯都尉還隴右寄高三十五書記「咫尺雪山路」舊注、卷三十六哭李常侍嶧二首其一「寒山落桂林」趙云。

③南朝宋沈懷遠南越志

隋書經籍志卷二地理類著録「南越志八卷，沈氏撰」。沈懷遠，生平附見南史卷三十四沈懷文傳，曰：「（懷遠）坐納王鸚鵡爲妾，孝武徙之廣州……終孝武世不得還。前廢帝世歸，位武康令，撰南越志，及懷文文集並傳於世。」沈懷遠謫廣州長達十年，南越志當作於廣州。直齋書録解題卷八著録曰：「南越志七卷。宋武康令吴興沈懷遠撰。此五嶺諸書之最在前者也。懷遠，懷文之弟，見宋書。」新刊杜詩五引沈懷遠南越志：卷二十從人覓小胡孫「爲寄小如拳」師云、卷二十三严武寄題杜二錦江野亭「何須不著鵕鸃冠」杜補遺、卷二十三鷗「幾群滄海上」趙云、卷二十六正月三日歸溪上有作簡院内諸公「鷗泛已春聲」舊注、卷三十復愁十二首「正觀銅牙弩」杜補遺。

④ 北宋鄭熊番禺雜記

粤東輿地之書，又如北宋初鄭熊番禺雜記，記録嶺表山川異物，爲早期南海地方民俗文化的珍貴文獻。原書已失傳。新刊杜詩杜田注引有此書，雖僅一條，亦彌足珍貴。卷十五送重表姪王砅評事使南海「海胡舶千艘」杜補遺：「番禺雜録：番商遠國運寶貨，非舶不可。」直齋書録解題卷八著録曰：「番禺雜記一卷，攝南海主簿鄭熊撰。國初人也。莆田借李氏本録之。蓋承平時舊書，末有『河南少尹家藏』六字，不知何人也。」其書名杜田作番禺雜録，直齋書録解題作番禺雜記。

⑤ 晚唐劉恂嶺表録異與市舶録

劉恂，江西鄱陽人，進士，唐昭宗時出爲廣州司馬。逢唐末大亂，客居廣州，著嶺表録異與市舶録，二書久佚不傳。所著嶺表録異，乃耳聞目見，具有很高的史料價值，多被後人援引。四庫全書總目卷七十嶺表録異提要又曰：「唐人著述，傳世者稀，斷簡殘編，已足珍惜。」新刊杜詩引有一條嶺表録異。卷二十二廣州段功曹到得楊五長史書功曹却歸聊寄此詩「珠浦使將旋」杜補遺云：「嶺表録異云：廉州邊海中有洲島，島上有大池，謂之珠池。每歲，刺史親監珠户入池，採老蚌割取珠以充貢。」此條注文可與今人嶺表録異校補一書廉州珠條互相參看。

新刊杜詩引有一條市舶録，見上送重表姪王砅評事使南海「海胡舶千艘」杜補遺：「劉恂市舶録：獨檣舶，深五十餘肘；三木舶，深一百餘肘。」雖僅此一條，亦值得寶重。南宋初建安葉廷珪海録碎事類書輯録有市舶録數條。該書卷十二「獨檣舶」條引市舶録云：「有獨檣舶，深五十餘肘；三木舶，深四十餘肘。又有牛頭金睛舶，其大可載一千婆簡。方言：二十兩爲一加底，二百四十加底爲婆簡。」（四庫全書本）關於海船的規模大小，海録碎事曰「三木舶，深四十餘肘」，杜田所引則曰「三木舶，深一百餘肘」，大小差異如此，可引起學者注意。由此亦可見唐五代時南海的造船與航海之發達。

市舶使始置於唐，由嶺南節度使兼任。據舊唐書代宗本紀，廣德元年（七六四），「宦官市舶使呂太一逐廣南節度使張休，縱下大掠廣州」。新刊杜詩卷十五自平「自平中宫（官）呂太一」可與史事相印證。四庫全書總目提要卷一三五海録碎事曰：「徵摭繁富，軼聞瑣事，往往而在，頗足以資考證，在南宋類書中猶爲善本云。」由於類書海録碎事輯録市舶録時不引作者，後世學者以爲市舶録爲宋代所出之典籍，以資作爲研究宋代航海史料的文獻。杜田注曰「劉恂市舶録」，明確了書名與作者，爲學者明確這部久佚之書的作者與年代提供了重要的文獻參考。

⑥西晉魏完南中八志

南中八志，即太平御覽卷九二四所引南中八郡異物志之簡稱，晉魏完撰。書成於太康年間，是記載南中（今黔川）一帶與交州（今越南北部）風土物産的一部地方志。此書久佚。新刊杜詩引有南中八志三條。如卷十三鄭典設自施州歸「翩翩入鳥道，庶脱蹉跌厄」趙云：「鳥道，南中八志曰：交阯郡治龍編縣，自興古鳥道四百里。蓋以其險絶，獸猶無蹊，人所莫由，特上有飛鳥之道耳。」另兩條見卷二十寄岳州賈司馬六丈巴州嚴八使君兩閣老五十韻「巴州鳥道邊」趙云、卷三十一南極「近身皆鳥道」趙云。

⑦後晉平居誨于闐國行程記

新刊杜詩卷二八喜聞盜賊蕃寇總退口號五首其四「勃律天西采玉河，堅昆碧盌最來多」趙次公、杜田二注曰：

趙云：勃律、堅昆，皆西羌國名。勃律，天之西，乃采玉河所在，應是于闐國也。碧盌出堅昆國。杜補遺云：晉平居誨爲張匡鄴使于闐判官，作行程記云：玉河在于闐城，其源出崑山，西流千餘里，至于闐界乃流爲三河：白玉河、緑玉河、烏玉河。五六月大水暴漲，則玉隨流而至。秋水退，乃可采。薛夢符引唐書：于闐國距京師九千七百里。有玉河，國人夜視月光盛處，必得美玉。堅昆國在唐爲黠戛斯，匈奴西鄙也。地當伊吾之西，焉耆北，白山之旁。

以上杜田、趙次公二家注，具有重要的史料參考與校勘價值。後晉平居誨于闐國行程記，記載了鴻臚卿張匡鄴、彰武軍節度判官平居誨奉後晉高祖命於天福年間（九三八—九四二）奉使于闐國册封的經歷，對於了解五代十國時期西域各國歷史地理、于闐國的物産風俗等，具有不可替代的史料價值。平居誨于闐國行程記，崇文總目卷二地理類著録一卷，久佚。遊宦紀聞卷五、演繁録卷一「陷河」條、研北雜誌卷下均有引録此書，稱作者平居誨。唯歐陽修新五代史四夷附録摘引此書時，作者平居誨作高居誨。崇文總目最早著録于闐國行程記一書，歐陽修曾參與撰寫並校正崇文總目，當是經眼此書，了解此書的珍貴價值，故摘入新五代史于闐傳。據上述文獻，並參考新刊杜詩所引杜田補遺，似可確定歐公誤將平居誨作高居誨。自古以來，有關西北的文獻史料極少，且多散佚。新刊杜詩所保存的此類有異域特色的史料，彌足珍貴。

（五）辨析宋注的版本價值

新刊杜詩「獨削僞注」，乾淨純粹，不枝不蔓，引注典雅詳實。從杜詩版本學角度來看，該書也是學者識僞辨僞最重要的原始文獻依據。如分門集注卷十重過何氏五首其四「苔臥緑沈槍」下「師曰」注，對照新刊杜詩卷十八中的此詩注，可知其竊取了杜田補遺注。分門集注此條師古注的作僞手段比較高明，不細心識辯很容易被迷惑。其先引「薛夢符曰」云云；接着説「嘗博考緑沈之義」云云，讀者不審，還真以爲僞師古會作「博考」呢！然檢新刊杜詩則知其中一百五十二字全抄襲杜田補遺；最後貌似認真地作結曰「三説不同，故並載之」。針對語典「緑沈」的注釋，新刊杜詩引有薛夢符、杜田補遺、趙次公之注；與之相對應，分門集注亦引「夢符曰」「趙曰」「田曰」。若對照兩種注本，可知分門集注大段删削了趙次公注的辨析文獻，且將杜田補遺注納入「師曰」囊中，變成了僞師古注的主幹部分。不過，僞師古注在抄襲杜田注時錯將「劉劭」抄作「劉紹超」、「丁令」誤作「丁今」、「堂溪」漏抄「堂」字。可見，宋代杜詩的僞注現象儘管極爲複雜，但只要參照新刊杜詩，辨僞識僞並不困難。

最後談談新刊杜詩對辨析托名王洙者注的文獻價值與版本價值。據現存的宋注本文獻，新刊杜詩、十家注、增廣集注中不冠名的「舊注」，宋代諸家偶爾亦稱之曰「元注」，被冠名「洙曰」

之僞王注行世，首見於百家注。此「舊注」是宋代集注中最早出現的某家注，後之注家薛杜師趙引用「舊注」時，或予以補正，或糾繆，然無不重視「舊注」，但無一人對其歸屬問題有任何議論。略晚刊行的分門集注、草堂詩箋、黄氏補注，以及元、明、清的杜詩注本基本上輯有僞王注。僞王注之「注」的來源大致有四：一是源自祖本二王本的杜甫自注，即「公自注」；二是二王本杜集的編纂者王洙輯録的異文「一作某」「一云某」等，以及王洙分期編次杜集時簡要的編年説明；三是新刊杜詩、十家注、增廣集注中的「元注」或「舊注」，此爲僞王注「洙曰」最主要的注釋來源；四是分割部分薛杜師趙等注家之注而冠以「洙曰」的僞王注。與僞蘇注和僞師古注所不同者，僞王注之「注」的來源清楚，其注典覈，故曰「人僞注不僞」。

僞王注的單行本最早見録於胡仔苕溪漁隱叢話：「注杜工部集，則内翰王原叔洙所注也」。洪業云：「有所謂王洙注杜詩者三十六卷，或云乃元祐間鄧忠臣所爲（元好問中州集卷二序所選祝簡詩）。或以其注淺陋，遂疑其與王鄧皆無關涉。」今有學者考證後來被托名王洙的注家實爲元祐館臣鄧忠臣，今亦有碩士、博士論文從其説，徑改宋人舊稱，曰「鄧忠臣注」云云。此爲一家之言未嘗不可，若取爲定論則過矣。宋代爲杜詩作注者當時號稱「千家」，亡佚之書不計其數。況且，師民瞻、趙次公二人既注杜詩，也注蘇軾詩，熟諳元祐掌故。趙次公注本是宋代集成式的注本，徵引各家之注不可謂不詳，然無隻言片語提及鄧忠臣。在「舊注」及其後托名王洙者大約將近九個世紀之後，若據現存極有限的文獻考證並認定「舊注」出自鄧忠臣，且據此説以討論宋注，只會將宋代以來本來就複雜的僞注現象變得更加撲朔迷離。元好問杜詩學引稱「託名於東坡者爲最妄。非託名者之過，傳之者過也」。杜詩學博大淵深，尊師陳尚君先生文史考據應有所闕疑（文學遺産一九九四年第四期）一文所言，也是治杜者所應持有的態度。

五、本書整理所用的底本及其價值

郭知達淳熙八年自序於成都的初刻蜀本久已失傳，現在的存世傳本均出自曾噩寶慶元年刊於廣東五羊漕司的覆刻本。曾噩重刊本有兩種傳世：一本原藏陸心源皕宋樓，僅殘存六卷，現歸於日本靜嘉堂文庫；一本原藏瞿鏞鐵琴銅劍樓，存三十一卷，抄配五卷，現藏於臺北故宫博物院。

（一）底本的版本來源

一九三〇年代，張元濟先生曾借得瞿鏞藏本製成鉛皮版，因抗戰事起未能付印。北京中華書局編輯部一九八一年十月影印説明稱：「現在原書下落不明，這份鉛皮版可能已成爲海内孤本了。所幸的是，原書有了下落！張元濟先生所借之瞿藏本爲滬上商人山陰沈仲濤購獲。沈仲濤秘藏於研易樓，不輕視人，後又攜書輾轉至臺灣。一九八〇年，沈仲濤在垂老之際悉數捐贈臺北故宫博物院。一九八五年，秦孝儀先生主持景印並發行宋本新刊校定集注杜詩。臺北故宫博物院景宋本書首有秦孝儀序，次郭知達自序，次曾噩重刊序。詩歌正文第三十六卷尾有昌彼得跋。秦孝儀廣東漕司本新刊校定集注杜詩序曰：

近人山陰沈仲濤氏，愛書成癖，得珍槧，貯之研易樓中。廣東漕司本杜詩，研易樓中物也，爲今日傳世孤本。屬纊之際，遺命盡舉所藏捐贈本院，此刻因與俱來。本院所藏杜集凡三十餘種，廣東漕司本往惜焚如，今乃得之，固學林之幸事！況天壤間更無他本，因亟付印，俾海内犖幾之士，人人得而有之，豈不懿歟！

昌彼得跋宋廣東漕司本新刊校定集注杜詩曰：

抗戰初期，瞿氏鐵琴銅劍樓藏書，遞有散出。此本爲滬上商人山陰沈仲濤先生購獲，秘藏之研易樓，不輕視人。宋代廣東刻本至罕，傳世尤尠，此帙爲僅存孤本。自歸沈氏，人鮮知其下落，或謂已遭劫灰。一九八〇年歲杪，仲濤先生以四十年之珍藏，垂老悉數捐贈本院，編目入藏，此書始重睹人世。杜集傳世版本雖多，皆無如此本之善，前人早有定評。四庫寫本脱誤頗多，實非善本。武英殿刻雖校勘較佳，亦世不多覯。今歲欣逢本院建院六十週年，特以此書仿原式精印傳佈，藉以誌慶。古刻瓌寶，重見光日，延大宋天水一脈之傳。斯文千古之不墜，海鹽張元濟、山陰沈仲濤有功焉！

本書之整理，以臺北故宮博物院一九八五年景宋本爲底本。此本是今存郭知達編本杜集的各種傳本的祖本。清代乾隆御製題郭知達集九家注曰：「書出曾録實郭集，本仍寶慶及淳熙。」乾隆御題云該書源自寶慶元年曾噩所覆刻的郭知達淳熙本。臺北故宮博物院所藏之版本與乾隆御題之傳本同。

（二）底本獨有的匿名批識文獻

臺北故宮博物院藏宋本新刊杜詩，有匿名批識計十七條：

① 卷三得舍弟消息「風吹紫荆樹，色與春庭暮」詩，匿名批識曰「興也」。

② 卷三玉華宮題下注，匿名批識曰「張文潛平生愛歌此篇，以爲風雅鼓吹」。

③ 卷六乾元中寓居同谷縣作歌七首其四「林猿爲我啼清晝」杜補遺注「當以西清爲是」句下，匿名批識曰「蔡説，未敢以爲然」。

④ 卷十五別董頲「無令霜雪殘」師云注「或恐是荆南兵馬使太常卿趙公」，「兵」底本原刻作「與」，匿名旁批圈改作「兵」，是。

⑤卷十六宿花石戍「吳楚守王度」趙次公注引「遵我王度」,「遵」字下,匿名旁批曰「思」。

⑥卷十八城西陂泛舟「百壺那送酒如泉」趙云注尾,匿名批識曰「魚吹細浪,指日中。故影搖曳於扇上也」。

⑦—⑧卷二十寄岳州賈司馬六丈巴州嚴八使君兩閣老五十韻詩注尾引趙云注曰「然不應押兩騫字」,「字」底本原刻作「乎」,此「乎」字旁,匿名墨筆圈改作「字」,是。又,此詩尾匿名批識曰「張騫字從馬,騰騫字從鳥,恐可雙押」。

⑨卷二十一江漲詩注尾,有匿名批識曰「『下床』、『倚杖』二句言江漲之急,在瞬息之間耳」。

⑩卷二十二絕句漫興九首其二「恰似春風相欺得,夜來吹折數枝花」,匿名批識曰「相字合音厮」。

⑪卷二十二戲爲六絕其六注尾,匿名批識曰「草堂注云言意尚之不一也。覺於上句意切近」。

⑫卷二十四送元二適江左注尾,匿名批識曰「四句當通看」。

⑬卷二十八承聞河北諸道節度入朝歡喜口號絕句十二首其六注尾,匿名批識曰「歐公禁中春帖云:『御輦經年不遊幸,上林花好莫爭開』,正是此意」。

⑭卷三十傷秋「似有故園歸」,匿名批識曰「殷紅也。左傳左輪朱殷」。

⑮卷三十一宗武生日「凋瘵筵初秩」趙云注「東坡詩云君今秩初筵」，「君今」旁，匿名批識曰「百年」。

⑯卷三十二小至詩題，匿名批識曰「分字起應」。

⑰卷三十三遠懷舍弟穎觀等「陽翟空知處」引舊注「陽翟屬潁川郡」，「陽翟」旁，匿名批識曰「今許州」。

上述十六首詩計十七條匿名批識所覆蓋的卷次從卷三至卷三十三，所涉及的内容包括杜詩的音注、校勘、注釋、正誤、通解等方面。以上批識文字僅見於臺北故宫博物院藏宋本，日本静嘉堂文庫新刊校定集注杜詩殘宋本、北京中華書局新刊校定集注杜詩影宋本、遼寧省圖書館所藏清刻本、杜詩引得排印本以及文淵閣、文津閣、文瀾閣四庫全書本均無。

（二）底本的學術價值

底本作爲郭氏編纂之杜集的各種傳本的祖本，近古存真，保存了原始的詩歌及其注釋文獻，具有後出之刻本、鈔本、排印本無可比擬的版本優勢。對後世之本的誤編誤刻、以臆改字，以及因流傳而遺失文獻等現象，底本是用來校正、補訂、校勘以及參考的首要文獻依據。其學術價值主要表現在以下幾方面。

其一，文獻補訂價值

後於祖本的各種刻本、鈔本因編輯失誤導致錯簡，或因版本流傳導致的文獻闕失等問題，可據底本予以補訂、校正。

先看後出的傳本在詩歌正文方面的文獻闕失現象。卷十三赤霄行、前苦寒二首、後苦寒二首、晚晴、復陰、夜歸、寄柏學士林居、寄從孫崇簡、西閣曝日、水閣朝霽奉簡嚴雲安、晚登瀼上堂、敬寄族弟唐十八使君、釋悶，計十三題十五首詩，文津閣本闕。附載韋迢早發湘潭見寄，文津閣本闕。附載郭受見寄，文淵閣本、文津閣本均闕。

卷二奉同郭給事湯東靈湫作詩歌正文「先莫能儔」以下至本詩終，文津閣本、文瀾閣本闕。又，同卷哀江頭詩歌正文「明眸皓齒今何在」以下至本詩終，文津閣本、文瀾閣本闕。又，同卷哀王孫詩題，文津閣本、文瀾閣本闕。卷十四別李義詩歌正文「老夫困石根」三句及其句下注釋，文津閣本闕。

再看後出的傳本在注釋方面的文獻闕失現象。卷二飲中八僊歌「宗之蕭灑美少年」下引舊注「江淹詩風吹玉階樹粱何遜詩長安美少年」十七字，三種四庫本、清刻本、排印本無。卷六兩當縣吴十侍御江上宅「矯矯避弓翮」下引舊注「弋繳張華賦又矯翼而增逝徒衛廬以避繳」十七字，三種四庫本、清刻本、排印本均無。卷十三鄭典設自施州歸「攀援懸根木」引「師云張華詩」

以下十七字，清刻本、排印本闕。又，卷十三種萵苣序「因作此詩」引趙云「蓋詩中言藝其子豈却言萵苣耶」十三字，清刻本、排印本無。同卷奉酬薛十二丈判官見贈詩句「苦厭食魚腥」下所引趙注，自「錦帳何足矜乎」至「長爲農」四十二字，文瀾閣本無。卷二十一蜀相詩題下引趙云「孔明在蜀志固云丞相亮矣而蜀相兩字如」十七字，清刻本、排印本無。又，同卷野老「片雲何意傍琴臺」下引舊注「一作事又云行雲幾處」九字，三種四庫本、清刻本、排印本無。卷二十七晝夢「普天無吏横索錢」句下引舊注「横去聲」三字，三種四庫本、清刻本、排印本無。

其二，文獻校勘價值

首先，可資底本校訂詩歌正文方面的問題。如卷四病後遇王倚飲贈歌「只願無事長相見」，「願」三種四庫本、清刻本、排印本均作「顧」，訛；卷十屏迹「衰年甘屏迹」，「衰」三種四庫本、清刻本、排印本均作「暮」，訛；卷十一昔遊「猛士思滅胡」，「胡」文瀾閣本作「吴」，訛；又此詩「供給亦勞哉」，「亦」三種四庫本、清刻本、排印本作「不」，均訛。卷十二雨「隱見巖姿露」，「姿」三種四庫本、清刻本、排印本均作「資」，訛；卷十三虎牙行「八荒十年防盜賊」，「十年」三種四庫本、清刻本、排印本均作「千里」，訛；卷十五別張十三建封「相逢長沙亭，乍問緒業餘。乃吾故人子，童丱聯居諸」，「乍」三種四庫本、清刻本、排印本均作「作」，訛；又「乃吾」，清刻本、排印本作「吾乃」，倒誤。卷十六湘江宴餞裴二端公赴道州「懷抱罄所宣」，「罄」三種四庫本、清刻本、排印本均作「慶」，訛；卷十七贈韋左丞丈濟「飢鷹待一呼」，「待」三種四庫本、清刻本、排印本均作「得」，訛；卷二十佐還山後寄三首其二「香宜配緑葵」，「配」三種四庫本、清刻本、排印本均作「酌」，訛。卷二十四聞官軍收河南河北「初聞涕淚滿衣裳」，「淚」三種四庫本、清刻本、排印本均作「泣」，訛。又，同卷上兜率寺「庾信哀雖久」，「雖」三種四庫本、清刻本、排印本均作「離」，訛。又，同卷客亭「多少殘生事，飄零似轉蓬」，「似」三種四庫本、清刻本、排印本均作「已」，訛。凡此，以底本爲正。

其次，可資底本校訂詩歌注釋方面的問題。新刊杜詩在流傳過程中，出現傳刻傳抄之訛誤、衍奪、倒誤、錯簡等現象，可資底本訂正。如卷十四送高司直尋封閬州一詩，後世傳本均出現不同程度的訛誤。詩題「州」文瀾閣本訛作「中」；正文「伏枕聞别離」，「聞」三種四庫本、清刻本、排印本訛作「問」；「猶卧天一柱」趙注「非封閬州之爲廊廟器」，「非」文瀾閣本、清刻本、排印本奪；「非封」文淵閣本、文津閣本訛作「門」，「器」三種四庫本、清刻本、排印本訛作「氣」。

後出的諸種傳本在注釋方面的錯訛現象多不勝舉，兹略舉數端：

①錯將注釋中所引用的歷史人物當作「集注」之注家

如卷十四八哀詩贈祕書監江夏李公邕「森然起凡例」，舊注「杜預左氏傳序，發凡以言例」云云，「杜預」三種四庫本、清刻本、排印本均訛作「杜云」。「杜云」即杜田注，諸校本誤將舊注所引人名杜預作「杜云」。又，此詩「日斜鵬鳥入」下引趙注，「鳥入」三種四庫本、清刻本、排印本奪。又，此詩「禍階初負謗，易力何深嚌」下引趙注「新史云邕以讒媢不得留」云云，「媢」三種四庫本、清刻本、排印本作「媚」，均訛。

② 訛人名、地名、時間等

卷一贈李白「豈無青精飯，使我顏色好」舊注引梁書：「兩韓之孝友純深，庾、郭之形骸枯槁。」「庾」文瀾閣本、清刻本、排印本訛作「瘦」。案，此處庾指南朝梁士人庾承先，見梁書卷二十二安成王秀傳。卷二十七熟食日示宗文宗武「松柏邙山路，風花白帝城」，杜補遺引「楊佺期洛城記曰」云云，「楊佺期」清刻本、排印本訛作「沈佺期」。卷九奉贈射洪李四丈「拄席窮海島」趙注「肅宗至德二年以蜀郡爲南京，鳳翔爲西京，西京爲中京」，「中京」清刻本、排印本訛作「中原」。卷十三覽柏中允兼子姪數人除官制詞因述父子兄弟四美載歌絲綸「大曆三年歲戊申」，「三」字，三種四庫本、清刻本、排印本訛作「二」。

③ 因避諱致誤讀誤解

卷十四八哀詩故秘書少監武功蘇公源明「范曄顧其兒」舊注：「沈休文宋書：范曄爲高祖相國掾。」「范曄」文淵閣本作「范煜」、文瀾閣本作「范蔚宗」，清刻本、排印本則作「范奕」，係避清諱。此類問題，若不據底本對照，易致混淆。又如，卷四洗兵馬「張公一生江海客」杜補遺引舊唐書「玄宗擢鎬爲拾遺」，「玄宗」三種四庫本、清刻本、排印本作「明皇」，文瀾閣本則訛作「皇皇」；又，「隱士休歌紫芝曲」下「集注」條引皇甫謐高士傳「曄曄紫芝，可以療飢」，「曄曄」三種四庫本均作「煜煜」，清刻本、排印本作「奕奕」；又，「紫」文瀾閣本訛作「煜」。清本避諱相當複雜，後人不審，易致誤讀誤解。如果對照底本，這類問題可迎刃而解。

六、本書整理的主校本、參校本及其價值

整理本書共使用了七種校本。其中兩種宋刊本：日本静嘉堂文庫殘宋本、中華書局影宋本；四種清本：文淵閣、文津閣、文瀾閣四庫全書本以及遼寧省圖書館所藏清内府刻本；另有杜詩引得排印本。清内府刻本爲主校本，餘下六種爲參校本。

（一）關於主校本清内府刻本及參校本杜詩引得排印本

曾噩覆刻之五羊漕司本，清武英殿聚珍版叢書有收録，見于敏中天禄琳琅書目卷三。乾隆年間，京師武英殿新刻的内府殿本圖書，須送一部或數部至盛京皇宫（今瀋陽故宫）收藏。現庋藏於遼寧省圖書館的九家集注杜詩，原藏於瀋陽故宫，或爲武英殿舊藏。此書爲毛裝本，刻印

精良，校讎精細，版本價值與學術價值非常高。此清刻本爲本書整理所用的主校本。

有關遼寧省圖書館所藏九家集注杜詩的版本情況，遼寧省圖王清原稱「疑現存的乾隆武英殿刻本、乾隆刻本、清刻本、嘉慶刻本九家集注杜詩均是一個版本」；又稱「（遼寧省圖）此書與北京故宫博物院所藏之書爲同版，均爲清宫所藏」（遼寧省圖書館藏三種古籍考索，天一閣文叢第十輯，浙江古籍出版社，二〇一二年）。遼寧省圖所藏清刻本廣泛吸收利用了宋本師民瞻、趙次公等注家以及宋代其他學者的證誤成果，對曾噩重刊之郭編本杜集進行了系統校正，且改定之處，絶大多數都有文獻依據，信實可靠，從整體上提升了這一祖本的學術質量與使用價值。本書整理時，以此清刻本作爲裁定是非、撰寫校記的主要文獻依據。如：

卷一醉歌行題下注「别從姪勤落第歸」，「勤」底本訛作「勸」；卷二三川觀水漲二十韻題下師民瞻注，「黑源」底本訛作「黑浪」、「翟道縣」底本訛作「雀道縣」；卷五前出塞九首其九「丈夫四方志」趙注引「棗道彦雜詩」云云，「棗道彦」底本訛作「棗彦道」；卷六乾元中寓居同谷縣作七首其三「東飛駕鵝後鶖鶬」引杜補遺「是以張琦惡雋，賈誼忌鵬」云云，「張琦」底本訛作「張華」；卷二十四登牛頭山亭子「路出雙林外，亭窺萬井中」引趙云「言亭之高可以窺井邑萬家也」，「萬」底本訛作「舊」；卷二十七旅夜書懷「月湧大江流」引舊注「謝玄暉大江流日夜」，「謝玄暉」底本訛作「王仲宣」；卷三十村雨「挈帶看朱紱」趙云「用朱紱字，則韋孟諫詩黼衣朱紱也」云云，「韋孟」底本訛作「韋賢」。卷三十四遣悶「鳴笛竟霑裳」趙云「高談娱心」，「娱」底本訛作「悟」；凡此，均據主校本清刻本並參他校本訂正。

清刻本不僅對底本的文本錯誤進行了詳細校正，而且對底本在文字表達方面的不妥之處也作了適當潤色，往往簡單數字，意顯語豁，有畫龍點睛之妙。如：卷十一壯遊「往昔十四五，出遊翰墨場」底本中的趙云：「歲數雖見實道，阮籍詩云，此恰好處不放過也。」簡省難通，清刻本、排印本作：「歲數雖少陵自道其實，用阮籍詩乃是恰好處不放過也。」改訂後文通字順，消除了理解上的歧義。卷三塞蘆子「五城何迢迢」底本中的舊注「乃知天寶中有五城，謂高始展非也」，清刻本、排印本則注曰：「考杜詩，知天寶有五城，非高始展也。」表達更順暢。

清刻本除了訂正字誤，順句意，亦間或訂正原刊在注釋方面的不確之處。如卷五前出塞九首其二「骨肉恩豈斷」趙云：「詩：骨肉離散。」清刻本改作：「漢書：今王骨肉至親。」案，詩經唐風杕杜序：「杕杜，刺時也。君不能親其宗族，骨肉離散，獨居而無兄弟，將爲沃所并爾。」漢書卷六十三燕剌王劉旦傳：「今王骨肉至親，敵吾一體。」趙所引詩經言親宗族，與詩意不合。此句杜詩言由於戰爭，骨肉之恩情不得顧全。故清刻本引漢書符合杜甫詩旨。清刻本略作修改之後其注文更勝一籌。不過，清刻本校讎謹嚴，忠實原文，所改底本注釋的地方實不多見。若偶作改動，亦僅出現在底本的注文簡短且比較好處理的地方，用寥寥數語略加潤色。總之，清刻本對郭編之祖本杜集的校定精審，使用價值高。但由於這一清刻本深藏於圖書館、故宫博物院等處，較少見學者稱引。

下面簡略談一談杜詩引得排印本的校勘價值。關於排印本的版本來源，洪業先生杜詩引得序曰：

> 數年來搜訪所及，僅見嘉慶時翻刻之本而已；即今所據以排鉛印，而編爲引得者也。其本前有郭曾二序，清高宗題詩二首，四庫提要一則。每半葉九行，行二十一字，與武英殿聚珍版叢書之行格相同，唯板框微小而已。板中偶有裂痕，故知其爲刻本，字或攲斜不整，故疑其翻出聚珍。清諱之避及「顒」、「琰」而止，故知翻刻在嘉慶時也。

洪業又曰：

> 天禄琳琅書目既盛讚其本，四庫總目又稱道其書，而乾隆時聚珍印本，嘉慶時翻刻本，皆今日所不易得，故併其注又翻印之，以爲學者便也。

本書共計使用了七種校本，校本之間異文繁多。然而，杜詩引得排印本與主校本清刻本高度一致，異文極少。在並不多見的情況下，若清刻本失校了，本書整理時即據排印本訂正訛誤。如卷十九收京「復道收京邑」舊注「去年收京，扈從還長安」，「去年」底本、主校本及三種四庫本均誤作「明年」；卷六乾元中寓居同谷縣作七首其四「杳杳南國多旌旗」趙云「乾元二年八月乙巳，襄州將康楚元、張嘉延據州作亂」，「康楚元」底本、主校本及三種四庫本均誤作「康楚兀」，本書整理時均據排印本訂正。又如，卷二十二琴臺「寥寥不復聞」趙云「夫相如以文章冠世，固美矣，而此段終非美事」，「固美矣」，僅排印本作「固然矣」，是；由於下句有「終非美事」，故排印本改作「固然矣」，注文更流暢、省淨。

不過，杜詩引得在排印過程中，亦產生了一些新的訛誤。如卷五遣興五首其四「無復睛閃爍」，舊注引左傳「臣食其肉而寢處其皮矣」，「肉」排印本作「矣」、「矣」排印本作「肉」，倒誤。卷五後出塞五首題下注，鮑云：「天寶十四年，乙未三月壬午，安禄山及契丹戰於潢水，敗之。」「三」排印本作「二」，訛。卷九謁文公上方詩句「不下十年餘」，「年餘」排印本作「餘年」，訛。卷十六宿花石戍「氣候何迴互」，趙云：「乖蠻隔夷，回互萬里。」「蠻」排印本作「巒」，訛。又如，卷七古柏行「萬牛迴首丘山重」，「牛」排印本訛作「年」。此句言古柏重如丘山，雖萬頭牛撼動不得，而排印本將「萬牛」誤作「萬年」，全失詩意。然而，較之三種四庫本，杜詩引得排印本的訛誤率非常之低。

通校全書，知洪業排印杜詩引得時所據之清嘉慶刻本與遼寧省圖書館所藏之九家集注杜詩爲同一版本，似無疑義。甚至清刻本避清諱時，排印本也照舊避之，似非必要。然瑕不掩瑜，爲傳播宋注，洪業先生在編纂杜詩引得時選用校訂精審的清刻本九家集注杜詩而非清代注本如錢注杜詩或杜詩詳注等，顯示其非凡的學術視野與識辨能力。

（二）關於參校本文淵閣、文津閣、文瀾閣三種四庫全書本

文淵閣本、文津閣本、文瀾閣三種四庫全書本的訛、衍、奪等現象相當普遍，文津閣本闕詩闕注、錯簡等現象最嚴重；文瀾閣本次之。相較而言，文淵閣本在四庫本中屬上乘。本書整理時，酌情旁參並利用了以上三種四庫本。

（三）關於參校本静嘉堂文庫殘宋本與中華書局影宋本

傳世的兩種五羊漕司本，其中一種原藏陸心源皕宋樓，現歸於日本静嘉堂。静嘉堂本僅存殘卷，存詩從卷六鐵堂峽注「限一作垠」至卷十一終，不足六卷。作爲異常珍稀的宋槧佳刻，静嘉堂本雖爲殘本，其版本價值無可替代。下述静嘉堂本的版本情況。

其一，對照静嘉堂本與底本即臺北故宫博物院藏本，版式與詩注均同。

其二，静嘉堂本與底本相較，其異同僅在於二者的匿名批識上。通檢静嘉堂本殘卷，録下匿名批識三條：卷九閬水歌「嘉陵江山何所似」，「山」字右側，静嘉堂本有匿名批識曰「山，一作色」；卷十一行官張望補稻畦水歸「千畝碧泉亂」，「畝」字旁，静嘉堂本匿名批識曰「一作畦，

是」；卷十一寄韓諫議注詩題趙注「楚辭：仰羽人於丹丘」，「仰」字，静嘉堂本匿名墨筆圈改作「仍」字；案，此訛，應以「仰」字爲是。

其三，静嘉堂本存詩雖少，然校勘價值高。當底本模糊難辨時，若有可能，本書整理時首選這一宋槧作補訂。例如：卷八憶昔二首其二「宗廟新除狐兔穴」舊注引張孟陽七哀詩「周墉無遺堵」，「墉」底本漫滅難辨，本書的此條校勘據静嘉堂本補訂。又如，寄韓諫議注「今我不樂思岳陽」舊注「巴陵，屬湖南」，「湖南」底本原刻用深黑墨筆圈改作「湖北岳州」，誤；本書的此條校勘亦據静嘉堂本訂正。

下面談談中華書局影宋本。二十世紀八十年代初，中華書局用二十世紀三十年代張元濟的鉛皮版打樣以重新製版影印。時隔半個世紀，鉛皮舊版年久漫漶，相當部分的字迹已模糊難辨。中華書局僅對大塊漫滅之處進行了抄補，但對於遍佈全書星星點點的小塊模糊難辨之處，蓋因抄補工作不勝其煩，中華書局作闕疑，没有處理。況且，中華書局影宋本在抄補過程中，又産生了大量的抄寫錯誤。下面僅據卷三十三略舉數例：

遠懷舍弟穎觀等，詩題「等」字，中華書局影宋本作「寺」，訛。將别巫峽贈南卿兄瀼西果園四十畝「因歌野興疎」，「興」中華書局影宋本作「性」，訛。人日兩篇其一「風振紫山悲」趙云「不與舅氏同心」云云，「心」中華書局影宋本奪。又，此詩其二「勝裏金花巧耐寒」舊注引歲時記「人日以七種菜爲羹」,「菜」中華書局影宋本作「葉」,訛。又,同上詩「直道無憂行路難」趙云「行路難,古曲名」,「曲」中華書局影宋本作「典」,訛。再如江梅詩尾引趙云:「江梅者,江邊之梅也。如在嶺則曰嶺梅,在山則曰山梅,在野則曰野梅,官中所種則曰官梅。而後之學者,凡見梅便謂之江梅,誤矣。」「誤」字,中華書局影宋本奪,如此,意思就與原文相反了。

其他卷次抄補的訛誤情況與以上卷三十三類似。如卷二十佐還山後寄三首其三「蕨薤秋葉少」,「秋葉」底本有異文「一作菜色」,中華書局影宋本闕異文。凡此,不勝枚舉。相比四庫本,中華書局影宋本的抄補訛誤率高出不少。

自一九八五年臺北故宮博物院景宋本發行之後,中華書局影宋本的使用價值就不大了。雖然如此,當年中華書局在相當困難的情況下仍然堅持古籍修復與出版,以饗學者,誠可嘉焉。

七、結語

曾噩寶慶元年在廣東五羊重刊郭知達所編之杜集罕見流傳,古代學者極難得到宋注之善本新刊杜詩,而宋代其他注本如千家注本、蔡夢弼草堂詩箋以及元代劉辰翁的千家注批點本在元明清廣爲流傳,因此,宋人宋注的真實價值被遮蔽。本書的整理,以郭知達編、曾噩重刊之祖本爲底本，選取經過了清代學者校訂精審的清刻本爲主校本，並參校了以下六種郭編本杜集：

日本静嘉堂殘宋本、中華書局影宋本，以及文淵閣、文津閣、文瀾閣三種四庫全書本、洪業等編纂的杜詩引得排印本。本書的底本，主校本均極珍貴，且校本齊全。本書所校正之處，均出校記，以明版本依據。本書的整理校訂工作主要有以下幾方面内容：

其一，補訂底本因編輯失誤導致的闕詩闕注、錯簡等問題。新刊杜詩闕兩首詩及部分注。

卷二十示姪佐，詩歌正文及其注釋原闕，佐還山後寄三首其一闕，部分注闕。本書整理時，據清刻本、排印本予以補足。卷十四送高司直尋封閬州「伏枕聞别離」至「木石乃無數」八句詩及其注，錯簡，亦據清刻本、排印本進行了訂正。

其二，訂正底本的詩歌正文與注釋錯訛。詩歌正文方面，如卷九過郭代公故宅「我行得遺迹」，「行得」訛作「得行」；卷十九曲江對雨「江亭晚色静年芳」，「亭」訛作「庭」；同卷寄高三十五詹事適「安穩高詹事」，「穩」訛作「隱」；卷二十秦州雜詩其十「所居秋草淨」，「淨」訛作「静」；同卷佐還山後寄三首其三「交横落幔坡」，「幔」訛作「慢」；卷二十六立秋日雨院中有作「大火復西流」，「火」訛作「小」；卷三十秋野五首其二「難教一物違」，「教」訛作「交」；同卷秋興八首其六「秦中自古帝王州」，「古」訛作「出」；卷二十九七月一日題終明府水樓二首其一「真賜還疑出尚方」，「疑」訛作「宜」；卷三十一曉望白帝城鹽山「暄和散旅愁」，「暄」訛作「喧」，凡此，均用本校法，據主校本清刻本與參校本予以訂正。

本書整理時以本校爲主，偶用他校法訂正杜詩誤字。如下例：（例二十一「本書用他校法將底本『吾兵』定作『吴兵』」）

未使吾兵著白袍（久雨期王將軍不至，二王本杜集卷七）

未使吾兵著白袍（同上，錢箋卷七）

未使吾兵著白袍師云：侯景命東吴兵盡著白袍，自爲營陣。趙云：白袍，南史：梁人陳慶之麾下悉著白袍，所向披靡。先是洛中謡曰：名軍大將莫自勞，千兵萬馬避白袍。蓋江左事也。（同上，底本卷十三）

未使吴兵著白袍（同上，百家注卷三十、分門集注卷十五）

未使吴兵著白袍（同上，杜詩詳注卷二十）

此句，杜集祖本二王本原作「吾兵」。底本原作「吾兵」，然師趙二家注引「江左」事注「白袍」，據此，應作「吴兵」爲是。宋注本百家注、分門集注利用了師趙二人的考辨成果均刊作「吴兵」，清代杜詩詳注亦定作「吴兵」。類似這樣考辨詳實，且被不同時代的杜集注本所廣泛接受的宋注校勘成果，本書整理時，酌情利用。如此句，本書以「吾」爲音近而訛，參照底本所引師趙二家注並旁參宋注本百家注、分門集注，用他校法改「吾兵」作「吴兵」。

關於校訂底本在注釋方面的錯、訛、衍、奪等問題。這部分内容所占比重最大，文繁不引。

其三，本書輯録了極爲豐富的異文，爲拓展宋代杜詩的文本細讀與闡釋研究提供了最原始的基礎性文本文獻。如卷二奉同郭給事湯東靈湫、夜聽許十誦詩愛而有作、哀江頭、哀王孫、悲青坂五首詩歌出現大段異文，他卷並没有類似的情況，頗令人費解，以俟博識。此外，本書的校勘記豐富詳實。如卷三十秋興八首其二「每依南斗望京華」，「南斗」，二王本卷十五、十家注卷二、百家注卷二十八、分門集注卷二同作「南斗」。新刊杜詩趙云：「南斗，師民瞻作北斗，蓋長安上直北斗。」則「北斗」最早見于宋代師民瞻本。蔡甲本卷三十二、黄氏補注卷三十亦沿襲師民瞻之説，作「北斗」。錢箋卷十五此詩正文作「南斗」，異文云「一作北斗」。此條校記，本書徵引多種古本杜集詳細出校。又如，卷一奉贈韋左丞丈二十二韻「騎驢三十載」，「三十載」清注本朱鶴齡杜工部詩輯注卷一、仇兆鰲杜詩詳注卷一、浦起龍讀杜心解卷一均作「十三載」。杜詩詳注云「他本作三十載，斷誤」。然杜詩宋注本均作「三十載」，清注本改作「十三載」，缺乏版本依據。杜甫壯遊詩云：「往者十四五，出遊翰墨場。」從十四、五歲至寫此詩已二十七、八年，整言之，可曰「三十載」。陶淵明歸園田居五首其一：「誤落塵網中，一去三十年。」杜詩正用其意。故不宜輕改。本書整理時，此條校記的撰寫除廣參古代注本之外，亦利用了當代學者的研究成果進行辨析(參陳鐵民由新發現的韋濟墓志看杜甫天寶間的行止,文學遺産,一九九二年第四期)。

本書首次對宋本新刊杜詩進行了全面系統的整理與校訂。本書的出版,意在爲學界貢獻了一部信實可靠、富有學術價值的杜詩宋注善本。學者可據此更全面更充分地探討宋人注杜的真相,澄清杜詩學史上一些對宋注的誤傳與模稜兩可的記載和批評,進一步深化和拓展宋代杜詩學的研究以及古代文學批評史的研究。由於本人才疏學淺,錯誤在所難免,敬請方家指正。

本書在整理過程中,曾得到各方支持與幫助。感謝臺中逢甲大學梁雅英博士、劉曉亮博士協力複印臺北故宫博物院影宋本新刊校定集注杜詩。感謝同門鄧子勉師兄在本書體例的擬定與校記的撰寫等方面提供的寶貴意見與慷慨無私的幫助。感謝同門慈波師弟東瀛訪學時,幫助我逐字逐句核對静嘉堂文庫六卷殘宋本新刊校定集注杜詩。感謝同門羅立剛一直以來在學術上對我的鼓勵與支持。感謝遼寧省圖書館劉冰先生的幫助,協助我搜集到珍貴的清刻本。本書近八萬字的校記,每一條都離不開這一主校本。感謝蔣曉光博士幫助我在南京大學圖書館複印文瀾閣四庫全書本。感謝俄亥俄州立大學漢語旗艦工程碩士項目的吴偉克博士(Dr. Galal Walker)、李敏儒博士(Dr. Minru Li)對本書的整理工作所給予的關懷與支持。Mr.

Frederick Casciani, Mr. Joseph Smith 以及長沙彭娟女士在我旅居海外期間協助檢索、複印、掃描各種中文文獻，并誌。感謝俄亥俄州立大學李國慶教授爲本書封面題簽。本書出版過程中，上海古籍出版社責任編輯杜東嫣副編審、戎默博士統籌審理書稿，在此謹致謝忱。

聶巧平

二〇二二年十月十日

凡例

一、新刊校定集注杜詩，南宋郭知達淳熙八年（一一八一）編刊於成都；寶慶二年（一二二五）曾噩覆刻於廣東南海漕臺。郭知達刊行本未見傳本，今世傳本均出自曾噩覆刻本。此書未見元明刊本，清代則有四庫全書本與數種翻刻本。此書入清以後又稱之曰九家集注杜詩。

二、寶慶廣東漕司刊本新刊校定集注杜詩，傳世尤尠，臺北故宫博物院所藏之帙爲僅存孤本。此帙原爲清代常熟瞿鏞鐵琴銅劍樓舊藏。抗戰初期，瞿氏鐵琴銅劍樓藏書遞有散出，遂爲山陰沈仲濤購獲，藏之研易樓。爾後沈氏攜書輾轉至臺灣，一九八〇年捐贈臺北故宫博物院，遂編目入藏，嘉惠學林。本書之整理，即以一九八五年臺北故宫博物院景印宋本新刊校定集注杜詩爲底本。

三、本書之整理，共計使用了七種校本。以遼寧省圖書館所藏之清刻九家集注杜詩爲主校本，該本原爲盛京皇宫恭藏之内府刻本，毛裝，刻印精良，保存完整，實爲希世之珍本，簡稱清刻本。另外還利用了以下六種重要版本作爲主要參校本：日本静嘉堂文庫所藏宋新刊校定集注杜詩，爲清代陸心源皕宋樓舊藏，現僅存卷六至卷十一，其中卷六自首端迄鐵堂峽注「限一作垠」闕，簡稱靜嘉堂本。中華書局一九八一年影宋新刊校定集注杜詩，漫滅嚴重。中華書局對大段漫滅之處進行了抄補，簡稱中華影宋本。文淵閣、文津閣、文瀾閣三種四庫全書本（分别簡稱文淵閣本、文津閣本、文瀾閣本）。一九四〇年燕京大學哈佛引得處據清嘉慶刻本排印之杜詩引得，簡稱排印本。

四、本書之整理，亦酌情參照了七種重要的杜集與注本，其中包括王洙寶元二年（一〇三九）編纂、王琪嘉祐四年（一〇五九）刊刻之「二王」本杜工部集（簡稱二王本杜集），另外包括以下五種宋注本與一種清注本：闕名門類增廣十注杜工部詩（殘本，存卷二、卷七至九、卷十一至十二，簡稱十家注）、題名王十朋王狀元集百家注編年杜陵詩史（簡稱百家注）、闕名分門集注杜工部詩（簡稱分門集注）、蔡夢弼杜工部草堂詩箋（按本書整理時參校兩種五十卷宋刻本：一種存卷一至十九、卷二十二至三十五、卷三十九至四十一、卷四十八至五十，共三十九卷，簡稱「蔡甲本」；另一種存卷四至八、卷十四至二十、卷二十七至二十八、卷四十至四十四，共十九卷，簡稱「蔡乙本」）、黄希、黄鶴黄氏補千家注杜工部詩史（簡稱黄氏補注），以及清代錢謙益錢注杜詩（簡稱錢箋）。由於錢箋所用底本爲南宋紹興初年之吴若本，本書在校勘詩歌正文時多與二王本杜集相互參證。

五、本書之整理，對底本中可以確定的訛、奪、衍、倒之處，以及因爲簡省與誤記誤引等導致錯誤者，均予以訂正，並出校記説明依據與理由。

六、本書採用全式標點，對人名、地名等加標專名綫，對書名、篇名等加標書名綫。

七、本書之整理，利用了古今學者的杜詩學研究成果與新發現的墓志等文獻資料，如仇兆鼇杜詩詳注（簡稱仇注本）、浦起龍讀杜心解（簡稱心解）、楊倫杜詩鏡銓（簡稱鏡銓）、林繼中輯校杜詩趙次公先後解輯校（簡稱先後解輯校）、蕭滌非張忠綱等杜甫全集校注以及與韓成武孫微等點校朱鶴齡杜工部詩輯注（簡稱朱輯本）等。對其中有疑問之處，均作簡要説明。

八、底本之注文多引據文選，此外亦有不少採自藝文類聚、初學記、太平御覽、册府元龜、太平廣記等類書。底本注文中因文字脱漏錯訛或者因注家誤記誤引導致文意不通者，則參照當代學者所整理之文選、全上古三代秦漢三國六朝文、先秦漢魏晉南北朝詩、世説新語以及諸類書予以訂正。

九、對底本中的異體字、通假字，一般不作改動。至於不規範的俗刻體字等，則徑改作現今通用的規範字。如「斈」「荅」之類，徑改作「學」「答」等；又「己」「已」「巳」之類，古書中常誤刻混用，亦徑改。凡此，均不出校。

十、底本中的人名、地名、書名等專用名詞，其中用字前後略有異同者，如揚雄又作楊雄、丘希範又作邱希範、陸佐公又作陸左公、崔瓘又作崔灌等，分別統一作揚雄、丘希範、陸佐公、崔瓘等。又如，玄灞素滻又作玄霸素産、漢書地理志又作漢書地里志等，均統一作玄灞素滻、漢書地理志等。凡此，均不出校。

十一、有避諱字，凡杜詩原文避唐朝名諱及家諱者，一般不改。因避宋帝諱而缺筆或改字者，如「玄」「楨」「徵」「桓」等，則徑改，不出校記。至于人名等專用名詞，如「鮑照」避諱作「鮑昭」，「貞觀」避諱作「正觀」等，均改作規範稱謂並出校記予以説明。

十二、是書以版本校異爲主。除對校外，還採用了本校、他校等，必要時作理校。凡底本不誤而校本誤者，原則上不出校。不過，對底本不誤而校本有誤，以訛傳訛在後世産生較大影響者，則均出校以説明。

目録

新刊校定集注杜詩卷二

古詩

新刊校定集注杜詩卷三

新刊校定集注杜詩卷四

古詩

新刊校定集注杜詩卷五

古詩

新刊校定集注杜詩卷六

古詩

新刊校定集注杜詩卷七

古詩

新刊校定集注杜詩卷八

古詩

新刊校定集注杜詩卷九

古詩

新刊校定集注杜詩卷十

古詩

新刊校定集注杜詩卷十一

古詩

新刊校定集注杜詩卷十二

古詩

新刊校定集注杜詩卷十三

古詩

新刊校定集注杜詩卷十四

古詩

新刊校定集注杜詩卷十五

古詩

新刊校定集注杜詩卷十六

古詩

新刊校定集注杜詩卷十七

近體詩

新刊校定集注杜詩卷十八

近體詩

新刊校定集注杜詩卷十九

近體詩

新刊校定集注杜詩卷二十

近體詩

新刊校定集注杜詩卷二十一

近體詩

新刊校定集注杜詩卷二十二

近體詩

新刊校定集注杜詩卷二十三

近體詩

新刊校定集注杜詩卷二十四

新刊校定集注杜詩卷二十五

近體詩

新刊校定集注杜詩卷二十六

近體詩

新刊校定集注杜詩卷二十七

近體詩

新刊校定集注杜詩卷二十八

近體詩

新刊校定集注杜詩卷二十九

近體詩

新刊校定集注杜詩卷三十

近體詩

新刊校定集注杜詩卷三十一

近體詩

新刊校定集注杜詩卷三十二

近體詩

新刊校定集注杜詩卷三十三

近體詩

新刊校定集注杜詩卷三十四

新刊校定集注杜詩卷三十五

近體詩

新刊校定集注杜詩卷三十六

近體詩

跋宋廣東漕司本新刊校定集注杜詩 ……昌彼得 一六〇六

附録一　杜詩補遺

附録二　現存郭知達編纂之杜集

版本題解書序

附録三　書目文獻著録郭知達編纂之杜集

附録四　宋編杜集與杜詩注本之序跋題記

附録五　誌傳集序上

附録六　誌傳集序下

【校勘記】

〔一〕「寒」，原作「塞」，據正文及清刻本、排印本改。

〔二〕「興」，原作「與」，據正文及清刻本、排印本改。

〔三〕「溪」，原作「雞」，據正文及清刻本、排印本改。

〔四〕「韶」，原作「韻」，據正文及清刻本、排印本改。

景印宋廣東漕司本新刊校定集注杜詩序

杜少陵詩，至宋而大盛。名公鉅卿，林藪逸士，一涉風雅，無不推戴而景行之。王安石、宋祁、黄庭堅並爲之注釋，於是注家争起，至有掇其章句，穿鑿附會，設爲事實，托名東坡刊鏤以行世者。蜀人郭知達，取王原叔序刻之舊注，更爲去取，於孝宗淳熙八年刻行九行本，即所謂蜀本。精其讎校，考其錯落，蓋思於浮濫頹靡之中，振其綱緒。惜此本今不復見傳於世。理宗慶元間，曾噩官廣東漕司，以蜀本紙惡字缺，於是會士友以正其脱誤，摹刊于南海漕臺，後遂稱爲廣東漕司本。陳振孫書録解題以爲宋版中之絶佳者。振孫通人，其説當是。郭公夏五，有闕文之失；郢書燕説，傳舉燭之談。故知善本之難得也。四庫全書九家集注杜詩據内府珍藏廣東漕司本迻録。原書爲檇李項氏天籟閣舊藏，既入宫置昭仁殿，嘉慶二年不戒於火，遂佚。近人山陰沈仲濤氏，愛書成癖，得珍槧，貯之研易樓中。廣東漕司本杜詩，研易樓中物也，爲今日傳世孤本。屬纊之際，遺命盡舉所藏捐贈本院，此刻因與俱來。本院所藏杜集凡三十餘種，廣東漕司本往惜焚如，今乃得之，固學林之幸事！況天壤間更無他本，因亟付印，俾海内孯幾之士，人人得而有之，豈不懿歟！

一九八五年十月十日，秦孝儀心波謹序。

臺北景宋本一九八五年序

杜工部詩集注原序

〔宋〕郭知達

杜少陵詩，世號詩史。自箋注雜出，是非異同，多所牴捂。至有好事者，掇其章句，穿鑿附會，設爲事實，托名東坡，刊鏤以行。欺世售僞，有識之士，所爲深歎！因輯善本，得王文公、宋景文、豫章先生、王(源)〔原〕叔、薛夢符、杜時可、鮑文虎、師民瞻、趙彦材，凡九家。屬二三士友，各隨是非而去取之。如假托名氏、撰造事實，皆删削不載。精其讎校，正其訛舛。大書鋟版，置之郡齋，以公其傳。庶幾便於觀覽，絶去疑誤。若少陵出處大節，史有本傳，及互見諸家之叙，兹不復云。

淳熙八年八月，成都郭知達謹序。

新刊校定集注杜詩序

〔宋〕曾噩

「讀書破萬卷，下筆如有神。」此杜少陵作詩之根柢也。觀杜詩者，誠不可無注。然注杜詩者數十家，乃有牽合附會，頗失詩意，甚至竊借蘇坡名字以行，勇於欺誕，夸博求異，挾僞亂真。此杜詩之罪人也。惟蜀士趙次公爲少陵忠臣。今蜀本引趙注最詳，好事者願得之，亦未易致；既得之，所恨紙惡字缺，臨卷太息，不滿人意。兹摹蜀本，刊於南海漕臺。會士友以正其脱誤，見者必當刮目增明矣。噫！少陵之詩，其偉壯則如巨靈之擘太華，其精巧則如花神之刻群芳。其理詣深到，則詩書莊騷之流裔也。及其詞源傾倒，如長江大河順東而趨，勢不可禦，必極其所至而後已。方是之時，豈復有意於搜尋故事，驅役百家諸子之言以爲吾用耶！或者未免以注爲贅。雖然，以詩名家，惟唐爲盛，著録傳後固非一種。獨少陵巨編，至今數百年，鄉校家塾，齠總之童，琅琅成誦，殆與孝經論語孟子並行。况其遭時多難，瘦妻飢子，短褐不全，流離困苦，崎嶇堙厄，一飯一啜猶不忘君，忠肝義膽，發爲詞章，嫉邪憤世，比興深遠，讀者未能猝解，是故不可無注也。

寶慶元年重九日義溪曾噩子肅謹序。

新刊校定集注杜詩卷一

古詩

奉贈韋左丞丈二十二韻

注：鮑文虎云：韋濟，韋嗣立子，天寶中授尚書左丞。史有傳，附嗣立後。

紈袴不餓死，前漢班氏叙傳曰：王鳳薦班伯宜勸學，召見宴昵殿〔一〕。上方鄉學，鄭寬中、張禹朝夕入説尚書、論語於金華殿中，詔伯受焉。數年，金華之業絶，出與王、許子弟爲群，在於綺襦紈袴之間，非其好也。晉灼曰：白綺之襦，冰紈之袴也。師古曰：紈，素也；綺，今之細綾也，並貴戚子弟之服。朱買臣妻曰：如公等，終餓死於溝中耳。趙云：梁任昉奏彈劉整云：以前代外戚，仕因紈袴。晉束皙云：丹墀步紈袴之童，東野遺白顛之叟。莊子云：伯夷、叔齊餓死首陽之山。史記云：伯夷、叔齊，積仁潔行如此而餓死。前漢周亞夫傳：許負相之曰〔二〕：君後九年而餓死。鄧通傳：上使善相人者相通，曰：當貧餓死。儒冠多誤身。莊子曰：儒者冠圜冠者知天時。儒行曰：冠章甫之冠。前漢酈食其傳：沛公不喜儒，諸客冠儒冠來者，沛公輒解其冠，溺其中。趙云：此篇雖古詩二十二韻，而第二字平側相次，又多對偶。紈袴不餓死，言貴富者之亨福禄;儒冠多誤身,言爲士者之易貧賤。公詩又曰:有儒愁餓死。則不餓死之反矣。又曰:儒術豈謀身。亦此之謂也。**丈人試靜聽,賤子請具陳。**易師:貞,丈人吉。注:丈人,嚴莊之稱。應璩詩:避席跪自陳,賤子實空虛。鮑照東武吟:主人且勿喧,賤子歌一言。趙云:吳越春秋載伍子胥謂漁父曰:性命屬天,今屬丈人。此呼人爲丈人矣。劉伯倫酒德頌有:熟視不見太山之形,靜聽不聞雷霆之聲。蜀志:許靖與曹公書云:豈可具陳。古詩:歡樂難具陳。世有托名東坡事實,輒云毛遂有言,賤子一一具陳之。以爲渾語,却不引出何書。其全帙引類皆如此,非特浼吾杜公,又浼蘇公,而罔無識,真大雅之厄,學者之不幸也!

甫昔少年日,賈誼,洛陽年少。趙云:沈休文別范安成云:平生少年日。**早充觀國賓。**易:觀國之光,利用賓于王。趙云:充字,晁錯傳:以臣充賦。**讀書破萬卷,下筆如有神。**三輔決録蔡邕傳:不妄下筆。魏文帝論云:傅武仲下筆不能自休。孔文舉表:性與道合,思若有神。趙云:梁孝元帝之敗,焚圖書十四萬卷曰:讀書萬卷,猶有今日!故焚之。中著一「破」字,則字著力而新奇矣。**賦料揚雄敵,**揚雄有長楊、甘泉等賦。趙云:雄傳曰:顧常好辭賦,每擬相如。故公於賦則言敵揚雄。**詩看子建親。**

增添:曹植字子建,封陳思王。善屬文,著洛神賦、責躬、公讌等詩。後人謂天下才共一石,子建獨得八斗。趙云:鍾嶸爲詩品,其品子建詩云:植詩原出於國風,氣骨高奇,辭彩華茂,超越今古,卓爾不群。故公於詩言親子建也。親字,親近之親,言與之近也。**李邕求識面,**李邕,廣陵江都人。父善,嘗注文選。邕少知名,長安初〔三〕,李嶠等薦邕詞高行直,堪爲諫官,由是召拜左拾遺。玄宗東封,獻賦稱旨。後進不識,京洛阡陌聚觀,以爲古人。或傳眉目有異,衣冠望風尋訪,門巷填隘。齊神武自太原來朝,見宋遊道曰:常聞其名,今日始識其面。師云:按新唐史杜本傳言:公自少貧不自振,客齊趙吳楚間。李邕奇其才,先往見之。趙云:新書誤矣!蓋惑於後篇有陪李北海宴歷下亭而言之耳。殊不知公在洛陽時,李邕先與相見;其後邕爲北海太守,遇公于齊州,又相見;至青州又相見。何以明之?陪李北海宴歷下亭則相見于齊州,蓋歷下亭在齊州也。八哀詩於李邕篇云:伊昔臨淄亭，酒酣托末契。則相見於青州，蓋臨淄亭在青州也；又云：重叙東都別，朝陰改軒砌。則追言洛陽相見事，蓋洛陽則東都也。豈不先識面於洛陽，而在齊地再相見乎？則新唐書之誤，以再見爲始識面矣。

王翰願卜鄰。 唐王翰，并州晉陽人。日聚英豪，恣爲歡賞。文士祖詠、杜華嘗在座。師云：左傳：非宅是卜，惟鄰是卜。

自謂頗挺出，立登要路津。 古詩：何不策高足，先據要路津。趙云：曹子建云：人人自謂握靈蛇之珠。呂凱與雍闓檄云：諸葛丞相英材挺出。

致君堯舜上，再使風俗淳。 魏杜恕：舉明主於唐虞之上。增添：孟子：伊尹曰：豈若使是君爲堯舜之君。魏應璩與弟君胄書：思致君於有虞矣。趙云：嵇康傳：鍾會欲害康，曰：宜因釁除之，以淳風俗。

此意竟蕭條，行歌非隱淪。 前漢朱買臣：家貧好讀書，不治産業。艾薪樵賣給食，擔束薪，行且誦書。其妻亦負戴相隨，數止買臣毋歌謳道中，買臣益疾歌，妻羞之求去，恚怒曰：如公等，餓死溝中耳，何能富貴！買臣不能留，即聽去。其後買臣獨行歌道中，負薪墓間。宋顔延年詠嵇中散詩曰：立俗迕流議，尋山結隱淪〔四〕。謝朓敬亭詩：隱淪既已托。鮑照詩：孤賤長隱淪。謝靈運：既枉隱淪客。趙云：鮑照答客篇：此意更堅滋。鮑照發後渚詩有蕭條背鄉心。列子載林類年且百歲，拾穗行歌。張湛注云：古之隱者也。舊注却引朱買臣行歌道中負薪，此乃窮困悲歌耳，與非隱淪之義不相接。桓譚新論曰：天下神人五，一曰神仙，二曰隱淪。郭璞江賦有納隱淪之列真。舊注引顔延年、謝朓、鮑照、謝靈運詩，皆在新論、江賦之後。此不知本始，是謂無祖者也。世説：周顗何如庾亮？顗曰：蕭條方外，亮不如臣。

騎驢三十載〔五〕，旅食京華春。 任昉詩：結歡三十載，生死一交情。陶潛：閑居三十載。趙云：後漢李尤：騎驢馳村〔六〕，狐兔驚走。魏文帝與吴質書：旅食南館。郭景純遊仙詩曰：京華遊俠窟。謝靈運齋中讀書詩曰：昔余遊京華。京華繁富之地，而當春時，尤爲繁富。於此旅食，亦不能爲樂矣。

朝扣富兒門，暮隨肥馬塵。 鮑照詩：結交多貴門，出入富兒鄰。趙云：論語：乘肥馬。

殘杯與冷炙，到處潛悲辛。 顔氏家訓：處之下座，以取殘杯冷炙。趙云：鮑照野鵝賦云：對鐘鼓之悲辛。主上頃見徵，欻然欲求伸。六韜曰：欻然而往。易曰：尺蠖之屈以求伸。趙云：官韻欻字注云：有所吹起貌。神仙傳：王母降，大茅君歌曰：駕我八景輿，欻然入玉清。又莊子庚桑楚篇：出無本，入無竅。注云：欻然自生非有本，欻然自死非有根。又法華經有欻然火起之語。青冥却垂翅，蹭蹬無縱鱗。後漢馮異傳：始雖垂翅回谿，終能奮翼澠池。王褒頌曰：沛乎若巨魚縱大壑。海賦：蹭蹬窮波。失勢貌。趙云：屈原悲回風云：據青冥而攄虹。王逸九思曰：玄鶴兮高飛，增逝兮青冥。注：青冥，雲也。此兩句以魚鳥爲喻，一反一正，可以爲句法。宋玉九辯：悲蹭蹬而無歸。甚愧丈人厚，甚知丈人真。范元實詩眼曰：必言所以見韋者，於是有厚媿真知之句。所以真知者爲傳誦其詩也。趙云：厚，言其相待之厚，蓋如後漢云：所以慰藉之甚厚。真，言其懷抱之真，蓋如莊子云：其爲人也真。厚則相親愛，真則不藏善，乃所以爲每每誦杜公佳句也。此厚與真之義甚明。詩眼所謂，却成杜公厚自慙媿於韋。杜公真實能知韋之賢耳。非是，蓋不省厚、真字，是詩字之足，只單著一字爲句，且用押韻，而字自有力，其義煥然也。每於百寮上，猥誦佳句新。趙云：左傳：同官爲寮。書：百寮師師。誦佳句於同寮，是時公已召試賜官也。世説載孫興公作天台賦成以示范榮期。每至佳句，輒云：應是我輩語。而誦佳句三字，則隋煬帝善屬文，不欲人出其右。王胄死，帝誦其佳句云「庭草無人隨意緑」，復能作此語耶？竊效貢公喜，前漢：貢禹與王陽爲友，世稱王陽在位，貢禹彈冠。言其取舍同也。杜補遺：劉孝標廣絶交論曰：王陽登而貢公喜。子美贈沈八丈東美除膳部員外郎又云：徒懷貢公喜。哭韋大夫之晉詩亦云：貢喜音容間。難甘原憲貧。仲尼弟子傳：原憲在草澤中。子貢相衛而結駟連騎，排藜藿，入窮閻，過謝原憲。憲攝敝衣冠見之。子貢曰：夫子豈病乎？原憲曰：吾聞之，無財謂之貧，學道而不能行謂之病。若憲，貧也，非病也。子貢慙而去。趙云：沈佺期傷王學士詩云：原憲貧無怨，顏回樂自持。焉能心怏怏，趙云：吳越春秋：吳王僚之母謂王曰：公子光心氣怏怏，常有媿恨之色。

舊注却引韓信、周亞夫傳，乃「鞅鞅」字，又不連「心」字，非公本意所引用耳。秪是走踆踆。踆踆，行走貌。張平子西京賦言伎戲曰：大雀踆踆。今欲東入海，即將西去秦。語曰：乘桴浮于海。又曰：少師陽，擊磬襄，入于海。李斯上始皇書：今乃却賓客以棄諸侯，使天下之士，裹足不入秦。趙云：去秦，言欲捨而去耳。乃張儀惡陳軫於秦王曰：軫欲去秦而之楚。舊注却引李斯言天下之士退而不敢西向，裹足不入秦，却只是「不入秦」矣。尚憐終南山，回首清渭濱。王粲：回首望長安。趙云：潘安仁西征賦言長安之境曰：南有玄霸素滻，北有清渭濁涇。故公凡言渭必曰清渭，言涇必曰濁涇，皆用此矣。終南山與清渭，以在秦地，故接「去秦」之下及之。常擬報一飯，況懷辭大臣。范雎傳：一飯之德必償。孔融傳：一餐之惠必報。趙云：李固傳云：竊感古人一飯之報。注云：謂靈輒也。公所用主此。舊注更引范雎傳一飯之德必償，自是償字；又引孔融傳一餐之惠必報，自是餐字。以一飯之恩，嘗擬如靈輒之報宣子，況大臣相知，不獨一飯耳！其去之懷思爲如何？此詩人之情也。白鷗没一作波〔七〕。浩蕩，萬里誰能馴。顔延年詩：鸞翮有時鎩，龍性誰能馴。謝朓詩：浩蕩別親知。東坡云：波乃没字。宋敏求謂余鷗不善没，改作波。殊不知鷗之滅没煙波，最爲自然。禽經云：鳧善浮，鷗善没。没字爲是。趙云：何遜詩：可憐雙白鷗，朝夕水上游。浩蕩雖本水，而不必專言水。或取流放之貌，如離騷云：怨靈脩之浩蕩；或取曠遠之貌，如楚辭曰：志浩蕩而傷懷。是也。世間本多作「波」字，東坡定作「没」字，言鷗滅没於煙波間，而浩蕩遠去，尤有義理。而宋敏求謂鷗不解没，作「波」字，便覺一篇神氣索然也。范淑衷甫云：世有師曠禽經之書，其中曰：鳧善浮，鷗善没。則「没」字却是沉没之没，即與前説又相反矣。

【校勘記】

〔一〕「宴」，文淵閣本作「雲」，訛。

〔二〕「負」，文淵閣本作「員」，訛。

〔三〕「長安」下，原奪「初」字，易生歧義，據舊唐書卷一百九十李邕傳補。

〔四〕「立俗」二句，「遷」「結」文選卷二十一、宋詩卷五顏延年五君詠嵇中散分别作「迕」「洽」。

〔五〕「三十載」，清代注本朱輯卷一、仇注卷一、心解卷一之一均作「十三載」。仇注云：「諸本作三十載，盧注作十三載，載作年。」又云：「公兩至長安，初自開元二十三年（七三五）赴京兆之貢，後以應詔到京，在天寶六載（七四七）爲十三載也。他本作三十載，斷誤。」案，宋代刻本均作「三十載」，清注本改作「十三載」，缺乏版本依據。又，杜甫壯遊詩云：「往者十四五，出遊翰墨場。斯文崔魏徒，以我似班楊。」則杜甫開元二十五六年十四五歲已至東都洛陽與文壇名流交遊，至天寶九載（七五〇），約二十五六年，約舉成數，正可謂之「三十載」，故當以「三十載」爲是。可參陳鐵民由新發現的韋濟墓志看杜甫天寶間的行止，文學遺産，一九九二年第四期。

〔六〕「村」，全後漢文卷五十李尤平樂觀賦作「射」。

〔七〕「没」，二王本杜集卷一作「波」。案，據下所引趙次公注，則「没」字爲蘇軾所改，宋敏求復改作「波」字，後世注本遂兩存之。

送高三十五書記

鮑云：高書記，適也，字達夫，渤海人。少落魄。客梁、宋間，宋州刺史張九皋奇之，舉有道，調封丘尉，不得志，去，客河西。河西節度使哥舒翰表爲左驍衛兵曹參軍，掌書記。

崆峒小麥熟，且一作吾。願休王師。家語：宓子賤爲單父宰，百姓化之。齊攻魯，道由單父。單父老請曰：麥已熟矣，今齊寇至，不及人人自收其麥，請放民皆使出穫麥，可以益糧，且不資寇。三請而宓子賤不聽。俄而齊寇逮乎麥，季孫聞之，怒，使人讓之。宓子蹵然曰：今兹無麥，明年可種。若使不耕者得穫，是使民樂有寇也。季孫聞之，赧然媿曰：地若可入，吾豈忍見宓子哉！賈誼書同。續漢書曰：桓帝時，童謡曰：小麥青青大麥枯，誰當穫者婦與姑。丈夫何在西擊胡。杜正謬云：崆峒，西方山也。按史記云：黄帝西至于崆峒。韋昭注曰：在隴右。九域圖志云：岷州和政郡有崆峒山，皆非爾雅所載。按爾雅乃作「空峒」字。汝州亦有崆峒山，蓋名同爾。趙云：曹操云：麥熟更來。請公問主將，焉用窮荒爲？禄山亂，哥舒翰討賊。適佐翰守潼關。翰敗，適奔赴行在。趙云：窮荒，謂適爲書記，隨翰遠事於吐蕃也。舊以爲佐翰守潼關，乃在天寶十二年之後，誤矣。主將，指哥舒翰。吴書張紘傳：紘諫孫權曰：主將乃籌謀之所自出。孔子云：焉用彼相。飢鷹未飽肉，側翅隨人飛。魏志：吕布因陳登求徐州牧不得，布怒，登喻之曰：登見曹公言待將軍，譬如養虎，當飽其肉，不飽則噬人。公曰：不如卿言。譬如養鷹，飢則爲用，飽則揚去。布乃解。載記：慕容垂猶鷹，飢則附人，飽則高飛〔一〕。趙云：鮑照蕪城賦：飢鷹厲吻。高生跨鞍馬，有似幽并兒。曹子建：白馬飾金羈，連翩西北馳。借問誰家子，幽并游俠兒。山簡：舉鞭問葛强，何如并州兒。趙云：幽并兒，蓋游俠者。高以文士而從軍，故云。鞍馬，吴質答東阿王書曰：情踴躍於鞍馬。舊注引鮑照詩云鞍馬光照地，在後矣。今考西漢匈奴傳：文帝親御鞍馬。則趙所引又在後矣〔二〕。脱身簿尉中，始與捶楚辭。韓愈云：判司卑官不堪説，未免捶楚塵埃間。鮑云：謂唐時參軍簿尉受杖，非也。今詳杜所言，捶有罪者也。退之江陵途中云：栖栖法曹掾，何處事卑陬。何況親犴獄，敲榜發姦偷。此豈身受杖如漢諸署郎耶？趙云：適舉有道科中第，調封丘尉。翰表用之，故云。漢紀：張良曰：脱身去間至軍矣。路温舒云：捶楚之下，何求不得？借問今何官，觸熱向武威。前漢：武威郡，匈奴休屠王地，武帝太初四年開。趙云：武威，唐涼州也。今脱身一尉，爲翰見知而辟用，雖熱行而不憚矣。答云一書記，所愧國士知。陳琳，袁本初書記之士。又，阮瑀管書記之任。賈誼傳：豫子曰：中行以衆人畜我，我故衆人事之；智伯以國士遇我，我故國士報之。人實不易知，更須慎其儀。一作宜。范睢傳：侯嬴謂信陵君曰：人固未易知，知人亦未易。趙云：詩：九十其儀。十年出幕府，自可持旌麾。一作旗。李廣傳：幕府省文書。師古曰：幕府者，以車幕爲儀。軍旅無常居止，故以帳幕言之。廉頗、李牧，市租皆入幕府是也。此行既特達，足以慰所思。一云亦足慰遠思。趙云：易乾卦：體仁足以長人。曹子建責躬四言：威靈所加，足以没齒。男兒功名遂，亦在老大時。古樂府：少壯不努力，老大徒悲傷。趙云：「男兒」字，起於剖竹視之，得一男兒也；「功名遂」字，老子「功成名遂」之摘文也。常恨結歡淺，各在一天涯。古詩：相去萬餘里，各在一天涯。趙云：左傳：楚子使椒舉如晉，曰：君願結驩於二三君。又如參與商，慘慘中腸悲。蘇武詩：昔爲鴛與鴦，今爲參與辰。王正長雜詩云：王事離我老，殊隔過參商。陸士衡詩：形聲參商乖，音息曠不達。昭元年傳：子産曰：昔高辛氏有二子，伯曰閼伯，季曰實沈。居于曠林，不相能也。日尋干戈，以相征討。后帝不臧，遷閼伯于商丘，主辰；商人是因，故辰爲商星。遷實沈于大夏，主參；唐人是因，以服事夏、商，故參爲晉星。趙云：揚子曰：吾不觀參辰之相比也。鮑照行路難：朝悲慘慘遂成滴。阮籍詩：容好結中腸。驚風吹一作飄。鴻鵠，不得相追隨。趙云：離別之言。曹子建詩：飛蓋相追隨。黃塵翳沙漠，念子何當歸。前漢匈奴傳：隔以山谷，壅以沙漠。盧諶贈崔溫詩：北眺沙漠燕。曹子建樂府：少小去鄉邑，揚聲沙漠垂。蘇武：欲展清商曲，念子不能歸。江淹詩：飲馬出城濠，北望沙漠路。陳湯傳：匈奴不敢南鄉沙漠。漢書音義[三]：沙土曰漠，即今磧也。趙云：曹子建賦云：大風隱其四起，揚黃塵之冥冥。李陵歌曰：徑萬里兮渡沙漠。鮑照北風凉行有云：問君得行何當歸？邊城有餘力，早寄從軍詩。王仲宣云：從軍征遐路，討彼東南夷。陸士衡樂府詩有從軍行：苦哉遠征人，北戍長城阿。趙云：史記：士蔿曰：邊城少寇。而長楊賦：永無邊城之警。曹子建白馬篇：邊城多警急。論語：行有餘力。

【校勘記】

〔一〕「載記」，清刻本、排印本作「晉書」，是。案，下文所引見晉書卷一百二十三慕容垂傳。

〔二〕案，「今考」以下二十一字，據上下文義，蓋爲郭知達編纂集注時所補。

〔三〕「漢書音義」，「漢」原作「前」，據清刻本、排印本改。

贈李白

趙：新唐書載：白隱岷山，後更客任城，居徂徠山。按，任城屬濟州。時白方在東都，將遊梁、宋而往也。故公詩及之。

二年客東都，所歷厭機巧。趙云：周公居東二年。東都，今之西京也。起於班孟堅作兩都賦，名之曰東都，故得承以爲言也。木華海賦云：不悟所歷之近遠。潘安仁悼亡：望廬思其人，入室想所歷。詩序：其人機巧。而江文通擬張綽詩：胸中去機巧。野人對羶腥，蔬食常不飽。論語：先進於禮樂，野人也。趙：語云：飯蔬食。詩云：今也每食不飽。孟子：雖蔬食菜羹，未嘗不飽也。豈無青精飯，使我顏色好。梁書：兩韓之孝友純深，庾〔一〕、郭之形骸枯槁，或橡飯菁羹，惟日不足。杜正謬：謹按：陶隱居登真隱訣載太極真人青精乾石䭀（音迅，飱也。）飯法云：以南燭草木煮汁漬米爲之。彭祖云：大宛有青精先生，清靈真人。真誥云：霍山有道者鄧伯元，受青精石飯之法，內見五藏，冥中夜書，色如嬰孺。又云：故服䭀否，春草生，此物易尋，想數詣玄水之處逍遙也。亦爲青精也。學林新編云：按青菜爲羹，謂之菁羹。字書：菁，蔓菁也。書所謂菁茅，禮所謂菁葅，即此物也。詩蓋用道書中陶隱居登真訣。其法即南燭草木浸米蒸飯，暴乾，其色青如鷖珠，食之可以延年却老。此子美所謂青精飯也。神農本草木部有南燭枝葉，久服輕身長年，令人不飢，益顏色。取汁炊飯，名爲烏飯，又名黑飯草。在道書謂之南燭草木，在本草謂之南燭枝葉，蓋一物也。以菁羹爲青精，則誤甚矣。苦乏大藥資，山林跡如掃。魏文帝遊仙詩：與我一丸藥，光耀有五色。杜正謬：丹書抱陽山人大藥證曰：夫大藥者，須鍊沙中汞，能取鉛裏金。黃芽爲根蔕，水火鍊功深。又云：鉛水，汞水者，出於一源，化爲白液，結就堅冰。此是真陽也，爲還丹之祖，作大藥之基。趙云：四句通義，離爲兩端，則語意不相接。蓋詩人不以文害辭。以青精石飯之法，內見五藏，色如嬰孺，豈不謂之大藥乎？而青精飯法，其所用之物，如以南燭草木葉煮取汁漬青稻米炊之。張君房云：青稻米如豫章西山青米，吳越青龍稻草是也。此亦費尋討，不亦謂之大藥資乎？李侯金閨彥，脫身事幽討。江文通別賦：金閨之諸彥，蘭臺之群英。注云：金馬門也。謝玄暉尚書省詩：既通金閨籍。鮑云：白嘗供奉翰林，故云。本傳：白自知不爲親近所容，求還山，帝賜金帶放還。脫身字，見上注。亦有梁宋遊，任彥升令云：客遊梁朝，則聲華籍甚。顏延年北使洛：塗出梁宋郊。鮑云：白時得還，與公同在洛，將適梁宋也。後在梁亦與公同遊，故遺懷詩云：「昔我遊宋中〔二〕，惟梁孝王都。」「憶與高李輩，論交入酒壚。」趙云：梁謂汴州，今之東京；宋謂宋州，今之南京。方期拾瑤草。江淹香爐峰詩：瑤草正翕艶，玉樹信葱青。又曹植詩：徙倚拾蕙草。杜補遺：江文通別賦：惜瑤草之徒芳。李善注高唐賦序云：我帝之季女，名曰瑤姬，未行而亡，封于巫山之臺。精神爲草實曰靈芝。又李注「瑤草正翕艶」曰：瑤草，玉芝也。山海經曰：姑瑤之山，帝女死焉，名曰女尸，化爲瑤草，其葉胥成，其華黃，其實如兔絲，服之者媚於人。

【校勘記】

〔一〕「庚」，文瀾閣本、清刻本、排印本作「瘦」，訛。

〔二〕「宋」，原作「關」，據詩中正文「亦有梁宋遊」及本集卷十四遣懷「昔我遊宋中」改。

遊龍門奉先寺

龍門，在西京河南縣。地志曰：闕塞山一名伊闕，而俗名龍門耳。奉先寺，則公後又有近體詩云「氣色皇都近，金銀佛寺開」也。

已從招提遊，更宿招提境。後魏太武帝始光元年，創立伽藍，爲招提之號。杜補遺：釋氏要覽載釋名曰：寺，嗣也。謂治事者，相嗣續於內，故天子有九寺焉。後漢明帝永平十年，丁卯，佛法初至，有印土二僧摩騰、法蘭，以白馬馱經像屆洛陽，勅於鴻臚寺安置。至十一年戊辰〔一〕，勅於雍門外別建寺，以白馬爲名。謂僧居爲寺自此始。又增輝記云：招提者，梵言拓鬬提奢，唐言四方僧物。後人傳寫之誤，以拓爲招，又省去鬬奢二字，止稱招提，即今十方住持寺院是也。佛寺謂之招提，蓋天竺國之語。如涅槃經云：造僧招提則生不動國。孟浩然詩：清夜宿招提。陰壑生虚籟，月林散清影。謝莊月賦：聲林虚籟，淪池滅波。梁昭明太子鍾山解講：瞰出巖隱光，月落林餘影。天闕象緯逼〔二〕，雲卧衣裳冷。薛云：山謙之丹陽記曰：太興中，議者皆言漢司徒許彧墓闕可徙之。王茂弘弗欲。南望牛頭山兩峰，曰：天闕也，豈煩改作！黄氏多識録云：此寺今在西洛之龍門。按韋述東都記云：龍門號雙闕，以與大内對峙，若天闕焉。方知老杜用「天闕」，蓋指龍門也。妄改爲「天闚」，荆公又改爲「天閲」，皆非。杜正謬：天闕，龍門也。子美詩注云：龍門在洛陽之南，蓋伊闕也。遠望雙闕對峙如門。而其詩有「金銀佛寺開」之句，則奉先寺也。洛陽記曰：闕塞山在河南縣。左傳：晉趙鞅納王，使汝寬守闕塞。伏虔謂南山伊闕是也。杜預注云：洛西南闕口也，俗名龍門是。山谷云：王介甫謂當作「天閲」，蓋對「雲卧」爲親切耳。鮑明遠樂府升天行：風衾委松宿〔三〕，雲卧恣天行。蔡正異云：世傳古本作「天闕」，今從之。莊子以管闚天，正用此字。趙云：惟蔡伯世云：古作「天闚」，極是。惜乎知引莊子以管闚天而已，所以又起或者之疑。莊子曰：至人者上窺青天，下潛黄淵。後漢郅惲傳曰：非闚天者不可與圖遠。若引此不亦明乎？孟浩然：雲卧晝不起。

欲覺聞晨鍾，令人發深省。

【校勘記】

〔一〕「至」，原作「二」，案，後漢明帝永平號共計十八年，此云「二十一年」，誤。據釋氏要覽卷上居處改。

〔二〕「天闕」，錢箋卷一云：「一作闊。荆作閲。蔡興宗考異作闚。」案，二王本杜集卷一作「天闕」，是知「天闚」、「天閲」、「天闊」皆爲後人傳刻之誤，遂起紛紜之説。

〔三〕「衾」，文選卷二十八、宋詩卷七鮑照升天行皆作「餐」。

望嶽

趙曰：嶽，一作岳。甫詩集有三望嶽。東嶽一名岱宗，故曰「岱宗夫如何」；其二南岳，故曰「南岳配朱鳥」；其三乃望西岳，故曰「西岳崚嶒聳處尊」。

岱宗夫如何，齊魯青未了。書：岳宗泰山，爲四岳所宗。風俗通云：泰山，山之尊者，一曰岱宗。岱，始也；宗，長也。萬物之始，陰陽交代，爲五岳之長。趙云：言其山之長大。東嶽謂之岱宗。書云：東巡狩，至于岱宗是也。造化鍾神秀，陰陽割昏曉。晉孫興公遊天台賦序云：天台者，蓋山岳之神秀也。陳書：虎丘山者，吳之神秀。趙云：曹毗對儒篇云：大人達觀，任化昏曉。上句言其山之靈異，如劉禹錫言九華山爲造化一尤物也。下句又言其山之長大，如史記言崑崙，日月所相避隱爲光明也。蕩胸生曾雲，公羊曰：觸石而出，膚寸而合。不崇朝而徧天下者，泰山之雲也。張衡南都賦：淯水盪其胸。趙云：陸機文賦有曾雲之峻。曾，積也。曾積之雲，其潤尤多，可以盪滌人胸。以言山之高。決眥入歸鳥。子虛賦：中必決眥。薛云：子虛賦稱射藝之妙，所中者必決裂其目眥也。子美望嶽以言觀覽之遠，攄決其目力，入飛鳥之群。與射弓無相干明矣。趙云：屈原思美人云：因歸鳥而致辭。會當凌絶頂，一覽衆山小。孟子曰：孔子登東山而小魯，登太山而小天下。揚子：升東岳而知衆山之迤邐也。漢官儀：及泰山盤道屈曲上，凡五十餘盤，經小天門、大天門，如從穴中視天窗也。趙云：沈休文早發定山詩云：絶頂復孤圓。劉義慶世説載云：江左地促，不如中國。若使阡陌條暢，則一覽而盡。

陪李北海宴歷下亭

公自注云：時邑人蹇處士等在坐。北海，漢中壽縣也。齊置北海，唐屬青州。李北海，李邕也。

東藩駐皁蓋，後漢志：中二千石皆皁蓋。趙云：上林賦：齊列爲東藩。北渚凌清河。陸士衡詩：永嘆遵北渚。趙云：屈原湘夫人云：帝子降兮北渚。其後張平子南都賦云：亂北渚兮揭南涯。清河，則指言濟河。濟河謂之清濟故也。燕王曰「吾聞齊有清濟濁河以爲固」是已。海右此亭古，濟南名士多。書曰：濟南伏生。趙云：濟海在東而州在西則謂之海右，宜矣。濟南則指齊州。雲山已發興，玉佩仍當歌。魏武帝短歌行：對酒當歌，人生幾何。薛云：左傳：吳申叔儀乞糧於公孫有山氏曰〔一〕：佩玉蘂兮，余無所繫之。趙云：鮑照園中秋散云：臨歌不知調，發興誰與歡。詩：瓊琚玉佩。魏武帝短歌行云：對酒當歌。師：楚辭：玉佩兮陸離。修竹不受暑，交流空湧波。東京賦：脩竹冬青。陰池幽流。趙云：楚詞：嬋娟之修竹。曹大家東征賦：望河洛之交流。鮑照詩：不受外嫌猜。魏文帝浮淮賦曰：驚風泛、湧波駭。其後左太冲蜀都賦云：沛若濛汜之湧波。蘊真愜所遇，落日將如何。謝靈運登孤嶼詩：表靈物莫賞，蘊真誰爲傳？江淹詩：悠悠蘊真趣。下言落日則惜其景之幽真而酒筵將散也。貴賤俱物役，從公難重過。趙：易云：貴賤位矣。文選有牽以物役。詩：從公于邁。左傳：繾綣從公。此兩句非特言邕當之官而各別，又見公之不趨貴以爲誇矣。彼淺丈夫者冀宵燭之末光，分玉斝之餘瀝而不知耻，與公有間哉！

【校勘記】

〔一〕「申叔儀」，「儀」原訛作「時」。又，文淵閣本奪。據春秋左傳注哀公十三年改。

登歷下古城員外新亭

北海太守李邕作。本傳云：李邕，天寶初爲汲郡、北海二太守。時李之芳自尚書郎出齊州司馬，作此亭歷下。齊州，春秋戰國並屬齊，秦屬齊郡。漢韓信伐齊至歷下，即其地。文帝分置濟南，景帝改爲濟南郡。宋後周同。隋初郡廢，煬帝初置齊州。大唐復爲齊州，或爲臨淄郡，復改爲濟南郡〔一〕。

吾宗固神秀，謝宣遠答靈運詩：華宗誕吾秀，之子紹前胤。公有譜系，自言李杜同出，故言吾宗也。薛云：按，此亭乃李之芳所構。詩乃北海太守李邕爲之芳作，注言李杜同出，其誤甚矣。體物寫謀長。陸士衡文賦：體物而瀏亮。潘岳西征賦：摹寫舊豐，制造新邑。趙云：書：爾乃不謀長。形制開古跡，趙云：舊有此亭而之芳新之。杜公所謂「海右此亭古」也。曾冰延樂方。趙云：曾字音層，與曾雲之曾同。謝靈運苦寒行曰：峨峨曾冰合〔二〕。樂方，猶言樂土。太山雄地里，巨壑眇雲莊。陳江總鍾銘：舟移巨壑。趙云：上句言東岳之大，於地里爲雄。下句言東海之廣，視雲路可眇小之。列子曰：渤海之東，不知幾億萬里，有大壑焉。則海可言壑矣。北齊祖孝徵望海詩曰：登高臨巨壑。雲莊，大路也。雲路至闊大者，而海猶眇小之。高興汨煩促，張茂先答何劭詩：煩促每有餘。永懷清典常。詩：維以不永懷。易：既有典常。含弘知四太〔三〕，易卦：含弘光大〔四〕，品物咸亨。老子：域中有四大。出入見三光。日月星爲三光，亦謂之三辰。又前漢郊祀志〔五〕：三光，天文也。負郭喜粳稻，左太冲蜀都賦：粳稻漠漠。新添：蘇秦曰：使我有洛陽負郭田二頃，安能佩六國相印乎！安時歌吉祥。莊子：吉祥止止。新添：莊子：安時處順，哀樂不能入也。趙云：邕詩雖亦兩字多有出處，似同杜公法門，而句法類皆枯瘠僻澀。然公集中録首唱之人無幾，而公今録邕此詩於集，豈亦取其同法門邪？

【校勘記】

〔一〕「復」，清刻本、排印本作「後」。

〔二〕「合」，原作「食」，據藝文類聚卷四十一樂部一所録謝靈運苦寒行詩並參先後解輯校甲帙卷一登歷下古城新亭詩引趙次公注〔一〕下校記改。

〔三〕〔四〕「弘」，文瀾閣本、清刻本、排印本作「宏」，係避諱。

〔五〕「前漢郊祀志」，「漢」原奪，據清刻本、排印本補。

同前

公自注：亭對鵲湖。趙云：李北海唱之於前，而公和之於後。

新亭結構罷，左太冲招隱詩：巖穴無結構。何平叔景福殿賦：結構則脩梁彩制。趙云：孟浩然詩：結構竟不淺〔一〕。又云：結構依空林。隱見清湖陰。謝惠連西陵遇風詩：分袂澄湖陰。注：水南曰陰。趙云：言昏明異候也。梁簡文帝梔子花詩：日斜光隱見，風還影合離。跡籍臺觀舊，趙云：亭之形跡憑籍臺觀之舊製。籍字言圖籍所載，舊有臺觀之跡，於義皆通。氣溟海岳深。趙云：言東海太山之氣相與接也。此句乃接巫峽通雪山之法。圓荷想自昔，遺堞感至今。遺堞，城堞也。趙云：指物感槩，蓋詩人之興。芳宴此時俱，哀絲千古心。杜補遺：哀絲，琴也。記曰：絲聲哀，哀以立廉，廉以立志。君子聽琴瑟之聲，則思志義之臣。又枚叔七發曰：龍門之桐，高百尺而無枝。使班爾斫斬以爲琴〔二〕，野繭之絲以爲絃，孤子之鈎以爲隱，九寡之珥以爲旳。師堂操張〔三〕，伯牙爲之歌。此亦天下之至悲也，子能彊起而聽之乎？注：旳音的，鈎、珥，皆寶也。隱、旳，皆琴上飾。取孤子寡婦之寶而用之，欲其聲多悲哀。九寡，九度寡也。琴録曰：琴曲有蔡氏五弄、雙鳳、離鸞、歸鳳、遠送、長清、短清、幽蘭、白雪、風入松、烏夜啼、楚明光、石上流泉。

主稱壽尊客， 曹子建詩：主稱千金壽，賓奉萬年酬。趙云：記曰：

筵秩宴北林。 詩：賓之初筵，左右秩秩。趙云：詩云：鬱彼北林。因所宴賓在北林，故借用也。然上有芳宴字，今又有宴字，公應不緊重，必誤也。

不阻尊客之前不叱狗。

蓬蓽興， 傅長虞酬何劭：歸身蓬蓽廬。蓽，荆織門也。禮：蓽門圭竇。趙云：蓽，官韻注云：藩落也。謂亭處幽遠，故有蓬蓽之興。

得兼梁甫吟。 陸士衡詩：齊僮梁甫吟。諸葛亮躬耕隴畝，好爲梁甫吟。盛弘之荆州記：鄧城西七里有獨樂山，諸葛亮常登此山，作梁甫吟。杜補遺：孔明梁甫吟，傳所不載，故世莫得而聞。唯高齊録載之。又，二桃事，出晏子春秋，人亦罕見，故并録云：步出齊城門，遥望蕩陰里。里中有三墳，纍纍正相似。問是誰家墳，田疆古冶氏。力可排南山，文能絶地紀。一朝被讒言，二桃殺三士。誰能爲此謀，相國齊晏子。李太白梁甫吟亦云：力排南山三壯士，齊相殺之費二桃。蓋謂此也。晏子春秋曰：景公畜士公孫接田開疆古冶子三人，見晏子，不起。晏子見公，請去之。乃饋之二桃，令三子計功而食。公孫接曰：接一搏特猏，再搏乳虎，若接之功，可以食桃而毋與人同矣。援桃而起。田開疆曰：吾杖兵却三軍者再，若開疆之功，可以食桃而毋與人同矣。援桃而起。古冶子曰：吾嘗從軍濟河，黿銜左驂，以入砥柱之流〔四〕，冶少不能游，潛行逆流百步，順流九里得黿而殺，左操馬尾，右挈黿頭，鶴躍而出津。若冶之功，可以食桃而毋與人同矣。二子耻功不逮而自殺，冶亦自殺。黄魯直言：觀此詩乃以曹公專國，殺楊修孔融荀彧。云武侯躬耕壠畝，好爲梁甫吟，不知壽意所指。豈既作此詩，時爲客歌之，故云耳乎？〔五〕

【校勘記】

〔一〕「竟」，全唐詩卷一百六十孟浩然和張判官登萬山亭因贈洪府都督韓公作「意」。

〔二〕「班爾」，文選卷三十四、全漢文卷二十枚乘七發作「琴摯」。

〔三〕「張」，枚乘七發作「暢」。

〔四〕「一」，清刻本、排印本作「下」。

〔五〕「觀此詩」至「耳乎」，「以」原作「小」，「壽」原作「來」，「能」原作「既」，「客」原作「究」，據山谷別集卷十改。

玄都壇歌寄元逸人

趙云：以公詩語考之，云獨在陰崖白茅屋，又云屋前太古玄都壇，則壇在子午谷矣。又謂之太古玄都壇，則唐以前不知何年有之。本朝宋敏求長安志編集爲最詳，於子午谷外，又載子午鎮、子午關、子午水，而並不載谷中所有古迹名稱，故壇無可考。

故人昔隱東蒙峰，已佩含景蒼精龍。語：夫顓臾者，先王以爲東蒙主。以蒙山在東，故曰東蒙。地理志：泰山蒙陰縣。趙云：故人字，祖出史記范雎傳：戀戀有故人之意。蒼精龍，劍也。春秋繁露曰：劍佩於左，蒼龍之象。上著含景字，則後漢士孫瑞劍銘有云〔一〕：從革庚辛，含景吐商。其佩字又以楚詞劉向九歎之怨思篇：佩蒼龍之蚴虬兮，帶隱虹之逶迤。亦挨傍用三字。或曰：蒼精龍，應是符籙名，蓋道家有蒼龍精，東方甲乙木，赤鳳髓，南方丙丁火。謝玄暉詩：含景望芳菲。亦借用含景字。故人今居子午谷，獨在一作並。陰崖結一作白。茅屋。王莽傳：莽以皇后有子孫瑞，通子午道。從杜陵直絕南山，徑漢中。師古曰：今京城直南山有谷通梁漢道，名子午谷。杜補遺：孝順紀：罷子午道，通褒斜路。注：子午道，平帝時王莽通之。三秦記曰：子午，長安正南山名秦嶺谷，一名樊川〔二〕。褒斜，漢中谷名，南谷名褒，北谷名斜，首尾七百里。趙云：馬季長長笛賦：生終南之陰崖。晉潘安西征賦云：眺華岳之陰崖。鮑照詩有結茅野中宿。

屋前太古玄都壇，青石漠漠常風寒。趙云：前漢藝文志有云：太古以來。漢漠者，冥茫之貌。選有云：粳稻漠漠。

子規夜啼山竹裂，王母晝下雲旗翻。離騷：載雲旗之逶迤。杜正謬云：王母，鳥名也，以對子規。段成式酉陽雜俎云：齊郡函山有鳥，足青觜赤黃，素翼絳顙，名王母使者。王椿齡，齊人也。予嘗質之云：其毛色如成式所載，其尾五色，長二三尺許，飛則翩翩，正如旗狀。趙云：子規啼而竹裂，言啼之苦也。漢書云：南山之竹。雲旗者神仙之儀衛也。離騷云載雲旗之逶迤。杜田之説既名爲王母使者，豈可獨用王母字而當之？且既專出於齊地，今元逸人在長安子午谷，安得有是鳥？詩以元逸人爲仙者，則王母降之有是理，何必泥以鳥名？公於昔遊言華蓋君之洞宮，有曰王喬下天壇，亦以仙家事仿像其人如此。

知君此計誠長往，芝草琅玕日應長。後漢逸民論：長往之軌未殊。庾肩吾：蜘蟵玩芝草〔三〕、芝葉正玲瓏。十洲記：鍾山在北海之子地。仙家數十萬。耕田種芝草，課計頃畝。本草：青琅玕生蜀郡平澤。蘇業注云：琅玕有數種，是琉璃之類，火齊寶也。琅玕五色具〔四〕，以青者入藥爲勝，出巂州以西烏白蠻中及于闐國。靈異兼圖載〔五〕，琅玕青色，生海中云。海底以網掛得之。初出水紅色，久而青黑。枝柯似珊瑚而上有孔竅如蟲蛀。擊之有金石之聲，乃與珊瑚相類。禹貢：雍州厥貢璆琳、琅玕。爾雅云：西北之美者，有崑崙墟之璆琳、琅玕。孔安國郭璞皆以爲石之似珠者。而山海經云：崑崙山有琅玕。是石之美者，明瑩若珠之色，而其狀森植耳。趙云：芝草，仙藥也。琅玕，寶叢也。言靈異之地，當有之。

鐵鏁高垂不可攀，致身福地何蕭爽。三秦記云：終南太一山左右三十里，內名福地。西有石室靈芝。魏都賦：玄雲舒蜺以高垂。趙云：鐵鏁高垂，詩人亦逆料其如此。如綿州彰明縣竇崗山有二鐵鏁垂於山際。傳云：竇氏兄弟鍊丹山上，初以鐵鏁架橋度而往；既至則斷之以絕往來。其後兄弟三人白日仙去。又，乾州金精山女仙張麗英昇仙之地，有鐵鑠下垂。然則，詩人逆料元逸人之長往亦復然乎？劉孝綽詩：高枝不可攀。玉臺新詠於此謂之福地。按長安志引關中記云：終南太一左右三十里，内名福地。既言有長往之計，則所往之處，乃福地也。終南太一正與子午谷玄都壇相屬矣。舊注所引語是，但誤指爲三秦記耳。

【校勘記】

〔一〕「士孫瑞」，清刻本、排印本作「公孫瑞」，訛。

〔二〕「一」，底本漫滅，據諸校本補。

〔三〕「蜘蟵」，原作「蜘蛛」，文津閣本作「知味」，據梁詩卷二十三庾肩吾芝草詩改。

〔四〕「琅玕」，清刻本、排印本作「文理」。

〔五〕「靈異兼圖」，清刻本、排印本作「靈異經圖」。

今夕行

今夕何夕歲云徂，唐詩綢繆云〔一〕：今夕何夕，見此良人。韋孟諷諫詩：歲月其徂，年其逮耇。更長燭明不可孤。宋玉招魂：娱酒不廢，沉日夜，蘭膏明燭華鐙錯。趙云：孤乃孤負之孤〔二〕。李陵書：陵雖孤恩，漢亦負德。是也。咸陽客舍一事無，趙云：梁吴筠詩：君不見長安客舍門。相與博塞一云賭博。爲歡娛。說文曰：博，局戲，六著十二棋，古者烏曹作博。尹學曰：博盡關塞之宜，得周通之路。說苑曰：塞，行棋相塞，謂之塞也。管子曰：秋行五政，一曰秋禁博塞也。莊子：問穀奚事，博塞以遊。趙云：陸德明注莊子引吾丘壽王以善格五待詔，謂博塞也。馮凌大叫呼五白，袒跣不肯成梟盧。一作牟。招魂曰：箟蔽象棊，有六博。分曹並進，遒相迫。成梟而牟，呼五白。晉制犀比，費白日。宋劉毅於東府聚樗蒲大擲，餘人並黑犢以還，唯劉裕及毅次擲雉，大喜，褰衣繞床，叫謂同坐曰：非不能盧，不事此耳。裕惡之，因投五木久之，曰：老兄試爲卿答。既而四子俱黑，其一子轉躍未定，裕厲聲喝之，即成盧。毅意殊不快也。梟，勝也。倍勝爲牟。五白，博齒也。趙云：楚辭招魂有成梟而牟呼五白。其注云：五白，五木也；梟，勝也。盧，勝之名也。韓非子載，匡倩對齊宣王之語曰：博者貴梟。劉毅與劉裕樗蒲，裕厲聲叱，五木即成盧。又，慕容寶與韓黃李根等樗蒲，寶危坐誓之曰：世言樗蒲有神，若富貴可期，頻得三盧。於是三擲盡盧。世說：袁彥道代桓溫。彥道曰：卿但大喚必作采。於是呼祖〔三〕，擲必盧雉，二人齊叫，敵家頃刻失數百萬。英雄有時亦如此，邂逅豈即非良圖。趙云：如劉裕、劉毅、慕容寶等，皆一世英雄，如此蒲博，則今夕邂逅相遇，未必非良圖。所謂良圖，則毅裕以卜成事，寶以卜富貴也。良圖，敢不良圖也。君莫笑劉毅從來布衣願，家無儋石輸百萬。南史載，桓玄聞劉毅起兵，曰：毅家無儋石之儲，樗蒲一擲百萬。共舉大事，何謂無成？前漢蒯通傳：守儋石之儲者，闕卿相之位。應劭曰：齊人名小甖爲儋石，受斛。師古曰：儋，都濫反。或曰，儋者，一人之所負儋也。杜補遺：明帝紀：家靡儋石之儲。注：前漢音義曰：儋，丁濫反，言一石之儲。方言作儋，云齊東海岱之間謂之儋。郭璞云：所謂家無儋石之儲者也。埤蒼曰：大罌也。或作甔，丁甘切。新添：魏書：華歆清貧，家無儋石之儲。

【校勘記】

〔一〕「唐詩綢繆」，清刻本、排印本作「詩」。

〔二〕「負」，文淵閣本作「員」，訛。

〔三〕「袒」，原作「祖」，據文淵閣本、清刻本、排印本並參世說新語箋疏任誕第三十四條引郭子注改。

貧交行

趙云：後漢書云：貧賤之交不可忘。

翻手作雲覆手雨，紛紛輕薄何須數。沈休文詩：洛陽繁華子，長安輕薄兒。梁簡文帝詩：輕薄出三河。江淹詩：子衿怨勿往，谷風誚輕薄。阮籍：平生少年時，輕薄好絃歌。趙云：前漢：陸賈謂尉佗曰：越殺王降漢，如反覆手耳。又晉劉牢之曰：豈不知今日取桓玄如反覆手耳〔一〕。嚴助傳：越人愚戇輕薄。光武語劉嘉：長安輕薄兒誤之。君不見管鮑貧時交，此道今人棄如土。史：管仲少時與鮑叔牙游，鮑叔終善遇之。管仲曰：吾始困，嘗與鮑叔賈，分財利多自與〔二〕，鮑叔不以我爲貪，知我貧也。吾嘗與鮑叔謀事而更窮困，鮑叔不以我爲愚，知時有利不利也。吾嘗三仕三見逐于君，鮑叔不以我爲不肖，知我不遭時也。吾嘗三戰三走，鮑叔不以我爲怯，知我有老母也。公子糾敗，召忽死之，吾幽囚受辱，鮑叔不以我爲無恥，知我不羞小節，而恥功名不顯於天下也。生我者父母，知我者鮑子也。鮑叔既進管仲，以身下之。不多管仲之賢，而多鮑叔能知人。趙云：緩急人所有，而以有濟無交友之道也。雲固爲雨矣，天油然作雲，而後沛然下雨。雲有渰以淒淒〔三〕，而後興雨祁祁，則雨之所濟者久。雲氣不待族而雨，則雨之所濟者微。今一翻一覆手之間，而雲遂欲爲雨，其俄頃尠少可知。所爲不亦輕薄乎？管仲與鮑叔賈而獨多分財利，鮑叔弗爭，則悠久每每如此，豈翻覆手之間爲片雲過雨之霑丐耶？翻手作雲覆手雨，介父集句詩用對「當面論心背面笑」，竊嘗喜其工也。朱博謂議曹曰：且持此道歸，堯舜君出，爲陳說之。范彦龍贈張徐州謖詩：此道今已微〔四〕。

【校勘記】

〔一〕「桓玄」，原作「亘元」，文津閣本、文瀾閣本、清刻本、排印本皆作「桓元」，係避諱，此改。

〔二〕「分財利」句，文淵閣本「利」字下有「每」。

〔三〕「以」，清刻本、排印本無。

〔四〕「范彦龍贈張徐州謖」，原作「韓柳卿答内兄」，誤作者與篇名，檢「此道今已微」句，文選卷二十六、梁詩卷二作范彦龍贈張徐州謖，據改。又，「韓柳卿」，據文選卷二十六陸韓卿奉答内兄希叔，當爲「陸韓卿」。案，本集卷二曲江三章章五句「故將移住南山邊」、卷七贈蜀僧閭丘師兄「妙絶與誰論」以及泛溪「指揮逕路迷」句下注皆作「陸韓卿」，亦可證。

兵車行

春秋有兵車之會。語：不以兵車，管仲之力也。王深父云：此詩蓋托於漢以刺玄宗。

車轔轔，馬蕭蕭，秦國風有車轔轔，車聲也。列女傳：衛靈公與夫人夜坐，聞車聲轔轔至闕而止〔一〕。夫人曰：此蘧伯玉也。車攻詩：蕭蕭馬鳴。行人弓箭各在腰。耶娘妻子走相送，塵埃不見咸陽橋。趙云：此詩直道其事，氣質類古樂府，故多使俗語，如耶娘字，俗書作爺孃，而此詩用耶娘字，蓋木蘭歌有不聞耶娘喚女聲。黃魯直跋木蘭歌後云：杜子美兵車行引此詩。推耶娘字所出，以知古人用字，其與俗書不同，皆有所本。牽衣頓足欄道哭，趙云：前漢楊惲報孫會宗書：頓足起舞。哭聲直上干雲霄。孔德璋：干青霄而直上。蜀都賦：干青霄而秀出也。道旁過者問行人，行人但云點行頻。或從十五北防河，便至四十西營田。去時里正與裹頭，里正，一里之長。歸來頭白還戍邊。鮑明遠東武吟：少壯辭家去，窮老還入門。光武書曰：每一發兵，頭須爲白。邊庭流血成海水，後漢：卧鼓邊庭。主父偃傳：古之人君，一怒必伏屍流血。書：血流漂杵。揚子：川谷流人之血。賈誼過秦論：伏屍百萬，流血漂鹵。趙云：選詩有羽檄起邊亭、烽火列邊亭。武皇開邊意未已。嚴助傳：武帝好征伐四夷，開置邊郡。文選云：選將開邊。班固曰：武帝廣開三邊。君不聞漢家山東二百州，千村萬落生荆杞。通典：周文帝西魏計州二百十有一。隋文帝改州爲郡，凡郡百九。唐天寶初，改州爲郡，刺史爲太守，大凡都府三百二十有八。老子：師之所處，荆棘生焉。大軍之後，必有凶年。選阮嗣宗詩：堂上生荆杞。蔡琰詩：城郭爲山林，庭宇生荆艾。王粲從軍：城郭生榛棘。趙云：山東者，太行山之東也。漢史所謂山東出相。杜牧謂山東王不得不王。昔言山東，即古之晉地，今之河北也。今言山東，則謂太山之東，乃古之齊地，今之京東路也。坡詩於「飛狐上黨天下脊」之下云「削成山東二百郡」，乃言河北矣。引通典置天下州郡，誤矣。縱有健婦把鋤犁，禾生隴畝無東西。趙云：古詩隴西行：健婦持門户，勝一大丈夫。王仲宣從軍詩：不能效沮溺，相隨把鋤犁。況復秦兵耐苦戰，被驅不異犬與鷄。史記秦人勇於攻戰。漢趙充國傳：土地寒苦，漢馬不能冬，屯兵在武威張掖酒泉，萬騎以上，皆多羸瘦。師古曰：能讀曰耐。長者雖有問，役夫敢伸恨？文元年傳：江芉怒曰：呼役夫，賤者之稱。孟子：徐行後長者。且如今年冬，未休闕一作隴。西卒。一云役夫心益憤，如今縱得休，休爲隴西卒。縣官急索租，霍光傳：縣官，天子也。宣元六王傳：不敢指斥天子，故謂之縣官。嚴助傳：租稅之收，足以給乘輿之御。前志：衣食仰給縣官。租稅從何出？信知生男惡，反是生女好。生女猶是嫁比鄰，生男埋沒隨百草。王粲詩：萬里猶比鄰〔二〕。趙云：比鄰，乃曹子建詩。舊引爲王粲，誤矣。又陳琳云：生男慎莫舉，生女哺用脯。杜公以役夫之苦，故云生男惡。白居易以楊妃恩寵之隆，則曰「遂令天下父母心，不重生男重生女」。詩人興致，各有所主。史記衛皇后傳：生男無喜，生女無怒〔三〕。前漢孫寶傳：祭竈請比鄰。君不見青海頭，哥舒翰傳：築神威軍於青海上，吐蕃至，攻破之。趙云：時有事于吐蕃，乃青海之地，哥舒翰所立功之處也。古來白骨無人收。蔡文姬詩：白骨不知誰，縱橫莫覆蓋。王粲詩：白骨平原滿〔四〕。趙云：公言古來者，蓋托之以興也。左傳：吾收爾骨焉。新鬼煩冤舊鬼哭，天陰雨濕聲一作悲。啾啾。文二年傳：吾見新鬼大，故鬼小。王元長策秀才云：肺石少不冤之民，棘林多夜哭之鬼。九歌云：猿啾啾兮狖夜鳴。劉安：蟪蛄鳴兮啾啾。杜云：陳寵爲廣漢太守。先是，洛陽城南每陰雨常有哭聲。寵聞而疑其故，使吏按行問。還，言世亂時此地多死亡者，而骸骨不得葬。寵盡收葬之，自是哭聲遂絕。趙云：閑居賦：管啾啾而並吹。

【校勘記】

〔一〕「闕」，原作「關」，據文淵閣本、清刻本、排印本改。

〔二〕「王粲詩」句，檢「萬里猶比鄰」句，魏詩卷七作曹植贈白馬王彪詩，當是誤置。案，下文引趙次公注云：「舊引爲王粲，誤矣。」趙説是。

〔三〕「怒」，文淵閣本、清刻本、排印本作「怨」。

〔四〕「平原滿」，魏詩卷二王粲七哀詩作「蔽平原」。

高都護驄馬行

前漢：鄭吉爲衛司馬，使護鄯善以西南道。吉既破車師，降日逐，威震西域。遂并護車師以西北道，故號都護。都護之置自吉始焉。師古曰：都護南北二道，故謂之都，都猶大也。唐安西郡東至焉耆鎮，去交河郡七百里；南鄰吐蕃；西連疏勒，去葱嶺七百里；北拒突厥。貞觀中，初置安西都護府於西州。顯慶中，移於龜茲城。

安西都護胡青驄，聲價欻然來向東。顏延年赭白馬賦：聲價隆振。又曰：欻聳躍以鴻驚。漢樂志：太初四年，獲宛馬。歌曰：天馬來，歷無草。徑千里，循東道。注：馬從西而來東也。趙云：欻音許勿反，有所吹起貌。左太冲曰：何爲欻來遊也。言自西來東，若吹而來也。此馬臨陣久無敵，與人一心成大功。趙云：顏延年賦：婉柔心而待御。慶鄭諫晉侯曰：古者大事必乘其產，生其水土而知人心。今乘異產，將與人易。功成惠養隨所致，飄飄一作飆。遠自流沙至。顏延年賦：願終惠養，蔭本枝兮。天馬歌：天馬徠，從西極；涉流沙，九夷服。雄姿未受伏櫪恩，顏延年：弭雄姿以奉引。傅玄鷹賦：雄資邈代，逸氣橫生。魏武樂府曰：老驥伏櫪，志在千里。梁元帝謝馬啓：矧伊伏櫪，彌結懷恩。猛氣猶思戰場利。傅玄鷹賦：六離猛氣〔一〕。又隋魏彥深賦：資五方之猛氣。腕促蹄高如踣鐵，交河幾蹴曾冰裂。唐安西去交河郡七百里。顏延年賦：經玄蹄而雹散，歷素支而冰裂。神異經：蹄之如汗腕可握。趙云：曾音層，是冰之名。東方朔神記曰：北方有曾冰萬里，厚百丈，有鼷鼠在冰下焉[二]。謝靈運苦寒行曰：峩峩曾冰合[三]，紛紛霰雪落。今公言交河西邊之地，有曾積之冰，馬幾度蹴踏之而破裂。舊注却引顏賦，非是。在馬使蹴字，出宋書。何偃對劉瑀：何不著鞭使致千里之間？曰：一蹴青雲，何至與駑馬爭路！此所謂公詩無一字無來處矣。五花散作雲滿身，趙云：言馬之貴。公又曰：箇箇五花文。是也。萬里方看汗流血。天馬歌：體容與兮逝萬里。又曰：霑赤汗，沫流赭。顏延年賦曰：膺門沫赭，汗溝走血。應劭曰：大宛馬汗血霑濡也。戰國策：白汗交流。趙云：周穆王傳：驊騮、騄耳，日馳三萬里。長安壯兒不敢騎，走過掣電傾城知。沈休文詩曰：長安輕薄兒。晉傅玄詩：童女掣電策，童兒挽雷車。李延年詩：一顧傾人城。趙云：上句以善高都護之獨能騎也，下句言馬之行如電，舉國皆知。舊引傅玄詩，非是。青絲絡頭爲君老，何由却出橫門道？梁簡文帝紫騮馬詩：青絲縣玉蹬。又云：宛轉青絲鞚。莊子：穿牛鼻，絡馬首。趙云：鮑照詩：驄馬金絡頭也。馬展効在於壹戰，則雖被青絲之飾以老，不若出橫門以致功也。此與前所謂猶思戰場利之意相爲終始。漢宮殿名曰長安有橫門。又，成帝紀注：三輔黃圖云：橫門，北面西頭第一門。橫音光，其字從木，非縱撗之撗也。

【校勘記】

〔一〕「六離猛氣」，清刻本、排印本作「含離猛氣」，案全晉文卷四十五傅玄鷹賦作「含炎離之猛氣」。

〔二〕「東方朔神記」四句，「神記」清刻本、排印本作「神異經」。

〔三〕「合」，原作「食」，參見本卷登歷下古城新亭校勘記〔一〕。

天育驃騎歌

天育，馬廄名。驃，毗召、匹召切，馬黃白色也。

吾聞天子之馬走千里，今之畫圖無乃是。荀子：騏驥一日千里。漢文帝却千里馬。神異經曰：西南大宛有良馬，日行千里，至日中而汗血。趙云：荀勗所上穆天子傳：天子之馬走千里，勝人猛獸〔一〕。蓋所謂八駿者是也。今張景順畫圖無乃是穆天子之馬乎？是何意態雄且傑，駿尾蕭梢朔風起。選詩：朔風動秋草，邊馬有歸心。趙作駿尾，以舊本非是〔二〕。趙云：神異經載大宛馬鬣至膝，尾委於地。則駿尾之長者蕭梢搖動，可起朔風。言朔風最慘烈者。舊注引非是〔三〕。毛爲綠縹兩耳黃，眼有紫焰雙瞳方。縹，普沼反，青黃色也。史：驥垂兩耳。秦本紀：周穆王得騄耳之駟。相馬經曰：馬眼欲紫艷光，口中欲赤色。顏延年賦：雙瞳夾鏡，兩權協月。杜補遺：李善注赭白馬賦云：相馬經曰：目成人者行千里。注：成人者，謂視童子中人頭足皆見，言目中清明如鏡。或云：兩目間夾旋毛爲鏡。矯矯龍性合變化，嵩高詩：四牡矯矯。顏延年賦：龍性誰能馴。卓立天骨森開張。趙云：蔡邕作庾侯碑曰：英風發於天骨。袁彥伯作三國名臣贊，其言崔生曰：天骨疎朗。本言人，而今借用耳。伊昔太僕張景順，監一作考。牧攻駒一作考牧攻駒。閱清峻。周穆王置太僕正，以伯冏爲之，掌輿馬。唐龍朔二年，改太僕爲司馭，咸亨初復舊，光宅元年改爲司僕〔四〕，神龍初復舊。天下監牧置八使五十六監。唐兵志：監牧，所以蕃馬也。領以太僕。初，用太僕少卿張萬歲字景順領群牧。自貞觀至麟德四十年間，馬七十萬六千，置八坊岐、豳〔五〕、涇、寧間，地廣千里。廄牧令諸牧：牝馬四歲游牝〔六〕，五歲責課〔七〕；一百匹，每年課駒六十。其二十歲以上不在課限。趙云：太僕，官名。唐兵志云：監牧之制，其官領以太僕。今公詩所謂太僕張景順，自是開元時太僕姓張名景順者也。舊注便差排作張萬歲字景順，誤學者矣。萬歲爲太僕，自是貞觀時人。今按張說作開元十三年隴右監牧頌德之碑序云：元年牧馬二十四萬匹，十三年乃四十三萬匹。上顧謂太僕少卿兼秦州都督監牧都副使張景順曰：吾馬幾何，其蕃育，卿之力也。對曰：帝之力也，仲之令也，臣何力之有！其頌曰：有霍公之掌政，擇張氏之舊令。霍公，王毛仲也；張氏，景順也。考牧攻駒，一本作監牧收駒，非是。馬亦貴清潔峭峻，若俗馬多肉，非所謂清峻矣。

遂令大奴守天育，別養驥子憐神俊。宋顏延年天馬狀曰：降靈驥子，九方是選〔八〕。梁元帝答齊國饋馬書曰：價匹龍媒，聲齊驥子。周王褒謝賚馬啓曰：古時伯樂，偏愛權奇。晉世桑門，時求神俊。世説：支遁常養數馬。曰：或言道人亦畜馬，曰：貧道重其神駿耳。趙云：大奴，王毛仲也。毛仲，高麗人，父坐事没爲官奴。唐兵志云：毛仲領内外閑廐。所謂天育，必廐名矣。大奴之稱，公直犯毛仲之所諱而言，蓋亦欲因詩而著爲史矣，亦猶言李輔國，而曰「關中小兒壞紀綱」，謂其以閹奴爲閑廐小兒故也。

當時四十萬匹馬，張公歎其材盡下。通典：貞觀初，僅有牡牝三千匹，從赤岸澤徙之隴右。十五年，始令太僕卿句當群牧。至麟德四十年間，馬至七十萬六千匹。置八使，領九監〔九〕，跨蘭渭秦原四州之地，猶爲隘狹，更析八監，布於河西〔一〇〕。其時天下以一縑易一馬。儀鳳三年，少卿李思文檢校隴右諸牧監方稱使。爾後或戎狄外侵，牧圉乖散。洎乎垂拱，潛耗太半。開元初，牧馬二十四萬匹，十三年，加至四十五萬匹。莊子云：臣之子皆下才也。趙云：材下字，蕭望之云：身材下不任職。趙充國云：材下犬馬齒衰。雖皆在人言之，馬亦可用。舊引是三才之才，非也〔一一〕。

故獨寫真傳世人，見之座右久更新。趙云：崔子玉有座右銘。

年多物化空形影，嗚呼健步無由騁。趙云：莊子曰：此之謂物化。

如今豈無騕褭與驊騮，時無王良伯樂死即休。魯國黃伯仁爲龍馬頌曰：踰騕褭之體勢，逸飛兔之高蹤。兼驥騄之美質，逮驊騮之足雙。秦本紀：造父以善御幸於周穆王，得驥、温驪、驊騮〔一二〕、騄耳之駟，西巡狩，樂而忘歸。郭璞曰：色如華而赤。今名馬驃赤者爲棗騮；騮，馬赤色。徐廣曰：赤馬黑毛曰騮。戰國策曰：汗明見春申君曰：夫驥之齒長，服鹽車而上太行，漉汗洒地，白汗交流，中坂遷延，負轅不能上。伯樂遭之，下車攀而哭之，解紵衣以羃之。驥於是俛而噴，仰見伯樂之知己也。漢書音義：腰裹者，神馬也。赤喙黑身，與飛兔同，以明君有德則至也。又出瑞應圖。薦禰衡表云：飛兔騕褭，絶足奔放，良樂之所急也。趙云：韓退之有言曰：世有伯樂，然後有千里馬。千里馬常有，而伯樂不常有。此乃「豈無騕褭驊騮」，而時無良樂之謂。公因題畫已死之驃，故起末句「死即休」之意，亦猶人抱出群之材而不遇知己以死，爲可嗟矣。

【校勘記】

〔一〕「人」，清刻本、排印本作「如」。

〔二〕「趙作騣尾」三句，當是郭知達編纂集注時新增之己注。

〔三〕「神異經載」以下六句，「神異經」上原脱「趙云」，據文淵閣本、文津閣本、文瀾閣本所引「趙云」注，並參百家注卷四所引「趙曰神異經西南大宛丘有良」云云補。

〔四〕「光宅元年」，「元」字奪，據清刻本、排印本並參唐會要卷六十六太僕寺補訂。

〔五〕「馬七十萬六千置八坊岐豳」，「七」原作「六」，「坊」原作「方」，據清刻本、排印本並參新唐書卷五十兵志改；又「岐豳」，文淵閣本作「岐幽幽」，訛。

〔六〕「牝」，原作「牧」，據唐六典卷十七太仆寺改。

〔七〕「責課」，文津閣本作「課課」，訛。

〔八〕「是」，原作「文」，據清刻本、排印本並參全宋文卷三十七天馬狀改。
〔九〕「九」，通典卷二十五職官七諸卿上作「六」。
〔一〇〕「西」，通典卷二十五職官七諸卿上作「曲」。
〔一一〕「也」，原作「此」，訛，據文淵閣本、清刻本、排印本改。
〔一二〕「温驪驊騮」，原作「温驪驊」，「騮」字奪，據清刻本、排印本並參史記卷五秦本紀補訂。又案，文瀾閣本作「温騮騮」，訛。

白絲行

繰絲須長不須白，越羅蜀錦金粟尺。禮記：夫人繅三盆。魏文帝詔群臣曰：前後每得蜀錦，殊不相似。趙云：須長不須白，以絲爲羅與錦，則有五色之章焉，且以之爲舞衣，則須長以足用，不必白而後受采也。越羅蜀錦，天下之奇紋也。金粟尺，言邊幅尺度之足也。尺以金粟飾之，富貴家之物也。何遜詩云：金粟裹搔頭。象牀玉手亂殷紅，萬草千花動凝碧。孟嘗君至楚，獻象牀，直千金。公孫戍諫〔一〕，令勿受，乃止。趙云：此兩句是對，而讀者弗覺也。亂殷紅對動凝碧，凡文士可到〔二〕。至用象牀玉手對萬草千花，不以數對數，非大手段莫能也。殷，音烏閑切。韻書云：黑赤色也。左傳曰：左輪朱殷。殷紅必是錦羅之色，下言裁舞衣，以殷紅羅錦爲之，必矣。下有隨時染之語，則殷紅豈當時之名耶？皇太子孌童篇〔三〕：玉手乍攀花。何子朗古意：新花映玉手。

越羅蜀錦，其積在象牀之多，玉手擇取，則殷紅之段相亂矣〔四〕。萬草千花則言羅錦上之繁紋也。李暇古怨詩：碧玉上宮妓，出入千花林〔五〕。當時禁苑有凝碧池，一曰臨碧池，池四旁必多花草。今言動羅錦上之花草，如動凝碧池焉。

已悲素質隨時染，一作改。**裂下鳴機色相射。**漢紀：童子魏照謂郭泰曰：欲以素絲之質，附近朱藍。墨子悲絲，謂其可以黃，可以黑。古詩：纖纖擢素手，扎弄機杼。趙云：素質既染則織爲羅錦，故曰顏色相射。鮑照：繅絲復鳴機。**美人細意熨帖平，裁縫滅盡針線跡。**趙云：盧思道擣衣詩：閨裏裁縫須及早。喬知之從軍行云：曲房理針線，平砧擣交練〔六〕。戰國策：蘇秦曰：多割楚以滅迹。**春天衣着爲君舞，蛺蝶飛來黃鸝語。**趙云：鮑照白紵歌云：催絃急管爲君舞。蛺蝶，以況舞之輕；黃鸝，以況歌之好矣。**落絮遊絲亦有情，隨風照日宜**趙作同。**輕舉。**前漢郊祀志：遥興輕舉。趙云：曹子建七啓：長袖隨風。庾肩吾曰：桃紅柳絮白，照日復隨風。薛德音悼亡云：畫梁纔照日，銀燭已隨風。陸士衡前緩聲歌云：輕舉乘紫霞。宜輕舉作同輕舉，蓋絮絲之有情，亦若同美人之舞也。**香汗清塵汙顏色，**一作香汗清塵似微汙。一作香汗清塵似顏色。古詩：微風起兩袖，輕汗染雙題。又云：裁用笥中刀，縫爲萬里衣。趙云：陳梁雜歌詩云：朱顏潤紅粉，香汗沾玉色。清塵，或作輕，非是，當以清爲正。古詩：空牀委清塵。**開新合故置何**一作相。**許？**古詩云：新人工織縑，故人工織素。織縑日一疋，織素五丈餘。以縑持比素，新人不如故。趙云：阮籍云：良辰在何許。謂故而合之，以言人情之喜新。開新而合故不着，將於甚處置之？歎其必委棄也。崔國輔詩云：妾有羅衣裳，秦王在時作。爲舞春風多，秋來不堪着〔七〕。新而用之，故而棄之，凡詩人興致如此。**君不見才士汲引難，恐懼棄捐忍羇旅。**郭泰機答傅咸詩：皎皎白素絲，織爲寒女衣。寒女雖妙巧，不得秉杼機。天寒知運速，況復雁南飛。衣工秉刀尺，棄我忽若遺。人不取諸身，世事焉所希？況復已朝飧，曷由知我飢。趙云：

吕相絶秦，文公恐懼。班婕妤怨歌行云：棄捐篋笥中，恩情中道絶。左傳：陳敬仲曰：羈旅之臣。注：羈，寄也。此結一篇之意。夫絲繰之難，染之難，爲羅與錦，織之又難，縫爲舞衣，針線之功又難，不猶才士汲引之難乎？一旦而棄之。故爲才士者，與其既用而棄，不若甘心忍受於羈旅之未用耳。

【校勘記】

〔一〕「戍」，原作「成」，據清刻本、排印本改。

〔二〕「士」，清刻本、排印本作「字」。

〔三〕「皇太子」，清刻本、排印本作「梁簡文」。

〔四〕「段」，清刻本、排印本作「色」。

〔五〕「李暇古怨詩」二句，檢「碧玉上宫妓」二句，全唐詩卷二十一作「李暇碧玉歌」。

〔六〕「喬知之」，原作「喬知道」，檢「曲房理針線」二句，全唐詩卷十九、卷八十一均作喬知之從軍行詩，據改。

〔七〕「崔國輔」，原作「崔輔國」，名字倒誤。檢「妾有羅衣裳」四句，河岳英靈集卷中、全唐詩卷二、卷二十七均作崔國輔詩，據以乙正。

秋雨歎三首

雨中百草秋爛死，堦下決明顏色鮮。杜補遺：神農本草：決明子生龍門川澤。久服益精光輕身。與石決明同功，皆主明目，故有決明之名。藥性論云：利五臟，常可作菜食之。又除肝家熱。圖經云：今處處有之，人家園圃所蒔。夏初生苗，根蒂紫色[一]，葉似苜蓿而大。七月有花黃白色，其子作穗，如青菉豆而銳。按爾雅：薢茩，英光[二]。釋曰：藥草，決明也。郭璞注云：葉黃銳赤華。關西謂之薢茩。與此種不類。趙云：百草以秋而又雨，則爛死也宜矣；而決明方以鮮明之色，黃花翠葉而獨榮。以譬君子在患難之中而獨立之譬也。着葉滿枝翠羽蓋，師云：張平子東京賦：樹翠羽之高蓋。開花無數黃金錢。師云：此詩傷特立獨行之君子不得時也。按本草：決明，夏花，秋生子，花赤。與杜所稱不同時。今時有金錢花，與菊相類，多生於秋雨中，俗謂之滴漏花。杜豈本此耶？涼風蕭蕭吹汝急，恐汝後時難獨立。趙云：念涼風之吹急，恐獨立之後時。乃詩人憂傷之意也。荊軻：風蕭蕭兮易水寒。堂上書生空白頭，莊子曰：魯侯讀書堂上。臨風三嗅馨香泣。語：子路共之，三嗅而作。嗅香而泣，傷己之不見用而無救於時也。趙云：孔子歎山雌之得時，所以傷己之不遇。至於子路共之，三嗅而作，則亦傷之而不苟食故也。今也臨風三嗅，則亦傷其徒馨之意。

右一

【校勘記】

[一]「蒂」，原作「帶」，據文淵閣本改。

〔二一〕「英」，爾雅釋草作「英」。

闌風伏一作長。**雨**一云東風細雨。楚辭：光風泛崇蘭。伏，三伏也。**秋紛紛，**趙云：闌珊之風，沈伏之雨，言其風雨之不已也。闌，如謝靈運闌暑之闌；伏，如左傳夏無伏陰之伏。其久可知也。舊注非是。**四海**一云萬里。**八荒同一雲。**一作萬里同一雲。詩：上天同雲，雨雪紛紛。趙云：莊子：遠在八荒之外。蓋八荒又在四海之外。一本作四海萬里，則聲律不穩，而萬里字却小矣。師云：楚詞九章曰：雲霏霏而承宇。王逸注曰：佞人並進，滿朝廷也。按，離騷：風言號令，雨言德澤，雲言障蔽。今萬里同見，陰小盛也。**去馬來牛不復辨，濁涇清渭何當分。**莊子：秋水至〔二二〕，百川灌河。涇流之大，兩涘渚涯之間，不辨牛馬。趙云：於馬曰去，於牛曰來，此正左氏風馬牛不相及之義。蓋馬趁逆風，牛趁順風故爾。以多雨而水漲岸遠，所以不辨。濁涇清渭，鮑照學阮步兵體云：涇渭分清濁，視彼谷風詩。又鮑照賣玉器者詩有云：涇渭不可雜，珉玉當早分。西征賦：濁涇清渭。漢史曰：涇水一石，其泥數㪷。關中記曰：涇入渭合流三百里，清濁不相雜。則涇與渭之清濁固自分辨，而多雨混之爾。**木**一作禾。**頭生耳黍穗黑，農夫田父無消息。**趙云：唐俚語云：春雨甲子，赤地千里。夏雨甲子，乘船入市。秋雨甲子，木頭生耳。出朝野僉載。一本作禾頭，非。蓋禾無生耳者〔二三〕。木頭生耳，則栮是已。黍穗黑則壞爛矣，故農夫無所望也。詩云：食我農夫、嗟我農夫。還有邑老田父。薛道衡應詔詩：一去無消息。**城中㪷米換衾裯，相許寧論兩相直。**天寶末，外窮兵夷狄，內盡力宮室，役使繁興，民不得休息。此詩所以刺也。師云：唐舊史：開元中米㪷數錢。讀此詩則可以論其世矣。詩：肅肅宵征，抱衾與裯。

右二

【校勘記】

〔一〕「秋水」下，清刻本、排印本有「時」字。

〔二〕「禾」下，文淵閣本有「頭」字。

長安布衣誰比數，反鏁衡門守環堵。陳風：衡門之下，可以棲遲。注：衡門，横木爲門，言淺陋也。儒行：儒有一畝之宫，環堵之室。環堵，面一堵也。五版爲堵，五堵爲雉。張景陽詩：環堵自頹毁，垣間不隱形。莊子讓王篇：原憲居魯，環堵之室。韋玄成傳：使得自安衡門之下。師古曰：衡門，謂横一木於門上，貧者之所居也。陶潛：環堵蕭然，不蔽風日。趙云：黄歇曰：太子不歸，則咸陽一布衣耳。晉諸葛長民曰：今日欲爲丹徒布衣，不可得也！老夫不出長蓬蒿，莊子庚桑楚篇：鑿垣牆而殖蓬蒿。昭十六年傳：斬艾蓬蒿藜藿而共處之。月令：藜莠蓬蒿並興。江淹詩：顧念張仲蔚，蓬蒿滿中園。趙岐三輔決録注曰：張仲蔚隱身不仕，所居蓬蒿没人。稚子無憂走一作奏。風雨。雨聲颼颼催早寒，胡雁翅濕高飛難。古詩：願爲雙鴻鵠，奮翅起高飛。秋來未省見白日，泥污后一作厚。土何時乾。宋玉九辯：皇天淫溢而秋霖兮，后土何時而得乾？

此詩刺賢者退處而民漸溺於塗炭也。

右三

歎庭前甘菊花

此詩譏小人在位，賢人失所也。

簷一作庭。前甘菊移時晚，青蕊重陽不堪摘。明日蕭條盡醉醒，殘花爛漫開何益。籬邊野外多衆芳，采擷細瑣升中堂。茮苢：薄言采之、薄言擷之。趙云：宋玉風賦：蕭條衆芳。劉楨贈中郎將：萬舞在中堂。此詩刺餘子碌碌皆得貴近，而出類者廢爾。念茲空長大枝葉，結根失所埋風霜。古詩：結根太山阿。趙云：書：念茲在茲。漢班彪曰：本根既微，枝葉彊大。蓋言徒枝葉扶疎，如人文采之秀發，而托根不得地，反爲風霜所埋也。

醉時歌

贈廣文館博士鄭虔。按新唐書：鄭虔，鄭州滎陽人。天寶初，爲協律郎。

諸公衮衮登臺一作華。省，衮衮，言相繼而登，賢不肖無所辨也。裴逸民叙前言往行，衮衮可知。趙云：王濟云：張華説漢史，衮衮可聽。廣文先生官獨冷。國子監置廣文館博士四人，助教二人，並以文士爲之領生徒爲進士者，天寶九年置。趙云：唐人以祠部無事，謂之冰廳。冰，音去聲。趙璘云：言其清且冷也。甲第紛紛厭粱肉，廣文先生飯不足。按本傳：虔坐謫私撰國史十年。還京師，玄宗愛其才，欲置左右，以不事事，更爲置廣文館，以虔爲博士。虔聞命，不知廣文曹司何在，訴宰相。宰相曰：上增國學，置廣文以居賢者，令後世言廣文博士自君始，不亦美乎？虔乃就職。久之，雨壞廡舍，有司不復修完，寓治國子館，自是遂廢。在官貧約澹如也。陸士衡擬古詩：甲第椒與蘭。又，甲第崇高闥。虞子陽詩：甲第始修營。謂第一宅也。晉書傅咸曰：今之賈豎皆厭粱肉。田蚡治宅甲諸第。夏侯嬰傳：賜嬰北第第一。師古曰：北第者，近北闕之第，嬰最第一也。故張衡西京賦曰：北闕甲第，當道直啓。前漢朱邑傳：飢者甘糟糠，穰歲餘粱肉。此詩傷時多無功而受禄。

先生有道出羲皇，先生有才一作文，一作所談。過屈宋。趙云：陶潛自謂羲皇上人。杜審言嘗云：吾文當得屈宋作衙官也。

德尊一代常坎軻，古詩：坎軻常苦辛。趙云：楚詞七諫云：年既過半百兮，愁轗軻而滯留。玉臺新詠載宋孝武作丁都護歌云：坎軻戎途間，何由見子歡[一]。孟子：天下有達尊三：爵一，齒一，德一。

名垂萬古知何用。趙云：亦張翰不用身後名之意。

杜陵野客人更嗤，被褐短窄鬢如絲。後漢：杜陵屬京兆。杜預曰：古唐杜氏。老子：被褐懷寶。陶淵明詩：被褐欣自得，屢空常晏如。趙云：地名杜陵，起於漢地理志，云：故杜伯國，宣帝更名，有周右將軍杜主祠四所。

日糴太倉五升米，薛云：按前漢東方朔傳：無令但索長安米。史記八書：太倉之粟，紅腐不可食。陶淵明曰：不能爲五斗米折腰。

時赴鄭老同衾一作襟。期。趙云：同襟，一作同衾，非是。同衾却嫌於涉夫婦兄弟事矣。曹植閑居賦云：願同衾於寒女。則夫婦之同衾也。又贈白馬王彪詩曰：何必同衾幬，然後展慇懃。則兄弟之同衾也。同襟，則江淹傷友人賦云：固齊術而共徑，豈異袖而同襟。蓋言氣味之同也[二]。

得錢即相覓，沽酒不復疑。忘形到爾汝，痛飲真吾師。文士傳：禰衡有逸才，與孔融作爾汝交。時衡年二十餘[三]，融年已五十。趙云：左傳子產不毀鄉校曰：其所善者，吾則行之；其所惡者，吾則改之。是吾師也。羊祜亦曰：疎廣是吾師也。

清夜沉沉動春酌，燈一作簷。前細雨簷一作燈。

花落。趙云：曹子建公讌詩：清夜遊西園。鮑照夜坐吟云：冬夜沉沉夜坐吟。劉邈雜詩曰：簷花初照月，洞户未垂帷。又沈如筠雜怨詩云：簷花坐蒙羃，孤帳日愁寂。李暇擬古歌云：簷花照月鶯對棲，空留可憐暗中啼。徐侍中爲人贈婦詩云：倶看依井蝶，共取落簷花。簷花，近乎簷邊之花也。學者不知所出，或以簷雨之細如花，或遂以簷花爲簷雨之名，故特爲詳之。但覺高歌有鬼神，焉知餓死填溝壑？昭十三年傳：擠于溝壑。左太沖詠史詩：當其未遇時，憂其填溝壑。汲黯傳：臣自以爲填溝壑。趙云：選有抗音高歌。後漢公孫述傳：政事修理，郡中謂有鬼神。列女傳：梁高行曰：妾夫不幸早死，先狗馬填溝壑。又趙左師觸龍薦其子曰：願及未填溝壑而托之。相如逸才親滌器，司馬相如傳：文君奔相如，倶之臨邛，盡賣車騎，買酒舍。乃令文君當壚，相如身着犢鼻褌，與庸保雜作，滌器於市中。師古曰：滌，洒也；器，食器也。賤役也。子雲識字終投閣。揚雄傳：王莽時，劉歆甄豐皆爲上公，莽既以符命自立，即位之後，欲絶其原以神前事，而豐子尋、歆子棻復獻之。莽誅豐父子，投棻四裔，辭所連及，便收不請。時，雄校書天禄閣上，治獄使者來，欲收雄。雄恐不能自免，迺從閣上自投下，幾死。莽聞之曰：雄素不與事，何故在此間？請問其故。迺劉棻嘗從雄學作奇字，雄不知情。有詔勿問。然京師爲之語曰：惟寂寞，自投閣。趙云：漢史：辭莫麗於相如。故公言逸才。揚雄能作奇字。故公言識字。世説：禰衡有逸才。陸士衡辨亡論云：長沙桓王〔四〕，逸才命世。任昉述異記，載蒼頡墓在北海，呼爲藏書臺。周人當時莫識其書，遂藏之書府。至秦時李斯識八字云：上天作命，皇辟迭王。至叔孫通識十二字。此所謂識字，言識古字也。揚雄之作奇字，顔師古注云：文之異者。即此之謂矣。先生早賦歸去來，石田茅屋荒蒼苔。陶潛爲彭澤令。是時郡遣督郵至，吏白當束帶見督郵，潛乃歎曰：我不能爲五斗米折腰向鄉里小兒。乃自解印綬，將歸田里。命篇曰歸去來。趙云：石田茅屋，言石田上所結茅屋。左傳曰：猶獲石田也，無所用之。後漢：王霸隱居止茅屋。淮南子曰：窮谷之汙，生以蒼苔。儒術於我何有哉？孔丘盜跖倶塵埃。莊子：帝力何有於我哉！趙云：

荀子曰：儒術行，天下富。論語：何有於我哉！莊子自云：何如於我哉！舊注改加字，非是。丘跖俱塵埃，意傚伯夷死名於首陽之上，盜跖死利於東陵之下，其於殘生傷性，均也。不須聞此意慘愴，生前相遇且銜杯。古之賢者不遇，全身於醉者衆矣。故此詩末章皆寓意於酒而又以醉名篇。趙云：王仲宣四言詩：慘愴增歎。劉伶云：銜杯漱醪。陸士衡苦寒行云：慘愴常鮮歡。

【校勘記】

〔一〕「子歡」，玉臺新詠卷十宋孝武丁都護歌作「歡子」。

〔二〕「同」上，文淵閣本有「相」字。

〔三〕「二十」，文淵閣本、文津閣本、文瀾閣本、清刻本、排印本作「三十」，訛。

〔四〕「桓王」，原作「威王」，係避宋諱，此改。

醉歌行 別從姪勤落第歸〔一〕。

陸機二十作文賦，汝更小年能綴文。晉陸機，字士衡。作文賦序云：作文賦，以述先士之盛藻，論作文之利害。趙云：班固漢書贊曰：自孔子後，綴文之士衆矣。總角草書又神速，世上兒子徒紛紛。詩甫田：總角丱兮。三十國春秋：封秀，總角知名。衛玠：總角乘牛車入市〔二〕。趙云：草書以遲爲工，所謂忽忽不及草書是也；以速爲神，所謂一筆變化書是也。**驊騮作駒已汗血，鷙鳥舉翮連青雲。**汗血事，見上注。薦禰衡疏：鷙鳥累百，不如一鶚。

詞源倒流三峽水，海賦：吹噓則百川倒流〔三〕。枚叔七發曰：江水逆流，海水上潮。杜補遺：隋藝文傳曰：筆有餘力，詞無竭源。荆州記曰：巴陵楚地有三峽。程記曰：三峽者，即明月峽、巫山峽、廣澤峽。其瞿唐灩澦之類，不係三峽之數。倒流三峽水，謂詞源壯健可以衝激三峽之水使之倒流也。**筆陣獨掃千人軍。**杜補遺：王羲之筆陣圖云：紙者，陣也；筆者，刀矟也；墨者，鑿甲也；硯者，城池也；本領者，將軍也；心意者，副將也。掃千人軍謂用筆之快利也。趙云：驊騮、鷙鳥，比其才之俊；詞源、筆陣，言其文之敏。海賦有：吹澇則百川倒流。舊注誤以澇字爲噓。蓋水之衝激，則有倒流者矣。

只今年纔十六七，射策君門期第一。前漢：蕭望之以射策甲科爲郎。師古曰：射策者，謂爲問難疑義書之於策，量其大小署爲甲乙之科，列而置之，不使彰顯。有欲射者，隨其所取，得而釋之以知優劣。射之，言投射也。對策者顯問以政事經義，令各對之，而觀其文辭定高下也。後漢劉淑：五府辟不就。帝輿詣京師〔四〕，不得已〔五〕，而對策第一。**舊穿楊葉真自知，**史周本紀：蘇厲說白起曰：楚有養由基者，善射者也。去柳葉百步而射之，百發而百中。左右觀者數千人，皆曰善射。有一夫立其旁曰：可教矣。養由基怒，釋弓搤劍曰：客安能教我射乎？客曰：非吾能教子支左詘右也。夫去柳葉百步而射之，百發百中，不以善息，少焉氣衰力倦〔六〕，弓撥矢鉤，一發不中者，百發盡廢。枚乘諫吳王書曰：養由基，楚之善射者，去楊葉百步而發百中〔七〕。楊葉之大加百中焉，可謂善射矣。然其所止，乃百步之內耳。比於臣乘，未知操弓持矢也。劉向說苑亦云。**暫蹶霜蹄未爲失。**莊子：馬蹄可以踐霜雪。王褒聖主得賢臣頌：過都越國，蹶如歷塊。**偶然擢秀非難取，會是排風有毛質。**趙曰：上句言科舉一日之長，搴擢英秀亦偶然爾。既偶然擢之，非難取也，而從姪之不中第何哉？然會當是排擊風雲，蓋以其終有連雲之毛質焉。此慰唁之，且復有所譏誚也。鮑明遠與妹書言水族之狀，有曰：浴雨排風。此詩好處，上言駒汗血，下言暫蹶霜蹄，上言鶖翮連雲，下言毛質排風。皆意義相應。此學詩者不可不知也。

汝身已見唾成珠，莊子秋水篇：蚿謂夔曰：子見夫唾者乎？噴則大者如珠。杜補遺：後漢趙壹歌曰：勢家多所宜，咳唾自成珠。被褐懷金玉，蘭蕙化爲芻。趙云：杜田引乃是成珠璣，非唾成珠也。此自出選詩：咳唾自成珠。公詩意，言開口成文如珠。舊注非是。汝伯何由髮如漆。師：陳張麗華，髮鬒黑如漆。

春光淡沲秦東亭，渚蒲牙白水荇青。梁江淹石上菖蒲詩：發步遵汀渚〔八〕。詩：參差荇菜。釋云：荇，接余也。陸機云：浮在水上，根在水底。梁簡文帝晚春詩：渚蒲變新節。杜補遺：本草圖經：水萍，爾雅謂之苹。其大者曰蘋。周詩：于以采蘋。陸機云：海中浮萍麤大者，謂之蘋。蘇恭云：此有三種：大者蘋；中者荇菜；小者水上浮萍，即溝渠間生者，是鳧莕菜也。爾雅：莕謂之接余，其葉謂之苻。郭璞以謂叢生水中〔九〕，葉圓在莖端，長短隨水淺深。莕，即荇也。趙云：鮑照詩：春風淡蕩俠思多。沲，音待可切。蒲有牙而白，荇在水而青，此春時也。指秦東亭景物而言耳。舊注引非是。杜又引詩、本草，冗矣。盧思道云：綠葉參差映水荇〔一〇〕。

風吹客衣日杲杲，樹攪離思花冥冥。衛詩：杲杲出日。楚詞：雷填填兮雨冥冥。

酒盡沙頭雙玉瓶，衆賓皆醉我獨醒。屈原曰：舉世皆濁惟我獨清，衆人皆醉惟我獨醒。

乃知貧賤別更苦，吞聲躑躅涕淚零。古詩：泣涕零如雨。又，沉吟聊躑躅。行不進貌。陸士衡擬古詩：沉思鍾萬里，躑躅獨吟歎。又云，躑躅再三歎。又云，躑躅遵林渚。宋鮑照行路難云：心非木石豈無感，吞聲躑躅不敢言。

【校勘記】

〔一〕「勤」，原作「勸」，訛，據清刻本、排印本並參二王本杜集卷一、百家注卷三、分門集注卷九、草堂詩箋卷六、黃氏補注卷一以及錢箋卷一、杜詩輯注卷二改。

〔二〕「牛」，文淵閣本作「之名」，晉書卷三十六衛玠傳作「羊」。

〔三〕「噓」，文選卷十二、全晉文卷一百五木華海賦作「滂」。

〔四〕「帝輿詣京師」，清刻本、排印本「帝」字下有「令」字、無「師」字。

〔五〕「不」，文淵閣本作「而」，訛。

〔六〕「倦」，清刻本、排印本作「竭」。

〔七〕「而」，文淵閣本作「百」。案，漢書卷五十一枚乘傳、文選卷三十九枚乘上書諫吳王均作「百」。

〔八〕「發」，梁詩卷三江淹採石上菖蒲詩作「綬」。

〔九〕「謂」，清刻本、排印本作「爲」。

〔一〇〕「緑葉參差映水荇」，「緑」文淵閣本作「練」，「映」清刻本、排印本作「春」。

贈衛八處士

人生不相見，動如參與商。見前送高書記詩注。今夕復何夕，共此燈燭光。一云共宿此燈光。今夕，見上注。趙云：廣絶交論云：冀宵燭之末光。少壯能幾時，鬢髮各已蒼。漢武帝秋風辭：少壯幾時兮奈老何[一]。陶淵明歸去來：寓形宇宙兮復幾時[二]。訪舊半爲鬼，驚呼熱中腸。魏文帝與吴質書曰：昔年疾疫，親故多罹其災。觀其姓名，已爲鬼録。趙云：阮籍詩：容好結中腸。師云：孟子：仕則慕君，不得於君則熱中。注云：熱中，心熱恐懼也。焉知二十載，重上君子堂。趙云：王仲宣詩：高會君子堂。昔別君未婚，兒女忽成行。怡然敬父執，問我來何方。曲禮：見父之執。趙云：謝玄暉云：問我勞何事。問答乃未已，兒女一作驅兒。羅酒漿。詩：不可以挹酒漿[三]。夜雨剪春韭，新炊間黄粱。杜補遺：周顒隱鍾山。王儉謂曰：山中所食，何者最勝？曰：春初早韭，秋末晚菘。宋玉招魂云：稻粱穱麥挐黄粱。陶隱居云：黄粱本出青冀。穗大毛長，穀米俱麄於白粱。襄陽竹根粱是也。食之，比他穀最益脾胃。主稱會面難，張平子賦：主稱露未晞。曹子建詩：主稱千金壽。古詩：會面安可知。一舉累十觴。十觴亦不醉，感子故意長。明日隔山岳，世事兩茫茫。曹顔遠詩：舉觴詠露斯。趙云：劉琨云：舉觴對膝。鮑照詠史：身世兩相棄。

【校勘記】

〔一〕「老」，原奪，據清刻本、排印本補。

〔二〕「兮」，清刻本、排印本無。

〔三〕「不」，原奪，據清刻本、排印本補。

苦雨奉寄隴西公兼呈王徵士

隴西公，即漢中王瑀；徵士，瑯琊王徹。

今秋乃淫雨，月令：季春行秋令，則天多沉陰，淫雨早降。注：九月多陰。淫，霖也。雨三日以往爲霖。仲月來寒風。趙云：此雖古詩而多對，字眼相次若近體。選詩：空房來悲風。又：玉宇來清風。群木水光下，萬象一作萬家。雲氣中。唐中宗二年三月，洛陽東七里許，地色如水，側近樹木，往來車馬皆歷歷影見水中，經月餘乃滅。趙云：此盛言苦雨之狀。舊注引中宗時事，疑誤後學。莊子：乘雲氣。所思礙行潦，九里信不通。詩：洞洞酌彼行潦〔一〕。流，潦也。疏云：行者，道也。潦者，雨水也。行道上雨水流聚，故云行潦。傳云：行潦之水也。趙云：張平子四愁詩：我所思兮。悄悄素滻路，潘岳西征賦：玄灞素滻。唐天寶元年，命陝郡太守韋堅引滻水開廣運漕。悄悄，言行旅不通貌。師云：詩：憂心悄悄。迢迢天漢東。古詩：迢迢牽牛星。言有所隔。杜補遺：河圖括地象曰：河精上爲天漢。隋書志曰〔二〕：天津九星不備，關梁道不通。晉志曰：天津橫天河中，一曰天漢。蓋子美以久雨路阻，雖素滻之近，若在天漢之東也。後世京師之橋〔三〕，多以天漢爲名。師云：詩：維天有漢，監亦有光。天漢，銀河也。趙云：天漢，則中渭橋之所。長安志於中渭橋引三輔黃圖曰，渭水貫都，以象天漢。橫橋南渡〔四〕，以法牽牛是也。西征賦云：北有清渭濁涇。按長安志，滻水在縣東北，流四十里入渭。如此則滻雖在南，渭雖在北，要之皆長安水，且相通矣。杜補遺引非是〔五〕。庾肩吾經禹廟詩曰：雲起吳山北〔六〕，星臨天漢東。似言天上之漢，公特用其字。願騰六尺馬，一作駒。背若孤征鴻。周禮：凡馬八尺以上爲龍，七尺以上爲騋，六尺爲馬。趙云：鴻鵠高飛遠舉之物，謂之孤征鴻，蓋以其群飛，則意猶詳緩〔七〕，孤飛則欲逐伴而急矣。劃見公一作君。子面，超然懽笑同。劃，忽麥切。注云：錐刀曰劃。鮑照詩有劃期字言約相見之期也。老子：雖有榮觀燕處超然。

奮飛既胡越，詩：不能奮飛。古詩：胡馬依北風，越鳥巢南枝。趙云：言如胡與越之隔也。淮南子：自異者視之，肝膽胡越。王粲云：胡越之異區。舊注引非是。局促傷樊籠。古詩：蟋蟀傷局促。莊子：澤雉不蘄畜乎樊中。所以籠雉也〔八〕。杜補遺：北史：陽休之不樂煩職，典選久，曰：此官寔時清華，但妨吾賞真，是樊籠矣〔九〕。趙云：漢武帝云：局促如轅下駒〔一〇〕。一飯四五起，憑軒心力窮。周公一飯三吐哺。江文通雜體詩：憑軒詠堯老。此言思見君子而不可得也。趙云：一飯四五起，亦劉公幹一日三四遷之勢也。檻板謂之軒。王粲登樓賦：憑軒檻以遙望。嘉蔬没溷濁，郭景純江賦：播匪藝之芒種，挺自然之嘉蔬。宋玉風賦：駭溷濁，揚腐餘。屈平卜居云：俗溷濁而不清。騷又云：溷濁而嫉賢。嘉蔬，注：蔬菜也。師云：禮：稻曰嘉蔬。按子美園官送菜詩并序，皆以嘉蔬爲菜。趙云：張載登白菟樓詩：原隰殖嘉蔬。時菊碎榛叢。嘉蔬、時菊，刺賢者爲群小所掩翳也。江文通詩：時菊耀巖阿〔一一〕。趙云：謝玄暉贈西府同僚云：時菊委嚴霜。時菊，以譬賢人。惟苦雨，故没溷濁，碎榛叢。乃時政煩苛之譬，舊注非是。鷹隼亦屈猛，張華鷦鷯賦：蒼鷹鷙而受紲。屈猛志以服養。嫉尸祿也。烏鳶何所蒙。趙云：鷹隼以苦雨，猶屈其猛而不能奮飛，況瑣瑣如烏鳶何所蒙賴乎？此方是言君子小人，皆不得其所也。式瞻北鄰居，取適南巷翁。掛席釣川漲，焉知清興終。言賢者安於退處。謝靈運：揚帆采石華，掛席拾海月。趙云：晉書云：不如式瞻儀度。木玄虛海賦：掛帆席。意言隴西公、王徵士既不見矣，姑近取北鄰、南巷之人而與游也。末句乃其所以游矣。

【校勘記】

〔一〕「洞酌彼行潦」，「酌」下原衍「酌」字，據文淵閣本、清刻本、排印本删。

〔二〕「隋書志」,「書」原作「文」,據清刻本、排印本並參隋書卷十九天文志上改。

〔三〕「京師」,文淵閣本、文津閣本、文瀾閣本、清刻本、排印本作「京都」。

〔四〕「横」,原奪,據清刻本、排印本補。

〔五〕案,原「趙云」與「杜補遺」注之間有間隔,誤作兩條獨立的注釋,從上下文義看,「杜補遺」云云乃爲趙注所引,係「趙云」注。

〔六〕「雲」,原奪,據清刻本、排印本補。

〔七〕「意」,清刻本、排印本作「鴻」。

〔八〕「所」,清刻本、排印本作「注」。

〔九〕「北史」,原作「南史」,檢「陽休之不樂煩職」六句,南史無,北史卷四十七陽休之傳有此數句,據改。

〔一〇〕「漢武帝」,原作「漢景帝」,據史記卷一百七魏其武安侯列傳、漢書卷五十二竇田灌韓傳改。案,「局促如轅下駒」,「促」史記、漢書皆作「趣」,「如」史記、漢書皆作「効」。

〔一一〕「江文通」,原作「潘安仁」,檢「時菊耀巖阿」句,梁詩卷四作江文通謝僕射混遊覽詩,當是誤置,據改。又,「時」,文津閣本、清刻本、排印本作「詩」,訛。

同諸公登慈恩寺塔

公自注云：時高適、薛據先有此作。李肇國史譜[一]：進士既捷，列名於慈恩寺塔謂之題名。貞元中，劉太真侍郎試慈恩寺望杏園花詩。兩京新記：西京外郭城，朱雀街東第三街，皇城東之第一街，進業坊慈恩寺，隋無漏寺之故地，武德初廢。貞觀二十年，高宗在春宮，爲文德皇后所立，故以慈恩爲名。

高標跨蒼天，師：左太冲蜀都賦：陽烏迴翼乎高標。注云，言山木之高也。趙云：舉標甚高。孫綽天台山賦曰：赤城霞起而建標。李善注云：立物以爲表識曰標。今云高標，言塔之高可以標表也。詩云：悠悠蒼天。

烈風無時休。魏文帝雜詩：烈烈北風涼。趙云：言其高也。書曰：烈風雷雨弗迷。又尚書大傳云：成王時越裳氏重譯而來朝，曰：久矣天之無烈風迅雨，意中國其有聖人乎？如此則烈風非所宜有，唯高處而後有之。公古栢行又曰冥冥孤高多烈風，可見矣。

自非曠士懷，登茲翻百憂。王仲宣登樓賦：登茲樓以四望兮，聊假日以銷憂。兔爰詩：我生之後，逢此百憂。陸士衡詩：感物百憂集。劉越石云：負杖行吟，則百憂俱佛至。曹子建[二]：遂使懷百憂。趙云：鮑照放歌行云：小人自齷齪，安知曠士懷。夫登高望遠，所以寫憂[三]，然其高則易生恐怖[四]，故惟曠士而後無憂也。

方知象教力，足可追冥搜。突厥寺碑：四天之下，聞諸象教。王簡棲頭陁寺碑：正法既沒，象教凌夷。注謂爲形象以教人。天台山賦：遠寄冥搜。趙云：言巍樓高觀，世間無有，唯托之象教而後可營焉。

仰穿龍蛇窟，始出枝撐幽。靈光殿賦：枝撐杈枒而斜據。注云：枝撐，梁上交木也。趙云：言愈仰而上穿過龍蛇窟，然後出離枝撐之幽隱也。

七星在北户，河漢聲西流。趙云：吴都賦曰：開北户以向日。梁張纘秋雨賦：敞北户而披襟。於塔言户，則法華經云：佛以右指開寶塔户也。河漢，天河也。廣雅云：天河謂之天漢，亦曰河漢。以其在西，若聞其流聲焉。魏文帝雜詩云：天漢回西流。晉張協安石榴賦又曰：天漢西流，辰角南傾。詩云：三星在户。魏文帝燕歌行：星漢西流夜未央。

羲和鞭白日，

晉傳玄日昇歌：羲和初攬轡，六龍並騰驤。廣雅曰：羲和，日御也。趙云：淮南子云：日馭曰羲和。故於白日可以言鞭之。楚辭云：青春受謝白日照。**少昊行清秋。**月令：孟秋之月。其帝少昊。注：少皞，金天氏。殷仲文詩：獨有清秋日。晉潘尼：朱明送夏，少昊迎秋。趙云：獨言清秋，則公登塔必在秋時矣。當白日之昭晰，清秋之明爽，宜乎見遠。**秦山忽破碎，涇渭不可求。**

俯視但一氣，焉能辨皇州。謝玄暉詩：春色滿皇州。荀子云：轂既破碎，乃大其輻。鮑照見賣玉器者詩：涇渭不可雜。潘岳西征賦：化一氣而甄三才。選詩：表裏望皇州。宋玉高唐賦：俯視峥嶸。論語：焉能爲有？焉能爲亡？**迴首叫虞舜，蒼梧雲正愁。**山海經曰：南方蒼梧之川，其中有九疑山，舜之所葬。在長沙零陵界也。趙云：承上言登塔之高，莫辨皇州，於是南望而遠想蒼梧，則托虞舜而思高宗之晏駕，蓋帝王之孝莫大於虞舜也。自北户而迴首乃是南望，則可叫虞舜矣。叫，如淮南子言庶女叫天之叫。楚辭劉向九歎之遠逝篇有曰：奏虞舜於蒼梧。上言虞舜，下言蒼梧，義當如此。然必使雲字，則歸藏啓筮曰：有白雲出自蒼梧，入于大梁。謝玄暉云：雲去蒼梧野。蒼梧雲愁，以言高宗之晏駕。**惜哉瑤池飲，日晏崑崙丘。**鮑明遠舞鶴賦：朝戲乎芝田，夕飲乎瑤池。穆天子傳：周穆王觴西王母於瑤池上。又曰：天子遂宿于崑崙之阿，赤水之陽。吉日辛酉，天子升于崑崙之丘，以觀黄帝之宫。紀年曰：周穆王西征，至崑崙丘，見西王母，止之。葛仙翁：崑崙，一曰玄圃，一曰積石瑶房，一曰閬風臺，一曰華蓋，一曰天柱，皆仙人所居之處也。趙云：西望而遠想瑶池，則托西王母而思文德不留。蓋以女仙之尊者名之也。惜哉，不足之辭。列女傳：柳下惠妻爲誄曰：永能厲兮！吁嗟惜哉！史記：孔子美宓子賤曰：惜哉不齊所治者小。曹子建雜詩云：願欲一輕濟，惜哉無方舟。王仲宣詠史云：秦穆殺三良，惜哉空爾爲。今公之可惜瑶池方宴，以崑崙日晏而不得久，非以言文德之不留者乎？按仙傳：西王母遺虞舜以白玉琯。則以王母比母后，尤於舜爲一體。曹子建詩：明晨秉機杼，日晏不成文。莊子有云崑崙之丘。**黄鵠去不息，哀鳴何所投。**瑞應圖曰：黄帝習樂崑崙，以舞衆神，玄鵠六翔其右。韓詩外傳曰：田饒事魯哀公而不見察，謂哀公曰：夫黃鵠一舉千里，止君園池，啄君稻粱，君猶貴之，以其從來遠也。故臣將去君，黃鵠舉矣。戰國策曰：莊辛謂楚襄王曰：黃鵠游于江海，自以無患，不知射者方修弧矢，加己百仞之上。趙云：易曰：自强不息。沈約白紵曲云：翡翠群飛飛不息。詩：哀鳴嗷嗷。

君看隨陽雁，各有稻粱謀。禹貢揚州：陽鳥攸居。注：鴻雁之屬。庾信報趙王賜酒詩：未知稻粱雁，何以報君恩。此詩末章同歎山梁雌雉也[五]。趙云：公於前段已追思前事矣，又因黃鵠之遠去，雖若高舉遠引之士，然無所投止，而我之俯世徇身，則未免若雁之謀稻粱也，亦以自傷矣。孟浩然詩：鳥泊隨陽雁，魚藏縮項鯿。劉孝標廣絶交論云：分雁鶩之稻粱。左傳云：先軫有謀。舊注同歎山梁雌雉，非是。師民瞻云：此以譏明皇荒樂，不若虞舜。瑶池言王母，以比楊妃，崑崙以比驪山，黃鵠以比張九齡之徒，雁以比楊國忠之徒。杜公因登塔觀覽而念及此。其説不同，必有能辨之者。詩：王事靡盬，不能蓺稻粱。

【校勘記】

〔一〕「國史譜」，清刻本、排印本作「國史補」。

〔二〕「曹子建」下，清刻本、排印本有「詩」字。

〔三〕「憂」上，清刻本、排印本有「其」字。

〔四〕「其」，清刻本、排印本無。

〔五〕「此」，文淵閣本作「蓋」。

示從孫濟 此詩譏風俗衰薄，雖同姓不能忘猜疑也。

平明跨驢出，未知適誰門。權門多噂𠴲，詩十月：噂𠴲背憎。噂𠴲，猶相對談語，背則相憎逐矣。趙云：楚辭曰：平明發兮蒼梧。前漢息夫躬：交遊貴戚，趨走權門。又後漢明帝詔云：權門請托。魏陳孔璋檄云：輸貨權門。且復尋諸孫。諸孫貧無事，宅舍如荒村。堂前自生竹，堂後自生萱。萱草秋已死，竹枝霜不蕃。一作翻。詩伯兮：焉得諼草，言樹之背？注：諼草令人忘憂，背北堂也。疏：堂者房堂所居之地，總謂之堂。房半以北爲北堂，房半以南爲南堂。左傳：其生不蕃。莊子云：古人在乎？已死矣。文雖出彼，而不以文害意。淘米少汲水，汲多井水渾。刈葵莫放手，放手傷葵根。鮑明遠樂府詩：腰鎌刈葵藿。古詩：采葵莫傷根，傷根葵不生。結交莫羞貧，羞貧友不成[一]。趙云：此段方有興致，蓋淘米炊、刈葵烹，少汲水、莫放手，因以興焉。族之有宗，猶水之有源，葵之有根也。水有源，勿渾之而已；葵有根，勿傷之而已；族有宗，則亦勿疏之而已。受外嫌猜者，亦猶汲水之多也。苟以嫌猜而不敦同姓，亦猶放縱其手於採葵也。後漢明帝紀：殘吏放手。注謂貪縱爲非也。阿翁懶惰久，覺兒行步奔。所來一作求。爲宗族，亦不爲盤飧。僖二十三年：晉公子及曹，僖負羈之妻饋盤飧，寘璧。小人利口實，頤：自求口實。薄俗難可論。勿受外嫌猜，同姓古所敦。鮑明遠：明慮自天斷，不受外嫌猜。趙云：此亦曹子建詩「親交義在敦」之義[二]。

【校勘記】

〔一〕「友」，清刻本、排印本作「交」。

〔二〕「親」上原有「有」字，衍，據清刻本、排印本删。

九日寄岑參

出門復入門，雨一作兩。脚但如一作仍。舊。趙云：王維代羽林騎閨人云：出門復入户，望望青絲騎。論語：出門如見大賓。記云：揖讓而入門。禮：皆如其舊。雨脚，一作兩脚。蓋雨脚，選詩雨足之義，而語是方言。公詩又云「雨脚如麻未斷絶」，亦此也。若人兩脚則無義。既出門而往矣，又却入門，何哉？以雨脚如舊也。所向泥活活，一作浩浩。思君令人瘦。詩：北流活活。謝靈運：活活夕流駛。古詩：思君令人老，歲月忽已晚。又詩：思君令人老，軒車又何遲〔一〕。趙云：活活，雖水流聲，而泥之深多，則行爲有聲也。今有禽名泥活活，則以其鳴聲云。沈吟坐西軒，飲食錯昏晝。寸步曲江頭，難爲一相就。趙云：此所以懷岑生也。岑應在曲江頭，猶寸步耳，以雨泥故難於相就也。吁嗟乎蒼生，稼穡不可救。趙云：書：至于海隅蒼生。詩云：吁嗟乎騶虞。安得誅雲師？疇能補天漏？雲師，名屏翳。列子湯問：女媧氏鍊五色石以補其闕。張平子西京賦：察雲師之所憑。趙云：蜀有地名漏天也。大人賦云：召屏翳，誅風伯，刑雨師。大明韜日月，曠野號禽獸。晉卦：麗乎大明。趙云：記：大明生於東，月生於西。則大明主日言之。今也大明之下，言韜日月，則晝夜皆雨，而日不見乎晝，月不見乎夜，皆無明矣。詩云：率彼曠野。日月之明既韜，則惟淫雨淋注。禽獸無所安其飛走，故哀號於曠野。君子彊逶迤，小人困馳驟。趙云：以雨淫於上，泥汨於下，君子雖有車馬亦彊逶迤而已；小人艱於行李之往來，故困馳驟。此公之語法，皆有意義。楚辭云：載雲旗兮逶迤。謝靈運溪行詩云：逶迤傍隈隩，迢遞步陘峴〔二〕。君子、小人之句，亦曹子建贈丁翼云君子義休偫，小人德無儲之勢也。維南有崇山，恐一作涔。與川浸溜。趙云：上句言南山也。詩：維南有箕。揚子雲羽獵賦：揭以崇山。周禮職方氏：九州各有其川。溜字義，漢書有云：泰山之溜，可以穿石。意則憂君子之改節也。是節東籬菊，紛披爲誰秀？陶淵明雜詩：采菊東籬下，悠然見南山。魏文帝與鍾繇書曰：歲往月來，忽復九日。九爲陽數，而日月並應。俗嘉其名，以爲宜於長久，故以享宴高會。是月，律中無射，言群木庶草，無有射地而生，於芳菊紛然獨榮〔三〕。非夫含乾坤之淳和，體芬芳之淑氣，孰能如此？故屈平悲冉冉之將老，思飡秋菊之落英。輔體延年，莫斯之貴〔四〕。謹奉一束，以助彭祖之術。趙云：梁簡文帝九日詩：是節協陽數。又大同十一月詩云：是節嚴冬暮。王子淵洞簫賦：若凱風紛披，而施惠於菊。魏文帝書：芳菊紛然獨榮。岑生多新詩，性亦嗜醇酎。謝惠連雪賦：酌湘吳之醇酎。西京雜記：漢制宗廟，八月飲酎，用九醞、太牢，皇帝侍祠。以正月旦作酒，八月成，名曰酎，一曰九醞，一名醇酎。晉侯酃酒賦〔五〕：醇酎秋發。宣十五年：伯宗曰：不祀，一也；耆酒，二也。趙云：蔡邕瞽師賦云：詠新詩以悲歌。魏都賦云：醇酎中山，流湎千日。采采黃金花，何由滿衣袖？詩：采采卷耳，不盈頃筐。又：終朝采藍，不盈一襜。言心有所憂，而不在所采也。岑生何由而免憂乎？趙云：以不見岑生，意緒無聊，采之不能多也。前漢：董賢與上卧起。帝晝寢，偏藉上衣袖。

【校勘記】

〔一〕「又」，清刻本、排印本作「來」。

〔二〕「步」，宋詩卷二謝靈運越嶺行溪詩作「陟」。

〔三〕「於」，清刻本、排印本作「惟」。

〔四〕「莫斯之貴」，「莫」原作「草」，據清刻本、排印本改；又，「斯」文淵閣本作「欺」，訛。

〔五〕「酃酒賦」，「酃」原作「鄢」，據全晉文卷八十五張載酃酒賦改。

新刊校定集注杜詩卷二

古詩

送孔巢父謝病歸遊江東兼呈李白

按唐書：孔巢父，冀州人，字弱翁。早勤文史，少與韓準、裴政[一]、李白、張叔明、陶沔隱於徂徠山，時號竹溪六逸。永王璘赴江淮，聞其賢以從事辟之。巢父察其必敗，側身潛遁，由是知名。後爲潭州刺史，湖南觀察使。未行，會德宗幸奉天，遷給事中，御史大夫。興元元年，使李懷光於河中，巢父遇害。

巢父掉頭不肯住，東將入海隨煙霧。不肯住，謂謝病歸江東也。莊子在宥篇：鴻蒙拊髀爵躍掉頭曰：吾弗知也。趙云：江文通擬詩：畫作秦王女，乘鸞入煙霧。詩卷長留天地間，釣竿欲拂珊瑚樹。一云三珠樹。西都雜記[二]：積草池中有珊瑚樹，高一丈二尺，一本三柯，上有四百六十二條，是南越王趙佗所獻，號爲烽火樹，至夜光景常欲然。世說：王愷常以一珊瑚高二尺許，枝柯扶疎，以示石崇。崇以鐵如意擊碎，乃令取珊瑚樹高三尺，條幹絶世者六七示愷。南州志曰：珊瑚出大秦國海中，生海底石上。趙云：晉書樂志有釣竿篇曰：釣竿何冉冉。古詩：人生天地間。珊瑚樹，一作三株樹，非是。蓋山海經云：三珠樹生赤水上，其樹如栢，葉皆爲珠。雖亦貴物，而非海底爲釣竿所拂者。

深山大澤龍蛇遠，春寒野陰風景暮。一云花繁草青春日暮。叔向之母妒叔虎母美而不使有子。謂其子曰：深山大澤，實生龍蛇。彼美，吾懼其生龍蛇以禍女。趙云：上句蓋言巢父經行之地，下句蓋言其去之時候如此也。左傳曰：入山不逢不若。魑魅魍魎，莫能逢旃。下既云巢父有仙骨，則其行也，雖經深山大澤，而龍蛇亦自遠遁，可以經行無疑。況當春時，其物尚蟄，亦爲遠矣。梁庾肩吾詩：早花餘少雪，春寒極晚秋。顏延年贈王太常詩云：庭昏見野陰。而疊春寒、野陰四字，如素問天寒日陰之勢也。世説曰：過江諸人，每暇輒相要出新亭，藉卉飲宴。周侯中坐而歎曰：風景不殊，舉目有江河之異〔三〕。

蓬萊織女回雲車，指點虛無是歸路。一作引歸路。陸士衡：牽牛西北回，織女東南顧。趙云：作仙人玉女回雲車，指點虛無引歸路。蓋蓬萊，海中三山之一。織女係之無義。又，是字緊重下自是仙人玉女四字。古詩：仙人王子喬，難可與等期。魯靈光殿賦：玉女窺窗而下視。曹植云：虛無求列仙。王母嘗乘五雲之車。謝靈運初發都詩：始得傍歸路。

自是君身有仙骨，世人那得知其故。趙云：以與李白嘗隱於徂萊山，則有仙風道骨矣。神仙傳：有神謂墨翟曰：子有仙骨。詩云：慘不知其故。世説：謝公問王子敬，君書何如君家尊？答曰：當不同。公曰：外論殊不知爾〔四〕。王曰：外人那得知！

惜君只欲苦死留，富貴何如草頭露。古詩：薤上朝露〔五〕何易晞。詩：湛湛露斯，在彼豐草。趙云：巢父既謝病而歸，則爲輕富貴矣，孰能留之？惜之者雖苦死相留，豈知富貴如草露之易滅哉？

蔡侯靜者意有餘，清夜置酒臨前除。陸士衡擬古詩：閑夜命懽友，置酒迎風館。江文通詩：置酒坐飛閣，逍遥臨華池。曹子建詩：清夜遊西園。除，階除也。趙云：謝靈運詩：還得靜者便。

罷琴惆悵月照席，幾歲寄我空中書。趙云：與孔爲別時，是蔡侯者作主人，而蔡又善琴矣。既別去而望其寄書也。謂之空中書，則以巢父有仙骨，寄書乃在空中來也。

南尋禹穴見李白，道甫問信今何如。一作：深山大澤龍蛇遠，華繁草青風景暮。仙人玉女回雲車，指點虛無引歸路。

若逢李白騎鯨魚，道甫問信今何如。太史公自序：司馬遷年二十，南遊江淮，上會稽，探禹穴。張晏曰：禹巡狩至會稽而崩，因葬焉。上有孔穴，或云禹入此穴。江淹詩：幸遊建德鄉，觀奇經禹穴。杜補遺：御覽載栝略曰：會稽山有一石穴委曲，黃帝藏書於此，禹得之。又，吴越春秋：禹藏書之所〔六〕，謂之禹穴也。趙云：若逢李白騎鯨魚，蓋賀知章以白爲謫仙人，其與巢父皆有學仙之質，則可以騎鯨矣。揚雄羽獵賦：乘鉅鱗，騎鯨魚。注：鯨，大魚也。

【校勘記】

〔一〕「裴政」，原奪，與下文所引「六逸」不合，據清刻本、排印本補。

〔二〕「西都雜記」，清刻本、排印本作「西京記」。

〔三〕「江河」，清刻本、排印本作「山河」。

〔四〕「知」，清刻本、排印本作「如」，當是。

〔五〕「朝」，清刻本、排印本無。

〔六〕「書」，原奪，據清刻本、排印本補。

飲中八僊歌

蔡元度云：此歌分八篇，人人各異，雖重押韻無異，亦周詩分章之意也。趙云：此篇謂之歌，其歌八疊，每一疊各就一公事，實以其好飲美之，且戲之。謂之八仙，則已有意矣。爲其各言一公之事，故得重用韻。所重用者，船字二，眠字二，天字二，前字三也。古詩蓋有重押韻之格，如阮籍秋懷曰：如何當路子，罄折忘所歸。又云：鴻鵠遊四海，中路將安歸？謝靈運述祖德詩曰：段生藩魏國，展季救魯人。又曰：惠物辭所賞，勵志絶故人。陸機行行重行行云：此思亦何思，思君徽與音。又曰：驚飈褰友信，歸雲難寄音。似此之類不一。說者謂爲八首，蓋不知有此格也，況詩又乃八疊乎。又緣道書之論丹，有八仙歌，雖是八箇仙人歌，爲有「八仙歌」三字，因倚以爲題。

知章騎馬似乘船，眼花落井水底眠。唐書賀知章：少以文詞知名，性放曠，善調笑，當時賢達皆傾慕之。晚年尤加縱誕，無復規矩，自號四明狂客。遨遊里巷，又善草隸書，每紙不過數十字，共傳寶之。師：浙人不善騎馬而喜乘舟，杜蓋嘲戲之耳。東坡詩云：平生賀老慣乘舟，騎馬風前怕打頭。吴越國王初入朝，上賜寶馬出禁門，馬行却退。王謂左右曰：豈遇打頭風耶？趙云：知章吴人，唯知乘船。其馬上傲兀，如人眼花落井，則言醉而眼生昏花。落井而眠於水底，又言其安於水也。山簡傳：時時能騎馬。前漢有：乘船危。吴均雜絶句有云：夢中難言見，終成亂眼花。水底眠，又暗用事，抱朴子曰：時有葛仙公者，每飲酒醉，嘗入人家門前陂水中卧，竟日乃出。

汝陽三斗始朝天，道逢麴車口流涎，恨不移封向酒泉。本集八哀詩有贈太子太師汝陽郡王璡詩，又贈特進汝陽王詩。神異經：西北荒中有酒泉。孔融書：天垂酒旗之曜，地列酒泉之郡。陸機百年歌：目若濁鏡口垂涎。應劭漢官儀曰：酒泉城下有金泉，味如酒，故曰酒泉。趙云：汝陽王，李璡也。以其宗室，既受封汝陽矣。猶以酒泉城下有泉味如酒，欲移封也。又使姚馥渴羌事。晉有羌人姚馥，但言渴於酒，人呼爲渴羌。武帝授以朝歌守，馥願且爲馬圉，時賜美酒，以樂餘年。帝曰：朝歌，紂之舊都，地有酒池，使老羌不復呼渴。遂遷酒泉太守。麴，所以造酒。才見麴車而便流涎，戲其好飲之急也。曹操對其叔父，詐作中風狀，口流涎沫。逢麴車而流涎，有用對過屠門而大嚼，人以爲的對。師：魏文帝曰：蒲萄釀以爲酒，甘於麴米，逢之已流涎咽唾。

左相日興費萬錢，飲如長鯨吸百川，銜杯樂聖稱世賢〔一〕。唐書李適之傳：一名昌，常山王承乾之孫也。適之雅好賓友，飲酒數斗不亂。夜則宴賞，晝決公務，庭無留事。天寶元年，代牛仙客爲左丞相，累封清河縣公。後爲李林甫陰中，罷知政事。賦詩曰：「避賢初罷相，樂聖且銜杯。爲問門前客，今朝幾箇來。」晉何曾性奢豪，日食萬錢，猶曰無下筯處。劉伯倫酒頌：先生於是方捧甖承糟，銜杯漱醪。木玄虛海賦：噓噏百川。吴都賦云：長鯨吞航，脩鯢吐浪。趙云：謂之日興，言每日興起，便如此也。如陸遜云：世務日興。異物志云：鯨魚長者有數千里故也。亦以戲之。

宗之蕭灑美少年，舉觴白眼望青天，皎如玉樹臨風前。李白傳：侍御史崔宗之謫官金陵，與白詩酒唱和。嘗月夜乘舟，自採石達金陵。白衣宮錦袍，於舟中顧瞻笑傲，旁若無人。晉阮籍傳：籍能爲青白眼。阮籍詩：朝爲美少年。江淹詩：風吹玉階樹。梁何遜詩：長安美少年〔二〕。謝玄答叔父安曰：譬如芝蘭玉樹，欲使其生於庭階耳。世説：庾亮亡。何楊州臨葬云：埋玉樹於土中，使人情何能已。毛曾與夏侯玄共坐，時人謂之蒹葭倚玉樹。師：晉書：王戎有人倫鑒識，常目王衍如瑤林瓊樹，自然是風塵表物也。趙云：劉琨云：舉觴對膝，白眼望天。言其飲之傲，亦所以戲之也。

蘇晉長齋繡佛前，醉中往往愛逃禪。蘇晉，蘇珦之子。玄宗監國，所下制命，多晉藁定。趙云：逃禪，言逃去而禪坐耳。此蘇東坡所謂蒲褐禪、同夜禪者也。以晉好佛，故戲之云爾。

李白一斗詩百篇，長安市上酒家眠。天子呼來不上船，自稱臣是酒中僊。唐李白傳：待詔翰林日，玄宗度曲，欲造樂府新詞，亟召白。白於酒肆醉矣。召入，宮人以水洒面，即令秉筆，頃之成十餘章，帝頗嘉之。薛云：按關中呼衣襟爲船。詩曰：何以舟之。舟亦船也。其來遠矣。鮑云：劉偉明云：蜀人呼衣襟爲船。有以見白醉甚，雖見天子〔三〕，披襟自若，其真率之至也。杜補遺：余雲叟嘗以薛注爲是。余謂方言雖有此，夢符太似穿鑿。雲叟以船字何爲有兩韻，余曰：一篇之中，重疊用韻，至于再三，亦别有義耶？按唐范傳正李翰林新墓碑曰：玄宗泛白蓮池，公不在宴。明皇歡既洽，召公作序，公已被酒，於翰苑中命高力士扶以登舟也。趙云：詩百篇，言其能詩也。酒家眠，言其真率也。欒布爲酒家保。酒家眠亦暗用事。阮籍鄰家少婦當壚酤酒，籍嘗詣婦飲，醉便卧其側也。不上船，此乃長安方言，襟謂之船也。薛蒼舒補遺更引詩曰：何以舟之。乃自解云：舟亦船也，其來遠矣。蓋舟自訓服耳，所以服之字從舟也。杜田又引范傳正李翰林新墓碑曰：用爲舟船之船，亦又非是。蓋在翰苑被酒，則自長安市中來。而扶以登舟，則竟上船矣，非不上船也。

張旭三杯草聖傳，脱帽露頂王公前，揮毫落紙如雲煙。唐賀知章傳：吴都張旭與知章相善。旭善草書而好酒，每飲後號呼狂走索筆，變化無窮，若有神助，時人號爲顛。後漢張奂傳：奂長子芝伯英善草。王愔文志曰：芝少時高操，以名臣子勤學，尤好草書。學崔、杜之法，家之衣帛必書而練。臨池學書，水爲之黑〔四〕。爲世所寶，寸紙不遺。韋仲將謂之草聖。胡母輔之與謝鯤、阮放、畢卓、羊曼、桓彝、阮孚散髮裸袒，閉室酣飲已累日。光逸排户入，守者不聽，逸便於户外脱衣露頭，於狗竇中窺之，大叫。輔之驚曰：他人决不能耳，必我孟祖也。遽呼入，遂與飲，不捨晝夜，時人謂之八達。趙云：後漢班超傳：單于脱帽徒跣。又有云：單于脱帽避帳，詣梁王謝罪。旭爲人酒秃，脱帽則露頂矣，乃所以戲之也。潘安仁作楊荆州誄云：動翰若飛，落紙如雲。後漢高義方清誡曰：抗志凌雲煙。

焦遂五斗方卓然，高談雄辯驚四筵。按新唐書：白自知不爲親近所容，益驁放不脩，與焦遂等爲酒八仙。趙曰：世説載王敦晝寢，卓然驚寤。又云：諸名賢論莊子逍遥遊，支道林卓然標新理於三家之表。又江淹擬張廷尉詩云：卓然凌風矯。又僧惠遠製涅槃經疏呪其筆曰：如合聖意，此筆不墜。乃擲於空中卓然。新唐書云：李白自知不爲親近所容，益驁放不脩，與焦遂等爲酒八仙。則遂亦平昔驁放之流耳。飲至五斗而方特卓，乃所以戲之。末句又以美之。劉孝標廣絶交論云：騁黄馬之劇談，縱碧鷄之雄辯。選詩有：高談一何綺。疊用四字有兩出而後工也。謝宣遠九日詩曰：四筵霑芳醴。驚字，則前漢陳驚坐之驚也。

【校勘記】

〔一〕「世」，清刻本、排印本作「避」。案，二王本杜集卷一、百家注卷一、分門集注卷十均作「世」；錢箋卷一亦作「世」，注異文云：「邵作避。」

〔二〕「江淹詩」以下十七字，文淵閣本、文津閣本、文瀾閣本、清刻本、排印本無。

〔三〕「見」，原奪，據清刻本、排印本補。

〔四〕「爲之」，文淵閣本作「之爲」，倒誤。

曲江三章章五句

元和中，中書舍人李肇撰國史譜〔一〕。其略曰：進士既捷，大讌於曲江亭子，謂之曲江大會。在關試後，亦謂之關宴。天寶元年，敕以太子太師蕭嵩私廟逼近曲江，因上表請移他處。敕令將士爲嵩營造。趙云：此詩蓋遊曲江感事之作。按劇談録：曲江本秦時隑州。隑即碕字，巨依切。唐開元中疏鑿爲勝景，南即紫雲樓、芙蓉苑，西即杏園、慈恩寺。花卉環列，烟水明媚。都人遊賞，盛于中和、上巳節。今公高秋而往，草木變衰，觸事感懷。一章嘆齒髮之遲暮，二章判富貴之無心，三章喜生計之可樂也。舊注引元和中曲江關宴事，去此自五十餘年，在公死三十餘年之後，與此詩並無相干。

曲江蕭條秋氣高，謝玄暉觀朝雨詩：朔風吹飛雨，蕭條江上來。宋玉曰：悲哉，秋之爲氣！蕭瑟兮草木摇落而變衰。趙云：宋玉衆芳蕭條、班固原野蕭條之義。菱荷枯折隨風濤，游子空嗟垂二毛。潘安仁秋興賦：晉十有四年，余春秋三十有二，始見二毛。僖二十二年傳：宋公曰：君子不禽二毛。注〔二〕：頭白有二色。漢高祖：游子思故鄉。白石素沙亦相蕩，哀鴻獨叫求其曹。禰衡賦：哀鴻感類。曹子建：激鳴索鴻群。劉安招隱士：禽獸駭兮亡其曹。趙云：方高秋之時，非特菱荷枯折而已。水既瘦涸，石與沙亦蕩潔而出。鴻鵠失群，哀鳴而相求，皆可感之事也。哀鴻字，出選詩。舊注引禰衡賦云：哀鴻感類。輒改哀鳴字爲哀鴻，況義止謂鸚鵡之哀鳴乎？

【校勘記】

〔一〕「國史譜」，清刻本、排印本作「國史補」。

〔二〕「注」，原奪，據清刻本、排印本補。

即事非今亦非古，長歌激越梢林莽，宋玉風賦：蹙石伐木，梢殺林莽。蘇武詩：長歌正激烈。杜補遺：列子云：薛譚學謳於秦青，辭歸。青餞於郊衢，撫節悲歌，聲振林木，響遏行雲。趙云：列子曰：周之尹氏，有老役夫，晝則呻吟即事。陶淵明云：即事多所欣。謝靈運云：即事怨睽攜。蘇武詩：長歌正激烈。梢林莽，言歌之聲。其義則列子云：秦青撫節悲歌，聲振林木。

比屋豪華固難數。吾人甘作心似灰，弟姪何傷淚如雨。莊子：南郭子綦，形固可如槁木，而心固可如死灰。趙云：當公遊此之時〔一〕，曲江方盛，無可嘆者，此即事之非今古也。而至於長歌激烈，何哉？特以豪華者多，而我獨寂寞也。然灰心久矣，弟姪不必用此傷之而下淚也。曲江在長安南昇道坊，蓋其左右前後相近之地，甲第爲多乎？公因感之，可以意逆也。漢溝洫志：武帝歌曰：泛濫不止兮愁吾人。又西都賦云：實列僊之攸館，非吾人之所寧。而潘岳西征賦云：陋吾人之拘攣。今言吾人，蓋自謂也。論語：何傷乎？詩：涕泣如雨。

【校勘記】

〔一〕「趙云當公遊此之時」，「當」字上原脱「趙云」，參百家注卷三、分門集注卷二十五所引「趙云」注補。案，先後解輯校甲帙卷四按語云：「疑係九家注漏標趙云者。」此説是。

自斷此生休問天，杜曲幸有桑麻田，故將移住南山邊。杜曲在長安。俗云：城南韋杜，去天尺五。言近京。楊惲傳：田彼南山。陸韓卿詩云：屏居南山下。竇嬰傳：屏居藍田南山下。趙云：楚辭有天問篇，其序曰：天問者，屈原之所作也。何不言問天？天尊不可問，故曰天問也。管子云：行山澤，觀桑麻。有桑麻田，亦顔淵云回有郭外之田。

短衣匹馬隨李廣，看射猛虎終殘年。前漢：李廣爲虜所生得，當斬，贖爲庶人。屏居藍田南山中，射獵，見草中石以爲虎而射之，中石没羽，視之石也。他日射之，終不能入矣。廣所居郡聞有虎，常自射之，乃居北平射虎。騰廣，廣亦射殺之也。趙云：欲移住南山邊，則南山之景致足樂也。匹馬射虎，使李廣事，正在南山藍田中。此詩人因意使事也。列子曰：汝以殘年餘力。梁武帝云：短衣妾不傷。叔孫通迺變其服。短衣，楚製。

麗人行

曹子建洛神賦云：覩一麗人于巖之畔。劉向別録有麗人歌賦。梁簡文帝箏賦：命麗人於玉席。

三月三日天氣新，續齊諧記曰：晉武帝問尚書郎虞摯曰：三日曲水，其義何指？答曰：漢章帝時，平原徐肇以三月初生三女，至三日俱亡，一村以爲怪。乃招攜之水濱盥洗，遂因以泛觴曲水之義起於此。帝曰：若如所談，便非佳事。尚書郎束晳曰：仲洽小生，不足以知此，臣請説其始。昔周公城洛邑，因流水以泛酒，故逸詩云：羽觴隨波。又秦昭王三日置酒河曲，見有金人出，捧水心劍曰：令君制有西夏。及秦霸諸侯，乃因此處立爲曲水祠。二漢相沿，皆爲盛集。帝曰善，賜金二十斤，左遷仲治爲陽城令。趙云：晉宋諸人，侍宴曲水，皆以三月三日爲題。唐開元中，都人遊賞於曲江，莫盛乎中和、上巳節，此三月三日，所以水邊多麗人也。舊注徒引三月三日事爲泛矣。王右軍蘭亭曲水序曰：天朗氣清，惠風和暢。亦此天氣新之謂。禮記：天氣下降。陸機曰：遲遲暮春日，天氣柔且和。梁孝元帝詠霧詩有曰：時如佳氣新。長安水邊多麗人。態濃意遠淑且真，肌理細膩骨肉勻。羅敷艷歌曰：高臺多妖麗。宋玉九辯有靡顔膩理。相如大人賦有弱骨豐肌。謝靈運江妃賦有靡容膩理。皆此之謂也。則東京賦有擘肌分理。繡繡一作畫。羅衣裳照暮春，晉張華三月三日後園會詩曰：暮春元日。王羲之蘭亭詩序：暮春之初，會稽山陰之蘭亭。古詩：被服羅衣裳。南都賦：暮春之禊，元巳之辰，男女姣服，絡繹繽紛。論語：暮春者，春服既成。則照暮春字於衣服使之尤穩。蹙金孔雀銀麒麟。頭上何所有？翠微微一作爲。㔩㔩一作匌。葉垂鬢脣。背後何所見？珠壓腰衱穩稱身。杜補遺：廣韻曰：㔩彩，婦人髻飾花也，㔩音罨。爾雅曰：衱謂之裾。郭璞云：衣後裾也。一本㔩作匌，衱作被，非是。趙云：蹙金實事，唐人常語，故杜牧自謂其詩云：蹙金結繡而無痕迹。頭上、背後之句，此亦曹子建美女篇「頭上金雀釵，腰佩翠琅玕」之勢也。蓋舉頭與腰之飾，而一身之服備矣。翠微一作翠爲。㔩一作匌，㔩音烏合切。㔩綵，婦人頭花髻飾也。匌音洽，與匒字連曰匒匌，而匒音答，重疊貌。海賦云：磊匒匌而相逐。翠微㔩葉，則翡翠微布於㔩綵之葉；翠爲匌葉，則以翠爲匌匝之葉也。衱音居葉切。爾雅曰：衱謂之裾。郭璞曰：衣後裾也。謂之腰衱，則裙腰耳。以珠綴之，故言珠壓腰衱。此篇公所鋪叙至此，詳味語句，蓋特見麗人之後耳。故東坡先生題背面美人，名之曰續麗人行，而其詩云：杜陵饑客眼長寒，蹇驢破帽隨雕鞍。隔花臨水時一見，只許腰支背後看。就中雲幕椒房親，班固西都賦云：後宮則掖庭椒房，后妃之室。漢官儀曰：皇后稱椒房，取其蕃實之義也。詩云：椒聊之實，蕃衍盈升。又以椒塗宮室，亦取其温煖辟除惡氣，猶天子朱泥殿上曰丹墀也。師古曰：椒房在未央宮。吳樹謂梁冀曰：將軍以椒房之重。西都記：成帝設雲幄、雲帳、雲幕於甘泉紫殿〔一〕，世謂三雲殿。第五倫傳：竇憲，椒房之親。

曹子建美女篇：頭上金雀釵，腰佩翠琅玕。此指言貴妃兄弟驕盛。趙云：言玉真妃也。成帝設雲幕於甘泉紫殿。椒房，則皇后所居殿名。秦虢乃玉真之姊妹，故曰雲幕椒房親也。

賜名大國虢與秦。唐后妃傳：玄宗楊貴妃有姊三人，皆有才貌。玄宗並封國夫人之號。長曰大姨封虢國，八姨封秦國，並承恩出入宮掖，勢傾天下。趙云：大姨封虢國，八姨封秦國，非是。以長安志考之，虢國八姨也，則秦國乃大姨也。

紫駞之峰出翠釜，水精之盤行素鱗。峰一作珍。漢書：大月氏，本西域國，出一封橐駞。注，脊上有一封高也，如封土然，今俗呼爲犎音峰。匈奴傳：師古注：橐駞言能負橐囊而獻物。晉王廙笙賦：舞靈蛟之素鱗。杜補遺：酉陽雜俎：將軍曲良翰，作駞峰炙。趙云：言其食之奢也。曹子建詩：豐膳出中厨。師：宋鄭鮮之經子房廟詩：紫煙翼丹虬，靈媪悲素鱗。觀此即知素鱗乃蛟龍也。杜意亦謂攀龍。酉陽雜俎：明皇恩寵禄山，所賜之物有金平脱犀頭匙筯。

犀筯厭飫久未下，鑾刀縷切空一作坐。紛綸。晉何曾日食萬錢，猶云無下筯處。詩信南山：執其鸞刀，以啓其毛。注，鸞刀，刀有鸞者，言割中節也。潘安仁西征賦：饔人縷切，鸞刀若飛。應刃落俎，靃靃霏霏。杜補遺：正義曰：鸞即鈴也。公羊宣十二年：鄭伯右執鸞刀。注，鸞刀，宗廟割切之刀。鐶有和，鋒有鸞。其制，二鸞在鋒，聲中宮商。三和在鐶，聲中角徵羽。故先儒釋禮器，謂宗廟必有鸞刀者，取其鸞鈴之聲，宮商調而後斷割也。趙云：方筯未下之間，又復有縷切之多，此所以言其食之奢。

黃門飛鞚不動塵，前漢西域傳：蒲梢、龍文、魚目、汗血之馬，充於黃門。凡號黃門，以其給事於黃闥之內，秦漢皆有黃門侍郎。按外傳：虢國出入皆乘驄馬，使小黃門爲御。趙云：不動塵，因以狀其善騎。詩家造句法也。薛云：鮑明遠擬古詩：獸肥春草短，飛鞚越平陸。

御厨絲絡送八珍。絲絡，一作駱驛(二)。周禮膳夫：珍用八物。注：珍，用淳熬、淳母、炮豚、炮牂、擣珍、漬熬、肝膋也。又食醫：掌八珍之齊。鮑明遠詩：八珍盈雕俎。薛云：尚膳貴嚴，故以絲絡護衛之。絲絡，如綺疏也。杜子美稱此，以見寵予之隆，駱驛爲不足道。往在詩云：「赤墀櫻桃枝，隱映銀絲籠。」趙云：駱驛，相續不斷之義。後漢：袁術與呂布書曰：今送米二十萬斛，非唯止此，當駱驛復致。舊本正字作絲絡，而薛蒼舒爲之説，元無絲絡字本出。若駱驛，以言寵予之隆，義自分明。若絲絡，亦天子御物常事耳，却何足道也。簫鼓一作管。哀吟感鬼神，漢武秋風辭：簫鼓鳴兮發棹歌。詩序：動天地，感鬼神。賓從雜遝實要津。魏文帝與吴質書云〔三〕：輿輪徐動，賓從無聲。劉向傳：雜遝衆賢。師古曰：雜遝，聚積之貌。要津，見上韋左丞注。趙云：此言作樂以宴賓，且微言以譏其男女之糅雜〔四〕。大人賦：雜遝膠輵以方馳。甘泉賦：駢羅列布，鱗以雜沓兮。洛神賦：衆靈雜遝。後來鞍馬何逡巡，楊

當軒一作道。下馬入錦茵。鞍馬字，見送高適注。趙云：言其氣勢洋洋，旁若無人。徐悱贈内詩：忽有當軒樹，兼含映日花。史：秦人開關延敵，六國之師，逡巡不敢進。

花雪落覆白蘋，青鳥飛去銜紅巾。山海經曰：三危之山，有青鳥居之。注：青鳥主爲西王母取食者，棲息於此山也。紀年曰：穆王十三年，西征于青鳥之所憇。漢武故事曰：七月七日，上於冰華殿齋坐中〔五〕，忽有一鳥從西方來，集殿前。上問東方朔，朔曰：此西王母欲來也。有頃王母至，有二青鳥如烏俠侍王母旁。江淹詩：青鳥海上遊。沈約：銜書必青鳥。趙云：鞍馬之多，必至觸楊花而覆白蘋。青鳥，應如鸚鵡之類，豢養馴熟，飛銜紅巾。此正借西王母以青鳥爲使名之，且以托言昵戲之事矣。紅巾蓋婦人之飾。如王勃落花篇云：羅袂紅巾往復還。炙手可熱勢一作世。絶

倫，慎莫近一作向。前丞相嗔。元載時，委左右人四人用事，權傾中外，人爲之語曰：炙手可熱，卓李鄭薛。言勢焰燻灼，可以炙手也。帝題之御屏以示時相。按，新唐書楊貴妃：智算警穎，迎意輒悟。帝大悦，遂專房。兄銛、錡、國忠最見寵遇。三姊皆美劭，封韓號秦三國，恩寵聲焰震天下。每命婦入班，雖公主亦不敢就位。臺省、州縣奉請托，奔走期會過詔敕〔六〕。四方獻餉結納，門若市然。第舍聯亘，謂之五家。分賜珍奇，使者不絶於道。時國忠代李林甫爲相，領四十餘使，性疎悦捷給，硜硜處決樞務，自任不疑。盛氣驕愎，百僚莫敢相可否。杜補遺：唐史遺事：安樂公主，玄宗之季妹，附會韋氏，熱可炙手，人咸畏之。趙

云：炙手可熱，言勢焰之薰灼也。舊注引代宗時事，在杜公之後，非是。杜田之説，當時素有此言矣。傅毅舞賦：姿絶倫之妙態。丞相嗔，以指言國忠，而詩句則後漢桓帝時童謡云「梁下有懸鼓，我欲擊之丞卿怒」之勢也。觀新書國忠傳，言國忠盛氣驕愎，百僚莫敢相可否。而公詩直鋪叙二國衣服飲食之盛，聲樂賓從之多，中間著寵予之意。又譏其糅雜昵狎之事，而終之以直指丞相之薰灼，則公之不畏彊禦可見矣！古樂府：當時近前面發紅。

【校勘記】

〔一〕「西都記」三句，清刻本、排印本作「西京記」；又，「雲幕」上原脱「雲帳」，據清刻本、排印本並參西京雜記卷一補；又，「甘泉」清刻本、排印本無。

〔二〕「駱驛」，清刻本、排印本作「絡驛」，以下均同。

〔三〕「云」，文淵閣本、文津閣本、文瀾閣本、清刻本、排印本作「曰」。

〔四〕「且」，原作「旦」，據文淵閣本、文津閣本、文瀾閣本、清刻本、排印本改。

〔五〕「冰華殿」，分門集注卷三、黄氏補注卷二此詩「青鳥飛去銜紅巾」句下注分别作「承華殿」，當是。

〔六〕「期」，原作「勘」，據清刻本、排印本並參新唐書卷七十六后妃上改。

樂遊園歌晦日賀蘭楊長史筵醉中作。趙云：樂遊園之地，在秦爲宜春苑，在漢爲樂遊苑，謂之古園。

樂遊古園崒森爽，西京記曰：樂遊園，漢宣帝所立。唐長安中，太平公主於原上置亭遊賞，其地四望寬敞。每三月上巳、九月重陽，士女咸就此祓禊登高。幄幕雲布，車馬填塞，紅綵映日，馨香滿路。朝士詞人賦詩，翌日傳於京師。趙云：崒音才律切。字書注云：峰頭巉嵒也。句腰單用崒字，亦猶宋玉高唐賦之單用崒字也。其言畜水之狀曰：崒中怒而特高。崒字却音祚骨切。煙綿碧草萋萋長。謝靈運詩：萋萋春草繁。江淹賦：春草碧色。劉安招隱士：春草生兮萋萋。公子華筵勢最高，秦川對酒平如掌。文選：王粲，家本秦川。周王褒關山篇：遙遙秦川水，千里長如帶。沈佺期長安路詩：秦地平如掌，層城出漢雲。趙云：張率白紵歌：列坐華筵紛羽爵。長生木瓢示真率，更調鞍馬狂歡賞。青春波浪芙蓉園，魏文帝有芙蓉池作。鄴都西園，在城南曲池坊臨水亭進芳門外，即樂遊園也。玄宗紀：開元二十年，廣花萼樓，築夾城至芙蓉園。王莽傳：乃西波水之北，郎池，皆在石城南上林中。趙云：芙蓉園有水。言青春波浪，袁淑真隱傳：載鬼谷先生言河邊之樹曰：波浪盪其根。白日雷霆甲城仗。甲，當作夾。趙云：夾城，舊作甲，非。芙蓉園、夾城，於曲江地皆相近。按長安志載樂遊與芙蓉園、曲江並出京城東延興門。閶闔晴開映趙作昳。蕩蕩，曹植平陵東行曰：閶闔開，天衢通（一）。前漢禮樂志：遊閶闔，觀玉臺。天門開，昳蕩蕩。注：閶闔，天門；蕩蕩，天體堅清之狀。相如大人賦：排閶闔而入帝居。鄧后夢捫天，蕩蕩色正青。趙云：昳字元本作映，又作昳，應是昳字。前漢禮樂志：遊閶闔，視玉臺。天門開，昳蕩蕩。公蓋取此語，意以比城門也。曲江翠幕排銀牓。潘安仁籍田賦曰：翠幕黕以雲布。陳張正見詩：即此神山内，銀牓映仙宮。陳沈炯林屋館記：崑山平圃，銀牓相暉。蓬閬仙宮，金臺崛起。神異經曰：東方青宮，門有銀牓。晉潘尼洛水詩：翠幕映洛湄。拂水低回舞袖翻，緣雲清切歌聲上。曹植云：華閣緣雲。緣雲上征〔二〕。薛云：曹植言華閣緣雲，此稱歌聲清切耳。列子云：薛譚學謳於秦青，辭歸，秦餞於郊衢，撫節悲歌，聲振林木，響遏行雲。西京雜記：高帝令戚夫人歌出塞望歸之曲。後宮齊唱，聲入雲霄。趙云：後漢王延壽魯靈光殿賦：飛陛揭孽，緣雲上征。薛夢符刊誤乃引列子載秦青之歌，響遏行雲，又西京雜記：戚夫人歌聲入雲霄。其意以爲兩事皆有雲字，遂用證之。殊不知遏雲則往之，且非杜公緣雲本意，唯入雲霄方有緣雲之義。大人賦：低徊陰山，翔以紆曲兮。却憶年年人醉時，只今未醉已先悲。數莖白髮那抛得？百罰深杯亦不辭。罰一作刻。說文曰：漏，以銅盛水，刻節，晝夜百刻。趙云：百罰，一作百刻，是。蓋飲酒雖有罰，而方觀舞聽歌，何至罰酒之百也。百刻者，漏中之刻畫也。說文曰：漏，以銅盛水，刻節，晝夜百刻。或云，杯中像漏中，立箭爲刻，以記淺深之度，斟酒則浮出而可見。雖傳記無所載，而今世固有爲浮花浮仙之狀，十而分之以斟酒者。則百刻之狀，乃細分之者矣。如此而義方可講，蓋盡百刻，舉深泛之杯無所辭拒，正以白髮之不可抛，而飲酒以遺其悲也。聖朝亦知賤士醜，一物自荷皇天慈。揚子：秦之士也賤。陸機：玄冕無醜士。江淹上書云：一物之微，有足悲者。趙云：江淹思北歸賦云：况北州之賤士，爲炎土之流人。家語：孔子謂哀公曰：一物失理，亂亡之端。此身飲罷無歸處，獨立蒼茫自詠詩。庾信乞酒詩：蕭瑟風聲慘，蒼茫雲貌愁。梁朱异田飲引：值寒野之蒼茫。梁元帝詩：秋氣蒼茫結孟津。潘安仁哀永逝文曰：視天日兮蒼茫。趙云：皆在景物荒寂言之也。

【校勘記】

〔一〕「平陵東行曰閶闔開」，「陵」原作「陸」，「閶闔」下原奪「開」，據清刻本、排印本並參魏詩卷六曹植平陵東行訂補。

〔二〕「華閣緣雲緣雲上征」八字，原作「華閣緣雲上征」，奪「緣雲」二字，注文簡省，扞格不通。參下文所引薛注「華閣緣雲」、趙注「緣雲上征」，並參曹植七啓、王延壽魯靈光殿賦訂補。

渼陂行

趙云：渼，音美。其字從水從美。士大夫非西人者，多讀爲于亮切，乃蕩漾，其字自是從水從羕，遂使鬻書者，有一本直雕作漾陂行，豈不誤學者乎？按長安志：渼陂在鄠縣西五里，出終南山諸谷，合朝公泉爲陂〔一〕。朝公水，一作胡公水。説文曰：渼陂周一十四里，北流入澇水。十道志云：陂魚甚美，因名之。陂既廣大，氣象雄深，故公詩於初至之際，以天地變色，則有鼉鯨風浪之憂；既而開霽可遊，則如與龍鬼仙靈相接；既而又憂雷雨。此蓋陂之廣大雄深，詩人因事起意以爲詩，謂其有可異則不得不憂，有可喜則不能不樂，有可防則不可不戒〔二〕，而詩篇之終，有安不忘危，樂不忘哀之意。

岑參兄弟皆好奇，攜我遠來遊渼陂。趙云：岑參於唐書無傳，莫知兄弟之名也。揚雄云：子長之好，好奇也。渼陂在鄠縣。按地理志：鄠去府南六十里。豈不謂之遠來乎？天地黤慘忽異色，波濤萬頃堆琉璃。王粲登樓賦：天慘慘而無色。西域傳：罽賓國出琉璃。孟康曰：琉璃青色如玉。師古曰：魏略云：大秦國出赤、白、黑、黃、青、緑、縹、紺、紅、紫十種琉璃，孟言青色，不博通也。此蓋自然之物。梁簡文：池水浄琉璃。趙云：百畝曰頃。後漢：黄叔度汪汪如萬頃陂。堆琉璃，指言其色之青瑩耳。琉璃漫汗泛舟入，事殊興極憂思集。張平子南都賦：布濩漫汗。趙云：天地黤慘則爲可異，水如琉璃則爲可愛。以其可愛而便欲泛舟以入，則爲可憂矣。漫汗，言廣大也。事殊興極，蓋言其初遠來之興豈不欲晴朗以爲遊乎？而初來之際，忽逢天地黤慘，則事殊矣；事之既殊，則興亦極盡；興既極盡，則寧不憂思乎？憂思謂之集，王筠行路難云：百憂俱集斷人腸。鼉作鯨吞不復知，惡風白浪何嗟及。詩中谷有蓷：啜其泣矣，何嗟及矣。張季鷹詩：謳吟何嗟及。趙云：此乃所以憂也。謝惠連長門怨云：向夕千愁起，自悔何嗟及。又，梁費昶長門怨曰：向日千悲起，百恨何嗟及。主人錦帆相爲開，舟子喜甚無氛埃。隋煬帝以錦爲帆。詩：招招舟子。郭璞江賦：舟子於是搦棹，涉人於是檥傍。趙云：主人，指言岑參也。陳陰鏗渡青草湖詩：平湖錦帆張。楚辭：闕氛埃而清涼。沈休文詩：夜静滅氛埃。其言無氛埃，則又倣魏都賦風無纖埃也。前者以天地黤慘而遊者憂，今也以無氛埃而舟子喜，不亦宜乎？鳧鷖散亂棹謳發，絲管啁啾空翠來。西都賦：鳥則鳧鷖鴐鴈，雲集霧散。又，櫂女謳，鼓吹震。漢武秋風辭：簫鼓鳴兮發棹歌。趙云：啁，竹包切。玉篇引説文：啁，嘐也。楚辭曰：鶤鷄啁哳而悲鳴。棹歌發則喧矣，故鳧鷖驚而散亂；空翠來則晴矣，故絲管乾而啁啾。沈竿續蔓深莫測，菱葉荷花静如拭〔三〕。杜補遺：永徽本草圖經云：芰菱，實也。葉浮水上，花黄白色，花落而實生，漸向水中乃熟。紫色者謂之浮菱，食之爲美。暴其實爲末，可以當糧。鷄頭名雁啄，一名芡，生水澤中，葉大如荷，皺而有刺，俗謂之鷄頭盤。花下結實，其形類鷄頭，故以名之。經傳謂其子爲芡。酉陽雜俎云：芰，今人但言菱芰，諸解草木書亦不分别。唯安貧武陵記言：四角、三角曰芰〔四〕，兩角曰菱。芰一名水栗。漢武昆明池中有浮根菱，根出水上，葉没波下，亦曰青水菱。玄都觀有菱碧色，狀如鷄飛，名翻鷄芰。又圖經云：藕實莖，其葉名荷。爾雅及陸機疏謂荷爲芙蕖，江東呼荷。其莖茄，其葉蕸，其本蔤，莖下白蒻在泥中者。其花未發爲菡萏，已發爲芙蓉。其實蓮爲房，其根藕，其中菂，蓮子菂中薏〔五〕，中心青而苦者。芙蕖則其總名也。趙云：

菱葉荷花浄如拭，則水之幽深可見矣。妙處是「浄如拭」三字，蓋如王僧孺至牛渚憶魏少英詩有：沙岸浄如掃〔六〕。

宛在中流渤澥清，下歸無極終南黑。詩蒹葭：宛在水中央。楊子：渤澥之島。趙云：上句以言其深，下句以言其遠。上句譬喻，下句實指。蓋渤澥者，海也，既如渤澥之深廣而又清，此所以爲譬喻。終南山在陂之上流，去之遠則視之黑也，此所以爲實指。詩：宛在水中央。説文：東海之別有渤澥，故東海共稱渤海。列子：無極之中，復無無極。而後人用之，如魏文帝詩曰：高高殊無極。

半陂已南純浸山，動影裊窕冲融間。木玄虚海賦：冲融滉瀁。趙云：鮑照與妹書：半山以下，純爲黛色。裊窕冲融，皆言水之深。疊使四字之勢，亦左太冲招隱詩云：峭蒨青葱間〔七〕，竹栢得其真。

船舷暝戛雲際寺，水面月出藍田關。宋謝靈運石門巖上宿詩：暝還雲際宿。孫綽山銘：飛宇雲際。郭璞江賦：詠採菱以叩舷。舷，屑也。趙云：雲際者，山名，在鄠縣東南六十里，上有大定寺。藍田關，在藍田縣東南九十八里。船舷之戛，可聞於雲際之寺；月出之所，可想其當於藍田關，皆以陂之廣大然。

此時驪龍亦吐珠，莊子：河上有家貧者，其子没於淵，得千金之珠。其父謂曰：取石來鍛之。夫千金之珠，必在九重之淵，驪龍頷下，子能得珠者，必遭其睡也。

馮夷擊鼓群龍趣。謝惠連雪賦：馮夷剖蚌列明珠。注，馮夷，河伯也。曹子建洛神賦：馮夷鳴鼓，女媧清歌。大人賦：靈媧鼓琴而舞。馮夷，莊子大宗師：馮夷得之，以游大川。釋文：司馬云：清泠傳曰：馮夷，華陰潼鄉堤首人也，服八石，得水僊，是爲河伯。又，一云以八月庚子浴於河而溺死，一云渡河溺死。新添：龍馬河圖曰：河伯姓吕名公子，馮夷即河伯夫人。餘見二十五卷玉臺觀詩。趙云：小説載：有人入僊室，見一羊吐珠。他日，問張華，云：此驪龍也。洛神賦：馮夷鳴鼓。

湘妃漢女出歌舞，金支翠旗光有無。曹子建洛神賦：從南湘之二妃，攜漢濱之游女〔八〕。前漢禮樂志：金支秀華，庶旄翠旌。張晏曰：金支百二十支。秀華中主有華艷也。文潁曰：析羽爲旌，翠羽爲之也。臣瓚曰：樂上衆飾，有流翅羽葆，以金爲支，其首敷散，若草木之秀華也。師古曰：瓚説是。司馬相如曰：建翠華之旗。梁元帝檄文：建翠鳳之旗。北齊祖孝徵：翠旗臨塞道。咫尺但愁雷雨至，蒼茫不曉神靈意。易：雷雨作解。漢郊祀歌：靈之車，結玄雲。靈之來，先以雨。九歌云：雲容容兮在下。又，東風飄兮神靈雨。少壯幾時奈老何，向來哀樂何其多？漢武秋風辭：歡樂極兮哀情多[九]，少壯幾時兮奈老何！趙云：左傳：天威不違顏咫尺。此一日之間，初至而天地黯慘，乃向來所哀之多也；既而晴無氛埃可以縱遊，乃向來所樂之多也。此一句以結一篇之事。

【校勘記】

〔一〕「朝公泉」上，「合」字原奪，據清刻本、排印本補。

〔二〕「不可不戒」，「可」，文淵閣本、文津閣本、文瀾閣本、清刻本、排印本作「得」。

〔三〕「静」，清刻本、排印本作「浄」。案，二王本杜集卷一、百家注卷三、分門集注卷四、草堂詩箋卷七、黄氏補注卷一以及集千家注杜工部詩集卷二同底本作「静」，杜詩輯注卷二同清刻本、排印本作「浄」；錢箋卷一作「静」，出異文云「一作浄」，而杜詩詳注卷三作「浄」，出異文云「一作静」。又案，據正文「菱葉荷花静如拭」所引「趙云」注，可見趙次公先後解輯注單行本作「浄」，並云「妙處是淨如拭三字」。

〔四〕「貧」，原作「貞」，文淵閣本作「真」，皆訛，據太平廣記卷四百九草木四改。

〔五〕「菂」，原作「的」，據文淵閣本、文瀾閣本改。

〔六〕「浄」原作「静」，訛，據文淵閣本、文津閣本、文瀾閣本、清刻本、排印本改。

〔七〕「蒨」，原作「奪」，據清刻本、排印本並參文選卷二十二左思招隱詩之二改。

〔八〕「洛神賦」，原作「神女賦」，檢「從南湘之二妃」句，文選卷十九、全三國文卷十三作曹子建洛神賦，據改。

〔九〕「兮」，原作「少」，據清刻本、排印本並參文選卷四十五、全漢文卷三、漢詩卷一秋風辭改。

渼陂西南臺

高臺面蒼陂，六月風日冷。趙云：此兩句而下皆對。當六月炎天而在渼陂清深之地，故風日自冷，所以著言月以美之也。蒹葭離披去，天水相與永。謝靈運云：雲日相輝映，空水共澄鮮。趙云：詩：蒹葭蒼蒼。離披字出文選。易有天水違行，訟。長笛賦：相與集乎其庭。懷新目似擊，接要一作接惡。心已領。謝靈運詩：懷新道轉迴，尋異景不延。莊子田子方篇：仲尼見温伯雪子，目擊而道存。陶潛詩：醒醉還相笑，發言各不領。仿像識鮫人，空濛辨魚艇。搜神記：南海之外有鮫人，水居如魚，不廢緝績。其人能泣珠。海賦：仿像其色。又，其垠則有天琛水怪〔一〕，鮫人之室。郭璞：鮫人構館乎懸流。曹植：弄珠蚌，戲鮫人。廣雅曰：船二百斛以下曰艇，其形徑艇。一人二人所乘行也。趙云：言其深廣，若有鮫人在其中也。謝玄暉朝雨詩云：空濛如薄霧。言若無而空，若有而濛也。錯磨終南翠，顛倒白閣影。終南白閣，並山名。五經要義云：終南山，長安南山也，一名太一。漢書曰：太一山，古文以爲終南山。潘岳關中記曰：其山一名中南，言在天之中、都之南，故曰中南。趙云：兩句以言其於清臺之上俯湖而見山矣。**崷崒增光輝，**一作陰。**乘陵惜俄頃。**西都賦：嵒峻崷崒。謝靈運詩：常充俄頃用。趙云：其山之崷崒，能增湖之光輝。又思乘陵於山之上，然惜其時光只有俄頃，不能久也。此蓋詩家馳騁之意。崷音疾由切，崒音才律切。崷崒兩字字書有之，云山高貌也。廣雅云：陵，乘也。而宋玉風賦曰：乘凌高城，入于深宮。**勞生愧嚴鄭，外物慕張邴。**嚴陵鄭子真也。嵇叔夜幽憤詩：仰慕嚴鄭，樂道閑居。張良邴原。謝靈運詩：偶與張邴合，久欲還東山。杜正謬：按前漢王貢兩龔傳序：谷口有鄭子真，蜀有嚴君平，皆修身自保。揚雄著書言當世士，稱此兩人云：谷口鄭子真，不屈其志，耕於巖石之下，名震京師；蜀嚴湛冥，不作苟見，不治苟得，久幽而不改其操，雖隋、和何以加諸？嵇康幽憤詩：仰慕嚴鄭，樂道閑居。亦謂嚴君平鄭子真也。謝靈運還舊園詩：辭滿豈多秩，謝病不待年。偶與張邴合，久欲還東山。注：張良貴極，願棄人事。邴曼容免官養志自修。趙云：於此嘆勞生之可媿，思物表之可慕。公所媿者，嚴君平鄭子真也；所慕者，張良邴曼容也。**世復輕驊騮，吾甘雜鼃黽。**趙云：重嘆世不我知，而輕驊騮之駿，則欲隱居於陂上焉。驊騮，見上天育驃騎歌注。國語：范蠡曰：吾先君魚鼈之與處，而鼃黽之與同渚。**知歸俗可忽，取適**一云足。**事莫並。**趙云：此等句皆外枯而中腴，蓋言知所歸宿則世俗可忽，取適於己則凡事無可得而並。夫世俗之事可勝言哉！此不盡之意也。還有委篋知歸。**身退豈待官，老來苦便靜。**謝靈運：辭滿豈多秩，謝病不待年。趙云：老子，功成名遂身退者也。詩句之意，是公未獻賦得官時，蓋言身欲求退，豈必待於爲官之後乎！舊注引謝病不待年，混亂之矣。謝靈運云：抽疾相倚薄，還得靜者便。便音平聲。**況資菱芡足，庶結茅茨迴。從此具扁舟，彌年逐清景。**菱芡，見前一詩注。趙云：周禮籩人：菱芡栗脯。堯茅茨不剪。漢高祖云：吾亦從此逝矣。范蠡扁舟遊五湖。曹子建詩有明月澄清景。言澄湛其清景耳。

【校勘記】

〔一〕「垠」，原作「根」，據清刻本、排印本並參全晉文卷一百五改。

戲簡鄭廣文虔兼呈蘇司業源明

廣文到官舍，繫馬一作置。堂階下。廣文，見上醉時歌注。醉則騎馬歸，趙云：劉琨：繫馬長松下。山簡傳：日暮倒載歸，酩酊無所知。時時能騎馬，倒著白接羅。頗遭官長罵。才名三十年，趙云：後漢禰衡傳：曹操以其才名不欲殺之。周禮天官：其屬六十，大事則從其長。世說德行第一篇：爲官長當清、當慎、當勤。坐客寒無氈。晉吳隱之爲大常，坐無氈席。賴有蘇司業，時時與一作乞。酒錢。

夏日李公見訪 一云李家令見訪。

遠林暑氣薄，公子過我遊。趙云：沈約詩：遠林響咆獸，近樹聒鳴蟲。貧居類村塢，僻近城南樓。馬融在陽塢中。趙云：此所謂城南韋杜也。傍舍頗淳朴，所願亦易求。趙云：前漢高祖紀云：高祖適從傍舍來。所願，古本作所須，極是，蓋語方快也。隔屋喚西家，借問有酒不。墻頭過濁醪，展席俯長流。江淹恨賦[一]：濁醪夕引。趙云：嵇康與山濤書曰：濁醪一杯。杜陵之樊鄉有樊川，而潏水則自樊川西北流經下杜城。然則詩句有展席俯長流者，豈其居當此地耶？清風左右至，客意已驚秋。江淹[二]：晨飈自遠至，左右芙蓉披。巢多衆鳥鬬，葉密鳴蟬稠。苦遭此物聒[三]，孰謂吾廬幽。古詩：蟬噪林逾静，鳥鳴山更幽。陶淵明詩：衆鳥欣有托，吾亦愛吾廬。趙云：古詩言庭樹曰：此物何足貴。水花晚色静，庶足充淹留。孔融曰：坐上客常滿，罇中酒不空。古今注：蓮花一名水旦[四]，一名水芝，一名水花。預恐罇中盡，更起爲君謀。

【校勘記】

〔一〕「賦」，原奪，據清刻本、排印本訂補。

〔二〕「江淹」下，清刻本、排印本有「詩」字。

〔三〕「遭」，二王本杜集卷一作「道」。
〔四〕「旦」，清刻本、排印本作「且」，誤。

奉同郭給事湯東靈湫作

東山氣濛鴻，宮殿居上頭。趙云：東山，驪山也。按長安志：述征記曰：長安東則驪山，西則白鹿原，北望雲陽，悉見山阜之形，而常若雲霧之中。其上殿則有飛霜、九龍、玉女、七聖、長生、四聖、明珠、鬬鷄之目，又有重明閣、觀風樓、朝元閣、按歌臺、羯鼓樓等也。帝系譜曰：天地初起，溟涬濛鴻。君來必十月，樹羽臨九州。言温湯也。長安志：開元後，玄宗每歲十月幸温湯，歲盡而歸。立羽葆蓋也。趙：詩：崇牙樹羽。江淹詩：君王澹以思，樹羽望楚城。陰火煮玉泉，噴薄漲巖幽。温泉也。海賦：陽冰不冶〔一〕，陰火潛然。杜補遺：本草：玉泉生藍田。陶隱居云：是玉之精華。又注曰：玉泉者玉之泉液也，以仙室玉池中者爲上。今仙經三十六水法中，化玉爲玉漿稱爲玉泉，服之可以長年，然功劣於自然泉液也。一名玉液，一名瓊漿。詳觀是詩，蓋言湯泉之色如玉，非玉之泉液也。趙云：博物志：凡水源有硫黄，其泉則温。水經云：驪山温水。俗云：始皇與神女戲，不以禮，神女唾之生瘡。始皇謝之，神女爲出温水而洗除。今公以其水温，故假陰火煮之以爲美。有時浴赤日，光抱空中樓。山海經：大荒之中，暘谷上有扶桑，十日所浴。又曰：有七子名曰羲和，浴日於甘泉。又曰：日拂于扶桑，出於暘谷，浴于咸池。趙云：蓋言日色出〔二〕，光照樓閣，此泉正是咸池耳。閬風入轍跡，曠原一作野。延冥搜。杜補遺：神異經曰：崑崙三角，其一角正北干星辰，名曰閬風巔；其一角正西，曰玄圃臺；其一角正東，曰崑崙宮。趙云：以言乘輿遠詣而冥搜也。自驪山而出，若將訪崑崙而遊廣原，此所以言其欲冥搜也。老子：善行無轍迹。而義則周穆王欲車轍馬迹遍天下之意。顔延年云：周御窮轍迹。此所以謂之延冥搜也。天台賦：遠寄冥搜。公詩意必言閶風者，以周穆王嘗西征至崑崙墟，見西王母也。沸一作拂。

天萬乘動，觀水百丈湫。前漢郊祀志：湫淵，祀朝那。注：水清澈可愛，不容穢濁，龍之所居。趙云：鮑明遠蕪城賦：歌吹沸天。言其聲之多也。萬乘動則所動之聲然矣。百丈湫，傳記無所明載。特長安志有冷水一條，稱在縣東三十五里，亦曰百丈水，乃與戲水相近。且引水經注曰：冷水出浮胏山，戲水出驪山鴻谷[三]。按浮胏山乃驪山之麓而有異名耳，則冷水戲水皆出驪山之下。又水經注云：冷水歷陰盤新豐兩原之間，戲水北歷戲亭。而長安志載戲亭陰盤城處有湯泉水之名。且云：貞觀中[四]，乘輿將自東門入，湯泉水岸深數丈，時水瀑漲平岸。又見物狀如猪，當土門卧，命有司致祭，其物起向北而失。時有詩乃直指爲龍所在，惜乎地志不載。百丈湫字及至尊游幸事，無所考證，今故詳載其近似者，以竢博雅君子訂之。

幽靈斯一作靈湫斯。可佳，王命官屬休。趙云：言乘輿既至湫傍，遂休官屬。休，乃百工休之休。

初聞龍用壯，擘石摧林丘。大壯：九三，小人用壯。郭緣生述征記：巨靈擘開華山。謝惠連詩：落雪洒林丘。

中夜窟宅改，移因風雨秋。趙云：龍用壯而擘石，此原爲湫之始也。窟穴改而移，又言龍所居非一處。然則湫之廣大可知矣。郭璞江賦：瑰奇之所窟宅。又天台山賦序：靈仙之所窟宅。

倒懸瑤池影，屈注滄江流。漢郊祀志：谷永云：登遐倒景，覽觀縣圃，浮遊蓬萊。如淳曰：在日月之上，反從下照，故其景倒。大人賦：貫列缺之倒景。孫綽天台賦：或倒景於重溟。張協七命云：倒景而開軒。江賦：瑰琦之所窟宅[五]。廣雅：日景在下曰倒景。趙云：言湫之深廣險激。公詩又於過驪山之下，曰「瑤池氣鬱律」者如此。舊注引倒景以證倒懸，非是。謝朓詩：結軫青郊路，迴瞰滄江流。舊本作蒼江，非是。

味如甘露漿，揮弄滑且柔。江賦：揮弄灑珠。周禮：欲其柔而滑。却參做選詩齊瑟和且柔也。翠旗淡偃蹇，雲車紛少留。九歌：靈偃蹇兮姣服〔六〕；又：蹇將憺兮壽宮。枚乘七發：旌旗偃蹇。相如：建翠華之旗。注：以翠羽爲旗上葆也。大人賦：掉指橋以偃蹇；又云，蜩蟉偃蹇。薛云：楚辭東皇太一曰：靈偃蹇兮姣服。又大司命曰：乘迴風兮載雲旗。二章屈原之所作也。趙云：淡偃蹇，則在高遠間自下觀之淡如也。神仙有五雲之車也。紛少留，則嬪嬙侍御之多矣。北征賦：曾不得乎少留。登樓賦：曾何足以少留。簫鼓蕩四溟，異香泱莽浮。漢武帝：簫鼓鳴兮發棹謳。顏延年：笳鼓震溟州。木玄虛海賦：泱漭淡濘。七啓：入乎泱漭之野。謝玄暉：晨光復泱漭。張平子：泱漭無疆。劉伶：泱漭望舒隱。趙云：選詩：雨足灑四溟。泱漭字，舊注所引皆是。泱漭，泱音烏朗切，漭音模朗切。或注云：無疆限之貌。或注云：不明之貌。漭雖與莽同音，而終非泱莽正出〔七〕。其字在上林賦言八川之流曰：過乎泱莽之野。注云：大貌。山海經所謂大荒之野也。以言水流之長遠。異香泱莽浮，則香之所浮如此，其荒遠也。蛟人獻微一作徵。綃，曾祝沉豪牛。吴都賦：泉室潛織而卷綃。注云：鮫人織輕綃於泉室以賣之。趙云：獻微綃，則以湫之深廣，宜有之矣。下句所以祭其湫也。詩：曾祝致告。百祥奔盛明，古先莫能儔〔八〕。書：作善降之百祥〔九〕。坡陁金蝦蟆，出見蓋有由。相如哀二世賦：登陂陁之長坂。趙云：「陂陁金蝦蟆」，於「百祥奔盛明」之下，則所以爲祥矣。唐五行志亦有載蝦蟆色如金者，則此金蝦蟆蓋是實事，或云驪山上有古碑載之〔一〇〕。至尊顧之笑，王母不遺一作肯〔一一〕收。大人賦：吾乃今日覩西王母，暠然白首，戴勝而穴處兮，亦幸有三足烏爲之使。趙云：王母言貴妃也。上既以湫比瑤池，則此用王母尤宜〔一二〕。復歸虛無底，化作長黃虬。一作龍與虬〔一三〕。飄飄青瑣郎〔一四〕，漢武帝説相如大人賦，飄飄有淩雲氣。初，秦漢別給事、黃門之職，後漢併爲一官，故有給事黃門侍郎，掌侍從左右，給事中使，關通中外。及諸王朝見於殿上，引王就座。日暮，入對青瑣門拜，故謂之夕郎。宮闕簿曰：青瑣門，在南宮。衛瓘注吴都賦曰：青瑣，户邊青鏤也。范雲詩有云：攝官青瑣闥〔一五〕。文采珊瑚鈎。見上送孔巢父詩注〔一六〕。浩歌渌水曲，清絶聽者愁。盧湛：俯澡緑水。馬季長笛賦：中取度於白雪緑水。注：二曲名。嵇叔夜琴賦：初涉渌水，中奏清徵。張翰弔賈生賦：敢不敬弔，寄之渌水〔一七〕。

【校勘記】

〔一〕「冰」，原作「水」，據清刻本、排印本並參文選卷十二、全晉文卷一百五木華海賦改。

〔二〕「蓋」上，據清刻本、排印本有「此」字，當是。

〔三〕「出」，原奪，據清刻本、排印本並參水經注卷十九渭水下訂補。

〔四〕「貞觀」，原作「正觀」，係避宋諱，此改。

〔五〕「江賦」，原作「海賦」，檢海賦無「瑰琦之所窟宅」句，考文選卷十二、全晉文卷一百二十郭璞江賦有此句，當是誤置，據改。

〔六〕「偃」，原作「旗」，據清刻本、排印本改。

〔七〕「莽」，清刻本、排印本作「漭」，下同。

〔八〕正文「先莫能儔」以下至本詩終，文津閣本、文瀾閣本闕。

〔九〕「書作善降之百祥」，底本與文淵閣本以及清刻本、排印本之注釋内容和詳略互異。文淵閣本作：「書：作善降之百祥。揚雄解嘲：遭盛明之世。吴都賦：古先聖代。」清刻本、排印本作：「書：作善降之百祥。班婕妤自悼賦：當日月之盛明。書：別求聞由古先哲王。晉書隱逸傳序：古先智士，體其若兹。論衡：和氣不獨在古先，則聖人何故獨優。字林：儔，侣也。」

〔一〇〕「相如哀二世賦」至「或云驪山上有古碑載之」，底本與文淵閣本以及清刻本、排印本之注釋内容和詳略互異。文淵閣本作：「相如子虛賦：罷池坡陀，下屬江河。又哀二世賦：登坡陀之長阪。匡俗正謬：坡陀者，猶言靡迤。埤雅：蝦蟆一名蟾蜍，或作詹諸。張衡靈憲：羿竊不死之藥於西王母，嫦娥得之奔月，是謂蟾蜍。陸倕漏刻銘：靈虬承注，陰蟲吐噏。李周翰曰：陰蟲，蝦蟆也。潘鴻曰：按，五行志：神龍中，渭水有蝦蟆，大如鼎，里人聚觀，數日而失，此韋后時事。坡陀金蝦蟆，蓋其類也。禄山濁亂宫闈，故有此應，可與翟泉鵝出同類並觀，故曰出見蓋有由。又載蝦蟆色如金，或云驪山上有古碑載之。」清刻本、排印本作：「聲類：坡陀，不平也。唐五行志有載蝦蟆色如金者，或云驪山上有古碑載之矣。後漢書南蠻邛都夷傳：青蛉縣禺同山有碧鷄金馬，光景時時出見。此出見二字所祖。禮記：四靈爲畜，故飲食有由。」案，「李周翰」，上引文淵閣本原作「李翰」，據新唐書卷六十藝文志載五臣注文選、卷二百二文藝中吕向傳訂補「周」字。

〔一一〕「遣」字下注云：「一作肯。」清刻本、排印本無。

〔一二〕「大人賦」至「則此用王母尤宜」，文淵閣本無；而清刻本、排印本與底本注釋内容有異，作：「爾雅疏：君者至尊之號。詩：顧我則笑。郭璞遊仙詩：靈妃顧我笑。鮑照白紵曲：千金顧笑買方年。穆天子傳：周穆王好神仙，觴西王母於瑤池之上。漢武内傳：七月七日有一青鳥集殿前。東方朔曰：此西王母欲來也。司馬相如大人賦：吾乃今日覩西王母。不遣收，本國策『不足收』句法。」

〔一三〕「一作龍與虬」五字，底本與文淵閣本以及清刻本、排印本之注釋内容和詳略互異。文淵閣本作：「趙云：按祿山事跡，帝嘗夜宴，祿山醉卧，化爲一猪而龍頭，左右遽言之，帝曰：渠猪龍耳，無能爲也。詩蓋暗指此事。」清刻本、排印本作：「晉書曹毘傳：舞黄虬于慶雲。」

〔一四〕文淵閣本「飄」下有注云：「一作飄。」它本皆無。

〔一五〕「漢武帝説相如大人賦」至「攝官青瑣闥」一百一一字，文淵閣本、文津閣本、文瀾閣本、清刻本、排印本均無。

〔一六〕「見上送孔巢父詩注」，文淵閣本無；而清刻本、排印本與底本注釋内容有異，作：「史記司馬相如傳：飄飄有淩雲氣。漢書注，青瑣者，刻爲連環文而青塗之也。漢官儀：給事黄門之職，日暮入對青瑣門拜，謂之夕郎。禮記：省其文采。宋書符瑞志：珊瑚鈎，王者恭信則見。孝經援神契：珊瑚鉤，瑞寶也。此二句推許郭給事也。」

〔一七〕「盧湛俯澡綠水」至「寄之淥水」，底本與文淵閣本以及清刻本、排印本之注釋內容和詳略互異。文淵閣本作：「末贊郭詩，結出相和之意。」清刻本、排印本作：「楚辭九歌：臨風怳兮浩歌。長笛賦：中取度于白雪淥水。陸雲書：頃日視之，實自清絕。詩：聽者藐藐。」

夜聽許十誦詩愛而有作〔一〕

許生五臺賓，業白出石壁。河北有五臺山。杜補遺：酈元水經注曰：五臺山，其山五巒巍然，故曰五臺。御覽載山經云：此山名爲紫府，仙人居之。北臺之山，冬夏常冰雪，不可居。即文殊師利鎮毒龍之所。今多佛寺，四方僧徒善信之士，多往遊焉。石壁，寺名。謝靈運有石壁精舍詩。金光經云：遠離一切諸惡等，善修無量白淨之業。佛經以善業爲白業，惡業爲黑業。趙云：言許生客居五臺，行業精白而出也。達磨嘗曰當勤白業，護持三寶也。列子載：趙襄子狩於中山，藉芿燔林，熻赫百里，有一人從石壁中出，隨煙上下也。五臺山，阿羅漢所在，謂許生爲五臺賓，因其隱迹五臺而名之，遂云出石壁，乃所以神異之也。黃魯直却變用入石壁事，自贊其畫云：「前世寒山子，後身黃魯直。頗遭俗人惱，思欲入石壁。」夫石壁之可出可入，非神異者能之乎〔二〕？

余亦師粲可，身猶縛禪寂。師粲善詩。杜正謬：璨可乃六祖僧璨及慧可禪師。璨傳法偈云：華種雖因地，從地種花生。若無人下種，花地盡無生。可傳法偈云：本來緣有地，因地種花生。本來無有種，花亦不能生。璨可二禪師乃禪中祖師，故子美云「師璨可」「縛禪寂」，非師璨善詩也。又補遺：維摩經：所生無縛，能爲衆生説法解縛，如佛所説：若自有縛，能解彼縛，無有是處；若自無縛，能解彼縛，斯有是處。是故菩薩：不應起縛。何謂縛？何謂解？貪著禪味是菩薩縛，以方便生是菩薩解。又云：以大精進，攝諸懈慢。一心禪寂，攝諸亂意。趙云：此兩句髣髴似對，大手段多如此，故蘇東坡亦有之。粲可，二人之名。禪、寂是兩字也。粲則僧粲，可則慧可。按傳燈録正與達磨世次相接。公方言與許生共學性空事，故詩語用此。許生已業白而出，吾猶縛禪空而未脱，亦自慊之辭。縛字，出佛書，蓋以對解。其語曰：貪著禪味是菩薩縛。縛禪，則不能解矣。

何階子方便，謬引爲匹敵。魏文侯師田子方也。趙云：此兩句又對。蓋言有何因階，得子垂方便之行，而以之爲匹也。洪駒父引佛經稱善巧方便，是。舊注以爲田子方，非。又玉臺新詠載，桃葉答王獻之團扇歌云：動摇郎玉手，因風托方便。應德璉詩云：伸眉路何階。梁張纘離別賦：顧龍門而掩涕，瞻郢路而何階。

離索晚相逢，包蒙欣有擊。離群索居。易九二：包蒙；上九：擊蒙。

誦詩渾遊衍，四座皆辟易。項羽傳：項羽嗔目叱赤泉侯，人馬俱驚，辟易數里。趙云：國語云：工誦詩。詩云：及爾遊衍。古詩詠香爐云：四座莫不歡。

應手看捶鉤，清心聽鳴鏑。莊子知北遊：大馬之捶鉤者，年八十矣，而不失毫芒。注：玷捶鉤之輕重，而無毫芒之差，都無懷，則物來皆應。前漢匈奴傳：冒頓作鳴鏑出獵，左右皆隨，鳴鏑而射殺頭曼。應劭曰：骹箭也[三]。左思詩：邊城苦鳴鏑。陸機：鳴鏑自相知。趙云：上句言其詩之熟也，下句言其詩之清也。此亦古人所謂好詩清熟如彈丸之意。邇時黄魯直詩云：新詩如鳴弦。蓋出於此也。莊子：輪扁斲輪有曰：得之於心而應之於手。晉書有曰：願陛下清心寡欲，約己便民。

精微穿溟涬，飛動摧霹靂。莊子在宥篇：大同乎涬溟。注：與物無際。釋文：涬，户頂反，又音幸；溟，亡頂反，自然氣也。公羊注曰：雷疾而甚者爲震。震與霆，皆謂霹靂也。趙云：溟涬者，天地初起之氣；而可穿之，言其意思深遠也。霹靂者，所以震物之聲而反摧之，言其句法神妙也。帝系譜曰：天地初起，溟涬蒙鴻。素問云：雲物飛動。北史：神武歎薛孤延之勇決，曰：延乃能與霹靂鬬。

陶

謝不枝梧，風騷共推激。陶潛謝玄暉靈運惠連之徒也。前漢項籍傳：籍即帳中斬宋義頭，諸將讋服，莫敢枝梧。如淳曰：枝，猶枝柱也。臣瓚曰：小柱爲枝，邪柱爲梧，今屋邪柱是也。陶謝，二人之姓，陶潛謝靈運也。風騷是兩字，國風與離騷也。上句言其詩凌爍之也，下句言其相追逐也〔四〕。紫燕一作鸞。自超詣，翠駮誰剪剔。爾雅：駮，如馬，倨牙食虎豹。管子曰：桓公乘馬，虎望見而伏。公問管仲：意者君乘駮馬，曰然。管仲曰：駮馬食虎豹，故疑焉〔五〕。莊子曰：治馬者，燒之剔之。杜補遺：西京雜記：漢文帝自代還，有良馬九，皆天下之駿。一名浮雲，二名赤靈〔六〕，三名絶群，四名逸驃〔七〕，五名紫燕騮，六名緑螭驄〔八〕，七名師子〔九〕，八名麟駒，九名絶塵，號爲九逸。趙云：紫鸞者，是鸞鳳之鸞。杜田以爲紫燕，誤矣。蓋公此篇雖云古詩，自首兩句而下，每每用對而句眼平側相連。若作紫燕，非止義錯而失句眼矣。何則？鸞鳳之名，雖曰色多丹者曰鳳，故每言丹鳳；色多青者曰鸞，故每言青鸞；如鳳五色而多紫者曰鸑鷟。但前人未嘗言紫鸑鷟，而杜公於北征詩曰：天吴及紫鳳，顛倒在短褐。則在鳳言紫矣。今曰紫鸞自超詣，固亦如紫鳳之稱。杜田正誤於卷首云：見歐陽家善本作燕，遂引漢文帝九馬之一曰「紫燕騮」。而蔡伯世正異亦作紫燕，如此則平側不相連。又兩句皆言馬，不亦拙乎？紫鸞用對翠駮，以兩物比之。紫鸞自超詣，言其才之遠到如鸞鳥之超騰詣至。楚辭云「鸞鳳翔於蒼雲」，則其超詣可知。公夔府詠懷詩有云「紫鸞無近遠」，亦超詣之意。君意人莫知，人間夜寥闃。趙云：寥闃者，寂靜之義。梁蕭子範直坊賦曰：何坊禁之寥闃，對長夜之蕪永。

【校勘記】

〔一〕文淵閣本題下有注，作：「王云：案，詩當是天寶十四載長安作。許十一當是居五臺學佛。」文津閣本、文瀾閣本、清刻本、排印本均無。

〔二〕注「河北有五臺山」至「非神異者能之乎」，文淵閣本與清刻本、排印本注釋内容及詳略互異。文淵閣本作：「水經注：五臺山，五巒巍然，故謂之五臺。此山名爲紫府，仙人居之。其北臺之山，即文殊師利常鎮毒龍之所。寶積經：若純黑業，得純黑報；若純白業，得純白報。又云凡五戒十善、四禪四定爲無量白浄之業，佛經以善業爲白業，惡業爲黑業。」清刻本、排印本作：「淨住子曰：白淨之業不足言煩惱。趙曰，佛經以善業爲白業，惡業爲黑業。」

〔三〕「骹」，原作「曉」，據清刻本、排印本改。

〔四〕「追逐」，文淵閣本作「逐追」。

〔五〕「故疑焉」，「疑」清刻本、排印本作「伏」，訛；「焉」文淵閣本作「馬」，訛。

〔六〕「靈」，清刻本、排印本作「電」。

〔七〕「驃」，原作「縹」，據清刻本、排印本並參初學記卷二十九録西京雜記改。

〔八〕「緑」，原作「經」，據清刻本、排印本並參初學記卷二十九録西京雜記改。

〔九〕「師子」，清刻本、排印本作「龍子」。

橋陵詩三十韻因呈縣内諸官

鮑云：開元三年六月睿宗崩，十月葬橋陵。公故有是詩。新添：上郡陽周縣橋山南有黄帝塚。開元三年葬睿宗同州奉先縣，因名橋陵。趙云：陵在蒲城縣西北二十里之豐山。唐初本屬同州，以建橋陵改爲奉先縣，仍隸京兆府。

先帝昔晏駕，兹山朝百靈。前漢志：宮車晏駕。注：天子當晨起早作，而方崩殞，故稱晏駕者。凡臣子之心，猶謂宮車晚出也。海賦：竭盤石，栖百靈。趙云：史記：王稽謂范睢曰：宮車一日晏駕。舊注引漢天文志在後矣。海賦有栖百靈。陸機作吳大帝誄有云：幽驅百靈。

崇岡擁象設，沃野開天庭。嵇叔夜琴賦：托峻岳之崇岡。蘭亭序：崇岡峻嶺。張平子西京賦：廣衍沃野，厥田上上。杜補遺：宋玉招魂：像設居室，静安間些。注：言爲君於此造設室宇，結像舊居，清静寬閒，甚可安焉。師：謝朓册文：陳象設於園寢。趙云：自此而下，凡十五韻，言山之氣象，陵之幽寂，且言王之孝思，又言地之連固也。前漢書云：秦地沃野千里。舊注引西京賦，在後矣。蜀都賦：摛藻掞天庭。

即事壯重險，論功超五丁。易：習坎，重險也。天台賦：履重險而逾坂。沈休文〔一〕：即事既多美〔二〕。蜀王本紀曰：天爲蜀生五丁力士，能徙山。秦王獻美女與蜀王，蜀王遣五丁迎女。見一大蛇入山穴中，五丁共引蛇，山崩，五丁皆化爲石矣。趙云：美其有事於此陵，功力之多也。即事，祖出列子，蓋言即就其事也。謝靈運用此兩字於詩云：即事怨睽攜。漢史云：諸將論功。

坡陁因厚地，却略羅峻屏。相如二世賦：登坡陁之長坂。趙云：古歌辭隴西行云：却略再拜跪，然後持一杯。此義雖言健婦對客恭敬謹節之貌，却略乃退身之義也。山之退而在後，其勢亦然。

雲闕虚冉冉，風松肅泠泠。天台賦：雙闕雲竦以夾路。顏延年詩：松風遵路急。離騷七諫：下泠泠而來風。蘇武詩：泠泠一何悲。

石門霜露白，玉殿莓苔青。孫綽：踐莓苔之滑石。異苑曰：天台山石有莓苔之險。杜補遺：予嘗讀唐舊史鄭絪傳，其子顥尚宣宗女萬壽公主。因壽昌節上壽回，昏然晝寢，夢至一處，宮殿邃嚴，殆非人世。與十數人納涼聯句，既悟，惟省十字云：石門霧露白，玉殿莓苔青。私怪語不祥。不數日，宣宗弓劍上僊，方悟其事，乃續其詩爲十韻。予觀顥所夢十字與子美橋陵詩中二句大同，唯以「霜」爲「霧」小異。又橋陵詩首句云「先帝昔晏駕」，則亦與上僊之意合。使顥知杜詩有此句而夢之乎？則既悟，決知其爲不祥之證，而必不續之也。蓋不知子美有此句而夢之，是神之所爲，亦不過如是也。顥所續詩，律切典雅，無媿作者，今録于此：「間歲流虹節，歸軒出禁扃。奔波逃畏景，蕭洒夢殊庭。境象非曾到，崇嚴昔未經。日斜烏斂翼，風動鶴飄翎。異苑人爭集，涼臺筆不停。石門霧露白，玉殿莓苔青。若匪災先兆，何緣思入冥。丹墀虛仗馬，華蓋負云亭。白日成千古，金縢閟九齡。小臣哀絕筆，湖上泣青萍。」趙云：禮記：霜露既濡，霜露既降。宮女曉趙作晚。知曙，祠官朝見星。趙云：上以其無事晚而後知曉也，下以其勤恪而虔於從事也。空梁簇畫戟，陰井敲銅瓶。趙云：薛道衡云：空梁落燕泥。中使日夜繼，趙作日繼夜。蔡作日相繼。蓋取其對。惟王心不寧。趙云：唐書載裴度之討淮西，先是諸道兵皆有中使監軍，進退不由主將。度至行營，並奏去之。則中使之名，自度已前有矣。周禮：惟王建國。詩：王心載寧。王心則寧。豈徒郵備享，尚謂求無形。趙云：禮記：備物之享。禮云：視於無形。孝理敦國政，神凝推道經。莊子曰：用志不分，乃凝於神。趙云：上句以言後王之孝思，下句以言先王之如在。孝理字，本是孝治，高宗諱治字，故改治爲理。瑞芝產廟柱，好鳥鳴一作巢。巖扃。肅宗延英殿御座，梁上生玉芝，一莖三花，上製靈芝詩。趙云：自是橋陵廟中柱耳。舊注引肅宗延英殿，非是。曹子建詩：好鳥鳴高枝。高岳前嵂崒，洪河左瀅濴。西都賦：右界褒斜隴首之險，帶以洪河涇渭之川。趙云：高岳，指嵩高山也。字起於崧高惟岳。洪河，指言橋陵之左，是洪河所過也。趙云：嵂崒，嵂崒則用崒字。崒音才律切。韻書注云：峰頭巉嵒也。若山在左，而卒在右，則音祚骨切，乃連崪屼云矣。瀯瀠兩字，韻書不載，惟玉篇有瀯字，以同縈字，音胡坰切；有瀠字，音烏營切，則縈字也。縈字在大清字韻中，惟榮字在小青字韻中。如此則豈洪河左瀯瀠，可讀作縈熒，而傳寫之誤耶？

金城蓄峻趾，沙苑交迴汀。班固賦：建金城之萬雉。乃鑿墉之峻趾。以益其高也。杜正謬：金城，地名也。前漢地理志：秦地於天官東井、輿鬼之分野，西有金城、武威。唐金城爲蘭州郡名。是詩以金城對沙苑，則其爲地名可知矣，非特如金城湯池，取其堅固也。金城「土酥浄如練」「金城賊咽喉」，其義同此。漢金城郡注曰：金城郡，昭帝始元六年置。應劭曰：初築城得金，故曰金城。瓚曰：稱金取其堅。師古曰：一云以郡在京師之西，故謂之金城。金，西方之行也。沙苑，隸左馮翊，見下沙苑行。趙云：沙苑於橋陵同是一州之地爲相近，而金城在橋陵之西北，相去之遠，乃言及之，豈所謂「蓄峻址」者，其山聯亘自金城來邪？蓋地理家謂之來岡者乎？左太冲魏都賦曰：藐藐標危，亭亭峻址。

永與奧區固，川原紛眇冥。西都賦：防禦之阻，則天地之奧區焉。張平子賦：寔爲地之奧區神皋。

居然赤縣立，臺榭争岧亭。張衡靈憲圖曰〔三〕：崑崙東南赤縣之州，風雨有時，寒暑有節。苟非此土，南則多暑，北則多寒，東則多陰〔四〕，故聖王不處焉。史記：鄒衍著書云：中國於天下，八十一分居其一分耳。中國名赤縣，内自有九州，禹之叙九州是也。不得爲州數。中國外，亦如赤縣州者有九，乃謂九州也。江淹詩：岧亭南樓期。西京賦：干雲霧而上達，狀亭亭以迢迢。趙云：尹文子曰：形之與名，居然别矣。今蒲城縣在魏，本屬同州。唐開元四年，以縣之豐山建睿宗橋陵，改爲奉先縣，仍隸京兆府。十七年昇爲赤。舊注引非是。世説：王丞相見衛洗馬曰：居然有羸形。晉人用居然字甚多，姑舉其一。

官屬果稱是，聲華真可聽。謂縣内諸官也。周禮：一曰天官，其屬六十。劉寬以誠長者待官屬。

王劉美竹潤，裴李春蘭馨。爾雅：東南之美者，有會稽之竹箭焉。晉江逌竹賦：有嘉生之美竹。翕幽液以潤本。趙云：説文：蘭，香草也。嵇叔夜琴賦：春蘭被其東〔五〕。

鄭氏才振古，啖侯筆不停。詩：振古如兹。注：振，自也。王劉裴李鄭啖，皆當時赤縣官也。趙云：振古者，若言其才須從古中求也。禰正平鸚鵡賦序：衡因爲賦，筆不停輟。遺辭必中律，利物常發硎。陸士衡文賦：放言遺辭，良多變矣。莊子：鳴而中律。
又：庖丁爲文惠君解牛曰：今臣之刀十九年，而所解數千牛矣，而刀刃若新發於硎。綺繡相展轉，琳琅愈一作逾。青熒。西都賦：琳珉青熒。校獵賦：玉石嶜崟，眩
耀青熒。側聞魯恭化，秉德崔瑗銘。後漢：魯恭爲中牟令，專以德化爲理，不任刑罰。後漢：「崔瑗高於文辭，尤善爲書、記、箴、銘。」所著賦、碑、箴、頌，今座右銘傳於世。趙
云：又言六君子之中爲知縣者。太史候鳧影，王喬隨鶴翎。趙云：後漢王喬者，河東人也。顯宗世，爲葉令。喬有神術，每月朔望，常自縣詣臺朝。帝怪其來數而不見車騎，密令太
史伺望之。言其臨至輒有雙鳧從東南飛來。於是候鳧至，舉羅張之，但得一雙舄焉。乃詔尚方診視，則四年中所賜尚書官屬履。此載在後漢王喬傳，然無鶴事。今却云王喬隨鶴翎，因更用周靈王太子王子喬事貼之也。周太子王子晉
亦曰王子喬。列仙傳：王子見桓良曰：告我家，七月七日待我於緱氏山頭。至時乘白鶴在山頭，望之不得。舉手謝時人，數日而去。今公以六君子之中爲知縣者，比之後漢王喬，而太史候其履鳧之影，又就後漢王喬身中比之，爲真
是周太子王喬，又乘鶴而往朝也。朝儀限霄漢，客思迴林坰。謝靈運：照灼爛霄漢。又：結念屬霄漢，孤景莫與諼[六]。謝惠連：相送越坰林。趙云：爾雅：林外謂之坰。自此
至篇終，公自述也。知縣入朝而公不得預，此所以自嘆也。轗軻辭下杜，飄颻陵濁涇。孝宣紀：尤樂杜鄠之間，率常在下杜。孟康曰：在長安南。師古曰：下杜即今之杜城。
詩：涇以渭濁。諸生舊短褐，旅泛一浮萍。婁敬曰：臣衣帛，衣帛見；衣褐，衣褐見。古詩：泛泛江漢萍，漂蕩水無根。劉靈曰：俯觀萬物擾擾焉，如水之載浮萍。王逸曰：自比
如萍隨水浮遊。趙云：短褐，使貧者衣短褐也。舊注非是。荒歲兒女瘦，暮途涕泗零。史記：伍子胥曰：吾日暮途遠，吾故倒行而逆施之。詩：涕零如雨。主人念

老馬，廨宇容秋螢。韓詩外傳：昔田子方出，見老馬於野，喟然有志，問於御者，曰：故公家畜也，罷而不爲用，故放出。田子方曰：少盡其力，而老棄其身，仁者不爲也，束帛贖之。窮士聞之，知所歸心。趙云：公多以老馬自況，又以況人之美材，取管仲言老馬之智可用而已。秋螢，乃車胤聚螢事〔七〕。豈言客於縣宇而容其讀書乎？流寓理豈愜，窮愁醉未醒。何當擺俗累，浩蕩乘滄溟。史虞卿傳贊：虞卿非窮愁，亦不能著書以自見於後世。趙云：謝靈運擬王粲詩序云：家本秦川貴公子，遭亂流寓，自傷情多也。篇終乃白鷗没浩蕩從此辭之意，不必用言水之浩蕩也。

【校勘記】

〔一〕「沈休文」，清刻本、排印本作「沈約」。案，沈約，字休文，南朝文人。

〔二〕「美」，原作「矣」，據清刻本、排印本並參梁詩卷六沈約遊鍾山詩應西陽王教改。

〔三〕「靈憲圖」，原作「慮圖」，據清刻本、排印本改。

〔四〕「東則多陰」，清刻本、排印本作：「東則多陽，西則多陰。」

〔五〕「被」，原作「波」，文瀾閣本作「披」，據清刻本、排印本並參文選卷十八、全三國文魏卷四十七改。

〔六〕「諼」，原作「謾」，據宋詩卷二謝靈運石門新營所住四面高山回溪改。

〔七〕「車胤」，文瀾閣本作「車運」，清刻本、排印本作「車允」，係避諱。

沙苑行 隷左馮翊，在長安之西。

君不見左輔白沙如白水，繚以周墻百餘里。前漢：京兆尹左馮翊右扶風，謂之三輔。潘岳關中記曰：三輔舊治長安城中。長吏在其縣治民。光武東都之後，扶風出治槐里，馮翊出治高陵。班固西都賦：西郊有上囿禁苑，繚以周墻，四百餘里。其中乃有大宛之馬。百官公卿表注：馮，輔也；翊，左也。三輔故事曰：上林連綿四百餘里。繚，力鳥切。張平子西京賦：繚垣綿聯，四百餘里矣。　趙云：沙苑，在同州，於昔爲馮翊郡，州有白水縣，以其水白名之。沙苑之沙白正如水之白，取本處事以譬之也。龍媒昔是渥洼生，汗血今稱獻於此。前漢禮樂志：天馬騋，龍之媒。元狩三年，馬生渥洼水中，作天馬歌。本紀不載。惟元鼎四年秋，馬生渥洼水中，作寶鼎天馬之歌。西域傳：宛別邑七十餘城，多善馬。馬汗血，言其先天馬子也。苑中騋牝三千匹，定之方中：騋牝三千。毛氏：馬七尺曰騋。騋馬，牝馬也。唐貞觀初，僅有牧牝三千匹，從赤岸澤徙之隴右。風俗通曰：馬一匹，俗説相馬及君子與人相匹。或曰，馬夜行，目明照前四丈，故曰一匹。或曰，度馬縱橫，適得一匹。或説馬死賣得一匹帛。或云：春秋左氏説諸侯相贈乘馬束帛，帛爲匹與馬之相匹耳。韓詩外傳：吳門馬如一匹練。豐草青青寒不死。湛湛露斯，在彼豐草。古詩：青青河畔草。漢童謠：千里草，何青青。食之豪健西域無，西域大宛國馬嗜苜蓿。用王褒謝馬啓：邊城無草。　趙云：蓋言寒時草當死，而沙苑之地宜草，雖寒時而不死也。以之食馬，則豪健焉，雖西域出馬之地，亦無此豪健也。舊注引非是。每歲攻一作收。駒冠邊鄙。周禮夏官庾人：掌十有二閑之政教，以阜馬、佚特〔一〕、教駣、攻駒。注：攻駒，乘其蹄齧者閑之。

又校人：春執駒。鄭司農云：執駒，無令近母，猶攻駒也。二歲曰駒，三歲曰駣。玄謂：執猶拘也。月令仲夏頒馬政注：教駣，攻駒之類也。王有虎臣司苑門，入門天廄皆雲屯。矯矯虎臣。西都賦：披飛廉，入苑門。西域傳：蒲梢、龍文、魚目、汗血之馬，盈於黃門。漢有閑駒、橐泉、騊駼、丞華、龍馬五監〔二〕，各有長丞。文又有未央、承華、騊駼、龍馬、輅軨、大廄，皆有令，漢苑三十六所在邊。劉表傳：雲屯冀馬。虞子陽：雲屯七萃。陸機：胡馬如雲屯。驌驦一骨獨當御，左傳定三年：唐成公如楚，有兩驌驦馬。子常欲之，不與，三年止之。唐人竊馬而獻子常，子常歸唐侯。馬融曰：驌驦，鳥也，馬似之。選：張景陽七命云：驂唐公之驌驦。杜補遺：酉陽雜俎云：驌驦，狀如燕稍大，足趾似鼠，未常見下地，常止林中。及飛舉則上凌青霄。出涼州。馬名驌驦者，言其如驌驦之飛舉也。又禽經曰白鳳〔三〕。曰驌驦，見第九「威遲白鳳態」補遺。春秋二時歸至尊。魯莊公新作延廄，凡馬日中出入。注：中分也。春分出之，秋分內之。趙云：虎臣所掌之馬雖多，而其中唯驌驦一種之骨充御，故一年之中，春秋兩次進之。舊注引非是。至尊內外馬盈億，伏櫪在坰空大存。開元初，牧馬二十四萬匹。十三年，加至四十五萬匹。魏武：老驥伏櫪。魯頌：在坰之野。趙云：言櫪中坰外空大存之而不如驌驦之貴也。逸群絕足信殊傑，顏延年賦：伊逸倫之妙足。又：別輩越群。蜀志關羽傳：馬超未及髯之絕倫逸群也。魏文帝書曰：中國雖饒馬，其知名絕足亦少。曹毗馳射賦：何逸群之奇駿也？倜儻權奇難具論。禮樂志：倜儻精權奇〔四〕。顏延年賦：雄志倜儻，精權奇。趙云：謝靈運入彭蠡湖口詩：風潮難具論。纍塠阜藏奔突，往往坡陁縱超越。列仙傳：蘇耽騎鹿，遇險絕處能超越。語人曰龍也。謝靈運詩：險舟有超越。趙云：蓋言沙苑之地，高者塠阜則馬之奔突可藏，稍峻處坡陁，則馬乃能超越之，以馬適性且材健也。角壯翻同麋鹿遊，浮深簸蕩黿鼉窟。顏延年賦：分馳迴場，角壯永埒。韓子曰：如耳說衛嗣君。公曰：夫馬似鹿者價千金。然世有百金之馬，而無一金之鹿何也？馬爲人用而鹿不爲人用。孟子曰：與鹿豕遊。伍員曰：見麋鹿遊姑蘇臺。龐公傳：黿鼉穴於深淵之下。木玄虛海賦：或屑没於黿鼉之穴。趙云：言馬之角鬬，其壯可與麋鹿並其能，以麋鹿善走險故也。言馬浴時浮於深處，直至搖動黿鼉穴。又因以見其多也。舊注引非是。

泉出巨魚長比人，丹砂作尾黄金鱗。豈知異物同精氣，雖未成龍亦有神。夏官馬質：禁原蠶者。注：原，再也。天文辰爲馬。蠶書：蠶爲龍精，月直大火，則浴其種，是蠶與馬同氣。物莫能兩大，禁再蠶者爲傷馬歟？顔延年賦：稟靈月駟，祖雲螭也。趙云：書：不貴異物。易：精氣爲物。龍或魚所化，或馬所爲，故異物同精氣也。句接浮深之下，則沙苑之側有水，正馬之浴處，而水中有是魚也。舊注乃引禁原蠶事，非是。惜乎圖志不載，幸於公詩見之〔五〕。

【校勘記】

〔一〕「佚」，原作「伏」，據清刻本、排印本改。

〔二〕「五監」上，原奪「龍馬」，據清刻本、排印本並參漢書卷十九上百官公卿表第七上訂補。

〔三〕「白鳳」上，文淵閣本有「似」字。

〔四〕「禮樂志」三句，清刻本、排印本作：「天馬歌：志俶儻，精權奇。」

〔五〕「見」，原作「是」，據文淵閣本、文瀾閣本、清刻本、排印本改。

驄馬行 太常梁卿敕賜馬也。李鄧公愛而有之，命甫製詩。趙云：竊嘗論此一篇之大意：馬乃太常梁卿所受賜於君者也。君賜之物，不可以取，亦不可以予。李鄧公者，乃愛而有之，則其取之非是，故公詩首托之以鄧公馬癖而已。且曰「夙昔傳聞思一見」，則其欲之也舊矣。又曰「卿家舊賜公能取」，則見鄧公以勢位取之，而梁卿不能保君賜之舊物矣。又曰：「豈有四蹄疾於鳥」至「肯使騏驎地上行」六句，其意以言馬之神駿如此，亦非人臣得而有之，當爲至尊之御，且以言卿受賜於君，公能取之而不能拒。公既奪賜於卿家，宜必爲君王之詔復取之矣。嗚呼！取非其有謂之盜，公之詩微文婉義而寓箴規之意。彼爲鄧公者，能不知耻乎？

鄧公馬癖人共知，初得花驄大宛種。 晉時王濟解相馬，又甚愛之，而和嶠頗聚斂。預常稱濟有馬癖，嶠有錢癖。西域傳：大宛國多善馬。嶠山上有馬不可得，因取五色牝馬置其下，與集生駒，號天馬子。**夙昔傳聞思一見，牽來左右神皆竦。** 新添：南史：蕭摩訶：千聞不如一見[一]。**雄姿逸態何崷崪，顧影驕嘶自矜寵。** 顔延年賦：弭雄姿以奉引。西都賦[二]：嵒峻崷崒。傅玄鷹賦：雄姿邈世，逸氣橫生。趙云：雄姿逸態，昔之言鷹與馬者，皆用此字。惟其雄逸，故可使矣。崒，音祚骨切。在人有顧影自憐者矣，在馬亦宜然，故於「自矜寵」使「顧影」字也。**隅目青熒夾鏡懸，肉駿碨磊連錢動。** 顔延年賦：徒觀其附筋樹骨，垂梢植髮，雙瞳夾鏡，兩權協月。又：睨影高鳴，將超中折。西都賦：琳珉青熒。爾雅：青驪驎驒。今連錢驄也。梁元帝紫騮馬詩：金絡飾連錢。杜補遺：張平子西京賦云：青駭摯於韝下，韓盧噬於緤末。猛毅髬髵，隅目高匡。威攝兕虎，莫之敢伉。注：隅目謂目有角也。肉駿，當作肉騣。東坡有説云：余在岐下，見秦州進一馬，騣如牛項，垂胡側立，顛倒毛生肉端。蕃人云：此肉騣馬也。乃知鄧公驄馬行「肉駿碨磊連錢動」，當作「肉騣」是也。然唐開元二十九年三月，滑州刺史李邕獻馬肉騣麟臆，已載於唐史矣，先生豈偶不憶邪？連錢正是驄馬之文。爾雅：青驪驎驒。而郭璞注曰：色有深淺，班駮隱粼，今之連錢驄也。傅緯天馬引云：驄馬表連錢。朝來久試華軒下，未覺千金滿高價。韓子：馬似鹿者直千金。又：漢使壯士持千金請宛善馬[三]。潘岳：珥筆華軒。王景玄：長想馮華軒。江淹：許史乘華軒。赤汗微生白雪毛，銀鞍却覆香羅帕。漢書：霑赤汗。東觀漢記曰，漢武帝歌天馬霑赤汗，今親見其然。血從前髆上小孔中出。陳相孫登詩：落淚洒銀鞍。徐敬業：汗馬躍銀鞍。周弘正詩：銀鞍耀紫韁。卿家舊賜公能取，一作有之。天廄真龍此其亞。周禮：凡馬八尺以上爲龍。禮記：孟春之月，天子乘蒼龍。趙云：天廄真龍，則天子所御之馬也。真龍之亞，自非天子所賜，人臣豈亦得而有之哉！唯天子之賜而後太常梁卿得之。今云卿家舊賜公能取，蓋非以勢迫之則以利誘之，以百計中之矣。此其所以謂能取乎？晝洗須騰涇渭深，朝趨可刷幽并夜。顏延年賦：簡偉塞門，獻狀絳闕。旦刷幽燕，晝秣荆越。趙云：大率言其行之疾也。吾聞良驥老始成，此馬數年人更驚。豈有四蹄疾於鳥，不與八駿俱先鳴。晉曹毗馬射：逸羽不能企其足。顏延年云：天馬狀水軼鶩鳧。七命曰：駕紅陽之飛燕，驂唐公之驌驦。注：鳥也。穆天子傳曰[四]：天子之八駿。趙云：馬得齒歲而後驄，故曰數年人更驚。言八駿，所以引下句將下詔取之，爲天子之御矣。時俗造次那得致，雲霧晦冥方降精。春秋考異記曰：地生月精爲馬。月數十二月而生[五]。趙云：馬既神龍之種，雲霧晦冥爲不足怪，于馬言降精，瑞應圖曰：龍馬者，河水之精。近聞下詔喧都邑，肯使騏驎地上行。

【校勘記】

〔一〕「南史」，原作「南子」，訛。檢「千聞不如一見」句，見于南史卷六十七，據清刻本、排印本並參黄氏補注卷二此詩注以及南史改。

〔二〕「西都賦」，「賦」字原奪，據清刻本、排印本訂補。

〔三〕「持」，文淵閣本、文津閣本、文瀾閣本、清刻本、排印本作「賦」，訛。

〔四〕「穆天子傳」，「傳」之上原衍「之」字，據清刻本、排印本並參晉書卷七十二郭璞傳、隋書卷三十三經籍志删。

〔五〕「月數」，清刻本、排印本作「故馬」。

去矣行

鮑云：天寶十四年，公在率府，數上賦頌，不蒙采録，欲辭職，遂作去矣行。趙云：鳥乃去矣。此詩有高舉遠引之意，故取去矣爲名。

君不見鞲上鷹，一飽則飛掣。鮑明遠：昔如鞲上鷹，今似檻中猿。晉孫楚鷹賦：鞲青骹戲田疇。史滑稽傳注：鞲，臂捍也。餘見上送高適詩注。隋煬帝鷹詩：雖蒙鞲上榮，無復凌雲志。焉能作堂上燕，銜泥附炎熱。古詩：翩翩堂前燕，冬藏夏來見。古詩：思爲雙飛燕，銜泥巢君屋。傅玄陽春賦云：燕銜泥於廣庭。湛方生懷春賦云：燕銜泥而來往。趙云：如鷹之飽而飛，不學燕之戀而附。此乃賢人義士不阿附於權貴之門也。野人曠蕩無靦顔，豈可久在王侯間。論語曰：野人也。趙云：左氏：野人予之塊。西京賦云：上平衍而曠蕩。漢書云：曠蕩之恩。今公言其懷抱之閑曠也。沈休文奏彈王原云：明目腆顔，曾無媿畏。詩云：有靦面目。有靦顔，則能忍慙者；能忍慙，則局促佞媚無所不至。如是而可曳裾王侯之間，蓋必如谷子雲筆扎樓君卿唇舌而並游五侯者矣。野人曠蕩而不能忍慙，宜其捨王侯而去矣。未試囊中飡玉法，明朝且入藍田山。周禮天官玉府：王齊，則供食玉。注：玉，陽精之純者，食之以禦水氣。鄭司農云：王齊，當食玉屑。列仙傳：赤松子者，神農時雨師。服水玉以教神農，能入火自燒。前漢地理志：藍田山出美玉，在長安。木玄虛海賦：神仙縹緲，餐玉清崖。北齊李預居長安，羨古人餐玉之法，乃採訪藍田，躬往攻掘，得環璧雜器百餘枚，日服食之。

自京赴奉先縣詠懷五百字

天寶十四載十一月初作。奉先，屬京兆郡，緣皇家陵寢，武后分置醴泉縣。

杜陵有布衣，老大意轉拙。杜陵，見上醉時歌注。老大，見送高適詩注。許身一何愚，竊比稷與契。孔子：竊比於我老彭。坡嘗云：子美自許稷與契，人未必許也。然其詩云：舜舉十六相，身尊道何高。秦時用商鞅，法令如牛毛。此是稷契輩口中語也。趙云：古樂府羅敷行云：使君一何愚。嘗謂東坡議論至此，而後能見古人之心。見古人之心，而後能説詩也。今杜公此篇，自杜陵有布衣至浩歌彌激烈六韻，則以雖抱濟世之才，而無稷契之位，故不免於浩歎也。居然成濩落，白首甘契闊。莊子：瓠落無所容。釋文：户郭反，猶廓落也。擊鼓詩：死生契闊，與子成説。毛氏曰：契闊，勤苦也。陸機：契闊踰三年。趙云：文子云：形之與名，居然別矣。蓋棺事則已，此志常覬豁。新添：劉毅云：丈夫兒蹤跡不可尋常便混群小中，蓋棺事方定矣。趙云：變韓詩外傳所載孔子云學而不已，闔棺乃止之語也。窮年憂黎元，嘆息腸一作腹。内熱。荀子：窮年卒歲。賈誼曰：百姓黎元輯於下。孟子：不得於君則熱中。謝靈運詩：窮年迫憂患。趙云：莊子：我其内熱歟。取笑同學翁，浩歌彌激烈。蘇武：長歌正激烈，中心愴以摧。

非無江海志，蕭灑送日月。沈休文：纓珮空爲累，江海事多違。莊子：身居江海之上。江淹：江海從遭迴。趙云：莊子曰：就藪澤，處閒曠，釣魚閒處，無爲而已矣。此江海之士，避世之人，閒暇者之所好也，可以見江海志之義矣。梁吴均詠鶴詩云：懷恩未忍去，非無江海心。生逢堯舜一作爲。君，不忍便永訣。江淹賦：誰能寫永訣之情者乎？堯舜君事見孟子。當今廊廟具，構厦豈云缺。叔孫通贊：廊廟之材，非一木之枝。潘安仁：器非廊廟姿。趙云：潘尼詩：廣厦構衆材。葵藿傾太陽，

物性固莫一作難。奪。曹植求通親親表：若葵藿之傾太陽，雖不爲回光，然向之者誠也。臣竊自比葵藿，若垂三光之明，寔在陛下。陸機園葵詩：朝榮東北傾，夕穎西南晞。梁劉孝綽詠日詩：園葵一何幸，傾葉奉離光。顧惟螻蟻輩，但自求其穴。胡爲慕大鯨，輒擬偃溟渤。木玄虛海賦：其魚則横海之鯨，突兀孤遊，戞巖嶅，偃高濤。趙云：韓非子曰：千丈之堤，以螻蟻之穴潰。螻蟻輩，以言不安分之人，此指言藩鎮敢自彊大之徒，公直眇之如螻蟻，謂其當自止，各求穴以安耳，而彼何爲必欲慕學大鯨之處大海乎？博物志云：鯨魚大者數千里，小者猶數十丈。博物志曰：東海之别有渤澥，故東海共稱渤海。十洲記曰：東海之别，又有溟海。而合用溟渤兩字，則鮑明遠詩有云：穿池類溟渤。以兹悟生理，獨耻事干謁。

兀兀遂至今，忍爲塵埃没。終愧巢與由，未能易其節。沉飲聊自遣，放歌頗愁絶。顔延年詠劉參軍詩：韜精日沈飲，誰知非荒宴。趙云：干謁貴人，不過有所利爾。既惡如螻蟻輩之止求穴以安，而敢欲慕學大鯨之處大海，則耻事干謁矣。既不干謁以自顯，則甘心於塵土之汩没矣。巢，巢父也。由，許由也。嵇康高士傳曰：巢父，堯時隱人。年老，以樹爲巢而寢其上，故人號爲巢父。堯之讓許由也，由以告巢父。父曰：汝何不隱汝形？非吾友也！許由悵然不自得，乃遇清泠之水洗其耳，拭其目，曰：向者聞言，負吾友。遂去，終身不相見。公之意，以爲在塵土之間，空自汩没，既媿巢與由矣，然未能變易其節，脱然引去，於是沉飲放歌而已。

歲暮百草零，疾風高岡裂。張平子賦：孟冬作陰，寒風肅殺。冰霜慘裂，百卉具零。長門賦：天飄飄而疾風。李陵書：邊土慘裂[一]。阮籍詩：寒風振山岡。趙云：阮嗣宗詠懷云：凝霜被野草，歲暮亦云已。顔延年：歲暮臨空房。天衢陰峥嶸，客子中夜發。易：何天之衢，亨。鮑明遠舞鶴賦：歲峥嶸而催暮。江淹詩：客子淚已零。王粲詩：客子多悲傷，淚下不可收。魏文帝詩：客子常畏人。霜嚴衣帶斷，指直不得結。凌晨過驪山，御榻在嵽嵲。西京賦：托喬基於山岡，直嵽霓以高居。驪山温湯，秦始皇、漢武帝故事載博物志云。趙云：指言明皇御幸之榻也。嵽嵲，小而不安貌。

蚩尤塞寒空，蹴踏崖谷滑。黄帝殺蚩尤於涿鹿。又星名。趙云：蚩尤，前導之旗也。塞寒空而蹴踏崖谷，言其多也。維摩詰經：譬如龍象蹴踏，非驢所堪。瑶池氣鬱律，羽林相摩戛。瑶池事，見上登慈恩寺塔詩。漢宣帝紀：羽林孤兒。注：天有羽林大將軍之星。林，喻若林木之盛；羽，若羽翼鷙擊之意，以名武焉。張平子西京賦：隱轔鬱律。江賦：氣滃勃以霧杳，時鬱律其如煙。沈約詩：鬱律構丹巘。趙云：瑶池，以比温湯也。羽林，扈駕之軍也。其所樹之如林，故言相摩戛。

君臣一云聖君。留懽娛，樂動殷樛

嶱。一作膠葛。晉張景陽詩：昔在西京時，朝野多歡娛。沈休文詩：秦皇御宇宙，漢帝恢武功。歡娛人事盡，情性猶未充。謝靈運：副君命飲讌，歡娛寫懷抱。江淹：太平多歡娛。杜補遺云：當作膠葛。相如子虛賦：張樂乎膠葛之寓。注：曠遠深貌。則膠葛誤爲樛嶱明矣。趙云：殷，讀從殷其雷之殷。樂聲之喧殷，聞於温湯與山嶱也。嶱，音苦葛切，釋者曰山也。言温湯與山嶱，於義甚明，且接下句賜浴爲貫也。

賜浴皆長纓，與宴一作讌。非短褐。江淹詩：朱紱咸髦士，長纓皆俊人。陸機詩：輕劍排擊厲，長纓麗且鮮。趙云：班彪辨命論：思有短褐之襲。注：毳衣也。

彤庭所分帛，本自寒女出。謝玄暉直中書省詩：彤庭赫弘敞[二]。謂禁中庭多赤色。郭泰機詩：皎皎白素絲，織爲寒女衣。寒女雖妙巧，不得秉杼機。趙皇后傳：庭中彤朱而殿上髹漆。西都賦：玉階彤庭。西京賦：彤庭輝輝。趙云：彤庭者，天子之庭，以丹飾之也。

鞭撻一作華。其夫家，聚斂貢城闕。聖人筐篚恩，實一作願。欲邦國活。語：求也爲之聚斂而附益之。鹿鳴，又實幣帛筐篚，以將其厚意。南史：王廣之子珍國，字德重，爲南淮太守，郡境苦飢，乃發粟散財以振窮乏。高帝手敕云：卿愛人活國，甚副吾意。杜補遺云：孫楚與孫皓書曰：愛民活國，道家所尚。

臣如忽至理，君豈棄此物。多士盈朝廷，仁者宜戰慄。詩：濟濟多士。又：發言盈庭。語：使民戰栗。趙云：又以申戒之。當思君王賜子之幣帛，出於寒女之夫。鞭韃所貢，宜戰慄而求活國之事，然後爲仁也。

況聞内金盤，盡在衛霍室。内金盤，上方器用也。衛霍室，勳臣家也。郭況，后弟，賞賜金錢縑帛，豐盛無比，京師號況家爲金穴。趙云：内金盤，猶今言内家合子耳。衛青、霍去病，皆以后戚而貴，以比楊國忠輩矣。

中堂舞神仙，煙霧散玉質。江淹：願作秦王女，乘鸞向煙霧。舞鶴賦：煙交霧凝，若無毛質。趙云：西京賦：促中堂之密坐。其後謝宣遠云：中堂起絲桐。

煖客一云煖蒙。貂鼠裘，

悲管逐清瑟。說文：貂，鼠也，而文黃出丁零國。魏書曰：鮮卑有貂鼠子，皮毛柔軟，故天下爲裘。廣志曰：貂出扶餘、挹婁也。勸客駝蹄羹，霜橙壓香橘。杜補遺：魏王花木志曰：蜀土有給客橙，似橘而非，若柚而香，冬夏華實相繼，通歲食之，亦名蘆橘。舊說小者爲橘，大者爲柚。又云：柚似橙而實酸，大於橘。孔安國注尚書、郭景純注爾雅皆如此。趙云：舞神仙、貂鼠裘、駝蹄羹、霜橙、香橘，皆富貴家事也。朱門酒肉臭，路有凍死骨。孟子：庖有肥肉，廐有肥馬，民有飢色，野有餓殍。又曰：狗彘食人食而不知檢，塗有餓殍而不知發。世說：劉尹問竺法深曰：道人何得遊朱門？趙云：朱門，祖出東方朔傳，而郭璞遊仙詩：朱門何足榮，未若托蓬萊。榮枯咫尺異，惆悵難再述。趙云：公言其與上之富貴者，一榮一枯，才咫尺之間耳，此所以惆悵也。或云，如上言朱門者，是之謂榮；言凍死者，是之謂枯。公閔其咫尺之間有異，故惆悵之焉。然謂之難再述，則在其身自言，方有意義。北轅就涇渭，官渡又改轍。官渡，地名，曹操、袁紹相持之處。涇渭，見首篇注。趙云：今公自京赴奉先縣，必自東而折北，故於此言北轅矣。官渡，則涇渭二河，官所置渡也。群冰從西下，極目高崒兀。疑是崆峒來，恐觸天柱折。列子湯問：共工氏與顓頊争爲帝，怒而觸不周之山，折天柱，絕地維，故天傾西北，日月星辰就焉；地不滿東南，故百川水潦歸焉。史記：黃帝西至乎崆峒。韋昭曰：在隴右。趙云：言群冰之下，其高崒兀，於此爲雄拔之句，直比爲崆峒山之流來，將觸折天柱，重言積冰之多也。樂史寰宇記云：禹跡之內，名崆峒者三：其一在臨洮，其一在安定，而莊子述黃帝問道崆峒，今此主安定崆峒言之。按唐志涇州安定郡，而於保定縣之下載有崆峒山。北轅就涇渭，則因經度涇渭，見冰之崢嶸，其狀如崆峒山之流來。崆峒固不能來，而山蓋有飛走移徙，則有來之理矣。既以冰爲崆峒山之來，則又可寓言其觸天柱矣。此詩人張大之勢也。河梁幸未拆，枝撐聲窸窣。行旅相攀援，川廣不一作且。可越。趙云：古詩：攜手上河梁。詩：漢之廣矣，不可泳思。老妻既異縣，十口隔風雪。古樂府：他鄉各異縣，展轉不相見。誰能久不顧，庶往共飢渴。入門聞號咷，幼子飢已卒。易同人：先號咷而後笑。吾寧捨一哀，里巷亦嗚咽。所愧爲人父，無食致夭折。豈知秋未一作禾。登，貧窶有倉卒。詩：終窶且貧。趙云：此六韻蓋叙還家所遭之故，念生理之艱也。生常免租稅，名不隸征伐。撫迹猶一作獨。酸辛，平人固騷屑。劉越石：備辛酸之苦。阮籍：感慨懷辛酸。默思失業途，一作徒。因念遠戍卒。趙云：此三韻推己念物之懷也。憂端齊一作際。終南，澒洞不可掇。魏武帝：明明如月〔三〕，何時可掇。趙云：此與詩人「憂心如惔」何以異？終南者，山名。憂與之齊，則憂之積而高大如此。澒，音胡孔切，出淮南子曰：未有天地之時，鴻濛澒洞，莫知其門。

【校勘記】

〔一〕「李陵書邊土慘裂」，「書」原作「詩」，「土」原作「上」，訛，據清刻本、排印本並參全漢文卷二十八李陵重報蘇武書改。

〔二〕「弘」，原作「引」，清刻本、排印本作「宏」，係避諱，此改。

〔三〕「明明如月」，原作「明月明月」，據文選卷二十七、魏詩卷一魏武帝短歌行改。

白水縣崔少府十九翁高齋三十韻

天寶十五載五月作[一]。白水屬馮翊郡同州。秦文公分清水爲白水，即此。漢彭衙縣，又名粟。鮑云：公在奉先，以舅崔公爲白水縣尉，故適白水，有是詩。趙云：謝玄暉在宣城日，有郡内高齋閑坐答吕法曹詩一首，則高齋兩字起於此，故公取以名題。

客從南縣來，浩蕩無與適。古詩：客從遠方來。趙云：浩蕩，悠遠不定止之貌，如浩蕩乘滄溟之義。旅食白日長，況當朱炎赫。唐書：朱克融輩，皆旅食長安。趙云：魏文帝與吳質書有：旅食南館。梁元帝纂要：夏曰朱夏、炎夏。高齋坐林杪，信宿遊衍閒。再宿曰信。左傳。趙云：信宿遊衍閒，言於高齋已再宿矣，而未嘗得遊歷也。清晨陪躋攀，傲睨俯峭壁。海賦：冰夷倚浪以傲睨。趙云：曹子建贈白馬王彪云：清晨發皇邑。崇岡相枕帶，曠野懷一作回。咫尺。嵇康賦：托峻岳之崇岡。趙云：詩：率彼曠野。言野雖曠遠而懷之若咫尺也。始知賢主人，贈此遣愁寂。危階根青冥，曾冰生淅瀝。招魂：增冰峩峩，飛雪千里。謝惠連雪賦：霰淅瀝而先集，雪紛糅而遂多。上有無心雲，下有欲落石。陶潛歸去來：雲無心而出岫。泉聲聞復息，動靜隨所激。鳥呼藏其身，有似懼彈射。隋長孫晟善彈射。吏隱適一作通。情性，茲焉其窟宅。王喬、梅福，皆吏隱也。海賦：瑰奇之所窟宅。天台賦：靈仙之所窟宅。趙云：汝南先賢傳：鄭欽吏隱于蟻陂之陽。白水見舅氏，諸公乃僊伯。左傳：晉文公謂子犯曰：所不與舅氏同心者，有如白水。薛云：子美近體詩有白水明府舅氏宅喜雨詩得過字，即白水地名，非晉文公所謂白水明矣。趙云：

詩：我見舅氏。既見舅氏，又相遇諸公，皆仙伯也。此因上句吏隱引起此語。

杖藜長松陰，作尉窮谷僻。天台賦：蔭落落之長松。趙云：梅福作尉，人謂之仙尉。劉琨詩：繫馬長松下。

爲我炊雕胡，逍遥展良覿。西京雜記：太液池邊皆雕胡、紫籜、緑節之類。菰之有米者，長安人謂爲雕胡。謝靈運：搔首訪行人，引領冀良覿。趙云：雕胡，菰米也，爲飯極滑。宋玉諷賦曰：主人之女，爲臣炊雕胡之飯，露葵之羹，求勸臣食也。

坐久風頗愁，晚來山更碧。相對十丈蛟，欻翻盤渦拆。海賦：盤渦谷轉。

何得空裏雷，殷殷尋地脉。詩：隱其雷。長門賦：雷隱隱而響起。趙云：忽聞雷聲，不知起於何處，故怪之。於此辨其殷殷之聲，而尋地脉所在，此亦詩人在南山之陽、南山之側、南山之下之理。蒙恬傳：城塹萬餘里，此其中不能無絶地脉哉！

煙氛一作氣。藹嵓一本嵒。崒，魍魎森慘戚。趙云：煙氛，山之氣；嵓崒，山之狀；魍魎，山中之物。左傳云：入山，不逢不若，魑魅魍魎，莫能逢旃。藹嵓崒，以煙氛之氣所冒，藹藹然也。森慘戚，以在煙氛之間，聞雷聲而然也。森，以言其多矣。崒，音才律切。

崑崙崆峒顛，迴首如不隔。崑崙、崆峒二山，並見上注。

前軒頹反照，巉絶華岳赤。趙云：爾雅曰：落光反照於東，謂之反景。劍閣銘云：太行玄門，豈云巉絶。

兵氣漲林巒，川光雜鋒鏑。知是相公軍，鐵馬雲霧一作煙。積。趙云：相公，指言哥舒翰。題下本注云：天寶十五載五月作，乃哥舒翰守潼關時。按翰傳：天寶十四載，禄山反。帝召翰，拜太子先鋒兵馬元帥，守潼關。明年進拜尚書左僕射，同中書門下平章事，故云相公軍也。

玉觴淡無味，胡羯豈强敵。長歌激屋梁，淚下流衽席。蘇武詩：長歌正激烈。趙云：黄香天子頌曰：獻萬年之玉觴。黄庭内景經：淡然無味。言至尊旰食，雖御酒而無味。然有相公之軍，胡羯亦不足敵。詩人念王之憂而寬之之語也。宋玉神女賦：日朝出照屋梁。**人生半哀樂，天地有順逆。慨彼萬國夫，休明備征狄。**一作敵。**猛將紛塡委，廟謀畜長策。**後漢光武贊：明明廟謨。前漢匈奴傳：制百蠻之長策。李陵書：猛將如雲。劉公幹：職事相塡委。趙云：言祿山之禍，起於不測。方天下休明之際，而乃備征狄也。左傳：王孫滿云：德之休明。賈誼：振長策而馭宇內。舊注引匈奴傳，在後矣。**東郊何時開，帶甲且未釋。**書：周公既沒，命君陳分正東郊成周，作君陳。曰：命汝尹茲東郊。又：命畢公保釐東郊。又：徐夷並興，東郊不開。史：帶甲百萬。趙云：東郊，指言潼關，以其在長安之東，故曰東郊。**欲告清宴罷，難拒幽明迫。**易繫：知幽明之故。師：晉天文志曰：晝夜以昏明爲限。言樂亦不可終極，晝夜相推，何由相却也。趙云：幽明迫，所未深解。豈言夜已盡，而曉逼之耶？此亦東坡所謂未必全好者矣。**三嘆酒食傍，何由似平昔。**古樂府：一彈再三嘆。新添：左傳：魏獻子將受梗陽人賂。饋入，召閻沒、女寬。比置三嘆。魏子曰：唯食亡憂，三嘆何也？曰：或賜二小人酒，不夕食。饋之始至，恐其不足是以嘆。中置，自咎曰：豈將軍食之，而有不足？是以再嘆。及饋之畢，願以小人之腹爲君子之心屬饜而已。獻子辭梗陽人。趙云：借用閻沒、女寬當饋而三嘆。今公所歎，歎其不若往日太平之時也。

【校勘記】

〔一〕「月」，原作「日」，據清刻本、排印本並參句下所引趙注「十五載五月」改。

三川觀水漲二十韻 天寶十五年七月中避寇時作。

師云：寰宇記：三川謂華池、黑源[一]、洛水，同會爲三川。又：三川縣，本漢翟道縣[二]，後魏改爲三川縣，取古三川郡爲名。　趙云：此篇即事體物之詩，句法雄渾，讀之者見漲川之足駭矣。作當辟寇時，故有「反懼江海覆」與「何時通舟車」之句，又憂及中林士也。

我經華原來，不復見平陸。北上唯土山，連天走窮谷。趙云：選詩：夕陰曖平陸。又：飛鞚越平陸。左傳云：深山窮谷也。火雲無時出，飛電常在目。一云出無時。自多窮岫雨，行潦相豗蹙。海賦：磊匒匌而相豗。趙云：夏雲謂之火雲，出隋盧思道納涼賦云：陽風澳其長扇，火雲赫而四舉。蓊匌川氣黃，群流會空曲。清晨望高浪，忽謂陰崖踣。郭璞詩：高浪駕蓬萊。　趙云：蓊匌，則氣之蓊鬱匌匝之貌。鮑照芙蓉賦：繞金渠之空曲。大抵空虛曲折處耳。曹子建贈白馬王彪云：清晨發皇邑。郭璞詩：高浪駕蓬萊。馬季長長笛賦云：惟籦籠之奇生兮，于終南之陰崖。恐泥竄蛟龍，登危聚麏鹿。枯查卷拔樹，礧磈共充塞。聲吹鬼神下，勢閱人代速。趙云：恐泥，出論語。江賦：狐獲登危而雍容。查，音鋤加切，水中浮木也。字書：礧磈，石也。吹鬼神下，言其聲之吼。勢閱人代速，言其流之疾。不有萬穴歸，何以尊四瀆。海賦：江河既道，萬穴俱流。　薛云：爾雅：江河淮濟是爲四瀆者，發源而注海者也。　趙云：公之詩作於亂離之中，意在衆所歸往以尊王也。及觀泉源漲，反懼江海覆。漂沙圻岸去，漱壑松柏禿。海賦：飄沙礐石。蕩颾，島濱。又，漱壑生浦[三]。選：沈液漱陳根。乘凌破山門，迴斡裂地軸。春秋括地象云：地有三千六百軸。海賦：狀如天輪膠戾而激轉。又：似地軸挺拔而争迴。杜補遺：博物志云：地示之位起形於崑崙，高萬一千里，神物之所生，聖人仙人之所集。崑崙之東北，地轉下三千六百里，有八玄幽都，方二十餘萬里。下有四柱，廣十萬里，地有三千六百軸，互相牽制也。抱朴子云：地有三千六百軸，名山大川，孔穴相通。趙云：圻岸去，謝靈運：圻岸屢崩奔。謝惠連詠牛女詩：傾河易回斡。而梁簡文帝晚春賦云：嗟時序之回斡。交洛赴洪河，及關豈信宿。應沉數州没，如聽萬室哭。穢濁殊未清，風濤怒猶蓄。江賦：滈汗六州之域。海賦：於是鼓怒，溢浪楊浮。江賦：乃鼓怒而作濤。何時通舟車，陰氣不黲黷。浮生有蕩汩，吾道正羈束。趙云：以川漲泛濫，故舟車不通。今句之義，問何時得水落而舟車可通耳，陰氣開朗而不黲黷以爲雨也。鮑照云：浮生旅昭代。孔子云：吾道其非邪？蕩汩，汩有兩音：一音古忽切，治也，又汩没也；一音越律切，水流也。選有瀄汩，又有減汩。今言水之蕩汩，當從越律之音。人寰難容身，石壁滑側足。雲雷此不已，艱險路更跼。普天無川梁，欲濟願水縮。魏文帝雜詩：欲濟河無梁。謝玄暉：江漢限無梁。陸機詩：怨彼河無梁、引領望大川。趙云：普天無梁，欲濟願水縮，此使魏文帝欲濟河無梁一句中字也。師云：言讖執政也。因悲中林士，未脱衆魚腹。詩：肅肅兔罝，施于中林。王康琚反招隱：今雖盛明世，能無中林士。屈原答漁父云：寧赴湘流，葬於江漁腹中。舉頭向蒼天，安得騎鴻鵠。趙云：亦如陸士衡擬西北有高樓云：思駕歸鴻羽。

【校勘記】

〔一〕「黑源」，原作「黑浪」，據清刻本、排印本並參太平寰宇記卷三十四改。

〔二〕「翟道縣」，原作「雀道縣」，據清刻本、排印本並參太平寰宇記卷三十四改。

〔三〕「漱壑生浦」，檢文選卷十二、全晉文卷一百二十作郭璞江賦詩。

大雲寺贊公房四首 二首在別卷。

趙云：長安大雲經寺在懷遠坊之東南隅，本名光明寺。武后時以沙門宣政進大雲經，經中有玉女之符，因改名焉。且令天下各州置一大雲經寺。今此大雲寺贊公房，蓋長安也。何以知之？後別有宿贊公房詩，本注：京師大雲寺主謫此安置也。公家雖在鄜州，而公身轉陷賊中，往來長安則過大雲見贊公矣。

燈影照無睡，心清聞妙香。杜補遺：維摩經曰：有國名衆香，佛號香積，其界皆以香作樓閣。其國如來無文字説，但以衆香令諸天人得入律行，菩薩各坐香樹下，聞斯妙香，即獲得藏三昧。夜深殿突兀，風動金琅璫。趙云：言夜深則殿勢突兀，風動則所懸之金，其聲琅璫，後人因以金琅璫可以當物之名。洪駒父嘗有詩云：琅玕巖佛界，薛荔上僧垣。山谷改云：琅璫鳴佛屋。則正以琅璫爲所鳴之名，於義固亦無害。王立之曾話此云：山谷以爲薛荔一聲，須要一聲者對琅璫一聲也。而立之以爲不必然。今觀杜云以突兀對琅璫，則山谷之意得矣。天黑閉春院，地清棲暗芳。玉繩迴斷絶，鐵鳳森翱翔。玉繩，星名。增添：文選：金波麗鳷鵲，玉繩低建章〔一〕。師：春秋元命包曰：玉衡北兩星爲玉繩〔二〕。趙云：迴斷絶，則夜飲向晨也。魏武帝云：憂從中來，不可斷絶。鐵鳳，舊注引陸倕石闕銘〔三〕：蒼龍玄武之制〔四〕，銅雀鐵鳳之工。其説是。蓋施雀鳳於屋脊上者。薛綜西京賦注云：圓闕上作鐵鳳，令張兩翼〔五〕，舉頭敷毛，故謂之森翱翔。森，則不一其物矣，蓋如謝靈運松栢森成行之森也。梵放時出寺，鍾殘仍殷牀。趙云：僕愛此最爲匠句。蓋佛事至梵音必唱而誦之，其聲高放，故寺外可聞也。

殷，上聲，如殷其雷之殷矣〔六〕。單用梵字，梁元帝梁安寺刹下銘曰：宵長梵響，風遠鍾傳。周庾信送炅法師葬云：尚聞香閣梵，猶聽竹林鍾。明朝在沃野，沃野千里。苦見塵沙黄。時西郊逆賊拒官軍未已。

右一

【校勘記】

〔一〕「金波麗鳷鵲玉繩低建章」，原作「玉繩低建章金波麗鳷鵲」，前後倒置，據文選卷二十六謝玄暉暫使下都夜發新林至京邑贈西府同僚乙正。

〔二〕「兩」，原作「南」，據清刻本、排印本並參太平廣記卷五引春秋元命苞改。

〔三〕「闕」，原作「關」，訛，據清刻本、排印本改。

〔四〕「制」，原作「刺」，據清刻本、排印本並參文選卷五十六、全梁文卷五十三引陸倕石闕銘改。

〔五〕「令張兩翼」，「兩」上原奪「張」字，據清刻本、排印本並參文選卷五十六陸倕石闕銘所引薛綜西京賦注補訂。

〔六〕「如」，原作「而」，訛，據清刻本、排印本改。

童兒汲井華，慣捷瓶上手。杜補遺：神農本草：井華水，令人好顏色，與諸水有異，其功極廣。此水井中平旦第一汲者。趙云：井華，以見童兒之早起。慣捷，以見其朝朝如此，且敏爲也。霑洒不濡地，掃除似無箒。周禮宫人：凡寢中之事掃除。趙云：此兩句可爲掃地經。灑濡地則沮洳，掃有箒則餘塵痕也。明一作晨。霞爛複閣，霽霧搴高牖。薛云：廣韻：複，重也。又古詩：交疏結綺窗，阿閣三重階。趙云：陸士衡今日良宴會詩：高談一何綺，對若朝霞爛〔一〕。梁元帝詩〔二〕：能令雲霧搴。側塞被徑花，飄飄委墀一作階。柳。九辯：皋蘭被徑兮斯路漸；非阮籍：皋蘭被徑路。艱難世事迫，隱遁佳期後。郭璞遊仙詩：山川隱遁棲〔三〕。趙云：言可以及隱遁之期矣。以艱難世事迫，故其期爲後時也。晤語契深心，那能總鉗口。史：鉗口結舌。趙云：詩：可與晤語。言方道契故，未能忘言也。師：奉辭還杖策，暫別終回首。曹操奉辭出征。房玄齡杖策謁唐太宗軍門。回首，見首篇注。泱泱泥污人，听听國多狗。宋玉九辯：猛犬狺狺而迎吠兮，關梁閉而不通。趙云：上句以辭別而去，猶回首而懷戀。所以回首而懷戀者，何哉？以泥污人國多狗之可惡也。既未免羈一作寓。絆，時來憩奔走。晉慕容垂猶鷹也，宜急其羈絆。近公如白雪，執熱煩何有。趙云：孟子有白雪之白。宋玉有白雪之歌。詩云：誰能執熱，逝不以濯。

右二

【校勘記】

〔一〕「對」，晉詩卷五作「蔚」。

〔二〕「詩」，原作「謂」，據清刻本、排印本改。

〔三〕「棲」，原作「捷」，據清刻本、排印本並參晉詩卷十一郭璞遊仙詩改。

哀江頭

少陵野老吞聲哭，野老，甫自稱。少陵，杜陵也。春日潛行曲江曲。江頭宮殿鎖千門，細柳新蒲爲誰緑。康駢劇譚録曰：曲江池本秦隑州，開元中疏鑿爲妙境。花卉周環，煙水明媚，都人遊玩，盛於中和節。江側菰蒲葱翠，柳陰四合，碧波紅蕖，湛然可愛。唐書鄭注傳：大和九年，注言秦中有災，宜興力役以禳之。文宗因吟杜甫詩云：「江頭宮殿鎖千門，細柳新蒲爲誰緑。」始知天寶四年，曲江四面多樓臺行宮，乃勑公卿之家住於曲江、昆明二池，起造亭觀。詔神策兩軍，造紫雲樓、緑霞亭，内出牌以賜之。西京雜記云：朱雀街東第五街，皇城之東第三街，昇道坊龍華尼寺南有流水屈曲，謂之曲江。司馬相如弔秦二世文云：臨曲江之隑州。蓋其所也。關中記云：宣帝立廟曲江之北，名曰樂遊廟。因苑爲名，即今昇平坊内餘地是也。此地在秦爲宜春苑也，在漢爲樂遊苑也。趙云：公方春日潛行，當禄山之亂，宜其有「細柳新蒲爲誰緑」之哀矣。前漢有細柳營。選詩有：新蒲含紫茸。又：新蒲節轉促。憶昔霓旌下南苑，苑中萬物生顔色。宋玉高唐賦：霓爲旌。唐曲池坊南有南宮。趙云：曲江南即芙蓉苑，今云南苑是也。昭陽殿裏第一人，同輦隨君侍君側。李白詩：漢宮誰第一，飛燕在昭陽。飛燕有女弟絶幸，爲昭儀，居昭陽殿〔一〕。干寶注：周禮云：對轝曰輦。趙云：漢成帝常欲與班姬同輦載，以托言楊妃也。詩人類皆取古事之似者以爲譬，故李太白亦言「可憐飛燕倚新粧」，而高力士媒孽之，竟以此不得用，悲夫！輦前才一作詞。人帶弓箭，白馬嚼一作噍。齧黃金勒。唐制：內官才人七人，正四品。趙云：按明皇雜録載：上幸華清宮，貴妃姊妹各購名馬，以黃金爲銜勒，組繡爲障泥，同入禁中，觀者如堵。翻身向天仰射雲，一箭一作笑。正墜雙飛翼。西都賦：招白鷴，下雙鶬。矢不單殺，中必疊雙。趙云：曹子建云一縱兩禽連之義，而字則張九齡感寓詩：袖中一札書，欲寄雙飛翼。明眸皓齒今何在〔二〕，血污遊魂歸不得。曹子建：皓齒內鮮，明眸善睞。傅武仲舞賦：眄盤旋則騰清眸，吐哇咬則發皓齒。枚乘七發：皓齒蛾眉。命曰：伐性之斧。新添：申屠嘉曰：臣以血污車輪，陛下不得入廟矣〔三〕。清渭東流劍閣深〔四〕，去住彼此無消息。時明皇幸蜀，貴妃誅。趙云：此言明皇既幸蜀矣，長安與蜀相望於數千里之間，去蜀與住長安者皆不知消息也。玉臺新詠載近代曲歌，其估客樂云：莫作缾落井，一去無消息〔五〕。人生有情淚沾臆〔六〕，江水一作草。江花豈終極〔七〕。黃昏胡騎塵滿城〔八〕，欲往城南忘南北。一云望城北。鮑云：陳正敏遯齋閑覽曰：荆公集句云：「欲往城南望城北，此心炯炯君應識。」又云：「欲往城南望城北，三步回頭五步顧。」始疑杜詩誤，後得荆公善本，皆作忘南北。或云，公故改此二字以合己意。然公平生未嘗改古人字，觀者宜詳此。趙云：周弘正送婦葬詩：先後能幾時，空使淚沾臆。曹子建詩：相思豈終極？胡騎塵滿城。公此詩作於至德二載之春。「血污遊魂歸不得」，則天寶十五載六月丁酉，上皇車駕次馬嵬，賜貴妃自盡。而「細柳新蒲爲誰緑」，則次年之春明矣。頃者蘇黄門嘗謂其姪在庭曰：哀江頭即長恨歌也。長恨費數百言而後成歌，杜公言太真之被寵，則「昭陽殿裏第一人」足矣；言富貴，則「輦前才人帶弓箭，白馬嚼齒黄金勒」足矣；言馬嵬之死，則「血污遊魂歸不得」足矣。觀常武與桓二詩，言用兵而煩簡異，則可見此。聞之石耆公云〔九〕。

【校勘記】

〔一〕「居」，文淵閣本、文津閣本、文瀾閣本、清刻本、排印本作「作」，訛。

〔二〕正文「明眸皓齒今何在」以下至本詩終，文津閣本、文瀾閣本闕；又，「在」文淵閣本作「惜」，且有異文云「一作在」，它本皆無。又，「在」下，清刻本、排印本有注，作：「洛神賦：明眸善睞。傅休奕詩：明眸發清光。漢書司馬相如傳：皓齒粲爛。成公綏賦：激哀音于皓齒。韓非子：曼理皓齒。宋玉笛賦：摛朱唇，曜皓齒。洛神賦：皓齒内鮮。」它本皆無。

〔三〕注「曹子建皓齒内鮮」至「陛下不得入廟矣」，底本與文淵閣本以及清刻本、排印本之注釋内容和詳略互異。文淵閣本作：「曹植洛神賦：丹唇外朗，皓齒内鮮。明眸善睞，靨輔承權。吴均詩：血污秦王衣。趙云：按唐后妃傳：安禄山反，以誅國忠爲名，及西幸，過馬嵬，陳玄禮等以天下討誅國忠。已死，軍不解。帝遣力士問故，曰：禍本尚在。帝不得已，與妃訣，引而去，縊路祠下。」清刻本、排印本作：「易：遊魂爲變。趙云：血汙遊魂，謂車駕次馬嵬，賜貴妃自盡。」

〔四〕正文「清渭東流劍閣深」句下，文淵閣本與清刻本、排印本有注，且注釋内容和詳略互異。文淵閣本作：「西都賦：北有清渭濁涇。山海經注：渭水出隴西首陽縣鳥鼠同穴山。左思蜀都賦：緣以劍閣。注云：劍閣，谷名，自蜀通漢中道。」清刻本、排印本作：「唐書郭子儀傳：背負清渭濁河之固。西征賦：北有清渭。沈約八詠詩：戀横橋於清渭。書：東流爲漢。唐張九齡詩：東流形勝多。張載有劍閣銘。」

〔五〕注「時明皇幸蜀」至「一去無消息」，底本與文淵閣本以及清刻本、排印本之注釋内容和詳略互異。文淵閣本作：「蔡琰笳曲：去住兩情兮蘊具陳。虞羲詩：君去無消息。」清刻本、排印本作：「左傳：疆埸之事，一彼一此。張藴古大寶箴：一彼此于胸臆。易：君子尚消息盈虚。易林：不失消息。鵩鳥賦：合散消息兮，安有常則？幽通賦：命隨行以消息。元帝詩：欲覓行人寄消息。」

〔六〕正文「人生有情淚沾臆」句下，清刻本、排印本有注，作：「楊惲報孫會宗書：人生行樂耳。歷代名畫記：畫外有情。沈約詩：潺湲淚沾臆。何遜詩：啼妝坐沾臆。」它本皆無。

〔七〕正文「江水江花豈終極」句下，文淵閣本與清刻本、排印本有注，其所注之内容和詳略互異。文淵閣本作：「陶潛詩：人生似幻化。謝朓詩：有情知望鄉。樂府：拾得楊花淚沾臆。薛云：言江頭花草豈終極乎，蓋望長安之興復也。趙云：杜公陷賊，身在長安，不知蜀道消息，見江草江花，覩景傷情，猶檜風隰有萇楚篇嘆其不如草木無知之意。」清刻本、排印作：「鮑照詩：長懷無終極。」案，「檜風」，文淵閣本原作「唐風」，此據詩經檜風改。

〔八〕正文「黄昏胡騎塵滿城」句下，文淵閣本「騎」下注有異文，作「去聲」。它本皆無。又清刻本、排印本有注，作：「淮南子：日至於虞淵，是曰黄昏。離騷曰：黄昏以爲期兮。」它本皆無。

〔九〕注「一云望城北」至「聞之石耆公云」，底本與文淵閣本以及清刻本、排印本之注釋内容和詳略互異。文淵閣本作：「鮑云：甫家居城南，欲往城南忘南北者，言迷惑避死，不能記其南北也。趙云：古樂府：戰城南，死北郭。曹植吁嗟篇：當南而更北，謂東而反西。按北人謂向爲望，欲往城南乃向北，亦不能記南北之意。」清刻本、排印本作：「史記：立明堂城南，以朝諸侯。梁簡文帝詩：五馬城南遊未歸。柳惲詩：城南斷車騎。戰國策：城北徐公。宋之問詩：杜陵城北花應滿。岑參詩：漢王城北雪初霽。趙云：此詩如百金戰馬，注坡驀澗，如履平地，具詩人之遺法。若白樂天詩詞甚工，然拙于紀事，寸步不遺，所以望老杜之藩垣而不能及也。」

哀王孫〔一〕

前漢：韓信至城下釣，有一漂母哀之，飯信。信謂漂母曰：吾必重報。母怒曰：吾哀王孫而進食，豈望報乎！王孫，如言公子也〔二〕。王深父云：安禄山驚潼關，玄宗倉卒西幸，諸嗣王及公主之在外者皆不及從，其後多爲禄山所屠，鮮有脱者。此詩記而哀之。嗚呼！以四海之廣，人帝之尊，念罔終則辱其子孫如此，豈孟子所謂以其所不愛及其所愛者歟？

長安城頭頭白烏，夜飛延秋門上呼。又向人家啄大屋，屋底達官走唐書：木生稼，達官怕。避胡。趙云：頭白烏號，不祥也。天寶十五載六月辛卯，禄山陷潼關，京師大駭。甲午，詔親征。明皇幸蜀，從延秋門出。門在禁苑之西面左邊，而禁苑在宮城之北。烏飛號於延秋門上，暗言乘輿既出矣，公卿寧不逃避耶？故烏又啄大屋，屋底達官走避胡也。或謂頭舊作頸，蓋烏無頭白者。金鞭斷折九馬死，骨肉不待同馳驅。腰下寶玦青珊瑚，左傳：晉侯佩太子以金玦。可憐王孫泣路隅。問之不肯道姓名，但道困苦乞爲奴。趙云：齊建安王子真被誅，入床下，叩頭乞爲奴贖死，不從。河東王鉉聞收，欣然曰：死生命也。終不效建安乞爲奴而不得，仰藥而死。已經百日竄荆棘，身上無有完肌膚。高帝子孫盡高準，龍種自與常人殊。漢高祖爲人隆準而龍顔。李斐曰：準，鼻也。趙云：隋文帝子勇，勇子儼，雲昭訓所生，乃雲定興女。文帝嘗曰：皇太孫何謂生不得其地？定興奏曰：天生龍種，所以因雲而出。豺狼在邑龍在野，王孫善保千金軀。易：龍戰于野。讖：四夷雲集龍鬬野。前漢爰盎傳曰：千金之子，坐不垂堂。祖出莊子。趙云：陸士衡云願保金石軀也。而千金軀字，又用沈約雜詩云：坐喪千金軀。不敢長語臨交衢，且爲王孫立斯須。周禮疏云：舞交衢。文選：蘇武別李陵詩：長當從此別，且復立斯須。昨夜東一作春。風吹血腥〔三〕，東來橐駝滿舊都。師古曰：橐駝，言能負囊橐而馱物也。史思明傳：禄山陷兩京，以駝運御府珍寶於范陽，不知紀極。鮑云：東來橐駝，謂賊自東都進也。舊都，謂長安。趙云：東風，應是東方之風。風，非言春也。朔方健兒好身手，昔何勇鋭今何愚。世説：桓車騎過江時，公私儉薄，自使健兒鼓行刼鈔。趙云：曹元首六代論有：身手不能相使。竊聞太子已傳位，聖德北服南單于。明皇傳位于肅宗。師：漢宣帝時，單于分南北各以爲號。花門剺面請雪耻，慎勿出口他人徂。時回紇助順。後漢耿秉卒，匈奴聞之，舉國號哭，或至犂面流血。犂，即剺字。剺，割也，古通用。趙云：是時回紇有助順之心，故戒王孫勿出口於他人而徂往也。按廣平王俶爲天下兵馬元帥，郭子儀副之，以朔方、安西、回紇、大食兵討安慶緒，在至德二載之閏八月。則公作此詩時，回紇初有助順之請。而剺面者，刀剺割其面皮。蠻夷感恩而或喜或悲者多然。哀哉王孫慎勿疎，五陵佳氣無時無。漢書曰：高帝葬長陵，惠帝葬安陵，景帝葬陽陵，武帝葬茂陵，昭帝葬平陵，謂之五陵。選：北眺五陵。增添：班固西都賦：南望杜霸，北眺五陵。趙云：戒之以當更相收拾而勿遂疎外。王孫，蓋皆前朝諸帝之子孫，故使五陵以見之〔四〕。後漢：蘇伯阿望舂陵城曰：氣佳哉！鬱鬱葱葱〔五〕。公之望本朝掃除妖氛復興盛也如此。佳氣連兩字，張正見芳樹詩：春浮佳氣裏，葉映彩雲前。

【校勘記】

〔一〕詩題，文津閣本、文瀾閣本闕。

〔二〕題下注「前漢韓信」至「信謂漂母曰」，底本與文淵閣本以及清刻本、排印本之注釋内容和詳略互異。文淵閣本作：「天寶十五載，明皇西狩，肅宗即位，改元至德，在七月甲子。是月丁卯，禄山使人殺霍國長公主及王妃駙馬等，已巳，又殺王孫及郡縣主。詩此時作。史記：漂母飯韓信。信曰」。清刻本、排印本作：「史記淮陰侯：韓信釣于城下，諸母漂。有一母見信飢，飯信，竟漂數十日。信喜，謂漂母曰」。

〔三〕「腥」，原作「醒」，據諸校本並參二王本杜集卷一改。

〔四〕「之」，清刻本、排印本作「意」。

〔五〕「蘇伯阿」，原作「王伯阿」，檢「氣佳哉」二句，後漢書卷一下光武帝紀作「蘇伯阿」，此改。

悲陳陶

唐書房琯傳：琯奉使靈武，立肅宗，因請將兵誅寇孽，收復京都。琯分爲三軍：遣楊希文將南軍，自宜壽入；劉悊將中軍，自武功入；李光進將北軍，自奉天入。琯自將中軍，爲前鋒。鮑云：天寶十五年十月辛丑，房琯及禄山戰于陳陶斜，敗績。癸卯，琯又以南軍戰，敗績。公故有是詩。

孟冬十郡良家子，血作陳陶澤中水。野曠一作廣。天清一作晴。無戰聲，四萬義軍同日死。漢趙充國始爲騎士，以六郡良家子。房琯傳：十月庚子，師次便橋。辛丑，琯軍先遇賊於咸陽縣之陳陶斜，接戰，琯軍敗績。時琯用春秋車戰之法，以車二千乘，馬步夾之。既戰，賊順風揚塵皷譟，牛皆震駭〔一〕，因縛蒭縱火焚之，人畜燒敗。乃中使邢延恩等督戰，倉黄失據，遂及於敗，爲賊所傷殺者四萬餘人，存者數千而已。趙云：東坡先生嘗言悲陳陶云「四萬義軍同日死」，此房琯之敗也。唐書作陳濤斜，未知孰是。時琯既敗，猶欲持重有所伺，而中人邢延恩促戰，遂大敗。故次篇悲青坂云：「焉得附書與我軍，忍待明年莫倉卒。」先生之説如此。按至德元載十月辛丑，房琯遇賊將安守忠於咸陽之陳濤斜〔二〕，琯用車戰，官軍死者四萬餘人。則先生之説明矣。「四萬義軍同日死」，語用庾信哀江南賦：百萬義軍，一朝卷甲。群胡歸來血洗箭，血一作雪。仍唱一作撚箭。胡歌飲都市。都人迴面向北啼，日夜更望官軍至。一云前後官軍苦如此。趙云：「群胡歸來血洗箭」，句法好處，正在血洗箭三字。蓋言洗箭上之血也。如東坡韓幹馬詩云：「最後一匹馬中龍，不嘶不動尾揺風。」又薄酒篇云「五更待漏靴滿霜」，皆此格也。蔡伯世却取一作云雪洗箭，非是。四句言朔方、安西、回紇、大食兵相助討賊，然夷狄之性不無殘擾，故房琯雖喪軍矣，而都人之心不願胡兵討賊，只望官軍至也。此一句，其字語蓋用項伯爲漢王語項羽曰：日夜望將軍至，何敢反邪！此亦模倣依倚之勢。一云：前後官軍苦如此。此句難解，豈若正句之又有據邪？

【校勘記】

〔一〕「震」，文淵閣本、文津閣本、文瀾閣本、清刻本、排印本作「驚」。

〔二〕「咸陽」，原作「盛陽」，據清刻本、排印本並參舊唐書卷一百一十一房琯傳改。

悲青坂

王深父序云：孔子：行三軍好謀而成。謀之未全而敢戰，所以速敗〔一〕。趙云：前篇悲陳陶，則辛丑之敗也。此篇悲青坂，則乃癸卯之敗矣。青坂應與陳陶斜之地不相遠也。

我軍青坂在東門，天寒飲馬太白窟。黄頭奚兒日向西，數騎彎弓敢馳突。陸士衡有飲馬長城窟行。匈奴傳：力士能彎弓，盡爲甲騎。趙云：太白，山名。「飲馬太白窟」五字，亦倣「飲馬長城窟」、「飲馬韓山窟」之勢也。以兩敗後各散而歸，所以言日向西。其餘數騎猶敢馳突，以言其暴掠不改也。公於北征之言回紇又曰：「其王願助順，其俗喜馳突。」山雪河冰野蕭颼，青是烽煙白人骨〔二〕。焉得附書與我軍，忍待明年莫倉卒。趙云：烽燧，寇至之候；青是烽煙，則寇警方盛也；白人骨，則戰死之多也。舊注載王深父云：孔子：行三軍好謀而成。謀之未全而敢戰，所以速敗。深父之説如此。按，房琯之戰，初以十月庚子軍次便橋。辛丑，中軍、北軍遇賊陳陶斜，戰不利。琯欲持重，而牽於邢延恩所促戰，故敗。苟見其軍之不利，於此敦陣整旅，堅壁以待，可也。而癸卯率南軍復戰，遂大敗。則公此詩忍待明年之戒〔三〕，所以重傷之也。

【校勘記】

〔一〕「敢戰所以速敗」，底本與諸校本注釋内容各異。文淵閣本作：「敢戰，或至速敗。」文津閣本作：「敢戰者，自速敗。」文瀾閣本、清刻本、排印本作：「敢戰，是以速敗。」

〔二〕「青是烽煙白人骨」句下，文淵閣本、文津閣本、文瀾閣本、清刻本、排印本另有注，作：「舞鶴賦：冰塞長河，雪滿翠山。」

〔三〕「烽燧寇至之候」至「則公此詩忍待明年之戒」，底本與諸校本注釋内容有異。諸校本作：「房琯戰于陳陶斜，不利，猶欲持重，而牽於邢延恩所促戰，故敗。而公詩有忍待明年之戒。」

新刊校定集注杜詩卷三

古詩

述懷

此以下自賊中竄歸鳳翔作。舊注：晉阮籍嘗作詠懷詩八十餘篇，爲世所重。

天寶十五年，安禄山僭號，賊犯潼關。哥舒翰軍敗，退爲其帳下執之降賊。關門不守，上乃謀幸蜀。

今夏草木長，

陶淵明詩：孟夏草木長。按新唐書：天子幸蜀，甫走避三川。肅宗立，自鄜州羸服奔行在，爲賊所得。至德元年亡走，謁帝鳳翔。趙云：此篇叙事甚明。「去年潼關破」，天寶十五載六月爲賊將崔乾祐所破也〔一〕。先是，公於五月挈家避地鄜州，有高齋詩及三川觀漲、塞蘆子詩。即自鄜州挺身赴朝廷而逢潼關之敗，遂陷賊中。既而是月，肅宗即位靈武，治兵鳳翔。公于至德二載夏四月，自賊中亡走鳳翔，所謂「今夏脱身走」是也。以「草木長」推之，則爲四月，蓋陶潛詩云「孟夏草木長」也。公既至鳳翔上謁，則拜右拾遺焉。新書謂甫以天寶十五載七月中避寇寄家三川。肅宗立，自鄜州羸服欲奔行在，爲賊所得。非也。

去年潼關破，妻子隔絶久。

脱身得西走。

麻鞋見天

子，衣袖露兩肘。朝廷愍生還，親故傷老醜。涕淚授拾遺，流離主恩厚。言奔走流離，迫於窘困，至於麻鞋以見天子。露兩肘，言衣不完。莊子言原憲捉衿而肘見。按新書言甫至德二年，亡走鳳翔上謁，授右拾遺。而舊史以爲甫謁帝彭原郡。至德，肅宗年號也。趙云：王琪云：子美之詩，詞有近質者，如「麻鞋見天子」「垢膩脚不韈」之句，所謂轉石於千仞之山勢也。學者尤効之而過甚，遠大者難窺乎！琪之説如此。「麻鞋見天子」，亦紀實事，且見其奔走流離迫於窮困而然耳。而王叡作炙轂子有云：夏商以草爲屩。左氏曰：非屨也，至周以麻爲之，謂之麻鞋，貴賤通著。晉永嘉以絲爲之，宮中嬪妃皆著之，則麻鞋兩字亦有所據而後言也。柴門雖得去，未忍即開口。趙云：後有詔許至鄜州迎家，則不欲遽違天顔矣[二]。寄書問三川，不知家在否。三川在鄜州。按本傳：甫寄家三川，艱窶彌年，孺弱至餓死者。比聞同罹禍，殺戮到鷄狗。趙云：詩又言「去憑遊客寄，來爲附家書」也。殺戮到鷄狗，則使曹操征陶謙，雖鷄狗盡殺也。山中漏茅屋，誰復依户牖。摧頽蒼松根，地冷骨未朽。幾人全性命，盡室豈相偶。趙云：茅屋摧頽於松傍，以地冷之故，茅雖朽而屋骨未朽。他人少有全性命者，而吾之室家，豈保其相偶聚乎？左傳：盡室以行。嶔岑猛虎場，鬱結回我首。陸機：飢食猛虎窟。趙云：以虎譬賊之暴也。自寄一封書，今已十月後。反畏消息來，寸心亦何有。漢運初中興，生平老耽酒。凡王室中否而再興，謂之中興。如周之宣王、漢之光武、唐之中宗是。齊桓好酒。魏曹植賦曰：若耽於觴酌，流情縱佚，先王所禁，君子所失[三]。霍光傳：昌邑夜飲，湛沔於酒。師古曰：湛，讀曰沉，又讀曰耽。沔，荒迷酒也[四]。沈思歡會處，恐作窮獨叟。文選有云：事出於沈思。

【校勘記】

〔一〕「所破」，底本漫滅，據文淵閣本、文津閣本、文瀾閣本、清刻本、排印本補。

〔二〕「違」，文淵閣本作「遭」。

〔三〕「所失」，文淵閣本作「好失」。案，全三國文卷十四酒賦作「所斥」。

〔四〕「迷酒」，「迷」清刻本、排印本訛作「述」，奪「酒」字。

偪仄行

贈畢曜。西京賦：駢羅偪側。一云偪偪行，篇中字亦作偪偪〔一〕。

偪仄何偪仄，我居巷南子巷北。可恨鄰里間，十日不一見顔色。江淹古別離詩：願一見顔色，不異瓊樹枝。趙云：偪仄，言巷之隘陋也。西京賦：駢羅偪側。後漢肅宗賜東平王蒼詔曰：數見顔色，情重昔時。自從官馬送還官，行路難行澀如棘。古樂府有行路難。我貧無乘非無足，昔者相遇〔二〕今不得。實不是愛微軀，一云慵相訪。又非關足無力。徒步翻愁官長怒，此心炯炯君應識。周禮：正長乃官之長也。潘安仁寡婦賦：目炯炯而不寢。曉來急雨春風顛，睡美不聞鍾鼓傳。東家蹇驢許借我，泥滑不敢騎朝天。趙云：七諫云：駕蹇驢而無策兮，又何路之能極。已令請急會通籍，一云已令把牒還請假。阮籍騎驢到郡。元帝紀：通籍注：籍者爲二尺竹牒，記名字、物色，縣之宮門省禁，相應乃得入也。武后時太學生請急，后亦省視之。趙云：請急，請急假也。舊注引太學生請急，自不相干也。男兒性命絶可憐。焉能終日心一作神。拳拳，中庸：回之爲人也，得一善則拳拳服膺，弗失之矣。注：拳拳，舉持之貌也〔三〕。憶君誦詩神懍然。辛夷始花亦已落，況我與子非壯年。杜補遺：本草云：陳藏器曰：此花江南地暖，正月開花。北地寒，二月開花。初發如筆，北人呼爲木筆花。又蜀本圖經云：正月、二月花似著毛小桃，色白而蒂紫，花落而無子。夏杪復著花如小筆。此詩云辛夷始花亦已落，蓋中春時。趙云：言時花之開落，所以顯人之易老也。街頭酒價常苦貴，方外酒徒稀醉眠。趙云：晉書：方外司馬。漢書：高陽酒徒。陶潛云〔四〕：我醉欲眠也。速宜相就飲一斗，恰有三百青銅錢。宋鮑照行路難：且願得志數相就，牀頭恒有沽酒錢。功名竹帛非我事，存亡貴賤委皇天。世說：阮籍謂王戎曰：偶得一㪷美酒，當與君共飲。趙云：真宗問近臣唐酒價，衆莫能對。丁晉公獨曰：每㪷三百。上問何以知之？丁引此詩以對。青銅錢，蓋銅錢中純銅之可貴者。時人語張鷟曰：有如青銅錢，萬選萬中。

【校勘記】

〔一〕「作」，原奪，據清刻本、排印本補。

〔二〕「遇」，清刻本、排印本作「過」。案，二王本杜集卷二、錢箋卷一作「過」，百家注卷七、分門集注卷二十五作「遇」。

〔三〕「舉」，文淵閣本、文津閣本作「奉」，清刻本、排印本作「捧」。

〔四〕「云」，文淵閣本作「曰」。

北征

後漢：班彪更始時避地涼州，發長安，作北征賦。鮑云：至德二年，公自賊竄歸鳳翔，謁肅宗〔一〕，授左拾遺。時公家在鄜州，所在寇多，彌年艱窶，孺弱至餓死者，有墨制許自省視。八月之吉，公始北征，徒步至三川迎妻子，故有是詩。東坡嘗云：北征詩識君臣之大體，忠義之氣與秋色爭高，可貴也。趙云：班彪自長安避地涼州，作北征賦。公亦因所往之方同，故借二字爲題耳。墨制則行在倉卒之間所用也。此詩凡七十韻，聞之士夫言：孫莘老嘗謂老杜北征勝韓退之南山詩，王平甫以謂南山勝北征，終不能相服。時山谷尚少，乃曰：若論工巧則北征不及南山；若書一代之事以與國風、雅、頌相爲表裏，則北征不可無，而南山雖不作未害也。二公之論遂定。又嘗觀宋景文和賈侍中覽北征篇詩有云：莫肯念亂小雅怨，自然流涕袁安愁。則公賦詩之心可見矣。

皇帝二載秋，閏八月初吉。杜子將北征，蒼茫問家室。趙云：皇帝，肅宗。至德二載，公自鳳翔歸鄜州，此之謂北征也。蒼茫，荒寂之貌。詩小明：二月初吉。維時遭艱虞，朝野少暇日。顧慚恩私被，詔許歸蓬蓽。時房琯得罪，甫上言琯罪細不宜免。帝怒，詔三司推問。甫謝，因稱琯宰相子，少自樹立，有大臣體。帝不省録，詔放甫歸鄜省家。趙云：此篇公往鄜州省家之詩。以公之詩參唐曆考之：公詩前篇曰「今夏草木長，脱身得西走」，乃至德二載四月也。「麻鞋見天子」，而「涕淚授拾遺」，則繼此便有除命也。房琯罷相在是年五月丁巳，則甫論琯不宜免，正在此五月也。按甫傳：帝怒，詔三司推問。宰相張鎬曰：甫若抵罪，絶言者路。帝乃解，然自是不甚省録。時所在寇奪，甫家寓鄜，彌年艱窶，孺弱至餓死，因許甫往省視。則公今詩所謂「顧慙恩私被，詔許歸蓬蓽」是也。公之捄琯無罪在此年之五月，而王原叔作集記乃云：至德二載，竄歸鳳翔見肅宗[二]。明年，論房琯不宜罷相[三]，出爲華州功曹。所謂明年乃乾元元年也，其比甫本傳差謬如此，故因此詩以辨之。

拜一作奉。辭詣闕下，一云閤門。怵惕久未出。雖乏諫諍姿，恐君有遺失。言諫免琯。趙云：甫既得往而不忍輕去其君，尚恐君又有過舉而當諫諍之。君誠中興主，經緯固密勿。東胡反未已，臣甫憤所切。東胡，祿山也，憤其亂也。趙云：中興主，指言肅宗也。密勿，詩雖言大臣之事，而公今所云，則以肅宗之於經緯固自慎密也。東胡，指言安慶緒也。舊注云東胡，祿山也，大誤。蓋至德二載正月乙卯，安慶緒已弒其父祿山而襲僞位矣。揮涕戀行在，天子行幸所在曰行在。道途猶恍惚。言心憂也。乾坤含瘡痍，憂虞何時畢。靡靡踰阡陌，人煙眇蕭瑟。靡靡，猶遲遲也。詩：行邁靡靡。蕭瑟，言人皆避亂，無安居者。謝惠連西陵遇風詩：靡靡即長路。古樂府君子行云：越陌度阡。魏文帝樂府：秋風蕭瑟天氣涼。所遇多被傷，呻吟更流血。回首鳳翔縣，旌旗晚明滅。時肅宗在鳳翔。前登寒山重，屢得飲馬窟。古樂府有飲馬長城窟行。邠郊入地底，涇水中蕩潏。邠州，古豳國。昔公劉據豳其地。開元十三年，改豳州爲邠州。周禮：雍州川曰涇汭。猛虎立我前，蒼崖吼時裂。菊垂今秋花，石戴一作帶。古車轍。趙云：陵谷遷變，石上仍有轍迹也。青雲動高興，幽事亦可悅。山果多瑣細，羅生雜橡栗。或紅如丹砂，或黑如點漆。雨露之所濡，甘苦齊結實。言山中草木皆遂其生，而人不遑寧止。趙云：「或紅如丹砂，或黑如點漆。」倣王逸言玉「赤如鷄冠」「黑如純漆」之勢也。雨露之所濡，倣莊子「日月之所照」「霜露之所墜」之勢也。緬思桃源內，益歎身世拙。桃源，秦俗避亂之所。師：桃源在鼎州，內有三洞，上曰上源夫人，中曰王源夫人，下曰桃源夫人，晉時漁者常往焉。趙云：桃源在鼎州。陶潛有記，有詩。今因見果實而思之也。坡陁望鄜畤，谷巖互出没。鄜畤，漢武郊祀之所，春秋時白狄之地。互，遞互隱見也。趙云：正望其家之所在也。杜正謬：前漢郊祀志：秦文公夢黄蛇自天而下屬地，其口止於鄜衍。文公問史敦，曰：此上帝之徵，君祠之。於是作鄜畤，用三牲郊祀白帝焉。以此考之，鄜畤乃文公作，非漢武也。我行已水濱，我僕猶木末。木末，言猶遠也。趙云：詩：我行其野。我僕痡矣。左傳云：昭王南征不復，君其問諸水濱。張載叙行賦：轉木末於北岑〔四〕。鴟鳥一作梟。鳴黄桑，野鼠拱亂穴。夜深經戰一作中。場，寒月照白骨。潼關百萬師，往者散何卒。遂令半秦民，殘害爲異物。翰以兵二十萬守潼關，及其敗也，火拔歸仁曰：公以二十萬，一日覆敗，持是安歸？遂執以降賊也。杜補遺：魏文帝與吴質書云：元瑜長逝，化爲異物。吴質與太子牋亦云：陳、阮、徐生，而今各逝，已爲異物。趙云：言民一半爲鬼也。況我墮一作隨。胡塵，及歸盡華髮。甫先陷賊而亡歸。趙云：其存者於離亂之久，見其盡老也。經年至茅屋，妻子衣百結。董先生衣百結。慟哭松聲回，悲泉共幽咽。平生所驕兒，顔色白勝雪。見耶背面啼，垢膩脚不襪。趙云：「見耶背面啼」，使耶字，乃出木蘭詩「不聞耶娘唤女聲」句中之字。「垢膩脚不襪」，王琪以爲轉石於千仞山之勢。沈佺期被彈詩云：

窮因多垢膩。左傳：褚師韈而登。牀前兩小女，補綻纔過膝。海圖坼波濤，舊繡移曲折。天吳及紫鳳，天吳，水神也。杜補遺：木玄虛海賦：天吳乍見而髣髴。山海經云：朝陽之谷，有神曰天吳，是爲水伯。虎身人面，八手八足八尾，青黄色。山海經云：丹穴山有鸑鷟，鳳之屬也，如鳳五色而多紫。趙云：天吳，海圖所畫之物。紫鳳，所繡之物也。顛倒在短一作裋。褐。杜正謬：當作裋，音豎，蓋傳寫之誤也。張衡應閒曰：士有解裋褐而襲黼黻。方言曰：關西謂襜褕短者爲裋褐。前漢貢禹：裋褐不完。師古曰：裋，謂童豎所著之襦；褐，毛布也。趙云：裋褐字，長短之短，自出班彪云：貧者衣短褐。又，淮南子載甯戚飯牛歌曰：短褐單衣適止骭〔五〕。故公前篇用對長纓。杜田泥爲裋褐之字，非矣。戰國策：墨子見楚王，曰：今有人於此，舍其錦繡，鄰有短褐而欲竊之。老夫情懷惡，嘔泄卧數日。一作數日卧嘔泄。那無一作能。囊中帛，救汝寒凜慄。粉黛亦解苞，衾裯稍羅列。瘦妻面復光，癡女頭自櫛。學母無不爲，曉粧隨手抹。移時施朱鉛，狼籍畫眉闊。宋玉登徒子好色賦：臣東家之子，著粉則太白，施朱則太赤。趙云：剽竊舊人文章而竄首易尾者，亦云畫眉闊。漢語云：宮中好廣眉，四方多半額。生還對童稚，似欲忘飢渴。問事競挽鬚，誰能即嗔喝。翻思在賊愁，甘受雜亂聒。趙云：後漢鄧禹傳：父老童稚，垂髮戴白，滿其車下。如元魏成淹曰：羔裘玄冠不以弔，此童稚所知也。隋煬帝言薛道衡云：輕我童稚。桓伊撫箏詠曹子建詩，謝安挽其須曰：使君於此不凡。新歸且慰意，生理焉得說。至尊尚蒙塵，幾日休練卒。僖二十四年：臧文仲對曰：天子蒙塵于外，敢不奔問官守。趙云：宋書徐爰傳：練卒嚴城。仰看天色改，旁覺妖氣一作氛。豁。陰風西北來，慘澹隨回鶻。一作胡紇。唐書回鶻列傳云：回紇，其先匈奴也。元魏時號高車部，或曰敕勒，訛爲鐵勒〔六〕，臣於突厥。至隋韋紇復叛去，自稱回紇。回鶻，言勇鷙猶鶻然。趙云：世説載壹道人曰：風霜固所不論，乃先集其慘澹，郊邑正自飄瞥，林岫便已皓然。隨回紇，舊正作回鶻，當以回紇爲正。蓋當杜公時，未有回鶻之稱，至憲宗朝而後〔七〕來請易回鶻，言捷鷙猶鶻然。凡讀書，本末不可不考。其王願助順，其俗喜馳突。送兵五千人，時回紇以兵五千助順。驅馬一萬匹。此輩少爲貴，四方服勇決。所用皆鷹騰，破敵過一作如。箭疾。聖心頗虚佇，時議氣欲奪。回紇在隋曰韋紇，其人驍彊，初無首長〔八〕，逐水草轉徙，善騎射，喜盜鈔。趙云：言主上雖虚心以待其破賊，然時議恐畢竟爲害，所以氣欲奪也。伊洛指掌收，西京不足拔。官軍請深入，蓄鋭伺俱發。趙云：此正時議以爲國家自有恢復中原之理，官軍深入自足破賊，不必專用回紇兵也。此舉開青徐，旋瞻略恒碣。昊天積霜露，正氣有肅殺。禍轉亡胡歲，勢成擒胡月。隋長孫晟傳曰：臣夜望磧北，有赤氣長百餘里，如雨下垂。按兵書名洒血。欲滅匈奴，宜在今日。胡命其能久，史思明傳：優相謂曰：胡命盡乎〔九〕！皇綱未宜絶。趙云：蓋推天數當然，與李白胡無人曲所謂「太白入月敵可摧，旄頭滅，履胡之腸涉胡血；懸胡青天上〔一〇〕，埋胡紫塞旁；胡無人，漢道昌」同意。蜀志：諸葛孔明食少事煩，其能久乎？憶昨狼狽初，事與古先別。杜補遺：酉陽雜俎云：狼狽，是兩物，前足絶短，每行常駕兩狼，失則不能動。故世言乖者爲狼狽。姦臣競葅醢，禄山之反，亦國忠媒蝎之。黥布傳：漢誅梁王彭越，盛其醢以偏賜諸侯。同惡隨蕩析。不聞夏殷衰，中自誅褒妲。褒姒、妲己也。此言誅楊貴妃也。鮑云：魏泰曰：唐人詠馬嵬之事尚矣。世所稱者，劉禹錫曰：官軍誅佞幸[一一]，天子捨夭姬。白樂天曰[一二]：六軍不發無奈何，宛轉蛾眉馬前死。此乃歌詠官軍[一三]，而明皇不得已誅貴妃也。豈特不曉文體，蓋亦失事君之禮？老杜則不然。北征詩曰：憶昔狼狽初，事與古先別。姦臣竟葅醢，同惡隨蕩析。不聞夏商衰，中自誅褒妲。乃明皇鑒夏商之敗[一四]，畏天悔禍，賜妃子死，官軍何與焉？周漢獲再興，宣光果明哲。趙云：蓋謂古先亦有衰亂，而今日與之殊别焉。其殊别者何也？姦臣如楊國忠既誅，其黨與失勢而蕩析矣。此與古先別之一也。夏、殷亦衰矣，而褒、妲不誅；上皇乃能割情忍愛而誅貴妃，此與古先別之二也。惟其如此，故能如周之再興而有宣王，如漢之再興而有光武，以言肅宗之能中興也。褒姒、妲己[一五]，褒姒滅周而用於夏殷句之下，此乃公命語痛快因成小誤耳。桓桓陳將軍，陳將軍，玄禮也，首謀誅貴妃、國忠者。詩：桓桓武王。書：尚桓桓。仗鉞奮忠烈。微爾人盡非，于今國猶活。見二卷「實欲邦國活」注。趙云：東坡先生詩話有曰：北征詩云：桓桓陳將軍，仗鉞奮忠烈。此謂陳玄禮也[一六]。玄禮佐玄宗平内難，又從幸蜀，首建誅國忠之策。舊注雖知爲陳玄禮，妄添注云：首謀誅國忠、貴妃者。按唐書陳玄禮傳：宿衛宮禁。故公謂之曰陳將軍。安禄山反，謀誅楊國忠闕下，不克，至馬嵬，卒誅之。又按楊貴妃傳：西幸至馬嵬，陳玄禮等以天下計，誅國忠。已死，軍不解。帝遣力士問故，曰：禍本尚在。帝不得已與妃訣，引而去，縊路祠下。則陳將軍特建誅國忠之策而已，非首建誅貴妃也。「桓桓陳將軍」之句，蓋倣盧子諒之言劉琨曰「桓桓撫軍」之勢也。「微爾人盡非」，蓋取微管仲吾其被髮左衽之意。言微陳將軍，則人至於變易而非矣。此又依傍城郭是人民非之語。淒涼大同殿，寂寞白獸闥。都人望翠華，佳氣向金闕。大同、白獸，皆禁中宮殿名也。司馬相如曰：建翠華之旗。薛云：神異經：東北大荒中有金闕，高百丈。上有明月珠，徑三丈，光照千里。中有金階，西北入兩闕，中名天門。趙云：按大同殿在南内興慶宮中，勤政殿之北〔一七〕，曰大同門，其内大同殿。此明皇帝所遊之地。白獸闥，考之唐志無此名，惟漢未央宮中有白虎門、白虎殿，豈公借用以爲比耶？大意勸車駕歸長安也。是年九月癸卯復京師。十月癸亥，遣韋見素迎上皇于蜀郡。丁卯，車駕入長安。則公詩不徒言矣。

園陵固有神，掃灑數不缺。煌煌太宗業，樹立甚宏達。趙云：言車駕當歸奉陵寢之掃除也。蓋高祖獻陵在三原，太宗昭陵在藍田，高宗乾陵在奉天，中宗定陵在富平，睿宗橋陵在奉先。掃洒數不缺〔一八〕，數，言禮數也。既掃洒園陵，當思祖宗創業，如太宗貞觀之盛，豈復有播遷之事哉！樹立，建立之謂也。晉會稽王道子傳言置官，亦曰多所樹立。陸士衡作漢高祖功臣頌云：曲逆宏達。雖止是功臣事，而注云：宏，大也；達，通也。德業之宏大通達，亦可言君矣。

【校勘記】

〔一〕「肅宗」，文淵閣本作「帝」。

〔二〕「見肅宗」，「見」字原脱，據清刻本、排印本補；又，「肅宗」，文津閣本作「宗宗」，訛。

〔三〕「房琯」，清刻本、排印本作「琯」。

〔四〕「叙行賦轉木末於北岑」，「叙」，文瀾閣本作「叔」，訛；又，「北」，全晉文卷八十五作「九」。

〔五〕「止」，清刻本、排印本作「至」。

〔六〕「鐵勒」字，原作「臧勒」，文淵閣本作「藏勒」，皆訛，據清刻本、排印本並參新唐書卷二百一十七改。

〔七〕「憲宗」，原作「德宗」，據舊唐書卷一百九十五回紇傳載憲宗朝來請易回鶻事改。

〔八〕「首長」，清刻本、排印本作「酋長」。

〔九〕「胡命盡乎」，文淵閣本作「其能久乎」。

〔一〇〕「胡」，文瀾閣本作「吴」，誤。

〔一一〕「佞」，原作「侒」，據文淵閣本、文津閣本、文瀾閣本、排印本改。

〔一二〕「曰」，文淵閣本作「云」。

〔一三〕「官軍」，原作「禄山」，據清刻本、排印本改。

〔一四〕「商」，文淵閣本、文瀾閣本、清刻本、排印本作「殷」。案，商之始祖契封于商，湯有天下，遂號爲商。至盤庚遷都殷，遂改爲殷，又稱殷商。

〔一五〕「褒姒妲己」，清刻本、排印本作「妲己滅殷」。

〔一六〕「陳玄禮」，「玄」原作「元」，係避諱，此改。以下均同。

〔一七〕「勤政樓」，文淵閣本作「勤政殿」。

〔一八〕「掃」，文淵閣本作「揮」，訛。

得舍弟消息

風吹紫荆樹，色與春庭暮〔一〕。花落辭故枝，風回反無處。周景式孝子傳曰：古有兄弟忽欲分異〔二〕，出門見三荆同株，枝業連陰。歎曰：木猶欣聚，況我而殊哉。又田真兄弟欲分，其夜庭前三荆便枯；兄弟歎之，却合，樹還榮茂。趙云：此言初别之時，當暮春也。古兄弟中事有此，故公因荆以興焉。骨肉恩書重〔三〕，漂泊難相遇。猶有淚成河，經天復東注。世説：人問顧長康哭桓宣武之狀如何〔四〕。曰：鼻如廣漠風，眼如懸河決，聲如振雷破山，淚如傾河注海。趙云：顧凱之云：淚如河注海也。

【校勘記】

〔一〕底本正文旁有匿名批識曰「興也」，諸校本皆無。

〔二〕「忽」，文淵閣本作「出」，訛。

〔三〕「書」，文瀾閣本、清刻本、排印本作「義」，訛。案，二王本杜集卷二、錢箋卷二作「書」，可證。

〔四〕「人問顧長康哭桓宣武之狀」句，「顧長康」文淵閣本作「顧長樂」，訛。案，顧愷之，字長康，東晉人。又，「桓」原作「恒」，係避宋諱，此改。

徒步歸行 贈李特進自鳳翔赴鄜州經邠州作。

趙云：李特進，嗣業也。緣公孫弘傳[一]「起徒步」「取宰相」，有此兩字，故倚爲題。

明公壯年值時危，經濟實藉英雄姿。天下英雄，惟操與使君。趙云：晉石苞遷司馬景帝中護軍，而宣帝聞苞好色薄行，以責景帝。答曰：雖細行不足，而有經國才略。貞廉之士，未必能經濟世務。國之社稷今若是，武定禍亂非公誰。趙云：魏賀拔軌稱宇文泰曰：宇文公文足經國，武能定亂。鳳翔千官且飽飯，衣馬不復能輕肥。言公私窘迫，且飽而已，未能輕肥。新添：語：乘肥馬，衣輕裘，與朋友共，敝之而無憾。趙云：嘆諸公之不如意也。乘肥衣輕，昔日太平時事，以值時危而不復然矣。青袍朝士最困者，白頭拾遺徒步歸。甫謁上於鳳翔，受左拾遺。新添：史云：白頭如新，傾蓋如故。趙云：重嘆其身之困也。人生交契無老少，論交何必先同調。一作論心。謝靈運詩[二]：誰謂古今殊，異代可同調。趙云：交契無老少，則李與公年歲必不等也。妻子山中哭向天，須公櫪上追風驃。梁邵陵王啓：連翩絶景，沃若追風。杜補遺：崔豹古今注：秦始皇七馬，一曰追風。廣韻云：馬黃白色曰驃。音毗召切。西京雜記：文帝九馬，四曰逸驃。舊唐史：太宗十驥，六曰飛驃。趙云：此借馬詩。或曰，遂欲求之也。言妻子在鄜州之山中，哭望公之歸。而今徒步爲遲，故須公櫪上之馬矣。

【校勘記】

〔一〕「公孫弘」，「弘」原作「洪」，文瀾閣本、清刻本、排印本作「宏」，係避諱，此改。

〔二〕「詩」，文淵閣本作「云」。

玉華宮

趙云：宮在坊州宜君縣。玉華、九成，皆公歸鄜之所歷者也〔一〕。

溪回松風長，蒼鼠竄古瓦。趙云：七發云：絶迹兮臨回溪。而潘安仁金谷集作有云：回溪縈曲阻。今倒用之耳。不知何王殿，遺構絶壁下。趙云：謝靈運登君門最高頂詩〔二〕：晨策尋絶壁。此宮在坊州宜君縣，貞觀二十年太宗所作也。初，貞觀十七年，州廢，縣亦省。其後以宜君宮復置縣，隸雍州。次年，宮成，又常赦宜君給復縣人之自玉華宮苑中遷者。後於高宗永徽二年廢之爲寺〔三〕。而今詩有云「不知何王殿，遺構絶壁下」，何也？此蓋詩人之深意也。太宗厭禁内煩熱，營太和宮終南之上，改曰翠微宮於終南〔四〕。其後未幾，復興玉華之役。自二月乙亥遊幸，至十月癸丑而復返。太宗創業之主，貞觀習治之世〔五〕，勞人費財於營建，廢時逸豫於離宮，故詩人諱之曰「不知何王殿」也。按徐賢妃傳：妃嘗言翠微、玉華等宮，雖因山藉水，非無築架之苦〔六〕，而工力和僦，不謂無煩。有道之君，以逸逸人；無道之君，以樂樂身。則公之微意可見矣。陰房鬼火青，壞道哀湍瀉。淮南子：人血爲燐。許慎云：兵死之血爲鬼火。燐者鬼火之名。書：説築傅巖之野。注：傅氏之巖在虞虢之界，通道所經。有澗水壞道，常使胥靡刑人等護此道。萬籟真笙竽，秋色正蕭灑。一作秋氣。莊子齊物篇：子綦曰：汝聞地籟而未聞天籟〔七〕。子游曰：地籟則衆竅是已，人籟則比竹是已，敢問天籟。子綦曰：夫吹萬不同，而使其自已也。杜補遺：吳都賦：鳴條暢律，飛音響亮。蓋象琴筑并奏，笙竽俱唱。李善注曰：律謂籟也。殷仲文九井詩所謂爽籟驚幽律〔八〕，哀壑扣虛牝是已。趙云：言遊幸之廢，景物愁絕然也。反而言之，則游幸之時，其盛可知矣。**美人爲黃土，況乃粉黛假。當時侍金輿，故物獨石馬。**潘岳：美人居重泉。列子：粉白黛黑〔九〕。趙云：有隨輦而死葬者矣。惟公相去之近，能知之。**憂來藉草坐，浩謌淚盈把。冉冉征途間，誰是長年者。**天台賦：藉萋萋之纖草。又：嗟人生之短期，孰長年之能執。

【校勘記】

〔一〕題下注下，底本有匿名批識曰：「張文潛平生愛歌此篇，以爲風雅鼓吹。」文淵閣本、文津閣本、文瀾閣本、清刻本、排印本無。

〔二〕「君門」，文淵閣本作「高詩」，訛。案，宋詩卷二作「石門」。

〔三〕「永徽」，文淵閣本作「永微」，訛。案，永徽爲唐高宗年號。

〔四〕「改曰翠微宮於終南」，清刻本、排印本作「改曰翠微籠山爲苑」。

〔五〕「貞」，原作「身」，據清刻本改。

〔六〕「非」，原脱，據舊唐書卷五十一徐賢妃傳補。

〔七〕「聞」，文淵閣作「知」。

〔八〕「井」，原作「并」，據清刻本、排印本改。

〔九〕「黑」，文淵閣本、清刻本、排印本作「緑」。

九成宫

武僖元年，廢麟游郡，置鄜州，有九成宫，即隋仁壽宫。隋文帝崩於此。趙云：按樂史寰宇記載，在鳳翔府麟游縣〔一〕。又按，此宫本隋之仁壽宫，在鳳翔府麟游縣西五里。義寧元年廢，唐貞觀五年復置，更名九成，隸之雍州〔二〕。其宫周垣千八百步。麟游於隋曾爲郡，唐初改曰鄜州。按地理志：麟游縣，其去鳳翔府東北一百一十里。麟游郡置鄜州，謂改則可，謂之廢則不可。鄜字應是麟字，諸本誤刊耳。恐惑學者，故爲詳之。

蒼山入百里，崖斷如杵臼。曾宫憑風迥，一作迴。岌嶪土囊口。宋玉風賦：夫風生於地，起於青蘋之末，侵淫谿谷，盛怒於土囊之口。西京賦：狀嵬峩以岌嶪。趙云：此與玉華宫詩語異而旨同，言乘輿涉遠而冒險。易：臼杵之利。立神扶棟樑，鑿翠開户牖。魯靈光：神靈扶其棟宇。其陽産靈芝，其陰宿牛斗。西都賦：其陽則崇山隱天，幽林穹谷；其陰則冠以九嵕，陪以甘泉。天台賦：蔭牛宿以曜峯〔三〕。趙云：其陽、其陰字，使西都賦。雖兩句而盡賦鋪陳之勢矣。産靈芝，以言瑞物所生如漢廟柱生芝。宿牛斗以言其高，如公慈恩寺塔有云〔四〕：七星在北户，河漢聲西流。紛披長松倒，揭嶭怪石走。趙云：洞簫賦：若凱風紛披。魯靈光殿賦：飛陛揭孽，緣雲上征。哀猿啼一聲，客淚迸林藪。宜都山川記曰：峽中猿鳴至清，諸山谷傳其響，泠泠不絕，行者歌三聲淚霑衣。趙云：宮處乎深山之中，虞世南所謂冠山抗殿，絕壑爲池者。今以其稍不御而岑寂，則有愁絕之思矣。古歌云：猿鳴三聲淚沾裳。荒哉隋家帝，製此今頹朽。楊素爲隋文帝營仁壽宮，素規構鴻侈。文帝怒曰：素爲吾掊怨天下！素懼。封倫曰：毋恐，后至，當自免。既而，果然。向使國不亡，焉爲巨唐有。齊景公遊牛山，北臨其國，曰：若何去此而死乎！晏子曰：使賢人若常守，則太公有之。吾君安得此位而爲流涕？是不仁也。齊侯飲酒樂曰：若何？晏子曰：昔爽鳩氏始居此，季萴、逢伯陵、蒲姑氏、太公因之。若古無死，則爽鳩之樂，非君所願得也。傳曰：不有廢也，君何以興？雖無新增修，尚置官居守。巡非瑤水遠，跡是雕墻後。王元長曲水序：夏后兩龍，載驅璿臺之上；穆王八駿，如舞瑤水之陰。王母與宴於瑤池之上也。五子之歌：峻宇雕牆。注：雕，飾畫也。趙云：上言因隋以鑒唐也，下復申言以箴之。其去長安則亦遠矣，特比周穆王之瑤池爲不遠也[五]，故言巡非瑤水遠。然峻宇雕牆，五子之所戒，以爲未或不亡者而乃可襲其迹之後乎[六]？此指言唐襲隋後也。玉華宮，唐所創建，不敢指斥，故云不知何王殿。今九成宮隋所建，當以之爲戒，故云荒哉隋家帝。我來屬時危，仰望嗟歎久。天王守太白，駐馬更搔首。趙充國傳曰[七]：今太白高，深入者勝。天王，天子也。守太白，待時而進也。趙云：守者狩[八]。春秋：天王守于河陽。穀梁用此字也[九]。太白，山名。守之爲義，正言肅宗在鳳翔也。舊注引誤以狩爲守，以太白山爲太白星矣。詩靜女篇：愛而不見，搔首踟躕。

【校勘記】

〔一〕「縣」，原作「隸」，據文淵閣本、文瀾閣本、清刻本、排印本改。

〔二〕「隸之雍州」，「之」清刻本、排印本無；又，「雍州」文淵閣本作「鄜州」，訛。

〔三〕「舉」，文選卷十一、全晉文卷六十一孫綽遊天台山賦作「峰」。

〔四〕「慈恩寺塔」，文淵閣本作「登慈恩寺塔」。

〔五〕「比」，原作「此」，據文淵閣本、文津閣本、文瀾閣本、清刻本、排印本改。

〔六〕「之」，清刻本、排印本作「於」。

〔七〕「趙充國」，文淵閣本作「趙究國」，訛。案，趙充國，字翁孫，西漢人。

〔八〕「狩」下，清刻本、排印本有「也」字。

〔九〕「字」，清刻本、排印本作「守」。

羌村三首

趙云：蔡興宗云：至德二載〔一〕，歲在丁酉，秋，閏八月，奉詔至鄜迎家。有九成宮、徒步行、玉華宮、北征及此。羌村豈在鄜州，乃公寄家之地耶？當得鄜州圖經攷之。

崢嶸赤雲西，日脚下平地。楚詞云：載赤雲而陵太清。西都賦云：巖峻崷崒，金石崢嶸。注曰：崢嶸，高秀也。趙云：此善言暮日之狀〔二〕。易通卦驗之言雲有曰赤如赤繒。則赤雲亦實道所見耳。楚詞云：載赤霄而凌太清。舊注便改作雲字，以附會其説矣。柴門鳥雀噪，歸客一云客子。千里至。妻孥怪我在，驚走還拭淚。范彥龍云：有客款柴門。詩：樂爾妻孥。陸賈曰：乾鵲噪而行人至。世亂遭飄蕩，生還偶然遂〔三〕。鄰人滿墻頭，感歎亦歔欷。歔欷，感泣也。夜闌更秉燭，相對如夢寐。漁隱叢話載：冷齋夜話云：夜闌更秉燭，相對如夢寐。更相秉燭照之，恐尚是夢也。當作更，若使側聲字，讀則失其意甚矣。趙云：小説載有人夢至帝所，見扇有書字。視之，則題云：夜深更秉燭，相對如夢寐。初不記憶其爲杜詩也，覺而悟之。然則，杜詩乃在天人之所誦詠矣〔四〕。又劉貢父嘗言：詩人諷誦古人詩句，在心積久〔五〕，或不記，往往多自爲己有，不可例以爲竊詩。如老杜羌村云：夜闌更秉燭，相對如夢寐。而梅聖俞夜賦云：官燭翦更明，相看應似夢。昭明所選古詩：晝短苦夜長，何不秉燭遊。

右一

【校勘記】

〔一〕「二」，文淵閣本、文津閣本、文瀾閣本、清刻本、排印本皆作「一」，訛。

〔二〕「暮日」，文淵閣本作「日暮」。

〔三〕「還」，原作「理」，據二王本杜集卷二、十家注卷十二、百家注卷六、分門集注卷十二、草堂詩箋卷十一、黃氏補注卷三以及錢箋卷二改。

〔四〕「天人之所」，文淵閣本作「天上人所」。

〔五〕「積」，文淵閣本作「樍」，訛。

晚歲迫偷生，還家少歡趣。嬌兒不離膝，畏我復卻去。憶昔好追涼，趙云：晉安王溥晚逐涼詩曰：向夕紛喧屏，追涼風觀中〔一〕。故繞池邊樹。蕭蕭北風勁，撫事煎百慮。江淹詩：伏枕懷百慮。賴知禾黍一作黍秫。收，已覺糟床注。趙云：一作黍秫收，極是。蓋黍與秫所以造酒，方與下句相應。東坡洋川南園詩有云：桑疇雨過羅紈膩，麥隴風來餅餌香。此亦「賴知黍秫收，已覺糟床注」之意。蓋詩人推物理，想其事如此。如今足斟酌，且用慰遲暮。薛云：離騷經：惟草木之零落兮，恐佳人之遲暮。

右二

【校勘記】

〔一〕「風」，梁詩卷二十三庾肩吾和晉安王薄晚逐涼北樓回望詩作「飛」。

群鷄正一作忽。亂叫，客至鷄鬬爭。詩：鷄鳴。驅雞上樹木，始聞扣柴荆。父老四五人，問我久遠行。手中各有攜，傾榼濁復清。徐邈曰：酒清者爲聖人，濁者爲賢人。酒頌：挈榼提壺。苦辭酒味薄，黍地無人耕。兵革既未息，兒童盡東征。請爲父老歌，漢祖宴父老，歌大風。艱難媿深情。新添：書：厥子乃不知稼穡之艱難。歌罷仰天歎，四座淚縱橫。趙云：此詩一篇之中，賓主既具，問答了然，故善論詩者以比陶潛詩：清晨聞叩門，倒裳往自開。問子爲誰與？田父有好懷。壺漿遠見候，疑我與時乖。繿縷茅簷下，未足爲高棲。一世皆尚同，願君汩其泥。深感老父言，稟氣寡所諧。紆轡誠可學，違己詎非迷。且共歡此飲，吾駕不可迴。

右三

新安吏

王深父云：乾元二年，郭子儀等九節度之師圍安慶緒于鄴，時不立元帥，以中官魚朝恩爲觀軍容宣慰使，師遂潰于城下。諸節度各還本鎮，子儀保河陽〔一〕，詔留守東都。此詩蓋哀出兵之役夫。古者遣將有推轂分閫之命，今棄師於敵也〔二〕，虐至於無告。如詩之所憾，其君臣豈不刺哉〔三〕。然子儀猶寬度得衆〔四〕，故卒美焉。

客行新安道，新安，地名。喧呼聞點兵。古木蘭詩：昨夜見軍帖，可汗大點兵。借問新安吏，縣小更無丁。府帖一作符。昨夜一作日。下，次選中男行。中男絶短小，何以守王城。肥男有母送，瘦男獨伶俜。潘安仁寡婦賦：少伶俜而偏孤。注：單孑之貌。趙云：此篇點集新安之人以戍東都之詩也。古猛虎行曰：少年惶且怖，伶俜到他鄉。舊注引在後。白水暮東流，青山猶一作聞。哭聲。木蘭詩：不聞耶孃哭子聲，但聞黄河流水鳴濺濺。莫自使眼枯，收汝淚縱横。眼枯却見骨，天地終無情。我軍取相州，日夕望其平。豈意賊難料，歸軍星散營。時九節度圍相州，而師潰也。趙云：至德二載九月癸卯，復京師。十月壬子，復東京。明年改元乾元，安慶緒賊復振，以相州爲成安府。九月，詔郭子儀率李光弼等九節度兵凡二十萬，討慶緒於相州，遂圍之。至明年三月，慶緒求救於史思明，王師不利，南潰。諸節度引還。子儀以朔方軍保河陽，詔留守東都。今公詩所謂，蓋言相州之敗，九節度兵各引還也。**就糧近故壘，練卒依舊京。掘壕不到水，牧馬役亦輕。**此言子儀保河陽〔五〕，詔留守東都〔六〕。趙云：子儀留守，而所點集之丁戍於此也。宋書：徐爰有云：練卒嚴城。**況乃王師順，撫養甚分明。送行勿泣血，僕射如父兄。**趙云：子儀事上誠，御下恕，寬厚得人，故公有父兄之稱。

【校勘記】

〔一〕「河陽」，文淵閣本作「河南」。

〔二〕「也」，清刻本、排印本作「而」。

〔三〕「刺」，清刻本、排印本作「愧」。案，據上下文義，當以清刻本、排印本爲是。

〔四〕「度」，清刻本、排印本作「厚」。

〔五〕「保河陽」，文淵閣本作「保守河陽」。

〔六〕「詔」，文淵閣本無。

潼關吏

王深父云：安祿山反，哥舒翰以潼關擊賊。翰敗，祿山遂陷長安。其後收復長安頗增飾餘險。此詩蓋刺非其人則舉關以棄之，得其人雖舊險亦足恃。孟子所謂地利不如人和也。

士卒何草草，築城潼關道。大城鐵不如，小城萬丈餘。薛云：潤州圖經：城號甕城〔一〕，吳孫權所築。杜牧潤州詩：城高鐵瓮横强弩。又世説曰：若湯池鐵城，無可攻之勢。趙云：世有號西清詩話者，云杜詩如小城萬丈餘、大城鐵不如，則小城難爲高，大城難爲堅故也，得互相備意〔二〕。此亦可笑。小城睥睨也，大城欲堅如鐵者，此世説所謂若湯池鐵城無可攻之勢，而潤州城號鐵甕城之義也。若睥睨，豈有萬丈之高乎？蓋言其長亘耳。借問潼關吏，脩關還備胡。一作築城。要我下馬行，爲我指山隅。連雲列戰格，飛鳥不能踰。胡來但自守，豈復憂西都。丈人視要處，賈誼過秦論：良將勁弩守要害之處。窄狹容單車。艱難奮長戟，千古用一夫。李左車云：井陘之道，車不得方軌，騎不得成列。匈奴贊：厲長戟勁弩之械。劍閣銘：一人荷戟，萬夫趑趄。蜀都：一夫守隘，萬夫莫向。趙云：此篇大意以再修潼關，當以哥舒爲戒，嚴其所守而已。托諸關吏之言，則公意以關吏猶能知守之爲利廟謨神斷乃不能然哉？丈人，則托潼關吏呼公之語也。言請視要害之處，才能容車耳，豈不足守乎？用一夫，亦李白所謂一夫當關，萬夫莫開之意，何至用百萬以戰而赴之死乎？皆所以托關吏之言而傷之也。哀哉桃林戰，百萬化爲魚。武成：放牛桃林之野。注：桃林在華山東。陸士衡：眷言懷桑梓，無乃化爲魚。光武紀：決水灌之，百萬之衆可使爲魚。趙云：易則利戰，險則利守。持重守險，古之良法。哥舒翰逼於君命，輕去潼關而戰，故敗。桃林，正言翰進戰之所，蓋潼關於唐在華州之華陰，桃林於唐乃陝州之靈寶。按哥舒翰傳：帝使使者督戰，翰窘不知所出。六月引師而東，慟哭出關，次靈寶西原，與賊將崔乾祐戰。由關門七十里道險隘，其南薄山阻河，既爲賊所勝。

是時軍自相鬭，又棄甲而奔，陷河死者十一二，故有爲魚之喻。請囑防關將，慎勿學哥舒。哥舒翰守潼關，與賊交戰，敗而歸降於賊。祿山僞署翰司空，諸將光弼等皆爲書罪翰不死節，後爲安祿山所殺[三]。

【校勘記】

〔一〕「甕」，原作「瓮」，據清刻本、排印本改。

〔二〕「意」，原作「急」，據清刻本、排印本改。

〔三〕「後」，文淵閣本無。

石壕吏

王深父云：驅民之丁壯，盡置死地，而猶急其老弱，雖秦爲閭左之戍，不甚也。嗚呼！其時急矣哉！

暮投石壕石壕，地名。村，有吏夜捉人。老翁踰墻走，老婦出門看。吏呼一何怒，婦啼一何苦。聽婦前致詞，趙云：應璩老詩有：上叟前致辭、下叟前致辭[一]。又陌上桑云：羅敷前致辭。三男鄴城戍。江淹：飛蓋遊鄴城。王粲：歌舞入鄴城。魏都也。趙云：前年相州之役矣。一男附書至，一作到。二男新戰死。存者且偷生，李陵曰：陵豈偷生之士！死者長已矣。室中更無人，惟有乳下孫。孫有母未去，出入無完裙。一作孫母未便出，見吏無完裙。老嫗力雖衰，文穎曰：幽州及漢中皆謂嫗爲媪。請從吏夜歸。急應河陽役，猶得備晨炊。史：晨炊蓐食。夜久語聲絶，如聞泣幽咽。天明登前途，獨與老翁別。

【校勘記】

〔一〕「老詩有」，清刻本、排印本作「三叟詩」。檢「上叟前致辭」二句，魏詩卷八作應璩百一詩「古有行道人」詩中語。

新婚別

王深父云：先王之政，新有婚者，期不役，政出於刑名，則一切便事而已。此詩所怨〔一〕，盡其常分，而能不忘禮義〔二〕。余是以録之〔三〕。

兔絲附蓬麻，引蔓故不長。古詩：與君爲新婚，兔絲附女蘿。詩頍弁：蔦與女蘿，施于松柏。蔦，寄生也。女蘿，兔絲松蘿也。陸機疏云：兔絲蔓連草上生〔四〕，黄赤如金〔五〕，今合藥，兔絲子是也。本草：兔絲在木曰松蘿。趙云：兔絲當附松柏而乃附蓬麻，爲不得其所矣。詩唐國風有葛生之篇，曰：葛生蒙楚，蘞蔓于野。葛生蒙棘，蘞蔓于域。義以葛與蘞皆蔓生之物，施于松柏，纍于樛木，則得其托矣。嫁女與征夫，不如棄路傍。趙云：詩曰：駪駪征夫。古樂府云：觀者滿路傍。結髮爲妻子，蘇子卿詩：結髮爲夫妻，恩愛不相疑〔六〕。趙云：結髮始成人也。謂男年二十，女年十五，取笄冠爲義也。席不暖君牀。孔席不暇暖。暮婚晨告別，無乃太匆忙。君行雖不遠，守邊赴一作戍〔七〕。河陽。河陽，東都也。趙云：河陽，孟州之縣。東都，今西京也。郭子儀初保河陽而被詔留守東都。未幾，子儀召還，賊思明復陷東京，於是有河陽之戰。舊注：河陽，東都也。大誤。妾身未分明，何以拜姑嫜。薛云：前漢廣川王去爲幸姬陶望卿作歌曰：背尊章，嫖以忽。顔師古曰：尊章，猶言舅姑。趙云：曹子建雜詩云：妾身守空閨。江文通古別離云：妾身長別離。陳琳飲馬長城窟行云：善事新姑章，時時念我故夫子。父母養我時，日夜令我藏。生女有所歸，雞狗一作犬。亦得將。趙云：將字，乃百兩將之之將。蓋多而百兩〔八〕，微而雞犬，皆嫁時所攜物也。君今往死地，沉痛迫中腸。鮑照：生軀陷死地。謝靈運：眷言懷君子，沉痛迫中腸。韓信：置之死地而後生。魏文帝詩：斷絶我中腸。誓欲隨君去，形勢反蒼黄。北山移文：蒼黄翻覆。勿爲新婚念，努力事戎行。古詩：努力加飱飯。蘇武詩：努力愛春花〔九〕。李陵：努力崇明德。樂府：少壯不努力。趙云：褚翔雁門太守歌曰：結束事戎車〔一〇〕。詩：元戎十乘，以先啓行。婦人在軍中，兵氣恐不揚。薛〔一一〕：李陵與單于戰，陵曰：士氣少衰而鼓不起者，軍中豈有女子乎？始軍出時，關東群盜妻徙邊者隨軍爲卒妻婦，女匿車中〔一二〕。陵搜得〔一三〕，皆劍斬之。自嗟貧家女，久致一作致此。羅襦裳。淳于髡云：羅襦襟解。羅襦不復施，對君洗紅粧。古詩：娥娥紅粉粧。仰視百鳥飛，大小必雙翔。人事一作生。多錯迕，與君永相望。趙云：宋玉風賦：回穴錯迕。注云：雜錯交迕也。不施羅襦而洗紅粧，言君子行役不反。

如詩云「自伯之東，首如飛蓬；豈無膏沐，誰適爲容」之義也。

【校勘記】

〔一〕「怨」，文淵閣本作「必」，文瀾閣本作「怒」。

〔二〕「能」，文淵閣本、文津閣本、文瀾閣本、清刻本、排印本無此字。

〔三〕「是以」，文淵閣本作「以是」。

〔四〕「蔓連草上生」句，「草上」文淵閣本作「草也」，訛。又，「生」，清刻本、排印本無。

〔五〕「黄赤如金」，「金」字原奪，據文津閣本、清刻本、排印本並參毛詩正義卷十四頍弁篇引陸機疏補。

〔六〕「蘇子卿」，文淵閣本作「蘇子美」，訛。案，蘇武，字子卿，西漢人。

〔七〕「戍」，原作「成」，據文淵閣本、文津閣本、文瀾閣本、清刻本、排印本改。

〔八〕「而」字下，文淵閣本有「或」字。

〔九〕「花」，文淵閣本、文津閣本、文瀾閣本、清刻本、排印本作「華」。

〔一〇〕「褚翔」，原作「褚朔」，檢「雁門太守歌」三句，樂府詩集卷三十九相和歌辭、梁詩卷十七作「褚翔」，據改。

〔一一〕「薛」，文淵閣本、文津閣本、文瀾閣本、清刻本、排印本作「薛云」。

〔一二〕「女」，漢書卷五十四李陵傳作「大」。

〔一三〕「陵搜得」，文淵閣本作「搜得陵」。

垂老别

王深父云：軍興之際，至於老者亦介冑，則又甚於閭左之戍矣〔一〕。

四郊一作方。未寧靜，禮：四郊多壘，卿大夫之辱也。垂老不得安。子孫陣亡盡，焉用身獨完。投杖出門去，同行爲辛酸。幸有牙齒存，所悲骨髓乾。男兒既介冑，長揖别上官。左思詩：長揖歸田廬。酈食其長揖高祖。老妻卧路啼，歲暮衣裳單。孰知是死别，且復傷其寒。此去必不歸，還聞勸加餐。古詩：努力加飱飯。古辭云：上言加餐食。土門壁甚堅，杏園度亦難。史思明傳：李光弼出土門〔二〕，收常山郡。郭子儀以朔方、蕃、漢二萬人，自土門而至，常山軍威遂振。趙云：雖是作此詩時土門、杏園設備以待史思明，時思明已殺安慶緒自立爲帝矣，與天寶十五載潼關既潰之後，思明爲安禄山攻土門、陷常山時事皆相遠。勢異鄴城下，縱死時猶寬。人生有離合，豈擇衰盛一作老。端。憶昔少壯日，遲迴竟長歎。鮑照：臨路獨遲回。萬國盡征戍，一云東征。烽火被岡巒。蜀都賦：岡巒糾紛。盧諶詩：岡巒挺茂樹。鮑照：烽火入咸陽。積屍草木腥，晉天文志：太陵中一星曰積尸，明則死人如山。流血川原丹。揚子：川谷流人之血，原野厭人之肉。何鄉爲樂土，詩：適彼樂土。安敢尚盤桓。易屯卦初九：盤桓，利居貞。棄絶蓬室居，塌然摧肺肝。曹植詩：哀哉傷肺肝。又：顧念蓬室士。王仲宣：喟然傷心肝。列子曰：北宮子庇其蓬室〔三〕，若廣廈之蔭。

【校勘記】

〔一〕「甚」，文淵閣本作「盛」。

〔二〕「李光弼」，文淵閣本作「光武弼」，訛。案，李光弼，營州柳城人，契丹族，唐代將領。

〔三〕「庇」，原作「死」，據清刻本、排印本並參列子力命第六改。

無家別

王深父云：先王子惠困窮，苟推其所不忍達之於其所忍，則天下無敗亂之兆矣。此詩何爲作乎？

寂寞天寶後，天寶，明皇年號也。園廬但蒿藜。喪亂，園廬殘破也。我里百一作萬。餘家，世亂各東西。存者無消息，死者爲一作委。塵泥。賤子因陣敗，歸來尋舊一作故。蹊。久行見空巷，日瘦氣慘悽。但對狐與狸，豎毛怒我啼。苦寒行：熊羆對我蹲，虎豹夾路啼。言田里荒蕪，人跡罕少，惟狐狸爾。四鄰何所有，一二老寡妻。四鄰所居之鄰近也。人多死于征役，所居者惟寡婦爾[一]。孟子：老而無夫曰寡。宿鳥戀本枝，安一作敢。辭且窮棲。人情之戀故鄉，如宿鳥之戀本枝也。雖窮棲且安，敢辭言人情之安土也。唐太宗謂太原父老曰：飛鳥過故鄉猶躑躅，况朕少小所遊之鄉里乎！王正長：人情懷舊鄉，客鳥思故林[二]。顏延年：刻意藉窮棲。方春獨荷鋤，陶潛：雖有荷鋤倦[三]。日暮還灌畦。縣吏知我至，召令習鼓鞞。張景陽：入聞鞞鼓聲[四]。雖從本州役，盧諶詩：肯謂鄉曲譽，謬充本州役。內顧無所攜。近行止一身，遠去終轉迷。家鄉既盪盡，謝靈運：家鄉皆掃盡。遠近理亦齊。永痛長病母，五年委溝谿。生我不得力，終身兩酸嘶。人生無家別，何以爲烝黎？傷不得養父母。

【校勘記】

〔一〕「爾」，文淵閣本作「耳」。

〔二〕「人情懷舊鄉客鳥思故林。」原作「人情舊鄉客鳥思棲故林」，脱「懷」字，衍「棲」字，據清刻本、排印本並參文選卷二十九、晉詩卷八王贊雜詩訂正。

〔三〕「陶潛」，原作「淘潛」，據文津閣本、文瀾閣本、清刻本、排印本改。檢下句「雖有荷鋤倦」，文選卷三十一江淹雜體詩三十首其一題作「陶徵君潛」。

〔四〕「入」，原作「人」，據文選卷二十九、晉詩卷七改。

夏日歎

夏日出東北，陵天經中街。中街，黄道之所經也。漢書：昴畢爲天街。趙云：天文書，蓋以春分、秋分日出卯入酉，而夏至則出寅入戌，冬至則出辰入申。以夏至之出寅；寅東北之地也。中街，意言亭午也。朱光徹厚地，鬱蒸何由開。晉天文志：夏至極起而天運近北，而斗去人遠，日去人近，南天氣至，故蒸熱也。應璩嘗曰：處涼臺而有鬱蒸之煩。張孟陽：朱光馳北陸，浮景忽西沉。翰曰：朱光，日也。陸士衡功臣頌〔一〕：朱光照屋。楚詞：杲杲朱光。上蒼久無雷，無乃號令乖。易傳：當雷不雷，陽德弱也。郎顗傳：雷者號令，其德生養。號令殆廢，當生而殺。則雷反作，其時無歲。趙云：言軍令之不時也。雨降不濡物，良田起黄埃。易：雨以潤之〔二〕。濡，滋也。趙云：言彼相之無澤也。飛鳥苦熱死，池魚涸其泥。鮑照苦熱行：身熱頭且痛，鳥墮魂來歸。又曰：晨禽不敢飛。萬人尚流冗，舉目唯蒿萊。至今大河北，化作虎與豺。言大河之北，民皆餓飢，相吞如虎也。浩蕩想幽薊，幽州、薊門，禄山境也。王師安在哉。對食不能飡，趙云：蔡琰詩曰：飢當食兮不能飡其餘〔三〕。我心殊未諧。眇然貞觀初，難與數子偕。君子以爲傷今思古之詩。

【校勘記】

〔一〕「功臣頌」，文淵閣本作「功臣知」。

〔二〕「易雨以潤之」，原作「雨以潤之易」，前後倒置，據清刻本、排印本改。

〔三〕「不能飡其餘」，漢詩卷七蔡琰悲憤詩「其餘」二字無。

夏夜歎

永日不可暮，劉公幹：永日行遊戲。江淹別賦：夏簟清兮晝不暮。葛生：夏之日，冬之夜。言冬夜、夏日，晝夜之長時也〔一〕。炎烝毒我一作中。腸。言熱自中起，故毒我腸也。安得萬里風，飄飄吹我裳。趙云：陸士衡前緩聲歌云：長風萬里舉。昊天出華月，傅玄詩：清風何飄飄，微月出西方。劉休玄：芳年有華月。趙云：江文通擬劉楨詩：華月照芳池。茂林延疎光。謝靈運：茂林含餘清。潘安仁：茅屋茂林下。趙云：王羲之蘭亭記有「茂林脩竹」。仲夏苦夜短，開軒納微涼。謝靈運：不怨秋夕長，常苦夏夜短。虚明見纖毫，羽蟲亦飛揚。陶潛：涼風起將夕，夜景湛虚明。詩：熠燿宵行。羽蟲也。山谷嘗宿招提，月夜見薨薨而遊者，曰：老杜所謂云云，信不虛語。詩：鷄鳴云：月出之光，蟲飛薨薨。家語：羽蟲三百六十。物情無巨細，自適固其常。念彼荷戈士，詩：彼候人兮，荷戈與殳。窮年守邊疆。何由一洗濯，執熱互相望。言荷戈之士久苦於炎熱，但相望而已〔二〕，未能一洗濯也。新添：詩：誰能執熱，逝不以濯。竟夕擊刁斗，喧聲連萬方。李廣傳：程不識正部曲行伍營陣，擊刁斗，至明。孟康曰：刁斗，以銅作鐎，受一斗，晝炊飯，夜擊持行，名曰刁斗。西域傳：斥候士百餘人〔三〕，五分夜擊刁斗自守。師古曰：夜有五更，故分而持之也。青紫雖被體，不如早還鄉。李白蜀道難云：錦城雖云樂，不如早還鄉。夏侯勝：取青紫如俯拾地芥也。北城悲笳發，鸛鶴號且翔。詩：鸛鳴于垤。況復煩促倦，激烈思時康。張茂先詩：煩促每有餘。蘇子卿詩：長歌正激烈。

【校勘記】

〔一〕「晝」，文淵閣本作「盡」，訛。

〔二〕「相」，文淵閣本、文津閣本、清刻本、排印本作「想」。

〔三〕「候」，文淵閣本、文津閣本、文瀾閣本、清刻本、排印本作「堠」。

留花門

鮑云：按唐志：甘州有花門山堡〔一〕，東北千里，至回鶻衙帳。是年八月，廣平王爲元帥，以朔方、吐蕃、回紇諸兵討賊。公逆知其害，故言麥倒桑折。卒曰：花門既須留，原野轉蕭瑟。言其爲農桑害也。趙云：花門即回紇之别名也。

北門一作方。天驕子，飽肉氣勇決。前漢匈奴傳：單于遣使遺。漢書曰：南有大漢，北有强胡。胡者，天之驕子也。又匈奴居北邊，君王以下咸食畜肉，衣其皮。趙云：其先匈奴也，故公詩皆使匈奴事。高秋馬肥健，前漢匈奴傳：秋，馬肥，大會蹛林，課校人畜計。趙充國曰：秋馬肥，變必起矣。李廣以臨右北平盛秋。師古曰：盛秋馬肥健，恐勇爲寇也〔二〕。挾矢射漢月。詩云：既挾我矢。四子講德論：匈奴業在攻伐，事在獵射。兒能騎羊，走箭飛鏃。侯應曰：北邊陰山，單于依阻其中，治作弓矢，來去爲寇。自古以爲患，贊曰：書戒蠻夷猾夏。詩云：戎狄是膺〔三〕。春秋：有道，守在四夷。久矣夷狄之爲患也！嚴尤曰：匈奴爲害，所從來久矣。講德論曰：詩人所歌，自古患之。詩人厭薄伐。周懿王時，王室遂衰，戎狄交侵，詩人疾而歌之曰：靡室靡家，玁狁之故。宣王興師，命將征伐。詩人美之曰：薄伐玁狁，至於太原。言逐出之。脩德使其來，羈縻固不絕。語：遠人不服，脩文德以來之。贊曰：其慕義貢獻，則接之以禮讓，羈縻不絕，使曲在彼，蓋聖王制御蠻夷之常道也。揚雄書曰：然尚羈縻之，計不顓制也。應劭漢官儀曰：馬曰羈，牛曰縻。言四夷如牛馬之受羈縻也。胡爲傾國至，出入暗金闕。中原有驅除，隱忍用此物。王莽贊曰：聖王之驅除云爾。蘇林曰：王莽爲光武驅除也。驅逐蠲除，以待聖人也。公主歌黄鵠，西域傳：烏孫使使獻馬，願得尚漢公主〔四〕，爲昆弟〔五〕。天子問群臣，議許，曰：必先納聘，然後遣女。烏孫以馬千匹聘。漢元封中，遣江東王建女細君爲公主〔六〕，以妻焉。賜乘輿服御物，爲備官屬侍御數百人，贈送甚盛。烏孫昆莫以爲左夫人〔七〕，匈奴亦遣女妻昆莫以爲右夫人〔八〕。公主至其國，自治宮室居，歲時再與昆莫會，置酒飲食，以幣帛賜王左右貴人。昆莫年老，言語不通，公主悲愁，自爲作歌曰：吾家嫁我兮天一方，遠托異國兮烏孫王。穹廬爲室兮旃爲牆，以肉爲食兮酪爲漿。居常土思兮心內傷，願爲黄鵠歸故鄉。天子聞而憐之。趙云：乾元元年，肅宗以幼女寧國公主嫁回紇可汗，故公云。**君王指白日。**詩大車：謂予不信，有如皎日。皎，白也。我言之信，有如皎然之白。日，指白日，以爲信誓盟約。**連營屯左輔，百里見積雪。**三輔故事：馮，輔也；翊，佐也。左輔，馮翊郡也。**長戟烏休飛，哀笳曉幽咽。田家最恐懼，麥倒桑枝折。**講德論：收秋則奔狐馳兔〔九〕，穫刈則顛倒殪仆。驚邊枕土，屢犯蒭蕘。哥舒翰傳：吐蕃每至麥熟時，即率部衆至積石軍穫取，呼爲吐蕃麥。**沙苑臨清渭，**沙苑，馮翊郡界。**泉香草豐潔。渡河不用船，千騎常撇烈。**一云滅沒。趙云：此指籍回紇留左輔之爲害也。左輔，漢之馮翊郡，今之同州，在長安之東北，故謂之左輔。沙苑之地，正在馮翊郡界。按回紇傳：葉護言：願留在沙苑，臣歸料馬，以收范陽，訖除殘盜。故公詩言及左輔與沙苑也。以長戟之多，故烏休罷其飛。胡人吹笳，故其聲幽咽於曉。時殘害麥與桑，故田夫懼之。沙苑之句，則留馬而飲齕於此也。舊注引哥舒翰傳，知是吐蕃事矣，不干今詩句事。千騎常撇烈，則所留之馬如此。**胡塵踰太行，**太行，山名。古詩騎車太行道也。**雜種抵京室。花門既須留，原野轉蕭瑟。**丘希範書：姬漢舊邦，無取雜種。王深父留花門序云：肅宗之復兩京，藉回紇之師助焉。雖幸成功，而朝野更被其毒。語曰：人無遠慮，必有近憂。以天子之尊，推誠仗順，集中國之智力，滅一狂賊，豈有不足哉？不忍須臾之遲，顧引勍虜入於腹心之地，卒成危禍。其後陸贄賀吐蕃抽軍不助討朱泚亦云。

【校勘記】

〔一〕「花門山堡」上，原衍「留」字，據新唐書卷四十地理志「甘州張掖郡」條刪。

〔二〕「勇」，清刻本、排印本作「虜」，是。

〔三〕「云」，清刻本、排印本作「稱」。

〔四〕「漢公主」，清刻本、排印本「漢」字無。

〔五〕「爲昆弟」，「爲」字原奪，據清刻本、排印本並參漢書卷九十六下西域傳補。

〔六〕「江東王」，史記卷一百二十三大宛列傳、漢書卷九十六下西域傳作「江都王」。

〔七〕「左夫人」，史記卷一百二十三大宛列傳、漢書卷九十六下西域傳作「右夫人」。

〔八〕「右夫人」，史記卷一百二十三大宛列傳、漢書卷九十六下西域傳原作「左夫人」。

〔九〕「收秋」，文淵閣本作「秋收」。

塞蘆子

王深父序云：徹其西備而爭利於東，非所以固國者也。

五城何迢迢，沈存中云：延州今有五城，説者謂舊有東西二城，夾河對立。高萬典郡，始展南北東三關。乃知天寶中有五城，謂高始展，非也〔一〕。鮑云：唐志〔二〕：延州延昌縣北有蘆子關。又夏州注：長慶四年，節度使李祐築烏延、宥州、臨塞、陰河、陶子與塞蘆子，蓋五城名也〔三〕。迢迢隔河水。邊兵盡東征，文六年：知秦之不復東征。城内空荆杞。阮嗣宗詩：堂上生荆杞。思明割懷衛，史思明，雜種胡人也。天寶十四載，隨安禄山反河陽，懷、衛盡陷於賊。秀巖西未已。高秀巖，哥舒翰麾下將也，後爲思明僞河東節度使，降肅宗。迴略大荒來，山海經曰：大荒之中，有山名曰大荒之山，日月所入，是謂大荒之野。崤函蓋虚爾。項籍贊：秦孝公據殽函之固。師古：崤，謂崤山，今陜縣東二崤是也。函谷，今桃林縣南洪溜澗是也。虚言其無備禦爾。延州秦北户，關防猶可倚。焉得一萬人，疾驅塞蘆子。岐一作頃。有薛大夫，旁制山賊起。近聞昆戎徒，爲退三百里。蘆關扼兩寇，深意實在此。誰能叫帝閽，胡行速如鬼。時官兵止知東討收復河洛，而不知蘆子之可塞。公懼有乘隙而起者，故有此作。杜補遺：張衡思玄賦曰：叫帝閽使闢扉兮，覿天皇于瓊宮。閽，主門者。揚雄甘泉賦曰：選巫咸兮叫帝閽〔四〕。

【校勘記】

〔一〕「乃知天寶中有五城謂高始展非也」，清刻本、排印本注釋内容有異，云：「考杜詩，知天寶有五城，非高始展也。」

〔二〕「唐志」，文淵閣本作「南志」，訛。

〔三〕「與塞蘆子蓋五城名也」，清刻本、排印本注釋内容有異，云：「等五城于蘆子關北。」案，參新唐書卷三十七地理志「夏州朔方郡」條，當以清刻本、排印本爲是。

〔四〕「兮」，文淵閣本作「使」，訛。

彭衙行

趙云：春秋文二年，晉侯及秦師戰于彭衙。杜預云：馮翊郃陽縣西北有彭衙城。按郃陽於唐屬同州，即馮翊郡也。今此詩乃寄彭衙知縣孫公者耳。

憶昔避賊初，北走經險艱。夜深彭衙道，月照白水山。趙云：郃陽縣與白水縣正相接，皆屬同州也。盡室久徒步，逢人多厚顔。書五子之歌：顔厚有忸怩。詩云：顔之厚矣。羞愧之情見於面貌，如面皮厚然，故以顔厚爲色愧。趙云：左傳：盡室以行。參差谷鳥吟，一作鳴。不見遊子還。癡女飢咬我〔一〕，啼畏虎狼聞。懷中掩其口，反側聲愈嗔。小兒彊解事，故索苦李餐。時賊方收録衣冠，污以僞命，而避難者方銷晦聲跡，故托言女啼而恐虎狼聞也。虎狼，喻盜賊矣。一旬半雷雨，泥濘相牽攀。既無禦雨一云禦濕。備，徑滑衣又寒。有時經一作最。契闊，竟日數里間。野果充餱糧，擊鼓：死生契闊。契闊，勤苦也。公劉：迺裹餱糧。卑枝成屋椽。早行石上水，暮宿天邊煙。少留同家窪，欲出蘆子關。故人有孫宰，高義薄曾雲。謝靈運傳論：高義薄雲天〔二〕。同家窪、蘆子關，皆地名也。故人，故舊之人也。高義，言其恩義高遠。皆說孫宰也。延客已曛黑，曛黑，薄暮也。謝靈運詩：夜聽極星闌，朝遊窮曛黑〔三〕。張燈啓重門。煖湯濯我足，剪紙招我魂。宋玉爲屈原招魂。從此出妻孥，相視涕闌干。言淚之墮也。趙云：談藪載：王元景謝劉孝綽曰：卿勿怪我，別後當闌干。闌干者，淚連續不斷之貌。凡物之不斷皆可云闌干，如言北斗横闌干，則光之不斷也；苜蓿長闌干，則柔而不斷。衆雛爛熳睡，唤起霑盤飧。晋公子重耳過曹，曹大夫僖負羈饋盤飧寘璧焉。公子受飧返璧。趙云：爛漫，言睡之熟也。莊子云：性命爛熳。注：雖云分散遠貌，然亦熟爛之意。故靈光殿賦云：流離爛漫。而盧仝詩亦云鶯花爛漫君不來，皆言其多而熟也。誓將與夫子，永結爲弟昆。遂空所坐堂，安居奉我歡。誰肯艱難際，豁達露心肝。别來歲月周，胡羯仍構患。何當有翅翎，飛去墮爾前。趙云：當是指言安慶緒。蓋慶緒於正月弑其父而襲僞位也。

【校勘記】

〔一〕「咬」，原作「隨」，據清刻本、排印本並參二王本杜集卷二、十家注卷十一、百家注卷六、分門集注卷十一、草堂詩箋卷十、黄氏補注卷三以及錢箋卷二改。

〔二〕「謝靈運傳論」，原作「陸士衡文」，檢「高義薄雲天」句，陸士衡文無此句，考宋書卷六十七謝靈運傳論有此句，當是誤置，據改。

〔三〕「朝遊」，清刻本、排印本作「朝窮」，訛。

義鶻

感鳥獸猶見義而動也。趙云：此篇紀實事以垂鑒誡之詩也。

陰崖有蒼鷹，養子黑柏巔。白蛇登其巢，吞噬恣朝飡。趙云：長笛賦：惟籦籠之奇生兮，于終南之陰崖。楚辭：屑瓊蘂以朝飡。雄飛遠求食，雌者鳴辛酸。力彊不可制，黄口無半存。趙云：家語：孔子見羅者所得雀皆黄口也。孔子曰：黄口盡得，大雀獨不得，何也？羅者對曰：黄口從大雀者不得，大雀從黄口者得。孔子顧謂諸弟子曰：君子慎所從。其父從西歸一作來。，翻身入長煙。斯須領健鶻，痛憤寄所宣。斗上捩孤影，噭哮來九天。趙云：郭璞遊仙詩云：升降隨長煙。兵書：出於九天之上。脩鱗脱遠枝，巨顙拆老拳。杜補遺：石勒與李陽鄰居，争漚麻池，歲相毆擊。及貴，乃使人召陽，與酣謔，引陽臂笑曰：孤往日厭卿老拳，卿亦飽孤毒手。昔劉夢得嘗讀杜詩，疑老拳無據，及讀石勒傳，乃歎服云。高空得蹭蹬，蹭蹬字，見首篇注。短草辭蜿蜒。折尾能一掉，江賦〔一〕：揚鬐掉尾。左傳：尾大不掉。飽腸皆已穿。生雖滅衆雛，死亦垂千年。趙云：言蛇之滅鷹雛，蛇之死於義鶻，可爲鑒戒於千年之後也。亦王仲宣詠史云「生爲百夫雄，死爲壯士規」之勢也。物情有報復，快意貴目前。兹實鷙鳥最，急難心炯然。孔融云：鷙鳥累百。裳棣：兄弟急難。功成失所往，用捨何其賢。近經潏水湄，此事樵夫傳。飄蕭覺素髮，潘安仁：班鬢彪以承弁〔二〕，素髮颯以垂領。凛欲一作冽。衝儒冠。盧子諒詩：怒髮上衝冠[三]。人生許與分，只在顧眄間。聊爲義鶻行，用激壯士肝。

【校勘記】

〔一〕「江賦」，清刻本、排印本作「趙賦」，訛。

〔二〕「承」，原作「丞」，據清刻本、排印本改。

〔三〕「怒髮上衝冠」，「冠」字原奪，據文淵閣本、文津閣本、文瀾閣本、清刻本、排印本並參晉詩卷十二盧諶覽古詩補。

畫鶻行

高堂見生一作老。鶻，颯爽動秋骨。初驚無拘攣，曹褒傳：群寮拘攣。猶拘束也。潘安西征賦：陋吾人之拘攣。何得立突兀。乃知畫師妙，功刮造化窟。趙云：李賀云：二十八宿羅心胸，筆補造化天無功。蓋出於此。寫此神俊姿，支道林云：憐其神俊。充君眼中物。烏鵲滿樛枝，詩：南有樛木。釋文云：木下曲曰樛。樛，下垂也。趙云：謝玄暉敬亭詩：樛枝聳復低。軒然恐其出。側腦看青霄，寧爲衆禽没。趙云：言看青雲而軒舉，寧甘爲衆禽之滅没乎？此與傅玄長歌行曰：蒼鷹厲爪翼，耻與燕雀游。長翮如刀劍，人寰可超越。舞鶴賦：歸人寰之喧卑。乾坤空崢嶸，粉墨且蕭瑟。鮑明遠：歲崢嶸而催暮。又：金石崢嶸。深高之貌也。趙云：乾坤空自高大，而粉墨之物不能真超越之，但含蕭瑟之緬思一作想。雲沙際〔一〕，自有煙霧質。吾今意何傷，顧步獨紆鬱。舞鶴賦：煙交霧凝，若無毛質。陸士衡：紆鬱游子情。趙云：劉希夷邊城夢還詩：雲沙撲地起。夫既有真質，自能超越，則吾亦不必傷也。紆鬱，結悶之貌。真質，公自况也。世有西清詩話者，有云：王介甫、歐陽永叔、梅聖俞與一時聞人坐上分題賦虎圖。介甫先成，衆服其敏妙，永叔乃袖手。或以問余，余曰：此體杜甫畫鶻行耳。問者謂然。大抵前輩多模取古人意以紓急解紛，此其一也。西清之説如此。然觀介甫虎詩，與此自不同。蓋此篇雖詠畫鶻，而終於真鶻以自况。

【校勘記】

〔一〕「雲」，清刻本、排印本作「雪」，訛。

新刊校定集注杜詩卷四

古詩

瘦馬行

趙云：良馬有可任之德，以瘦而不能自奮；賢士有可用之材，以困而不能自拔。馬之瘦，惟其養之而已；士之困，惟其薦之而已。落句云：「誰家且養願終惠，更試明年春草長。」一篇大意可見。蔡伯世云：公出爲華州司功，以事之東都，有此詩。或曰：此詩似言房琯之斥逐。又曰：特公以自比。皆謂不然。蓋謂「誰家惠養」，則無所指名之義。若以房琯言之，則惠養之者必天子也，不應謂之誰家。若以公言之，則惠養之者必貴人也。公時困謫，有所望於顧拔之者，則猶有可言焉〔一〕。其所喻不廣，故直以爲公因感瘦馬而托意於賢士之困。〔二〕惟其所薦之，則其説廣〔三〕。

東郊瘦馬使我傷，骨骼音格，一作骸。硉力骨反。兀如堵牆。郭璞江賦：巨石硉矹以前却。禮：觀者如堵牆。趙云：郭璞於江賦以言石，公以言馬，謂其瘦也。如堵牆，亦以言瘦。絆之欲動轉欹側，此豈有意仍騰驤。東京賦：六玄虬之奕奕，齊騰驤之沛艾。西京賦：仍奮趯而騰驤。

細看六印帶官字，唐令，諸掌牧馬以小官字印右膊，以年辰印印右髀，以監名依左、右廂印印尾側。至二歲起，春量强弱〔四〕漸以飛字印左廂髀膊〔五〕，細馬俱以龍形印印項左。官馬賜人者以賜字印，配諸軍及充傳送驛者以出字印，並印右頰。衆道三軍遺路傍。皮乾剥落雜泥滓，雜卦：剥，爛也，物熟則剥落也。毛暗蕭條連雪霜。去歲奔波逐餘寇，驊騮不慣不得將。趙云：驊騮正以指言瘦馬。蓋太平之久，如驊騮輩，止以游乘，非慣戰之物也。既以其不慣，宜有一蹶之失，則有不得將之理矣。士卒多騎內廄馬，惆悵恐是病乘黃。乘黃署，後漢太僕有未央廄令，魏改爲乘黃廄。乘黃，古之神馬，因以爲名〔六〕。乘黃，亦名飛黃，背有角，日行萬里。淮南子云：天下有道，飛黃伏皁。一云：神黃，獸名，龍翼馬身，黃帝乘而登仙。趙云：乘黃，古之神馬，魏嘗以名廄。今云內廄馬，故言恐是病乘黃也。公以瘦馬喻賢材，既以之爲驊騮，又以爲乘黃，宜矣。當時歷塊誤一蹶，委棄非汝能周防。王褒聖主得賢臣頌：過都越國，蹶如歷塊。見人慘澹若哀訴，失主錯莫無晶光。天寒遠放雁爲伴，一作侣。日暮不一作未。收一作衣。烏啄瘡。誰家且養願終惠，顔延年赭白馬賦：願終惠養，蔭本枝兮。更試明年春草長。

【校勘記】

〔一〕「焉」，文淵閣本、文津閣本作「馬」，皆訛；清刻本、排印本此字無。

〔二〕「故」，文淵閣本、文津閣本無，清刻本、排印本作「然」。

〔三〕「故直以爲公因感瘦馬而托意於賢士之困惟其所薦之則其説廣」，清刻本、排印本與諸校本注釋内容有異，作：「不若喻薦拔賢士爲勝。」

〔四〕「至二歲起春量强弱」，「起」清刻本、排印本作「始」，「春」文淵閣本作「眷」，訛。案，唐會要卷七十二「諸監馬印」條作「脊」。

〔五〕「廂」，清刻本、排印本無。

〔六〕「爲名」，文淵閣本、文津閣本、文瀾閣本、清刻本、排印本作「名爲」。

送率府程録事還鄉 程攜酒饌，相就取别。

鄙夫行衰謝，鄙，賤也，自稱故曰鄙夫。趙云：論語：鄙夫問於我。抱病昏妄集。常時往還人，記一不識十。程侯晚相遇，與語才傑立。徐穉：角立傑出。薰然耳目開，趙云：莊子：薰然慈仁，謂之君子。頗覺聰明入。千載得鮑叔，末契有所及。管仲與鮑叔爲友。意鍾一作中。老栢青，義動脩虵蟄。易：龍虵之蟄。若人可數見，謝靈運：平生疑若人，通蔽互相妨。新添：語：君子哉若人！尚德哉若人！慰我垂白泣。謝靈運：戚戚感物態，星星白髮垂。趙云：杜欽傳：紅陽侯與欽子業書曰〔一〕：誠哀老姊垂白。注，師古曰：垂白者，言白髮下垂也。生別無淹晷，百憂復相襲。見第一卷登慈恩寺塔注。內愧突不黔，文子曰：墨子無黔突，孔子無暖席。揚雄曰：孔席不暖，墨突不黔。巨炎切。庶羞以一云明似。賙給。素絲挈長魚，碧酒隨玉粒。薛云：右按，歷城北有使君林，魏正始中，鄭公慤三伏之際率賓僚避暑于此，取大蓮葉盛酒，以簪刺葉，令與大柄通，屈莖輪囷如象鼻，傳噏之，名碧筩酒，以蓮莖得名。此言碧酒，乃酒之色，非碧筩也。酒譜曰：安期先生與神女會於圜丘，酣玄碧之酒。途窮見交態，阮籍詩：途窮能無慟？鄭當時：一貧一富，迺知交態。世梗悲路澀。潘正叔詩：世故尚未夷，崤函方險澀。東風吹春水，泱漭后土濕。謝玄暉：晨光復泱漭。月令：東風解凍，魚上冰。宋玉九辯：皇天淫溢而秋霖兮，后土何時乎得乾？泱漭，瀇瀁也。念君惜羽翮，既飽更思戢。莫作翻雲鶻，聞呼向禽急。趙云：昔人言鷹曰：飢則附人，飽則飛去。今云惜羽翮，則飽而不復飛往也。末句則又戒之以莫聞人之所呼而急於向禽，又以終其惜羽翮之義。

【校勘記】

〔一〕「紅陽侯」，「紅」原作「紀」，據漢書卷六十杜周傳改。

晦日尋崔戢李封

趙云：此篇初段蓋叙事耳。下段因物感懷，而終付之於酒以自遣也。當春有事乎田疇之際，而甲兵不休〔一〕，憂國念君，不能無慨乎中矣〔二〕。

朝光入甕牖，梁王臺卿詩：朝光正晃朗。過秦論：甕牖繩樞之子。孟康曰：以瓦甕爲窗。趙云：禮記：孔子曰：儒有蓬户甕牖。尸一作方。寢驚弊裘。論語鄉黨曰：寢不尸。包曰：偃卧，四體布展，手足似死人。起行視天宇，陶淵明：昭昭天宇闊。春氣漸和柔。興來一云得興。不暇懶，今晨梳我頭。出門無所待，徒一作徙。步覺自由。杖藜復恣意，趙云：莊子載：原憲杖藜應門。免值公與侯。晚定崔李交，會心真罕儔。薛夢符云：世説：晉簡文幸華林園，謂左右曰：會心處不在遠，翛然林水〔三〕，便有濠梁之趣。杜補遺：蓋言與崔李定交，相會以心，不以跡也。古樂府後周徐謙短歌云：意氣青雲裏，爽朗煙霞外。不重一囊錢，唯重心襟會。此乃會心之意。每過得酒傾，一作喫。二宅可淹留。喜結仁里懽，語：里仁爲美。趙云：楚詞云：其何可以淹留。張平子思玄賦云：匪仁里其焉宅。魏文帝燕歌行：何爲淹留寄他方？況因令節求。李生園欲荒，舊一作有。竹頗脩脩。引客看掃除，隨時成獻酬。崔侯初筵色，詩：賓之初筵。已畏空樽愁。孔融曰：坐上客常滿，樽中酒不空。未知天下士，至性有此不。一至作志。草牙既青出，蜂聲亦煖遊。思見農器陳，農器，耒耜之類。何當甲兵休。上古葛天氏，不貽黃屋憂。屋，一作綺。上林賦：聽葛天氏之歌。

范蔚宗：黃屋非堯心。師古曰：黃屋，車上之蓋也，皆天子之儀。**至今阮籍等，熟醉爲身謀。**顔延年詠阮步兵詩：阮公雖淪跡，識密鑒亦洞。沈醉似埋照〔四〕，寓辭類托諷。籍本有濟世志，屬魏晉之際，天下多故，名士少有全者，籍由是不與世事，遂酣飲爲常。文帝求婚於籍，醉六十日，不得言而止。鍾會數以時事問之，因其可否而致之罪，以酣醉獲免。趙云：葛天氏，氏一作民；不貽黃屋憂，屋〔五〕，一作綺。言自古葛天氏，則當繼之以不貽黃綺憂；言不貽黃屋憂，則當引之以自古葛天民不貽黃屋憂爲正。蓋言葛天氏之民，相忘其君而弗念，所以阮籍輩自藏於酒，亦特爲身謀而忘其君耳。言此者，公方以憂國念君爲心，而無可奈何，則亦姑遣之耳。**威鳳高其翔，**一云自高翔。時天下大亂，賢者退處，若威鳳然。高其翔而不下，全身遠害也。宣帝紀：威鳳爲寶。服虔曰：威鳳，謂鳥名也。晉灼曰「鳳之有威儀者也」，與尚書「鳳凰來儀」。宋玉九辯：鳳愈翺翔而高舉。楚詞云：獨不見夫鸞鳳之高翔。**長鯨吞九州。**謂盜賊縱橫，如長鯨之吞并九州也。長鯨，鯨魚也。文選：長鯨吞航。**地軸爲之翻，**海賦：又似地軸拔而爭迴。**百川皆亂流。當歌欲一放，淚下恐莫收。濁醪有妙理，庶用慰沉浮。**趙云：賢者遠引，巨盜橫興，天下搖動，紀綱不振如此。雖有憂國念君之心，其將孰捄哉？故雖痛哭流涕，猶爲無補，則亦一付之於酒以自遣可也。當危亂之世，一沉一浮，實所未知，非付之於酒，豈能慰乎？

【校勘記】

〔一〕「甲兵」，清刻本、排印本作「用兵」。

〔二〕「慨」，原作「概」，據文淵閣本、清刻本、排印本改。

〔三〕「翛」，世説新語箋疏言語第六十一條作「翳」。

〔四〕「埋照」，原作「醒然」，據清刻本、排印本並參宋詩卷五阮籍五君詠改。

〔五〕「屋」，原奪，據清刻本、排印本補。

雨過蘇端 端置酒。

鷄鳴風雨交，鄭國風：風雨淒淒，鷄鳴喈喈。趙云：言天欲明而有風雨交會也。久旱雨亦好。杖藜見前篇注。入春泥，無食起我早。趙云：莊子：吾無糧，我無食。諸家憶所歷，一飦一作飽。跡便掃。言交態之薄也。蘇侯得數過，懽喜每傾倒。也復可憐人，呼兒具梨棗。濁醪必在眼，盡醉攄懷抱。紅稠屋角花，碧委墻隅草。親賓絶談謔，喧鬧慰衰老。况蒙霈澤垂，糧粒或自保。妻孥隔軍壘，撥棄不擬道。趙云：天雨霈澤，必成豐年，可保糧粒矣。阮籍詠懷云：一身不自保，何况戀妻子。今於糧粒或自保之下，言妻子隔軍壘，亦使此矣。撥棄不擬道，亦自淵明「撥置且莫念」之變也。魏文帝雜詩云：棄置勿復陳。曹子建詩：去去莫復道。

喜晴 一云喜雨。

皇天久不雨，春秋書不雨。既雨晴亦佳。出郭眺四郊，蕭蕭春增華。青熒陵陂麥，西都賦：琳珉青熒〔一〕。校獵賦：眩曜青熒。莊子外物篇：青青之麥，生於陵陂。窈窕桃李一作杏。花。曹子建：容華若桃李。詩：窈窕淑女。幽閑也。桃之夭夭，灼灼其華。何彼穠矣，華如桃李。阮籍：夭夭桃李花。春夏各有實，我飢豈無涯。趙云：言飢豈浩蕩無涯際乎？蓋有不飢之時矣。干戈雖橫放，慘澹鬬龍蛇。甘澤不猶愈，且耕今未賒。丈夫則帶甲，婦女終在家。力難及黍稷，得種菜與麻。千載商山芝，前漢王貢兩龔傳：漢興〔二〕，園公〔三〕、綺里季、夏黃公、角里先生〔四〕，此四人者，當秦之世，避而入商雒深山，以待天下之定也。杜補遺：皇甫謐高士傳：四皓歌曰：莫莫高山，深谷逶迤。曄曄紫芝〔五〕，可以療飢。唐虞世遠，吾將何歸！駟馬高蓋，其憂甚大。富貴之畏人兮，不如貧賤之肆志。乃共之商洛，隱地肺山。秦滅，漢高帝徵之，不至。深入終南山，不能屈也。往者東門瓜。史記曰：蕭何傳：邵平者，乃故秦東陵侯。秦破爲布衣，貧，種瓜長安城東，瓜美，故世謂東陵瓜，從邵平始也。阮籍詩：昔聞東陵瓜，近在青門外。其人骨已朽，朽，一作滅。老子曰：子所言者，其人與骨皆朽也。此道誰疵瑕。左傳：不汝疵瑕。英賢遇轗軻，古詩：坎軻長苦辛。楚辭：轗軻不遇。坎，與轗同。遠引蟠泥沙。賈誼傳：鳳漂漂而高逝，固自引而遠去。揚子：龍蟠于泥。顧慙昧所適，迴首白日斜。賈誼：庚子日斜。漢陰有鹿門，後漢逸人傳：漢陰老父。桓帝幸竟陵，過雲夢，臨沔水，百姓莫不觀者，老父獨耕不輟。又：龐公，襄陽人也，居峴山之南，未嘗入城府，後攜其妻子登鹿門，因採藥不反。襄陽記：鹿門山，舊名蘇嶺山。滄海有靈查。因話録：漢書載張騫窮河源，言其奉使之遠，實無天河之說。唯張茂先博物志説近世有人居海上，每年八月見槎來，不違時。齎一年糧，乘之到天河。見婦人織，丈夫飲牛。遣問嚴君平，云：某年某月日，客星犯牛斗，即此人也。後人相傳云：得織女支機石，持以問君平。都是虛憑之説〔六〕。今成都嚴真觀有一石，呼爲支機石，云：當時君平留之。寶曆中，余下第還家，於京師途中逢官差遞夫舁張騫槎，先在東都禁中，今准詔索有司取進，不知是何物也。前輩詩往往有用張君槎者〔七〕，相襲訛謬矣。縱出雜詩〔八〕，亦不足據也。趙云：既云：「千載商山芝，往者東門瓜」，又「漢陰有鹿門，滄海有靈查」，語跡似重疊而意不同。前兩句以爲比擬之事，後兩句實欲效之也。蓋方甲兵危亂之世，英賢當遠引以避，如商山之四皓，則以採芝爲事；如東門之邵平，則以種瓜爲事，是皆避秦之亂，其道爲不可貶也。「顧慙昧所適，回首白日斜」，則公於此欲遠引以昧所適爲慙，將畏其遲暮矣。然所適有二柄〔九〕，漢陰之鹿門可以居山而隱〔一〇〕，滄海之靈查可以浮海而去，不特咄嗟惋憤而已。焉能學衆口，咄咄空一作同。咨嗟。世説：殷浩被廢，在長安，終日常書空作字。揚州吏人尋議之〔一一〕，竊視，唯作咄咄怪事。范雲至殿門不得入，但云咄咄而已。

【校勘記】

〔一〕「珉」，原作「野」，據清刻本、排印本並參文選卷一西都賦改。

〔二〕「興」，清刻本、排印本作「東」。

〔三〕「園公」，文淵閣本作「周公」，訛。

〔四〕「角」，文津閣本作「用」，訛。

〔五〕「曄曄」，文淵閣本作「山有」，訛；文瀾閣本作「煜煜」，清刻本、排印本作「奕奕」，係避清諱。

〔六〕「虚憑」下，原衍「河」字，據清刻本、排印本删。

〔七〕「用張君」原作「東君」，訛，據文淵閣本、文津閣本、文瀾閣本、清刻本、排印本改。

〔八〕「詩」，因話録卷五徵部作「書」。

〔九〕「柄」，清刻本、排印本無。

〔一〇〕「漢陰之鹿門」，句前清刻本、排印本有「如」字。

蘇端薛復筵簡薛華醉歌

文章有神交有道，有神，見首篇「下筆如有神」注。孟子曰：交鄰國有道乎？端復得之名譽早。愛客滿堂盡豪傑，趙云：謝靈運擬陳琳詩曰：愛客不告疲〔一〕。開筵上日一作月。思芳草。趙云：書曰：正月上日。孔安國注曰：上日，朔日也。故玉燭寶典以正月一日爲上日。安得健步移遠梅，亂插繁花向晴昊。千里猶殘舊冰雪，百壺且試開懷抱。趙云：詩：清酒百壺。莊子云：肌膚若冰雪。選有：歡娱寫懷抱。垂老惡聞戰鼓悲，急觴爲緩憂心擣。小弁：我心憂傷，惄焉如擣。心疾也。趙云：謝靈運擬陳琳詩云：急觴蕩幽默〔二〕。少年努力縱談笑，樂府：少壯不努力，老大徒傷悲。趙云：吴越春秋：越人之歌曰：行行各努力。看我形容已枯槁。漁父篇：顏色憔悴，形容枯槁。座中薛華善醉歌，歌辭自作風格老。趙云：世說：李元禮風格秀整。近來海内爲長句，汝與山東李白好。何劉沈謝力未工，梁書：何遜八歲能賦詩。一文一詠，范雲輒嗟賞。沈約亦愛其文。遜文章與劉孝綽並見重於世，世謂之何劉。世祖著編論之云〔三〕：詩多而能者沈約，少而能者謝朓、何遜。又劉孝綽七歲能屬文，每作一篇，朝成暮遍，好事咸誦諷傳寫，流聞絶域。又沈約傳：謝玄暉善爲詩，任彦昇工於文章，約兼而有之，然不過也。才兼鮑照愁絶倒〔四〕。鮑照字明遠〔五〕。杜補遺：宋景公筆録曰〔六〕：今人多誤鮑照爲鮑昭，李商隱詩有「肥烹鮑照葵」之句，昔金陵人得地中石刻作鮑照，蓋武后名照，唐人讀照爲昭爾。衛玠談道，平子絶倒。諸生頗盡新知樂，萬事終傷不自保。少司命云：樂莫樂兮新相知。趙云：梁柳惲江南曲云：不道新知樂，空言行路難。又沈約秋夜詩云「新知樂如是，久要詎相聞」也。阮籍詠懷詩云：一身不自保，何况戀妻子。嘗論此篇含蓄，意思尤在兩句。蓋自「座中薛華善醉歌」至「才兼鮑照愁絶倒」，言文章有神也。此兩句言交有道也。世人不知惟舊之可求，而樂乎新知，然臨利害，處患難，則我亦不能自保其可托矣。此爲可傷也。氣酣日落西風來，願吹野水添金杯。如澠之酒常快意，左傳：有酒如澠。亦知窮愁安在哉！忽憶雨時秋井塌，古人白骨生青苔，如何不飲令心哀？趙云：虞卿因窮愁而著書。阮籍詠懷云：簫管有遺音，梁王安在哉！

【校勘記】

〔一〕「陳琳」，原作「王粲」，檢「愛客不告疲」句，宋詩卷三作謝靈運擬陳琳詩，當是誤置，據改。

〔二〕「陳琳」，原作「王粲」，檢「急觴蕩幽默」句，宋詩卷三作謝靈運擬陳琳詩，當是誤置，據改。

〔三〕「編」，文淵閣本、文津閣本、文瀾閣本、清刻本、排印本作「篇」。

〔四〕「鮑照」，原作「鮑昭」，係避唐諱，此改，以下均同。

〔五〕「字」，原作「宇」，據文淵閣本、文津閣本、文瀾閣本、清刻本、排印本改。

〔六〕「公」，清刻本、排印本作「文」。

病後遇王倚飲贈歌

麟角鳳觜世莫識，煎膠續弦奇自見。薛云：右按東方朔十洲記：仙家煮鳳喙麟角，合煎作膠，名之續弦膠，一名連金泥。此物能連屬弓弩斷弦，及斷折之金以膠連，使力折擊，他處乃斷，續處不復斷也。趙云：公美王生之有用於世當然，而公自以老故已矣而無羨也。杜牧之：杜詩韓筆愁來讀，似倩麻姑癢處抓〔一〕。天外鳳凰誰得髓，無人解合續弦膠。此以言杜詩韓文不可斷也。

尚看王生抱此懷，在於甫也何由羨？且遇王生慰疇昔，素知賤子甘貧賤。酷見凍餒不足耻，論語：在陳絶糧。孟子：無凍餒之老者。多病沉年苦無健。王生怪我顔色惡，答云伏枕艱難徧。瘧癘三秋孰可忍？寒熱百日相交戰。頭白眼暗坐有胝，肉黄皮皺命如綫。趙云：此叙問答之本意。蓋王既素知我之甘貧賤，則深見我之無食，雖如在陳絶糧爲不足耻，不耻於無食則在貧賤而容貌不枯矣，然以多病淹久之故，而經年不健，則王生疑怪而問其顔色惡矣。禹手胼足胝。惟生哀我未平復，爲我力致美肴膳。遣人向市賒香粳，喚婦出房親自饌。長安冬菹酸且緑，金城土酥静如練。兼求富豪富豪，一本作畜豕。且割鮮，西都賦：割鮮野食。密沽斗酒諧終宴。趙云：前漢地理志云：秦地於天官東井、輿鬼之分，西有金城、武威，蓋今蘭州也。秦有駞金城，自能爲酥，其名土酥爲不足怪。今南中傳杜陵句解者，李歜之所爲也，以土酥爲來服，但不引所出，且曰：老杜方旅貧中，豈有真酥而食？其所食者來服耳，故以對前句冬菹。其説非是。嘗聞小説載胡人入吾地者見萵苣云：此狼牙菜也，安可食？後却見來服乃曰：怪其食狼牙菜，元有地酥爲解〔二〕。如此，則來服名地酥耳，而歜誤爲土酥乎？然歜不詳味上句乃王倚爲致美肴饌也。身在秦州而長安之冬菹，金城之土酥，且求畜豕割鮮焉，非肴饌之美而何？故人情味晩誰似〔三〕，令我手脚輕欲漩。辭變切。老馬爲駒總不虚，詩角弓：老馬反爲駒，不顧其後。注：已老矣，而孩童慢之。箋云：此喻幽王見人反悔慢之，遇之如幼稚，不自顧念後至年老人之遇己，亦將然也。當時得意況深眷。但使殘年飽喫飯，只願無事長相見〔四〕。趙云：列子載智叟所云，有殘年餘力之語。

【校勘記】

〔一〕「抓」，清刻本、排印本作「搔」。

〔二〕「爲」，文淵閣本、文津閣本、文瀾閣本、清刻本、排印本作「而」。

〔三〕「故人情味晚誰似」，「味」，二王本杜集卷二作「義」，「誰似」文淵閣本、文瀾閣本、清刻本、排印本作「無似」，文津閣本作「似無」。

〔四〕「願」，文淵閣本、文津閣本、清刻本、排印本作「顧」。案，二王本杜集卷二作「願」。

奉先劉少府新畫山水障歌

趙云：此詩篇中使字，云不合，云怪底，云得非，云無乃，云似聞，云乃是，皆以形容其所畫景物之逼真也。云玄圃〔一〕，云瀟湘，云天姥，乃取仙山及人間奇境稱比之也。

堂上不合生楓樹，怪底江山起煙霧。聞君掃却赤縣圖，乘興遣畫滄州趣。史記孟子傳：中國名曰赤縣神州。謝玄暉：既懽懷禄情，復協滄州趣。趙云：史記：中國名曰赤縣神州，言比幽遠之地，明顯靈異也。後世京邑屬縣有赤有畿。其浩穰者爲赤。奉先，乃今之蒲城縣也。縣東有蒲城，西魏亦以爲名。劉少府善畫，爲奉先之景物猶未曠遠，故杜云聞其掃赤縣圖，乘興遣劉公，更作滄州之幽趣矣。何以知其初爲奉先景物圖？以公橋陵詩云：居然赤縣立。此篇下文有云：乃是蒲城鬼神入。則所謂赤縣，正指奉先明矣。畫師亦無數，好手不可遇。對此融心神，知君重毫素。趙云：蓋公之意，言既遇劉公遺畫滄州趣矣，劉公對此圖而心神融釋。無他，劉公之心亦自重其毫素而樂爲之也。融，乃列子骨肉都融之義。左太冲招隱詩：前有寒泉井，聊可瑩心神。文賦云：唯毫素之所擬〔二〕。注：毫，筆也。書縑曰素。而五君詠有曰：向秀甘淡薄，深心托毫素。豈但祁岳與鄭虔，祁岳、鄭虔，當世善畫者〔三〕。筆跡遠過楊契丹。得非玄圃裂，離騷：朝發軔於蒼梧，夕來至乎玄圃〔四〕。圃在崑崙山，所以有仙人居焉。山海經曰：閬風之山，上倍之，是謂玄圃。無乃瀟湘翻。王徹君詩：窈藹瀟湘空。悄然坐我天姥下，耳邊已似聞清猿。天姥，山名也。謝靈運登海嶠詩：哀猿響南巒〔五〕。又：暝投剡中宿，明登天姥岑。杜補遺：吴越郡國志：天姥山與括蒼山相連。石壁上有字，高不可識。春月，則聞簫鼓笳吹之聲也。趙云：祁岳、鄭虔、楊契丹三人，皆士人之善畫山水者。契，音喆；姥音莫五切，皆言所畫山水者此趣也。葛仙公傳云：崑崙一曰玄圃，一曰積石瑶房，一曰閬風臺，一曰華蓋、天柱，皆仙人所居也。反思前夜風雨急，乃是蒲城鬼神入。元氣淋漓障猶濕，真宰上訴天應泣。趙云：可謂佳句之雄拔者。本朝錢希白洞微志云：無雲而雨，謂之天泣。野亭春還雜花遠，丘希範書：雜花生樹。漁翁暝踏孤舟立。滄浪水深青溟闊，欹岸側島秋毫末。孟子云：明足以察秋毫之末。不見湘妃鼓瑟時，至今斑竹臨江活。帝之二女啼，以涕揮竹，盡斑。薛云：楚詞遠遊：使湘靈鼓瑟兮，令海若舞馮夷。趙云：以狀所畫之竹，言湘妃遠矣，不親見其鼓瑟時，但餘斑竹在耳。張華博物志：舜之二妃，淚下染竹即斑。妃死爲湘水神，故曰湘妃竹。劉侯天機精，莊子：嗜欲深者，其天機淺。愛畫入骨髓。自有兩兒郎，揮灑亦莫比。大兒聰明到，能添老樹巔崖裏。小兒心孔開，貌得山僧及童子。趙云：禰衡有：大兒孔文舉，小兒楊德祖。若耶溪，雲門寺，吾獨胡爲在泥滓？青鞋布襪從此始。杜補遺：南史：何胤〔六〕，字子季，隱居不仕。會稽山多靈異，往遊焉，居若耶山雲門寺。初，胤二兄求、點并棲遁，逮胤又隱焉，世號點爲大山，胤爲小山，亦曰東山兄弟〔七〕。又云大隱、小隱。

【校勘記】

〔一〕「玄圃」，文瀾閣本作「元圃」，係避諱；清刻本、排印本作「縣圃」。

〔二〕「唯」，文淵閣本、文津閣本、文瀾閣本、清刻本、排印本作「爲」。

〔三〕「世」，文淵閣本、文津閣本、文瀾閣本、清刻本、排印本作「時」。

〔四〕「夕來」，文津閣本作「少來」，訛。案，文選卷三十二離騷作「夕余」。

〔五〕「巒」，原作「蠻」，據宋詩卷三改。

〔六〕「何胤」，文瀾閣本作「何運」，清刻本、排印本作「何允」，係避清諱。

〔七〕「世號點爲大山胤爲小山亦曰東山兄弟」原作「世號點爲小山胤爲大山亦曰步山兄弟」。「大山」、「小山」倒誤，「東山」訛作「步山」，據南史卷三十改。又，「胤爲小山」，文瀾閣本作「運爲大山」，清刻本、排印本作「允爲小山」，係避清諱。

湖城東遇孟雲卿復歸劉顥宅宿宴飲散因爲醉歌

疾風吹塵暗河縣，楊給事誄：軑我河縣，俘我洛畿。趙云：長門賦：天漂而疾風。鮑照出自薊北門行有曰：疾風衝塞起，沙礫自飄揚。湖城濱河，故謂河縣。行子隔手不相見。湖城城南一開眼，駐馬偶識雲卿面。趙云：管子：道塗揚塵，十步不相見。識面字，與「李邕求識面」出處同。後漢應奉傳注：造車匠於門内出半面視奉。後奉於路見車匠，識而呼之。北齊張耀守門，云：領火至識面方開。况非劉顥爲地主，嬾迴鞭轡成高宴。趙云：越語：越王以會稽三百里爲范蠡地，曰：皇天后土，四鄉地主正之。言地之鬼神也。左傳：地主致餼。言人爲地之主也。吴書孫奐傳：爲江夏太守，有地主之稱。劉侯歎我攜客來，置酒張燈促華饌。且將欵曲終今夕，休語艱難尚酣戰。趙云：淮南子曰：魯陽公與韓戰，戰酣日暮，援戈而麾之，日爲之反三舍。照室紅爐促曙光，縈牕素月垂文練。天開地裂長安陌，寒盡春生洛陽殿。時盜賊充斥，而肅宗理兵議收復也。趙云：上句言其事，下句言其時，句法使謝惠連與柳惲相答云：日映昆明水，春生鳷鵲棲。豈知驅車復同軌，書同文，車同軌。可惜刻漏隨更箭。陸佐公新漏刻銘云：銅史司刻，金徒抱箭。趙云：言孟雲卿同在湖城時。借用車同軌字。人生會合不可常，庭樹鷄鳴淚如綫。趙云：古詩云：鷄鳴高樹顛。曹子建詩：庭樹微銷落。淚如綫，言不絶也，蓋欲斷復續之貌。張率遠期詩：空閨淚如霰〔一〕。江文通雜體詩：握手淚如霰。

【校勘記】

〔一〕「張率遠期詩」二句，「張率」原作「張正見」，檢「空閨淚如霰」句，玉臺新詠卷六、梁詩卷十三作張率遠期，當是誤置，據改。又，「閨」，文淵閣本、文津閣本、文瀾閣本、清刻本、排印本作「聞」，訛。

閿鄉姜七少府設鱠戲贈長歌 閿音文。

姜侯設鱠當嚴冬，昨日今日皆天風。趙云：韓詩外傳云：昨日何生？今日何成？漢高皇后八年，太尉入未央宮，擊呂産；走，天風大起。河凍未漁一作黄河美漁。不易得，鑿冰恐侵河伯宮。饔人受魚鮫人手，周禮天官内饔：饔，和也，熟食曰饔，割烹煎和之稱。潘安仁西征賦：饔人縷切，鸞刀若飛。趙云：左傳：公膳，日雙鷄，饔人竊更之以鶩。海上有鮫人，泣則成珠，居於水中。今公言河凍而漁人未可以漁，則饔人之所受者乃鮫人授之，所以深言魚之難得而珍重之也。洗魚磨刀魚眼紅。無聲細下飛碎一作素。雪，有骨已剁觜春葱。七啓云：纍如疊縠，離若散雪。輕隨風飛，刃不轉切。又：膾西海之飛鱗〔一〕。七命云：范公之鱗，出自九溪。赬尾丹腮，紫翼青鬐。命文離，飛霜鍔。紅肌綺散，素膚雪落。觜，平聲。偏勸腹腴愧年少，軟炊香飰一作粳。

緣老翁。薛云：按禮記：冬右腴。鄭氏曰：腴，腹下也。前漢書：九州膏腴。顔師古曰：腹之下肥曰腴。杜補遺：少儀曰：羞濡魚者進尾，冬右腴，夏右鰭。注：腴，腹下也。廣韻曰：腴，腹下肥。維摩經曰：維摩詰從香積如來所取滿鉢香飯，普薰毗耶城。梁劉孝威謝東宮賜聖僧餘饌啓曰[二]：齊桓栢寢之器，周穆軒宮之寶，乳麋香飯，素捺糗漿，莫不氣馥上天，薰流下界。落碪何曾白紙濕，放筯未覺金盤空。新懽便飽姜侯德，詩：既醉以酒，既飽以德。清觴異味情屢極。東歸貪路一作貧路。自覺難，欲別上馬身無力。可憐爲人好心事，於我見子真顔色。不恨我衰子貴時，悵望且爲今相憶。趙云：陳周弘讓答王褒書有云：南風雅操，清觴妙曲。左傳云：必嘗異味。好心事，如言好心腸也。

【校勘記】

〔一〕「膾」，文淵閣本、文津閣本、文瀾閣本、清刻本、排印本作「鱠」。

〔二〕「劉孝威」，原作「劉少威」，據清刻本、排印本並參全梁文卷六十一謝東宮賜聖僧餘饌啓改。

案，劉孝威，彭城人，南朝梁詩人，駢文家。

戲贈閿鄉秦少翁短歌

鮑云：唐志：閿鄉，屬陝郡。

去年行宮當太白，鮑云：謂肅宗駐鳳翔也〔一〕。唐志：鳳翔府郿縣有太白山〔二〕。朝迴君是同舍客。直不疑爲同舍郎，疑盜金。同心不滅骨肉親，易曰〔三〕：同心之言。每語見許文章伯。唐文三變，王楊爲之伯。趙云：王充論衡超奇篇有云：文辭之伯。而魏陳琳與吴張紘書云：此間率少於文章，易爲雄伯。今日時清兩京道，相逢苦覺人情好。昨夜邀懽樂更無，多才依舊能潦倒。嵇康書：知吾潦倒麄疎，不切事情。趙云：北史崔贍傳云：自天保以後，重吏事，謂容止醖藉者爲潦倒，而贍終不改焉。故公詩於潦倒謂之能也。

【校勘記】

〔一〕「駐鳳翔也」四字，底本漫滅，據文淵閣本、文津閣本、文瀾閣本、清刻本、排印本補。

〔二〕「郿縣有太」四字，底本漫滅，據文淵閣本、文津閣本、文瀾閣本、清刻本、排印本補。

〔三〕正文「心」字，注「易」字，底本漫滅，據文淵閣本、文津閣本、文瀾閣本、清刻本、排印本補。

李鄠縣丈人胡馬行

丈人駿馬名胡騮，前年避胡過金牛。金牛，地名。迴鞭却走見天子，朝飲漢水暮靈州。漢水，漢江水也，在楚地方城。靈州，靈武郡。唐理〔一〕：回樂縣〔二〕，秦始皇屬北地郡。趙云：肅宗即位靈武，故迴鞭見天子，則自漢水而來靈州。自矜胡騮奇絶代，乘出千人萬人愛。一聞説盡急難材，趙云：急難材，如劉備之的顱一躍三丈過檀溪，以免劉表之追；劉牢之馬跳五丈澗，以脱慕容垂之逼也。轉益愁向駑駘輩。頭上鋭耳批秋竹，脚下高蹄削寒玉。黄伯仁龍馬頌曰：耳如剡筩，目象明星。始知神龍别有種，不比俗馬空多肉。洛陽大道時再清，趙云：已收復東京矣。累日喜得俱東行。鳳臆龍鬐一作麟鬐。未易識，側身注目長風生。趙云：皆馬之奇相，如劉琬馬賦曰：吾有駿馬，名曰騏雄。龍頭鳥目，麟腹虎胸。

【校勘記】

〔一〕「唐理」，當係「唐書地理志」之省稱，據舊唐書卷三十八地理志補。

〔二〕「回樂縣」，原作「回紇縣」，據清刻本、排印本並參漢書卷二十八地理志、文獻通考卷六田賦考改。

送長孫九侍御赴武威判官

驄馬新鑿蹄，銀鞍被來好。徐敬業：汗馬躍銀鞍。趙云：漢桓典爲御史，號嚴明，人畏憚之。每乘驄馬，當時爲之語曰：行行且止，避驄馬御史。今送長孫侍御，故得以驄馬爲言。銀鞍字多矣，如辛延年羽林郎詩曰：銀鞍何煜爚，翠蓋空踟躕。江文通别賦：龍馬銀鞍，朱軒繡軸。繡衣黄白郎，漢侍御史有繡衣直指，持斧捕盜。趙云：王賀，字翁孺[一]，武帝時爲繡衣侍御史，逐捕群盜。騎向交河道。漢侯應上書：車師前國，王治交河城。河水分流繞城下，故號交河。唐安西去交河郡七百里。問君適萬里，取别何草草。天子憂涼州，嚴程須到早。去秋群胡反，不得無電掃。風激電掃。此行收遺甿，風俗方再造。唐書：王室再造。族父領元戎，元戎，帥也。名聲國中老。奪我同官良，飄颻按城堡。使我不能餐，令我惡懷抱。趙云：群胡反，指吐番也。公前詩多以胡言安慶緒、史思明。今此接於涼州之下，則非言安史也。後漢：閻忠説皇甫嵩曰：旬月之間，神兵電掃。范曄於吳漢贊云[二]：電掃群孽。蔡琰詩云：飢當食兮不能飡。若人才思闊，若人，美長孫侍御也[三]。見上送程録事還鄉注。溟漲浸絶島。鐏前失詩流，塞上得一作多。國寶。趙云：班固云：賦者，古詩之流。史云：有臣如此，國之寶也。皇天悲送遠，雲雨白浩浩。九辯：皇天平分四時兮，竊獨悲此凜秋。憭慄若在遠行[四]，登山臨水兮送將歸。趙云：言上天亦悲人之遠去，所以雲雨愁態，浩浩然白也。東郊尚烽火，朝野色枯槁。趙云：東郊，指言史思明。蓋東京雖復，而洛陽之東猶用兵也。楚辭漁父篇：屈原顔色枯槁。西極柱亦傾，如何正穹昊。列子湯問篇：折天柱。又云：帝怒流於西極〔五〕。趙云：西極傾，指言吐蕃侵廓、岷〔六〕、霸等州，其勢方熾也。梁元帝阿育王像碑曰：璇璣玉衡，穹昊所以紀物。

【校勘記】

〔一〕「王賀」，原作「王禁」，據清刻本、排印本並參漢書卷九十八元后傳改。

〔二〕「范曄於吴漢贊云」，清刻本、排印本作「范蔚宗吴漢贊云」。案，范曄，字蔚宗，宋順陽人，南北朝時期史學家。

〔三〕「長孫侍御」，「長」字原奪，據文淵閣本、文瀾閣本、清刻本、排印本補。

〔四〕「憭慄」，原作「悲秋」，據清刻本、排印本並參楚辭章句卷八宋玉九辯改。

〔五〕「帝怒流於西極」，「怒」字，列子集釋卷五湯問引録盧文弨曰：「『恐』坊本作『怒』。」又，俞樾曰：「盧重玄本作『帝恐流於西極，失群仙聖之居』，當從之。」

〔六〕「廓」，清刻本、排印本作「擾」，訛。

送樊二十三侍御赴漢中判官

威弧不能弦，自爾無寧歲。易：弦木爲弧，剡木爲矢，弧矢之利，以威天下，蓋取諸睽。鮑明遠：寧歲猶七奔〔一〕。國語：姜氏告於公子曰：自子之行，晉無寧歲。趙云：揚雄河東賦曰：玃天狼之威弧。其後張平子思玄賦又云：彎威弧之拔剌。蓋因天有弧星〔二〕，而用易「弧矢之利，以威天下」。威字貼之。川谷血橫流，揚子：川谷流人之血。豺狼沸相噬。天子從北來，長驅振凋敝。頓兵岐梁下，肅宗理兵鳳翔。卻跨沙漠裔。趙云：此一段言安氏父子爲亂而乘輿播遷，肅宗駐蹕鳳翔也。自鳳翔而極西，則沙漠矣，故言跨其裔。二京陷未收，四極我得制。杜補遺：爾雅釋地：東至於泰遠，西至於邠國，南至於濮沿，北至於祝栗，謂之四極。注：此四方遠極之國名。列子：斷鼇之足以立四極。蕭索一作瑟。漢水清，緬通淮湖稅。使者紛星散，王綱尚旒綴。古詩：星使日夜馳。詩：爲下國綴旒。公羊傳：君若贅旒然。趙云：此二段言二京雖陷，而邊鄙不可不安，故遣使爲多也。漢中，今之興元府，漢水在焉，與淮、湖通征稅之物。樊之往漢中，正以四極不可不制，故遣使爲多。星散，所以言其不止一處。庾信寒園即目詩云〔三〕「寒園星散居」，乃其義也。非是李郃二使星入蜀事。南伯從事賢，君行立談際。揚雄：或立談間而封侯。趙云：南伯，指言漢中主將也。從事，指言樊爲判官也。言南伯與從事俱賢，相投在立談間耳。詩北山：我從事獨賢。生知七曜曆，月令：命太史司天曆，候日月星辰七曜爲經，二十八宿爲紀。杜補遺云：漢志注：日月五星謂之七曜。北史：劉焯以博學洽聞。如九章筭術、周髀、七曜書莫不覈其本根，窮其秘要。手畫三軍勢。馬援於帝前，聚米爲山谷，指畫形勢，開示衆軍。所從道徑，往來曲折，昭然可曉。帝曰：虜在吾目中矣。杜補遺云：前漢：張安世子千秋，與霍光子禹俱隨度遼將軍范明友擊烏桓。還，謁大將軍光，問千秋鬭戰方略，山川形勢。千秋口對兵事，畫地成圖，無所忘失。光復問禹，禹不能記，曰：皆有文書。光歎曰：霍氏世衰，張氏興矣。冰雪淨聰明，雷霆走精鋭。趙云：聰明如冰雪之淨，精鋭如雷霆之走，所以美之也。戰國策：季良謂魏王曰：恃兵之精鋭而欲攻邯鄲。射雉賦云：欣吾志之精鋭。幕府輟諫官，朝廷無此一作比。例。至尊方旰食，左傳：伍奢曰：楚君、大夫其旰食乎？旰，晏也。仗爾布嘉惠。賈誼弔屈原賦：恭承嘉惠兮，俟罪長沙。補闕暮徵入，柱史晨征憩。老子爲柱下史。趙云：以義推之，樊判官其初必先爲補闕而召之；既爲補闕，又爲侍御，而自侍御往漢中也。晨征憩者，以晨征行，而因執別則暫憩息也。正當艱難時，天步艱難。實藉長久一作大。計。回風吹獨樹，白日照執袂。趙云：此言別時之景也。庾信和趙王塗中詩云：迴風即送師。周王褒送葬詩：平原着獨樹[四]，皋亭望列村。楚辭：青春受謝白日照。其後張季鷹雜詩：白日照園林。慟哭蒼煙根，山門萬重閉。居人莽牢落，遊子方迢遰。徘徊悲生離，局促老一世。九章：悲莫悲兮生別離。古詩云：局促轅下駟。薛云：前漢書灌夫傳：上怒内史曰：公平生數言魏其、武安長短，今日廷論，局促効轅下駒。趙云：上林賦：牢落陸離。注：猶遼落也。陶唐歌遺民，後漢更列一作別。帝。恨無匡復姿，一作資。聊欲從此逝。左傳：吴季札聞唐之歌，曰：思深哉，其有陶唐氏之遺民乎！漢高祖曰：吾亦從此逝矣。趙云：兩句言民復而中興。其兩句又自言無能而當引去也。陶唐歌遺民，普言生民尚皆是陶唐之遺者[五]，以明其非作亂之人。後漢更列帝，則以漢光武中興而後，復有十二帝，以比肅宗中興也。

【校勘記】

〔一〕「七」，原作「亡」，據清刻本、排印本並參文選卷二十八、宋詩卷七鮑照東武吟改。

〔二〕「天」，文淵閣本、文瀾閣本、文津閣本作「矢」。

〔三〕「目」，原作「日」，據清刻本、排印本並參北周詩卷三寒園即目改。

〔四〕「着」，文津閣本、清刻本、排印本作「看」。

〔五〕「是」，清刻本、排印本作「有」，當是。

送從弟亞赴安西一云河西。判官

鮑云：亞字次公。肅宗在靈武，上書論當世事，擢校書郎。杜鴻漸節度河西，奏署幕府。故詩云：令弟草中來，蒼然請論事。

南風作秋聲，殺氣薄炎熾。南風作秋聲，言當生育而有肅殺。趙云：南風，夏日之風也，而作秋聲，故肅殺之氣倚薄炎熾也。盛夏鷹隼擊，時危異人至。趙云：月令又云：立秋之日，鷹隼擊。今節候當盛夏而鷹隼擊，則有所搏取，不得不擊。譬之時危亂，則須異人，故異人自然來至也〔一〕。異人，正指其弟亞矣。後漢王朗還許下，人稱其才進。或曰：不遇異人，當得異書。問之，果得王充論衡之益。令弟草中來，蒼然請論事。趙云：古詩：濟濟令弟。而謝靈運酬從弟惠連曰：末路值令弟。詔書引上殿，奮舌動天意。言君意爲之回動也。解嘲云：伸其舌而奮其筆〔二〕。兵法五十家，爾腹爲篋笥。兵法見前漢藝文志。邊韶：腹便便，五經笥。趙云：前漢藝文志有兵權謀十三家，兵形勢十一家，陰陽十六家，兵技巧十三家，總曰：凡兵書五十三家七百九十篇，圖四十三卷也。應對如轉圓，漢祖從諫若轉圓。杜補遺：開元遺事：張九齡每與賓客議論，滔滔不竭，如下坂走丸。時人服其俊辯。疎通略文字。經綸皆新語，足以正神器。易屯：君子以經綸。陸賈造新語。老子：天下神器。宗廟尚爲灰，君臣俱一作皆。下淚。九廟爲賊所焚也。安慶緒盡焚九廟也。趙云：崆峒地無軸，清海天軒輊。崆峒，見自京赴奉先縣詩注。言天地未安也。杜補遺：詩：戎車既安，如輊如軒。馬援傳：居前不能令人軒，居後不能令人輊。注：軒輊，輕重也。軒輊則或輕或重，低昂而不安矣。西極最瘡痍，連山暗烽燧。漢制：有寇則舉烽燧。相如諭蜀文曰：烽舉燧燔。杜補遺：唐六典曰：唐鎮戍烽候所至，大率相去三十里，其逼邊者，築城以置之。其放煙有一炬至三炬者，每日初夜舉一炬，謂之平安火。餘則隨賊多少而爲差〔三〕。光武紀：修烽燧。注：前書音義曰：邊方備警急，作土臺，臺上作桔槔，頭上有兜零，以薪草置其中，常低之。有寇即然火，舉之以相告曰烽。又多積薪，寇至即燔之，望其煙曰燧。晝則燔燧，夜則舉烽。廣雅言：兜零，籠也。季布傳：瘡痍未瘳。趙云：帝曰大布衣，布衣，韋帶之士。衛文公大布之衣，大帛之冠。新添：左傳：藉卿佐元帥。謂杜鴻漸。坐看清流沙，所以子奉使。書曰：西被于流沙。疏：流沙，西境最遠者也。而地理志以流沙爲張掖居延澤是也。計三危在居延之西，太遠矣，志言非也。趙云：流沙，亦西邊地名。書曰：西被于流沙。則在西之遠處，皆因吐蕃之亂而言之。歸當再前席，文帝前席賈生。注：漸促近聽說。適遠非歷試。舜歷試諸難〔四〕。須存武威郡，爲晝長久利。孤峰石戴驛，快馬金纏轡。黄羊飫不羶，蘆酒多還醉。踴躍常人情，慘澹苦士志。安邊敵何有，反正計始遂。高祖撥亂世而反之正。趙云：此一段又期以安邊敵。何有，正言吐蕃何足平哉！當念天子反正，車駕歸長安，方爲計遂也。吾聞駕鼓車，不合用騏驥。杜補遺：後漢循吏傳曰：建武十三年，異國有獻名馬者，日行千里；又進寶劍，價兼百金，詔以馬駕鼓車，劍賜騎士。建武，乃光武年號。龍吟迴其頭，夾輔待所致。左傳：夾輔周室。趙云：公意言以亞爲安西判官，特使騏驥駕鼓車耳。故馬回頭所望在夾輔天子也。龍吟，指言騏驥。

【校勘記】

〔一〕「來」，原作「未」，據文瀾閣本、清刻本、排印本改。

〔二〕「伸」，全漢文卷五十三作「信」。

〔三〕「賊」，文淵閣本作「其」，文津閣本作「則」，均訛；清刻本、排印本作「炬」。

〔四〕「難」，文淵閣本、清刻本、排印本作「艱」。

送韋十六評事充同谷郡防禦判官

安禄山大亂，甫與韋宙同陷賊，後皆遁歸行在所。鮑云：注以爲宙〔一〕。宙乃丹之子〔二〕，仕宣宗時，非此所送人也。

昔没賊中時，潛與子同遊。今歸行在所，王事有去留。天子行幸所在曰行在。詩：王事靡盬。偪側偪側，見上注。兵馬間，主憂急良籌。史范睢：主憂臣辱，主辱臣死。子雖軀幹小，老一作志。氣横九州。趙云：趙書曰：劉曜討陳安於壠城，安死。人謡曰：壠城健兒有陳安，軀幹雖小腹中寬，愛養將士同心肝。挺身艱難際，張目視寇讎。朝廷壯其節，奉詔令參謀。鑾輿駐鳳翔，同谷爲咽喉。西都賦：乘鑾輿。鳳翔府扶風郡，隋置鳳栖，尋改爲麟遊郡。同谷郡，今成州，晉仇池郡，漢下辨縣，舊名武街城。趙云：魏都賦：正位居體者，以中夏爲喉舌。西扼弱水道，禹貢：弱水既西。集注：十洲記云：鳳麟洲在西海之中，四面有弱水遶之。鴻毛不浮〔三〕，不可越也。南鎮枹罕陬。一作氐羌陬。唐安鄉郡〔四〕河州理枹罕縣。枹罕，故羌侯邑。枹，音孚，本枹鼓字也。此邦承平日，剽劫吏所羞。前漢地理志：椎剽掘冢。師古曰：椎殺人而剽劫之。剽，急也。況乃胡未滅，控帶莽悠悠。府中韋使君，道足示懷柔。詩：懷柔百神。令姪才俊茂，二美又何求。受詞太白脚，太白，山名。杜補遺：辛氏三秦記曰：太白山在武功縣南，去長安五百里，不知高幾許。俗云：武功太白，去天三百。周地圖記曰：太白山甚高，上常積雪，無草木。半山有雲如瀑布則澍雨。人常候，驗如離畢焉。故語曰：南山瀑布，不朝則暮。録異記曰：金星之精，墜於終南圭峰之西，因號爲太白〔五〕。其精化爲白石狀，如美玉，常有紫氣覆之。玄宗立玄元廟於太寧里臨淄舊邸，取其石琢爲像焉。

走馬仇池頭。成州上禄縣有仇池也。晉永嘉末爲氐楊茂搜所據〔六〕。杜補遺：三秦記曰：仇池山上廣百頃，地平如砥。其南北有山路，東西縣絶百仞。一夫守道，萬夫莫向。山勢自然有樓櫓却敵之狀，上有崗阜泉源。史記謂秦得百二之固也。南史：武興國，本仇池。楊難當自立爲秦王。本朝同州河池乃故地。後漢西南夷傳：白馬氐居河池，一名仇池山，在今成州上禄縣南。三秦記曰：仇池山，本名仇維，州上有池，故曰仇池，在滄、洛二谷之間，常爲水所衝激，故下石而上土，形如覆壺。仇池記曰：仇池百頃，周回九千四十步，天形四方，壁立千仞，自然樓櫓却敵之狀，分置調均，竦起數丈，有踰人功。凡二十七道，可攀援而上東西二門，盤道自下至上凡有七里。上則崗阜低昂，泉流交灌。酈元水經曰：羊腸盤道三十六回，開天圖謂之仇夷，所謂積石嵯峩，嶔岑隱阿者也。古色一作邑。沙土裂，前書音義曰：沙土曰漠，即今磧也。趙云：西邊近沙漠之地，故沙土裂。積陰雪雲稠。一作積雪陰雲稠。羌父豪猪靴，羌兒青兕裘。趙云：長楊賦有「拖豪猪」〔七〕。宋玉招魂曰：君王親發兮憚青兕。說文曰：兕如野牛，青皮堅厚，可以爲鎧。吹角向月窟，顔延年：歌月蠡來賓。蠡，窟也。月窟，西極。長楊賦：西壓月窟。杜補遺：樂録曰：蚩尤率罔兩與黄帝戰于涿鹿，帝乃命吹角爲龍鳴以禦之〔八〕。至魏武北征烏丸，度沙漠，而軍士思歸，於是減爲中鳴，而聲更悲矣。胡角者，本以應胡笳之聲，後漸用之。蒼山旌旆愁。鳥驚出死樹，趙云：吴平爲句章，州門前忽生一株青桐樹，上有歌謡之聲，惡而斫之。平隨軍北虜，首尾三年。死樹欻自還立於故根上，樹巔空中歌曰：死樹今更青，吴平尋當歸。故公詩又曰「君不見前者摧折桐，百年死樹中琴瑟」也。龍怒拔老湫。郊祀志：湫淵，祠朝那。湫水在涇州界，興雲雨〔九〕。土俗亢旱，每於此求之。相傳云龍之所居也，天下山川隈曲有之。湫，音子由切。古來無人境，今代横戈矛。趙云：孫興公遊天台山賦序云：卒踐入無人之境〔一〕。傷哉文儒士，憤激馳林丘。中原正格鬬，相抱而殺之曰格。趙云：格鬬字，祖出前漢，而陳琳飲馬長城窟行云：男兒寧當格鬬死，何能怫鬱長城道。禮記：傷哉，貧也！後會何緣由。百年賦命定，豈料沈與浮。且復戀良友，握手步道周。謝玄暉〔二〕：桑榆陰道周。趙云：詩：有杕之杜，生于道周。釋文：周，曲也。論兵遠壑淨，亦可縱冥搜。天台賦序。題詩得秀句，札翰時相投〔三〕。趙云：陸瑜仙人覽六箸篇云：避敵情思巧，論兵勢重新。

【校勘記】

〔一〕「宙」，文淵閣本作「韋」，文津閣本作「宇」，訛。

〔二〕「宙」，文瀾閣本無。

〔三〕「鳩」，文瀾閣本作「鴻」。案，海內十洲記作「鴻」。

〔四〕「安鄉郡」，清刻本、排印本作「安昌郡」。案，枹罕郡之地志沿革與稱謂，新、舊唐書記載互異。舊唐書卷四十地理志「河州下」「隋枹罕郡」條云：「天寶元年，改爲安鄉郡。」新唐書卷四十地理志「河州安昌郡下」云：「本枹罕郡，天寶元年更名。」

〔五〕「因」，原作「田」，據太平廣記卷三百九十八石部改。

〔六〕「楊茂搜」，原作「羌文茂」，訛，據清刻本、排印本並參舊唐書卷四十一地理志改。

〔七〕「長楊賦」，原作「上林賦」，訛，據清刻本、排印本並參文選卷九、全漢文卷五十二揚雄長楊賦改。

〔八〕「帝」，清刻本、排印本無。又，「命」，清刻本、排印本無。

〔九〕「雲」，文淵閣本、文津閣本、文瀾閣本、清刻本、排印本無。

〔一〇〕「卒」原奪，據清刻本、排印本補。

〔一一〕「謝玄暉」，原作「詩玄暉」，訛，據文淵閣本、文瀾閣本、清刻本、排印本改。

〔一二〕「時」，原作「特」，訛，據清刻本、排印本並參二王本杜集卷二、百家注卷六、分門集注卷二十、草堂詩箋卷十、黃氏補注卷四以及錢箋卷二改。

送李校書二十六韻

鮑云：李舟也。國史補言舟好事，與妹書曰：釋迦生中國，設教如周孔。周孔生西方，設教如釋迦。天堂無則已，有則君子生。地獄無則已，有則小人入。則其人可知，公故極稱道。

代北有豪鷹，生子毛盡赤。鍾，岱二山出鷹。趙云：以物之奇俊者譬李舟也。晉孫楚鷹賦曰：有金剛之俊鳥，生井陘之巖阻。隋魏彥深鷹賦曰：惟玆禽之化育，寔鍾山之所生。而今公言代北，未見所出也。渥洼騏驥兒，尤異是龍脊。趙云：前漢書曰：武帝元鼎四年，馬出渥洼水中。東方朔曰：騏驥騄耳，天下之良馬也。爾雅曰：騮馬黃脊。

驥，音乾。李舟名父子，趙云：名父之子也。前漢蕭育傳：王鳳以育名父之子，除爲功曹。王導謂述名父之子，不可無祿。清峻流輩伯。趙云：流輩之伯也。伯者，長之義。晉有八伯，以比八達。漢官儀曰：侍御史，周官也，爲柱下史，冠法冠。一名柱後，以鐵爲柱，言其審固不撓，常清峻也。人間好妙年，不必須白皙。左傳：東門之皙[一]，實興我役。趙云：左傳昭公二十六年：冉豎曰：有君子白皙。十五富文史，十八足賓客。十九授校書，二十聲輝一作煇。赫。衆中每一見，使我潛動魄。自恐二男兒，辛勤養無益。趙云：淵明云：雖有五男兒，俱不好紙筆。二男兒，亦倣此矣。乾元元一作二。年春，萬姓始安宅。乾元，肅宗時年號。始收復京師，民始安居。舟也衣綵衣，列女傳曰：老萊子孝養二親，行年七十，嬰兒自娛，着五色綵衣。嘗因取漿水上堂，跌仆，因卧地爲小兒啼，或弄烏鳥於親側。告我欲遠適。倚門固有望，斂衽就行役。詩：父曰：嗟！予子行役。趙云：戰國策：齊王孫賈之母謂賈曰：汝朝出而晚來，則吾倚門而望；汝暮出而不還，則吾倚閭而望汝。陶淵明勸農四言云：敢不斂衽。南登吟白華，已見楚山碧。白華：孝子之潔白。趙云：吟白華而見楚山碧，則舟必以王事南往於漢上矣。藹藹咸陽都，冠蓋日雲積。藹藹，言其氣象也。咸陽，古雍郡也。冠蓋，士大夫也。雲積，言多也。西都賦云：冠蓋如雲。何時太夫人，堂上會親戚。文帝紀：列侯妻稱夫人。列侯死，子復爲列侯，乃得稱太夫人。子不爲列侯，亦不得稱。潘安仁閑居賦：太夫人在堂。又云：席長筵列孫子。陶淵明：悅親戚之情話。汝翁草明光，漢武帝太初四年，秋，起明光宮。師古曰：三輔黃圖：在城中。元后傳云：成都侯商避暑，借明光宮。凡掌制誥文字謂之視草也。趙云：後漢尚書郎含香握蘭，直宿於建禮門，太官供膳，奏事明光殿，下筆爲詔誥，出語爲誥令。其在唐則中書舍人也。凡掌制誥，必有草，故謂之起草。春明退朝録載：凡公文，中書謂之草，樞密院謂之底，三司謂之檢。又可以見中書舍人所行曰草也。武后臨朝，天授元年，壽春王成器兄弟五人初出閤，同日受册，有司撰儀注，忘載册文。及百僚在列，方知闕禮，宰臣相顧失色。中書舍人王勮立召書吏五人執筆，口草五王册，一時俱畢。則起草者，中書舍人之職。天子正前席。見前詩注。

歸期豈爛熳，別意終感激[一]。趙云：豈爛熳，言必不至於過期也。而別意終感激，乃人情離別之常也。莊子：道德不同[二]，而性命爛熳。孟子趙歧章指曰：千載聞之，猶有感激。顧我蓬屋姿，謬通金閨籍。曹子建：顧念蓬屋士，貧賤誠足憐。謝玄暉出尚書省詩：既通金閨籍。小來習性懶，晚節一作歲。慵轉劇。嵇叔夜絶交書：少加孤露，性復疎慵。又：嬾與慢相成。每愁悔吝作，如覺天地窄。羡君齒髮新，行己能夕惕。語：行己有耻。易乾卦：夕惕若厲。臨岐意頗切，對酒不能喫。趙云：李陵詩：對酒不能酬。迴身視緑野，慘澹如荒澤。老雁春忍飢，哀號待枯麥。時哉高飛燕，絢練新羽翮。老雁，甫自喻也。時燕，喻李校書。趙云：漢時謡：大麥青，小麥枯。赭白馬賦云：別輩超群，絢練夐絶。注：絢練，疾也。長雲濕褒斜，西都賦：右界褒斜、隴首之險。見第一卷子午谷注。杜補遺：後漢順帝紀：罷子午道，通褒斜路。褒斜，漢中谷名。南谷名褒，北谷名斜，首尾七百里。鄭子真所耕在此谷口。斜音余遮切，俗讀作横斜之斜，非也。漢水饒巨石。趙云：言漢上景物之愁寂，以勸其歸也。江文通雜體詩云：海濱饒奇石。無令軒車遲，衰疾悲宿昔。古詩：思君令人老，軒車來何遲。

【校勘記】

〔一〕「東」，春秋左傳襄公十七年作「澤」。

〔二〕「終」，清刻本、排印本作「中」，訛。

〔三〕「道」，莊子集釋卷四下在宥第十一作「大」。

洗兵馬 收京後作。

中興諸將收山東，趙云：山東者，今之河北也。蓋謂之山東、山西，以太行山分之也。今所謂山東，乃昔言齊地，則以泰山言之矣。安禄山反，先陷河北諸郡。至二京已復，慶緒奔于河北之後，史思明降，嚴莊降，能元皓降，而河北諸郡漸復矣，故曰中興諸將收山東。捷書日趙作夕。報清晝同。趙云：夕者，日之晚也。詩曰：日之夕矣，牛羊下來。晝者，日之中也。莊子曰：正晝爲盜，日中穴坏。夕晚之報與日晝同，言其好消息之真也。舊本誤作日報清晝同，所以起學者之疑。河廣傳聞一葦過，胡危命在破竹中。衛詩：誰謂河廣，一葦杭之。晉杜預傳：今兵威已振，譬如破竹。數節之後，迎刃而解，無復著手處也。秖殘鄴城不日得，獨任朔方無限功。趙云：鄴城，相州也，乃賊所窟穴〔一〕。四月，以相州爲安成府，可見矣。至九月方能圍相州，十一月方能敗之。故公於作是詩時云殘者，言餘也。只殘字，是唐人語。任〔二〕朔方，指言郭子儀也。子儀素爲朔方節度使，後又加河西、隴右。時專任子儀，故云獨任。京師皆騎汗血馬，回紇餧肉蒲萄宮。汗血事，見一卷高都護驄馬行注。張耳傳：如以肉餧虎，何益？三輔黃圖曰：漢有蒲萄宮。趙云：蒲萄宮，考之長安志，載有東、西蒲萄園。景龍文館記云：中宗召近臣騎馬入櫻桃園，馬上口摘櫻桃，遂宴東蒲萄園，奏以宮樂。則所謂蒲萄宮者，雖不指其東西，而謂此園耳。舊注作漢有蒲萄宮，考之漢宮室名，別無此名也。視回紇爲虎，以言其强暴爲患也。舊唐史載：初收西京，回紇欲入城劫掠，廣平王固止之。及收東京，回紇遂入府庫取財帛，於市井村坊剽掠三日而止，財物不可勝計。廣平王又賚之以錦罽寶貝，葉護大喜。則回紇之如虎可知〔三〕。蒲萄宮，漢匈奴傳：元壽之年，單于來朝，舍之上林苑蒲萄宮。趙豈未之見耶〔四〕？已喜皇威清海岱，常思仙仗過崆峒。禹貢：海岱惟青州。王元長：崆峒山，黃帝順下風膝行進而問道〔五〕。趙云：青徐諸郡皆復，天下無事，則可以問道。此所以常思其如此。三年笛裏關山月，趙云：禄山以天寶十四載反，歲在乙未。安慶緒以至德二載弑其父，歲在丁酉。是歲復二京，則爲三年。關山月，古樂府曲名。梁元帝有詩，周王褒燕歌行云：無復漢地關山月，唯有漢北薊城雲。萬國兵前草木風。成王功大心轉小，文王，小心翼翼。時成王爲元帥。鮑云：乾元元年，徙封俶爲成王〔六〕。郭相謀深古來少。郭子儀也。司徒清鑒懸明鏡，李光弼。趙云：本傳：至德二載，光弼加檢校司徒。新書：光弼自司徒遷司空。猶稱司徒，則新史誤也。尚書氣與秋天杳。僕固懷恩。趙云：尚書，指言王思禮。本傳，長安平〔七〕，思禮先入清宮，收東京，戰數有功，遷兵部尚書。以爲房琯，非是。按：至德元載十月，琯用車戰以敗。二載，琯罷相，貶邠州刺史。舊注云作懷恩，亦非是。據本傳，復兩京，懷恩雖有功，止詔加鴻臚卿。其後，乾元二年方入爲工部尚書。今公詩是收復兩京後，豈却是懷恩耶？二三豪俊爲時出，整頓乾坤濟時了。東走無復憶鱸魚，張翰見秋風起，乃思吴中蓴羹、鱸魚，遂命駕東歸。吴蓋托意避亂，今不必如此也。南飛覺有安巢鳥。古詩：越鳥巢南枝。曹子建詩：願隨越鳥翻南翔。趙云：曹孟德詩：烏鵲南飛。大率兵亂則非特人不安，鳥亦不安，時平則鳥獸亦安矣。青春復隨冠冕入，紫禁正耐煙花繞。謝希逸：收華紫禁。趙云：乾元元年正月，授皇帝以傳國璽。此時衣冠并入而定矣，故云青春復隨冠冕入。紫禁，紫宫之禁也，蓋以紫微帝座得名。鶴駕通宵鳳輦備，鷄鳴問寢龍樓曉。薛夢符云：按漢宫闕疏：白鶴宫，太子之所居，凡人不得輒入。隨太子左右監率門，唐龍朔中改爲左右崇掖衛，垂拱中改爲鶴禁衛。杜補遺：劉向列仙傳曰：王子喬，周靈王太子晉也，好吹笙，作鳳鳴。遊伊洛間，道士浮丘公接上嵩山，三十餘年後，復於此山上告桓梁曰：告我家，七月七日待我緱氏山頭。果乘白鶴駐山顛。望之不得到，舉手謝時人而去。故後世稱太子之駕曰鶴駕，宫曰白鶴，禁曰鶴禁。又文選：王融，字元長。曲水詩序曰：儲后睿哲在躬，出龍樓而問豎，入虎闈而齒胄。注：龍樓，漢太子門名也。文王爲太子，鷄初鳴而衣服至寢門外，問内豎之御者曰：今日安否？何如？沈休文齊故安陸昭王碑文曰：「式掌諸命」；「允膺嘉選。博望之苑載暉，龍樓之門以峻。」趙云：按漢書，成帝爲太子，上嘗急召。太子出龍樓門〔八〕，不敢絶馳道。張晏曰：門樓上有銅龍，若白鶴、飛廉之爲名也。此龍樓本出。若王元長所用，則出於此耳。蓋王元長文合禮記與漢書兩事爲句，而杜公則又出於王元長而變之也。攀龍附鳳勢莫當〔九〕，天下盡化爲侯王。揚子：攀龍鱗，附鳳翼。時攀附而立功者皆有恩。趙云：班固、韓、彭等叙傳曰：雲起龍驤，化爲侯王。崔群送符載歸蜀序亦云：不習俎豆，化爲侯王。汝等，指化侯王之人也。唐舊史載：肅宗至德二載四月，帝在鳳翔。是時府庫無蓄積，專以官爵賞功。諸將出征，皆給空名告身，自開府、特進、列卿、大將軍，下至中郎、郎將，聽臨事注名。其後又聽以信牒授人官爵，有至異姓王者。諸有官者，但以職任相統攝，不復計官爵高下。大將軍告身一通，纔易一醉。凡應募入軍者，一切衣金紫，至有朝士僮僕衣金紫而身執賤役者。名器之濫，至是而極焉。今所謂盡化爲侯王，蓋言此輩也。汝等豈知蒙帝力，莊子曰：帝力於我何有哉！時來不得誇身强。關中既留蕭丞相，蕭何餉饋，不絶糧道。趙云，謂郭子儀也。幕下復有張子房。高祖曰：運籌帷幄之中，吾不如子房。謝宣遠張子房詩：婉婉幕中畫。張公一生江海客，身長九尺鬚眉蒼。杜補遺：仇池翁云：久困江湖，不見偉人。昨在金山，滕元發以扁舟破巨浪，出船巍然，使人神聳，好箇没興底。張鎬，相公。杜子美云：張公一生江海客，身長九尺鬚眉蒼。謂張鎬也。唐舊史云：蕭昕與鎬友善，表薦之，曰：如鎬者，用之則爲王者師，不用則幽谷之叟爾。玄宗擢鎬爲拾遺〔一〇〕，不數年，出入將相。徵起適遇風雲會，扶顛始知籌策良。二十八將論：咸能感會風雲。趙云：陸士衡樂府云：藹藹風雲會。語：顛而不扶。青袍白馬更何有，趙云：公自謂也。庾信哀江南賦曰：青袍如草，白馬如練。於雁門公碑銘言其祖父之功曰：白馬如練，玄旗如墨。亦以形容其旗馬。侯景之亂，先有童謡云：青絲白馬壽陽來。而景以朝廷所給青布〔一一〕，皆用爲袍，采色尚青。景乘白馬，青絲爲轡，欲以應讖。今公詩取字用耳，非言安、史及吐蕃也。何有者，言在我者何所有哉？殊無所利也，唯知喜再昌而已。後漢今周喜再昌。趙云：後漢，則東京之漢。今周，則宇文之周。庾信於齊王碑序云：昔東京，既稱炎漢再受；今周曆，即是酆都中興。此乃喜再昌之義。若以爲卜年卜世之周，則於今周字無出。寸地尺天皆入貢，奇祥異瑞争來送。不知何國致白環，丘希範書：白環西獻，楛矢東來。顔延年歌：亘地稱皇，罄天作主。月毳來賓，日際奉土。世本曰：舜時，西王母獻白環及佩。復道諸山得銀甕。禮運：山出器車。注：器，謂若銀甕丹甑。隱士休歌紫芝曲，集注：皇甫謐高士傳：秦世道滅德消，坑黜儒術，四皓於是退而作歌曰：莫莫高山，深谷逶迤。曄曄紫芝〔一二〕，可以療飢。唐虞世遠，吾將何歸。駟馬高蓋，其憂甚大。富貴之畏人兮，不如貧賤之肆志。乃共入商洛，隱地肺山。詞人解撰河清頌。新添：鮑照，字明遠。元嘉中，河濟俱清，當時以爲美瑞。照爲河清頌。趙云：公詩言此者，是歲既收京，而於七月嵐州合河關〔三〕、黃河三十里清如水。蓋收京之祥，實事也。田家望望惜雨乾，布穀處處催春種。布穀，鳴鳩也。趙云：楊惲云：田家作苦。故對布穀催耕之鳥。東坡在黃州作五禽言，自注曰：土人謂布穀爲脱却布袴。淇上健兒歸莫懶，城南思婦愁多夢。東山詩，五章言室家之望女也，「婦歎于室」。趙云：淇上，衛地也。衛詩云：泉原在左，淇水在右。今衛州與相州相鄰，則指言圍相之兵矣。健兒，見上哀王孫詩注。安得壯士挽天河，淨洗甲兵長不用。梁沈約詩：安得壯士馳奔曦。前漢李左車歌：安得壯士翻日車。武王伐紂，大雨洗兵。趙云：六韜有洗濯甲兵。

【校勘記】

〔一〕「穴」，原作「元」，據文淵閣本、文津閣本、文瀾閣本、清刻本、排印本改。

〔二〕「任」，原作「出」，據清刻本、排印本改。

〔三〕「如」，文淵閣本、文津閣本、文瀾閣本、清刻本、排印本作「爲」。

〔四〕「蒲萄宮漢匈奴傳」六句，據上下文義，蓋爲郭知達編纂集注時所補。

〔五〕案，此注簡省致文意不通。「王元長」以下十四字，見文選卷三五王元長永明九年冊秀才文五首其一「是以崆峒有順風之請」注。

〔六〕「俶」，文淵閣本作「叔」，訛。

〔七〕「平」，原奪，據新唐書卷一百四十七王思禮傳補。

〔八〕「龍樓門」，文淵閣本、文津閣本、文瀾閣本、清刻本、排印本作「龍門樓」，訛。案，漢書卷十成帝紀第十云：「上嘗急召，太子出龍樓門，不敢絶馳道。」

〔九〕「勢」，二王本杜集卷二作「世」。

〔一〇〕「玄宗」，文淵閣本、文津閣本、清刻本、排印本作「明皇」。文瀾閣本作「皇皇」，訛。

〔一一〕「朝廷」，文瀾閣本、清刻本、排印本作「朝庭」，訛。

〔一二〕「曄曄紫芝」，「曄曄」文淵閣本、文津閣本、文瀾閣本作「煜煜」，清刻本、排印本作「奕奕」，係避清諱。又，「紫」文瀾閣本作「煜」，訛。

〔一三〕「合河關」，原作「合關河」，倒誤，據舊唐書卷三百七五行志並參先後解輯校乙帙卷四洗兵馬注校記乙正。

〔一四〕校記乙正。

早秋苦熱堆案相仍時任華州司功。

七月六日苦炎蒸，對食暫飡還不能。趙云：蔡琰詩：飢當食兮不能飡。每愁一作常恐。夜中一作來。

自足一作皆是。蠍，趙云：蠍者，螫蟲，中原有之，南中無有。韓退之謫南方，及其歸也，有詩云：照壁喜見蠍。則每以得歸爲念，雖蠍之螫而見之反喜也。今公苦熱，固宜以足蝎爲愁。況乃秋後轉多蠅。趙云：退之詩有曰：朝蠅不須驅，莫蚊不須拍。蠅蚊滿八區，可與盡力格。秋風九月至，掃不見蹤跡。今公詩却以秋後多蠅爲苦，則韓言其理，杜怪其事。束帶發狂欲大叫，簿書何急來相仍。唐書：切於簿書期會。趙云：論語：束帶立於朝。陶淵明不肯束帶見督郵。南望青松架短一作絶。壑，安得赤脚踏層冰。趙云：江文通擬謝光禄郊遊詩：風散松架險。松枝可以爲架，故因謂之架焉。層冰，見上高都護驄馬行注。

立秋後題

日月不相饒，節叙昨夜隔。玄蟬無停號，秋燕已如客。古詩：秋蟬鳴樹間，玄鳥逝安適〔一〕。宋玉：燕翩翩而辭歸，蟬寂寞而無聲。平生獨往願，惆悵年半百。淮南王莊子略要曰：江海之士，山谷之人，輕天下，細萬物而獨往。司馬彪注曰：獨往，自然不復顧世。罷官亦由人，何事拘形役？歸去來詞：既自以心爲形役，奚惆悵而獨悲？陶淵明詩：誰謂形蹟拘？

【校勘記】

〔一〕「安」，原作「將」，據清刻本、排印本並參文選卷二十九、漢詩卷十二古詩十九首改。

新刊校定集注杜詩卷五

古詩寓秦州及同谷縣，行赴蜀中作。

貽阮隱居昉

陳留風俗衰，人物世不數。晉書：阮籍字嗣宗，陳留尉氏人也。父瑀，魏丞相掾。子渾，姪咸，咸子瞻，瞻弟孚，咸從子脩，孚族弟放，放弟裕，皆陳留人。塞上得阮生，迥繼先父祖。趙云：公言阮氏自晉人之後無所聞，今日於秦州得阮昉也。貧知靜者性，自益毛髮古。師云：語曰：仁者靜。注：無欲故靜，性靜者多壽。車馬入鄰家，蓬蒿翳環堵。江文通詩：顧念張仲蔚，蓬蒿滿中園。莊子庚桑楚：鑿垣牆而殖蓬蒿。昭十六年傳：斬之蓬蒿藜藋而共處之。月令：藜莠蓬蒿並興。儒行：儒有一畝之宮，環堵之室。注：環堵，面一堵也。五版爲堵。張景陽詩：環堵自摧毀。清詩近道要，趙云：傅咸贈崔伏詩曰：人之好我，贈我清詩。識字用心苦。劉棻嘗從揚雄學作奇字。劉歆觀之，泣曰空自苦。趙云：字作子，言阮爲詩所以近道要者，以其用心苦也，惟杜公識之。尋我草逕微，褰裳踏寒雨。崔駰達旨辭曰：與其有事，則褰衣濡足，冠掛不顧。趙云：詩：褰裳涉溱。更議居遠林，避喧甘猛虎。沈休文詩：避世非避喧。足明箕潁客，榮貴如糞土。陸士衡云：徐幹少無宦情，有箕潁之心。晉語：玉帛、酒食，猶糞土也。愛糞土以毀五常，無乃不可乎？箕，山名，潁，水名，許由、巢父隱處。僖二十八年傳〔一〕：榮季曰：況瓊玉乎？是糞土也。趙云：箕潁，出謝靈運擬徐幹詩序，非陸士衡。舊注誤。

【校勘記】

〔一〕「僖二十八年傳」，清刻本、排印本作「左傳」。

遺興三首

下馬古戰場，四顧但茫然。蘇子卿〔一〕：行役在戰場。風悲浮雲去，黃葉墜我前。朽骨穴螻蟻，老子曰：其人已死，其骨已朽。陸機挽歌：豐肌饗螻蟻，妍骸永夷泯。趙云：莊子云：在上爲烏鳶食，在下爲螻蟻食。又爲蔓草纏。江淹恨賦：試望平原，蔓草縈骨，拱木斂魂。故老行嘆息，今人尚開邊。嚴助傳：武帝時征伐四夷，開置邊郡。使公得志廟堂，固不求邊功，不賞邊臣矣。趙云：漢虜互勝負，封疆不常全。前漢匈奴傳：當孝武時，雖征伐克獲，而士馬物故亦略相當。雖開河南之野，建朔方之郡，亦棄造陽之北九百餘里。匈奴人民每來降漢，單于亦輒拘留漢使以相報復，其桀驁尚若斯，安肯以愛子而爲質乎？韓安國：漢數千里地，爭利則人馬罷，虜以全制其敝。去病云：漢匈奴相紛拏，殺傷大當。孫子：一勝一負，兵家常勢。安得廉耻一作頗。將，三軍同晏眠。

右一

【校勘記】

〔一〕「蘇子卿」，清刻本、排印本作「蘇武」。參見卷三新婚别校勘記〔六〕。

高秋登寒一作塞。山，南望馬邑州。前漢地理志：馬邑屬雁門郡。晉太康地記云：秦時建此城，輒崩不成。有馬周旋馳走反覆，父老異之，因依以築城，遂名爲馬邑。漢王恢伏兵馬邑旁谷中是也。趙云：舊注指爲雁門馬邑，非是。蓋公詩在秦州所作，其登山南望，豈却望北地雁門之馬邑乎？馬邑，秦州地名，今於本處有石碑標榜焉。其土人及曾遊秦州者，自能言之，此所謂不行一萬里，不曉杜甫詩也。降虜東擊胡，壯健盡不留。時回紇助順〔一〕，收復京師，遂進收東都。前漢匈奴傳曰：漢大發關東輕鋭士，盡力擊匈奴。郡國吏三百石伉健習騎射者皆從軍。

穹廬莽牢落，匈奴傳：匈奴父子同穹廬卧。師古曰：穹廬，旃帳也。其形穹隆，故曰穹廬。上有行雲愁。老弱哭道路，願聞兵甲休。前漢賈捐之傳：珠崖反，連年不定。議大發軍，捐之建議不可，曰：當此之時，寇賊並起，軍旅數發，父戰死于前，子鬭傷於後，女子乘亭障，孤兒號於道，老母寡婦飲泣巷哭。上從之。前漢匈奴傳：匈奴上漢書曰：願寢兵休士，以安邊民，使少者得成其長，老者得安其處。鄴中事反覆，一云何蕭條。死人積如丘。後漢：韓遂語馬騰曰：天下反覆未可知。趙云：兩京雖復矣，而賊猶保相州。既圍復解，則士卒傷死可知矣。諸將已茅土，載驅誰與謀。李陵與蘇武書：陵謂足下當享茅土之薦〔二〕。策文：錫君玄土，苴以白茅。新添：詩：載馳載驅。趙云：當兩京之復，各論諸將之功而加官爵矣，則破鄴之戰，誰復效力哉！宜公之所深憂也。

右二

【校勘記】

〔一〕「時」，原作「詩」，據文瀾閣本、清刻本、排印本改。

〔二〕「謂」，原作「爲」，據清刻本、排印本並參文選卷四十一答蘇武書改。

豐年孰云遲，甘澤不在早。陸機雲賦：甘澤霶霈。孫楚雪賦：膏澤液，普潤中田。肅肅二麥〔一〕，實豐年。曹子建：良田無晚歲，膏澤多豐年。耕田秋雨足，禾黍已映道。春苗九月交，顔色同日老。勸汝衡門士，衡門，見上秋雨歎注。勿悲尚枯槁。漁父：形容枯槁。莊子：枯槁之士。趙云：此篇慰貧士之詩也。時來展材力，先後無醜好。但訝鹿皮翁，忘機對芳草。列仙傳：鹿皮翁者，菑川人也，少爲府小吏，機巧，舉手能成器械。岑山上有神泉，人不能至也。小吏白府君，請木工斧斤三十人，作轉輪懸閣，意思叢生。數十日，梯道四門成。上其顛作茅舍，留止其旁。趙云：鹿皮翁，固是神仙，神仙皆遺世故。然於此言忘機，則以鹿皮翁本巧於機械，及其避世，忘去機慮，結茅岑山，坐對芳草矣。公題是遣興，見諸將以戰伐之功，富貴驕矜，而貧者寂寞，既慰之以秋成當飽，可免憔悴，又期之以時來展材力，亦當富貴。不以先者爲好，而後者爲醜也。又終之以鹿皮翁之忘機，則豈顧富貴之先後哉。鹿皮翁殆公自托耳。

右三

【校勘記】

〔一〕「二」，全晉文卷六十孫楚雪賦作「三」。

昔遊

趙云：此篇名昔遊，蓋公紀遊王屋山與東蒙山之實也。王屋山有華蓋峰，所謂華蓋君、董先生必是實事。詳味公之詩，意可見矣。於紀實中因使神仙事以稱之也。

昔謁華蓋君，深求洞宮脚。玉棺已上天，白日亦寂寞。後漢：王喬爲葉令，後天下玉棺於堂前，吏人推排，終不摇動。喬曰：天帝獨召我耶？乃沐浴服飾寢其中，蓋便立覆。宿夕葬於城東，土自成墳。其夕，縣中牛皆流汗喘乏，而人無知者。百姓乃爲立廟，號葉君祠。暮升艮岑頂，艮岑，東北之岑也。巾几猶未却。趙云：華蓋君所戴之巾，所憑之几尚在也〔一〕。弟子四五人，入來淚俱落。余時遊名山，發軔在遠壑。離騷：朝發軔於蒼梧。又：朝發軔於天津。良覿違夙願，謝靈運詩：搔首訪行人，引領冀良覿。含凄向寥廓。林昏罷幽磬，竟夜伏石閣。王喬下天壇，微月映皓鶴。嵇康琴賦：王喬披雲而下墜。天台賦：王喬控鶴以沖天。何敬祖：在昔王子喬，有道發伊洛。迢遞陵峻岳，連翩御飛鶴。此王喬却是周靈王太子王子晉。子晉一名喬。晨溪嚮虛駛，歸徑行已昨。豈辭青鞋胝，趙云：青鞋，山行之具。胝，足病也。莊子曰：手足胼胝。悵一作悵望。金匕藥。東蒙赴舊隱，尚憶同志樂。東蒙，山名。昔者先王以爲東蒙主。趙云：此又叙其遊東蒙山也。公玄都壇歌寄元逸人曰：故人昔隱東蒙峰。又與李白同尋范十隱居曰：余亦東蒙客，憐君如弟兄。豈所謂赴舊隱與同志樂者乎？休事董先生，董先生，董京威也。行吟常宿白社之中，時乞市肆，得碎繒結以自覆。趙云：休事董先生，則東蒙山必有董先生矣。舊注便差排作董京威，自是已往神仙矣，亦豈在東蒙山邪？於今獨蕭索。胡爲客關塞，道意久衰薄。妻子亦何人，丹砂負前諾。晉葛洪求勾漏令，以鍊丹砂。雖悲髮變鬒，章忍反，一云鬒髮變。謝玄暉詩：有情知望鄉，誰能鬒不變。詩：鬒髮如雲。趙云：髮之黑者曰鬒。鬒髮變，言變而爲白也。未憂筋力弱。扶藜望清秋，有興入廬霍。謝靈運詩：遊當遊羅浮，行必息廬霍。江淹：擬靈運詩：靈境信淹留，賞心非徒設。平明登雲峰，杳與廬霍絶。

【校勘記】

〔一〕「也」，文淵閣本、文津閣本、文瀾閣本、清刻本、排印本無。

幽人

易：履道坦坦，幽人貞吉。陸士衡詩：幽人在浚谷。

孤雲亦群遊，神物有所歸。 陶潛詠貧士詩：萬族各有托，孤雲獨無依。趙云：孤雲所以譬幽人之畸獨者也。然以類相聚，則終至於群遊，蓋以神物有歸故爾，又若志士之相遇也。**麟鳳在赤霄，何當一來儀。** 劉公幹詩：鳳凰集南嶽，徘徊孤竹根。何時當來儀，將顯聖明君。書：鳳凰來儀。張協七命：掛歸翮於赤霄之表。漢書：麟鳳在郊藪。孔融曰：麟鳳來頌聲作。趙云：以比賢人之宜來，乃賈誼所謂「鳳凰翔於千仞兮，覽德輝而下之」也。赤霄，丹霄也。楚辭曰：載赤霄而凌太清。張茂先鷦鷯賦序：彼鷲、鶚、鵾、鴻，孔雀、翡翠，或凌赤霄之際。然鳳凰云在赤霄可也，而麟亦謂之下赤霄，學者常疑之。殊不知徐陵之生，寶誌見之曰：此兒天上石麒麟。則麟自天而降，亦宜在赤霄者矣。此四句，孤雲蓋公自比，群遊以比同志之幽人。麟鳳又以比同志之幽人，所謂同志之幽人，則下句惠、荀輩。

往與惠荀輩，中年滄洲期。 杜補遺：惠遠、許詢也。謝玄暉之宣城詩：既懽懷禄情，復恊滄洲趣。李善注揚雄賦云：世有黃公者，起於滄洲，頤神養性，故後人以滄洲爲隱者所居。或云隋圖經曰：漢水逕琵琶谷，至滄浪洲，乃漁父棹歌處〔一〕，滄洲即滄浪洲也。趙云：惠、荀惜乎無考。杜田補遺便指爲惠遠、許詢，此自是晉人。今公詩云與惠荀輩，則當時人。其荀字是姓，即非許詢，蓋詢乃詢問之詢，豈可彊差排邪？又況公於惠遠兩謂之廬山遠，未嘗摘用惠字也。滄洲期，言隱淪之所也。詩人之言隱，多用滄洲字。杜田又引滄洲云即滄浪洲，非是。**天高無消息，棄我忽若遺。**

詩谷風：將安將樂，棄予如遺。郭泰機詩：衣工秉刀尺〔二〕，棄我忽若遺。古詩：棄我如遺跡。**内懼非道流，幽人見瑕疵。**僖七年傳：不汝瑕疵。史：道家者流。**洪濤隱語笑，**曹植：泛舟越洪濤。晉王凝之風賦：驅東極之洪濤。郭璞江賦：鼓洪濤於赤岸。木玄虛海賦：洪濤瀾汗。曹毗江賦：洪濤突兀而横持。蔡邕賦：洪濤湧以沸騰。晉蘇彦詩：洪濤奔逸勢〔三〕。**鼓枻蓬萊池。**孫楚賦：舟人鼓枻而揚歌。史：漁父鼓枻而去。**崔嵬扶桑日，**山海經云：大荒之中，暘谷上有扶桑。十日所浴，九日居下枝，一日居上枝，皆載烏。又山海經曰〔四〕：日出暘谷，浴于咸池，拂于扶桑。杜補遺：東方朔十洲記曰：扶桑在碧海中，樹長數千丈，一千餘圍，兩兩同根，更相依倚，故名扶桑。北史言有沙門慧深來荆州，云：扶桑國在大漢國二萬餘里，其樹葉似桐，所生如笋，國人食之，實似梨而赤，其皮可爲紙，廣六尺餘。**照曜珊瑚枝。**梁元帝馬詩：照曜珊瑚鞭。餘見上送孔巢父注。**風帆倚翠蓋，暮把東皇衣。**屈平九歌有東皇太一。又：孔蓋兮翠旌。説苑：鄂君泛舟於新陂之上，張翠羽之蓋。張平子東京賦：翠羽之高蓋。曹植曰：仰摭翠蓋。陸士衡詩云：翩翩翠蓋羅。**嗽漱元和津，**天台賦：嗽以華池之泉。杜補遺：黄庭經曰：口爲玉池太和官，嗽咽靈液災不仟。注：口中液水爲玉津。又中黄經曰：但服元和，除五穀，必獲寥天得真籙。注：服元和，謂咽津液。**所思煙霞微。知名未足稱，局促商山芝。**見上喜晴及洗兵馬注。趙云：漢武帝曰：局促效轅下駒。所思既在乎煙霞之微，則遺世絶物矣。雖四皓知名，猶爲局促也。**五湖復浩蕩，**周禮：揚州其浸五湖。注：太湖方五百里，故曰五湖。**歲暮有餘悲。**張景陽詩：歲暮懷百憂。有志之士，志未獲伸，而時不我與，則未嘗不以時逝爲歎也。故多以歲暮爲之憂悲。趙云：鮑照有古詩，其題曰歲暮悲。

【校勘記】

〔一〕「棹」，原作「悼」，據清刻本、排印本改。

〔二〕「尺」，原作「赤」，據清刻本、排印本改。

〔三〕「勞」，藝文類聚卷九水部下、晉詩卷十四蘇彦西陵觀濤詩作「勢」。

〔四〕「曰」，文淵閣本、文津閣本、文瀾閣本、清刻本、排印本作「云」。

佳人

王深父云：俗偷則人之無告者，政不足以恤之也。

絶代有佳人，李延年歌：北方有佳人，絶代而特立。幽居在空谷。一作山谷。詩：皎皎白駒，在彼空谷。自云良家子，趙充國傳：六郡良家子。新添：漢成帝選良家子充後宮。零落依草木。關中昔喪敗，兄弟遭殺戮。官高何足論，不得收骨肉。趙云：此乃貴人之家，詩人蓋不欲出其名氏耳。世情惡衰歇，萬事隨轉燭。夫婿輕薄兒，沈休文詩：長安輕薄兒。趙云：光武謂鄧禹曰：孝孫素謹，當是長安輕薄兒誤之耳。新人已如玉。古詩：燕趙多佳人，美者顔如玉。合昏尚知時，鴛鴦不獨宿。詩：鴛鴦于飛。鄭氏婚禮謁文贊曰：鴛鴦鳥，雄雌相類，飛止相隨。列異傳：宋康王埋韓馮夫妻，宿夕，文木生，鴛鴦雄雌各一，常栖樹上，晨夕交頸，音聲感人。杜補遺：本草云：合歡即夜合也，人家多植之，葉似皂莢、槐，極細而繁密，一名合昏。陳藏器云：其葉至暮即合，故曰合昏。文選：陸倕刻漏銘曰：合昏暮捲，蓂莢晨生。注：合昏，木名，其葉夜合。明舒。埤雅云：鴛鴦匹鳥，有思者也。説文稱，鳳言、鸛鶇、鴛思，是也。崔豹古今注曰：鴛鴦，鳧類也，雌雄未嘗相離，人得其一，一思而死，故謂之匹鳥，鴛性如此。故先王慎於取之。俗云：雄鳴曰鴛，雌鳴曰鴦。稽聖賦曰：雕鳩奚别，鴛鴦奚雙。趙云：隋江總閨怨詩曰：池上鴛鴦不獨自，帳中蘇合遽空然。但見新人笑，那聞舊人哭？後漢：竇玄舊妻與玄書别曰：棄妻斥女敬白竇生：卑賤鄙陋，不如貴人。妾日已遠，彼日已親。衣不厭新，人不厭故。悲不可忍，怨不可去。彼猶何人[一]，而居我處。玄以形貌絶異，天子以公主妻之，故云。趙云：此詩人之情也。李白亦云：新人如花雖可寵，舊人似玉由來重。古詩：新人工織縑，故人工織素。在山泉水清，出山泉水濁。趙云：此佳人怨其夫之辭。晉孫綽三日蘭亭詩序曰：古人以水喻性，有旨哉斯談！非以停之則清，混之則濁耶？情因所習而遷移，物逐所遇而感興。公句蓋言人之同處山谷幽寂之地，則如泉水之在山，無所撓之，其清可知。其夫之出也[二]，隨物流蕩，遂爲山下之濁泉矣。侍婢賣珠迴，牽蘿補茅屋。東方朔傳：董偃母以賣珠爲事。趙云：侍婢既賣珠，又使之牽蘿以補茅屋，空谷寂矣。茅屋有缺，尚即補之，其治家勤謹如此。梁昭明太子開善寺法會詩：牽蘿下石磴，攀桂陟雲梁。摘花不插髮一作鬢。，采栢動盈掬。詩：終朝采緑，不盈一掬。趙云：古詩：穹谷饒芳蘭，采采不盈掬。上句言不事粧飾，此詩所謂「自伯之東，首如飛蓬。豈無膏沐，誰適爲容」之意。下句以言幽閑之所爲也。天寒翠袖薄，日暮倚脩竹。趙云：上句則天色已寒而翠袖尚薄，又似言其無衣，且無心於服飾矣。下句則其所思者遠矣，蓋兄弟殺戮，夫婿輕薄，豈不感槩於懷哉！

【校勘記】

〔一〕「猶」，文淵閣本作「何」，訛；清刻本、排印本作「獨」。案，藝文類聚卷三十人部十四别下録後漢竇玄舊妻與竇玄書作「獨」。

〔二〕「也」，原作「山」，據清刻本、排印本改。

赤谷西崦人家

躋險不自安，一作喧。出郊已清目。溪迴日氣暖，逕轉山田熟。謝靈運詩：躋險築幽居。枚乘七發云：依絶區兮臨迴溪。鳥雀依茅茨，藩籬帶松菊。陶淵明：三逕就荒，松菊猶存。宋玉曰：藩籬之鷃，料天地之高。趙云：左傳：如鷹鸇之逐鳥雀。堯土階三尺，茅茨不剪。如行武陵暮，欲問桃源宿。一本作桃花。陶潛桃源記曰：晉太康中，武陵人捕魚，從溪而行。忽逢桃花林，夾兩岸數百步，無雜木，芳華鮮美，落英繽紛。漁人異之，前行，窮林，林盡，見山有小口，髣髴有光，便捨舟，步入。初極狹，行四五十步。忽然開朗，邑屋連接，雞犬相聞，男女被髮，怡然自樂。見漁人，大驚，問所從來，要還爲設酒食。云先世避秦難，率妻子來此，遂與外隔絶，不知有漢，無論魏晉也。既出，白太守，太守遣人隨而尋之，迷，不復得路。

西枝村尋置草堂地夜宿贊公土室二首

出郭眄細岑，披榛得微路。天台賦云：披荒榛之蒙籠。趙景真書：步澤求蹊，披榛覓路。溪行一流水，曲折方屢渡。

贊公湯休徒，惠休上人，姓湯。好靜心迹素。昨枉霞上作，盛論巖中趣。後漢：旌車之招，相望於巖中。怡然共攜手，恣意同遠步。捫蘿澀先登，天台賦：攬樛木之長蘿。謝靈運：蔓弱豈可捫。陟巘眩反顧。要求陽岡暖，顔延年：陽陵團精氣，陰谷或煙寒〔一〕。謝靈運：朝旦發陽崖，景落憩陰峰。苦涉陰嶺沍。惆悵老大藤，沉吟屈蟠樹。卜居意未展，杖策迴且暮。屈原卜居。左太冲：杖策招隱士。趙云：太公避狄，杖策去邠。曾巔一作天。餘落日，草蔓已多露。謝靈運：築觀基曾巔。又云：日落山照耀。盧子諒：凝露沾蔓草。詩：謂行多露。

右一

【校勘記】

〔一〕「或」，文選卷二十二、宋詩卷五顔延年應詔觀北湖田收作「曳」。

天寒鳥已歸，月出山更靜。山，一作人。更，一作已。陶潛：衆鳥相與飛。未夕復來歸。趙云：禮記：天寒既至。詩：月出皎兮。土室延白光，松門耿疎影。謝靈運：攀崖照石鏡，牽葉入松門。躋攀倦日短，語樂寄夜永。謝靈運：常苦夏日短。天台賦：恣語樂以終日。趙云：

天寒，則時在冬，故用日短。尚書：日短星昴。明燃林中薪，暗汲石底一作泉。井。大師京國舊，德業天機秉。莊子：其嗜欲深者，其天機淺。從來支許遊，支遁，字道林，講維摩經。遁爲法師，許詢爲都講。遁，衆謂無以歷難。詢設一難以調遁，不能復通。趙云：支遁以比贊公，許詢公以自比。興趣江湖迥。數奇謫關塞，李廣數奇。孟康曰：奇，隻不耦也。如淳曰：數爲匈奴所敗，爲奇不耦。師古曰：言廣命隻不耦合也。孟說是。杜正謬：師古既以數奇爲命隻不偶合，則數乃命數之數，非疏數之數也，而音作所角反者，蓋傳印之誤也。宋景文公筆録云：孫宣公奭，當世大儒，亦以數奇爲朔。余後得江南漢書本，乃所具反。以此考之，殆傳印者誤，以具爲角也。因是詩注猶仍舊音，故特辯之。趙云：李善注徐敬業古詩「寄言封侯者，數奇良可歎」下注：如淳曰：數，所具切。宋景文公偶未見也。道廣存箕潁。太丘道廣，廣則難周。謝靈運徐幹詩序云：幹有箕潁之心。何知戎馬間，復接塵事屏。幽尋豈一路，遠色有諸嶺。晨光稍朦朧，更越西南頂。陶淵明：恨晨光之熹微。

右二

寄贊上人

一昨陪錫杖，天台賦：振金策之鈴鈴。注云：金策，錫杖。卜鄰南山幽。年侵腰脚衰，未使陰崖秋。趙云：言初欲於贊公土室之處卜鄰，時爲年齒所侵而腰脚衰弱，則其地爲陰崖，而當時之秋，非所便安，要須擇地也。晉潘岳西征賦云：眺華岳之陰崖。**重岡北面起，竟日陽光留。茅屋買兼土，**買，一作置。**斯焉心所求。**趙云：四句乃可卜之地[一]，蓋山北面高起而障日，故陽光爲之留。陽光者，則非若陰崖之多蔭濕，故可結茅屋，且兼其地土買之，乃心所求者也。**近聞西枝西，有谷杉黍**一作漆。**稠。亭午頗和暖，石田又足收。**天台賦：羲和亭午。杜補遺：御覽載綦要云：日光曰景。日月之光通明曰景，日景曰晷，日氣曰晛，日初出曰旭，曰昕，曰晞，大明曰昕。晞，乾也。日温曰煦，在午曰亭午，在未曰昳，日晚曰旰，日將落曰薄暮，日西落光返景在下曰倒景。左傳云：吴將伐齊，子胥曰：夫得志于齊，猶獲石田也，無所用之。今云石田、足收，則雖無用之田，猶可種而穫也。子美醉時歌又有「石田茅屋荒蒼苔」之句。趙云：八句則於重岡北面起處聞得西枝村之西，其谷中杉漆之木，稠多而和暖，其石田又可種，便可於此結茅屋矣。**當期塞雨乾，宿昔齒疾瘳。徘徊虎穴上，**新添：班超云：不入虎穴，安得虎子？**面勢龍泓頭。**趙云：考工記云：審曲面勢。言審其曲直，面其形勢也。**柴荊具茶茗，遥路通林丘。與子成二老，來往亦風流。**謝靈運：促裝反柴荆[二]。孫綽風流爲一時冠。趙云：四句則公與贊老既爲隣矣，可茶茗相交，往來通好也。孟子稱太公、伯夷曰：二老者，天下之大老也。

【校勘記】

〔一〕「乃」，清刻本、排印本作「有」。

〔二〕「促」，原作「俶」，據清刻本、排印本作並參文選卷二十六謝靈運初去郡改。

太平寺泉眼

招提憑高岡，見第一卷奉先寺注。疏散連草莽。景帝紀：廣薦草莽。草稠曰薦，深曰莽。出泉枯柳根，汲引歲月古。石間見海眼，趙云：成都記云：石笋之下是海眼。又：劉崇遠作金華子又云：北海郡因發地得五銖錢，取之不盡。得一石，記云：此是海眼，以錢鎮之。天畔縈水府。新添：小說：潤州爲中源水府。杜云：張纘南征賦：曾潭水府。廣深尺丈間，宴息敢輕侮。青白二小虵，幽姿可時覿。如絲氣或上，爛漫爲雲雨。公羊傳曰：觸石而出，膚寸而合，不崇朝而徧天下者，太山之雲也。趙云：二小虵，蓋實事也。其吐氣則爲雨。舊注非是。山頭到山下，鑿井不盡土。趙云：自山頭至山下，皆石而已，不能窮盡至有土處也。鑿井之難如此，而得此泉眼爲可美矣。取供十方僧，香美勝牛乳。趙云：佛經每以牛乳供佛，今云泉之香美勝之，所以重言之也。北風起寒文，弱藻舒翠縷。舒，一作勝。明涵客衣淨，細蕩林影趣。何當宅下流，餘潤通藥圃。三春濕黃精，一食生毛羽。嵇康書：又聞道士遺言，餌朮、黃精，令人久壽，意甚信之。杜補遺：神農本草(二)：黃精久服，輕身延年。日華子云：黃精九蒸九曝，食之駐顏。博物志云：天姥謂黃帝曰：太陽之草名黃精，餌之長生。太陰之草名鉤吻，入口立死。人信鉤吻之殺人，不信黃精之益壽，不亦惑乎？真誥云：衡山中有學道者張禮正、治明期二人。禮正以漢末在山中服黃精，顏色丁壯，常如年四十時。後乘雲升天，今在方諸飇室，爲上仙。魏文帝詩：服之四五日，身體生羽翼。

【校勘記】

〔一〕「神農本草」，清刻本、排印本作「本草云」。

夢李白二首

死別已吞聲，生別常惻惻。宋鮑照行路難：吞聲躑躅不敢言。蘇武詩：淚爲生別滋。歐陽建：惻惻心中酸。楚詞：悲莫悲兮生別離。謝靈運：惻惻廣陵散。江南瘴癘地，逐客無消息。劉孝標：流離大海之南，寄命瘴癘之地。李斯：爲秦逐客。趙云：白坐永王璘之累，長流夜郎。會赦還潯陽，坐事下獄。潯陽，今之江州也，屬江南東路，故云。故人入我夢，明我長相憶。樂府云：夢見已在傍，忽覺在他鄉。上有加湌食，下有長相憶。恐非平生魂，路遠不可測。魂來楓林青，楚辭：湛湛江水兮上有楓。阮籍：湛湛長江水，上有楓樹林。魂返關塞黑。趙云：白謫在南，其所經歷乃楓林也。在秦與公相見，故其去又歷關塞也。君今在羅網，何以有羽翼。落月滿屋梁，猶疑照顏色。宋玉神女賦：若白日初出照屋梁，若明月舒其光。西清詩話云：李太白歷見司馬子微、謝自然、賀知章，或以爲可與神遊八極之表，或以爲謫仙人。其風神超邁，英爽可知。後世詞人狀者多矣，亦間於丹青見之，俱不若少陵云：落月滿屋梁，猶疑照顏色。熟味之，百世之下，想見風采〔一〕，此與李太白傳神詩也。水深波浪闊，無使蛟龍得。續齊諧記曰：屈原五月五日投汨羅而死，楚人哀之，每至此日祭之。漢建武中，長沙人區回見一人，自稱三閭大夫，曰：君嘗見祭，甚善。然爲蛟龍所苦。今若有惠，可以楝葉塞之，縛以五色絲，此二物蛟龍所畏也。趙云：因借夢寄以憂之且戒之也。言蛟龍，則又因歷江湖而言之也，與下篇舟楫恐失墜同意，舊注所引非是。

右一

【校勘記】

〔一〕「風」，文淵閣本、文津閣本、文瀾閣本、清刻本、排印本作「丰」。

浮雲終日行，遊子久不至。古詩：浮雲蔽白日，遊子不反顧。蓋言遊子之拘繫，不若浮雲之疎散也。趙云：三夜頻夢君，情親見君意。趙云：其身雖不至，而三夜入夢，斯爲情親矣。告歸常局促，苦道來不易。趙云：漢武帝云：局促効轅下駒〔一〕。江湖多風波，一云秋多風。舟楫恐失墜。出門搔白首，若負平生志。冠蓋滿京華，斯人獨顦顇。左太冲詩：濟濟京城內，赫赫王侯居。冠蓋陰四術〔二〕，朱輪竟長衢。寂寂楊子宅，門無卿相輿。寥寥空宇內，所講在玄虚。孰云網恢恢，將老身一作才。反累。老子：天網恢恢，疎而不漏。趙云：此公閔白之辭也。千秋萬歲名，寂寞身後事。張翰曰：使我有身後名，不如即時一杯酒。阮籍詩：千秋百歲後，榮名安所之。趙云：公以事理，寄之一歎而已。漢有鼓吹鐃歌十八曲，其上之回曲有云：千秋萬歲樂無極。

右二

【校勘記】

〔一〕「漢武帝」，原作「漢景帝」，參見本集卷一苦雨奉寄隴西公王徵士校勘記〔五〕。

〔二〕「術」，原作「街」，據清刻本、排印本並參文選卷二十一、晉詩卷七左太沖詠史八首其四改。

有懷台州鄭十八司户 虔時坐汙賊，貶台州司户。

天台山名。隔三江，一云江海。風浪無晨暮。趙云：水經載：韋昭以松江、浙江、浦陽江爲三江也，而天台在其外矣。鄭公縱得歸，老病不識路。沈休文：夢中不識路，何以慰相思。趙云：暗使韓非子中事：六國時，張敏與高惠爲友，每相思不能得見，敏便於夢中往尋。但行至半道，即迷不知路，遂迴。如此者三。昔如水上鷗，今如罝中兔。詩：肅肅兔罝。趙云：何遜詩曰：可憐雙白鷗，朝夕水上遊。性命由他人，悲辛但狂顧。山鬼獨一脚，一足曰夔，魍魎也。薛云：楚詞：屈原九歌中有山鬼〔一〕。蝮虵長如樹。招魂：蝮蛇蓁蓁，雄虺九首。呼號旁孤城，歲月誰與度？從來禦魑魅，多爲才名誤。文十八年：舜流四凶族渾敦、窮奇、檮杌、饕餮，投諸四裔，以禦魑魅。趙云：左傳曰：入山不逢不若，魑魅魍魎，莫能逢旃。而公寄李白詩云：魑魅喜人過，亦使此事。「多爲才名誤」句法，亦古詩「多爲藥使誤」也。夫子嵇阮流，更被時俗惡。嵇康、阮籍。嵇康書云〔二〕：阮嗣宗爲禮法之士所繩，疾之如讎。海隅微小吏，眼暗發垂素。潘安仁秋興賦：素髮颯以垂領。黃帽映一云鳩杖近。青袍，非供折腰具。陶潛：焉能折腰閭里小兒！杜補遺：後漢禮儀志：八十九十，賜玉杖長尺，以鳩鳥爲飾，故又謂之鳩杖。鳩者，不噎之鳥，欲老人不噎。趙云：鳩杖字，一作黃帽，非是，蓋操船之人曰黃帽耳。鳩杖，老人之杖耳。在朝廷以更老待之，而乃映小官之青袍，所以非供折腰具也。平生一杯酒，見我故人遇。相望無所成，乾坤莽迴互。沈休文：平生少年日，分手易前期。勿言一樽酒，明日難重持。古詩：瀟湘逢故人。趙云：張翰曰：不如即時一杯酒。暗用謝朓詩山川不可夢，況乃故人杯也。公言徒有平生一杯酒，欲見我故人，與之相遇而同飲。今不可見矣，故有末句。相望無所成，而天地變移，以言時事之反覆矣。

【校勘記】

〔一〕「九歌中」，原作「九歌章句」，據清刻本、排印本改。又，「九歌中」文淵閣本、文津閣本、文瀾閣本作「九章歌句」，訛。

〔二〕「云」，文淵閣本、文津閣本、文瀾閣本、清刻本、排印本作「曰」。

遣興五首

蟄龍三冬卧，老鶴萬里心。易：龍蛇之蟄，以存身也。舞鶴賦：結長悲於萬里。趙云：東方朔云：三冬文史足用。諸葛孔明卧龍，以比賢俊之未遇。龍卧而終起，鶴雖老而終遠飛，則賢俊雖未遇而終用也。昔時賢俊人，未遇猶視今。蘭亭序：後之視今，猶今之視昔。趙云：蓋言視今之未遇者，則可以推知昔時之賢俊也。京房傳：臣恐後之視今，猶今之視前也。嵇康不得死，一云且不死。孔明有知音。江淹恨賦：中散下獄，神氣激揚。徐庶薦孔明。趙云：嵇康與吕安相善，二人素爲鍾會所不喜。安以家事繫獄，辭相證引，遂復收康，棄市。此爲不得其死也。徐庶薦孔明於劉先主，先主三顧其草廬，起之爲國相，此爲有知音也。公詩謂有才者遇耶！以嵇康之才而不得其死，謂有才者不遇邪。而孔明卒有知音，則在遇不遇而已。又如壠底松，用舍在所尋。古詩：鬱鬱澗底松。大哉霜雪榦，歲久爲枯林。傷有材而不見用〔一〕。趙云：歎松有霜雪榦，不用而爲枯木矣。莊子曰：孔子云：天寒既至，霜雪既降，吾是以知松柏之茂也。

右一

【校勘記】

〔一〕「材」，文淵閣本、文津閣本、文瀾閣本、清刻本、排印本作「才」。

昔者龐德公，未曾入州府。襄陽耆舊間，處士節獨苦。豈無濟時策，一作術。終竟畏羅罟。一云終歲畏罪罟。林茂鳥有歸，水深魚知聚。舉家隱鹿門，劉表焉得取。後漢逸民傳：龐德公者，南郡襄陽人也。未嘗入州府，夫妻相敬如賓。荆州刺史劉表數延請，不能屈，乃就候之。謂曰：夫保全一身[一]，孰若保全天下乎？龐公笑曰：鳩鵲巢於高林之上[二]，暮而得所栖；黿鼉穴於深淵之下，夕而得所宿。夫趨舍行止，亦人之巢穴也。且各得其栖宿而已，天下非所保也。因釋耕於壠上，而妻子耘于前。表指而問曰：先生若居畎畝[三]，而不肯官禄，後世何以遺子孫乎？龐公曰：世人皆遺之以危，今獨遺之以安。雖所遺不同，未爲無所遺也。表歎息而去。後遂攜其妻子登鹿門山，採藥不返。杜補遺：襄陽記云：鹿門山，舊名蘇嶺山。建武中，襄陽侯習郁立神祠於山，刻二石鹿夾神道口，俗因謂之鹿門廟，遂以廟名山。

右二

【校勘記】

〔一〕「全」，文淵閣本、文津閣本、文瀾閣本、清刻本、排印本無。

〔二〕「鳩」，清刻本、排印本作「鴻」。

〔三〕「若」，後漢書卷八十三逸民列傳作「苦」。

我今日夜憂，諸弟各異方。不知死與生，何況道路長。蘇武詩：良友遠别離，各在天一方。山海隔中州，相去悠且長。古詩：相去萬餘里，各在天一涯。道路阻且長，會面安可知。避寇一分散，飢寒永相望。豈無柴門歸，欲出畏虎狼。趙云：陶淵明田舍詩云：長吟掩柴門，聊爲壠畝民。今公所言，指其身所居之屋。歸，則望諸弟之歸也。欲出畏虎狼，則諸弟之出，畏虎狼而不能也。仰看雲中鴈，禽鳥亦有行。魏文帝：仰看明月光。傅休弈詩：仰觀南雁翔。

右三

蓬生非無根，漂蕩隨高風。天寒落萬里，不復歸本叢。客子念故宅，三年門巷空。曹子建：轉蓬離本根，飄颻隨長風。何意迴飆舉，吹我入雲中。高高上無極，天路安可窮。類此遊客子，捐軀遠從戎。趙云：説苑：魯哀公曰：秋蓬惡其本根，美其枝葉，秋風一起，根本拔矣。故子建與公皆得用之。悵望但烽火，戎車滿關東。生涯能幾何，常在羈旅中。匈奴傳：烽火通甘泉宫。詩：戎車既駕〔一〕。

右四

昔在洛陽時，親友相追攀。送客東郊道，遨遊宿南山。曹子建：鬬雞東郊道，驅上彼南山。趙云：蓋倣張景陽詠史

【校勘記】

〔一〕「駕」，原作「届」，據清刻本、排印本並參毛詩正義卷九采薇改。

詩「昔在西京時，朝野多歡娛。藹藹東都門，群公祖二疎」也。詩：以遨以遊。謝靈運擬曹植詩序云：公子不及世，事但美遨遊。煙塵阻長河〔一〕，樹羽成皋間。有瞽：崇牙樹羽。置羽也〔二〕。成皋在鞏、洛間。羽，羽旗也。趙云：言鞏、洛之亂，成皋在鞏、洛間也。迴首載酒地，豈無一日還。前漢揚雄傳：好事者載酒過之。陶潛親朋好事，或載酒肴而往。丈夫貴壯健，慘戚非朱顏。

右五

【校勘記】

〔一〕「塵」，文淵閣本、文津閣本、文瀾閣本、清刻本、排印本作「霞」，訛；案，二王本杜集卷三作「塵」，可證。

〔二〕「置羽也」，清刻本、排印本作「樹置也」。

遣興五首

朔風飄胡雁，慘澹帶砂礫。鮑明遠：疾風衝塞起，砂礫自飛揚。又：胡風吹朔雪。劉公幹：涼風吹砂礫。長林何蕭蕭，秋草萋更碧。古詩：回風動地起，秋草萋已綠。謝玄暉：春草秋更綠。趙云：曹植四言云：仰彼朔風。王正長云：朔風動秋草。其後謝玄暉：朔風吹飛雨。北里富薰天，高樓夜吹笛。左太冲：南鄰擊鍾磬，北里吹笙竽。揚雄：燎薰皇天。古詩：西北有高樓，上有絃歌聲。焉知南隣客，九月猶絺綌。精曰絺，麤曰綌。杜補遺：隋袁充少時，父黨過門，方冬，充尚衣葛，戲充曰：絺兮綌兮，凄其以風。充曰：維絺維綌〔一〕，服之無斁。南鄰之客非服絺綌，而無斁也，蓋貧而未有禦寒之服故耳。子美遣遇詩又曰：自喜遂生理，花時甘緼袍。暮春者，春服既成。花時而緼袍，豈非無春服歟？趙云：以九月授衣，而猶絺綌；花時已暖，當有春服而甘緼袍，則公之貧如此。

右一

【校勘記】

〔一〕「維絺維綌」，清刻本、排印本作「惟絺與綌」。

長陵鋭頭兒，出獵待明發。秦武安君頭小而鋭。趙云：詩云：明發不寐。騂弓金爪鏑，白馬蹴微雪。趙云：言鏑上有金爪之飾，非富貴人之箭不然也〔二〕。蹴字，見上高都護驄馬行注。未知所馳逐，但見暮光滅。趙云：言出獵之子，馳逐未厭，而日晚當歸也。歸來懸兩狼，門户有旌節。詩：並驅從兩狼兮。楊國忠以劍南旌節導駕。趙云：言其獵有所獲，乃是貴家也。旌節，貴人所建而羅列於門者也。

右二

【校勘記】

〔一〕「然」，清刻本、排印本作「能」。

漆有用而割，膏以明自煎。蘭摧白露下，桂折秋風前。莊子人間世：山木自寇也，膏火自煎也。桂可食，故伐之；漆可用，故割之。龔勝死時〔一〕，有老父來弔，哭甚哀。既而曰：嗟虖！薰以香自燒，膏以明自銷，龔生竟夭天年，非吾徒也。阮籍詩：膏火自煎熬，多財爲患害。世説：毛伯成負其才氣，稱曰：寧爲蘭摧玉折，不作蕭敷艾榮。府中羅舊尹，沙道尚依然。故事，凡拜相之後，禮絶班行，府縣載沙填路。自私第至於城東街，名沙堤。赫赫蕭京兆，今爲時所憐。前漢五行志：成帝時，童謡曰：邪徑敗良田，讒口亂善人。桂樹華不實，黄雀巢其顛。故爲人所羨，今爲人所憐。蕭望之嘗爲左馮翊，後飲鴆自殺。又盧諶云：何武不赫赫，遺愛常在人〔二〕。趙云：東坡先生云：明皇雖誅蕭至忠，然常懷之。侯君集云：蹭蹬至此。至忠亦蹭蹬者耶〔三〕！故杜子美云：赫赫蕭京兆，今爲時所憐。因先生之言，乃知此篇全爲蕭至忠而言也。按本傳，至忠始在朝，有夙望，容止閑敏，見推爲名臣。斯可比之漆、膏、蘭、桂者矣。又云，外方直，糾擿不法，而内無守，觀時輕重而去就之。參太平公主逆謀，主敗，至忠遁入南山。數日，捕誅之。考其平生：景龍元年九月相睿宗，景雲元年六月貶；是月復相，七月罷；明皇開元元年正月復相，七月誅。此漆之割、膏之煎、蘭之摧、桂之折也。雖已誅矣，然明皇賢其爲人，心愛之終不忘。後得源乾曜，亟用之。謂高力士曰：若知吾進源乾曜乎？吾以其貌言似蕭至忠。力士曰：彼不嘗負陛下乎？帝曰：至忠誠國器，但晚謬爾。其始不謂之賢哉！此可以推見當杜公時，猶爲人所憐也。舊注便差排作蕭望之，非是。

右三

【校勘記】

〔一〕「龔勝」，原作「兩龔」，據清刻本、排印本並參漢書卷七十二王貢兩龔鮑傳改。

〔二〕「人」，文選卷二十五、晉詩卷十二盧子諒贈崔温作「去」。

〔三〕「耶」，文淵閣本、清刻本、排印本作「也」。

猛虎憑其威，往往遭急縛。曹操謂呂布：縛虎不得不急。雷吼徒咆哮，枝撑已在脚。忽看皮寢處，無復睛閃爍〔一〕。左傳：臣食其肉而寢處其皮矣〔二〕。杜補遺：襄二十八年：子雅、子尾怒。盧蒲嫳曰：譬之如禽獸，吾寢處之矣。注：言能殺而席其皮。人有甚於斯，足以勸元惡。趙云：書：元惡大憝。退之猛虎行亦類此。

右四

【校勘記】

〔一〕「睛」，文淵閣本作「晴」。又，二王本卷三作「情」，錢箋卷三作「睛」。

〔二〕「臣食其肉而寢處其皮矣」，「肉」排印本作「矣」，「矣」排印本作「肉」，乙誤。

朝逢富家葬，前後皆輝光。共指親戚大，緦麻百夫行。送者各有死，不須羡其强。君看束縛去〔一〕，亦得歸山崗。吴人殺諸葛恪，以籧篨裹屍，束縛以篾，棄之於石子崗。師云：緦麻服之疎遠者，尚有百夫行，其富盛可知。

右五

【校勘記】

〔一〕「縛」，二王本卷三作「練」，錢箋卷三作「練」，一作「縛」。

遣興五首

天用莫如龍，有時繫扶桑。頓轡海徒湧，神人身更長。漢食貨志：天用莫如龍，地用莫如馬，人用莫如龜。郭璞：六龍安可頓，運流有代謝。杜補遺：淮南子曰：日出于暘谷，浴于咸池，拂於扶桑，是謂晨明。經於隅泉，是謂高春。頓于連石，是謂下春。爰止羲和，爰息六螭，是謂懸車。薄於虞泉，是謂黄昏。注：扶桑，東方之野。六螭，即六龍也。日乘車駕以六龍，羲和馭之。薄於虞泉而回也。日賦云：升咸池而擢秀，奄六螭而息轡。又曹子建與吴季重書曰：日不我與，曜靈急節。思抑六龍之首，頓羲和之轡。注：六龍，日車；羲和，日御。趙云：繫扶桑，則楚詞劉向九歎之遠逝篇有曰：維六龍於扶桑。日賦乃本朝吴淑所爲。說者謂神人指言羲和。日經海底出入，方頓轡而經海，則羲和御車同入於海。海水雖湧波，而羲和身自增長。謂之神人，不足怪也，蓋如釋氏之摩荔支天佛身湧遮日之類。

性命苟不存，英雄徒自彊。吞聲勿復道，新添：王育：往事吞聲，拊膺不復道。真宰意茫茫。趙云：言人生浮脆，性命不存，日運不停，則徒自爲英雄耳，故吞聲勿道，莫測真宰之意，茫茫然也。鮑照詩云：吞聲躑躅不敢言。莊子云：若有真宰存焉。師云：揚子曰：龍以不制爲龍。今言繫則被制矣，蓋譏怙勢强暴者。

右一

地用莫如馬，無良復誰記。趙云：易曰：牝馬地類，行地無疆。一曰王良也〔一〕，言世無王良，豈知記省地用之馬乎？師云：謝宣遠詩：四達雖平直，蹇步愧無良。

此日千里鳴，追風可君意。趙云：追風，秦始皇七馬之一名。此言若望王良而鳴矣，可見無良是王良也。君看渥洼注見上注。種，態與駑駘異。不雜蹄齧間，逍遥有能事。莊子馬蹄篇。趙云：一曰蹄分，皆相蹄。齧，如魏文帝齧膝之齧。蹄人、齧人，言馬之劣。又曰蹄，則馬蹄可以踐霜雪；齧，則齕草飲水之謂。已上各有義理，言馬之間暇，而能事可以行千里也。易：天下之能事畢矣。

右二

【校勘記】

〔一〕「王良」，原作「良王」，姓名倒誤，據此句下趙次公注「世無王良」句以及文瀾閣本、清刻本、排印本乙正。

陶潛避俗翁，未必能達道。觀其著詩集，頗亦恨枯槁。趙云：因陶潛而有所悟，故作此詩，非直詆陶也。陶集中固有恨枯槁之語矣，如怨詩楚調云：夏日長抱飢，寒夜無被眠。歲暮和張常侍云：屢闕清酤至，無以樂當年。飲酒詩云：顔淵稱爲仁，長飢至于老。雖留身後名，一生亦枯槁。又曰：意抱困窮節，飢寒飽所更。有會而作曰：弱年逢家乏，老至更長飢。惄如亞九飯，當暑厭寒衣。雜詩云：豈期過滿腹，但願飽粳糧。禦冬乏大布，麤絺以應陽。正爾不能得，哀哉亦可傷。斯不謂之頗亦恨枯槁乎？枯槁字〔一〕，見楚辭漁父篇〔二〕：屈原形容枯槁。而莊子有枯槁之士。達生豈是足，默識蓋不早。易曰：默而識之。馬融達生任性，不好儒者之節。有子賢與愚，何其掛懷抱。杜補遺：淵明文有命子詩曰：夙興夜寐，願爾斯才。爾之不才，亦已焉哉！又責子詩曰：雖有五男兒，總不好紙筆。天運苟如此，且進杯中物。子美謂掛懷抱者，此也。王立之詩話云：東坡言：山谷爲余言，杜子美困於三蜀，蓋不知者詬病，以爲拙於生事，又往往譏宗文、宗武失學，故寄之淵明以解嘲。其詩名遺興，可解也。俗人不領，便以爲譏病淵明，所謂癡人前不得説夢！

右三

【校勘記】

〔一〕「字」，清刻本、排印本無。

〔二〕「見」，原奪，據清刻本、排印本補。

賀公賀知章。雅吳語，杜補遺：世説：劉真長始見王丞相，時盛暑，丞相以腹熨彈棊局，曰：何乃渹！（音虛觥反。）吳人謂冷爲渹。劉既出，人問見王公云何？劉曰：未見他異，唯聞作吳語爾。又語林曰：真長云：丞相何奇，止能作吳語及細唾也。在位常清狂。昌邑王傳：清狂不惠。凡狂者，陰陽脉盡濁。今此人不狂似狂者，故言清狂也。或曰：色理清徐而心不惠曰清狂，如今白癡也。

上疏乞骸骨，黄冠歸故鄉。薛云：禮記郊特牲曰：野夫黄冠草服也。言知章乞爲道士，故云黄冠。爽氣不可致，王徽之字子猷。桓公嘗謂徽之曰：卿在府日久，比當相料理。徽之初不酬答，直高視，以手板拄頰云：西山朝來，致有爽氣耳。斯人今則亡。顔淵今也則亡。山陰一茅宇，江海日淒涼。知章事明皇，爲秘書監，自號四明狂客。及秘書外監，晚節尤誕放。天寶初，病，夢遊帝居。及寤，遂請爲道士，歸鄉里〔一〕；以宅爲千秋觀，表求湖數頃爲放生池。有詔賜鏡湖一曲。鏡湖，在會稽山陰，想知章結茅於其旁矣。

右四

【校勘記】

〔一〕「鄉」，文淵閣本、文津閣本、文瀾閣本、清刻本、排印本作「故」。

吾憐孟浩然，短褐即長夜〔一〕。史記：寒者利短褐。陸士衡：送子長夜臺。王仲宣：長夜何冥冥。趙云：范曄傳〔二〕：曄在獄中爲上題扇云：去白日之炤炤，即長夜之悠悠〔三〕。賦詩何必多，往往凌鮑謝。鮑照、謝朓。趙云：往往之義，忽忽如此也。應璩百一詩云：朋等稱才學〔四〕，往往見歎譽。清江空舊魚，趙云：是思浩然平生之事。浩然嘗有詩曰：試垂竹竿釣，果見查頭鯿。今言清江之內，空有舊魚，而人不見也。**春雨餘甘蔗。**趙云：王士源爲浩然詩集序云：灌園藝圃以全高。然則，春雨餘甘蔗，豈浩然嘗自營蔗區乎？惜無所明見。**每望東南雲，令人幾悲吒。**杜補遺：郭璞遊仙詩：臨川哀年邁，撫心獨悲吒。趙云：浩然襄陽人，襄陽在秦州之東南。末句思而不見，故望雲而空增悲吒耳〔五〕。

右五

【校勘記】

〔一〕「裋」，原作「短」，據二王本杜集卷三及清刻本、排印本改。

〔二〕「范曄」，文津閣本作「范煜」，文瀾閣本作「范蔚宗」，清刻本、排印本作「范奕」，係避清諱。

〔三〕「即」，南史卷三十三范曄傳作「襲」。

〔四〕「朋」，文選卷二十一、魏詩卷八應璩百一詩作「用」。

〔五〕「增」，原奪，據清刻本、排印本補。

前出塞九首

趙云：此詩與後出塞皆代邊士之作也。

戚戚去故里，悠悠赴交河。陸士衡：悠悠行邁遠，戚戚憂思深。古詩：戚戚何所迫。又，悠悠隔山陂。又，回車駕言邁，悠悠涉長道。杜補遺：按：唐西州交河在伊州西七百里，河水分流繞城下，因以名之。漢侯應上書云：車師前國王治交河城。公家有程期，亡命嬰禍羅。程限期會也。漢竇榮亡命山林。趙云：若畏公家之期程而逃亡其命，則必有收捕，禍所及矣。君已富土境，開邊一何多？見上今人尚開邊注。棄絶父母恩，吞聲行負戈。陸士衡：夕息常負戈。

右一

出門日已遠，不受徒旅欺。骨肉恩豈斷，蘇武詩：骨肉緣枝葉。趙云：詩：骨肉離散〔一〕。男兒死無時。走馬脱轡頭，木蘭曲云：南市買轡頭。手中挑青絲。梁簡文帝紫騮馬詩：青絲懸玉蹬。又云：宛轉青絲鞚。捷下萬仞岡，俯身試搴旗。曹子建：仰手接飛猱，俯身散馬蹄。狡捷過猴猿，勇剽若豹螭。左太沖：振衣千仞岡。史：斬將搴旗。

右二

【校勘記】

〔一〕「趙云詩骨肉離散」，清刻本、排印本作「漢書今王骨肉至親」。

磨刀嗚咽水，嗚，一作呼。水赤刃傷手。欲輕腸斷聲，心緒亂已久。鮑照東門行：離聲斷客情。

又，行子心腸斷。杜補遺：辛氏三秦記曰：隴山，天水大坂也。俗歌云：隴頭流水，鳴聲幽咽。遥望秦川，肝腸斷絶。故名嗚咽水。又云：東人西役，升此而顧，莫不悲思。其歌云：隴頭泉水，流離西下。念我此行，飄然曠野。登高望遠，涕淚雙墮。趙云：以磨刀於水，刀刃傷手，則邊士之辛苦尤甚。腸斷聲，指言嗚咽水也。言心緒久亂，欲不愁而不可得也。丈夫誓許國，憤惋復何有。功名圖麒麟，戰骨當速朽。麒麟閣，宣帝圖畫功臣于此閣也。宋司馬造石椁。孔子曰：死不如速朽。趙云：以功名自期，爲丈夫之事矣。

右三

送徒既有長，遠戍亦有身。高祖以亭長爲縣送徒驪山。生死向前去，不勞吏怒嗔。路逢相識人，附書與六親。哀哉兩決絶，不復同苦辛。國忠領劍南，募使遣戍瀘南，餉路險乏，舉無還者，人人思亂。此詩所以作。趙云：此詩題名出塞，首篇曰悠悠赴交河，大率皆戍西邊耳。舊注豈可臆度，便差排作楊國忠耶？

右四

迢迢萬餘里，領我赴三軍。軍中異苦樂，主將寧盡聞。王仲宣從軍詩：從軍有苦樂，但問所從誰。趙云：古詩：迢迢牽牛星。吳書張紘傳曰：此乃偏將之任，非主將之宜。隔河見胡騎，倏忽數百群。趙云：似指言吐蕃之兵也。我始爲奴僕，幾時樹功勳。漢衛青奮於奴僕。

右五

挽弓當挽强，用箭當用長。晁錯云：弩不可以及遠，與短兵同。射不能中，與亡矢同。中不能入，與亡鏃同。此將不省兵之過。趙云：以言士卒之各矜其能。射人先射馬，擒賊先擒王。前漢匈奴傳：月氏欲殺冒頓，冒頓奔歸。頭曼令將萬騎，冒頓乃作鳴鏑，習勒其騎射，令曰：鳴鏑所射，而不悉射者，斬。後冒頓以鳴鏑射單于善馬，左右悉射之。冒頓知其可用，遂以鳴鏑射頭曼，左右皆隨之，遂殺頭曼而自立。趙云：以言士卒之各欲致其功。此詩人之能道事也。殺人亦有限，列國自有疆。苟能制侵陵，豈在多殺傷。趙云：孟子曰：定於一，孰能一之？不嗜殺人者能一之。而喜開邊者，乃好大喜功之主，則公之詩豈不益於教化乎！

右六

驅馬天雨雪，軍行入高山。逕危抱寒石，指落曾冰間。陸士衡：驅馬陟陰山，山陰馬不前〔二〕。仰憑積雪巖，俯涉堅冰淵。杜補遺：前漢匈奴傳：匈奴攻太原，高帝自將兵擊之。會冬雨雪，卒之墮指者十二三。已去漢月遠，何時築城還。浮雲暮南征，可望不可攀。趙云：使周王褒燕歌行「無復漢地關山月，唯有漠北薊城雲」之意。蓋入胡地則遠於漢月，所往者西北，則美雲之南征也。宋之問詩云：明河可望不可親。

右七

【校勘記】

〔一〕「陰」，文選卷二十八、晉詩卷五陸士衡飲馬長城窟行作「高」。

單于寇我壘，百里風塵昏。王僧達：千里黃沙昏。雄劍四五動，彼軍爲我奔。雷煥得雙劍於酆城，劍有雄雌。薛云：吳越春秋：吳王闔閭使干將造劍二枚，一干將，二鏌鋣。鏌鋣者，干將之妻。干將作劍，金鐵之精未肯流。干將夫婦乃斷髮剪爪，投之爐中。金鐵乃濡，遂以成劍。陽曰干將，而作龜文；陰曰鏌鋣，而作漫理。雄，猶陽也。烈士傳：作雌劍、雄劍。杜正謬：烈士傳曰：眉間尺者，謂眉間闊一尺也，楚人干將、鏌鋣之子。楚王夫人常於夏納凉而抱鐵柱，心有所感，遂懷孕，後產一鐵。楚王命鏌鋣鑄此精爲雙劍，三年乃成，劍一雌一雄，鏌鋣乃留雄而以雌進。劍在匣中常有悲鳴，王問群臣，群臣對曰：劍有雌雄，鳴者雌憶其雄也。王大怒，即收鏌鋣殺之。眉間尺乃爲父殺楚王。新添：烈士傳：劍有雌雄。雄干將，雌莫耶。越絕書曰：楚王作鐵劍三枚，晉鄭聞而求之，不得，興師圍楚之城，三年不解。楚引太阿之劍，登城而麾之〔一〕，三軍破敗，士卒迷惑，流血千里。虜其名王歸，繫頸授轅門。曹子建求自試表：昔賈誼求試屬國，請繫單于之頸而制其命。終軍以妙年使越，欲得長纓係其王，羈致北闕。轅門，以車爲轅門也。師古注〔二〕：杜補遺：前漢匈奴傳：武帝使霍去病、衛青操兵臨瀚海，虜名王貴人以百數。宣帝紀：單于遣其名王奉獻。名王謂有大名，以別諸小王也。趙云：周禮掌舍：掌王會同之舍，設車宮轅門。注：謂王行止，宿險阻之處，備非常，次車以爲藩，則仰車以其轅表門。其後行師則主將遂有轅門之制也。**潛身備行列，一勝何足論。**趙云：此詩士卒有功而不欲論，豈當時主將之艱故耶〔三〕？

右八

【校勘記】

〔一〕「登城而」三字，文淵閣本、文津閣本、文瀾閣本、清刻本、排印本無。

〔二〕「師古注」，原作「注師古」，據清刻本、排印本乙正。

〔三〕「艱」，清刻本、排印本作「暗」。

從軍十年餘，能無分寸功。衆人貴苟得，欲語羞雷同。曲禮曰：毋雷同。注：雷之發聲，物無不同時應者。人之言，當各由己，不當同然也。趙云：此又代士卒有功而不欲論之詩。**中原有鬬争，況在狄與戎。**詩：戎狄是膺。西戎、北狄也。**丈夫四方志，安可辭固窮。**禮射義：男子生，以桑弧蓬矢射天地四方，示男子之有事也。語：君子固窮。趙〔一〕：棗道彦雜詩：士生則懸弧，有事在四方〔二〕。

右九

【校勘記】

〔一〕「趙」，文瀾閣本、清刻本、排印本作「趙云」。

〔二〕「棗道彥雜詩」，「棗道彥」原作「棗彥道」，檢「士生則懸弧」二句，文選卷二十九作棗據雜詩，姓名乙誤，據清刻本、排印本並參文選乙正。又，「雜」，清刻本無。案，棗據，字道彥，西晉潁川長社人。

後出塞五首

鮑云：天寶十四年，乙未三月壬午〔一〕，安禄山及契丹戰於潢水，敗之，故有後出塞五首，爲出兵赴漁陽也。

男兒生世間，及壯當封侯。後漢：班超常輟業投筆，歎曰：無他志略，猶當效傅介子、張騫立功異域，以取封侯，安能久事筆硯間乎？梁竦：丈夫，生當封侯。戰伐有功業，焉能守舊丘。趙云：言不可無所展用也。鮑明遠結客少年場云：去鄉三十載，復得還舊丘。召募赴薊門，軍動不可留。鮑明遠：始隨張校尉，召募到河源。趙作占募。吴志云：中郎將周祗乞於鄱陽。占募，蓋占謂自隱度而應募也〔二〕。千金買馬鞍，一作鞭。百金裝刀頭。唐刺史見觀察使，皆靴足握刀頭〔三〕，候路左。趙云：倣木蘭歌：西市買馬鞭，南市買轡頭。又，梁范靖妻沈氏昭君怨云「千金畫雲鬢，百萬寫娥眉」也。舊注引唐刺史見觀察使，皆握刀頭候路。雖有證刀頭字〔四〕，非是。若刀頭所先，則古樂府有何當大刀頭矣。閭里送我行，親戚擁道周。班白居上列，酒酣進庶羞。班白者不負戴於道路矣。曹子建：緩帶傾庶羞。趙云：詩：有杕之杜，生于道周。周禮：庖人，供喪紀之庶羞。

少年別有贈，含笑看吳鈎。鮑明遠結客少年行：驄馬金絡頭，錦帶佩吳鈎。吳越春秋：吳王作鈎[五]，淬以人血，試之以人也。薛云：吳越春秋：越王允常聘歐冶子作名劍五[六]，一曰純鈎，二曰湛盧，三曰豪曹，四曰魚腸，五曰巨闕。秦客薛燭善相鈎，視之，燭曰：光乎如屈陽之華，沉沉如芙蓉始生於湖。觀其光如水溢于塘，此名純鈎。吳鈎，即純鈎也。杜正謬：按吳越春秋闔閭内傳曰：闔閭既寶莫耶之劍，復命於國中作金鈎，令曰：能爲善鈎者，賞之百金。吳作鈎者甚衆，而有人貪王之重賞也，殺其二子血釁金，遂成二鈎，獻于闔閭而求賞，王曰：何以異于衆鈎乎？作鈎者曰：吾之作鈎，殺二子而釁之。王鈎甚衆，形體相類，不知所在。鈎師向鈎呼二子之名：吳鴻、扈稽，我在於此，王不知汝之神也。聲絶於口，兩鈎飛出，王驚曰：寡人誠負於子。乃賞百金，遂服而不離身。薛氏以純鈎爲吳鈎，蓋純鈎，劍名，非鈎也。故左太冲吳都賦云：吳鈎越棘，純鈎湛盧。則純鈎與吳鈎自爲兩物耳。趙云：吳鈎，刀名也，刃彎。今南蠻用之，謂之葛黨刀，義或然矣。

右一

【校勘記】

〔一〕「三」，排印本作「二」，訛。

〔二〕「趙作占募」以下二十八字，當是郭知達編輯集注時所作補注。

〔三〕「足」，清刻本、排印本作「袴」。

〔四〕「有」，原作「用」，據文淵閣本、文津閣本、文瀾閣本、清刻本、排印本改。

〔五〕「吳」，文淵閣本、文津閣本、文瀾閣本、清刻本、排印本無。

〔六〕「越王允常」，原作「吴王允」，檢「聘歐冶子作名劍五」六句，初學記卷二十二武部劍、太平御覽卷三百四十三兵部劍載吴越春秋事作「越王允常」，據改。

朝進東門營，夏官大司馬：帥以門名。疏：古者軍將蓋爲營治於國門，魯有東門襄仲，宋有桐門右師，皆上卿爲將軍者。趙云：此言河陽府士卒。東門營，自是所起士卒處，東門之營也。**暮上河陽橋。**李陵詩：攜手上河梁，遊子暮何之。王仲宣從軍詩：朝發鄴都橋，暮濟白馬津。**落日照大旗，馬鳴風蕭蕭。**周禮司常：建九旗，以待國事。車攻：蕭蕭馬鳴，悠悠旆旌。言不讙譁也。荆軻歌：風蕭蕭兮易水寒。**平沙列萬幕，部伍各見招。**幕府，見上送高三十五詩注。程不識正部曲行伍營陣，擊刁斗。趙云：士卒之多，則將各有幕，故一部伍之人各相招認以居其幕也。**中天懸明月，令嚴夜寂寥。**子虛賦：曳明月之珠旗。趙云：但見月懸中天，正照此夜，而人不囂譁，則令嚴可知也。東坡先生詩曰「令嚴鍾鼓三更月」，乃用此也。**悲笳數聲動，壯士慘不驕。**李陵書：胡笳互動，牧馬悲鳴。**借問大將誰，恐是霍嫖姚。**霍去病爲嫖姚校尉。服虔曰：嫖姚，勁疾之貌。荀悦漢記作票字。霍去病後爲驃騎將軍，尚取嫖姚之字耳。今讀者音漂遥，不當其義。趙云：句法使曹子建七哀詩：借問歎者誰？言是客子妻〔一〕。又，郭景純遊仙詩：借問此何誰，云是鬼谷子也。嫖姚，公作平聲字使，蓋未經顔師古改音以前，相承作服虔平聲字讀耳。蓋如庾信詠屏風詩有云：急節迎秋韻，新聲入手調。寒衣須及早，將寄霍嫖姚。則所相承者然也。前漢：漢王問：大將誰也？

右二

【校勘記】

〔一〕「客」，魏詩卷七作「宕」。

古人重守邊，今人重高勳。重守邊，保其疆場而已。重高勳，則邀功而生事。此後世所以有窮兵黷武之君也。豈知英雄主，出師亘長雲。詩：我出我車。趙云：此譏好大喜功之主也。今人所以重高勳者，以英雄之主，出師之多，連亘長雲，則高勳不可不建矣。六合已一家，四夷且孤軍。高祖曰：天下同姓一家。慎無反。又，天子以六合爲家。遂使貔虎士，奮身勇所聞。牧誓：如虎如貔。趙云：六合一家，則內外無患〔一〕；內外無患，則四夷之軍孤。如此，則不必用兵。而尚用之不已，故士卒皆奮起，勇往其所聞之處矣。後所謂大荒、玄冥北是也。拔劍擊大荒，日收胡馬群。見三卷「回略大荒來」注。高祖紀：拔劍擊柱。古詩：胡馬嘶北風。趙云：大荒，西邊之地皆是矣。古有大荒西經之書也。誓開玄冥北，月令：其神玄冥。持以奉吾君〔二〕。獻功也。趙云：玄冥，北方之神。玄冥北，則盡玄冥所主之北地也。

右三

【校勘記】

〔一〕「患」字下，文淵閣本、文津閣本、文瀾閣本、清刻本、排印本有「矣」字。

〔二〕「持以」，清刻本、排印本作「拔劍」，訛。

獻凱 周禮注：凱，獻功之樂。日繼踵，兩蕃靜無虞。趙云：西北已寧也。漁陽豪俠地，擊鼓吹笙竽。漁陽，北地也。朱叔元書：奈何以區區漁陽，結怨天子？左太沖：南鄰擊鍾磬，北里吹笙竽。趙云：漁陽吹笙竽，則燕薊亦復而民樂也。雲帆轉遼海，粳稻來東吴。遼海，遼東郡。劉晏：雲帆桂楫。趙云：轉遼海，則通遼東矣。越羅與楚練，照耀輿臺軀。昭七年傳：皂臣輿，僕臣臺。曹子建：下逮輿臺。趙云：故越羅楚練賜予建功之人〔一〕，雖是輿臺，亦照曜其身矣。主將位益崇，氣驕凌上都。邊人不敢議，議者死路衢。時好邊功，李林甫任蕃將也。開邊喜功之弊，至於卒貴而將驕，如此不亦可罪乎？

右四

【校勘記】

〔一〕「故」，清刻本、排印本作「以」。

我本良家子，石季倫詩：我本漢家子。趙充國：六郡良家子。出師亦多門。趙云：左傳：晉政多門也。將驕益愁思，身貴不足論。躍馬二十年，恐辜明主恩〔一〕。蔡澤曰：躍馬疾驅，四十三年足矣。薛云：按古樂府雉子班行〔二〕：以死報君恩，誰能辜恩哂。坐見幽州騎，長驅河洛昏。時禄山自幽州陷河洛。曹子建：幽并遊俠兒，長驅陷匈奴。中夜間道歸，故里但空村。藺相如使人奉璧間道馳歸趙。顏延年：

去國還故里，幽門蔚蓬藜。杜補遺：漢祖紀：間道走軍。注：間，空也。投空隙而行不公顯也。間 惡名幸脱免，窮老無兒孫。坡云：詳味此詩，蓋禄山反時，其將有脱身歸國，而禄山盡殺其妻子者。不出姓名，亦可恨也。

右五

【校勘記】

〔一〕「辜」，清刻本、排印本作「孤」，訛。

〔二〕「按」字，文淵閣本、文津閣本、文瀾閣本、清刻本、排印本無。

新刊校定集注杜詩卷六

古詩

別贊上人 此詩將離秦州而別之也。

百川日東流，客去亦不息。謝玄暉：大江流日夜，客心悲未央。我生苦漂蕩，何時有終極。趙云：曹子建詩：相思無終極。贊公釋門老，放逐來上國。還爲世塵嬰，頗帶憔悴色。陸士衡：牽世嬰時網。又，世網嬰我身。楊枝晨在手，豆子兩一作雨。已熟。杜補遺：佛經云：手把青楊枝，偏洒甘露水。又僧祇律：楊枝，齒木也。食畢，持之嚼一頭碎，用剔牙齒中滯食。毗奈耶云：嚼楊枝有五利，一除風，二除熱，三令口滋味，四消食，五明目。又灌頂經云：昔維耶黎民遭疫，禪提奉佛教持呪往辟之，疫人皆愈。其禪提所嚼嚙木擲地成林，林下有泉，後民復有疾，取泉水，折楊柳洒拂，病者無不痊瘉。把楊枝洒甘露事出於此。趙云：以見贊當春方爲寺主之時，來秦州，而已見豆熟之際矣。本草：豆九月採。齊民要術曰：九月中，候近地葉黄者，速刈之。則豆熟在九月。公以十月末離秦州，而此先别之也。一説謂豆子眼中黑睛也，言無邪視。是身如浮雲，語曰：於我如浮雲。杜補遺：維摩經：是身如響，屬諸因緣；是身如浮雲，須臾變滅；是身如電，念念不住。安可限南北。新添：魏文帝臨江歎曰：此天所以限南北也。趙云：以言時序雖飄忽於道人體上，春雖在長安，秋時在秦州，爲無南無北也。異縣逢舊友，初欣寫胸臆。古樂府：他鄉各異縣。趙云：詩：我心寫兮。而謝靈運擬曹植詩云：歡娱寫懷抱。天長關塞寒，歲暮飢凍逼。一云天長關塞遠，歲暮飢寒迫〔一〕。趙云：一作天寒關塞遠，歲暮飢凍逼。非。蓋寒與凍字相侵也。次公以爲别留詩在十月，而句云歲暮飢寒逼，蓋言其所以往同谷之情，將爲歲暮之計，以捄飢寒也。野風吹征衣，欲别向曛黑。鮑明遠：野風吹秋木，行子心腸斷。謝靈運詩：朝遊窮曛黑。馬嘶思故櫪，歸鳥盡斂翼。嘶，一作鳴。王正長：朔風動秋草，邊馬有歸心。陶潛：日入群動息，歸鳥趨林鳴。古來聚散地，宿昔長荆棘。姑蘇臺：荆棘霜露霑人衣。相看俱衰年，出處各努力。趙云：吴越春秋載：越人送其子弟，作離别相去之辭曰：行行各努力。

【校勘記】

〔一〕「迫」，清刻本、排印本作作「逼」。

萬丈潭

同谷縣作。 趙云：按地志，一名鳳凰潭。

青溪合冥寞，神物有顯晦。趙云：青溪所以合而冥寞，蓋以神物所藏有顯晦也。謝莊詩：青溪如委黛，黄沙似舒金。神物，指言龍也。有顯有晦，許慎所謂能幽能明者也。晉劉琬賦曰：大哉龍之爲德，變化屈伸。隱則黄泉，出則升雲。今兼言其有顯有晦，以引下文，述其蟠隱必藉深潭也。龍依積水蟠，窟壓萬丈内。孫興公天台賦：臨萬丈之絶冥。張景陽：流澗萬餘丈。 趙云：文子曰：積水成海。而魏都賦曰：回淵灌，積水深[一]。荀子：積水成淵，蛟龍生焉。跼步凌垠堮，音噩。西京賦：靈囿之中，前後無有垠堮。淮南子：出於無垠堮之門。側身下煙靄。前臨洪濤寬，却立蒼石大。山危一徑盡，岸絶兩壁對。削成根虚無，顏延年：踐華因削成。 趙云：西山經云太華之山，削成而四方。倒影垂澹瀨。一作澍。天台賦序：或倒影於重溟。 薛云：前漢郊祀：谷永曰：世有仙人，服食不終之藥。遥興輕舉，陟遐倒景，覽觀縣圃，浮游蓬萊[二]，耕耘五德，朝種暮穫，與山石無極。注：如淳曰：在日月之上，反從下照，故其景倒。 杜補遺：孫綽天台賦「倒景」注言此山以臨深海，山倒景在水中。 謝靈運應詔詩云：張組眺倒景，列筵矚歸潮。注：山臨水而影倒。 沈休文遊沈道士館詩：一舉凌倒景，無事適華嵩。注：倒景在日月之上，日月反從下照，故其景倒。谷永，同上薛注。又，司馬相如大人賦：貫列缺之倒景兮，涉豐隆之滂濞。注：服虔曰：列缺，天門也。陵陽子明經曰：列缺氣去地一千四百里。倒景氣去地四千里，其景皆倒在下。詳諸家所言，即倒景有二説。倒景垂澹瀨，與天台賦、應詔詩「倒景」同義，非谷永、相如所言「倒景」也[三]。黑如灣澴底，清見光炯碎。孤雲到來深，飛鳥不在外。高蘿成帷幄，陸士衡：密葉成翠幄。天台賦：踐莓苔之滑石，搏壁立之翠屏。蔭樛木蘿之飛莖〔五〕。寒木壘一作疊。旌旆。遠川曲通流，嵌竇潛洩瀨。造幽無人境，發興自我輩。天台賦：卒踐無人之境。趙云：晉人多云此正在我輩。告歸遺恨多，將老斯遊最。閉藏脩鱗蟄，出入巨石礙。何事炎天過，快意風雨會。雨，一作雲。趙云：似譏龍不以時爲澤矣。蓋言其徒閉藏之深，以礙巨石而艱於出入，炎天須雨而不雨。炎天既過，何用爲〔六〕風雨會乎？如此則成秋霖矣。廣雅云：南方曰炎天。魏文帝芙蓉池詩：遨遊快心意。周禮：風雨之所會。一本作雲雨會，字則應德璉詩：欲因雲雨會，濯翼陵高梯〔七〕。

【校勘記】

〔一〕「深」，原奪，據文選卷六左思魏都賦補。
〔二〕「遊」，文淵閣本作「海」，訛。
〔三〕「詳諸家所言」以下三十七字，蓋爲郭知達編輯集注時所補。
〔四〕「蔭」，文選卷十一孫綽遊天台山賦作「攬」。
〔五〕「蘿」，原作「藩」，訛。據文津閣本、清刻本、排印本並參文選卷十一孫綽遊天台山賦改。
〔六〕「爲」，文淵閣本、文津閣本、文瀾閣本、清刻本、排印本作「與」。
〔七〕「陵」，文津閣本、清刻本、排印本作「淩」。

兩當縣吴十侍御江上宅

寒城朝煙澹，山谷落葉赤。謝玄暉：寒城一凝眺，平楚正蒼然。謝靈運：曉霜楓葉丹，夕曛嵐氣陰。陰風千里來，吹汝江上宅。謝玄暉：朔風吹飛雨，蕭條江上來。趙云：詳味詩意，吴侍御遷謫之因，爲辨論良民不是姦細，以此忤權貴而得罪耳。首四句以秦地之時候景物言其宅在兩當縣之江上，所以爲之感激也。兩當枕嘉陵江上。傳云吴侍御宅，今其子孫尚居之。鶡雞號枉渚，日色傍阡陌。王徽詩：窈靄瀟湘空；歘吸鶡雞悲。謝靈運：弭棹薄枉渚，指景待樂闋。九歌：朝騁騖兮江皋，夕弭節兮北渚。楚辭：朝發枉渚，暮宿辰陽。七發：獨鵠晨號乎其上〔一〕，鶡雞哀鳴翔乎其下。杜補遺：相如賦云：藺玄鶴，亂鶡雞。張楫曰：鶡雞，似鶴，黄白色。張無盡武陵圖經糾繆云：余閲四方圖經，何其舛訛之多也。以武陵善德山一事觀之，餘可知矣。武陵之東有二山，一曰枉山，二曰踴出山。吴均宋起居注云〔二〕：元嘉七年五月大水，武陵枉山陷爲枉渚。隋開皇中，刺史樊子蓋以枉山嘗爲善卷所居〔三〕，名其地爲善德山，悦其名而遺其實也。唐貞元中，總印禪師居踴出山，鑿井啖泥，刳木庵，開山建寺。裴公美易山名爲古德山，院爲古德禪院。宣鑒嗣之，而德山之名遂著。劉禹錫集：善卷壇，在枉山上，又曰枉渚，在郭東。周朴詩曰：先生遺迹武陵西〔四〕。且善卷之有壇，壇非堯舜時所有地。枉山陷而壇在山上，枉渚在東而謂之在西，斯則訛之又訛矣。太平御覽載江南諸水云：湘州記曰：枉山在郡東十七里，有枉水焉。山西溪口有小灣〔五〕，謂之枉渚。山有楚祠焉。謹按：兩當縣今隸鳳州，乃古雍州之地。而子美是詩云「鶡雞號枉渚」者，蓋渚之斜曲而不直者，皆謂之枉渚，非武陵及湘潭之枉渚也。故陸雲答張士然詩曰：通波激枉渚，悲風薄丘榛。注：枉曲也，亦以斜曲爲義。趙云：以楚地之時候景物言之，鶡雞正實道其事，楚地有之。楚辭曰：鶡雞嘲哳。乃是事祖。借問持斧翁，幾年長沙客。武帝末，暴勝之爲直指使者，衣繡衣。持斧翁，指言吴侍御也。長沙，即潭州，賈誼所謫之地。謂當陰風之來，空吹汝兩當之宅。方鶡雞之號，而其身在長沙，皆所以哀之也。哀哀失木狖，矯矯避弓翮。狖，羊就反。西都賦：猿狖失木。淮南子：從風而飛，以愛氣力，銜蘆而翔，以避弋繳。張華賦：又矯翼而增逝，徒銜蘆以避繳〔六〕，終爲戮於此世。趙云：以吳之失所也。亦知故鄉樂〔七〕，未敢思宿昔〔八〕。飛鳥過故鄉，猶躑躅。昔在鳳翔都，共通金閨籍。謝玄暉：既通金閨籍。趙云：金閨，金馬門也。共通者，公爲左拾遺，與吳共通籍也。天子猶蒙塵，見三卷北征詩注。東郊暗長戟。書泰誓：東郊不開〔九〕。鼂錯曰：兩陣相近，平地淺草，可前可後，此長戟之地也。又曰：勁弩長戟，射疏及遠。兵家忌間諜，此輩常接跡。李牧爲雁門，謹烽火，多爲間諜。臺中領舉劾，君必慎剖析。舉善劾有罪，御史職也。衛玠問樂廣夢思之成病，廣命駕爲剖析之。王湛與王濟因共談易，剖析入微。不忍殺無辜，所以分黑白。書：與其殺不辜，寧失不經。曹子建：蒼蠅間白黑，讒巧令親疎。上官權許與，失意見遷斥。謝靈運：遭物悼遷斥。趙云：言執許與之權也。權許與，則其不許吳之所論矣。任延傳：善事上官，臣不敢奉詔。仲尼甘旅人，王弼：仲尼旅人，則國可知矣。向子識損益。左傳：鄭人鑄刑書，叔向貽子產書：三辟之興，皆叔世也。杜正謬：後漢：向長，字子平。潛隱於家，讀易至損、益卦，喟然歎曰：吾已知富不如貧，貴不如賤，但未知死何如生耳。朝廷非不知，閉口休嘆息。予時忝諍臣，公時爲拾遺也。丹陛實咫尺。左傳：天威不違顏咫尺。相看受狼狽，見三卷北征注。至死難塞責。趙云：公爲拾遺，以見吳之出而不能言也。行邁心多違，出門無與適。詩：行邁靡靡。沈休文：江海事多違。趙云：詩：中心有違。於公負明義，惆悵頭更白。袁陽源詩：義分明於霜。趙云：落句公之恨深矣。

【校勘記】

〔一〕「獨」，原作「鴨」。據清刻本、排印本並參文選卷七、全漢文卷二十枚乘七發改。

〔二〕「宋起居注」，「起」原作「地」，據清刻本、排印本改。又，「宋起」文淵閣本作「來地」，訛。

〔三〕「樊子蓋」，原作「樊子重」，據隋書卷二帝紀二與卷六十三樊子蓋傳改。

〔四〕「迹」，文淵閣本、文津閣本、文瀾閣本、清刻本、排印本作「集」。

〔五〕「灣」，原作「彎」，據文淵閣本、文津閣本、文瀾閣本、清刻本、排印本改。

〔六〕「弋徼張華賦又矯翼而增逝徒衛蘆以避」十六字，諸校本脱。

〔七〕「知」，文淵閣本作「如」，訛。二王本杜集卷三作「知」，可證。

〔八〕「昔」，文淵閣本作「音」，訛。二王本杜集卷三作「昔」，可證。

〔九〕「泰誓」，檢「東郊不開」句，尚書正義卷二十費誓第三十一作「費誓」。

發秦州

乾元二年，自秦州赴同谷縣紀行十二首。

我衰更嬾拙，生事不自謀。無食問樂土，無衣思南州。詩：適彼樂土。雪賦：裸壤垂繒。注：不衣國也。謝靈運：南州實炎德，桂樹陵寒山。趙云：言其行止無定也。莊子云：吾無糧，我無食。因無食，故問樂土而往就也。楚辭云：嘉南州之炎德。南州氣暖，因無衣故思南州藉其暖也。漢源十月交，天氣如涼秋。鮑云：漢源屬同谷郡。大槩美同谷風土多暄，利於貧士，非九月、十月之交去秦也。詩：十月之交。草木未黃落，況聞山水幽。栗亭名更嘉，下有良田疇。趙云：漢源、栗亭，蓋同谷地，今成州也。按九域志，二縣曰同谷，曰栗亭矣[一]。地在秦之南界首，去秦一百九十五里。月令：草木黃落。充腸多薯蕷，永和初，有採藥於衡者，道迷，糧盡，過息巖下，見一老翁，四五年少對執書。告之以飢，與之食物如薯蕷，後不復飢。杜補遺：陶隱居云：薯蕷，處處有之，掘取食之，以充糧。圖經云：湖[二]、閩中出一種根如芋，而皮紫色，煎煮食之俱美，彼土人呼曰藷，音殊。山海經云：景山，北望少澤，多藷藇。音與，與薯蕷同。郭璞云：根似芋，可食，江南人呼藷爲儲。語有輕重爾，其實一種，南北之產不同，故其形類差別。崖蜜亦易求。杜補遺：本草載：石蜜，陶隱居云：即崖蜜也，高山巖石間作之。又木蜜，呼爲食蜜，懸樹枝作之。張華博物志云：遠方，山郡幽僻處出蜜，所著巉巖石壁，非攀緣所及，唯於山頂籃轝，自懸掛下，遂得採取。僧覺範冷齋夜話載：東坡橄欖詩云「待得微甘回齒頰，已輸崖蜜十分甜」，乃云崖蜜事。鬼谷子曰：照夜清，螢也；百花醴，蜜也；崖蜜，櫻桃也。趙云：鬼谷子之書，揣摩捭闔，談說之書耳，豈曾論及名物哉！今其書在世間可考也，而洪覺範敢爾眩惑學者，今因此及之。密竹復冬筍，清池可方舟。西都賦：鏡清流。又，方舟并騖，俛仰極樂。注：方，並也。趙云：謝靈運登石門最高頂詩：密竹使徑迷。方舟，並兩船。爾雅：大夫方舟。雖傷旅寓遠，庶遂平生遊。此邦俯要衝，實恐人事稠。應接非本性，登臨未銷憂。趙云：漢書：李燮曰：涼州天下要衝。王子敬過越州，見潭壑澄澈，清流寫注，乃云：山川之美，使人應接不暇。宋玉：登山臨水送將歸。王粲登樓賦云：登茲樓以四望，聊暇日以銷憂。谿谷無異石，塞田始微收。豈復慰老夫，惘然難久留。趙云：以景趣言之，則谿谷無異石；以地利言之，則塞田始微收，皆不足以慰我懷抱，而當去也。日色隱孤戍，烏啼滿城頭。趙云：何遜詩曰：團團日隱洲。烏啼，見第一卷哀王孫注。中宵驅車去，飲馬寒塘流。古詩飲馬長城窟。磊落星月高，蒼茫雲霧浮。趙云：古詩：兩頭纖纖新月生，磊磊落落向曙星。庾信詩：寂寞歲陰窮，蒼茫雲貌同。大哉乾坤內，吾道長悠悠。易曰：大哉乾元。詩曰：悠悠蒼天。

【校勘記】

〔一〕「矣」，文淵閣本、文津閣本、文瀾閣本、清刻本、排印本作「也」。

〔二〕「湖」，清刻本、排印本作「浙」。

赤谷

趙云：此篇才離秦州所歷之處也。

天寒霜雪繁，正月繁霜。趙云：孔子云：天寒既至，霜露既降。遊子有所之。李陵：遊子暮何之。豈但歲月暮，重來未有期。古詩：凜凜歲云暮〔一〕。又，歲月忽已晚。沈休文：飛光忽我遒，豈止歲月暮。古詩：會面安可期。蘇武：相見未有期。趙云：意言既往同谷，豈止迫此歲暮而不再返秦州？過此以往，重來無期也。晨發赤谷亭，險難方自茲。任彦昇：晨發富春渚。又云：湍險方自茲。亂石無改轍，我車已載脂。曹子建：中塗絕無軌，改轍登高岡。泉水：載脂載舝，還車言邁。趙云：言塗雖值亂石，業已欲前矣，不以亂石之故而改轍焉。山深苦多風，落日童稚飢。魏文帝善哉行：谿谷多風，霜露沾衣〔二〕。苦寒行：行行日已遠，人馬同時飢。悄然村墟迴，煙火何由追。曹子建：中野何蕭條，千里無人煙。趙云：王仲宣詩：四望無煙火。貧病轉零落，一云飄零。曹子建：零落歸山丘。謝靈運：萬事俱零落。故鄉不可思。又，鬱鬱多愁思，綿綿望故鄉。文帝善哉行：還望故鄉，鬱何壘壘〔三〕。常恐死道路，永爲高人嗤。語：寧死於道路乎？古詩：但爲後世嗤。趙云：光武爲賊所敗，自投高岸，遇突騎王豐下馬援之。光武謂耿弇曰：幾爲虜嗤。又，顯宗詔：有過稱虛譽，尚書皆宜抑而不省，示不爲諂子嗤也。

【校勘記】

〔一〕「凜凜」，原作「凉凉」，據文津閣本、清刻本、排印本並參漢詩卷十二古詩十九首其十六「凜凜歲云暮」改。

〔二〕「善哉行」，原作「苦哉行」，檢「谿谷多風」二句，文選卷二十七、魏詩卷四作善哉行。又，本集卷十茅屋爲秋風所破歌「脣焦口燥呼不得」句下注、卷十二毒熱寄簡崔評事十六弟「水中無行舟」句下注、卷十三鄭典設自施州歸「庶脱蹉跌厄」句下注、卷二十九秋日夔府詠懷寄鄭監審李賓客之芳一百韻「獼猴壘壘懸」句下注，以及卷三十十六夜翫月「半夜有行舟」句下注所引魏文帝此詩皆題作善哉行，亦可證，據改。以下均同。

〔三〕「故」，原作「古」，據文淵閣本、文津閣本、文瀾閣本、清刻本、排印本改。

鐵堂峽 趙云：此篇特紀行旅之辛苦，又逢時之多艱耳。

山風吹遊子，縹緲乘險絕。文選賦云：神仙縹緲。硤形藏堂隍，壁色立積鐵。徑摩穹蒼蟠，魏文帝：蕭條摩蒼天。棗道彥詩：深谷下無底，高巖暨穹蒼〔一〕。趙云：徑之屈蟠而摩天，以言其高。爾雅曰：穹，蒼天也。古歌：黃鵠摩天極高飛。石與厚地裂。趙云：張平子東京賦：豈徒跼高天，蹐厚地而已哉？翛纖無限竹，限，一作垠〔二〕。坱圠無垠。嵌空太始雪。趙云：太始雪，言其古也。易有太始。威遲哀壑底，徒旅慘不悦。殷仲文：哀壑叩虚牝[三]。謝靈運：徒旅苦奔峭。顔延年：改服飾徒旅，首路踞險艱。又：隱閔徒御悲，威遲良馬煩。趙云：詩云：周道倭遲。毛萇注：歷遠貌。水寒長冰横，我馬骨正折。謝靈運：石横水分流。詩：我馬瘏矣。荀子：折筋絶骨。古詩：鳥雀飢噤死，羊馬骨欲折。後漢李固傳：霍光憂愧發憤，悔之折骨。生涯抵弧矢，盗賊殊未滅。飄蓬踰三年，迴首肝肺熱。趙云：抵者，逢抵之抵。抵弧矢，則遭用兵之時也。飄蓬事，商君書曰：夫飛蓬遇飄風而行千里[四]，乘風之勢也；故古詩云：轉蓬離本根，飄飄乘長風。而曹子建詩亦曰：轉蓬離本根，飄飄隨長風。晉司馬彪詩又曰：秋蓬獨何幸，飄飄隨風轉。若飄蓬兩字，則曹子建又云風飄蓬飛，載離寒暑也。踰三年，則自至德二載，歲在丁酉，至乾元二年，歲在己亥，爲三年矣。公後於發同谷縣自注云：乾元二年十二月一日，自隴右赴劍南也。莊子：吾生也有涯。

【校勘記】

〔一〕「東道彦」，原作「常道彦」，檢「深谷下無底」二句，文選卷二十九、晉詩卷二作東道彦雜詩，據改。

〔二〕案，注「限一作垠」以下至卷十一終，現存宋刊殘卷静嘉堂本。

〔三〕「牝」，原作「無」，據晉詩卷十四殷仲文南州桓公九井作詩改。

〔四〕「飄」，文淵閣本、文津閣本、文瀾閣本、清刻本、排印本奪。

鹽井

蜀都賦：家有鹽泉之井。

鹵中草木白，青者官鹽煙。地爲鹵者生鹽。杜補遺：禹貢曰：海濱廣斥。注：許慎說文云：鹵，鹹地也，東方謂之斥，西方謂之鹵。又漢宣帝紀：帝常困於蓮勺鹵中。注：如淳曰：蓮勺縣有鹽池，縱廣十餘里，其鄉人名鹵中。師古曰：今在櫟陽縣東。官作既有程，煮鹽煙在川。程，限也。前漢：吴王東煮海爲鹽。趙云：陳琳詩云：官作自有程，舉築諧杵聲。汲井歲榾榾，莊子天地篇：子貢見漢陰丈人，方將爲圃畦，鑿隧而入井，抱甕而出灌，榾榾然用力甚多而見功寡。出車日連連。駢拇篇：又奚連連如膠漆纆糾。連，結也。趙云：詩：執訊連連。自公斗三百，轉致斛六千。轉致，言貿易也。斗三百、斛六千，言其利相倍什。君子慎止足，小人苦喧闐。趙云：老子：知足不辱，知止不殆。而合用止足兩字，則張景陽詠史詩「達人知止足」也。我何良歎嗟，物理固自然。一云亦固然。老子：道法自然。

寒硤

寒硤、雲門，皆秦地名。

行邁日悄悄，山谷勢多端。詩：行邁靡靡。又，憂心悄悄。漢武帝紀：吏道雜而多端。雲門轉絶岸，積阻霾天寒。爾雅釋天：風而雨土爲霾。趙云：江賦：絶岸萬丈〔一〕。寒峽不可度，我實一作貧。衣裳單。趙云：庾信梅詩：真悔着衣單〔二〕。況當仲冬交，泝沿增波瀾。野人尋煙語，行子傍水餐。此生免荷殳，未敢辭路難。候人詩：荷戈與殳。

【校勘記】

〔一〕「江賦」，原作「海賦」，檢海賦無「絶岸万丈」句，考文選卷十二、全晉文卷一百二十郭璞江賦有此句，當是誤置，據改。

〔二〕「悔」，原作「梅」，據北周詩卷四庾信梅詩「真悔著衣單」並參百家注卷十一、分門集注卷十一此詩所引注改。

法鏡寺

身危適他州，勉强終勞苦。神傷山行深，愁破崖寺古。嬋娟碧鮮淨，吴都賦：「檀欒嬋娟，玉潤碧鮮。」謂竹。趙云：神雖傷於山行之深，而愁之破散，以逢崖邊古寺也。碧鮮，言竹也。竹謂之嬋娟，故孟郊有三嬋娟詩，曰竹嬋娟、月嬋娟、人嬋娟也。碧蕭槭寒籜聚。潘安秋興賦：庭樹槭以洒落。謝靈運：初篁苞緑籜。盧子諒：槭槭芳葉零，蘂蘂紛華落。射雉賦：陳柯槭以改舊。槭，音所隔反。回回山根水，冉冉松上雨。山，一作石。劉公幹：回回自昏亂。趙云：楚辭：老冉冉以將至。王褒九懷之蓄英曰：上乘雲兮回回。**洩雲蒙清晨，**魏都賦：窮岫泄雲，日月恒翳。謝朓：泄雲已漫漫，久雨亦淒淒〔一〕。趙云：曹子建詩：雲散迷城邑，清晨復來還。**初日翳復吐。**陶潛：景翳翳以將入。宋玉賦：白日初翳。曹子建：微陰翳陽景。曹顔遠：密雲翳陽景。趙云：翳與吐，相對之辭。嵇叔夜雜花詩云：光燈吐輝華。**朱甍半光炯，户牖粲可數。**趙云：沈佺期云：紅日照朱甍。儒行：蓬户甕牖。**拄策忘前期，出蘿已亭午。**天台賦：羲和亭午。趙云：廣雅云：日在午曰亭午。**冥冥子規叫，微徑不復取。**子規，一名杜宇，蜀人以爲望帝魂。趙云：蜀記曰：昔人有姓杜名宇，王蜀，號曰望帝。杜宇死，俗説云化爲子規。蜀人聞子規鳴，以爲望帝之魂也。莊子：至道之精，杳杳冥冥。屈原涉江云：深林杳以冥冥兮。

【校勘記】

〔一〕「謝朓」，原作「顔延年」，檢「泄雲已漫漫」二句，齊詩卷三作謝朓遊敬亭山，當是誤置，據改。

青陽峽

塞外苦厭山，南行道彌惡。岡巒相經亘，雲水氣參錯。盧子諒：岡巒挺茂樹。謝靈運詩：遡流觸驚急，臨圻阻參錯〔一〕。

趙云：沈佺期哭蘇崔二公詩有云：親朋雲水擁，生死歲時傳。**林迴硤角來，天窄**一作穿。**壁面削。磎西五里石，奮怒向我落。仰看日車側，俯恐坤軸弱。**後漢李尤九曲歌：安得力士翻日車。趙云：淮南子注云：日乘車駕以六龍。坤軸即地軸也，地下有三千六百軸。兩句言落石之聲勢，以其聲震天而日車爲之側，其勢可以壓地，而坤軸爲之弱也。**魑魅嘯有風，**天台賦：始經魑魅之塗。鮑明遠蕪城賦：木魅山鬼，野鼠城狐。風嘷雨嘯，昏見晨趨。趙云：公凡言山之幽處，多使魑魅。左傳云：入山，不逢不若。魑魅魍魎，莫能逢旃。**霜霰浩漠漠。昨憶踰隴坂，**四愁詩：欲往從之隴坂長。趙云：見青陽峽之高，乃思往昔所見以譬之也。隴坂，漢書：天水郡注：有大坂，名曰隴坂。秦州記曰：隴坂九曲，不知高幾里。**高秋視吴岳。**杜補遺：周禮：雍州，其鎮曰嶽山。注：吴嶽也。漢書地理志曰：吴山在汧縣西，國語謂之西吴，秦都咸陽以爲西岳。**東笑蓮花卑，北知崆峒薄。**華山有蓮花峰。崆峒，見上北征注。**超然侔壯觀，**景福殿賦〔二〕：雖咸池之壯觀，夫何足以比讎。趙云：言青陽峽山超特而起，可侔吴岳之壯觀也。老子：宴處超然。壯觀字，司馬相如曰：此天下之壯觀也。舊注在後矣。**已謂殷寥廓。**天台賦：太虚寥廓而無閡〔三〕。曹子建：太谷何寥廓。趙云：殷，乃殷其雷之殷，雖言聲而與隱義同〔四〕。**突兀猶趁人，及兹嘆冥寞。**嘆，一作欲。趙云：言行去青陽峽山之遠，將謂其已隱空虚寥廓之間而不見矣，却突兀而趁人也。謂至其趁人之際，歎神造之冥寞不可測也。

【校勘記】

〔一〕「圻」，原作「折」，據文選卷二十六、宋詩卷二謝靈運富春渚詩改。

〔二〕「賦」，原奪，據文津閣本、清刻本、排印本補。

〔三〕「閡」，原作「關」，據清刻本、排印本並參文選卷十一、全晉文卷六十一孫綽遊天台山賦改。

〔四〕「雖言聲而與隱義同」句下，文淵閣本有「學者所當留意焉」七字，他校本均無。

龍門鎮

細泉兼輕冰，沮洳棧道濕。魏風：彼汾沮洳〔一〕。潤濕之處，故爲沮洳。漢高紀：王燒絶棧道。師古曰：棧即閣也，今謂之閣道。不辭辛苦行，迫此短景急。舞鶴賦：急景凋年。石門雲雪隘，古鎮峰巒集。旌竿暮慘澹，風水白刃澀。胡馬屯成皋，成皋，滎陽之間。胡馬，回紇也。趙云：成皋，鞏洛之地。意言安史之兵耳。舊以爲回紇，非也。是時乾元二年之冬，回紇未反，不可妄引也。陸士衡從軍詩：胡馬如雲屯。防虞此何及。言已後時矣。嗟爾遠戍人，山寒夜中泣。士衡：苦哉遠征人，拊心悲如何。

【校勘記】

〔一〕「魏風彼汾沮洳」，「風」「彼」二字原奪，據文津閣本、清刻本、排印本補訂。

石龕

熊羆咆我東，虎豹號我西。魏武帝苦寒行：熊羆對我蹲，虎豹夾路啼。我後鬼長嘯，我前狨又啼。山鬼嘯，見上注。東坡云：楊大年云：狨之形似鼠而大，尾長作金色，生川峽深山中。人以藥矢射殺之，取其尾，爲卧褥鞍被坐氈之用。狨甚愛惜其尾，既中毒，即嚙斷其尾以擲之，惡其爲身害也。蓋輕捷善緣木，猨狖之類。趙云：此四句蓋道山行所逢，雖依傍魏武帝苦寒行「熊羆對我蹲，虎豹夾路啼〔一〕」，而「四我」乃公之新格，蓋劉琨扶風歌止曰「鹿遊我前，猴戲我側」兩句而已。天寒昏無日，山遠道路迷。登高賦：白日西其將匿；天慘慘而無色。恨賦：白日西匿；岱雲寡色。驅車石龕下，仲冬見虹霓。月令：孟冬之月。虹藏不見。趙云：仲冬見虹霓，怪所見也。伐竹者誰子，悲謌上一作抱。雲梯。爲官采美箭，五歲供梁齊。趙云：墨子曰：公輸班爲雲梯取宋。而郭景純遊仙詩云：靈谿可潛盤，安事登雲梯。爾雅：東南之美者，有會稽之竹箭也。梁齊，梁謂汴州，齊謂今之山東，皆安史之兵所在也，故采箭以供官用矣。苦云直簳盡，無一作應。以充提攜。仲冬之月，日短至，則伐木取竹。注：堅成之極時。奈何漁陽騎，颯颯驚蒸黎。祿山之亂，皆漁陽之士。趙云：漁陽騎，指言安慶緒之兵也。

【校勘記】

〔一〕「魏武帝苦寒行」三句，「魏武帝」原作「魏文帝」，「苦寒行」原作「古塞行」，據清刻本、排印本並參文選卷二十七、魏詩卷一魏武帝苦寒行改。

積草嶺

連峰積長陰，白日遞隱見。颼颼林響交，慘慘石狀變。山分積草嶺，路異明水縣。旅泊吾道窮，仲尼曰：吾道窮矣。王弼曰：仲尼旅人。趙云：孔子云：吾道其非耶？衰年歲時倦。卜居尚百里，休駕投諸彦。江淹：金閨之諸彦。趙云：屈原有卜居篇。謝靈運擬鄴中詩序有云：二三諸彦。舊注在後矣。邑有佳主人，情如已會面。會面，見一卷贈衛八處士詩注。來書語絶妙，遠客驚深眷。食蕨不願餘，茅茨眼中見。謝靈運：想見山阿人，薜蘿若在眼。陸士龍：髣髴眼中人。趙云：左太冲詠史詩：飲河期滿腹，貴足不願餘。魏文帝詩曰：眼中無故人。

泥功山

朝行青泥上，暮在青泥中。泥濘非一時，版築勞人功。不畏道途永，乃將汩没同〔一〕。趙云：公言反同版築之汨没於泥中也。白馬爲鐵驪，馬色青曰驪。小兒成老翁。哀猿一作猱。透却墜，死鹿力所窮。趙云：詩：野有死麕。故用之。鹿之所以死，以力窮於泥中走困也。寄語北來人，後來莫匆匆。

【校勘記】

〔一〕「乃」，清刻本、排印本作「反」。案，二王本杜集卷三作「乃」。

鳳凰臺

山峻不至高頂。此詩思見太平之君子也。趙云：此篇因山名鳳凰臺，乃思鳳有雛在上，恐其飢渴而起，意思有以飲食之，庶見其爲瑞於世也。

亭亭鳳凰臺，謝惠連：亭亭映江月。西京賦：干雲霧以上達，狀亭亭以迢迢。劉公幹：亭亭山上松。北對西康州。西伯今寂寞，鳳聲亦悠悠。西伯，謂文王也。西伯時，鳳鳴于岐陽。石一作山。峻路絶蹤，石林氣高浮。安得萬丈梯，爲君上上頭。恐有無母雛，飢寒日啾啾。我能剖心出，書：剖賢人之心。飲啄慰孤愁。心以當竹實，炯然忘外求。血以當醴泉，豈徒比清流。趙云：莊子曰：鳳非竹實不食，非醴泉不飲。雛在高山之上，而二物未可得，故公欲以心當竹實，以心中之血比醴泉。炯然忘外求，公自言其剖心之實，止爲鳳乃嘉瑞，憫其雛之飢而飼之，別無所圖也。**所重王者瑞，敢辭微命休。**薛云：春秋元命包：周成王時，大治，鳳凰來舞於庭。成王乃援琴而歌：鳳凰翔兮於紫庭，余何德兮以感靈。瑞應圖曰：鳳凰，王者之嘉瑞。趙云：據春秋元命包曰：鳳凰遊文王之都，故武王受鳳書之紀。今公據古而言耳，薛却引成王時事，非是。左傳序：麟鳳五靈，王者之嘉瑞。**坐看綵翮長，舉意八極周。**趙云：鳳凰羽具五采，故謂之綵翮。八極周，使王褒聖主得賢臣頌云：周流八極，萬里一息。雖言馬而借用之耳。**自天銜瑞圖，**一云讖圖。**飛下十二樓。**十洲記：崑崙山有十二玉樓。杜補遺：春秋元命包：黃帝遊元扈洛水之上。元扈，石室也，與大司馬容光等臨觀，鳳凰銜圖置帝前〔一〕，帝再拜受圖。前漢郊祀志：黃帝時爲五城十二樓，以俟神人於執期，名曰延年。應劭注曰：崑崙玄圃，五城十二樓，仙人之所居。又集仙録曰：王母所居，玉樓十二。瑞華之闕，光碧之堂。趙云：十二樓事，出史記曰：天上白玉京，五城十二樓。自天銜圖，故以十二樓字終之。**圖以奉至尊，鳳以垂洪猷。**薛云：山海經：鳳首文曰德，翼文曰禮，背文曰義，膺文曰仁，腸文曰信。趙云：鳳凰之來，所以垂世之大猷，言其不妄下集也。薛夢符引不相干矣。**再光中興業，一洗蒼生憂。深衷正爲此，群盜何淹留。**

【校勘記】

〔一〕「銜」，原奪，據藝文類聚卷九十九祥瑞部下鳳皇、初學記卷三十鳥部鳳第一補。

乾元中寓居同谷縣作七首

有客有客字子美，白頭亂一作短。髮垂過耳。歲拾橡栗隨狙公，以其寓居，故自稱有客。按新史言甫居同谷，拾橡以自給，兒女有至餓殍者。趙云：潘安仁云：素髮颯以垂領。謝靈運云：星星白髮垂。莊子云：古者獸多民少，皆巢居以避之。晝拾橡栗，暮棲樹上，故命曰有巢氏。薛云：按列子：宋有狙公愛狙而養之，誑之曰：與若芧，朝三而暮四，足乎？衆狙皆起而怒。俄而曰：與若芧，朝四而暮三，足乎？衆狙皆伏而喜。注：芧，栗也。後漢李恂：食橡以自資。天寒日暮山谷裏。中原無書歸不得，手脚凍皴皮肉死。嗚呼一歌兮歌已哀，悲風爲我從天一作東。來。劉越石扶風歌云〔一〕：浮雲爲我結，飛鳥爲我旋。

右一

【校勘記】

〔一〕「扶風歌」，原作「井風歌」，訛，據清刻本、排印本改。

長鑱長鑱白木柄，我生托子以爲命。黄精一作獨。無苗山雪盛，黄魯直云：黄精，當作黄獨。往時儒者不解黃獨，故作黃精。以予考之，黃獨是也。本草：赭魁。注：肉白皮黃也，漢人蒸食之，山東人呼爲土芋，江西人呼爲土卵。杜正謬：黃精當作黃獨，同歸當作空歸。謹按神農本草：赭魁。陶隱居云：狀如小芋子，肉白皮黃。梁漢人名爲黃獨，蒸食之。子美寓居成州之同谷，其地正與梁漢接境，方艱食，餔糒不給，乃以長鑱斸黃獨而食之。然是時雪盛無苗，了無所得，遂爾空歸，故至於男呻女吟也。鑱，鋤銜切，又士緘切。廣韻曰：吳人云犂鐵，又云土具。

短衣數挽不掩脛。甯戚叩角歌曰：短布單衣不及骭。此時與子空一作同。歸來，男呻女吟四壁靜。相如家徒四壁立。嗚呼二歌兮歌始放，里閭爲我色惆悵。首章天哀其窮，次章人亦哀其窮矣。杜補遺：列子曰：昔韓娥東之齊，鬻歌假食。逆旅，人辱之，因曼聲哀哭，一里老幼，悲愁相對，三日不食。老杜放歌而里閭惆悵，意頗類此。趙云：人哀其窮，正如李陵天地爲陵震動，壯士爲陵飲血之勢。

右二

有弟有弟在遠方，一作各一方。趙云：南史：梁文帝謂虞荔曰：我方有弟在遠方，此情甚切。公正使此矣三人各瘦何人强。後漢：趙孝弟禮爲賊所得，將食之，孝自縛詣賊曰：禮瘦，不如孝肥。賊感其意，俱舍之。趙云：江子之說子美有四弟，此謂三弟者，潁、豐、觀也。一弟占，隨子美。第十三卷有詩云：久客應吾道，相隨獨爾來。其說是。生別展轉不相見，樂府：他鄉各異縣，展轉不相見。胡塵暗天道路長，詩：道阻且長。趙云：古詩道路阻且長也。東飛駕鵝後鶖鶬，揚雄傳：豈駕鵝之能捷。鶖鶬，惡禽也。鶬九頭。詩：有鶖在梁。杜補遺：廣韻曰：駕，雁屬。方言：雁自關而東，謂可鳥鵝，可鳥，音加，與駕同，東楚之外謂之鵝，或謂之鶬鵝。爾雅釋鳥云：鶬麋鴰。郭璞云：今呼鶬鴰，蓋鴰類也。鶖，禿鶖也。埤雅云：狀如鶴而大，長頸赤目，其毛辟水毒，好啗蛇。北史：明帝朝獲禿鶖於宮内，遂養之。翟光曰：此即詩所謂有鶖在梁。解云：禿鶖，貪戀之鳥，野澤所育，不應入於殿廷。臣聞野物入舍，古人以爲不善，是以張臶惡鵀〔一〕，賈誼忌鵩。鶺鶒魏黃初暨集而去，文帝猶以爲戒。況鷺鶿之禽，必資魚肉菽麥稻粱之養，豈可留意於醜形惡聲哉！衛侯好鶴，曹伯愛雁，身死國滅，可爲寒心。以是觀之，鶖乃惡禽也。故子美艱難行役處每言之，如前飛禿鶖後鴻鵠之類是也。趙云：因山谷中所有禽鳥而言之。鴐鵝，雁也，方言以自關而東呼之云。然鶴，爾雅謂之麋鴰，注，蓋鶬類。公言眼前雖有此等物，安得乘之以見其弟乎？杜田引非是〔二〕。安得送我置汝傍。嗚呼三歌兮歌三發，汝歸何處收兄骨。收，一作取。僖三十二年：殽有二陵。必死是間，余收爾骨。非特己窮而已，而兄弟之親亦莫知其存亡。

右三

【校勘記】

〔一〕「張臶」，原作「張華」，據清刻本、排印本並參魏書卷六十七崔光傳載崔光所上表「張臶惡鵀」云云改。

〔二〕「非是」，文淵閣本、文瀾閣本作「是非」，訛。

有妹有妹在鍾離，趙云：鍾離，濠州也。公後有詩曰：近聞韋氏妹，迎在漢鍾離。蓋其夫已殁，而夫之兄迎在鍾離也。良人早殁諸孤癡。長淮浪高蛟龍怒，十年不見來何時？一作遲。扁舟欲往箭滿眼，杳杳南國多旌旗。趙云：濠州，今屬淮南西路，故以長淮言之。浪高蛟龍怒，詩人狀其路之險艱也。自荆渚以往皆謂之南國。詩云：文王之道，被于南國。又云：滔滔江漢，南國之紀。是已。資治通鑑載：乾元二年八月乙巳，襄州將康楚元〔一〕、張嘉延據州作亂，刺史王政奔荆楚。九月，稱南楚霸王。九月甲午，張嘉延襲破荆州，荆南節度使杜鴻漸棄城走。澧、朗、郢、峽、歸等州官吏聞之，争潛竄山谷。按通鑑目録，是年八月甲午朔，則此九月當是甲子朔。其下又載戊辰事，則甲子乃初一日，而戊辰乃初五日，又豈誤甲子爲甲午邪？今七歌有曰枯樹，有曰木葉黄落，則秋時之作，乃聞此荆南之亂矣。

嗚呼四歌兮歌四奏，林猿爲我啼清晝。猿非有情者，而亦爲之啼，則窮可知矣。杜補遺：蔡氏西清詩話云：林猿，古本作竹林，後人不知，乃易爲林猿。今本皆因之。嘗有自同谷來，籠一禽，大如雀，色正青，善鳴。問其名曰，此竹林鳥也。少陵凡於詩目，必紀其處以明風俗方物，貽後人豈可妄意易之耶？此説蔡氏得於傳聞，未足爲信。蓋猿多夜啼，今啼清晝，自有意義。趙云：同谷無深林，自是無猿，當以西清爲是〔二〕。

右四

【校勘記】

〔一〕「康楚元」，原作「康楚兀」，據排印本並參資治通鑑卷二百二十一、唐紀三十七改。

〔二〕「當以西清爲是」句尾，底本有匿名批識，曰：「蔡説，未敢以爲然。」他校本皆無。

四山多風溪水急，寒雨颯颯枯樹濕。一云樹枝濕。黄蒿古城雲不開，白狐跳梁黄狐立。趙云：管子曰：狐應陰陽之變，六月而一見，蓋難見之物。公以在窮谷而每見之，此爲所怪歎矣。我生胡爲在窮谷，中夜起坐萬感集。

趙云：陸士衡古詩有「中夜起歎息」。謝靈運詩：千念集日夜，萬感盈朝昏。嗚呼五歌兮歌正長，魂招不來歸故鄉。招魂曰：魂兮歸來反故居。

右五

南有龍兮在山湫，古木巃嵸枝相樛。巃，盧紅、力董切。嵸，子紅、子孔切。劉安招隱士：桂樹叢兮山之幽，偃蹇連卷兮枝相繚。山氣巃嵸兮石嵯峨。趙云：本出上林賦：崇山矗矗，巃嵸崔嵬。巃，音力孔切。嵸，音總。木葉黃落龍正蟄，漢武帝秋風辭：草木黃落雁南飛。蝮蛇芳福切。東來水上遊。招魂曰：蝮蛇蓁蓁。我行怪此安敢出，拔劍欲斬且復休。嗚呼六歌兮歌思遲，一云怨遲遲。溪壑爲我迴春姿。鄒衍被讒，仰天而泣，五月爲之降霜。則士之怨憤，足以感通於造物而然矣。東坡云：六歌一篇爲明皇作也。明皇以至德二年至自蜀，居興慶宮，謂之南内。明年改元乾元。時持盈公主往來宮中，李輔國常陰候其隙間之，故上元二年，帝遷西内。

右六

男兒生不成名身已老，三一作十。年飢走荒山道。趙云：李少卿答蘇武書曰：男兒生以不成名，死則葬蠻夷中也。自丁酉至德二載至己亥乾元二年，爲三年也。長安卿相多少年，富貴應須致身早。古詩：致身青雲上。山中儒生舊相識，但話宿昔傷懷抱。趙云：宿昔者，往日之謂也。曹植詩曰：歡娱寫懷抱。嗚呼七歌兮悄終曲，仰視皇天白日速。江文通：青春速天機，素秋馳白日。傷時不我留也。趙云：末句又變新意，以終七歌之義。蓋此一日之歌也，自一歌至七歌，歌聲既窮，而日晚暮矣。前人每言白日西匿、白日蹉跎、白日晚者多矣。

右七

發同谷縣

乾元二年十二月一日，自隴右赴劍南紀行。

賢有不黔突，聖有不暖席。文子曰：墨子無黔突，孔子無暖席。趙云：淮南子修務訓篇曰：孔子無黔突，墨子無暖席。而班孟堅答賓戲曰：孔席不暖，墨突不黔。二書雖孔突墨席、墨突孔席之異文，而意皆聖賢之不安逸者耳。今公詩云「賢有不黔突，聖有不暖席」，則主用答賓戲，蓋墨子賢而孔子聖故也。舊注引文子曰：墨子無黔突，孔子不暖席。謬撰辭語，差排作文子所云。且文子，周平王時人也，豈却稱孔、墨事乎？況我飢愚人，焉能尚安宅。聖賢尚不免此，吾豈能安宅乎？孟子曰：仁人之安宅也。趙云：易云：上以厚，下安宅。詩云其究安宅也。始來茲山中，休駕喜一作嘉。地僻。奈何迫物累，一歲四行役。趙云：詩：父曰：嗟！予子行役。蓋嘗考是年歲在己亥，春三月，公回自東都，有新安吏、潼關吏、新婚别、垂老别、無家别詩。又按唐史，是月八日壬申，九節度之師潰於相州。公夏在華州，有夏日歎、夏夜歎。時秋七月，公棄官往居秦州，有寄賈至、嚴武詩，略曰：舊好腸堪斷，新愁眼欲穿。此一秋賦詩至多。冬則以十月赴同谷縣，有紀行十二首，七歌、萬丈潭詩。今十二月一日又自隴右赴劍南。此爲一歲之中，自東都而趨華，自華而居秦，而赴同谷，自同谷而赴劍南，爲四度行役也。忡忡去絶境，杳杳更遠適。停驂龍潭雲，迴首白崖石。一作虎崖。臨歧别數子，握手淚再滴。江淹：樽酒送征人，握手淚如霰。交情無舊深，趙云：公於同谷寓居未久，蓋多新交，而惜别之情則如故舊之深遠。窮老多慘戚。平生嬾拙意，偶值棲遁跡。謝靈運：既枉隱淪客，亦棲肥遁賢。郭景純：京華遊俠客，山林隱遁棲。去住與願違，趙云：嵇康云：事與願違。仰慙林間翮。陶潛：遲遲出林翮。

木皮嶺

首路栗亭西，尚想鳳凰村。季冬攜童一作幼。稚，辛苦赴蜀門。南登木皮嶺，艱險不易論。汗流被我體，祁寒爲之暄。喻蜀檄：流汗相屬。書：冬祁寒[一]。趙云：漢書：周勃汗流浹背。遠岫争輔佐，謝玄暉：窗中列遠岫。千巖自崩奔。雪賦：瞻山則千巖俱白。謝靈運：洲島驟回合，圻岸屢崩奔。趙云：争輔佐，言輔佐木皮嶺，以見木皮嶺之高也。顧愷之云：千巖競秀，萬壑争流。始知五嶽外，別有他山尊。趙云：亦據其最高而實道以形容之，別無他譏意。惟五嶽言尊字，則後漢張昶華山碑云山莫尊於嶽，澤莫盛於瀆也。詩：他山之石。仰干一作看。塞天趙作大。明〔二〕，俯入裂厚坤。趙云：仰干、俯入，指山而言也。若作仰看，則看字在人言之，又句法凡弱矣。塞大明，言其高而蔽塞日之明也。記曰：大明生於東。易曰：順而麗乎大明。舊注本作塞天明，誤矣。惟厚坤所以對大明。厚坤，以易坤厚載物而言之。再聞虎豹鬬，屢踴風水昏。劉安招隱士：虎豹鬬兮熊羆咆。高有廢閣道，棧道也。摧折如短一云斷。轅。下有冬青林，今之榎柟也。鮑云：木名，經冬不彫，今所在多有之。石上走長根。西崖特秀發，煥若靈芝繁。潤聚金碧氣，蜀都賦：金馬騁光而絶影，碧雞倏忽而曜儀。清無沙土痕。憶觀崑崙圖，一作墟。目擊玄圃存。玄圃、閬風，在崑崙中，見淮南子。又庾肩吾有從皇太子出玄圃詩。趙云：蓋以崑崙之玄圃，比木皮嶺也。水經曰：崑崙其高萬一千里。葛仙翁傳曰：崑崙，一曰玄圃，一曰閬風。此可見取高以爲言矣。孔子見溫伯雪子，目擊而道存。對此欲何適，默傷垂老魂。陶潛：胡爲皇皇兮欲何之。

【校勘記】

〔一〕「祁」，文淵閣本作「祈」。

〔二〕「天」字下注云：「趙作『大』。」案，當以「大」爲是，二王本杜集卷三、十家注卷十一、百家注卷十一、分門集注卷十一、錢箋卷三皆作「大」，亦可證。

白沙渡

畏途隨長江，渡口下絶岸。莊子：畏途者，十殺一人，則父子兄弟相戒。釋文云：險阻道，可畏懼也。趙云：江賦：絶岸千丈〔一〕。差池上舟楫，杳窕入雲漢。陸士衡：遺響入雲漢。趙云：差池，緩進之貌，起於詩：燕燕于飛，差池其羽。天寒荒野外，日暮中流半。趙云：孔子云：天寒既至。主父偃云：日暮途遠。鮑照還都道中云：茫然荒野中，舉目皆凜素。鶡冠子云：中流失船，一壺千金。我馬向北嘶，古詩：胡馬嘶北風。趙云：言身雖南行，而馬尚懷同谷，向北嘶鳴。蓋道實事，以形容離同谷之不得已也。山猿飲相喚。水清石礧礧，沙白灘漫漫。九歌：石磊磊兮葛蔓蔓。沈休文：歸海水漫漫。趙云：庾信詩云：昏昏如坐霧，漫漫如行海〔二〕。迥然洗愁辛，多病一疎散。迥，一作倏。高壁抵嶔崟，一作岑。洪濤越凌亂。曹植：泛舟越洪濤。趙云：選詩云：南山鬱嶔崟。西都賦云：起洪濤而揚波。謝惠連云〔三〕：清波越凌亂。臨風獨回首，攬轡復三歎〔四〕。王夷甫慨然攬轡。古詩：一彈再三歎。曹子建：欲還絶無蹊，攬轡止踟躕。趙云：范滂登車攬轡。左傳：置食三歎。禮記：一唱三歎。

【校勘記】

〔一〕「江賦」，原作「海賦」，檢海賦無「絶岸千丈」句，考文選卷十二、全晉文卷一百二十郭璞江賦「絶岸万丈」句，當是誤置，據改。

〔二〕「如」，北周詩卷三庾信擬詠懷詩作「疑」。

〔三〕「謝惠連」，「謝」原作「詩」，據文津閣本、文瀾閣本、清刻本、排印本改。

〔四〕「攬」，文淵閣本作「攪」，訛。

水會渡 一云水迴渡。

山行有常程，中夜尚未安。微月没已久，崖傾路何難。謝靈運：崖傾光難留。趙云：丘希範云：崖傾嶼難傍。大江動我前，洶若溟渤寬。謝玄暉：大江流日夜。謝靈運：江漲無端倪。鮑明遠：穿池類溟渤。篙師暗理檝，歌笑輕波瀾。謝靈運：理棹遄還期，遵渚鶩幽烱〔一〕。薛云：左太冲吴都賦：篙工檝師，選自閩禺。習御長風，狎翫靈胥。霜濃木石滑，風急一作烈。手足寒。入舟已千憂，陟巘仍萬盤。謝靈運：入舟陽已微。詩：陟則在巘。趙云：盤字韻，又倣陸士衡詩：仰陟高山盤。迴眺一作出。積水一作石。外，始知衆星乾。遠遊令人瘦，衰疾慙加餐。古詩：思君令人老。又，努力加飡飯。謝靈運：衰疾當在斯。曹子建：沈憂令人老。又，吾得行遠遊；遠遊欲何之。

趙云：屈原有遠遊賦。

【校勘記】

〔一〕「鶩幽炯」，文選卷二十六、宋詩卷三謝靈運初去郡詩作「鶩脩埛」。

飛仙閣

土一作出。門山行窄，微徑緣秋毫。一云徑微上秋毫。孟子：明足以察秋毫之末。棧雲闌干峻，梯石結構牢。見登歷下員外新亭注。萬壑欹疎林，一作竹。積陰帶奔濤。趙云：顧愷之云：萬壑争流。寒日外淡泊，長風中怒號。莊子：風作則萬竅怒號。歇鞍在地底，始覺所歷高。往來雜坐卧，人馬同疲勞。趙云：句法使苦寒行「人馬同時飢」。浮生有定分，飢飽豈可逃。歎息謂妻子，我何隨汝曹。馬援傳：吾欲使汝曹聞人過失，如聞父母之名。

五盤

五盤雖云險，山色佳有餘。陶淵明：山氣日夕佳。仰凌棧道細，俯映江木疎。漢祖入漢中，燒絶棧道。地僻無網罟，水清至一作反。多魚。云水至清則無魚。公據所見而反用之也。班超云：水清無大魚。好鳥不妄飛，野人半巢居。禮運：夏則居橧巢。王康琚：昔聞太平時，亦有巢居子。新添：搜神記：巢居知風。喜見淳朴俗，坦然心神舒。新添：莊子：澆淳散朴。趙云：孔安國云：坦然，明白也。左太冲云：前有寒泉井，聊可瑩心神。東郊尚格鬭，巨猾何時除。費誓：東郊不開。東京賦：巨猾間舋。趙云：指言東京之東郊，安史之兵所在。公詩前篇屢云矣。格鬭字，出前漢，見上注。故鄉有弟妹，流落隨丘墟。曹子建：零落隨山丘。趙云：前篇所謂有弟在遠方、有妹在鍾離也。成都萬事好，豈若歸吾廬。古詩：客行雖云樂，不如早旋歸。李白：錦城雖云樂，不如早還家。陶潛：吾亦愛吾廬。

龍門閣

清江下龍門，絶壁無尺土。長風駕高一作白。浪，郭景純：吞舟浮海底，高浪駕蓬萊。謝靈運云：晨策尋絶壁。長風，見首篇注。趙云：言風駕起之。浩浩自太古。古詩：浩浩陰陽移。其在水言之，如醴泉涌而浩浩。趙云：浩浩，水貌，音上聲。書：浩浩滔天。危途中縈盤，一云縈盤道。仰望垂線縷。滑石欹誰鑿，謝靈運：苔滑誰能步。浮梁裊相拄。西京賦：峙遊極於浮柱。陸佐公：形聳飛棟，勢超浮柱〔一〕。目眩隕雜花，頭風吹過雨。一云過飛雨。魏祖讀陳琳檄草，頭風自愈。趙云：滑石之欹，浮梁之裊，皆難行之地，故目生眩，頭生風矣。史：心亂目眩。目之昏眩，如見雜花之隕；頭或生風，如過雨之吹。皆言其地險絕而然也。目花之義，如佛書云：空本無華，病者妄執。吹雨之義，如宋齊丘化書有云：觀迴瀾者頭目自旋。或謂正是目或生眩，以見雜花之隕；頭或生風，以因過雨之吹，非由地險絕而然。審如此，則何用承滑石、浮梁之下言之，而下句緊云百年不敢料，一墜那得取乎？百年不敢料，一墜那得取。潘安仁：人生天地間，百年孰能要。飽聞一作知。經瞿塘，足見度大庾。瞿塘，峽名；大庾，嶺名。趙云：以龍門閣之險峻推言而比之也。瞿塘峽在巫山之下，大庾嶺在虔州之前也。終身歷艱險，恐懼從此數。易：君子以恐懼脩省。

【校勘記】

〔一〕「陸佐公」，「佐」原作「左」，檢「形聳飛棟」二句，文選卷五十六、全梁文卷五十三作陸佐公石闕銘，據改。

石櫃閣

季冬日已長，山晚半天赤。蜀道多早花，江間饒奇石。江淹詩：深山多靈草，海濱饒奇石。石櫃曾波上，臨虛蕩高壁。薛云：按郭璞江賦：迅蜼臨虛以騁巧，孤玃登危而雍容。招魂：娭光眇視，目曾波些。清暉回群鷗，暝色帶遠客。謝靈運：山水含清暉。又云：林壑斂暝色。羈栖負幽意，感歎向絕跡。信甘孱懦嬰，不獨凍餒迫。優遊謝康樂，放浪陶彭澤。晉謝玄暉也〔一〕；陶潛，彭澤令。杜正謬：謝玄封康樂公，是。靈運襲其封，與何長瑜等以文章賞會，共爲山澤之遊，詩家稱謝康樂，乃靈運，非玄也。以南史考之，謝密傳云：謝渾爲韻語獎勸靈運等曰：康樂誕通度，實有名家韻。王籍傳云：籍爲詩慕謝靈運，至其合也，殆無愧色。時人咸謂康樂之有籍，如仲尼之有丘明。武陵昭王曄傳云：曄與諸王共作短句詩〔二〕，學謝靈運體。高帝曰：康樂放蕩作體，不辨有首尾；安仁、士衡深可宗尚。簡文與湘東王書云：時有効謝康樂、裴鴻臚文者，抑亦惑焉，何者？謝客吐言，天材出於自然，時有不拘，是其糟粕，亦謂靈運也。因是詩注以康樂爲謝玄，故詳辨云。吾衰未自由，謝爾性有適。指康樂與彭澤。

【校勘記】

〔一〕「晉謝玄暉也」，清刻本、排印本作「謝玄康樂公」。又，「謝玄」，清刻本、排印本原作「謝元」，係避諱。案，此處當指謝靈運，而非謝玄，詳見此注下文所引杜田正謬云：「詩家稱謝康樂，乃靈運，非玄也。」

〔二〕「暈」，文淵閣本、文津閣本、文瀾閣本、清刻本、排印本作「煜」，係避清諱。

桔柏渡

文州、嘉陵二江合流處也，東下入渝，合通荆門。

青冥寒江渡，駕竹爲長橋。青冥，見首篇注。竿濕煙漠漠，一云竹竿濕漠漠。江永一作水。風蕭蕭。謝玄暉：生煙紛漠漠。荆軻云：風蕭蕭兮易水寒。連笮動嫋娜，征衣颯飄颻。連竹索而爲梁，謂之笮。前漢：邛笮之君。急流鴇鷁散，絶岸黿鼉驕。西都賦：鶬鴰鵁鶄。趙云：郭璞上林賦注曰：似雁無後趾也。詩鴇羽。西轅自兹異，東逝不可要。高通荆門路，闊會滄海潮。孤光隱顧眄，遊子悵寂寥。無以洗心胸，前登但山椒。趙云：言我西往於蜀，自此分異，而水則東逝而通荆門，會滄海，爲不可要挽也。杜補遺：謝惠連詩：悲猿響山椒。漢武帝李夫人賦：息馬山椒。廣雅曰：土高四墮曰山椒。廣韻曰：山頂也。謝莊月賦：菊散芳於山椒。謝靈運：税鑾登山椒。

劍門

趙云：此篇歎地險而惡負固者也，不主在德不在險之義言之。何則？保有山河，闢爲一國，曰古諸侯，則有在德不在險之義。若四海一家，統制乎天子，則爲劍門者，特方面之有險處耳，正所惡乎負固也。張孟陽劍閣銘，其所用吴起之言，特以引公孫之滅，劉氏之降，懲其負固者耳，與魏文侯自恃山河之意大不同也。世有東溪先生者，解杜詩十六篇，每篇爲小序而後注解，自以爲啓杜公之關鍵，而傳于世。於此篇小序云：劍門，勸務德不恃險也。此正惑於吴起之言以爲説矣，大爲非是。蓋使守蜀者，雖專務乎德，遂能保劍門之險，可自爲一國乎？特以此篇歎地險而惡負固耳。

惟天有設險，劍門一作閣。**天下壯。**北有劍門，天設之險。趙云：易云：天險，不可升也；地險，山川丘陵也。王公設險以守其國。以易出處言之，則不可升係之天，山川丘陵係之地，設險係之人。今公詩句，則參取易中字語，以言劍門乃天造之險也。詩句雄壯當如此，不必泥其闕犯也。東溪於上句注云：險出於自然也。於下句注云：地險莫能擬也。此泥於易，而反成不明。

連山抱西南，石角皆北向。劍山上石皆北向如拜伏狀。趙云：先言地形雖險而趨中原，自然之勢。觀劍門之山，雖抱西南而石角北向，則有面内之義，豈欲使之僻爲一區哉！東溪於「連山抱西南」注云：包括異域也。於「石角皆北嚮」云：朝上國而不背之也。其下句近之，而上句所云是何等語乎！

兩崖崇墉倚，刻畫城郭狀。蜀都賦：金城石郭，兼匝中區。既麗且崇，實號成都。趙云：兩崖崇墉倚而下，正言其是形勢之地，遂使負固者，恃爲險絶欲擅有其珍産之意。崇墉，言高崇之垣墉，非毛詩崇墉。蓋毛詩乃崇國之墉。此崇墉即是詩：其崇如墉。張協玄武館賦云〔一〕：崇墉四匝，豐厦詭譎。刻畫字多矣，如周伯仁云：刻畫無鹽。

一夫怒臨關，一作門。**百萬未可傍。**傍，一作仰。張孟陽劍閣銘：一人荷戟，萬夫趑趄。趙云：此言恃爲險絶也。其義起於蜀都賦曰：一人守隘，萬夫莫向。故李白蜀道難亦云：一夫當關，萬夫莫開。然公用於五言，則第三字爲腰字，最爲難下，非怒字不足以盡之。蓋其雖險，一夫可守，而非怒則猶不能爲也。莊子：螳蜋怒其臂以當車轍。夫以車轍之隆，而虫臂之怒，欲以當之，則臨關以當百萬之師者，非以一夫之怒乎？此下得怒字好矣。珠玉走中原，岷峨氣悽愴。青城、峩眉，二山也。趙云：岷山在成都之西，青城山是也。峩山在成都之西南，峩眉山是也。珠玉才走中原，而岷、峨有惜之意。至於悽愴，此重言形勢之地。自欲爲一區而擅其珍產也。珠玉之於中原，必着走字者，按地鏡圖曰：玉之千歲者行遊諸國。後漢孟嘗傳：合浦郡不產穀實，而海出珠，實與交趾比境，常通商販，貿糴糧食。先時宰守多貪穢，詭人採求，不知紀極，珠遂漸徙於交趾郡界。嘗爲太守，革易前弊，去珠復還。此珠之所謂走也。珠玉走中原，托言珠玉之自走而向中原，其意又有避就之義，蓋若石勢皆北向，未嘗不面內也，其着走字不亦切乎？三皇五帝前，雞犬莫相放。莫，一云各。自蜀至秦，方與中國通。趙云：雞與犬相放不收，言其混同通達，無彼此之間，又豈分疆界爲限隔哉！後王尚柔遠，職貢道已喪。書：柔遠能邇。趙云：惟後王函容，不加誅伐，故使守者得以跋扈而廢職貢也。彼跋扈者自不可制，公姑托以後王尚柔遠，而不敢斥言王者削弱而不能制之矣。至今英雄人，高視見霸王。趙云：惟其不能制而不修職貢，遂使英雄者見霸王，特在高視之間，可以爲之。於是并吞或割據，皆極力爲之而不少讓。今一作令。并吞與割據，極力不相讓。趙云：此指言劉備。及李特於晉元康中[二]，隨流人至劍門，箕踞四顧，太息曰：劉禪有如此地而面縛於人乎？遂密收合七千餘人，進攻成都，殺刺史趙廞，自稱益州牧，改元建初。謂之并吞與割據，是兩件事。并吞則欲兼乎鄰壤，其字出賈誼過秦論有并吞八荒之心。割據，則專有乎一方，字出陸士衡辨亡論云：故遂割據山川，跨制荆吳。吾將罪真宰，意欲鏟疊嶂。海賦：鏟臨崖之阜陸。趙云：莊子：若有真宰存焉。任彥升云：疊嶂易成響。恐此復偶然，臨風默惆悵。成都，自前漢公孫述、後漢劉備、晉李雄、王建、孟知祥之屬，皆因中原多事，恃險割據也。趙云：末四句，則公忠憤之辭矣。

【校勘記】

〔一〕「玄」，文津閣本、清刻本、排印本作「元」，係避諱。

〔二〕「於」，清刻本、排印本無。

鹿頭山

鹿頭何亭亭，是日慰飢渴。趙云：西都賦之言宮室曰：狀亭亭以迢迢〔一〕。陸士衡詩：願保金石軀，慰妾常飢渴。連山西南斷，俯見千里豁。自秦入蜀，山嶺重複，極爲險阻。及下鹿頭關，東望成都，沃野千里，葱鬱之氣，乃若煙霧靄然。遊子出京華，劍門不可越。京華，一云咸京。薛云：按文選張孟陽劍閣銘曰：惟蜀之門，作固作鎮。是曰劍閣，壁立萬仞。酈元水經注：小劍戍北去，大劍三十里，連山絶險，飛閣相連，故謂之劍閣。及茲阻險盡，始喜原野闊。殊方昔三分，霸氣曾間發。天下今一家，雲端失雙闕。隋書：今天下一家。華闕雙邈，重門洞開。又，飛升躡雲端。又薛云：按神異經曰：東南有石井，其方百丈。上有二石闕俠東南面，上有蹲熊，有榜著闕，題曰地户。又古樂府仙人篇：閶闔正嵯峨，雙闕萬丈餘。又孫興公遊天台賦：雙闕雲竦以夾路。趙云：先聖本紀：許由欲觀帝意，曰：帝坐華堂面雙闕，君之榮願亦得矣。失雙闕，則以天下既一家也。失字，鮑照詩「霧失交河城」之失。悠然想揚馬，繼起名硉兀。左太冲作蜀都賦：江漢炳靈，世載其英。鬱若相如，皭若君平。

王褒曄曄而秀發[二]，揚雄含章而挺生。揚，揚雄；馬，馬相如[三]。趙云：以二人文章之祖，故思之耳。有文令人傷，何處埋爾骨。紆餘脂膏地，慘澹豪俠窟。蜀都賦：外負銅梁於宕渠，內函要害以膏腴。趙云：上林賦曰：紆餘逶邐。而陸士衡曰：山澤紛迂餘。脂膏事，東觀漢記：孔奮字伯魚，爲姑臧長。時天下亂，河西獨安。姑臧長居數月，輒致資產。奮在姑臧四年，財物不增，唯老母妻子但菜食。或謂奮曰：置脂膏中，亦不能自潤。成都富饒之地，故公指爲脂膏也。仗鉞非老臣，宣風豈專達。趙云：許靖傳：昔營丘翼周，仗鉞專征。專達，言宣天子之風，而非專自己之所爲也。周禮曰：大事則從其長，小事則專達。冀公僕射裴冕。柱石姿，論道邦國活。趙云：前漢辛慶忌任國柱石。田延年謂霍光曰：將軍爲國柱石。書：三公論道。周禮：坐而論道。師云：上句言杖鉞方面，非耆舊以宣風行化，豈能專達？皆美裴也。斯人亦何幸，公鎮踰歲月。趙云：言裴公爲尹，尚有歲月之期，此斯人之所以幸也。以見杜公初來成都，非爲嚴武而來。

【校勘記】

〔一〕「狀亭亭以迢迢」原作「狀迢迢以亭亭」，詩語倒誤，據文選卷二、全後漢文卷五十二張衡西京賦訂正。

〔二〕「曄」，文淵閣本、文瀾閣本作「煜」，文津閣本、清刻本、排印本作「奕」，係避清諱。

〔三〕「馬相如」，即「司馬相如」之省稱，清刻本、排印本作「司馬相如」。

成都府

築成都而縣之。

趙云：樂史寰宇記載：成都縣，漢舊縣，以周文王從梁山止岐山，一年成邑，三年成都，因名之。又云：蜀王據有巴蜀之地，本治廣都、樊鄉，徙居成都。秦惠王遣張儀、司馬錯定蜀，因

翳翳桑榆日，照我征衣裳。 歸去來〔一〕：景翳翳以將入。東觀記：收之桑榆。江淹：曾是迫桑榆。趙云：桑榆，記日也〔二〕。淮南子：日西垂，景在於樹端，謂之桑榆。光武云：失之東隅，收之桑榆。翳翳，則晚日之狀。阮嗣宗詠懷詩曰：灼灼西隤日，餘光照我衣。**我行山川異，忽在天一方。** 趙云：古詩：各在天一方。詩：我行其野。晉書：風景不殊，舉目有山河之異。**但逢新人民，未卜見故鄉。** 曹子建：不見舊耆老，但覩新少年；山川阻遠別，後會日月長。**大江東流去，** 一作從東來。**遊子去日長。** 謝玄暉：大江流日夜。短歌行：去日苦長。趙云：大江指言岷江從東來，而日去不已，亦猶遊子之日去未有已期。**曾城填華屋，季冬樹木蒼。** 西都賦：闐城溢郭，旁流百廛。曹子建：生存華屋處。西都賦：靈草冬榮，神木叢生。東京賦：翛竹冬青。蜀都賦：寒卉冬馥。高唐：玄木冬榮。趙云：曾城，層起之城。淮南子：崑崙山上有曾城九重。華屋字，史記平原君傳：歃血於華屋之下。前於發同谷縣題下公自注云：乾元二年十二月一日，隴右赴劍南紀行。而今詩云：季冬樹木蒼。則至成都乃是月也。元祐中，胡資政守蜀，作草堂詩文碑引：先生至成都月日不可考。蓋不詳此也。**喧然名都會，吹簫間笙簧。** 曹子建：名都多妖女，京洛出少年。詩：吹笙鼓簧。薛云：前漢志：勃、碣之間一都會也。**信美無與適，側身望川梁。** 王仲宣登樓賦：雖信美而非吾土兮，曾何足以少留。四愁詩：側身西望涕沾裳。**鳥雀夜各歸，中原杳茫茫。** 趙云：觀梟鳥識巢而夜歸，乃

思其中原故鄉之地而不得返也。初月出不高，衆星尚爭光。自古有羈旅，我何苦哀傷。鮑明遠：古來共如此，非君獨撫膺。長門賦：衆雞鳴而愁予兮，起視月之精光。觀衆星之行列兮，畢昴出於東方。九辨云：仰明月而太息，步列星而極明。杜補遺：是詩子美寓意深矣。淮南子云：日西垂，景在樹端，謂之桑榆也。說曰：桑榆之景〔三〕，理無遠照。今也日薄桑榆，而其光翳翳，止足照我衣裳，則不能遠照矣，以喻明皇播越，傳位肅宗，以太上皇居西内，則不能照臨天下也。將旦陰伏，月明星稀，今也衆星與初月爭光，蓋以初月之出不高，不能中天而兼照故也，以喻肅宗即位未久，祿山雖已殄滅，而史思明之徒尚在也。蓋肅宗即位於天寶之丁酉，而子美乾元庚子至成都，以其時考之，故知其寓意如此。趙云：謂杜公方以鳥雀夜歸而歎不得返中原之次，却說及肅宗，甚無謂也。觀末句所云，止自感歎而已。

【校勘記】

〔一〕「歸去來」，文津閣本、清刻本、排印本作「歸去來辭」。

〔二〕「記」，十家注卷十一、百家注卷十一、分門集注卷十一皆作「晚」，當是。

〔三〕「說曰桑榆之景」，「說曰」文淵閣本作「世詩」，訛。

新刊校定集注杜詩卷七

古詩

石笋行

集注：杜光庭石笋記云：成都子城西曰興義門，金容坊有通衢，幾百五十步。有石二株，挺然聳峭，高丈餘，圍八九尺。耆舊傳云：其名有六，曰石笋，曰蜀妃闕，曰沈犀石，曰魚凫仙壇，曰西海之眼，曰五丁石門，皆非。圖經云：石笋街乃前秦寺之遺址，殿宇樓臺咸以金寶飾之，爲一代之勝概。後遭兵火而廢，或遇夏秋霖雨，里人猶拾珠玉異物。前蜀丞相諸葛亮命掘之，俯觀方驗測隱其象，有篆字曰：蠶叢氏啓國誓蜀之碑。以二石柱横理連接，鐵貫其中，歷代故不可毁。復鐫五字，濁歜燭觸斸，時人莫能曉察，惟孔明默悟斯旨，令左右瘞之。後蜀主李雄召丞相范賢，詰其所自，再掘而詳之。賢議曰：然厥字五，其理各有所主，亥子歲濁字，可記主其水灾；寅卯歲歜字，可記主其飢饉；己午歲燭字，可記主其火灾；申酉歲觸字，可記主其兵革；辰戌丑未歲斸字，可記主稼穡充益，民物富贍。悉以年事推之，應驗符響。又云蜀之城壘，方隅不正，以景測之，石笋於南北爲定，無所偏邪。今按石笋在西門外，僅百五十步，二株雙蹲，一南一北，北笋長一丈六尺，圍極於九尺五寸，南笋長一丈三尺，圍極於一丈二尺。南笋蓋公孫述時折，故長不逮北笋。趙云：此篇作於上元元年。是年李輔國日離間二宫，擅權之迹甚彰，故因賦石笋而指譏李輔國也。

君不見益州城西門，陌上石笋雙高蹲。成都記：石笋各折爲五六段，相續以立，人云五丁擔〔一〕，亦曰蜀王妃墓表。公孫述時此石折，故治中從事任文公歎曰：西州智士死，吾其當之。歲中果卒。古來一作老。相傳是海眼，苔蘚食盡波濤痕。成都記：距石笋二三尺，每夏月大雨，往往陷作土穴〔二〕，泓水湛然。以竹測之，深不可及，以繩繫石而投其下，愈投而愈無窮。凡三五日，忽然不見。嘉祐春，牛車碾地，忽陷，亦測而不能達。父老云見此多矣，此亦甚異者，故有海眼之説云〔三〕。趙云：按唐劉崇遠作金華子書，載海眼一事云：北海郡國發得五銖錢，取之不盡，得一石記云：此是海眼。華陽風俗記曰：蜀人曰：我州之西，有石笋焉。天地之植，以鎮海眼，動則洪濤大濫。雨多往往得瑟瑟，此事恍惚難明論。成都記：石笋及林亭沙石之地，雨過必有小珠，或青黄如粟者，亦有細孔，可以貫絲。薛云：瑟瑟，碧珠也。杜陽雜編：有瑟瑟幕，其色如瑟瑟，輕明虛薄，無與爲比。杜補遺：酉陽雜俎：蜀石笋街，夏中大雨，往往得雜色小珠。俗謂之地當海眼，莫知其故。蜀僧惠嶷曰：前史説蜀少城飾以金璧珠翠，桓温怒其太侈，焚之。合在此地。今拾得小珠，時有孔者。得非是乎？餘同薛。恐是昔時卿相墓，立石爲表今仍存。揚雄蜀王本紀云：武都丈夫化爲女子，顔色美絶，蓋山精也。蜀王納以爲妃。無幾物故。乃發卒之武都擔土，葬於成都郭中，號曰武擔。以石作鏡一枚，表其墓。華陽國志曰：王哀念之，遣五丁之武都，擔土爲妃作塚，蓋地數畝，高七丈。立石，俗今名爲石笋〔四〕。趙云：公亦又以意逆之，不敢專指爲何人墓耳〔五〕。武擔土葬如上所載，又嘗觀録異記所載：乾寧二年〔六〕，蜀州刺史節度參謀李師恭治第於成都錦浦里北門，第西與李冰祠鄰。距宅之北，地形漸高崗，西南與祠相接。於其堂北，鑿地五六尺，得大塚，塼甓甚固。於塼外得金錢數十枚，各重十八銖。不知誰氏墓也。其地北百許步有石笋，知石笋即此之闕矣。録異記所載如此，則公所謂，恐是承古老相傳云。惜哉俗態好蒙蔽，莊子：蔽蒙之民。亦如小臣媚至尊。趙云：此正以專指李輔國一內臣耳，連結張妃。肅宗信任之，呼爲阿父。

乾元元年，張妃爲皇后，而輔國之權尤熾，人争附之。公於祭房相國文云：太子即位，揖讓倉卒；小臣用權，尊貴倏忽。正以言李輔國，則今詩云如小臣媚至尊者。石笋以一堆石而蒙蔽於人，人或指爲海眼，或指爲表墓，説終不明，此可惡而俗態好。其蒙蔽如輔國之蔽肅宗，而人信好之也。**政化錯迕失大體，**趙云：言肅宗信之也。**坐看傾危受厚恩。**時林甫、國忠傾危王室，故子美此詩有所謂耳。　趙云：言輔國之寵幸也。舊注引李林甫、楊國忠，蓋公乾元二年離同谷來蜀，作此詩，時李與楊已死矣。又二公皆爲相，豈可謂之小臣耶？**嗟爾石笋擅虚名，後來未識猶駿奔。**詩：駿奔走在廟。　趙云：言人之争附輔國也。**安得壯士擲天外，使人不疑見本根。**梁沈約詩云：安得壯士駐奔曦。　華陽風俗録云：蜀人曰：我州之西，有石笋焉，天植之以鎮海眼，動則江濤大濫。四方之人有來觀者則奇而怪之。贊皇公曰：夫笋之爲狀也，亭亭揭峭，高然若削，圭芒天成，神矣。今小大相壘，至八九節，束以鐵鼓，出於人力，又何神乎？遂命抽出鐵鼓，伺事變怪，則寂然而神怪不作。　趙云：言要使天下知其一内臣耳也。公作是詩在上元元年之夏七月，輔國果離間二宫，矯詔遷上皇於西内矣。公之遠見，不亦明乎？漢高祖：安得猛士兮守四方。宋玉：長劍耿介倚天外。

【校勘記】

〔一〕「擔」，原作「檐」，據文淵閣本、清刻本、排印本並參全唐文卷七百四十四盧求成都記序改。以下均同。

〔二〕「土穴」，文津閣本作「大穴」，清刻本、排印本作「上穴」。

〔三〕「云」，清刻本、排印本無。

〔四〕「今」，清刻本、排印本作「人」。

〔五〕「敢」，清刻本、排印本作「得」。

〔六〕「二」，太平廣記卷三百九十塚墓二作「三」。

石犀行 成都記：石犀在李太守廟内。

君不見秦時蜀太守，刻石立作三犀牛。華陽國志：秦孝文王以李冰爲蜀守。冰作石犀五頭以壓水精，穿石犀溪於江南，命曰犀牛里。後轉爲耕牛二頭：一在府市橋門，今所謂石牛門；一在淵中。又自前堰上分穿羊摩江、灌口西，於玉女房下白沙郵〔一〕，作三人立水中。與江神要：水竭不至足，盛不没肩。時青衣出象山下〔二〕，伏行地中，會江南安，觸山脇溷崖，水脈漂疾〔三〕，破害舟船，歷代患之。冰發卒鑿平崖，通正水道。或曰：冰鑿崖時，水神怒，冰乃操刃入水中與神鬬〔四〕，迄今蒙福。成都記亦云石犀五。今云三犀牛，未詳。趙云：此篇因石犀而指譏廟堂無經濟之人也。自古雖有厭勝法，天生江水向一云須。東流。襄陽白銅鞮歌：漢水向東流。又莫愁歌：河中之水向東流。匈奴傳：上以厭勝所在。師古注：漢高紀云：蕭何初立未央宮，以厭勝之術，理亦宜然。趙云：本朝樂史寰宇記載志云在市北，乃李冰所立以厭水怪。故公直以爲厭勝耳。蓋言厭勝者將欲使水東流邪？則水自然東流矣，何用石犀爲厭勝也？列子曰：地不滿東南，故百川水潦歸焉。此江水東流謂之天生之義也。**蜀人矜誇一千載，泛溢不近張儀樓。**按圖經：秦張儀築少城，在大市西。又周地圖云：張儀築城屢壞〔五〕，不能立，忽有一龜周旋，正依龜行廵築，遂得立。今有龜化橋。成都記云：張儀樓在子城南。又曰，張儀樓高一百尺，初築此城，雖曰附龜，蓋以順江山之勢，正即爲斜矣，乃作此樓而定南北焉。趙云：又言厭勝者詭怪之事，爲不足憑故，水終有時而爲害焉。隄防者正道，故終藉人力以爲隄防也。張儀樓事，按圖經：秦張儀築少城在城西。少之爲言，小也。有樓焉，故號張儀樓。南史：始興王與蔡仲熊登張儀樓，商略先言往行〔六〕。可見有是樓之證矣。本朝樂史寰宇記云：張儀樓，宣明門樓也。然今宣明門之名亦不可考矣。**今年灌口損户口，此事或恐爲神羞。**後漢書：户口減如毛米。書武成：以濟兆民，無作神羞。左傳：苟捷有功，無作神羞。**終藉隄防出衆力，高擁木石當清秋。先王作法皆正道，詭怪何得參人謀。**莊子：恢詭譎怪。又：諔詭幻怪〔七〕。易：人謀鬼謀。**嗟爾三犀不經濟，缺訛只與長川逝。**語：子在川上曰：逝者如斯。趙云：此公之寓意於三犀，指譏廟堂無經濟之人甚明。夫無經濟之用，終亦缺訛，隨長川而漂逝矣。乾元二年，乃吕諲、李峴、李揆、第五琦同平章事。五月，李峴言毛若虚希中人旨，用刑亂法。帝怒，李揆不敢争，出峴爲蜀州刺史。七月吕諲以從中人馬尚書之請，爲人求官罷。九月第五琦鑄重規錢非是，十月貶爲惠州刺史。公詩之作，正在次年五月、六月之間，諸公之失，皆已著見，唯李揆未露。至次年，揆懼吕諲復用，乃遣吏構其過失。諲密訴諸朝，帝怒，貶揆爲袁州長史。然則公豈不明見其非經濟者乎？經濟字，見上注。**但見元氣常調和，自免洪濤恣彫瘵。**曹子建詩：泛舟越洪濤。趙云：此公有經濟之量，知水土之平，特在乎得人。蓋宰相以燮理陰陽爲事，則調元氣之謂也。洪濤字祖，雖出西京賦「皷洪濤而揚波」，而晉木華海賦云：「帝媯巨唐之世〔八〕，天綱浡潏，爲彫爲瘵。洪濤瀾汗，萬里無際。」專用木華海賦之意，言水之廣大爲天綱紀，而洪水横流，乃爲彫傷瘵病於民矣。莊子有陰陽調和。武后嘗問陳子昂：調元氣以何道？還有「禀元氣於靈和」。安得壯士提天綱，再平水土犀奔茫！前漢李尋傳：五行以水爲本，其精玄武婺女〔九〕，天地所

紀，終始所生。水爲準平，王道公正修明，則百川理，絡脈通；偏黨失綱，則涌溢爲敗。陳蕃傳：志清天綱。舜典：咨！禹汝平水土。趙云：梁沈約云：安得壯士駐奔曦。陳蕃傳：雖有志清天綱。而杜公所用，則取海賦以水爲天綱。

【校勘記】

〔一〕「白沙郵」，原作「自涉郵」，訛，據華陽國志卷三蜀志改。

〔二〕「象山」，華陽國志卷三蜀志作「蒙山」。

〔三〕「脈」，原作「遞」，訛，據華陽國志卷三蜀志改。

〔四〕「與」，原作「乞」，訛，據文淵閣本、清刻本、排印本並參華陽國志卷三蜀志改。

〔五〕「壞」，原作「壤」，訛，據文淵閣本、文津閣本、文瀾閣本、清刻本、排印本並參華陽國志卷三蜀志改。

〔六〕「蔡仲熊」，原作「蔡仲能」，訛，檢「始興王與蔡仲熊登張儀樓」一句，南史卷四三齊高帝諸子下作「蔡仲熊」，據改。

〔七〕「諔詭幻怪」句，「諔」字下原衍「絶」字，據莊子集釋内篇德充符删。

〔八〕「唐」，文淵閣本、清刻本、排印本作「害」，訛。

〔九〕「精」，漢書卷七十五李尋傳作「星」。

杜鵑行

華陽風俗録：鳥有杜鵑者，其大如鵲而羽烏，聲哀而吻有血。土人云，春至則鳴，聞其初聲者有別離之苦，人皆惡聞之，惟田家候其鳴則興農事。趙云：按蜀記曰：昔人有姓杜名宇，號曰望帝。宇死，俗説云化爲子規。規，鳥名也，一名鵑。蜀人聞子規鳥，皆曰望帝也。遂於鵑字上加以杜姓，謂之杜鵑。又直名之爲杜宇。以次公考之，此鳥乃暮春之時，農夫以爲耕候。曰規曰鵑，其義取圓春之事也。王介甫亦於字説言之矣。然有二種：其一褐色，四川中亦有，而内地多有之，名曰子規，仿像其聲之四云不如歸去。其一色黑，似烏而小，兩吻赤如血，而其聲二。内地亦有，而蜀中多有之，名曰杜鵑，仿像其聲之二云杜宇。夫所謂鵑之名，自古有之。漢書謂之曰鵑。歐陽率更載臨海異物志曰題鴂，一名田鵑。春三月鳴，晝夜不止，音聲自呼。俗言取梅子塗其口，兩邊皆赤。至麥子熟，鳴乃止。率更據志以爲塗口而後赤，蓋信所傳聞耳。蜀人既傳杜宇化爲鵑，而加杜姓，稱爲杜鵑，又曰杜宇，然其聲未必是呼杜宇也。蓋望帝之前，則聲云布穀，則催耕之鳥而已。杜公於長安玄都壇詩云：子規夜啼山竹裂。於雲安詩云：兩邊山木合，終日子規啼。則指不如歸去四聲者而言之。今有杜鵑行，其後又有杜鵑詩，則指杜宇之二聲者言之。惟其指杜宇之二聲者言之，故詩皆言帝王之事。

君不見昔日蜀天子，化作杜鵑似老烏。成都記曰：杜宇亦曰杜主，自天而降，稱望帝。好稼穡，教人務農，治郫城，亦曰望帝。至今蜀人將農者必先祀杜主。時荆州人鼈靈死，其尸泝流而上，至汶山下復生。見望帝，望帝因以爲相，號曰開明。會巫山壅，江人遭洪水，開明爲鑿通流有大功。望帝因以其位禪焉。後望帝死，其魂化爲鳥，名曰杜鵑，亦曰子規。又云子規深春乃有聲低且怨，與北之思歸樂都不同也。洛京東西多此鳥，人以爲子規者，誠妄矣。又云：宇禪位于開明，升西山隱焉，時適三月子規鳥鳴，故蜀人悲子規鳥。寄巢生子不自啄，群鳥至今與哺雛。雖同君臣有舊禮，骨肉滿眼身羈孤。業工竄伏深樹裏，四月五月偏號呼。其聲哀痛口流血，所訴何事常區區？爾惟一作豈摧殘始發憤，羞帶羽翮傷形愚。蒼天變化誰料得，萬事反覆何所無。萬事反覆何所無，豈憶當殿群臣趨！趙云：鮑照行路難云：中有一鳥名杜鵑，言是古時蜀帝魂。聲音哀苦鳴不息，羽毛憔悴似人髡。飛走樹間逐虫蟻，豈憶往日天子尊。念此死生變化非常理，心中惻愴不能言。今公所謂哀痛流血，又有摧殘之語，及末句憶群臣趨，且云萬事反覆，蓋出於此也。

戲作花卿歌

高適傳：梓州副使段子璋反，以兵攻東川節度李奐。率州兵與西川節度使崔光遠攻子璋，斬之。西川牙將花驚定者，恃勇，誅子璋，大掠蜀，天子怒。

成都猛將有花卿，學語小兒知姓名。薛云：左太冲蜀都賦：金城石郭，兼匝中區。既麗且崇，實號成都。齊桓康隨武帝起兵〔一〕，恣行暴害，江南之人畏之，以其名怖小兒。禰衡：大兒孔文舉，小兒楊德祖。用如快鶻風火生，薛云：按南史：曹景宗謂所親曰：我昔在鄉里，騎快馬如龍，與年少輩數十騎，拓弓弦作礔礰聲，放箭如餓鴟叫，平澤中逐麞，數肋射之，渴飲其血，飢食其胃，甜如甘露漿。覺耳後生風，鼻尖出火，此樂使人忘死，不知老之將至。見賊唯多身始輕。漢光武見大敵則勇。綿州副使着柘黄，綿州副使段子璋也。着柘黄，僭乘輿服色也。趙云：高適傳云：梓州副使段子璋反。而公今詩云：綿州副使着柘黄，則梓州字誤傳爲綿州乎？着柘黄，天子之服也。柘黄字，或云當是赭黄。本朝詩曰：戴了宫花賦了詩，不容重見赭黄衣。赭黄衣，赭，赤也。赤與黄二色之合爲赭黄。皆不敢輒改，併俟博聞。我卿掃除即日平。子璋髑髏血模糊，手提擲還崔大夫。子璋，即段子璋也。崔大夫，崔光遠也。杜補遺：古今詩話云：杜少陵時，有病瘧者。少陵曰：吾詩可療之。「夜闌更秉燭，相對如夢寐」。其人誦之，瘧猶是也。少陵曰：更誦吾詩云〔二〕。蓋「子璋髑髏血模糊」一聯〔三〕，誦之果愈。詩感鬼神，蓋不誣也。李侯重有此節度，趙云：重，乃重疊之重。蓋段子璋既攻東川，則李奂必失節度矣；以花卿斬之，則李侯復保有節度焉。人道我卿絶世一作代。無。既稱絶世無，天子何不喚取守京都。譏其奪掠也。魯直云：子美作花卿歌，雄壯激昂，讀之想見其人也。楊明叔爲余言，花卿家在丹稜東館鎮，至今有英氣血食其鄉，見封爲忠應公。詩話苕溪漁隱曰：細考此歌，想花卿當時在蜀，雖有一時平賊之功，然驕恣不法，人甚苦之。子美不欲顯言，末句含蓄，蓋可知矣。

【校勘記】

〔一〕「桓康」，原作「栢康」，乃「桓」字避諱缺末筆之形訛，據南齊書卷三十、南史卷四十六桓康傳改。

〔二〕「云」，文津閣本、清刻本、排印本無。

〔三〕「蓋」，文津閣本、清刻本、排印本作「乃取」。

贈蜀僧閭丘師兄太常博士均之孫。

大師銅梁秀，左思蜀都賦：外負銅梁於宕渠〔一〕，內函要害於膏腴。杜補遺：太平御覽載張孟陽蜀都賦注云：銅梁，山名也。按其山有桃枝竹，東西連亘二十餘里。山嶺之上平整，遠望諸山，此獨秀也。山在合州界銅梁縣。籍籍名家孫。袁陽源白馬篇：籍籍關外來，車從傾國鄽。嗚呼先博士，炳靈精氣奔。左太沖蜀都賦：近則江漢炳靈，世載其英。鬱若相如，皭若君平。惟昔武皇后，臨軒御乾坤。多士盡儒冠，墨客藹雲屯。揚子雲長楊賦：藉翰林以爲主人，子墨爲客卿以諷。陸士衡：胡馬如雲屯。當時上紫殿，不獨卿相尊。謝玄暉直中書省：紫殿肅陰陰。世傳閭丘筆，峻極逾崑崙。禹本紀言崑崙高二千五百里，日月所相避隱爲光明也。詩：峻極于天。鳳藏丹霄暮，一作穴。龍去白水渾。東京賦：我世祖忿之，乃龍飛白水，鳳翔參墟。青熒雪嶺東，西都賦：琳珉青熒。新添：蜀有雪山。碑碣舊製存。杜補遺：東蜀牛頭山下，有閭丘均撰瑞聖寺磨崖碑，嚴政書。寺今改爲天寧羅漢禪院。斯文散都邑，高價越璵璠。均以文名，當時四方碑碣，多出其手。璠璵〔二〕，玉器也。晚看作者意，妙絶與誰論？陸韓卿賦有云：歌能妙絶。吾祖詩冠古，同年蒙主恩。豫章來日月，歲久空深根。豫章，良材也。小子思疎闊，豈能達詞門？窮愁一揮淚，愁，一作秋。陸士衡：揮淚歎流離。又，揮淚廣川陰。相遇即諸昆。我住錦官城，成都記：錦城以江山明麗，錯雜如錦。

兄居祇樹園。金剛經：佛在舍衛國祇樹給孤獨園。杜補遺：楞嚴經云：祇桓精舍。注云：祇桓，林樹名，具云祇陁桓[三]，或云逝多。此云戰勝，即太子名。林主是彼，故云勝林精舍。建立有二因緣，須達長者施園，祇陁太子施樹，故金剛經云：祇樹給孤獨園。地近慰旅愁，往來當丘樊。天涯歇滯雨，粳稻卧不翻。漂然薄遊倦，始與道旅一作侶。敦。景晏步脩廊，而無車馬喧。陶淵明：結廬在人境，而無車馬喧。夜闌接軟語，落月如金盆。法華經：又以軟語。一云言詞柔軟。杜補遺：維摩經云：菩薩成佛時，命不中夭，大富梵行，所言誠諦。常以軟語，眷屬不離，善和諍訟。言必饒益，不疾不恚。漠漠世界黑，一作空。驅驅爭奪繁。唯有摩尼珠，可照濁水源。言性照圓明如摩尼珠然，雖照濁水，而不爲汙濁所累也。如語云：涅而不緇。杜補遺：圓覺經：譬如清淨摩尼寶珠映於五色，隨方各現。諸愚癡者見彼摩尼，實有五色，圓覺淨性，現於身心，隨類各應，亦復如是。觀無量壽佛經云：諸天童子，摩尼以爲纓絡，光照百餘里，猶如和合百億日月，不可具名。室志云：馮翊嚴生，家漢南峴山，得一珠如彈丸，色黑，胡人曰：此西國清水珠也。若至濁水，泠然洞徹矣。以三十萬易之而去。

【校勘記】

〔一〕「宕」，文淵閣本作「巖」，清刻本、排印本作「岩」，皆訛。

〔二〕「璠璵」，文瀾閣本、排印本作「璵璠」。

〔三〕「具」，文津閣本、清刻本、排印本作「或」。

泛溪

落景下高堂，進舟泛迴溪。謝靈運：對嶺臨迴溪。趙云：廣雅云：日將落曰薄暮。又，日西落，光反照於東，謂之反景。故公今云落景也。迴溪字，祖出枚乘七發云：依絶區兮臨迴溪。誰謂築居小，謝靈運：躡險築幽居。未盡喬木西。詩：南有喬木。趙云：言不必大屋綿亘以盡喬木之地。遠郊信荒僻，秋色有餘悽。練練峰上雪，纖纖雲表霓。趙云：峰上雪，應是遠，言西山之上峰雪。承秋色之後而言雪，則西山謂之雪山，四時皆雪也。雪云練練，以言其白。江淹麗色賦云：色練練而欲奪。又梁吴均贈周承詩：練練波中白。皆取此義。纖纖字，則古詩有「兩頭纖纖」之名。童戲左右岸，一云兒童戲左右。謝靈運：海鷗戲春岸。罟弋畢提攜。趙云：言兩岸皆有兒童嬉戲，至盡攜網罟，畢弋以取魚鳥。莊子曰：畢弋者多，鳥亂於上；網罟者多，魚亂於下。網罟者，取魚之器。畢弋者，取鳥之器。今所謂罟弋，言網罟畢弋。所謂畢提攜，却是畢盡之畢也。翻倒荷芰亂，指揮逕路迷。謝靈運：連巖覺路塞，密竹使逕迷。來人忘新行[一]，去子惑故蹊。趙云：其爲嬉戲，至翻倒芰荷而亂，互相指揮，無所適從，故於逕路翻成迷惑也。陸韓卿詩：荷芰始參差。得魚已割鱗，採藕不洗泥。人情逐鮮美，物賤事已一作亦。睽。趙云：得魚則便割其鱗而殺之[二]，採藕則不及洗泥而食之，皆兒童之戲也。雖是兒童之戲，而於人情以鮮美爲貴，於物以非新爲賤。物既可賤，事亦睽離矣。此龍陽君以得魚棄前魚爲恩奪而泣者也。公因目前實事起意，以雖小兒猶知好新而厭故也。吾村靄暝姿，異舍雞亦棲。蕭條欲何適，出處庶可齊。沈休文：蕭條何所欲。趙云：以既無所適，遂可以處，不必出也。衣上見新月，霜中登故畦。濁醪自初一作新。熟，東城多鼓鼙。趙云：蓋言濁酒幸自初熟可以供飲，宜安郊村之興，況東城多鼓鼙乎！濁醪字公屢使。本出魏都賦：清酤如濟，濁醪如河。東城，東州之城也。是年四月，東川節度兵馬使段子璋反。五月，西川節度使崔光遠使牙將花驚定擊斬之。驚定乘勝大掠東蜀，至天子聞之而怒，則雖七月，兵應未定，故云。

【校勘記】

〔一〕「行」，宋詩卷二謝靈運登石門最高頂詩作「術」。

〔二〕「其鱗」，原作「鱗鱗」，據文淵閣本、文津閣本、文瀾閣本、清刻本、排印本改。

題壁上韋偃畫馬歌

鮑云：朱景玄畫斷云：韋偃伯父工龍馬，父鑾工山水松石，偃又工仙僧老松異石。人知其善畫馬，不知其松石更工。

韋侯別我有所適，知我憐君一作渠。畫無敵。戲拈禿筆掃驊騮，欻見騏驎出東壁。顏延年白馬賦：欻聳躍以鴻驚。驊騮，良馬也；騏驎，瑞獸也。餘見上天育驃騎歌注。一匹齕草一匹嘶，坐看千里當霜蹄。時危安得真致此，與人同生亦同死。莊子：馬蹄可以踐霜雪，齕草飲水。呂布嘗御良馬，號曰赤兔，能馳城飛塹，馳突燕軍，一日或至三四，斬首而出。趙云：乃「所向無空闊，真堪托死生」之意。其事則世說曰：劉備之初奔劉表，表左右欲因會取備。備覺，如廁便出，所乘馬的顱走墮襄陽城檀溪水中。備急，謂的顱曰：今日厄，何不努力！的顱一踴三丈，得過。又如劉牢之為慕容垂所逼，馬跳五丈澗而脫。

戲題畫山水圖歌 王宰畫丹青絕倫。

十日畫一水，五日畫一石。能事不受相促迫，王宰始肯留真跡。壯哉崑崙方壺一云丈。圖，列子湯問：夏革曰：渤海之東，不知幾萬億里，有大壑焉，實惟無底之谷。其下底名曰歸墟〔一〕。八宏九野之水〔二〕，天漢之流，莫不注之而無減焉。注：世傳天河與大海通，其中有五山，一曰岱輿，二曰員嶠，三曰方壺，四曰瀛洲，五曰蓬萊。又周穆王宿于崑崙之河，汾水之陽。山海經云：崑崙山有五色水。趙云：此圖應畫江山之勢闊遠，故直以爲崑崙與方壺山之圖形容之。挂君高堂之素壁。巴陵洞庭日本東，巴陵，岳陽也。洞庭在其左，海東有日本國。赤岸水與銀河通，赤岸，地名。杜補遺：南兗州記曰：瓜步山東五里，江有赤岸山，南臨江中。羅君章云：赤岸若朝霞。即此也。濤水自海入江，衝激六七百里至北岸側，其勢始衰。郭景純江賦云：鼓洪濤於赤岸。餘巴陵洞庭事，見第四寄薛三郎中「青草洞庭湖」補遺〔三〕。趙云：又狀其水之闊遠。文選枚乘七發云：淩赤岸矣。後學者見郯昂作岐邠涇寧四州八馬坊碑有云：我有唐之新造國也，於赤岸澤僅得牝牡三千匹。遂惑赤岸所在。殊不知此隴右間，亦有赤岸矣。巴陵之洞庭，日本國之東；真州之赤岸，通銀河之水，此皆狀其遠也。中有雲氣隨飛龍。莊子：姑射山有神人，乘雲氣，御飛龍，而遊乎四海之外。舟人漁子入浦溆，山木盡亞一作帶。洪濤風。江賦：舟子涉人。又，蘆人漁子。海賦：舟人漁子，徂南極東。七發：陵赤岸，篲扶桑。趙云：楚辭：入溆浦。而倒用之，則何遜詠白鷗詩云：孤飛出浦溆，獨宿下滄洲。莊子有山木篇。西京賦：起洪濤而揚波。尤工遠勢古莫比，咫尺應須論一作千。萬里。薛云：按南史：竟陵王子良孫賁，字文煥〔四〕，能書善畫，於扇上圖山水，咫尺之內，便覺萬里爲遥〔五〕。矜慎不傳，自娛而已。

焉得并州快剪刀，剪取吴松半江水！趙云：言吴地之松江也。苕溪漁隱曰：予讀益州畫記云：王宰大曆中，家于蜀川〔六〕，能畫山水，意出象外。老杜與宰同時，此歌又居成都作，其許與必不妄。

【校勘記】

〔一〕「其下」，列子湯問作「其下無」。

〔二〕「八宏」，文津閣本、清刻本、排印本作「入」。

〔三〕「第四」，檢本集，寄薛三郎中詩見於卷十四。

〔四〕「文焕」，文淵閣本、文津閣本、文瀾閣本、清刻本、排印本作「文炳」，訛。南史卷四十四竟陵王子良傳云：「賁，字文奂。」案，「奂」通「焕」。

〔五〕「内」，文淵閣本作「間」。

〔六〕「川」，文淵閣本、文津閣本、文瀾閣本、清刻本、排印本作「州」。

題李尊師松樹障子歌

老夫清晨梳白頭，趙云：禮記云：大夫得謝，自稱曰老夫。左傳云：牽率老夫。曹子建云：雲散還城邑，清晨復來還。鄴陽云：白頭如新。又，前人有白頭翁之語。玄都道士來相訪。握髮呼兒延入户，周公一沐三握髮。趙云：古詩：呼兒烹鯉魚。手提新畫青松障。障子松林靜杳冥，趙云：楚辭曰：杳冥兮晝晦。憑軒忽若無丹青。陰崖却承霜雪一作露。幹，馬季長長笛賦：生於終南之陰崖。南都賦：幽谷嶜岑，夏含霜雪。趙云：登樓賦：憑軒檻以遙望。而江淹擬張綽云：憑軒詠堯老。孔子曰：霜雪既降，吾以是知松栢之茂也。偃蓋反走虯龍形。老夫平生好奇古，趙云：抱朴子云：天陵偃蓋之松。故北齊魏收詩云：古松圖偃蓋，新栢寫煙崟[一]。隋煬帝古松詩云：獨留麈尾影，猶橫偃蓋陰。反走虯龍形，言松身之反走如之也。若抱朴子云：松樹皮中有聚脂，狀如龍形。乃言松脂之形，則栢之古身[二]，亦可狀爲虯龍矣。對此興與精靈聚。已知仙客意相親，更覺良工心獨苦。東坡詩話云：故人董傳善論詩。余嘗云子美詩不免有凡語。「已知仙客意相親，更覺良工心獨苦」，此豈非凡語耶？傳笑曰：此句殆爲君發。凡人用意深處，人罕能識，此所以爲獨苦，豈獨畫哉！杜補遺：古今詩話云：管子曰：事無終始，無事多業。此言學者貴能成就也。唐人爲詩，皆量己力以致功，常積精思數十年，然后各自名家[三]。今人不然，未有小得，已高視前人，自以爲無敵。然知音之難，萬事悉然。杜工部詩云「更覺良工心獨苦」，用意之妙，有舉世莫之知者，此其所以爲獨苦歟！趙云：古詩云：晨風懷苦心。陸士衡猛虎行云：志士多苦心。豫章行云：曾是懷苦心。則公蓋用此也。松下丈人巾屨同，偶坐似一作自。是商山翁。悵望一作惆悵。聊歌紫芝曲，時危慘澹來悲風。商山翁、紫芝曲，並見上喜晴及洗兵馬注。

【校勘記】

〔一〕「煙崟」，文津閣本作「幽崟」。案，北齊詩卷一魏收庭柏詩作「爐峰」。

〔二〕「栢」，清刻本、排印本作「松」。

〔三〕「然后」，清刻本、排印本作「始」。

古柏行

傷有其才而不得其用也。趙云：此詩凡三段，自「孔明廟前有老栢」至「月出寒通雪山白」八句，指言今夔州孔明廟之栢；自「憶昨路遶錦亭東」至「正直元因造化功」八句，追言成都先主廟之栢；自「大厦雖傾要梁棟」至「古來材大難爲用」八句，總言兩處之栢。起意以嗟大材之人，且自況其身。

孔明廟前有老栢，廟在成都先主廟西隅。趙云：孔明爲蜀相，成都則先主廟，而武侯祠堂附焉。夔州則先主廟、武侯廟各別。今詠栢，專是孔明廟而已，豈非夔州栢乎？公詩集中，其在夔也，屢有孔明廟詩。於夔州十絶云：武侯祠堂不可忘，中有松栢參天長。以絶句證之，則此乃夔州之詩明矣。柯如青銅根如石。趙云：任昉述異曰：盧氏縣有盧君塚〔一〕，塚傍栢二株，勁如銅石也。黄貢獻之云：在費多得家見述異志一本〔二〕，正有其柯如青銅，其根如鐵石之文。則公必使青銅，尤爲有據。霜皮溜雨四十圍，黛色參天二千尺。

曹子建：荆棘上參天。　新添：緗素雜記云：沈存中筆談云：四十圍乃是徑七尺，無乃太細長乎？予謂存中性機警，尤善章算術，獨於此爲誤，何也？古制以圍三徑一，四十圍即百二十尺。圍有百二十尺，即徑四十尺矣，安得云七尺也？若以人兩手大指相合爲一圍，則是一小尺，即徑一丈三尺三寸，又安得云七尺也？武侯廟柏當從古制爲定。則徑四十尺，其長二千尺宜矣。　遯齋閑覽云：沈不知子美之意，但言其色而已。猶言其翠色蒼然，仰視高遠，有至於二千尺，而幾於參天也。若如此求疵，則二千尺，固未足以參天。而詩人謂峻極于天者[三]，更爲妄語。　范蜀公云：武侯廟柏才十丈，而杜云二千尺，以謂詩人好大其事。　學林新編云：按子美潼關吏詩曰：大城鐵不如，小城萬丈餘。豈有萬丈城邪？姑言其高。四十圍二千尺者，亦姑言其高且大也，詩人之言當如此。而存中乃拘以尺寸校之，則過矣。趙云：庾肩吾過建昌故臺詩曰：圖雲初溜雨，畫水即生苔。　鮑照與其妹書言所歷之處曰：半山以下，純爲黛色。其四十圍、二千尺，又用栢事以形容今栢之長大也。　四十圍，則隋均州圖經云：南陽武當南門且有社栢，樹大四十圍。梁蕭欣爲郡，伐之。二千尺，則巴郡有柏樹，大可十圍，高二千尺餘。　此並載樂史太平寰宇記中。　公夔州絶句有云：武侯祠堂不可忘，中有松栢參天長。　則夔州廟中之栢，當公賦詩時，目見其高大，故今又有參天二千尺之句。　前輩既不知此是夔州詩[四]，而又不見樂史所載栢事，乃爲紛紛之説。

君臣已與時際會，蜀先主：孤之有孔明，如魚之有水也。　趙云：揚子云：堯舜禹，君臣也，而並。　孟達辭先主表云：際會之間，請命乞身。

樹木猶爲人愛惜。左傳：思其人，猶愛其樹，況用其道而不恤其人乎！劉歆曰：思其人，猶愛其樹，況宗其道而毁其廟乎！　趙云：佛書有云樹木神。三國志注，載魏書言太祖屯兵堤南，樹木幽深，吕布疑其有伏。　前既已言栢之大高矣，便可接「氣接巫峽」「寒通雪山」，皆爲形容之句，而却插此兩句何也？曰，此公詩之妙處也。　蓋栢雖有四十圍之大，二千尺之長者，而後人如蕭欣輒伐之不能久有。惟此栢以君臣際會之休故，人愛惜以至于今也。　惟其如此，然後致「氣接」「寒通」之遠焉。

雲來氣接巫峽長，月出寒通雪山白。宜都山川記曰：巴東三峽巫峽長。　詩眼云：形似之意，蓋出於詩人之賦，「蕭蕭馬鳴，悠悠旆旌」是也。激昂之語，蓋出於詩人之興，「周餘黎民，靡有孑遺」是也。古人形似之語，如鏡取形、燈取影也。故老杜所題詩，往往親到其處，益知其工。激昂之言，孟子所謂不以文害辭、辭害意。初不可形迹考，然如此乃見一時之意。余遊武侯廟，然後知古栢詩，所謂「柯如青銅根如石」，信然，決不可改，此乃形似之語。「霜皮溜雨四十圍，黛色參天二千尺。」「雲來氣接巫峽長，月出寒通雪山白。」此激昂之語。不如此，則不見栢之大也。文章固多端，警策往往在此兩體耳〔五〕。 趙云：巫峽，主雲來言之。高唐賦曰：妾居巫山之陽，高丘之岨。朝爲行雲，暮爲行雨。巫峽在夔之下。巫峽之雲來，而栢之氣與接。雪山，主月出言之。雪山謂之西山。記云：月出于西。雪山在夔之西。雪山之月出，而栢之寒與通，皆言其高大也。東方朔別傳曰：凡占，長史東耕，當視天有黄雲來覆車，五穀大熟。梁吴均詠雲詩有云：白雲蒼梧來，過拂章華臺〔六〕。於雲亦使來字矣。詩云：月出皎兮。盛弘之荆州記載古歌曰：巴東三峽巫峽長，猿鳴三聲泪霑裳。又陳陰鏗渡青草湖詩曰：穴去茅山近，江連巫峽長。夔州雖不望見雪山，大概在蜀西之一帶。西域記：雪山積雪不消，冬夏望之皆白，故云雪山白。此言夔州之栢尤明，亦所以引下段言成都之栢，在雪山之下，而此栢寒通雪山矣。

憶昨路繞錦亭東，先主武侯同閟宫。 詩：閟宫有侐。 趙云：此乃追言成都先主廟之栢，杜公近方離成都而來夔，故止可言憶昨也。士夫誤誦此詩句之熟，以爲憶昨路繞錦城東；又生疑惑，乃謂先主廟在成都南門外，而子美云錦城東，爲不可曉。此不自知其誤誦之熟也。嚴武有寄題杜二錦江野亭詩，此豈所謂錦亭乎？或是當時先主廟西又有錦亭。雖不見所載，而以意逆志爲然。公自西郊草堂，遶所謂錦亭而往，乃爲東矣。同閟宫，蓋又紀實也。今廟中塑先主武侯之像。

崔嵬枝幹郊原古，窈窕丹青户牖空。 趙云：郊原古，則先主廟栢在平地而古也。下句感物弔古，言窈窕深邃，所施丹青之户牖徒存而無人也。謝宣遠詩云：窈窕承明内。言宫殿之深邃矣。張良廟教云：可改構棟宇而修丹青。老子云：鑿户牖以爲室。

落落盤踞雖得地，冥冥孤高多烈風。 趙云：杜篤首陽山賦曰：長松落落，卉木蒙蒙。梁沈約高松賦云：鬱彼高松，栖根得地。冥冥孤高，則言栢之高，而望之冥冥，如揚子云：鴻飛冥冥。尚書：烈風雷雨弗迷。而今在栢用之，則七發之言桐樹云：冬則烈風之所激。

扶持

自是神明力，正直元因造化功。薛云：孫興公天台賦：嗟台岳之所異挺，實神明之所扶持。趙云：列子曰：穆王見偃師歎曰：人之巧乃與造化同功。前漢有云：造化之功。大厦如傾要梁棟，大厦將顛。萬牛迴首丘山重〔七〕。趙云：大厦以比國家。如傾以言多難，梁棟以栢喻人材。庾子嵩目和嶠：森森如千丈松，施之大厦，有棟樑之用也。後漢：馮衍説辭曰：明帝復興，而大將軍爲之梁棟。不露文章世已驚，未辭剪伐誰能送？甘棠：勿剪勿伐。趙云：栢木有文采，具在其中，故云不露文章，人已訝其高大。下句蓋自況其不憚麋軀捐身，以應器使，然誰能送致之乎？苦心豈免容螻蟻，香葉終經宿鸞鳳。趙云：栢實與葉，其味苦，故栢心亦苦。心雖苦矣，而不免螻蟻之所穿，以況小人之見凌也。下句豈非公自況其終接鴛鸞之侶乎？謝承後漢書曰：方儲遭母憂，種松柏，鸞棲其上。志士幽人莫怨嗟，古來材大難爲用！莊子：吾有大樹，人謂之樗。其大本擁腫而不中繩墨。立之塗，匠者不顧。今子之言大而無用，衆所同去也。趙云：王充論衡効力篇云：或伐薪於山，輕小之木，合能束之。至於大木，十圍以上，引之不能動，推之不能移，則委之於山林，收所束之小木而已。由斯以論，知能之大者，其猶十圍以上木也。人力不能舉薦，其猶薪者不能推引也。孔子周流，無所留止，非聖才不能，道大難行，人不能用也。故夫孔子，山中巨木之類也。論衡之語如此。公所謂材大難爲用，豈不出於此乎？

【校勘記】

〔一〕「盧氏縣」，原作「虞氏縣」，據文津閣本並參太平御覽卷九百五十四引録任昉述異記改。

〔二〕「費多得」，先後解輯校丁帙卷四此詩引趙次公原注〔一〕作「費貢夢德」。

〔三〕「峻」，原作「駿」，據文淵閣本、文津閣本、文瀾閣本、清刻本、排印本改。

〔四〕「詩」，文淵閣本、文津閣本、文瀾閣本、清刻本、排印本無。

〔五〕「耳」，文津閣本、文瀾閣本、清刻本、排印本無。

〔六〕「雲」，原作「雪」，檢「白雲蒼梧來」二句，見於梁詩卷十一作吴均詠雲詩二首其二，據改。

〔七〕「牛」，排印本作「年」，訛。

戲爲雙松圖歌 韋偃畫。

天下幾人畫古松，畢宏已老韋偃少。畢宏亦畫工也。絶筆長風起纖末，仲尼作春秋，絶筆於「獲麟」。長笛賦：其應清風也，纖末奮蕱。滿堂動色嗟神妙。趙云：滿堂，如：滿堂爲之不樂。左傳：使者色動而言肆。兩株慘裂苔蘚皮，屈鐵交錯迴高枝。白摧朽骨龍虎死，黑入太陰雷雨垂。松根胡僧憩寂寞，庬眉皓首無住著。偏袒右肩露雙脚，金剛經：偏袒右肩，右膝著地。趙云：因畫胡僧而紀詠之，故用佛書字焉。張良傳載四皓之庬眉皓首，衣冠甚偉。楞嚴經云：名無住行，名無著行。公摘其字而合用之也。然唐有中興間氣集載鄭賢詩云：高僧無住著，何日出東林。賢與公同時人，莫知孰先用也。葉裏松子僧前落。韋侯韋侯數相見，我有一匹好東一作素。絹，重之不減錦繡段。四愁詩：美人贈我錦繡段。趙云：不減者，不虧也。本出左傳：不爲末減。其後晉人多言某人不減某人。已令拂拭光凌亂，謝惠連：清波時凌亂。趙云：梁吴均行路難曰：未央採女棄鳴篪，争見拂拭生光儀。謝朓和劉繪詩：頳紫共彬駮，雲錦相凌亂。請公放筆爲直幹。

喜雨

春旱天地昏，日色赤如血。前漢：河平元年，日出赤如血。趙云：日赤色如血，公極言旱日之可畏。舊注引前漢河平元年，日色赤如血。河平者，成帝年號也。成帝本紀及漢天文志並無之，乃晉光熙元年五月壬辰癸巳，日光四散，赤如血流，照地皆赤。甲午又如之。占曰：君道失明。又永嘉五年三月庚申，日散光，如血下流，所照皆赤。舊注摸稜，妄引年號，有誤後學，故爲詳出之也。農事都已休，兵戎況騷屑。巴人困軍須，慟哭厚土熱。左傳：皇天厚土，寔聞此言。趙云：按本朝樂史寰宇記，載閬州閬中郡，春秋之巴國也，有渝水，爲前漢高祖紀所謂巴渝之舞是已。公詩每有巴字，皆多閬州詩矣。厚土，經傳只使后土，至厚地字方使厚薄之厚。今公厚土，蓋因有厚地，故用厚坤，又用厚土耳。舊注便改左傳作皇天厚土實聞此言，非是。滄江夜來雨，真宰罪一雪。真宰，見第三卷注。穀根小蘇息，沴氣終不滅。趙云：沴氣，陰陽錯謬之氣也。沴，音戾。莊子曰：陰陽之氣有沴。何由見寧歲，解我憂思結。國語：自子之行，晉無寧歲。鮑明遠：寧歲猶七奔。崢嶸群山雲，交會未斷絶。

趙云：交會字，周禮「陰陽之所交，風雨之所會」而合成。安得鞭雷公，滂沲洗吳越！時聞浙右多盜賊。出獵賦：霹靂列缺，吐火施鞭。又，鞭洛水之宓妃。南都賦：鞭魍魎。趙云：霶霈，言大雨也。詩云：月離于畢，俾滂沲矣。

太子張舍人遺織成褥段

客從西北來，遺我翠織成。古詩：客從遠方來，遺我一端綺。後漢輿服志云：織成者，綵物之名。趙云：織成者多。開緘風濤涌，中有掉尾鯨。江賦：揚鬐掉尾。又，介鯨乘濤以出入。海賦：其魚則横海之鯨。偃尾高濤，巨鱗插雲。趙云：顏延年詩：春江壯風濤。逶迤羅水族，瑣細不足名。皆言織紋也。客云充君褥，承君終宴榮。空堂魑魅走，高枕形神清。趙云：曹子建詩：公子敬愛客，終宴不知疲。公言其可以爲褥，而爲褥之用有三：一則可承終盡之宴；二則設之於高堂，而魑魅見其上海獸怪狀，必驚而走；三則寢於其上，可以除魔去魘，神魂自清也。於一句五字中意各存矣。領客珍重意，顧我非公卿。留之懼不祥，左傳：服之不衷，身之災也。施之混柴荆。服飾定尊卑，大哉萬古程。書：車服以庸。今我一賤老，裋褐更無營。貢禹：裋褐不完。師古曰：裋者，謂僮豎所着布長襦也。褐，毛布也。裋音豎。趙云：簡册所載有短褐，有裋褐。公每對屬處則用短褐，蓋短窄之褐也。裋褐，取童豎之褐爲義。今單句云裋褐更無營，則用裋褐亦可，大率貧者之服耳。煌煌珠宮物，寢處禍所嬰。書云：臣有作福作威玉食，害于而家，凶于而國。趙云：珠宮，指言龍宮也。楚辭云：貝闕兮珠宮。蓋言以此褥而寢處，非卑賤者所宜，懼嬰於禍，又以成不祥之義也。說文云：嬰，繞也。如曹子建四言云：咨我小子，凶頑是嬰。歎息當路子，干戈尚縱橫。掌握有權柄，衣馬自肥輕。語：乘肥馬，衣輕裘。趙云：今當用兵之時，其當路得勢之人，乘此干戈擾攘，操握權柄，自然乘肥馬，衣輕裘，非我所預也。孟子曰：夫子當路於齊。淮南子：置鑒燧掌握之中。李鼎死岐陽，實以驕貴盈。趙云：李鼎於史無傳，唯見姓名於舊史崔光遠傳：上元元年，以李鼎代光遠爲鳳翔節度使。又，新唐書載於上元二年二月云：奴剌、党項羌寇寶雞，焚大散關，寇鳳州，鳳翔尹李鼎敗之。此李鼎之可見者。史有恃寵驕盈。來瑱賜自盡，氣豪直阻兵。上元三年，肅宗追瑱入京，裴茂稱瑱屈强難制，宜早除之。寶應二年，貶瑱播州縣尉，翌日賜死。左傳：阻兵安忍。皆聞黄金多，坐見悔吝生。蘇季子，位高金多也〔一〕。老子曰：多藏則厚亡。易云：吉凶悔吝，生乎動。奈何田舍翁，受此厚貺情。漢祖起田舍翁。錦鯨卷還客，始覺心和平。振我麤席塵，媿客茹藜羹。王子淵頌：羹藜含糗者，不足論太牢之滋味。趙云：莊子云：藜羹不糝。舊注所引在後，又字倒矣。

【校勘記】

〔一〕「金多」，文淵閣本、文津閣本作「多金」。

丈人山

青城山記云：此山爲五岳之長，故名丈人，有丈人觀。

自爲青城客，不唾青城地。爲愛丈人山，丹梯近幽意。

趙云：唾地者，有所惡而唾也。元魏爾朱榮手毁匿名書，唾地曰云云是也。不唾其地，所以敬之也。陳徐陵作玉臺新詠，載劉勳妻王宋雜詩云：千里不唾井，况乃昔所奉〔一〕。丹梯，上山之路也。謝玄暉敬亭山詩：要欲追奇趣，即此陵丹梯。靈運：躡步陵丹梯。

丈人祠西佳氣濃，陶潛：山氣日夕佳。後漢：氣佳哉！鬱鬱葱葱。緣雲擬住最高峰。靈光殿賦：緣雲上征。掃除白髮黄精在，君看他時冰雪容。世說：黄精久服，反老爲少。趙云：按本草，黄精味甘平，補益，輕身延年不飢。嘗讀逸史載虞鄉、永樂縣連接，其中道者往往而過。有吕生者，居二邑間，自爲童兒時，斸黄精煮服之。十年行若飄風。母逼令飡飯，諸妹置猪脂於酒中强飲之，乃逼於口鼻噓吸之際，一物自口中落，長二寸餘。衆共視之，乃一黄金人子。吕生乃仆卧不起。移時方起。先是吕生雖年近六十，鬢髮如漆，及是皓首。觀此，則黄精有掃除白髮之功矣。漢書：掃除煩苛。莊子：姑射神人，肌膚若冰雪。

【校勘記】

〔一〕「王宋雜詩」句，「宋」原奪，檢下「千里不唾井」二句，玉臺新詠卷二作劉勳妻王宋雜詩，據補。又，「雜」，文淵閣本作「維」，訛。

百憂集行

趙云：詩：我生之後，逢此百憂。而王筠行路難云：百憂俱集斷人腸。故取爲題。

憶年十五心尚孩，年，一作昔。魯昭公十五而猶有童心〔一〕。老子：若嬰兒之未孩。聖人皆孩之。趙云：孩者，可提之童也。十五乃志學之時，心未免於孩，故云尚孩。押孩字韻，陶淵明命子四言云：日居月諸，漸免於孩。健如黄犢走復來。庭前八月梨棗熟，一日上樹能千迴。即今倏忽已五十，坐卧只多少行立。强將笑語供主人，悲見生涯百憂集。趙云：公生於壬子先天元年，至此則五十歲也。主人，蓋卜居詩所謂「主人爲卜林塘幽」之主人，豈地主者乎？學者多妄指以爲府尹，非也。入門依舊四壁空，相如家居，徒四壁立。老妻覩我顔色同。癡兒未知父子禮，叫怒索飯啼門東。集注：班超幼年每索飯，稍遲即叫怒。父曰：此子異日當爲萬户侯。

【校勘記】

〔一〕「十五」，左傳襄三十一年作「十九」。

投簡成華兩縣諸子

明皇幸蜀，號成都爲南京，故成華得稱赤縣。

赤縣官曹擁材傑，十州記：神州赤縣。軟裘快馬當冰雪。長安苦寒誰獨悲，杜陵野老骨欲折。趙云：京畿倚郭謂之赤縣。史記鄒衍所謂神州赤縣。成都當此時號爲南京，故公詩指兩縣，得謂之赤縣。梁簡文帝與蕭臨川書：八區內侍，厭直御史之廬；九棘外府，且息官曹之務。沈約懷舊：吏部信才傑。蔡伯世云：此成都詩，不應言長安。其夜字之訛，故誤作安耳，況卒章之意明甚。其說非是[一]。此公雖在成都而遠念長安之寒，下句南山、青門，則言長安之地矣。杜陵屬京兆，後漢李固傳：霍光憂愧發憤，悔之折骨。南山豆苗早荒穢，揚惲傳詩曰：田彼南山，蕪穢不治。種一頃豆，落而爲萁。青門瓜地新凍裂。史記：邵平種瓜於長安城。東漢書：霸城門，所謂青門也，即長安城東門名。鄉里兒童項領成，詩：節彼南山[二]；四牡項領。趙云：按陶淵明所謂鄉里小人，故公又云：鄉里小兒狐白裘。項領成，言其長成而得意也。後漢呂强陳政事書有云：群邪項領。朝廷故舊禮數絕。左傳：名位不同，禮亦異數。任彥昇哭范僕射詩：平生禮數絕。自然棄擲與時異，況乃疎頑臨事拙。飢臥動即向一旬，敝衣何啻聯百結。劉公幹：彌曠十餘旬。趙云：重言其貧也。說苑言「子思居於衛，二旬九食」之義。貧士傳：董先生衣百結。君不見空牆日色晚，此老無聲淚垂血！趙云：卞和獻玉而遭刖，則哭於空山；淚盡，繼之以血。

【校勘記】

〔一〕「是」，原作「長」，訛，據清刻本、排印本改。

〔二〕「節彼南山」，清刻本、排印本作「駕彼四牡」。

徐卿二子歌

趙云：二子字雖是實道其事，而論語：見其二子焉。

君不見徐卿二子生絶奇，感應吉夢相追隨。詩：吉夢維何？維熊維羆。乃生男子。趙云：曹子建詩：飛蓋相追隨。孔子釋氏親抱送，盡是天上麒麟兒。徐陵年數歲，家人攜見寶誌上人，誌以手摩頂曰：天上石麒麟也。大兒九齡色清澈，秋水爲神玉爲骨。揚子：吾家之童烏，九齡而與我玄文。大兒，見四卷劉少府詩。尸子：虎豹之駒，雖未成文，已有食牛之氣。謝希逸月賦：滿堂變容，回皇如失。小兒五歲氣食牛，滿堂賓客皆迴頭。趙云：世說：孔文舉有二子，大者十歲，小者五歲。晝日父眠，小者牀頭盜酒飲之。大兒謂曰：何以不拜？答曰：偷，何行禮？此載年小而善言語也。管輅別傳言何晏尚書神明清澈，見世説注。陳遵傳、王莽傳皆有賓客滿堂云云也。舊注引月賦「滿堂變容」，不相干矣。吾知徐卿百不憂，積善衮衮生公侯。易：積善之家。衮衮，見上醉時歌注。丈夫生兒有如此二雛者，名位豈肯卑微休！趙云：左傳：名位不同。王充論衡自紀篇：位雖卑微，行苟離俗，必與之友。

病柏

有柏生崇岡，童童狀車一作青。蓋。琴賦：托峻岳之崇岡。魏文帝：西北有浮雲，亭亭如車蓋。杜補遺云：蜀志：先主舍東南角，籬上有桑樹生高五丈餘，遥望見童童如小車蓋，往來者皆怪此樹非凡。先主少時，與諸小兒戲諸樹下，戲言吾必當乘此羽葆蓋車。又，齊書：太祖宅在武進〔一〕，南有桑樹，狀如車蓋。上年數歲，遊於其下，從兄敬宗謂曰：此樹爲汝生也。偃蹙龍虎姿，主當風雲會。神仙傳：麒麟客有龍虎之姿。趙云：魏吴季重答魏太子牋：臣幸得下愚之才，值風雲之會。晉陸機塘上行言江蘺曰：被蒙風雲會，移居華池邊。史有感遇風雲、依乘風雲。神明依正直，故老多再拜。趙云：傳：聰明正直之謂神。今言栢樹正直，而神明反依之也。詩：召彼故老。豈知千年根，中路顔色壞。出非不得地，蟠據亦高大。梁沈約高松賦云：鬱彼高松，栖根得地。元魏奚斤之言赫連昌曰：未有盤據之資。易：君子以積小成大。歲寒忽無憑，日夜柯葉改。歲寒，然後知松栢之後彫。禮器：如松柏之有心，貫四時不改柯易葉。趙云：古詩：日夜黄，日夜疎。言其不覺如此之義。丹鳳領九雛，哀鳴翔其外。建康實録：鳳將九雛，再見于豐城，衆鳥從之。洞簫賦：孤雌寡鵠，娱優乎其下。春禽群嬉，翺翔乎其顛。琴賦：翔鸞集其顛。杜補遺：按吴兢樂府古題要解云：鳳將雛，漢世曲名。晉應璩百一詩云：言是鳳將雛。又，北齊陽松玠談藪云：東海何承天，除著作，年已邁。諸佐郎並少年。荀伯玉呼爲妳母。承天云：卿當言鳳凰將九子，妳母何言邪？亦將雛之義。趙云：古歌詞隴西行曰：鳳凰鳴啾啾，一母將九雛。南都賦：鸞鸑鵷雛翔其上。鴟鴞志意滿，養子穿一作窟。穴内。詩有鴟鴞篇。客從何鄉來，佇立久吁怪。趙云：上句倣古詩客從遠方來也。李善注文選：吁，疑怪之辭。此摘用矣。

靜求元精一作無根。理，浩蕩難倚賴。趙云：後漢郎顗傳：元精所生，王之佐臣。而晉阮籍詠懷詩曰：天地絪縕，元精代序。

【校勘記】

〔一〕「武進」，原作「進武」，地名倒誤，據南史卷四齊本紀上乙正。

新刊校定集注杜詩卷八

古詩

病橘

此詩傷物失所而至於困悴。趙云：此篇直叙事紀實而感歎之詩。舊注妄矣。

群一作伊。橘少生意，雖多亦奚爲！惜哉結實小，一作少。酸澀如棠梨。剖一作割。之盡蠹蟲，采掇爽其宜。其，一作所。詩：薄言采之；薄言掇之。紛然不適口，莊子：柤、梨、橘、柚，皆可於口。豈只存其皮。蕭蕭半死葉，七發：其根半死半生，冬則烈風漂霰飛雪之所激[一]。未忍別故枝。玄冬霜雪積，劉公幹：自夏涉玄冬。况乃迴風吹。趙云：柤梨橘柚，其味相反，而皆可於口。今云不適口，則以其病反言之。橘皮可用於藥，病亦不可用矣。半死葉，借七發言半死字用也。宋沈約霜來悲落桐詩云：宿莖抽晚榦，新葉生故枝。梁元帝纂要曰：冬曰玄英，亦曰玄冬。注引劉公幹詩。亦詩人承用之熟，非祖出也。嘗聞蓬萊殿，羅列瀟湘姿。瀟湘有橘柚，橘洲。世説：江南爲橘，江北爲柚。此物歲不稔，玉食少光輝。書：惟辟玉食。周禮：共食玉。少，一云失。杜云：天子玉食。言所食之珍貴如玉[二]。寇盗尚憑陵，當君減膳時。天子徹樂減膳。汝病是天意，吾愁一云諗。罪有司。趙云：此八句是一段。蓬萊殿，在東內大明宮含涼殿前。則橘多生於湘潭間。張華詩曰：橘生湘水側，菲陋人莫傳。逢君金華宴，得在玉几前。古詩言庭樹云：此物何足貴。玉食，所食之珍貴如玉。注引王齊則共食玉，乃真是玉屑，非此之謂。禮云：凶年，天子徹樂減膳。吾愁罪有司，言自是天意使橘病而不供，不可歸罪有司。一作諗字，義止訓告，非也。

憶昔南海使，奔騰獻荔枝。百馬死山谷，到今耆舊悲！唐書：貴妃嗜荔枝，必欲生致之。乃置騎傳送，走數千里，其味未變，已至京師。集注：漢和帝紀云：舊南海獻龍眼、荔枝，十里一置，五里一候，奔騰險阻，死者繼路。時臨武長唐羌，縣接南海，乃上書陳狀。帝下詔曰：遠國珍羞，本以薦奉宗廟。苟有傷害，豈愛民之本。其敕太官勿復受獻。謝承漢書云：唐羌，字伯游，辟公府，補臨武長。縣接交州，舊貢荔枝、龍眼。驛馬晝夜傳送，至有遭虎狼毒害，頓仆死亡不絶。道經臨武，羌乃上書諫和帝曰：臣聞上不以滋味爲德，下不以貢膳爲功。故天子食太牢爲尊，不以果實爲珍。伏見交阯七郡獻生龍眼等，鳥驚風發。南州地土，惡虫猛獸，不絶於路，至於觸犯死亡之害。死者不可復生，來者猶可救也。此二物升殿，未必延年益壽。帝從之。羌即棄官還家[三]，不應徵。杜云：公借其事以譏楊妃。舊注引唐書，其説非。唐所貢乃涪州荔枝，由子午道而往，非南海也。趙云：此用獻荔枝事比之，奇矣。杜所引是。故公後有絶句云：側生野岸及江蒲，不熟丹宮滿玉壺。雲壑布衣駘背死，勞人重馬翠眉須。

【校勘記】

〔一〕「漂」，原作「慓」，據清刻本、排印本並參全漢文卷二十枚乘七發改。

〔二〕「之」，清刻本、排印本無，當是。

〔三〕「即」，清刻本、排印本無。

枯椶 此詩，傷民困於重斂也。

蜀門多椶一作栟〔一〕。櫚，高者十八九。其皮割剥甚，雖衆亦易朽。徒布如雲葉，青青歲寒後。交横集斧斤，凋喪先蒲柳。薛云：北史：韋世康與子弟書曰：耄雖未及，壯年已謝。霜早秋梧，風先蒲柳。又晉書：顧悦之與簡文帝同年，而髮早白。帝問其故。對曰：松栢之姿，經霜猶茂；蒲柳之質，望秋先零。說文：楊柳也。詩：蒲柳之木二種，一種皮正青，一種皮紅。布，一作有。趙云：廣志曰：椶，一名栟櫚。張平子南都賦云：其木則楈枒栟櫚；結根竦本，垂條嬋媛。布緑葉之萋萋，敷華蘂之蓑蓑。栟音并，櫚音閭〔二〕。若論公所賦，指蜀中之椶，則蜀都賦云：其木則有椶椰楔樅矣。莊子曰：松栢在冬夏青青。孔子曰：歲寒然後知松栢之後彫。椶葉如車輪，雖冬亦青，故借用。阮嗣宗詠懷詩有「走獸交横馳」。蒲柳一物，乃揚之別名。世說：顧悦之，梁簡文問曰：卿何以先老？答曰：蒲柳之質，望秋先零；松栢之姿，隆冬轉茂。椶以多剥而彫喪，故以此形容之。傷時苦軍乏，律，乏軍興。一物官盡取。嗟爾江漢人，生成復何有。有同枯椶木，使我沉歎久。死者即已休，生者何自守？何，一作能。啾啾黄雀啄，側見寒蓬走〔三〕。念爾形影乾，摧殘没藜莠。蜀人取椶皮以充用。惟軍興誅求尤急。趙云：家語：孔子謂哀公曰：一物之理，亂亡之端。江文通書：一物之微，有足悲者。下六句因椶一物以興江漢之人。詩曰：滔滔江漢，南國之紀。此夔州詩也〔四〕，而用江漢，於夔爲近。死者即已休，猶椶之既已剥多而枯死。生者何自守，猶椶之未剥者終復遭剥也。後四句又着椶而言矣。黄雀，小鳥耳，西京賦云：翔鶤仰而不逮，况青鳥與黄雀。

【校勘記】

〔一〕「栟」，中華補訂作「并」，訛。

〔二〕「閶」，原作「櫚」，據宋本杜工部草堂詩箋改。

〔三〕「寒」，排印本作「塞」，訛；案，二王本杜集卷四作「寒」，可證。

〔四〕「詩」，清刻本、排印本作「語」，訛。

枯柟

此詩傷抱材者老死丘壑，而不材者見用也。

楩柟枯崢嶸，蜀都賦：楩楠幽藹於谷底。鄉黨皆莫記。不知幾百歲，慘慘無生意。趙云：楩柟枯崢嶸，則其枝之高大矣。王荆公崢嶸終日對枯柟，用此。王仲宣登樓賦：天慘慘而無色。上枝摩皇天，魏文帝：脩條摩蒼天。下根蟠厚地。易：坤厚載物。趙云：古香爐詩曰：請説銅爐器，崔嵬象南山。上枝似松栢，下根據銅盤。魏文帝：脩條摩蒼天。皇天字，多矣。左傳云：皇天后土。故用對厚地，其字雖出於詩，謂地蓋厚，而前人先用，則張平子東京賦云「跼高天，蹐厚地」也。舊注引易坤厚載物，似是而非。莊子：下蟠于地。**巨圍雷霆拆，萬孔蟲蟻萃。**七發：夏則雷霆霹靂之所感。趙云：言其枯也。舊注引七發，非特出處止言龍門之桐，又不是拆之義。病栢云：鴟鴞志意滿，養子穿穴內。古栢行云：苦心不免容螻蟻。相類也。**涷雨落流膠，衝風奪佳氣。**趙云：涷雨舊本作凍。涷音東。楚詞大司命云：使涷雨兮灑塵。爾雅：暴雨謂之涷。郭璞曰：今江東夏月暴雨爲涷雨。少司命曰：衝風至兮水揚波。衝風，隧風也。梁孝元帝納凉云：高春斜日下，佳氣滿櫚楹。**白鵠遂不來，天雞爲愁思。**謝靈運：天雞弄和風。杜云：西京賦：掛白鵠。舊注曰〔一〕：獨鵠晨號乎其上。非是。天雞，出爾雅鳥篇注〔二〕：鶾雞赤羽。逸書曰：文鶾若彩雞，成王時，蜀人獻之。趙云：盧眈化爲白鵠。公又云：黃泥野岸天雞舞。薛夢符注：爾雅釋鳥：鶾，天雞〔三〕。注云：小虫，黑身，赤頭，一名莎雞。非是。**猶含棟樑具，無復霄漢志。良工古昔少，識者出涕淚。**趙云：枏者珍材，雖枯而可充用。公自況充用之外，不復更望升拔。衆人之見，則以枯而不採。**種榆水中央，成長何容易。截承金露盤，裊裊不自畏。**西都賦：抗仙掌以承露。西京賦：立修莖之仙掌，承雲表之清露。趙云：汜勝之書：種木無期，因地爲時。三月榆莢雨時，高地强土，可種。則榆賴潤濕而後生，故言水中央。詩云：宛在水中央。東方朔：談何容易。漢書：孝武作栢梁、銅柱、承露仙人掌之屬。梁簡文帝詩曰：定用方諸水，持添承露盤。梁元帝善覺寺碑曰：金盤上竦，非求承露。皆參用之。西都賦云金莖，西京賦云脩莖。若非銅柱，而以枏爲莖，則可用。彼榆之脆弱，烏能勝其任哉！蓋輿小夫之承重任也。

【校勘記】

〔一〕「曰」，清刻本、排印本無。

〔二〕「鳥篇」，清刻本、排印本作「釋鳥」。

〔三〕「釋蟲」，檢下句「鶾天雞」，爾雅注疏釋鳥第十七作「釋鳥」。

憶昔二首

趙云：舊本失次於成都詩中。今第二篇末句云「灑血江漢身衰疾」，則夔州詩也。與枯椶詩嗟爾江漢人同。

憶昔先皇巡朔方，千乘萬騎入咸陽。後漢靈帝末，京都童謡曰：侯非侯，王非王，千乘萬騎上北邙。趙云：先皇言肅宗也。朔方郡，今之夏州。肅宗即位靈武，乃北地郡，而朔方在靈州之鄰，則車駕所巡矣，既巡車駕歸長安。漢高帝紀：沛公西入咸陽。陰山驕子汗血馬，長驅東胡胡走藏。史：胡者，天之驕子。大宛有汗血駒，見留花門注、沙苑行。前漢匈奴傳：侯應云：北邊塞至遼東，外有陰山，東西千餘里，草木茂盛，多禽獸。李廣出師斥奪此地。長老言匈奴失陰山之後，過之未嘗不哭。趙云：驕子指言回紇也。至德二載，廣平王俶爲兵馬元帥，郭子儀副之，以朔方、安西、回紇、南蠻、大食兵討安慶緒，時回紇兵最有功。赤汗血，見上驄馬行注。東胡，指言安慶緒也。時廣平王之兵戰于灃水，而慶緒敗走。鄴城反覆不足怪，關中小兒壞紀綱。張后不樂上爲忙。至今今上猶撥亂，勞心焦思補四方。胡走藏，禄山敗也。鄴中反覆，史思明未服也。關中小兒，越王係欲奪嫡也。張后，肅宗張皇后也。時玄宗幸蜀，后侍肅宗起靈武，遂立爲后。后能牢籠干豫政事，遷太上皇，譖建寧王倓賜死，皆后謀也。及肅宗大漸，后挾越王係謀危害太子，爲李輔國誅。上爲忙，以代宗畏后也。鮑云：按關中小兒，當爲越王係是也[一]。舊注云：今上代宗自爲太子，授天下兵馬元帥。及即位，内平張后、越王之難，外經營河朔。趙云：史言：時慶緒奔于河北，明年，乾元元年，蔡希德等復會安慶緒，賊復振，以相州爲成安府。鄴城，即相州也。舊注：禄山敗，思明未服，誤矣。蓋當回紇助順之時，禄山已爲慶緒所殺，而史思明却又殺慶緒。所以東坡詩話曰：關中小兒謂李輔國也。張后，謂肅宗張皇后也。爲留猛士守未央，謂郭子儀奪兵柄入宿衛也。舊注至謂關中小兒爲越王係奪嫡，則自有東坡成説正其謬。張后能牢籠干豫政事，後與李輔國謀徙上皇，又屢欲危太子，皆張后之惡也。上爲忙，指肅宗。舊注以代宗畏后，非是。今上猶撥亂，代宗撥亂也。前漢書：撥亂反正。

我昔近侍叨奉引，往在詩云：我昔忝近侍[二]。時代宗享郊廟也。此詩亦言代宗時事，而云我昔近侍叨奉引，然二史皆不載，故不知所任官也。**出兵**一云兵出。**整肅不可當。**趙云：公於肅宗朝爲拾遺，掌供奉諷諫。奉引則供奉之事。舊注謂奉引事二史皆不載，故不知所任何官，是何等語！杜補遺引唐六典：補闕、拾遺，武后置二人以掌供奉、諷諫。子美至德二年肅宗授左拾遺，明年收京，扈從還長安，蓋拾遺掌供奉扈從也。**爲留猛士守未央，致使岐雍防西羌。犬戎直來坐御牀，百官跣足隨天王。**吐蕃陷長安，天子奔陝。趙云：守未央。東坡以爲郭子儀。按史：程元振以子儀有天下功，醜爲詆譖。肅宗不納其語，然猶留守京師。明年，吐蕃入寇，陷長安。未央，宫名，漢蕭何所建。高祖大風歌云：安得猛士守四方。子儀於肅宗時召還，在乾元二年之七月。既留京師，次年吐蕃入寇，岐、雍之間，防賊不暇。犬戎指言吐蕃。傳云：本西羌屬，拜必手堀地爲犬號。直來坐御牀，則在代宗廣德元年十月陷京師時。南史侯景傳：齊文宣夢獮猴坐御牀。僕固懷恩阻兵於汾州，引回紇、吐蕃之衆入寇河西。吐蕃繼陷涇州，遂逼京師而陷之。天子車駕幸陝，故云百官跣足隨也。**願見北地傅**

介子，老儒不用尚書郎。傅介子，北地人，持節使，誅斬樓蘭王安歸首，懸之北闕，封介子爲義陽侯。木蘭行云：欲與木蘭賞，不用尚書郎。趙云：公於廣德二年以嚴武再尹成都，自閬中歸。武用爲參謀，固爲尚書工部員外郎矣。今也止願見如傅介子者，使斬贊普之首，則老儒不復須尚書郎也。此爲夔州詩。

右一

【校勘記】

〔一〕「是也」前，原衍「乃」字，據清刻本、排印本删。

〔二〕「我昔忝近侍」，本集卷十二往在詩作「微軀忝近臣」。

憶昔開元全盛日，趙云：鮑明遠蕪城賦曰：當昔全盛之時。小邑猶藏萬家室。稻米流脂粟米白，公私倉廩俱豐實。開元間，承平歲久，四郊無虞，居人滿野，桑麻如織，雞犬之音相聞。趙云：管子：倉廩實而知禮節也。九州道路無豺虎，遠行不勞吉日出。言道路無阻隔，所至皆通達，不必擇日而後出也。齊紈魯縞車班班，左傳：强弩之末，不能穿魯縞。桓帝初，京都童謡曰：車班班，入河間。薛云：前漢志：齊織作冰紈綺繡純麗之物。師古曰：冰，謂布帛之細，其色鮮潔如冰也。紈，素也。趙云：班婕妤詩：新製齊紈素，皎潔如霜雪。婕妤所據，范子曰「紈素出齊」。男耕女桑不相失。揚子：男子畝，婦人桑。

宮中聖人奏雲門，天下朋友皆膠漆。百餘年間未災變，叔孫禮樂蕭何律。周禮大司樂：歌大呂，舞雲門，以祀天神。後漢：陳重、雷義爲友。語曰：膠漆自謂堅，不如雷與陳。劉孝標絶交論：道協膠漆。叔孫通制禮儀，蕭何定律令。揚雄解嘲：叔孫通起於枹鼓之間，解甲投戈，遂作君臣之儀，得也。聖漢權制，而蕭何造律，宜也。趙云：雲門者，黄帝之樂名。叔孫、蕭何，以比開元之大臣。豈聞一絹直萬錢，有田種穀今流血。洛陽宮殿燒焚盡，宗廟新除狐兔穴。安史之亂，民困於役，而不得耕桑。長安宮殿九廟，焚燒略盡。張孟陽七哀詩：園寢化爲墟，周墉無遺堵〔一〕；狐兔窟其中，蕪穢不復掃。趙云：流血，以言戰伐殺人之多。揚子云〔二〕：川谷流人之血。傷心不忍問耆舊，復恐初從亂離説。小臣魯鈍無所能，朝廷記識蒙禄秩。周宣中興望我皇，灑血江漢長衰疾。劉公幹：小臣信頑魯，僶俛安能返。長，一作身。宣王承厲王之亂，復修文武之業，周道復興。趙云：灑血江漢，則公在夔故。詩曰：滔滔江漢，南國之紀。此夔州詩。

右二

【校勘記】

〔一〕「墉」，底本漫滅，據靜嘉堂本補。

〔二〕「揚子云」，清刻本、排印本作「東都賦」。

冬狩行 時梓州刺史章彝兼侍御史留後東川。

君不見東川節度兵馬雄，校獵亦似觀成功。杜云：上林賦：天子校獵。李奇注云：以五校兵出獵也。夜發猛士三千人，清晨合圍步驟同。禮：天子不合圍。禽獸已斃十七八，殺聲落日迴蒼穹。幕前生致九青兕，馲駞㠑峞垂玄熊。以駞負熊。東西南北百里間，髣髴蹴踏寒山空。羽獵賦：羡漫半散，蕭條數千里之外[一]。東西南北，騁嗜奔欲。拕蒼豨，跋犀犛，蹶浮麋。斮巨狿，搏玄猿。南都賦：排揵陷扃，蹴踏咸陽[二]。趙云：魏文帝、王粲皆有校獵賦。呂安與嵇茂齊書云：蹴崑崙使西倒，蹋太山令東覆。又，維摩經云：譬如龍象蹴踏，非驢所堪。有鳥名鸜鵒，力不能高飛逐走蓬。肉味不足登鼎俎，鷦鷯賦：毛弗施於器用，肉不登于俎味。左傳：有鸜鵒來巢。童謠曰：鸜鵒鸜鵒，往歌來哭。鸜鵒賦：恃陋體之腥臊[三]，亦何勞於鼎俎。胡爲見羈虞羅中？春蒐冬狩侯得同，陳子昂：豈不在遠遊，虞羅所見尋。四時田狩，諸侯得行其事。趙云：周禮：春蒐夏苗，秋獮冬狩。本天子之事也，而諸侯同之，故云侯得同。虞羅，虞者之網羅。公詩又云：獸猶畏虞羅。使君五馬一馬驄。況今攝行大將權，號令頗有前賢風。章彝兼侍御史，故云一馬驄，故事使君五馬車。趙云：漢制，諸侯五馬，出應劭漢官儀。其云一馬驄，則以章留後兼侍御史也。後漢桓典爲侍御史[四]，有威名，好騎驄馬。京師語曰：行行且止，避驄馬御史。飄然時危一老翁，十年厭見旌旗紅。喜君士卒甚整肅，爲我迴轡擒西戎。草中狐兔盡何益，天子不在咸陽宮。朝廷雖無幽王禍，得不哀痛塵再蒙。嗚呼！得不哀痛塵再蒙！時天子避狄。史：申侯與西夷、犬戎攻幽王於驪山。時代宗在陝，詔徵天下兵，而程元振用事，媒孽大臣，皆疑懼不進，天下無一人應召者。故此詩末章大有感激也。趙云：此篇蓋廣德二年十月已後作也。八月，吐蕃入寇。十月，陷邠州及奉天，車駕幸陝。又三日，吐蕃陷京師，故云不在咸陽宮。塵再蒙，則言明皇以禄山之禍已蒙塵於蜀矣，今天子又以吐蕃之故蒙塵於外。左傳：臧文仲曰：天子蒙塵于外。漢書有「下哀痛之詔」。

【校勘記】

〔一〕「千」，全漢文卷五十一羽獵賦作「千萬」。

〔二〕「排揵陷扃」二句，「揵」清刻本、排印本作「撻」，「踏」全後漢文卷五張衡東京賦十三作「蹈」。

〔三〕「鸐鴿賦」二句，「鸐」文津閣本作「鷃」；案，「鸐鴿」文選卷十三、全後漢文卷八十七作「鸚鵡」。又，「忖」，原作「恃」，據文選、全後漢文改。

〔四〕「桓典」，原作「亘典」，係避宋諱，此改。

韋諷録事宅觀曹將軍霸畫馬圖

國初已來畫鞍馬，神妙獨數江都王。師：名畫記：江都王緒，霍王元軌之子，多才藝，善書畫，鞍馬擅名。垂拱中，官至金州刺史。趙云：鮑照詩：鞍馬光照地。明皇雜録云：王維、鄭虔皆善繪畫，時稱神妙。將軍得名三十載，人間又見真乘黄。乘黄，見第三卷瘦馬行注〔一〕。增添：詩：大叔于田，乘乘黄。趙云：以將軍所畫，其在於人間，真是乘黄也。乘黄，乘馬也。瑞應圖曰：乘黄，王者輿服，有度則出。山海經曰：白氏之國，白身被髮。有乘黄，其狀如狐，背上有角，乘之壽二千歲。注云：即飛黄也。淮南子曰：黄帝時飛黄服皁是已。公詩此句，泛言其所畫之馬，而以乘黄比之，繼之以「曾貌先帝照夜白」至「輕紈細綺相追飛」六句，以言其爲天子畫馬也。曾貌先帝照夜白，馬名也。明皇別傳：上乘照夜白。龍池十日飛霹靂。師：長安志：龍池在南内南薰殿。蓋曹承詔畫馬所，在此殿也。薛云：唐會要：明皇在藩邸，宅居興慶里。宅有龍池涌出，日以浸廣。至開元中，用爲興慶宮。明皇雜録云：上所乘馬，有玉花驄及照夜白，皆駿逸無比，當時命圖寫之。趙云：照夜白者，乃真龍耳，故畫出照夜白，而龍池之中飛霹靂者，凡十日也。蓋畫者真龍在圖，感動龍池中龍如此。薛夢符所引意不相干。内府殷紅馬腦盤，師：唐史：裴行儉平都支、遮匐，獲馬腦盤，廣二尺〔二〕，文采粲然。軍吏持之趍跌，盤碎，行儉色不少吝。婕妤傳詔才人索。唐制，以婕妤、才人代世婦。趙云：馬腦盤，内府之物。婕妤秩尊，故傳詔；才人秩卑，故親往索之。盌賜將軍拜舞歸，輕紈細綺相追飛。師：言詔索内府馬腦盤賜曹將軍也。今本作盌字，誤。趙云：盤賜將軍，蓋專賜之，其從者輕紈與細綺也。吴越春秋：采葛女之歌曰：群臣拜舞天顔舒。貴戚權門得筆跡，始覺屏障生光輝。昔日太宗拳毛騧，近時郭家師子花。吐蕃潰，郭子儀收復京師，代宗以九花虬賜之，一名師子驄。今之新圖有二馬，復令識者久歎嗟。此皆騎戰一敵萬，縞素漠漠開風沙。其餘七匹亦殊絶，迥若寒空動煙雪。霜蹄蹴踏長楸間，曹子建名都篇：走馬長楸間。杜云：莊子有「馬蹄可以踐霜雪」。維摩經：龍象蹴踏，非驢所堪。馬官廝養森成列。可憐九馬爭神駿，漢武帝有九逸。支遁曰：憐其神駿耳。顧視清高氣深穩。借問苦心愛者誰？後有韋諷前支遁。支遁字道林。趙云：自「昔日太宗」至「氣深穩」十二句，正是韋諷家所見之畫，凡九疋也。按長安志：太宗昭陵有六駿，在陵後，曰拳毛騧。師子花，亦近時郭家所有之實者。舊注不省，云漢時有九逸，而薛夢符又引西京雜記以正其爲漢文有良馬九疋，混亂旁似，疑惑後學。莊子有「馬蹄可以踐霜雪」。支遁養真馬，韋諷藏畫馬，皆苦心所愛。蓋惟好之篤，而用心苦也。憶昔巡幸新豐宮，新豐宮，驪山也。翠華拂天來向東。南都賦：望翠華之葳蕤。東都賦：旌旗拂天。騰驤磊落三萬匹，皆與此圖筋骨同。明皇幸驪山，王毛仲以廄馬數萬從，每色爲一隊，相間若錦繡。趙云：因見此九馬圖畫，懷思先皇。新豐宮，則以漢高事；下句射蛟，則以漢武事；朝河宗，則以穆天子事比先皇也。高帝，沛豐邑中陽里人。太上皇懷其故鄉，特爲造新豐邑。驪山在其南，先皇所常遊幸。翠華，天子之旗也。南都賦：望翠華之葳蕤。東都賦：旗拂天也。自長安而幸新豐，自西而東也。今此所畫，正如先皇三萬匹，皆駿馬也。自從獻寶朝河宗，無復射蛟江水中。元封五年，漢武自潯陽浮江親射蛟江中，獲之。師云：蓋傷明皇不復遊幸。趙云：言先皇之出狩，而遂上昇乎。穆天子傳曰：河曰河宗，四瀆之所宗。穆天子乘八駿以遊行。穆天子傳又云：天子西征，至陽紆之山，河伯馮夷，都是，爲河宗。觀春山之寶玉也。沈佺期詩云：河宗來獻寶，天子命焚裘。君不見金粟堆前松柏裏，龍媒去盡鳥呼風。漢武歌曰：天馬騋龍媒。金粟堆，在玄宗泰陵南。增添：唐舊記云：玄宗親拜五陵，至睿宗橋陵，見金粟山崗，有龍盤鳳翥之勢，謂侍臣曰：吾千秋萬歲後，宜葬此。暨升仙，群臣遵先旨以葬焉。趙云：先皇陵寢之畔，龍媒既去，鳥徒呼風於松栢間耳，故曰鳥呼風。

【校勘記】

〔一〕「第三卷」，案，檢瘦馬行詩，見於本集卷四。

〔二〕「二」，文淵閣本、文津閣本、文瀾閣本、清刻本、排印本作「三」，訛。

送韋諷上閬州録事參軍

國步猶艱難，詩：天步艱難。兵革未衰息。萬方哀嗷嗷，十載供軍食。庶官務割剥，不暇憂反側。誅求何多門，賢者貴爲德。民困於役而無訴，故哀嗷嗷。杜云：鴻雁詩：哀鳴嗷嗷。一云賢俊愧爲力。哀，一作尚，載，一作年。趙云：此篇公憂國愛民之意切矣。詩云：國步蔑斯。嗷嗷，衆口愁也。周禮云：使無敢反側，以聽王命。後漢光武紀：帝云：使反側子得以自安也。既以軍食而須求，乃且乘勢割剥，寧不憂民之怨而反側乎？此公之所遠慮也。賢者貴爲德，一作賢俊媿爲力，非，蓋義不足也。韋生富春秋，高五王傳：皇帝春秋富。師古曰：言年幼也。比之於財力未匱竭，故謂之富。洞澈有清識。操持紀綱地，喜見朱絲直。鮑照白頭吟：直如朱絲繩。當今豪奪吏，大吏豪奪。自此無顏色。趙云：録事者，一州之紀綱。管子曰：凡輕重散斂以時，即平準。故大賈富家不得豪奪吾人也。必若救瘡痍〔一〕，先應去蝥賊。詩：去其螟螣，及其蝥賊。爾雅釋虫：食根曰蝥〔二〕。揮淚臨大江，高天意悽惻。行行樹佳政，師：曹植與吴季重書曰：足下在彼，自有佳政。慰我深相憶。此詩欲抑暴斂。趙云：前漢季布傳：瘡痍未瘳。此詩在梓州送韋。臨大江，梓州江也。

【校勘記】

〔一〕「若」，原作「苦」，據清刻本、排印本並參二王本杜集卷四改。

〔二〕「釋虫食根曰蝥」，清刻本、排印本作「食節賊食根蟊」。又，「根」原作「心」，據清刻本、排印本並參爾雅注疏卷九釋虫改。

陪章留後惠義寺餞嘉州崔都督赴州

中軍待上客，晉以郤穀將中軍。孔融謁李膺，爲登龍之上客。令肅事有恒。趙云：中軍，以指章留後。上客，以指崔都督。左傳凡言某人中軍，則以言主將也。六國呼蘇秦、張儀爲上客。令肅事有恒，言章留後號令嚴肅，而事有定式。前驅入寶地，趙云：詩：伯也執殳，爲王前驅。祖帳飄金繩。法華經云：國名净垢，琉璃爲地，黃金爲繩。趙云：善形容事實者。南陌既留歡，茲山亦深登。一本作探。趙云：餞席謂之祖道。祖，蓋祭名也。前漢疏廣傳：故人邑子，爲張祖道供帳〔一〕。佛寺，佛居以七寶爲地。惠義寺在梓州之南，故於南陌留爲歡宴而復登此山也。徐敬業登琅邪城：此江稱豁險，茲山復鬱盤。清聞樹杪磬，遠謁雲端僧。謝朓：雲端楚山見〔二〕。迴策匪新岸，所攀仍舊藤。耳激洞門飆，目存寒谷冰。出塵閟軌躅，畢景遺炎蒸。鮑明遠：侵晨赴早路，畢景逐前儔。永願坐長夏，將衰棲大乘。法華經：決定說大乘。又，佛自在大乘。覊旅惜宴會，艱難懷友朋。勞生共幾何，魏武帝：對酒當歌，人生幾何〔三〕。離恨兼相仍。鮑照：何慚宿昔意，猜恨坐相仍。趙云：木末曰杪。枚乘詩：美人在雲端，天路隔無期。

【校勘記】

〔一〕「張」，原作「帳」，據文津閣本、清刻本、排印本改。案，漢書卷七一疏廣傳作「設」。

〔二〕「謝朓」，原作「鮑照」，檢鮑照詩無「雲端楚山見」句，考文選卷二十七、齊詩卷三謝朓休沐重還丹陽道中詩有此句，當是誤置，據改。

〔三〕「魏武帝」，原作「魏文帝」，檢魏文帝詩無「對酒當歌」二句，考文選卷二十七、魏詩卷一魏武帝短歌行有此二句，當是誤置，據改。

閬州東樓筵奉送十一舅往青城縣得昏字

曾城有高樓，制古丹雘存。梓材：既勤朴斲，惟其塗丹雘。注：塗以漆丹以朱而後成。山海經云：青丘之山，多有青雘。頭陁碑：朝霞爲丹雘。趙云：曾城有高樓，則「西北有高樓」之勢。淮南子：崑崙山之上，有曾城九重。迢迢百餘尺，西京賦：狀亭亭以迢迢〔一〕。古詩：迢迢牽牛星，雙闕百餘尺。陸士衡：高樓一何峻，迢迢峻而安。豁達開四門。新添：舜闢四門。漢高祖，豁達大度。雖有車馬客，而無人世喧。陶淵明：結廬在人境，而無車馬喧。有，一作會。趙云：鮑明遠舞鶴賦云：歸人寰之喧卑。游目俯大江，列筵慰別魂。江淹：黯然銷魂者，惟別而已。謝靈運：得以慰別魂。蘇武：俯觀江漢流。是時秋冬交，節往顏色昏。雪賦：歲將暮，時既昏。天寒鳥獸伏，霜露在草根。登樓賦：步棲遲以徙倚兮，白日忽其將匿。風蕭瑟而並興，天慘慘而無色。獸狂顧以求群，鳥相鳴而舉翼。沈休文：

樹頭鳴風飇，草根積霜露。今我送舅氏，萬感集清罇。渭陽詩：我見舅氏〔二〕。謝靈運：千念集日夜，萬感盈朝昏。趙云：我送舅氏，詩渭陽篇全語。齊謝朓與江水曹詩：山中上芳月，故人清樽賞。豈伊山川間，迴首盜賊繁。趙云：言一别之後，豈只是山川間隔，回首則有盜賊繁多爲可憂。蓋吐蕃之勢未已，有吞蜀之意。鮑明遠云：豈伊白璧賜，將起黄金臺。高賢意不暇，王命久崩奔。謝靈運：圻岸屢崩奔。趙云：高賢，指言十一舅。所以不皇暇給者，以王命所在，久崩奔而遵承之。臨風欲慟哭，聲出已復吞。趙云：賈誼：可爲慟哭者一。聲出已復吞，則取江淹所謂吞聲展用，而倒押爲韻。

【校勘記】

〔一〕「狀亭亭以迢迢」，原作「狀迢迢以亭亭」，參見本集卷六鹿頭山校勘記〔一〕。

〔二〕「見」，文津閣本、清刻本、排印本作「送」。

將適吴楚留别章使君留後兼幕府諸公得柳字。

我來入蜀門，歲月亦已久。古詩：歲月忽已晚。豈唯長兒童，自覺成老醜！阮籍詩：朝爲美少年，夕暮成醜老。常恐性坦率，失身爲杯酒。古詩：失意杯酒間。近辭痛飲徒，折節萬夫後。前漢：郭解年長，更折節爲儉，以德報怨。

趙云：喪失其身，特是爲愛酒耳。舊注「失意杯酒間」，非是。折節者，摧折其節而悔過之義。前漢：郭解年長，更折節爲儉也。昔如縱壑魚，王褒頌：如巨魚之縱大壑。今如喪家狗。家語：纍纍然若喪家之狗。既無遊方戀，語：遊必有方。行止復何有。相逢半新故，取別隨薄厚。不意青草湖，在湖南。扁舟落吾手。趙云：可行則行，可止則止。自「不意青草湖，扁舟落吾手」，以言將適吴、楚，可謂奇句矣。眷眷章梓州，開筵俯高柳。樓前出騎馬，帳下羅賓友。健兒簸紅旗，此樂幾難朽。趙云：六句紀宴會之實事。日車隱崑崙，莊子：若乘日之車。鳥雀噪户牖。波濤未足畏，三峽徒雷吼。所憂賊盜多[一]，重見衣冠走。中原消息斷，黄屋今安否？趙云：此段言日已向晚，別筵之散，遂有行矣。然登舟而親波濤，猶未足以慰沃吾欲去之心，則三峽徒爲雷吼之聲而已。我之所憂，則憂在盗賊多而衣冠奔逃，至尊未知消息也。此吐蕃陷京師，代宗出狩，而地遠所未知也。終作適荆蠻，王仲宣：遠身適荆蠻；荆蠻非我鄉。安排用莊叟。謝靈運：居常以待終，處順故安排。趙云：莊子：造適不及笑，獻笑不及排，安排而去化，乃入於寥天。一注：安其推移而忘其變化也。隨雲拜東皇，挂席上南斗。謝靈運：揚帆采石華，挂席拾海月。趙云：屈原九歌有東皇太一篇。春秋説題：南斗爲吴。海賦云：挂帆席。有使即寄書，無使長回首。趙云：玉臺新詠所載近代西曲歌：有客數寄書，無客心相憶。

【校勘記】

〔一〕「賊盗」，二王本杜集卷四、百家注卷十八、分門集注卷十一、草堂詩箋卷二十、黄氏補注卷八、集千家注杜工部詩集卷十以及錢箋卷五、杜詩輯注卷十、杜詩詳注十二作「盜賊」。

椶拂子

趙云：此篇言物微而有用，特以夏月多蠅，而拂子能除之。東溪云：明皇不明，賢人棄逐，故作是詩以諷焉。詩作於梓州，廣德元年之夏，乃是代宗時，豈干明皇邪？

椶拂且薄陋，豈知身效能。不堪代白羽，有足除蒼蠅。諸葛嘗持白羽扇指麾。又，顧榮伐陳敏，以白羽扇麾之。詩：營營蒼蠅。山谷言事見新唐書適從何處來者是也；注乃引營營青蠅，其義安在哉？余謂此説誤矣。此乃元稹事，在子美後。子美以對白羽，皆前代事。信乎！不行一萬里，不讀萬卷書，不可看老杜詩〔一〕。熒熒金錯刀，張平子四愁詩：美人贈我金錯刀。集注：李善文選注錯刀云：續漢書曰：佩刀，諸侯王黄金錯環。謝承後漢書曰：詔賜應奉金錯把刀。續漢書：班固與弟超書曰：竇侍中遺仲叔金錯，半垂刀一枚。前漢食貨志曰：錢新室更造契刀，錯刀。契刀，其環如大錢，身形如刀，長二寸。文曰：契刀，刀直五百。錯刀，以黄金錯其文，一刀直五千。熒熒金錯刀，乃佩刀之屬也，第三十六卷對雪詩云「金錯囊徒罄」乃是錢刀，而以金錯之也。第一十三卷虎牙行「金錯旌竿滿雲直」，蓋以黄金而錯鏤旌竿也。大抵古人之於器物，以黄金錯之，皆謂之金錯，如秦嘉妻以金錯盌奉其夫盛水之類，是以當隨其器物而名之，不可以名同不究其實焉。擢擢朱絲繩。鮑照：直如朱絲繩。非獨顔色好，亦用顧眄稱。趙云：言椶拂之柄朴而無飾，非若金錯刀之熒熒。椶拂之絲散而不長，非若朱絲繩之擢擢。彼二物之名可稱，亦非特以其金朱之好顔色耳。刀用以佩，弦用以彈，皆係乎人之顧眄焉。吾老抱疾病，家貧卧炎蒸。咂膚倦撲滅，賴爾甘服膺。蠅蚋咂膚。顔子得一善，則拳拳服膺。趙云：莊子曰：蚊蝱咂膚，則通夕不寐。書云：若火之燎于原，其猶可撲滅。物微世競棄，義在誰肯徵？三歲清秋至，未敢闕緘縢。趙云：末句，蓋言秋至而無蠅矣，仍珍藏之，未敢使緘縢之滅裂也。莊子：緘縢扃鐍謂之固。

【校勘記】

〔一〕「山谷言事」至「不可看老杜詩」，蓋爲郭知達編纂集注時所補。

丹青引 贈曹將軍霸。

將軍魏武之子孫，於今爲庶爲清門。左氏昭傳三十二年：三后之姓，於今爲庶，王所知也。趙云：魏武，則曹公操也。北史咸陽王禧傳有言「清脩之門」。英雄割據雖已矣，文彩風流今尚存。晉樂廣、王衍見重於時，天下言風流者，推王樂。趙云：英雄割據，文彩風流，皆以言曹公。公雖至其子丕即帝位，然本割據。阮籍云：時無英雄，使孺子成名！陸士衡辨亡論：故遂割據山川，跨制荆吴。司馬遷書：恨文彩不表於後世。而韋玄成不及父賢〔一〕，而文彩過之。學書初學衛夫人，晉李夫人名衛，善書。但恨無過王右軍。王羲之善書，爲古今之冠。丹青不知老將至，富貴於我如浮雲。語曰：不知老之將至。又曰：不義而富且貴，於我如浮雲。趙云：衛夫人云：有一弟子，號王逸少，用筆咄咄逼人也。呂氏童蒙訓：謝無逸云：老杜有自然不做底語到極至處者，如「丹青不知老將至，富貴於我如浮雲」。此自然不做底語到極至處者也。如「金鍾大鏞在東序，冰壺玉衡懸清秋」，此雕琢語到極至處者也。

開元之中常引見，承恩數上南薰殿。凌煙功臣少顏色，唐畫李靖等二十四人於凌煙閣〔二〕。時貞觀中〔三〕，太宗爲序。將軍下筆開生面。良相頭上進賢冠，後漢志：進賢冠，古緇布冠，儒者之服也。猛將腰間大羽箭。太宗常自製長弓大羽箭，皆倍常制。褒公鄂公毛髮動，鄂公，尉遲敬德；褒公，段志玄。英姿颯爽來酣戰。趙云：南熏殿，長安志未載，蓋其所遺志也〔四〕。貞觀中，太宗畫李靖等二十四人於凌煙閣，至開元時顏色已暗，而曹將軍重爲之畫，故云開生面。蓋因左氏狄人歸先軫之元，面如生也。淮南子曰：魯陽公與韓戰酣，日暮，援戈而揮之，日爲之反三舍。已上言曹將軍之傳神。

先帝天馬玉花驄，畫工如山貌不同。是日牽來赤墀下，劉孝標辨命論：時在赤墀之下。迥立閶闔生長風。詔謂將軍拂絹素，意匠慘澹經營中。斯須九重真龍出，一洗萬古凡馬空。玉花却在御榻上，榻上庭前屹相向。至尊含笑催賜金，圉人太僕皆惆悵。趙云：閶闔者，天門名也，其風曰閶闔風。吴越春秋載子胥爲吴立閶門以象天門通閶闔。李善注云：天有紫微宫門，名曰閶闔。則天子之門可言閶闔。師民瞻本作迥立，非是。迥立則首向殿陛，而尾向殿門，豈非迥立乎？馬之立而生風，以其神駿也。龍馬有生風字，又於閶闔爲有情矣。意匠字，摘使文賦「意司契而爲匠」。慘澹，肅然之意。晉壹道人言欲雪之狀曰：乃先集其慘澹。古樂府云：淺立經營中。一洗萬古凡馬空，乃古今奇句。玉花驄，先帝之馬也。畫手精妙，盡得其真，至尊賞之，揮涕而賜金可也，乃笑而賜。若圉人太僕，却知感槩爲之惆悵，則公詩微意可推矣。弟子韓幹早入室，言得其真蹟也，故稱入室。新添：語：由也升堂矣，未入於室也。亦能畫馬窮殊相。幹唯畫肉不畫骨，忍使驊騮氣凋喪！將軍盡善蓋有神，必逢佳士亦寫真。薛云：右按晉書：顧愷之善丹青，每畫人成，或數年不點目睛。人問其故，答曰：四體妍蚩，本無闕少於妙處，傳神寫照，正在阿堵中。即今漂泊干戈際，屢貌尋常行路人。途窮返遭俗眼白，言識者蓋寡耳。世上未有如公貧。趙云：繼論幹所畫以推見曹將軍之盡善，則骨肉俱畫而有神也。公於畫取畫骨及肉，而曰將軍盡善蓋有神。若於書不取肥失真，而曰書貴瘦硬方通神。然則公蓋通書畫之妙矣。梁簡文帝詠美人看畫詩云：可憐俱是畫，誰能辨寫真？但看古來盛名下，唐房琯贊曰：盛名之下爲難居矣。終日坎壈纏其身。壈，盧感反。趙云：王立之詩話：世有注杜詩者，君不見古來盛名下，乃引新唐書房琯贊云：盛名之下難居。終日坎壈纏其身，乃引孟子少坎軻。真可以發觀者之一笑。

【校勘記】

〔一〕「韋玄成」，原作「韋元成」，係避諱，此改。

〔二〕「畫」，文淵閣本作「書」，訛。

〔三〕「貞觀」，原作「正觀」，係避諱，此改。以下均同。

〔四〕「志」，清刻本、排印本作「忘」，訛。

桃竹杖引 贈章留後。

江心蟠石生桃竹，爾雅謂桃枝。山海經謂桃枝竹也。蒼波噴浸尺度足。斬根削皮如紫玉，江妃水仙惜不得。江賦：冰夷倚浪以傲睨，江妃含顰而縹緲。注：冰夷，水仙也。梓潼使君開一束，滿堂賓客皆歎息。君一作者。憐我老病贈兩莖，出入爪甲鏗有聲。老夫復欲東南征，乘濤鼓枻一作棹。白帝城。白帝城在魚復，有公孫述像也。路幽必爲鬼神奪，杖劍一作拔劍。或與蛟龍爭。趙云：蜀都賦云：其中則有靈壽桃枝。注云：靈壽，木名也，出涪陵縣。桃枝，竹屬也，出墊江縣。二者可以爲杖。今此桃竹杖生於江心之盤石。爾雅云：桃枝四寸有節，相去四寸。其調直修長，中杖者，亦自難得，故云尺度足。北史楊津傳：受絹依公尺度。江賦云：江妃含顰而縹緲。舊注引列仙傳曰：江妃二女出遊江濱，蓋鄭交甫所挑者。其水仙，則呂向注江賦「冰夷倚浪以傲睨」之下曰，冰夷，水仙人也。重爲告曰：杖兮杖兮，爾之生也甚正直，慎勿見水踴躍學變化爲龍，趙云：即使葛陂事。神仙傳曰：壺公遺費長房歸，以一竹杖與之，騎此當還家，以投葛陂中。長房騎杖，忽然如眠，便到家。以竹投葛陂，顧之，乃青龍也。使我不得爾之扶持，滅跡於君山湖上之青峰。君山在洞庭湖心也。噫！風塵澒洞兮豺虎咬人，時盜賊害人如豺虎。忽失雙杖兮吾將曷從？趙云：戰國策：蘇秦曰：多割楚以滅迹。又李陵書：滅迹掃塵。謝靈運詩：滅迹入靈峰。吴華覈上疏曰：卒有風塵不虞之變。淮南子云：未有天地之時，鴻濛澒洞，莫知其門。張載詩曰：賊盜如豺虎〔一〕。觀公重告之辭，以正直美之，以學爲龍戒之，其所望於章留後可謂忠矣。

【校勘記】

〔一〕「張載」，原作「王粲」，檢王粲詩無「盜賊如豺虎」句，考初學記卷十四禮部下、晉詩卷七張載七哀詩有此句，當是誤置，據改。

寄題江外草堂 梓州作，寄成都故居。

我生性放誕，賀知章晚節尤誕放。難欲逃自然〔一〕。嗜酒愛風竹，卜居必一作此。林泉。遭亂到蜀江，卧痾遺所便。沈痾，病也。趙云：謝靈運登池上樓詩：卧痾對空林〔二〕。誅茅初一畝，屈原卜居：誅鋤草茅以力耕。儒行：儒有一畝之宫。廣地方連延。經營上元始，斷手寶應年。趙云：公以乾元二年十二月末至成都〔三〕，明年即上元元年，乃公建草堂之始。又二年，即寶應元年乃公成草堂之日。詩靈臺：經之營之。斷手字，晉、魏以來之語。齊民要術言種小豆：初伏斷手爲中時，中伏斷手爲下時。本朝淳化法帖中載唐高宗勑云：使至，知玄堂已成，不知諸作早晚得斷手。凡營造了當言斷手者矣。敢謀土木麗，自覺面勢堅。東京賦：審曲面勢。考工記：審察方面形勢之宜。趙云：土木被文繡。考工記云：審曲面勢，以飭五材。注云：察五材曲直方面形勢之宜。臺庭隨高下，敞豁當清川。庭，一作亭。陸士衡：清川帶華薄。雖有會心侶，薛云：古樂府短歌：不羨一囊錢，唯重心襟會。數能同釣船。干戈未偃息，安得酣歌眠。趙云：會合心意之朋侶。晉簡文在華林園謂左右：會心處不必在遠，翛然林外，便有濠濮間之趣。蛟龍無定窟，黃鵠摩蒼天。魏文帝：脩條摩蒼天。古來達士志，一云賢達士。寧受外物牽。趙云：譬諭以言賢達之士無常居止，齷齪者則有所拘矣。古烏生八九子歌曰：黃鵠摩天極高飛。顧惟魯鈍姿，豈識悔吝先。偶攜老妻去，慘澹陵風煙。事迹無固必，語：孔子：毋固，毋必。幽貞愧雙全。趙云：上兩句雖曰自謙，而實言君子行留當在先見。慘澹，肅然之意。慘澹字，見前注。秦本紀云：本原事迹，幽而不貞。非君子之幽也。易曰：蹇，利幽人之貞。故云貴雙全。尚念四小松，蔓草易拘纏。霜骨不堪長，永爲鄰里憐。趙云：公有四松詩云：四松初移時，大抵三尺强。別來忽三歲，離立如人長。今此懷念之。易拘纏，一作已拘纏；不堪長，一作不甚長，皆非。蓋易字、堪字方工。

【校勘記】

〔一〕「難」，文淵閣本、清刻本、排印本作「雅」。案，二王本杜集卷四、百家注卷十八、分門集注卷六、草堂詩箋卷二十以及錢箋卷五同底本作「難」，黃氏補注卷八、集千家注杜工部詩集卷九、杜詩輯注卷十以及杜詩詳注卷十二作「雅」。

〔二〕「林」，原作「琳」，據藝文類聚卷二十八人部十二、宋詩卷二謝靈運登池上樓改。

〔三〕「二年」，原作「元年」，據宋呂大防、蔡興宗、魯訔杜甫年譜以及黄鶴年譜辨疑訂正。

述古三首

此詩傷賢者不得志也。

赤驥頓長纓，列子周穆王：右驂赤驥。非無萬里姿。悲鳴淚至地，爲問馭者誰？鳳凰從天來，何意復高飛？竹花不結實，念子忍朝飢。劉公幹：鳳凰集南岳，徘徊孤竹根。於心有不厭，奮翅凌紫氛。豈不常勤苦，羞與黄雀群。趙云：王褒聖主得賢臣頌云：周流八極，萬里一息。鳳凰來而復飛，此與劉公幹詩同意。莊子曰：鵷鶵非梧桐不棲，非練實不食，非醴泉不飲。郭象注：練實，竹實也，其色白如練。薛夢符引劉公幹魯都賦：竹則翠實離離，鳳鸞攸食。古時君臣合，可以物理推。賢人識定分，進退固其宜。大臣以道事君，可則進，否則奉身以退。趙云：四句以結一篇之義。驥以無善馭而頓纓，鳳以無竹實而飛去，實賢者進退之義也。

右一

市人日中集，易：日中爲市。於利競錐刀。江文通：競錐刀之利。置膏烈火上，哀哀自煎熬。莊子：膏火自煎也。農人望歲稔，相率除蓬蒿。所務穀爲本，邪贏無乃勞。莊子：長梧封人曰：昔予爲禾，耕而鹵莽之，則其實亦鹵莽而報予；芸而滅裂之，其實亦滅裂而報予。予來年變齊，深其耕熟耰之，其禾繁以滋，予終年厭餮。舜舉十六相，身尊道何高。文十八年傳：昔高陽氏有才子八人，天下之人謂之八愷，高辛氏有才子八人，天下之人謂之八元，此十六族也。堯不能舉，而舜舉之，天下如一，同心戴舜以爲天子，以其舉十六相故也。秦時任商鞅，法令如牛毛。商君，名鞅，相秦十六年，天資刻薄少恩，變秦法令，宗室貴戚多怨望者，後滅商君之家也。趙云：市井之利，以譬商鞅之任末也；耕農之利，以譬元凱之務本也。左傳昭六年云：錐刀之末，將盡争之。舊注引江文通云，在後矣。人之争利，如膏火自煎。莊子云：膏以明自煎。農人專在務本種穀，故指市人之孳孳爲利爲勞矣。張衡西京賦云：何必昏於作勞，邪贏優而足恃。注云：昏，勉也；邪，僞也；優，饒也。何必當勉力作勤勞之事乎？欺僞之事自餘贏豐饒足恃也。當衡作賦，以美市利爲主，故鄙農夫種田之勞；今詩以務本爲主，故翻用衡賦邪贏無乃勞也。坡説見上「自比稷與契」注。如牛毛者，言其多也。治亂之本在任人，故爲國者貴知本。商以利爲業，甚末爾，非本也。農以稼爲業，差似近本。然以穀爲本非先務，故孟子陳堯舜之道以闢許行、陳相。蓋務穀者，農之本；務人者，治之本。得其人則治，如舜之舉十六相是也；非其人則亂，如秦任商鞅是也。明皇初用姚、宋，猶前；終用林甫、國忠，猶後。此其驗也。詳彼所注之意，分爲三：以商之爲末不如農爲本，農爲本不如任人之爲本。夫任人者，君也，豈可與商、農爲甲乙哉！此詩止是以商比商鞅，以農比十六相耳，識者宜審之。

右二

漢光得天下，祚永固有開。禮：有開必先。豈惟高祖聖，功自蕭曹來。經綸中興業，何代無長才！吾慕寇鄧勳，寇恂、鄧禹。濟時信良哉。耿賈亦宗臣，羽翼共徘徊。休運終四百，漢祚終四百，故范蔚宗獻帝贊曰：終我四百，永作虞賓。圖畫在雲臺。雲臺圖功臣像。趙云：此篇大意，言中興者必得其人耳。易云：君子以經綸。班固之傳蕭曹云：漢之宗臣，是謂相國。今於耿賈，所以又謂之亦也。羽翼徘徊，乃高祖云羽翼已成者也。

右三